U0115356

學術論文集叢書

醉月春風翠谷裏

曾永義院士之學術薪傳與研究

王安祈　李惠綿　主編

一九六七年六月十九日先生（左一）碩士畢業典禮與歷史系
韓復智（右二）合影

臺大中文研究所時期（1967-1971）先生與同學劉德漢（中）、
程元敏（右）合影

一九八一年二月二十三日孔德成老師六十大壽合影
前排左起潘美月、孔維寧（孔師次子）、孔師母、孔垂梅
（孔師長孫女）、孔德成老師、孔垂常（孔師長孫）、吳涯
（孔師次媳）、曾永義
後排左起林素卿、周鳳五、陳瑞庚、黃啟方、黃沛榮、林玫儀

一九九五年老學生們與孔達生（德成）老師餐會合影
前排左起彭毅、孔師母、孔德成老師、林文月、鄭清茂夫人
後排左起鄭清茂、張亨、齊益壽、許進雄、曾永義

一九八○至一九九○年代臺大中文系「三中全會」餐會合影
中立者為張清徽（敬）老師，中坐者為王叔岷老師，右立者為先生
（三中全會：每星期三中午老學生們陪王叔岷、張敬兩位老師餐會）

一九八○年代先生與同學友人合影，右起黃啟方、曾永義、
郭肇藩、章景明

一九九〇年代一月二十七日先生於長興街宿舍客廳一角留影

一九八一年九月先生（左一）與王士儀（中坐者）參加
「國際南管音樂會議」。先生於會中發表〈南管中古樂與古
劇的成分〉一文，首先為南管在歷史藝術文化上做出定位

一九九二年十月先生偕同明華園歌仔戲團赴菲律賓巡迴演出，攝於馬尼拉

一九九八年八月二十二日先生留影於希臘聖托里尼火山口前

一九九五年先生與崑曲傳習班師生合影，後排為貢敏（左三）、
曾永義（左五）、李殿魁（左六）、洪惟助（左七）

一九九五年先生主持「首屆海峽兩岸歌仔戲學術研討會」，與復興
劇校校長陳守讓（右）、歌仔戲演員楊麗花（中）合影

二〇〇〇年十二月十一日文建會舉辦「兩岸小戲大展暨學術研討會」，先生與臺大孫震校長（中右）攝於臺灣大學椰林大道之民俗踩街活動

二〇〇一年七月先生率領小西園布袋戲赴中美洲巡演，與小西園掌中劇團團長許王（左一）等人合影

二○○○年八月十六日先生赴溫州參加「南戲國際學術研討會」，於
「高則誠衣冠冢」合影，左起李曉、奚如谷、李殿魁、曾永義、胡忌

二○○三年七月先生留影於雲南瀘沽湖，中為簡立人夫婦，
其後為夫人陳媛

二○○四年三月十六日先生留影於湖北黃州東坡赤壁

二○○九年五月十五日先生於北京中國傳媒大學演講，與周華彬
（左）合影

二〇一一年十一月先生由夫人陳媛陪同赴首爾漢陽大學開會，
與孫書磊（右一）合影

二〇一四年四月先生赴廣州中山大學參加「中國戲劇史國際學術
研討會」，與學者合影，左起李昌集、葉長海、黃天驥、曾永義

二○一五年六月十七日先生赴北京參加「大陸與臺灣：崑曲傳承和發展研討會」，與崑劇冠生泰斗蔡正仁（右）、中國藝術研究院戲曲研究所前所長王安葵（左）合影

二○一六年七月十一至十八日先生擔任名譽團長參加大陸文化部「情繫多彩貴州之旅」，於七月十二日參訪天龍屯堡時與地戲演員合影

一九九八年先生與許常惠（右）合影於中華民俗藝術基金會

二〇〇四年四月三十日先生與趙山林（左）、伊維德（中）於宜蘭
傳統藝術中心合影

一九九二年六月，先生指導之博士蕭麗華通過學位口試，與口試委員合影。左起王熙元、方瑜、蕭麗華、張敬老師、黃啟方、曾永義

二○○四年四月五日先生與指導之多位博士生餐會，會後於臺灣大學椰林大道合影，照片中諸生均已任教於各大學

二○○七年十一月十六日先生與弟子李惠綿（右）於臺大生態池畔合影

二○○八年一月十八日先生與朱芳慧（右）、陳美雪（中）於臺大生態池畔合影

二○○七年十二月先生攝於臺灣大學文學院「文十九」教室，
與上課學生合影

二○一一年三月十七日先生（後排左四）與臺大戲曲專題課程同
學遊春賞花，於臺大校園合影

二○一四年七月二十六日先生榮任院士慶賀餐會合影
前排右起洪國樑、李壬癸、陳媛、曾永義、洪惟助
後排右起沈冬、王安祈、洪淑苓、沈惠如、丁肇琴、陳芳、林鶴宜

二○一四年五月三日世新大學中文系系友回娘家活動師生合影
中排右起郭鶴鳴、莊耀郎、洪國樑、蔡芳定、齊益壽、曾永義、
許進雄、徐世賢、徐郁婷

二〇一五年三月十七日先生捐贈世新大學「文物特展」開幕式留影

二〇一五年五月十六日世新大學舉辦「兩岸韻文學學術座談會」，與
洪國樑（左）、王耀華（右）合影

二○○七年四月世新大學牟宗燦校長（中）頒贈先生講座教授
聘書，右為人文社會學院院長洪國樑

二○一一年九月二十一日於世新大學舉辦「楊妃夢講座」合影，
左起熊杰副校長、邱淑華副校長、成嘉玲董事長

二〇一七年二月六日與世新大學賴鼎銘前校長（右）、洪國樑（左）
合影於世新大學創辦人成舍我銅像

二〇一七年三月一日與世新大學吳永乾校長（左）於校園合影

二○○九年九月先生榮獲教育部第十三屆「國家講座主持人」，
頒授儀式為行政院長吳敦義（左一）

二○一一年三月十七日先生留影於臺大校園

二〇一五年夏日先生留影於臺北市文山區運動公園（黃建賓攝影）

二〇一七年二月五日先生（中排左四）家族成員於新竹峨嵋湖
天恩彌勒佛道場合影

二〇一六年四月二十二至二十三日「曾永義先生學術成就與薪傳國際學術討論會」，與會學者於二十二日先生專題演講後合影於臺灣大學文學院中庭

二○一六年四月二十二日於「曾永義先生學術成就與薪傳國際學術研討會」後，假臺北木柵國光劇場
演出先生所編「折子戲專場」之謝幕合影

二〇一七年三月十二日先生與王安祈（左）、張育華（右）合影

二〇一七年二月六日先生與臺大中文系主任李隆獻（右），合影於臺大生態池畔

曾永義院士簡歷

　　一九四一年生，臺灣臺南縣人。國家文學博士。現為中央研究院院士、世新大學講座教授、中央研究院文哲所諮詢委員、臺灣大學名譽教授、特聘研究講座教授，並為大陸北京大學、武漢大學、河南大學、廈門大學、黑龍江大學、中山大學、山東大學、北京中國戲曲學院等十數所大學之客座教授。

　　曾任胡適講座教授、臺灣大學講座教授、傑出人才講座教授、教育部國家講座教授；亦曾在美國哈佛大學、密西根大學、史丹佛大學、荷蘭萊頓大學為訪問學人，在德國魯爾大學、香港大學擔任客座教授。榮獲第三屆金筆獎、第四屆中興文藝獎、第七屆國家文藝獎、第二十八屆中山文藝獎、四度國科會傑出研究獎、教育部國家學術獎、國科會傑出特約研究員獎、科技部「行遠計畫」研究獎。

　　著有學術著作《曾永義學術論文自選集》（學術理念、學術進程各一冊）、《戲曲源流新論》、《地方戲曲概論》（上下兩冊）、《戲曲腔調新探》、《戲曲之雅俗、折子、流派》、《參軍戲與元雜劇》、《俗文學概論》、《說民藝》、《明雜劇概論》、《臺灣歌仔戲的發展與變遷》、《洪昇及其長生殿》、《戲曲與偶戲》、《戲曲學》等二十數種。

　　散文集有《椰林大道五十年》、《蓮花步步生》、《牽手五十年》、《飛揚跂扈酒杯中》、《人間愉快》、《清風明月春陽》、《愉快人間》等七種。戲曲劇本創作含劇目崑劇七種、京劇六種、歌劇三種、歌仔戲、豫劇各一種，結集為《蓬瀛五弄》、《蓬瀛續弄》出版。

目次

椰林翠谷沐春風——薪傳卷

論說創作兩相得——評論卷

編輯緣起

　　二〇一四年七月曾永義教授當選中央研究院第三十屆院士，為研究中國文學戲曲、俗文學之第一人。《國文天地》雜誌為此於翌年四月假第三十卷第十一期（2015年4月），邀請其門弟子十人，就其教學與研究撰文，以〈論理創作兩相得〉編為「祝壽專輯」。二〇一六年四月，該刊又配合臺灣大學中文系舉辦之「曾永義先生學術成就與薪傳國際學術研討會」，再度邀請其門弟子十八人，於第三十一卷第十一期（2016年4月），策畫〈大道究學問，椰林沐春風〉專輯，撰寫其師生情緣。今將此二十八篇文章，合研討會學者所提論文之論述其學術與創作者二十三篇，加上曾院士特稿一篇，併為一書，題作《春風醉月椰林裏》，以見學人風範。

　　本書書名取自曾院士一首即興七絕，詩云：

　　　　塞北江南任我行，飄洋過海亦縱橫。

　　　　春風醉月椰林裏，步步蓮花步步生。

首句蓋寫其在大陸作戲曲之調查研究、講學會議與兩岸之學術文化合作交流；次句蓋寫其在歐美大學之訪問教學與率領藝術團隊進行國際之輸出展演；三句蓋寫其在臺灣大學四十七年來之教學、研究、創作與文化工作。末句總括其生命旨趣與情懷，亦即隨時隨地皆「人間愉快」。其第三句最足以呈現曾院士之生活內容與人生境界，故暫取作本書書名。

　　其後曾院士考慮其臺大退休後，專任世新大學亦已十三年，受惠實多，而世新有翠谷之美，猶臺大有醉月湖之勝，因改書名作《醉月春風翠谷裏》；而「醉月」且能彰顯文壇「酒黨黨魁」之雅也。

　　本書承蒙洪國樑教授撰寫〈推薦序〉，王安祈、李惠綿兩位教授擔任主編，謹此致謝。

萬卷樓圖書公司編輯部　謹識

二〇一七年三月

推薦序

洪國樑*

　　曾院士永義先生為一代戲曲宗師。其戲曲研究，兼理論與創作，又廣及俗文學，為當今戲曲、俗文學研究不祧之祖。

　　戲曲為文學美極致之呈現。王靜安先生於其《曲錄‧自序》中曾說：「追原戲曲之作，實亦古詩之流。所以窮品性之纖微，極遭遇之變化，激蕩物態，抉發人心，舒慘哀樂之餘，摹寫聲容之末，婉轉附物，怊悵切情。」惟前代學者，多視為閭巷談餘之資，未遑專力於此。自靜安導夫先路，局途既開，鑽研者眾，乃躋學術之林，浸而蔚為顯學。至院士曾先生，窮畢生之力，擷芳曲苑，衡古鑒今，探賾發秘，灼照幽微，溯源循流，別白疑似，然後波瀾始闊，流衍愈廣，金聲玉振，允集斯學大成。

　　先生之治學，植基於樸學，而益以新觀念、新方法。其學術精神與方法略為：主實證，戒臆說，闢蹊徑，融古今，精分析，善裁斷，察流變，觀會通，倡調查，重傳揚。每著一說，輒論斷精覈，方法新穎，如黃鐘正聲，發聲振聵。其學術成就，可以四目概之：一、解決戲曲理論與戲曲史之根本性、爭議性問題；二、開發戲曲研究之新領域，並揭示研究方法；三、開啟俗文學資料之整理與研究；四、引領臺灣鄉土傳統藝術之調查與研究，並將民族藝術文化傳揚國際。

　　昔隋末大儒王通，曾於河、汾之間設帳授徒，其門人甚眾，均一時瑜亮，房玄齡、魏徵、李靖輩皆出其門下，時人譽為「河汾門下」。先生敷教

＊ 臺灣大學、世新大學退休教授。

上庠五十載,其陶熔鼓鑄之功,化育人才之眾,不讓王通。孟子說:「大匠誨人必以規矩,學者亦必以規矩。」先生教學,除傳授知識外,尤重精神與方法之傳承,經其口授指畫而斐然成章者,屈指難數。昔有「河汾門下」之美譽,今有「曾門弟子」之盛稱,洵杏壇之偉業,千古之佳話。清人鄭板橋〈新竹〉詩說:「新竹高於舊竹枝,全憑老幹為扶持。明年再有新生者,十丈龍孫繞鳳池。」先生經年累歲、苦心孤詣所扶持之「曾門弟子」,均已成「十丈龍孫」,拔地擎天而「繞鳳池」矣。

先生才氣縱橫,除學術研究外,又雅好創作。其作品,兼及戲曲、古詩與散文,質量豐碩,內容多元,獨樹一格,允稱大家。於戲曲,則帝王將相、英雄美人、貞婦烈士、民間傳奇,要以彰顯情義無價、真理不爽、眾生平等之旨,聲情詞情兼至,氣勢磅礴,酣暢淋漓。計撰京劇、崑劇、豫劇、歌劇、歌仔戲等劇本十八種,於兩岸各大城市演出,眾口交譽,盛極一時。於詩,則遊蹤旅次,名山勝跡,觸目興懷;悲歡離合,把酒論交,生活隨感。輒詩思泉湧,形諸吟詠:即席口占,渾然天成,警句迸出,機趣橫生,境界高遠,風調醇雅。於文,則旅遊見聞,生命感悟,生活情趣,人物憶往等,皆其性情襟抱之發露,多彩人生之寫照,真率瀟灑,清新脫俗,文思細膩,氣象博大。

先生之名山著作,固已馳聲當代,而其性行狷介,孤標勁節,如山峙淵渟而不可及。其剛正不阿,有為有守,直言無隱之風骨,於當今社會已邈乎難尋。又特重情義,於師長、友朋甚至後生晚輩,莫不如此。而此「情義」二字,即其長年所倡「人間愉快」生命境界及生活情調之基石。

先生於二○一四年榮膺中央研究院院士之殊榮,為史上首位戲曲院士。萬卷樓圖書公司所屬《國文天地》雜誌社為慶祝此一中文學界盛事,於二○一五年、二○一六年先後出刊兩專輯,集錄先生門人所撰先生之學術研究成績及師生情緣文章二十八篇。二○一六年,臺灣大學中國文學系舉辦「曾永義先生學術成就與薪傳國際學術研討會」,計發表論文九十六篇,國內外參與學者數百人,分兩天、兩場地、共十四場次舉行,其規模之大,參與之熱烈,為歷來此類研討會所僅見。萬卷樓圖書公司長年致力於學術、文化之弘

揚，又特尊崇碩學鴻儒，思輯《國文天地》舊刊文章二十八篇，並選錄臺大中文系所辦研討會論文二十三篇，另曾院士特稿一篇，都五十二篇，總為一集，為先生壽。書名《醉月春風翠谷裏——曾永義院士之學術薪傳與研究》，實能妙喻先生之平生志業與精神風貌。所收錄文章，或論述先生之學術成就，或文化工作，或文學創作，或師生情緣，內容既典重厚實，又繽紛多彩。

猶憶四十餘年前曾受教於先生，四十餘年來，有幸時聞謦欬，侍坐追陪。承先生榮寵，命為序。余於戲曲，懵無所知，於先生學術惟仰之彌高而已，不能妄贊一辭，但師命不可違，雖不敏，又焉敢辭。謹贅數言，並感念此受教因緣，恭祝先生福壽康寧。

二〇一六年十二月洪國樑於臺北劍潭

我的教學、研究、創作與文化工作

曾永義*

引言

二〇一六年四月二十二、二十三日，臺灣大學中國文學系主任李隆獻教授啟動，同仁葉國良、何澤恆、徐富昌等八位教授籌畫，為我舉辦「曾永義先生學術研究與薪傳國際學術研討會」，與會發表論文學者達八十八人，榮寵之餘，深感僭越與何德何能的愧疚。大會希望開幕時，我能夠回顧數十年來教學研究創作與文化工作的情況，我也就冒然以此應命。

一九五九年九月我考入臺大中文系，一九六三年六月畢業，隨即被錄取中研所碩士班，休學於馬祖服預備軍官役一年。翌年九月開始肄業，一九六七年六月獲碩士學位；九月順利進入博士班；一九七一年六月畢業，九月獲國家文學博士學位，同時獲聘為臺大中文系副教授，時年三十歲，開始從事教學、研究，也以創作為娛，並逐漸參與文化工作。而教學、研究、創作、文化這四樣工作，就成為四、五十年來我生命中的主要內涵。

一　最愛春風做老師

而今我已教了四十五年的書。二〇〇四年八月我自臺大退休，轉任世新大學。在臺大三十四年中，曾赴美國哈佛（1978）、密西根（1982）、史丹佛

---

* 國立臺灣大學特聘研究講座教授、名譽教授、傑出校友；世新大學講座教授；中央研究院院士。

大學（1996）、香港大學（1990）、德國魯爾大學（1986）、荷蘭萊頓大學（1997）或教學或訪問。在世新十三年中我常在大陸各大學應邀講演和參加會議，名義上聘我為客座教授或學術委員的有北京大學、外國語大學、戲曲學院，河南大學、師範大學，武漢大學，福建師範大學、廈門大學，廣東中山大學，黑龍江大學，新疆烏魯木齊大學、山東大學等十數所。可見長年以來，我沒有離開過大學生涯。

我所開過的課程，一般性的有大一國文、詩選、詞曲選、戲曲選、俗文學概論、民間藝術概論，專題研究則以戲曲為主，俗文學和韻文學為次。

對於大學本科學生，我重在基本知識的堅實傳授，也常緣題發揮，對於人生境界和生命意義予以啟迪與開導。譬如如何養成擔荷、化解、包容、觀賞四種能力，就可以使自己「蓮花步步生」、「人間愉快」。

對於研究生，我則藉專題訓練其學術研究應具備的謹嚴態度和正確的步驟方法。譬如如何打下豐厚的學養基礎、如何引發並設計論題、如何切入論題、如何建構論述層次、如何行文；戲曲資料有文獻、文物、調查、訪問、觀賞五種，應如何取得、如何運用、如何正確的解讀文獻資料；對於論題關鍵詞必先考察名義予以論定；論述時當深則深之，淺則淺之，固然不可以以深作淺，尤其忌諱以淺作深。我訓練的目的，是希望學生能夠掌握一把利落的鑰匙，各自開啟學術之門，好能走上學術之道，從事研究工作。

我有「不成文法」的規定，所指導的研究生，必須在我課堂上起碼聽課碩班兩年、博班三年，如此才能叫「親炙」，有疑問可以隨時討論解答。我也喜歡和他們聚聚餐、喝喝酒、撩撩（聊聊）天，有時還會帶他們田野調查，遊山玩水。

我常說自己最大的毛病是好為人師，但卻樂此不疲。只要從我治學的，我都沒拒絕過。幾年前，林鶴宜從網路摘下我指導論文的學生名單，近日顏秀青又重新摘錄一次，已由一百數十位，增為一百七十位，現在未畢業的還逐年增多，因為我還沒有「關門弟子」，我要學孔子「學不厭、教不倦」，「有教無類」。

我最喜歡稱學生為「徒兒」，女學生的丈夫戲稱為「徒夫」。我最高興的

是看到他們學而有成、各安其命。他們中有六十人餘人任教於三十五所大學，博士四十二人，碩士七人。其中朱之祥、羅麗容、施德玉、高美華、朱芳慧、王麗嘉、陳貞吟等雖然我未掛名為指導教授，但都在我課堂旁聽多年，而且指導她們的升等論文，所以皆以我為師，我也視為及門弟子。[1]其他或任職藝文機構，如文復會秘書長楊昭農（楊渡）、兩廳院副總監韓仁先；或在海外大學，如新加坡南洋理工大學衣若芬、韓國韓世大學柳珍姬等等，而久失聯絡者更多。

　　大約十五年前我的徒兒們開始在賤降之日與教師節前後請我宴會，莫不杯觥交錯，興高采烈，使我大大領受為師之樂。我每有詩記其事。譬如二○一三年九月二十七日〈諸生賀教師節宴於一○一大廈八十五樓欣葉餐廳〉，詩云：

　　　　及門弟子宴高樓，不盡歡欣不盡酬。最喜梗楠成偉器，管他絲髮蕩清秋。
　　　　書生自古甘沖默，木鐸行將遍五洲。跋扈飛揚今未已，壺中歲月可悠遊。

〈二○一四年四月五日余七十有四初度，以將赴廣州，諸生於三月二十三日於臺大水源會館先行暖壽〉，詩云：

1　臺灣大學：王安祈、沈冬、林鶴宜、李惠綿、洪淑苓、汪詩珮。臺灣師範大學：蔡孟珍、陳芳。政治大學：蔡欣欣。東華大學：張啟超、許子漢、游宗蓉、傅建益。彰化師範大學：林逢源、臧汀生。成功大學：施德玉、高美華、朱芳慧、劉南芳。中央大學：李國俊。高雄師範大學：陳貞吟。台中科技大學：廖藤葉。臺灣藝術大學：白玉光、王友蘭、朱之祥。臺北市立大學：楊馥菱、蕭君玲。臺北教育大學：郝譽翔。臺北商業大學：張毅良。大同大學：曾子良。嘉義大學：郭娟玉。國防大學：竹碧華。臺灣戲曲學院：鄭榮興、游素鳳、林曉英、程育君、王麗嘉。世新大學：丁肇琴、吳淑慧。東吳大學：鹿憶鹿、侯淑娟、沈惠如、羅麗容。文化大學：謝俐瑩。東海大學：李佳蓮。長庚大學：林美清。佛光大學：蕭麗華、康尹貞。中原大學：楊淑娟。慈濟大學：洪素貞。明志科技大學：林立仁。亞東技術學院：林智莉。嶺東科技大學：邱一峯。靜宜大學：鄭邦鎮、林宗毅。玄奘大學：施秀芬。銘傳大學：許美玲。臺北城市科技大學：諶湛。建國科技大學：李孟君。經國管理暨健康學院：鄭黛瓊。

勝雪流蘇織錦時，韶光賦得百篇詩。及門為壽千秋酒，笑屬同開五
色芝。

絳帳李桃輝曲苑，菊壇洪孔鑄新詞。已從人世知愉悅，更愛春風做
老師。

詩中小註：「及門王安祈、陳芳、沈惠如、李惠綿皆擅編劇，為時所稱。」
每當我吟詠這樣的詩句，都油然自鳴得意。

　　而我之好為人師，即使像河南省文化廳副廳長康潔、香港嶺南大學副教
授司徒秀英、北京中央音樂學院副教授韓芸霞，只因或在文化交流中聽我講
演，或昔年在港大擔任我助教，或跨海來臺進修訪問，便都正式請求入門，
我也都欣然接受。她們一直熱誠敬愛於我，我很受感動。

　　對於學生，我確實愛護照顧，希望他們「站在我肩膀上」；但由於性情
使然，有時對「忤逆侯」林鶴宜和「寶貝徒兒」李惠綿也沒大沒小、說三道
四；對好徒兒也不免挑三揀四[2]，甚至勃然大怒，斥責一番，而五分鐘之
後，就深知自己過分而為之道歉。據徒兒們說，沒被我罵過的很少，所幸迄
今都對我好，沒有人「造反」。

二　轉益多師是吾師

　　作為一位大學老師，固然要把學生教好，也要把學問做好，如此才能教

2　二〇一六年三月四日下午參與「曾永義先生學術成就與薪傳國際學術研討會」第三次
　　籌備會議，結束後已近黃昏。蕭麗華、洪淑苓、李惠綿三位女弟相陪，散步臺大校
　　園。在小椰林道上，與籌備委員之一的徐富昌先生不期而遇。惠綿調侃言道：「曾老師
　　邀請籌備委員餐敘，可以推三阻四。說要校園散步，萬萬不可推辭。」徐先生隨即朗
　　朗上口當天網路流傳「三月四日」的趣味文字，是晚淑苓傳來簡訊，抄錄如下：「今天
　　就是三月四日。三月四日真是個好日子，可以丟三落四，可以挑三揀四，可以說三道
　　四，可以顛三倒四，可以勾三搭四，可以朝三暮四，還可以不三不四。一年也就這麼
　　一天可以亂來，一定要珍惜啊！有情的在一起三盟海誓四！」霎時，師生的歡笑聲迴盪
　　小椰林道上……翌日，開始提筆撰寫此文，不覺引用，特此為記。

學相長。而「學術研究」的能力，則和師承頗有密切的關係。

我非常幸運，從唸大學到取得博士學位，臺灣大學文學院充滿因國共內亂跨海來臺的大師。光就中文系而言，臺靜農老師教中國文學史、屈萬里老師教經學、鄭騫老師和張敬老師教韻文學、洪炎秋老師教文學概論、戴君仁老師教理學與詩學、孔德成老師教禮經和金文、王叔岷老師教子書和斠讎學、毛子水老師教說文和論語、許世瑛老師教聲韻學和文法，這些老師我都親炙其門。另有甲骨學的董作賓老師和金祥恆老師、語言學的董同龢老師，可惜無緣受教。他們在兩岸都是極受崇敬的學者，他們的教學和風範，一直滋潤著我，伴隨著我的成長。

我走上戲曲研究的路途，是一次偶然的情況。一九六四年七月我從馬祖服完預備軍官役退伍，回到學校上研究所，在中文系走廊碰到張清徽（敬）老師，她一向關愛學生，對我也問長問短，我就說：「請老師指導我論文。」於是老師要我以《長生殿》為論題，說那是集戲曲文學藝術大成的名著，學習過程中入手正確，將來治學就有門徑可循。我唸大學時中文系連戲曲的課程都沒有，老師為了替我打基礎，便在她的第九研究室一句一句為我講解《長生殿》，這對我的受益和影響，迄今依然存在。而從此我也「鵲巢鳩占」的在第九研究室讀書，將這「戲曲研究室」的藏書逐一閱讀。老師非常縱容我、愛護我，每看到我在研究室裡，她就離開讓我安心讀書。老師還常帶我去參加曲會，聆賞老師和前輩蔣復璁、夏煥新等清唱崑曲之美。這和我後來大力提倡崑曲，與洪惟助主持錄製《崑劇選粹》一百三十五齣有密切的關係。老師喜歡看戲，我也長年陪老師到劇院。那時計程車不好找，曾有一次，國家劇院散場後，師徒二人冒雨走到南昌街，才解決了問題。

我碩一時，鄭因百（騫）老師正在香港新亞研究所擔任所長，只待一年就回來。也因此我的碩博士論文才能獲得鄭、張兩位老師的指導。在電話不普及的年代，我一有問題就跑到老師在溫州街的宿舍去。有一次我向老師說，我正讀《孤本元明雜劇》，有所困惑令我心裡不安，因為我將心得筆記拿來和王季烈的《敘錄》對看，不少意見有別或者相反，而王氏是著名的曲學家。老師不慌不忙的說：你等一會兒。然後不疾不徐的走進書房，拿出經

他眉批過的《孤本元明雜劇》讓我翻閱，我不僅越看越得意，而且笑逐顏開。原來老師的眉批有許多針對王氏《敘錄》而發，我的筆記居然和老師意見大抵相同。此事使我領受到，一位老師強化學生信心的重要。又有一次我閱讀明弘治戊午刻本《西廂記》，懷疑今傳《西廂記》應不是元人王實甫所作，去向老師請教。老師將他夾在書中已泛黃的紙條一一給我看，原來老師早就指出若干個疑點，我和老師相同的居然就有四條，老師有而我沒有的有五條，我有而老師沒有的竟然也有兩條。我請求老師趕緊把它寫出來，老師就在《幼獅學誌》發表了〈西廂記作者志疑〉。

更有一次我和老師閒話家常，說到老師一部費了二十年工夫寫作的《北曲新譜》，應盡速出版。老師說，這樣冷僻的書，出版社一定虧本，怎好求人。我說，套用老師的話，您的書早已「傳播人間」，抄本不少，只恐怕將來「是非難明」。老師似有所感的說：「做學問應當越往後的人做得越好才是，因為後人可以汲取前人的經驗成果做為基礎，如此再加上自家努力所得，成就便容易在前人之上了。在學術的路途上，我喜歡學生踩著我的肩膀前進，只要他們有好成績，我就會感到高興。」老師又補了一句說，後人總不好踩著前人的頭頂前進吧！其後令人高興的是，老師找到了藝文印書館，出版了《北曲新譜》，成為治曲學者必備之書；而在老師赴美國芝加哥大學講學時，我為老師看守宿舍，並代校全書。老師回國後，當我的面說，不只沒錯字，連符號也全對。試想：馬虎成性如我，焉能不為之「得意萬分」。而對於老師「站在肩膀上」的話語，我後來也確實遵循教誨，身體力行，更以此勉勵我指導的學生；但當時的感悟則是：學生也要有能力踩上老師的肩膀才行啊！

教過我們的老師，就景明、啟方和我而言，最親近的是臺（靜農）、孔（德成）二師。兩位老師為了將《儀禮》影像化，為了幫我們謀得獎助學金，獲得東亞學會的資助，成立「儀禮復原實驗小組」，由孔老師上課，講解〈士昏禮〉。《儀禮》是世界上最枯燥無味的經典，我為了略知它的粗枝大葉，曾花了十七個下午翻閱它的十七篇，卻睡了十七個下午，從此我知道它是治失眠的良方。而孔老師早年為了研究它，還得兼通其他經學。兼治金

文、古器物和考古學、民俗學。孔老師為我們上了很多年的課，縱使我們也站上講臺了，還要寒暑假每週一次到他研究室「進修」。我們小組有六位同學，分題研究，我分到的是《儀禮樂器車馬考》。我們的集體成果有兩樣：一是中華書局出版的《儀禮研究叢刊》，一是由我們分飾人物演出，請莊靈拍攝的十六厘米《士昏禮》影片。這部影片因年深耗損，已由葉國良教授改作動畫，但就經學研究而言，迄今仍屬「創舉」。我的論文孔老師頗為肯定，還在臺老師面前誇獎我；我也因此差一點被李濟先生聘到中研院史語所擔任助理。而我也從孔老師那裡得到治學的啟示：要研究好一門學問，也要兼顧其他可以相輔相成的學問。這和我日後治戲曲而兼治韻文學、俗文學和民俗技藝有因緣的關係。

臺老師擔任中文系主任十九年，沒有一個學生不尊敬他。他使中文系像個和睦的家庭，同仁諧和、師生親近，系裡大師濟濟。我在博士班上老師的「文學專題」，他強調俗文學研究的重要，我交的一篇「變文」報告，頗受老師的欣賞，可以說因此開啟了我俗文學研究之門。民國六十二年我又奉時任中研院史語所所長的屈翼鵬（萬里）老師之命主持「中央研究院歷史語言研究所所藏俗文學資料分類編目工作」，更使我走上俗文學教學與研究的路途。如果沒有兩位老師的啟迪和賜予，我後來就不可能寫出六十餘萬言的《俗文學概論》。

臺老師是「儀禮小組」的主持人，我做助理。某次我提出年度計畫，陪老師算計經費。老師一向大而化之，算計時「個拾百千」搞不清楚，弄得我笑出聲音來；我也好不容易結算出總經費二十萬元，呈到系裡。沒想系主任屈老師拿著計畫書走到第五研究室來，對臺老師語帶玩笑的說：靜農啊！你想貪汙啊！明明總數才十九萬，怎的寫成二十萬！可見「算計」對臺老師和我來說，不過五十步與百步之差。也因此，我寫論文如用上統計表格，鄭老師批閱時，都要重新按核，而沒有一次不被他改正。

我們中文系的老師真是視學生如子弟，我受惠於系上師長的，豈止上述幾位老師而已。像戴君仁老師在我大學時，就鼓勵我作詩填詞，使我迄今還以此來記事抒懷。王叔岷老師以《莊子》名家，為人澹泊瀟灑，引導我進入

莊子的世界，使我養成不爭的性格。像葉嘉瑩老師把我詩選的習作當例子在黑板上批改，使我了解聲情與詞情要相得益彰；我們都陶醉在她才情縱橫的作品欣賞裡。林文月老師將我引進《國語日報》作她主編《古今文選》的助理。她暗中把車馬費分一半貼補我。擔任《國語日報》社長的洪炎秋老師在我三十五歲升上教授後，推薦我為報社董事。洪老師是大家敬重的讀書人，他參選增補立委時，我帶領中文系同學去街頭散發傳單，口中說：請選我們老師。所得到的回應不是說「一定」，就是說「你們老師真好」。葉慶炳老師擔任系主任六年，真是夙夜匪懈、鞠躬盡力，他推薦我獲得國家文藝獎。羅聯添老師在「老弱殘登山隊」裡被推為「老將軍」，我被任命為「書記官」，我說他「吝於封賞」，連師大的黃錦鋐教授也才被他封為「士官長」。他喜歡和我邊走邊談古今妙聯，要我對對看。他曾經關懷我的「文化事業」，希望我「切莫妨礙學術研究」；他擔任系主任時推薦我到德國魯爾大學教書，使我眼界開展到歐洲。何佑森老師性情任真，酒後舉座為之騰歡。他在民國七十九年度我休假時，推薦我到香港大學和新亞研究所客座，使我有一年難忘的香港經驗。張以仁老師常言人所不敢言，處事認真，治學謹嚴，以詩詞自娛，我非常的敬佩他，很喜歡讀他的詩詞。而張亨和彭毅伉儷，是我們年輕時較接近而可以訴情懷的兩位老師，常受到他們的照顧，我還記得彭老師烹調的好幾道可口的菜餚。另外像陳奇祿教授屬考古系，但我敬之如師，他當文學院長時推薦我到哈佛大學去進修；當文建會主委時，使我放手為他主持「民間劇場」和規畫「高雄文化園區」。如果我在椰林大道這五十年有什麼些許成就的話，多半都是這些老師們對我的愛護教導和照顧抬舉。我也曾經試圖像蜜蜂採蜜釀蜜一般，從每一位老師身上汲取他們學養的精華和為人的風範，我雖然不能及於千百分之一，但永遠感受到他們的恩澤。

三　領悟靜安先生治曲方法

　　在臺大中文系師長的教導之下，我的研究領域，自然形成了以戲曲為主體，以韻文學、俗文學和民俗藝術為羽翼的現象。

　　我之所以以戲曲研究為主體，只因我請張清徽（敬）老師指導論文。老師研究戲曲，我作為門徒的，自然也跟著研究戲曲。那時戲曲研究很冷門，在系所裡也沒有戲曲的課程，我是第一位以戲曲為論題的研究生。我的論題是《洪昇及其長生殿研究》，既要研究洪昇生平事蹟，也要以其《長生殿》為核心加以探討；而如何研究戲曲名著，則苦於無範例可依循。後來閱讀王靜安先生的《宋元戲曲史》，得知靜安先生這部戲曲史開山之作，是在其《曲錄》二卷、《戲曲考源》一卷、《優語錄》二卷、《唐宋大曲考》一卷、《曲調源流表》一卷、《錄曲餘談》三十二則、《王校錄鬼簿》、《古劇腳色考》一卷、《戲曲散論》十三則等的基礎之上，撮取菁華要義，然後完成的。也就是說，靜安先生從光緒三十三年（1907）至民國二年（1913）六年之間，以研究撰著《宋元戲曲史》為志業；他的方法是先作基礎研究，分別探討其中關鍵，最後於民國元年十一月旅居日本時著手撰寫，翌年元月中完成了這部曠世鉅著。

　　於是我師法靜安先生，認為要了解洪昇家世生平交遊際遇，就得先為他編撰年譜；要了解《長生殿》的題材、故事的來龍去脈，就得先探討唐明皇、楊貴妃的歷史面貌和逸聞傳說，及其相關作品；要了解《長生殿》的戲曲結構，就得先分析其聯套排場；要了解《長生殿》的曲牌音律是如何的不逾矩，就得將《長生殿》的各種版本和相關曲譜，拿來斠律。於是我依次寫出了〈洪昉思年譜〉、〈楊妃故事的發展及與之有關的文學〉、〈長生殿排場的研究〉、〈長生殿斠律〉，從而汲取其要旨來作為〈胎息淵厚〉、〈寄託遙深〉、〈佈局謹嚴〉、〈排場妥貼〉、〈音律精審〉等節次中的內容，以此見〈長生殿在戲曲文學、藝術上的成就〉，並根據〈洪昉思年譜〉來敘述洪昇的家世、生平、交遊和著作。

　　對於論題研究，先分析論題之構成元素，並對構成元素分別做基礎探討，然後取其菁華以完成論題；這樣得諸靜安先生的治學方法，便成為我學術上的不二法門。即使到現在，我還是奉為圭臬，執此以往。

　　此外，對於論題我又很重視其關鍵名詞的定位，因為定位不明，必然觀點不明、理念不清，論述又如何能無懈可擊，而學界每每陷落於此。譬如如

果不先弄清楚什麼是「戲劇」、什麼是「戲曲」，所寫成的「戲劇史」、「戲曲史」，便會「百病叢生」；不先對如何才是戲曲之「淵源」、「雛型」、「完成」、「發展」、「衰落」有所界義，怎能條理清楚論述其來龍去脈？對「腔調」之意義不明，又如何了解南戲溫州、海鹽、弋陽、餘姚、崑山諸腔？對「小戲」、「大戲」不知所以，又如何能夠論斷「小戲可以多源並起，大戲只能一源多派。」對「劇種」分野之基礎不予探究，又如何能分辨「體製劇種」與「腔調劇種」之所以不同，以及其間之關聯與互動。對「當行本色」不先行追根探源，又怎能不如明人之蒙混胡說以評論戲曲。對「結構」名義如果不透澈，又怎能不如明清論者但以「情節佈置」來落實，又怎能知道戲曲有外在結構之體製規律與內在結構之排場類型。如果不分析「聲情」、「詞情」之所以為名之要件，怎能說明其間之如何「相得益彰」。如果不先考察「科泛」實由「格範」之形近音同而訛變，就無法說明今之所謂「程式」自宋元而已然。如果不先弄清楚「鶻伶聲嗽」、「永嘉雜劇」、「戲文」、「戲曲」、「永嘉戲曲」、「南戲」、「傳奇」之意涵，又怎能由此梳理出南曲戲文之小戲源生、大戲完成、與北劇抗衡、向外流播乃至於蛻變轉型。同樣的，如果不先考證「院本」、「院么」、「撤朗末」、「撤么末」、「么末」、「雜劇」、「北劇」、「南雜劇」之本義，又怎能由此而探知北曲雜劇之來龍去脈。

我也重視論題中所含統緒之梳理，譬如從漢魏樂府之艷、解、趨亂，唐宋大曲之散序、排遍、入破，金元北曲之首曲、正曲、煞尾與宋元南曲之引子、過曲、尾聲，其間實有傳承關係。又譬如樂曲牌調，就本身變化而言，有襯字、增字、減字、增句、減句與集曲、犯調之現象；就其「聚眾成群」而言，有重頭、換頭、重頭換頭變奏、子母調、帶過曲、姑舅兄弟、雜綴、循環轉踏、纏令、賺曲、合腔、合套、南北合套等方式。又譬如以宋元南曲戲文為母體與金元北曲雜劇交化而蛻變形成的「明清傳奇」，其間必須經過三化：北曲化、文士化、水磨調化；反之，以金元北曲雜劇為母體與宋元南曲戲文交化而蛻變形成的「明清南雜劇」，其間也要經歷三化：文士化、南曲化、水磨調化。又譬如「折子戲」之「折子」原指書寫在「摺子」上的片段劇本，由於其短小便於掌中把握，亦稱「掌記」。而「摺」通「折」，故亦

寫作「折子」。文獻上「折子戲」或稱「折」，或稱「齣」，俗稱「折子」，不過是在「折」字下加詞尾「子」，使之成爲帶詞尾之複詞「折子」以便稱呼；其結構亦如在「齣」字下加詞尾「頭」，使之成爲「齣頭」。但由於「齣頭」說的人少，「折子」和「折子戲」便成爲通行的戲曲名詞。其選輯因大抵取全本之菁華，故每以「摘錦」、「奏錦」、「錦曲」、「萬錦」、「合錦」，或「選粹」、「萃雅」、「拾翠」稱之，但也有逕以其出諸衆多之全本而稱之爲「雜出」、「雜曲」、「雜戲」、「雜劇」。而將「折子戲」用來稱呼短小獨立經舞臺實踐具行當藝術的戲曲名詞，則晚至一九四九年中共建國之初，因爲民國早期之戲曲名家如齊如山、莊清逸、傅惜華等尚沿襲明清稱之爲「折」或「齣」。「折子戲」其實爲中國戲曲演出的古老傳統，這種傳統見諸先秦至唐代的「戲曲小戲」和宋金雜劇院本四段中的「段」、北曲雜劇四折每折作獨立性演出的「折」，以及明清民間小戲與南雜劇之一折短劇。其緣故是中國有以樂侑酒的傳統禮俗，也有家樂的傳統，而明代的家樂又特別繁盛。以樂侑酒，其所演出的戲曲勢必不能冗長；而北劇南戲演全本的時間，北劇要一個下午或一個晚上，南戲傳奇則要兩個晝夜或三個晝夜。都非「侑酒」所容許，因而採取傳統的片段性演出。在明正德嘉靖間，北劇南戲刊本就有摘套與散出的現象，如《盛世新聲》、《雍熙樂府》等，而《迎神賽社禮節傳簿》也反映了民間祀神禮儀中零折散出的演出情形。

　　我對戲曲的研究如此，對於俗文學的研究我自然也如此。於是拙著《俗文學概論》前有〈總論〉，分〈民間文學、俗文學、通俗文學命義之商榷〉、〈俗文學的範圍和分類〉、〈俗文學的特性〉、〈俗文學的價值〉、〈俗文學資料及其蒐集整理〉等五章。主文分四編：首編〈短語綴屬〉，又分〈俗語〉（諺語、歇後語、慣用語、口頭成語、秘密語）、〈謎語〉、〈對聯〉、〈遊戲文字〉等四章。次編〈各類型之「故事」〉，又分〈寓言〉、〈笑話〉、〈神話〉、〈仙話〉、〈鬼話〉、〈精怪故事〉、〈傳說〉、〈童話〉、〈民間故事〉等九章。三編〈民族故事〉，前有〈導言〉，後有〈餘言〉，又分〈牛郎織女〉、〈西施〉、〈孟姜女〉、〈梁祝〉、〈王昭君〉、〈關公〉、〈楊妃〉、〈白蛇〉、〈包公〉等九章。四編〈韻文學〉，又分〈歌謠〉、〈說唱〉、〈地方戲曲〉三章。末後〈餘

論〉則簡論少數民族之敘事詩和史詩。全書每章之下，又分若干節。其所論俗文學各類別，莫不首辨名義、次敘源流，蓋名不正則言不順；源流不明則無以見其概要。然後舉例說明，以見其語言、體製、特色與價值。我將俗文學分作四編，藉此可以見其犖犖之大者；而編下各章排序，亦用以見其關聯。首編之〈對聯〉與〈遊戲文字〉，每為學者忽略，尤其〈對聯〉俗用尚大，故特詳論其規律作法；二編之〈仙話〉、〈鬼話〉、〈精怪〉亦鮮為學者所顧及，但實為新興之研究題目；三編之〈民族故事〉，其名義為本人所創說，其研究方法亦為本人所發明。另外又有所謂「影子人物」，亦為本人所創之新學術名詞。

五十二年來，我的學術和教學範圍，如上所云，以戲曲為主體，而以俗文學、韻文學和民俗藝術為羽翼。檢點總體成績，有兩本學位論文，《洪昇及其長生殿》、《明雜劇概論》，和《蒙元的新詩——元人散曲》（1981）、《說民藝》（1987）、《臺灣歌仔戲的發展與變遷》（1988）、《中國古典戲劇的認識與欣賞》（1991）、《俗文學概論》（2003）、《戲曲腔調新探》（2008）、《戲曲源流新論》（2008）、《地方戲曲概論》（2011）等專書十一種；另有期刊論文一百四十三篇，結集於《中國古典戲劇論集》（1975）、《說戲曲》（1976）、《說俗文學》（1980）、《詩歌與戲曲》（1988）、《參軍戲與元雜劇》（1992）、《論說戲曲》（1997）、《從腔調說到崑劇》（2002）、《戲曲與歌劇》（2004）、《戲曲本質與腔調新探》（2007）、《戲曲之雅俗、折子、流派》（2009）、《戲曲與偶戲》（2013）、《戲曲新論十題》（2016）等十二書之中。

近兩三年來我又以上述二十三書為基礎，重新建構體系、分章設目，聯鎖融會其相關論述，又或補苴其不足，或修訂其疑義，或創發為新論，庶幾使讀者能更清楚的看出我對戲曲的整體見解而命之為《戲曲學》。全書分作十二論（見附錄），其中第壹論至第柒論合為第一冊，第捌論至第拾論合為第二冊，第拾壹論含論文三十六篇合為第三冊，第拾貳論為第四冊，依次出版。全書約一百五十餘萬言。其第四冊《論說「戲曲歌樂基礎」之建構》為科技部「行遠計畫」委託撰著之書，謹此致謝。而三民書局發行人劉振強先生惠然預約此書，其編輯同仁也加緊作業速度，已趕在四月為我出版《戲曲學》

第一冊，使能與研討會「共襄盛舉」，使我銘感於心。而我打算此後以《曾永義戲曲史論文彙編》之重要觀點和創發，效靜安先生《宋元戲曲史》之撰述方法，寫作《中國戲曲史》。希望天假我年，使我健康，完成我的宿願。

四　人間愉快走江湖

以上敘述了自三十歲以後，我平生教學研究的兩大工作，其次應當說的是我從事三十餘年的民俗藝術研究和維護發揚。

「民俗藝術」是指在鄉土長久傳承，與群眾生活息息相關，具有類型化、集體化和實踐性、特殊性、變易性等特質的手工藝術和表演藝術而言。它實質上是民俗文化最具體的表徵，由於它扎根生活，屬於群眾所有，所以也最能體現群眾的意識、思想和情感，發揮群眾的精神，流露群眾的心聲。又由於它與時推移，所以既是一切藝術文化的根源，同時也是現代藝術文化的先機；它不止可以使一個民族世代相傳、綿延不絕，同時也可以使當代國民的生活內容豐富、品質提高。

但是我中華民族自從鴉片戰爭以來的百數十年間，由於民族自尊心的喪失，引發了民族文化的式微，就中以民俗藝術文化為甚。而臺灣更在日人統治下煎熬五十年，民俗藝術文化所受到的摧殘，尤為慘重。所幸三十年前，一群對臺灣本土和傳統藝術文化深為覺醒的有志之士，包括學者專家、社會賢達，如丑輝英、徐瀛洲、辜偉甫、許常惠、郭東星等，成立「中華民俗藝術基金會」，以「維護中華民俗藝術，以期我國民間藝人的優良傳統得以保存與繼承，民俗藝術文化的學術價值得以肯定，中華民俗藝術無論在國內外得以發揚光大」為宗旨，以許常惠為執行祕書，負責推動業務。

許常惠是海內外負盛名的音樂家，一九六〇年代發起「民歌採集運動」，一九七〇年代舉辦「民間樂人音樂會」，已造成很大的影響。至此，復假基金會出版《民俗音樂專輯》、《民俗藝術叢書》，完成「雅美族民歌採集」，舉辦「南管國際學術會議」。

我認識許常惠緣於他邀請我參加南管會議，我們一見如故、相顧莫逆，

從此我稱他為「許大哥」。他於一九八○年南管學術會議之後，推薦我為基金會董事，那是基金會成立的第二年。

　　許大哥以「篳路藍縷」的精神擔任基金會執行長十餘年，引導我參與已經起步的「民俗藝術運動」。那時我由於為文建會連續製作四屆「民間劇場」（1983-1986）、規畫「高雄市民俗技藝園」（1986），乃結合友朋、及門弟子執行臺灣民俗藝術之全面調查與鑑定。而許大哥亦參與其事，多所顧問和指導。一九九○年，許大哥把基金會執行長的職務交付予我，我只有一個想法「不負所託」，我請來立委陳癸淼擔任董事長。我一方面把民俗藝術分作「藝能」與「工藝」，前者為表演藝術，有民樂、歌謠、說唱、雜技、小戲、大戲、偶戲七大類，各有所屬，品類繁多；後者為手工藝術，以製作手法分，有雕塑繪製裁燒編染織等類別，如再副之材質，則「雕藝」，即有紙皮木石金玉冰竹瓠果蔬毫芒等多種。將如此林林總總的民俗藝術做全面的關懷和從事，更從而主張「以民俗藝術做文化輸出」、「現身說法」，多次率領團隊赴歐亞美非澳列國巡迴展演。另一方面發動熱心人士捐獻基金，曾以「背水為陣」的心情，貿然購買基金會現址，使基金為之枯竭，但也因此同心協力，別開生面，不再有「流浪之苦」。

　　一九九五年我央求林明德教授接任執行長，許大哥被推為董事長，我為副董事長。明德點子多、幹勁足，首先建立制度，重新安排工作人員，將會址布置得煥然燦然，使人刮目相看。他積極推展業務，主動探索資訊，提出計畫，執行期間親自監督，成果務使充實，尤其出版品更講究精美。而展演活動則以學術理念為基礎，配合媒體宣導，必使參與者感到「豐收」的愉快。也因此基金會更加受到有關單位的信賴和藝文界的肯定。於是基金累積逐年增多，圖書錄音錄影帶琳琅滿目，有如瑯嬛福地。於是租賃隔壁樓房，闢為會議室與講演廳；研究助理埋首案頭，成行成列。

　　二○○○年由於許常惠出任國家文化基金會董事長，乃由我繼任民俗藝術基金會董事長。我主張董事分工主導業務，使之皆能參與，發揮所長。因為基金會集合了不少學有專長的董事，如徐瀛洲之山地藝術文化、莊伯和之手工藝術、李乾朗之傳統建築、李豐楙之宗教文化、蔡麗華之民族舞蹈、施

德玉之戲曲音樂、陳勝福之歌仔戲、呂錘寬之南北管，以及柯錫杰之攝影、
洪惟助之崑曲、周理悧之西樂、吳騰達之雜技、吳明德之偶戲等；執行長林
明德則以民俗小吃和藝文，我則以戲曲、俗文學。我們都各就專長主持調查
研究和展演，並藉此培養後生晚輩。我又主張將隔壁租賃的樓房購買下來，
因為基金會的財力已足以辦此。也因此使得基金會空間擴充為八十餘坪，幾
乎成為「全方位」的民俗藝術中心。而許大哥不幸於二十一世紀元旦凌晨去
世，我們就將它闢為「創辦人許常惠教授紀念室」。

　　二〇〇八年六月我辭董事長職務，以便接任的新班底能展現新猷。在我
擔任董事長期間，非常感謝三位執行長：林明德建樹許多業績，因任教彰師
大又擔當系主任、院長，乃至於副校長，難於兼顧基金會而辭職；洪淑苓任
教臺大，也因難於兼顧家務，未逾年而辭職；曾子良任教海大，兩年間任勞
任怨，完整而鉅細靡遺的將基金會交付新執行長張瓊慧。

　　回顧我在基金會整整二十八年，由董事十年而執行長五年而副董事長五
年而董事長八年。總體的感覺是我以一介書生除教學研究培養學生外，基金
會的工作是我這輩子對社會國家最大的奉獻，而它是難於見實效的文化事
業，我心中則領受到同仁共同努力的愉快，時時有無愧無憾的感覺。以下且
敘其所從事之犖犖大者如下：

　　其一，我所主持之全臺灣地區民俗技藝調查以作為規劃「民俗技藝園」
藍圖基礎之具體成果為：規畫報告書凡三十五萬餘言，實質環境設計圖六十
餘張，另附錄藝人資料卡一千餘張，相片四百餘張、幻燈片一千三百餘張。
其中活動內容規畫又分民樂歌謠說唱、雜技小戲、偶戲大戲、工藝、民俗小
吃與土產五部分，每部分均先就學術立場作導論，然後再說明調查、分類和
對藝人團體藝術層級之鑑定。

　　其次在國內展演方面，以一九八六年中秋前後之第五屆「民間劇場」內
容最為豐富，場面最為盛大，五天五夜裡觀眾超過百萬人次，其工藝棚六十
三項、一百棚；其大戲八場、偶戲十一場、民樂六場、歌謠五場、小戲雜技
國術二十五場；另有說唱七場、燈謎二場，共四十一項六十四場。此屆「民
間劇場」總計一百零九項，一百六十九場，參加演出人員超過兩千人。

其三在兩岸學術與展演方面,以二〇〇二年七月之「兩岸戲曲大展」為最。

「兩岸戲曲大展」是文建會傳統藝術中心七月間慶祝宜蘭開園的盛大活動,有多彩多姿的踩街、開幕儀式、園遊會、戲曲展演,還有戲曲音樂會、戲曲研習營、兩岸戲曲學術研討會,其在藝術文化上的意義是非常重大的。我們請來的劇團有大陸七團、本地四團,共十一個劇團演出十個劇種,劇目四十二,含小戲十目,大戲折子二十四目、本戲八目。

其四以民族藝術作文化輸出,率領團隊到國外展演,就中以「民族樂舞在匈牙利」最值得一記。

二〇〇二年匈牙利國際民俗藝術節自八月十二日至八月二十二日在首都布達佩斯南方的三個城鎮 Tököl、Ráckeve、Százhalombatta,輪番巡迴演出。由中華民俗藝術基金會組成的「民族樂舞團」,是從蔡麗華教授的「臺北民族舞團」和黃春興的「草山樂坊」搭配而成的。他們都具有嚴格的專業訓練。樂團以國樂為基礎,演奏鄉土味濃厚的樂歌;舞團從賽會中汲取八家將、跳鼓陣、十二婆姊的雜技精華,從歌謠中吸收〈白牡丹〉的情境,從小戲中變化〈桃花過渡〉的機趣,從少數民族舞蹈模擬孔雀舞的柔美,從武術技法聚會健身的操練,無不融入藝術的精神,呈現自然抒發的思想情感,所以能夠受到最高評價。

其五,錄製影帶保存珍貴的藝術文化,以一九九二年、一九九五年兩度錄製之《崑劇選輯》一百三十五齣經典劇目影響最為廣遠,皆為大陸六大崑劇團名家盛年、藝術巔峰期的代表作,可供崑劇之觀賞、教學、研究之用,我主張將之收入正編輯中之北京藝術研究院主編之《崑曲大典》,成為人類共同的文化資產,遺憾未克達成。

以上所舉,不過較重要的幾件,如果要詳述其事,不止非篇幅所能容,還要費一番心思。就記憶所及,二十八年間我所主持之調查研究計畫,總有十數種,率領團隊出國,不下卅六次,錄製之影音資料多達數百種,至於學術與展演活動,亦屈指難數。其間還主張「精緻歌仔戲」,將歌仔戲、南管、布袋戲等躋入國家兩廳院演出;與馬水龍、許常惠、游昌發三大音樂家

合作，嘗試「中國現代歌劇」之探索，還為京劇、崑劇、豫劇、歌仔戲編寫十五個劇本，展演於兩岸重要劇場。撫今追昔，真是可以無憾無愧了。而這些「成就」大部分是基金會幫我完成的。我怎能不對這全國唯一由學者專家、社會賢達所組成有永久會址的「中華民俗藝術基金會」充滿感激之情呢？我怎能不對長年如兄如弟如姊如妹的同仁滿懷溫馨眷戀呢？

而今驀然回首，基金會已及「壯年」。而當我以「名譽董事長」的身分再踏入基金會時，看到兩間辦公室的雅致整潔超過往昔，知道同仁的文化業績提升許多，又怎能不令我油油然感到欣慰呢？

我從事民俗藝術文化工作是抱著書生報國的信念，結合同好，以基金會為後盾，愉愉快快的行走江湖；而在「走江湖」之際，我喜歡經手由心的記下所見所聞所感；我又好與人為善，也藏不住自己的看法。因此每碰到有意義的文化活動和藝術展演，乃至於為徒兒和友朋們的藝文、戲曲專著，我都常以序跋的方式，在報刊寫推介文章。這些文章跨度長達三十幾年，已結集為三書：二十三篇為《說民藝》，於一九八七年六月由幼獅文化事業公司刊印；其一百六十三篇為《戲曲經眼錄》，於二〇〇二年九月由觀光局資助中華民俗藝術基金會發行；其一百七十三篇為《藝文經眼錄》，於二〇一二年四月由國家出版社出版。總計三百五十九篇，其他或已被編入散文集者，或近年所寫尚為散篇者，尚有多篇。若總計其字數，恐不下於八十數萬言。則即此亦可見我之奮力於藝術文化，尤其是為戲曲之弘揚與實踐，實已鞠躬盡力。

而若論我從事民俗藝術文化工作，對社會產生的效應，則時任文建會主委的陳奇祿院士在《說民藝》〈序〉中說：「七十一年之民間劇場，委託文化大學教授邱坤良先生策劃製作；七十二至七十五年，則均委託臺灣大學教授曾永義先生規畫製作。五年來民間劇場引起各界相當關注，迴響熱烈，公私團體，及各級學校，頗多配合；或自行規畫各種活動，或邀請民間藝人演展教學，已收得推廣之實效。曾教授更以四年來為民間劇場所撰鴻文，及有關民藝叢談之作，裒輯成冊，都十餘萬言，照片七十張，出版問世，用心之誠，良可欽佩！尤以〈臺灣地區民俗技藝的探討與民俗技藝園的規劃〉一

文，闡發民間劇場之理念，融匯本會多年統籌策訂之目標與方針，殊為難
得。」[3]

二〇一三年我被李歐梵、王德威、夏志清、丁邦新、李壬癸五位院士推
薦為中央研究院院士候選人，並幸運當選。在推薦書中的「研究之重要成
果」是這樣寫的：

曾永義教授為本地學術土壤培養出來的傑出優秀學者，獻身學術研究及
高等教育凡四十三年，治學精勤，力作等身；尤其能將所學所見落實於藝術
文化之推展、提升與再興，至為難得。其戲曲論著風行兩岸，早為美國柏克
萊加州大學及兩岸三地多所大學用作教材；於戲曲之學術、推廣、創作之總
體成就，已為兩岸乃至國際公認難出其右，因之迭獲諸多崇高榮譽，每為兩
岸、香港、韓國、美國之大學邀請於國際學術會議作開幕之主題講演，或閉
幕之總結講評。已有期刊論文一百三十四篇，一百六十目；著作成書者二十
八種。茲將其研究之重要成果與貢獻，約為數端，要述如下：

一、**致力戲曲理論與戲曲史根本性、爭議性問題之解決**：曾教授對兩岸
戲曲理論與戲曲史研究著作類型，及其得失與所存在的問題瞭如指掌，乃以
單元性論題逐一將之突破、解決。譬如戲劇、戲曲的命義與分野，戲曲於何
時又如何淵源、形成等問題，自王國維以來即眾說紛紜；另如小戲、大戲、
劇種、腔調等重要之觀念，亦從未被真正認知；而南戲、北劇，在戲曲史之
地位一如中國大地之長江、黃河，然其相關名稱以及淵源、形成，亦迄未考
證清楚；諸如此類，曾教授在其《戲曲源流新論》中皆有創發性之觀點與見
解，可填補闕疑並平息爭論。此書亦因此而極受學界重視，除在臺灣出版
外，在北京亦已被兩度出版。至於其他相關戲曲理論與戲曲史單元性問題之
論述，曾教授已累積百數十篇，文字達數百萬言，見於所著《戲曲與偶戲》、
《戲曲之雅俗、折子與流派》、《曾永義學術論文自選集》……等書之中。

二、**開發學術新領域與揭示研究方法**：戲曲研究，迄今不過百年。曾教

3　陳奇祿：〈陳序〉，曾永義：《說民藝》（臺北市：幼獅文化事業股份有限公司，1987
　　年），頁2。

授以堅實的樸學實證為根柢，開發學術新領域，如中國地方戲曲、明清雜劇之全面探討、元雜劇體製規律溯源、元雜劇之演出過程、南管中之古樂與古劇成分、參軍戲之成立及其演化等等，皆為此類論題研究之先驅。見於所著諸論文集外，其中《臺灣歌仔戲的發展與變遷》開創研究歌仔戲百年發展之脈絡，《地方戲曲概論》八十餘萬言，周延而深入論述古今地方戲曲之內涵與質性；《明雜劇概論》三十萬言，為研究一代體製劇種之典型。而《戲曲腔調新探》三十餘萬言，亦可釋學者對此重要戲曲論題長年以來之迷思。曾教授更講究研究方法，因以《長生殿研究》作戲曲劇本研究之範例，研究生之論文寫作多以此為圭臬；又以〈評隲中國戲曲之態度與方法〉，揭櫫八端以為準則，雖已歷三十八年，仍為海內外學界所依循。

　　三、開啟俗文學資料之整編與研究：早在一九七三年，曾教授即主持完成中研院史語所所藏俗文學資料的整理、分類和編目工作，分為六大部屬、一百五十七類、一萬零八百零一種、一萬四千八百六十目，於一九八〇年撰成《說俗文學》二十六萬言。又於一九九六年受教育部委託，完成《俗文學教材與研究資料》之編輯，於二〇〇三年撰成《俗文學概論》六十餘萬言。後者首先破除並世學者所謂「俗文學」、「通俗文學」、「民間文學」之糾葛，明確俗文學之範圍、類別，分編建目，綜輯諸說，擷菁取華，斷以所見；說其定義、述其特性、發其旨趣；追溯原典，徵舉實例，詳列書目；以此開創俗文學論述之「新體格」，其中有關「民族故事」與「影子人物」尤為獨家創說，為同道所稱述。

　　四、引領臺灣鄉土傳統藝術之調查研究，並將民族藝術文化輸出於國際：曾教授於一九八一年加入中華民俗藝術基金會，歷任董事、執行長、董事長。三十三年來，率領學生作全臺民俗技藝諸如：歌仔、南北管、高甲、車鼓、布袋、傀儡、皮影等戲曲，及大陸閩、粵、滇、黔、桂、陝、甘、晉、豫、徽、齊、湘、鄂、贛等各省戲曲之調查，有《戲曲經眼錄》四十餘萬言，有《說民藝》十餘萬言，有《藝文經眼錄》三十餘萬言；主持文建會「民間劇場」，推動觀眾達百萬人次之大型展演活動四年，締造政府與學校尤其青年學子重視鄉土傳統藝術之熱潮；主持「高雄市民俗技藝園」之規

畫，有《臺灣民俗技藝》四十餘萬言，其理念與構想今已落實於宜蘭「國立傳統藝術中心」；又由此推動兩岸歌仔戲、梨園戲、莆仙戲、地方戲曲等鄉土傳統戲曲，以及崑曲之交流演出與學術探討，錄製大陸六大崑劇團經典性劇目一百三十五齣，主持培訓班以傳承崑曲藝術，有《從腔調說到崑劇》十數萬言；並指導博碩士研究生以鄉土藝術為論文題目，乃至於主張「以民族藝術作文化輸出」，親率劇團歷歐、美、韓、日、中美、東南亞、澳洲、南非、大陸作巡迴演出，宣揚民族藝術文化。

〈推薦書〉雖多為溢美之詞，但確實都是我努力從事過的。

五 舊詩、散文遊戲人間

至於我在藝文創作方面，雖然已有舊詩存稿一千數百首，但沒人說我是「詩人」；散文已有《蓮花步步生》（臺北市：正中書局，1984年）、《清風明月春陽》（臺北市：光復書局，1988年）、《牽手五十年》（臺北市：聯經出版事業公司，1990年）、《飛揚跋扈酒杯中》（臺北市：正中書局，1992年）、《人間愉快》（臺北市：正中書局，1994年）、《清風明月春陽》（臺北市：書泉出版社，1996年，新編版）、《愉快人間》（基隆市：亞細亞出版社，2000年）、《人間愉快》（卜鍵選編，北京市：人民文學出版社，2004年）、《椰林大道五十年》（臺北市：國家出版社，2008年），以及近年所寫的一些零篇。總計有書五種，選輯兩種，篇目約四百餘題，論數量也不算少；但也沒人說我是散文家。我想大概是我將這詩文都只用作「自娛」，寫的都只是些山川遊興、旅途見聞，或儷侶新故之情，或天倫團聚之樂，或人生體悟之思；毫無經國淑世之想與福澤人民之能。所以內容貧乏，感慨不深，兼以性情簡單樸實，行文自是質木無華。若此焉能吸人眼目、動人情懷。其不流於覆瓿之譏已是萬幸了。但家有敝帚，享之千金，在這裏我卻要多費些筆墨，因為其實從中才能真正看出我是何等樣的人。

我早年在大學部開「詩選」課，重在講授賞詩論詩的基礎修為，並未督促學生勤於習作。因為我認為舊詩已過了時，我們無須再與古人爭短長；我

雖然好即興賦詩，但卻未予以妥善保存，所以皆「散落人間」。直到一九九二年黔桂之旅，以詩紀行，才為了「雪泥鴻爪」，學習李賀那樣將所作擲於「詩囊」；只是我的「詩囊」事實上是牛皮紙袋；用來書寫的紙張，甚至於連餐廳手巾或筷子紙袋都有。可見我的《詩存》是年過半百之後，約略與高適發奮之時等同；而也已經二十三年矣。

蕭麗華原任臺大中文系教授，講授古典詩；現任佛光中文系主任。我指導她以元詩作博士論文。她讀過我的《詩存》全稿，為我寫了一篇〈人間有情．春陽煦煦〉，說我的詩作「展現生機勃勃、機趣橫溢的多元風貌與獨特情味。」為乃師極盡揄揚之能事！

其一是「口占風雅，即事成韻。」說我以「即席」或「口占」為題者不計其數。譬如二○一一年〈讀因百師〈李賀生平及其詩〉後口占〉：

電光石火一曇花，李賀幽微入晚霞。恍惚迷離沈冷豔，寒驢款段是生涯。

又二○一二年〈單車巡迴校園有感口占〉：

天氣澄和值仲春，車行景色似鋪陳。嚶嚶眾鳥鳴花木，習習涼颷拂曉晨。莫嘆紅櫻飄滿地，且看碧草已成茵。循環物理人終老，綠酒深杯白髮新。

其二是「寶島神州，風光現前。」說我「每年的行跡交織在寶島各地與神州各省，捕捉名山勝景、琳瑯風光，織就人文地理兩張美麗的彩錦。」譬如：一九九九年〈與李哥、仲寶、羅公、炎智、元立登政大後山〉：

桃李梅櫻齊作花，春山著意鬥榮華。何人不有春山意，一入春山便是家。

又二○○四年〈黃州赤壁遊〉：

一從蘇子泛輕舟，斗煥文章千百秋。赤壁空餘浮地水，長江遠去接

天流。夕陽紅暖黃花路,明月蒼涼白玉樓。步武東坡知寂寞,古今如夢卻悠悠。

其三「党魁酒仙,愉快人間。」說我們「酒党」「尚人不尚黑」,而以「人間愉快」為宗旨。因此詩作中酒趣甘醇豪邁。如一九九二年〈於臺北寧福樓即席示李鴻烈〉:

人間得意幾多時,多少知心有所思。最記香江風雨夜,通宵對酒更吟詩。

又一九九四年〈除夕前二日口占〉:

萬里長天萬里風,高高暖日自當空。三春花事清吟裡,蓋世功名濁酒中。綠水青山光燦爛,黃鸝白鷺雨朦朧。人間處處開心眼,一任江河不住東。

其四「佳句聯翩,自然天成。」說我「詩句感發,自然天成,往往內蘊成熟的音律與聯翩的詞采。」譬如二〇一四年十一月〈臺大醫院住院感賦〉:

至親至愛莫悲傷,世道人間豈有常。對此焉能不垂淚,無何感慨欲張狂。可憐曾記三生石,難作堅持百煉鋼。白髮蕭疏大病也,明窗款款落斜陽。

又如二〇〇四年八月二十八日〈晨運偶成二首〉:

‧夢斷香銷四十年,此中最苦是纏綿。放翁展轉驚鴻影,憾恨無端在沈園。

‧椰林大道憶韶年,不盡相思不盡天。最是清風飄夢影,舉頭星月自堪憐。

其五是「書燈雪鬢,翰墨千秋。」說我的古典詩世界裡,最感動她的是「書燈、雪鬢。」譬如二〇一三年〈晨課口占〉:

乍暖還寒二月天，侵晨莫道好酣眠。孤燈白髮輝顏色，一介書生尚古篇。

又〈二〇一四年九月二十四日晨課〉云：

緣何白髮守孤燈，不學鷦鷯自躍騰。化雨春風安本分，奮飛曾是九霄鵬。

麗華還說我「至情至性，李杜風調。」我怎敢和李杜相提並論。真難為麗華，為了揄揚乃師，不惜三分說作七分，七分強添十分。其實我的舊詩盡是「隨興」，所以以七絕易成作得最多，五七律還有一些，其他尤其排律古體則寥若晨星，緣故是那要運思謀篇、端坐案前才能完成。我既無此功力，也不願費時費思。也因此，我的舊詩，自然詩體偏狹，內容單薄，思想膚淺。哪能像詩聖杜甫那樣諸體皆備，沒有不能敘寫的題材內容，沒有不能表達的思想情感；既沈鬱又勃發，既博大又均衡。吾輩瞻之仰之唯恐不及，怎可以之為喻呢！

我寫散文起步很晚，直到一九七八年六月我將到美國哈佛大學訪問，一天清晨醒來，把首度出國的情懷寫成一篇五六百字的〈行將萬里〉，請沈謙指點，他雖小我多歲，但已甚負文名，沒想到這篇短文被瘂弦看到，便在他主編的《聯合副刊》發表，成為我副刊上的「處女作」。從此我的散文也和舊詩一樣，用來記行、記事、記思、記感與記人。寫得最勤的是青壯年驛馬星動、飄洋過海的時候。發表的園地以《聯副》最多，其次是《中央副刊》、《中時人間》、《中華》與《台灣》副刊。

我在報刊上發表的散文已結集為五本書，陳義芝、郝譽翔和卜鍵都讀過。

卜鍵是我大陸的摯友，他從我的散文集中選出七十幾篇，編為《人間愉快》，於二〇〇四年十一月幫我在北京人民出版社出版，他為我寫的序是〈直取性情真〉，說：「永義先生是一個重感情、負責任、能擔荷的人，一個充滿激情和活力的人。他以己身為獻祭，矢志不渝地投身于華夏精神與文化的求索傳承；復以散文為外傳，不斷記錄著自己的天涯行腳和心路歷程。雪

北香南，雪泥鴻爪，人生本來就有許許多多可珍貴的東西，學術人生原也可以綻放出斑斕絢麗，講堂與校園更是永遠真情絡繹的所在。他把自己的遭際和感悟訴諸紙墨，再結集出版，積以年月，而得《蓮花步步生》、《牽手五十年》、《飛揚跋扈酒杯中》、《清風明月春陽》等多種。人世美景和人生快境，對學術的執著和生活意態的閒適放曠，沉思和迷醉，更多的當是親情、友情、孝情、師生情、同學情……盡在其中。我曾豔羨他對學生的關愛呵護，而讀到其寫幾位老師的篇章，更是被深深打動──這時的他自然地又成了學生，一個追隨老師數十年、敬愛益深、勤謹不減的老學生。」[4]

郝譽翔是我的及門弟子，她為我寫了一篇〈努力愛春華，莫忘歡樂時〉，說：

> 曾老師的散文，大抵不離開他的生活：從中文系的求學歷程，到畢生投入的戲曲研究和田野調查，乃至於看戲，品文，以酒和家人好友歡聚，並且從中滋生而出的『人間愉快』生活哲學等等，戲曲，文學，美酒與親友這幾大面向，可以說是以『愉快』作為核心，彼此之間環環相扣相生，而體現了曾老師個人的生命與思想。

又說：「《戲曲經眼錄》和《藝文經眼錄》這兩本書，便可說是曾老師除了學術論文以外，對於當代戲曲和藝文的觀察心得。前者是以戲曲為主，有為書或是為演出所作的序文，也有針對各種戲曲：從莆仙戲、梨園戲、崑劇、京戲、歌仔戲、採茶戲、偶戲、現代戲等等的針砭評論，故綜合覽之，彷彿就是一部活生生的當代戲曲生態大觀，記敘了許多精彩的人事與演出，也慧眼點出了許多臺下觀眾所未能得見的奧妙內幕。……《戲曲經眼錄》的姊妹之作《藝文經眼錄》，則跨出戲曲範疇，囊括了碑記、演唱、書畫、國樂、南管、民藝、俗文學、展覽、詩詞、散文、雜技、小說等等，包羅廣博，最能展現曾老師博學多聞的宏觀視野。

---

4 卜鍵:〈直取性情真〉，曾永義:《人間愉快》(北京市:人民出版社，2004年)，頁3-4。

又說：「曾老師總愛以幽默的筆法，點染出赤子之心的真性情，故令人讀來往往不禁莞爾，會心一笑，更為這人與人之間撤下假面藩籬，而能真誠坦露自我，自在歡聚的時刻，而感到悠然神往起來。『努力愛春華，莫忘歡樂時』，正是這幾本散文所洋溢的積極而正向的氣息。……在現代散文日趨雕琢藻飾，用字華美，而越來越走向纖細的頹廢美學之際，曾老師的散文卻是自成一格，堅實樸拙而且有力，開創出宏大的生命格局，更顯得難能可貴。」[5]

陳義芝主編《聯副》時用了我許多文章，激揚了我寫作散文的興趣。他為這次學術會議，寫了〈論說曾永義先生散文創作風格〉，文長一萬餘言，令我十分感動。他把我定位為「學者作家」，使我躋於作家之林，感到非常榮寵。他從「文化風情與作者深情」、「名義辨析與『遊』的精神」、「與時消息，有個自家在內」、「親情書寫與生命本體形塑」四方面加以論述。最後說：

> 如果只能舉示一篇文章介紹曾永義的散文風格，我選他近乎知天命之年寫的〈給項羽〉，這是一篇博通史實又具備「酒魁」霸氣與詩人性情的文章。作為項羽知己，他批評人云亦云的腐儒，從稟賦、待人、行事、性格等多面向評斷史家正反的評論。以書信體表現，特能托出英雄相惜之心，將壯士的成敗、人生的恨憾，剖析得淋漓盡致。古書讀得不多的，或雖讀得多卻失去心靈活水的人，是無法寫出這等清脾洗肺的大文的。

又說：「學術研究與創作雖然很難兼顧，但才情與運用時間的能力不同，未嘗沒有特例，那麼，『學者作家』雖未必需標榜為一種創作身分，卻是可以幫助我們研究作家風格、深入省思其筆鋒的參照屬性。古代知識分子既為學者亦為創作者的傳統，在今天雖已分途淡去，但畢竟未斷絕。」[6]

5　郝譽翔：〈努力愛春華，莫忘歡樂時〉，《國文天地》第30卷第11期（2015年4月），頁67-68。
6　陳義芝：〈論說曾永義先生散文創作風格〉，於本次研討會中發表。

在我散文集裡師友為我作的序，也有他們的看法：

我的第一本散文集《蓮花步步生》，我在自序中說：「〈蓮花步步生〉是這本散文集的一篇，我所以取它為書名的緣故，是因為我喜愛蓮花，從而悟出了我的『人生哲學』；我認為一朵蓮花就是生命的一分愉快、一分美滿，我們應當隨著步履滋生、隨著境遇滋長！」[7]

王璇（孝廉）序〈第三隻手〉說：「從他的散文中，讀到的是他的胸懷、他的抱負以及他的多情，可是讀他的散文，也總多少使人覺得他未免太忙碌了些，他忙著用他的文字去「傳道解惑授業」，忙著用他的文字去開拓和建立他那種相攜並舉、相顧相激的人生。這種積極上進的忙碌，使人覺得他像是一個才氣縱橫的畫家，把他的畫布描繪成了一幅五光十色的油畫，而沒有留下一些空白的地方。」[8]

我的第二本散文集是《清風‧明月‧春陽》，那是用〈清風明月春陽——我所知道的鄭因百老師〉的篇名作為書名的。我說：「自民國五十三年受業鄭老師門下，迄今二十有三年。二十三年來，鄭老師教我誨我，給我的感覺一直像清風明月一般。清風給我舒爽、惠我心靈，明月教我仰望、示我典型，那麼的自然而親切。」又說：「近日我重讀李商隱的〈錦瑟〉詩，聚精會神的試圖別有新解，而當我仔細沈吟「藍田日暖玉生煙」時，豁然在我心目中的，竟不是李商隱的詩意，而是老師多年來感染我的風貌。這時的『藍田日暖』是春陽普照的碧綠原野，在這溫馨明麗的大地裡，那君子懷抱中的瑾瑜，煥發著內蘊的華采，氤氳然的與暖日相為輝映，我為之神往許久，而忘了『一篇錦錦瑟解人難』。於是在清風明月之餘，我又沐浴了老師的『春陽』。」[9]

鄭老師為本書所寫的序說：「本書編輯者光復書局的蔡亨茂先生說：『讀

---

7 曾永義：〈自序〉，《蓮花步步生》（臺北市：正中書局，1984年），頁23。

8 王璇：〈第三隻手——關於曾永義的散文〉，曾永義：《蓮花步步生》（臺北市：正中書局，1984年），頁5。

9 曾永義：〈清風明月春陽——我所知道的鄭因百老師〉，《清風‧明月‧春陽》（臺北市：光復書局，1988年），頁31、頁39。

者可以讀出作者的親情、友情、鄉情。』根據平素的觀察了解，我要補充說：永義的親情是孝悌的，友情是純摯的，鄉情是深厚的。而這三情之外還應說到性情。永義的性情是忠厚篤實而灑脫的，對人處世，永遠推誠相與，從大處著眼，而不願拘泥細節。」[10]

瘂弦（王慶麟）的序〈隳括乎雅俗之際〉說：「曾永義曾自謙不是『作家』，也從不有心『創作』，寫散文，他只是任意發抒，言所欲言，言盡而止。但當我們讀了本書所選〈杖椅而行的背影〉、〈我鄉——山水交融的珊瑚潭〉諸篇，和他不久前出版的散文集《蓮花步步生》，就會發現，曾永義筆下功力深厚，與文壇專業散文家相比，亦不遑多讓。我覺得曾永義散文的最大特色是理趣與情趣兼容，不論在抒情中說理、或在說理中抒情，均流露一種博大均衡、真摯自然的性情，以及屬於知識分子的淑世襟抱，也就是沈謙評他時所說的文化與文學傳統的投射，和比較性、啟發性思考的流露。而他振筆揮灑、不事藻飾的文字風格，於勁邁英發之外，更別具一份詩人的細緻與溫柔，這是頗為難得的。」[11]

我的第三本散文集《牽手五十年》，是以為家父母金婚紀念而寫的文章篇名來作書名，藉此聊表人子的孝恩。朱炎院長的序是〈樸素自然，如見其人〉。

我的第四本散文集《飛揚跋扈酒杯中》，書名是我五十初度感懷七律頷聯中的對句，原也用作散文篇名。可見那時我酒喝得特別多。沈謙在所序〈情趣與自得〉說：「全書共分為五輯：第一輯〈生命的情調與情趣〉最見性情，是生命力的直接流露。……第二輯〈十步芳草〉最見師友之情，是文人相親交會時互放的光亮。……第三輯〈鄉關萬里〉最見家國之情，是遨遊神州大陸的見聞感受。……第四輯〈天涯行腳〉最見四海之情，是世界各地的見聞錄。……第五輯〈戲曲與藝術〉最見遊於藝之情，是推動民間戲劇曲

---

10 鄭騫：〈鄭序〉，曾永義：《清風・明月・春陽》（臺北市：光復書局，1988年），頁3。
11 瘂弦：〈隳括乎雅俗之際〉，曾永義：《清風・明月・春陽》（臺北市：光復書局，1988年），頁10-11。

藝的實錄。……曾永義是性情中人,這本書的所有文章正與他的〈寫作座右銘〉相契:

> 抒懷寫抱,任性真情;悲天憫人,光風霽月。
>
> 自然清妙,無須雕蟲相高;趣味橫生,必能雅俗共賞。
>
> 總而言之,曾永義的文章,由他的文學觀出發,人格與風格合為一體,真摯自然,豪情爽朗,文如其人。」[12]

內人陳媛在她的〈序〉中說:「許多人都說酒能傷身,但永義和他的好友們卻真的讓我同意了「不喝傷心」的道理。尤其看他們一群人意氣風發的過拳乾杯,那種痛快,不用「飛揚跋扈酒杯中」無以形容;那種痛快,更不是現實裡可以容納的。然而,對做妻子的而言,我更高興看到的,是永義在飲酒之後,能天明即起伏案寫作的暢快。他寫散文小品,如吐胸中塊壘,往往一揮而就,而且一旦寫了,就不再掛懷。我欣賞永義行文落筆的暢快,也同意他飛揚跋扈的痛快,更希望他和好友們有時稍作撙節,大家身心通泰。」[13]

我的第五本散文集《愉快人間》,黃啟方在序〈書生情懷〉中說:「永義喜歡宣揚的與朋友們都朗朗上口的是他所提倡的『人間愉快』理念。……永義豁達直率,明大體而不拘小節,好成人之美而不居功;然嫉惡如讎,於自認不平事往往不稍假借,聲色俱厲,遂難免物議怨尤,此似有悖其人間愉快之旨。永義當已有自覺,因名此書為『愉快人間』,囑序於予;與永義、進雄、景明相交數十年,今歲將同慶花甲,是亦人生一大快事!由『人間愉快』而『愉快人間』,推己及人,推己及物,此正吾輩『書生』應有之情懷

---

12 沈謙:〈情趣與自得〉,曾永義:《飛揚跋扈酒杯中》(臺北市:正中書局,1992年),頁12-19。

13 陳媛:〈陳序〉,曾永義:《飛揚跋扈酒杯中》(臺北市:正中書局,1992年),頁20-21。

也。」[14]

　　以上五本散文集為我作序的除內人之外，不是我敬愛的老師，就是我親近的摯友和學生，他們為我散文挖掘可以揄揚的好處，是很自然的。其實我心知肚明，我不敢預於文壇，因為我縱使也可以從其中「披沙揀金」，但多半卻是「挾泥沙以俱下」。

　　我之所以在兩岸喜歡一而再再而三的以「人間愉快」、「愉快人間」為散文集書名，誠如啟方所說那是我提倡的「人生哲學」，也是我常常掛在嘴邊的「口頭禪」，甚至於我和徒兒們合力為《國語日報》開設的專欄，也以「愉快人間」為名，所出版的合集書名亦然。而二〇一二年大專學測亦以「人間愉快」為作文題目，可見「吾道」行於人間矣。

　　而「人間愉快」宗旨之論說，已見該二書之卷首，這裡止敘其要義：

　　我所謂的「人間」是「人世間」，也就是人所生活的世界之中，這包括你我他之間，和人一生中所擁有所能及的時間和空間。所謂「愉快」，是油油然汩汩然由胸中生發的舒服，這種舒服仰不愧於天，俯不怍於地；無須名利來妝點，無須權勢來助長，只不過是耳之所聞，目之所睹，皆欣欣然而已。因為這種「愉快」，止於此生所有，只盡其在我，求諸耳目所感，心神所悟，只從你我他遇合之際，只從萬族有託雜然並陳之中，所以我們不求身後超生的「天堂」，也沒有可被引度的「西方」。我們不過現世種福田，現世就要享福果。此之謂「人間愉快」。而為了「人間愉快」，就要「人間處處開心眼」，就要具備擔荷、化解、包容、觀賞等四種能力，達成「蓮花步步生」的境界。

　　我在教學和學術工作之餘，喜歡以編撰劇本遊心，以寫作散文消遣。因為遊心消遣，自然難於名家。就散文而言，已經出了六本書和兩本選集，所寫的不過親情、友情、人情和遊歷見聞所感所悟賞心樂事，而無不歸結於「人間愉快」。

---

14 黃啟方：〈書生情懷〉，曾永義：《愉快人間》（基隆市：亞細亞出版社，2000年），頁7-8。

可見我的散文集雖然名稱不同，旨趣其實相近，只是以「人間愉快」為核心作面面觀而已。然而我的散文集卻因書名有別而「遭遇」大為歧異。正中版的《人間愉快》出書三個月即銷售三萬六千冊，北京版的《人間愉快》也在出書未久就付我五千本版稅；而《飛揚跋扈酒杯中》卻一路滯銷。我固然高興「人間愉快」已逐漸為世人所接納，但也為本党為大眾所不解而惆悵。殊不知「人間愉快」正是本党創党宗旨，本党「尚人不尚黑」，「講究人品人格人性人情人趣人味，鄙棄黑心黑手黑道黑幕黑金黑權。」故「酒党」之「党」不作國民黨、民進黨之「黨」，蓋立心立意霄壤之隔也。何況本党「杯中有物皆酒也」，但取遇合之際「人間愉快」而已。

王孝廉和沈謙都說我喜歡在散文裡「載道」，確實如此，因為在課堂上我常把對人生的體悟與學生分享，寫成散文，自然也好向讀者「宣講」。我曾在副刊發表〈小語〉二十七則，可說是我散文中「人生哲理」的菁華，錄之如下，請作參考。

➤「沈默是金」，但仔細想想，沈默卻常常是破銅爛鐵。

➤如果一朵蓮花就是生命的一分愉快一分美滿，那麼「蓮花步步生」就是生命的華采隨處開啟。

➤心上清虛淡泊，家中甜美潔靜，國內民安物阜，世界互助和平。這就是「神仙境界」。

➤博大均衡的襟抱加上自然真摯的性情，可以時時愉快、處處通達。

➤春蘭夏荷秋菊冬梅四時更迭，就好像「江山代有才人出」；因此「功成身退」是自然之理。

➤人們的恐懼莫過於對眼前的無知，此所以「盲人騎瞎馬」教人不寒而慄。

➤人生實在複雜，「形骸我、智慧我、德性我、空靈我、情趣我」，到底哪一個才是「真我」？我寧取情趣而捨其餘。

➤「立竿見影」的事難於經常與久遠，因為缺少光源哪來影子。

➤能夠自我「運命」的人就像開私家汽車：要往哪裡走就往哪裡走。

➤「擇善固執」看似天經地義，但如果所擇的「善」止於自以為是，則難免「忠臣誤國、好人害事」的遺憾。

➢通過臺北紅綠燈千萬記住：要「首鼠兩顧」。

➢真正的悲哀是「形神俱傷」，真正的快活是「表裏如一」。

➢我想孟子的「浩然之氣」，其具現就是「鐵肩擔道義」。

➢身命的契合乃在於相欣相賞相激相勵相包相容而終於相顧相成。

➢真正的「逍遙」是：前無所瞻後無所顧，左無所尋右無所覓，上無所關下無所涉。

➢靈心慧性加上閒情才能領略「荷風送香氣，竹露滴清響」。

➢真正的寂寞是無從傾訴，真正的孤獨是沒有並立的人。

➢山環水水環山，山永不與水比高，水永不與山比大；山水只是相親，只是相得。

➢最富有的人是：享有親情、享有愛情、享有友情、享有人情。

➢能夠「恩情日以新」，婚姻哪會是「愛情的墳墓」。

➢儘量避免強己所難與強人所難；因為強人所難易傷交情，強己所難易傷身心。

➢「人生如戲」，焉能個個為生為旦；為淨取氣度恢宏，為丑取滑稽詼諧，同樣為「天地劇場」添加許多姿采。

➢「滿足」並非好事，因為真的「滿足」就不能再汲取再包容再生發了。

➢「好高騖遠」就是：不知從手中做起，不知從足下出發；到頭來只是：一無所為，一無所成。

➢胸中時有「餘裕」，乃能汲取而與日深厚，乃能包容而與日博大。

➢忌恨別人則戕心喪神，羨慕別人則勞精碌力，欣賞別人則怡情悅意。

六　蓬瀛曲弄逗秋華

最後談談我的戲曲劇本創作：

一九八六年，甫於去年（2015）五月辭世的馬水龍教授，受文建會委託創作歌劇，找我商量劇本，我們不約而同的想到項羽，於是我便有了平生第一個劇本歌劇《霸王虞姬》，將我所主張的「中國現代歌劇」理念，融入英

雄美人相得益彰的故事情節中。一九九七年五月，水龍兄才親手剪裁劇本，以「輕歌劇」的方式，演於由文建會、基隆市政府聯合主辦之「基隆國際現代音樂節」。

這期間，一九九六年春，我稱作大哥的許常惠教授，很想為鄭成功編寫歌劇，因為鄭成功是臺灣精神的象徵。我於五月間將劇本交給許大哥。恰好那時國光劇團團長柯基良倡演《臺灣三部曲》：《媽祖》、《鄭成功》、《廖添丁》，要我以歌劇《國姓爺鄭成功》為基礎，就便改編為京劇《鄭成功與臺灣》一九九九年元月首演於國家戲劇院。

其後十數年間，受國光劇團、戲曲學院京崑劇團、臺灣豫劇團、廣西京劇團、江蘇省崑劇院、北京崑劇院等委託編出了十五個劇本。它們是：《牛郎、織女、天狼星》（京劇劇本）、《射天》（京劇劇本）、《梁山伯與祝英台》（崑劇劇本）、《孟姜女》（崑劇劇本）、《慈禧與珍妃》（豫劇劇本）、《青白蛇》（京劇劇本）、《桃花扇》（歌劇劇本）、《李香君》（崑劇劇本）、《陶侃賢母》（歌仔戲劇本，蔡欣欣改編）、《賢淑的母親》（京劇劇本，即《陶侃賢母》原創本）、《楊妃夢》（崑劇劇本）、《御棋車馬緣》（京劇劇本）、《魏良輔》（崑劇劇本）、《霸王虞姬》（京劇劇本）、《蔡文姬》（崑劇劇本）。這十五個劇本完成於二〇一二年之前，可見那十年間我「編劇」頗有成就，但我也沒有荒疏「本業」，有專書七種。

最近新完成的崑劇《韓非、李斯、秦始皇》，是應新成立的「崑山崑劇團」三鉅子柯軍、李鴻良、張軍而量身訂製。我請著名小說家王瓊玲教授原創劇情、分場設目，我則選宮布調、安頓排場、崑曲填詞。

以上十八個劇目之文本，大多數已在副刊或學報發表。除《御棋》因廣西京劇團解散，未克演出；《蔡文姬》與《韓非》將擇期分別在臺北與崑山首演外；其餘十五個劇目，都已在兩岸各大城市演出過。

這些劇本，論劇種有崑劇、京劇、豫劇、歌仔戲、歌劇五種；論劇體有極講究體製規律的詞曲系曲牌體，如崑劇，它的文學性和藝術性集中在曲牌，含字數律、句數律、長短律、協韻律、平仄聲調律、音節單雙律、對偶律、句中語法律等八律，極講究人工音律；其細曲，可說是精緻高雅的藝術

歌曲。另有詩讚系板腔體,如京劇、豫劇,其唱詞七言稱詩,十言稱讚,可以轉韻、可以腔調板式變化。而較詩讚系板腔體更自然原始的則是歌謠小調體,如歌仔戲,它比起詩讚系板腔體更為「滿心而發,肆口而成」,格律尤為寬鬆,演員可以發揮的空間尤其寬廣。至於我所倡導的「中國現代歌劇」,則講究調適其人工音律與自然音律,總以聲情詞情相得益彰為原則。

近年在舞臺上所看到的所謂新編崑劇,編劇者多數不知「曲牌」為何物,遑論「八律」之說,他們以為長長短短的句子就可以作為崑山水磨調的唱詞,甚至於自欺欺人的胡亂安上名不見歷代曲譜的「曲牌」名來蒙混一般人眼目;而始作俑者實不能不說就是大陸號稱「以一劇救活一劇種」的《十五貫》。本人有見於此,因之欲「撥亂反正」,將所編崑劇七種務使之「合律依腔」,呈現在舞臺之上務使之「原汁原味」。

從《彙編》的這十七個劇目,不難看出我所運用的題材不外是歷史與傳說故事而已。這可以說很合乎戲曲大戲傳統。戲曲大戲題材劇目,之所以會產生這樣的傳統,我在拙著《戲曲學‧戲曲劇目之題材內容概論》中已經有詳細的論述。而我之所以與之如此的「巧合」,其實純屬個人運用劇目題材,喜歡採用「以實作虛」手法,也就是關目情節有所憑據,但從中又可以作合理的渲染。因為我沒有「憑空杜撰」、「奇思妙想」、「光怪陸離」的本事,有的只是經過「研究」之後,以心得為主軸所結撰出來的「人間情事」,並以之等同散文那樣作為遊戲筆墨而已。

我喜歡以傳說故事為劇目題材,主要緣故是我在拙著《俗文學概論》(見臺北三民書局)中創發了一個新的學術名詞「民族故事」,簡單的定義是:凡能夠傳達中華民族所具有的共同思想、情感、意識、理念、文化,而其流播空間遍及全國甚至四裔,時間逾千年的民間故事,就是民族故事。

在眾多民間故事中,牛郎織女、孟姜女、梁祝、白蛇、西施、王昭君、楊妃、關公與包公這九個故事,源遠流長,內容豐富,尤蘊有深廣的民族文化意涵,因此最具有代表性。我對這九個「民族故事」都做了相當程度的研究,於是取「牛郎織女」為題材,加上新造設添加的「天狼星」而以《牛郎、織女、天狼星》為劇目,傳達我的一個理念:對鍥而不捨的真愛追求,

實有如志士仁人欲不懈的完成身命理想同樣的艱難。對於《孟姜女》則取其
貞節義烈、勇於抗暴的精神,來寄寓中華民族兩千多年的邊塞悲苦;《梁
祝》則彰顯其因相欣相賞、相契相合、相激相勵,而欲相顧相成、身命為
一,而竟不可得的千古憾恨;《青白蛇》則翻轉白蛇、青蛇地位,以「青
蛇」為主,從而揭櫫「眾生平等」、「情義無價」的新旨趣。凡此我都守其
「大筋大節」,不以眾人「耳熟能詳」為忌,只在可設色處設色,在可渲染
處渲染,藉此以強化旨趣,絕不故作「驚世駭俗」之論。因為我無須以一人
之別出心裁,來扭曲或抗拒中華民族傳諸千百年而流播全國,所共同塑造出
來的「典型人物」。

　　基於同樣理念,我對於不在「民族故事」範圍內的歷史人物事蹟所編撰
的劇目,如戰國末的《韓非、李斯、秦始皇》,楚漢相爭的《霸王虞姬》,東
漢末才女《蔡文姬》,東晉名將《陶侃賢母》,明嘉靖間《曲聖魏良輔》,明
末開臺英雄《鄭成功與臺灣》、《國姓爺鄭成功》,南明名妓《李香君》,清光
緒間《慈禧與珍妃》等莫不考索史料,以見人物之特質,從而萃取其足以典
範千古或足資炯戒來茲者,以為敷演,其間自不免丹堊施彩、補苴芟刈,甚
至時空易位、情事錯置;但絕不至有如使放翁「身後是非誰管得,滿村聽唱
蔡中郎」之嘆。更不會落入有如元人雜劇「荒唐鄙陋,胡天胡地」的現象。
亦即歷史之成敗興亡,人物之是非功過,務守其原本之「真實」。因之在
《韓非》而有「一生榮辱帝王術」之感嘆;在《霸王》英雄美人相得益彰之
前而有「劉項成敗」之論;在《陶侃》而有藉歷代賢母以警誡當世應「教子
有方、教女有道」,避免養就許多王子、公主對社會產生禍害;在《文姬》
則重新省思其「歸漢」是否真心所願;在《曲聖》則以學術論據呈現創發水
磨調之百折不回;在《鄭成功》則寫其成也在性情之堅毅,敗也在性情之堅
毅,而英雄無奈,時勢使然,無窮之缺憾,只能還諸天地;在《香君》則以
一青樓歌妓之明慧果敢節烈反襯末世君王權臣士子之昏庸卑鄙懦弱;在《慈
禧》則彰明權勢無底壑之慾望,必然導致禍國殃民之下場。

　　此外,《射天》與《楊妃夢》是較特殊的兩本歷史劇。前者只採擷有關
戰國宋康王的零星記載,加上〈青陵臺〉的傳說,其他重要關目則出諸機杼

獨運,「創作」的成分很多;蓋有感於並世至高無上之人狂妄之作為,置社會國家於不顧,藉此有以諷之;又兼及權勢與情義無以並存,對人世間有所浩嘆。後者則以歷史上之李唐楊妃,經學術研究,探討其所以有「蓬萊仙子」、「月殿嫦娥」、「上陽宮人」、「錦袍祿兒」等等之民間造型,終於將她視作褒姐亡國之罪魁禍首;又從而以時空交錯之方式為楊妃「釋疑解惑」。

在這裡要補充說明的是,我和周秦教授合作的《蓬瀛五弄》。

二〇〇三年我為國光劇團編撰崑劇《梁山伯與祝英台》,邀請我心目中不作第二人想的蘇州大學周秦教授譜曲。翌年首演於臺北國家戲劇院,造成十九天前,票房銷售一空的紀錄。其後我們又經由臺灣戲曲學院京崑劇團合作《孟姜女》(2006)、《李香君》(2007)、《楊妃夢》(2010)、《蔡文姬》(2017)四齣崑劇。周教授為教唱方便,都把曲譜翻成簡譜。我說,他日若得出版,一定將曲詞與曲譜對應,以記念你我兄弟愉快的合作,也使愛好者可以傳唱。周教授於是將古人傳說的海外三仙山蓬萊、瀛洲、方丈,合蓬萊、瀛洲簡約為「蓬瀛」,用指「臺灣」;將我們合作的這五本崑劇,題為《蓬瀛五弄》。古樂曲稱「曲弄」。如此則《蓬瀛五弄》,一方面說明經由我們「兩岸」合作完成於臺灣,一方面也說明這五本崑劇有如仙樂一般。

而今文化部傳統藝術中心方芷絮主任不止與國家出版社簽約,為我出版《曾永義戲曲劇本彙編》,而且主導並徵得臺灣戲曲學院張瑞濱校長支持,結合其中心所屬國光、豫劇兩劇團與學院所屬京崑劇團,從拙撰戲曲劇本中,由國光演出全本崑劇《梁祝》,由三團分演折子戲七齣。用此來配合四月二十二日與二十三日由臺大中文系為我主辦之「國際學術研討會」,共襄盛舉使之相得益彰,我真是既高興又愧不敢當。

方主任本來要把這全本崑劇《梁祝》和這七齣折子戲,用於甫落成的「臺灣戲曲中心」作為開幕首演,但由於工程延誤,改在國光劇場演出,方主任認為美中不足;但我已盛情銘感,自慚何德何能而能臻此榮寵。

結語

　　行文至此，可以說把我大半生的主要「工作」，幾近「自吹自擂」的傾訴殆盡。剩下的只是衰朽殘年，卻還希望將《中國戲曲劇種發展史》整理成書，然後再好玩的編寫《酒党党史》和擴編《酒党新語》。倘若果能如此，則不愧吾生矣。然而此刻心中忐忑的卻還是文章開頭所說的：我何德何能而敢接受為我舉辦的如此盛會，更不知檢點的彰顯自己以〈我的教學、研究、創作與文化工作〉為題，作大會主題發言，則我之狂妄亦少見矣。

二〇一六年三月十六日於森觀寓所

椰林翠谷沐春風——薪傳卷

酒党党魁外傳

洪國樑*

　　「酒党党魁」者，曾永義先生是也。年三十四，即以此號自稱，人亦以此推尊之，達數十年，其聲名藉甚，駕乎本名之上。兩岸學界言及「党魁」，幾無人不知，且以識荊為榮；有萍水相逢者，其言談之間互及党魁，頃刻遂成好友。

　　先生之所以為党魁，並非酒量特大、無可匹敵，乃在其善鑒酒之醇醨，又能抉品酒之哲理：主張「尚人不尚黑」，謂「酒党」之「党」，乃下從古體之「人（儿）」，不作從「黑」之「黨」，講究人品、人格、人性、人情、人趣、人味，鄙棄黑心、黑手、黑道、黑幕、黑金、黑權；又制訂「四酒主義」、「五拳憲法」、「飲酒八要」、「酒品中正」之党章，而結穴於「人間愉快」之宗旨。至其觥籌交錯之際：位居首席，有龍鳳之姿；酒党新語，累如貫珠；言談幽默，滿座風生；封官賜爵，無不拜受稱善。是以遍交天下賢士，化解恩怨嫌疑，此又真得飲酒之妙用者。曾說：「我党非臺灣党，亦非兩岸党，乃包六合、括宇宙之党，凡能從酒中體味『人間愉快』、『尚人不尚黑』之宗旨者，皆我輩中人，而得為我党党員。」其有嚮慕酒党而不善飲者，党魁說：「杯中有物皆酒也！」

　　党魁之性情率真，可比陶淵明；其胸次豁達，方駕蘇東坡；其愛才惜才，猶如歐陽公；其廣結善交，不讓宋公明。所交無分貴賤，要在有情有義，否則雖高官權貴，亦不屑一顧。其嫉惡如仇、正直敢言之情操，方之古人，則有若《詩經·小雅》〈巷伯〉及〈節南山〉之作者，方之今人，則有

---

* 臺灣大學、世新大學中國文學系退休教授。

若傅斯年先生,均風骨耿介,而為傳統知識分子之人格典範,上下千古,兩兩輝映。

《詩經》中多有嫉惡如仇、正直敢言之詩篇,然能於詩中正面痛責讒言小人之構陷忠良,怒批執政之任用姻小,其用語激烈,不假辭色,又敢於篇末自署作者之名,以示負責,置身家性命於不顧者,僅〈巷伯〉之「寺人孟子,作為此詩」及〈節南山〉之「家父作誦,以究王訩」二詩而已。千載之下讀之,猶能感受詩人之血脈僨張,與夫疾言厲色、正義凜然之氣。

民國三十六年(1947)二月十五日,傅斯年先生於《世紀評論》上發表一文,篇名為〈這個樣子的宋子文非走開不可〉,文中說:「前有孔祥熙,後有宋子文,真是不可救藥的事。……今天……要做的事多極了,而第一件便是請走宋子文,並且要澈底肅清孔宋兩家侵蝕國家的勢力,否則政府必然垮臺。……」當時,孔宋兩家是何等勢力,而當時之知識分子,又有何人敢如此用語激烈、直言不諱?此即知識分子之風骨。不獨有偶,傅先生之後又有党魁。

臺灣當年某政黨執政時,曾努力推動「去中國化」,由某單位召集學者研議。党魁當場慷慨陳詞:「文化是延續的,不是你想要,它就來了,你想不要,它就去了。如果要去中國化,除非叫某某人不姓某,民間不拜關公、媽祖。不學無術的人還不可怕,最可怕的就是不學而有術。你們就是一群不學而有術的人。」發言既畢,會場有某官員,走近党魁身旁,說:「曾教授,你能把你的意見寫下來嗎?」党魁說:「有何不可?拿紙來!」於是振筆疾書,寫畢,把紙丟給官員,接著說:「我要喝酒去了。」又某年,屏東東港舉辦「鮪魚季」宣傳活動,敦請當時最高權貴致詞,党魁與若干友人亦應邀出席,並比鄰坐於前排。党魁告諸友人:「兄弟們!稍後若有情況,請聽我『向左看』之口令行事。」眾皆允諾。當最高權貴致詞畢,走下講臺,自右起,與前排來賓一一握手致意,依次將至党魁,党魁即以軍中執行官之口吻發令:「向左——看!」全排友人隨即掉頭左顧,該權貴自覺無趣,迅即轉離。先前,党魁已頗受「酒党党魁」盛名之累,而頻遭非議,此後,更橫受掣肘,所獲提名之多項學術榮譽,均於最後關鍵失之交臂;雖然如此,

党魁仍不改其嫉惡如仇、正直敢言之性格，及對大是大非之堅持，蓋因此種正義感與道德情操，已內化成其人格價值與生命情調。所幸，去年七月，終膺中央研究院第三十屆院士之殊榮，證明其學術可受公評，而公道自在人心。

党魁以一介書生，教書維生，收入雖非豐腴，然廣納党員、禮敬師長、歡宴友生，曾無半點吝惜。常有大陸友人來電：「党魁，我是某人，現在臺灣。」其中除交往較深者外，多不復省記其人為誰，然党魁隨即告之：「晚上在某某餐廳，為你接風。」此孟嘗遺風，求之今人，殆不多見。又特為感念師恩、扶持後學，於臺大任教期間，曾獲「臺大講座教授」榮譽，得獎金一百二十萬元，党魁即將獎金全數捐出，為其業師鄭騫先生成立「鄭因百教授紀念獎學金」，以嘉惠臺大學子。民國九十三年（2004），党魁轉任世新大學中文系教授，於時，我正為系主任，党魁告我：「國樑，我既來世新，則當為世新奉獻。日後，除薪資所得外，所有在此所得獎金，全數捐予中文系，作為學生獎學金及系務發展之用。若有貧苦學生，亦請告知，可隨時予以資助。」其先後捐贈之世新學術著作獎、教育部學術獎、教育部國家講座之獎金，即達二百萬元，而其臨時資助學生，又不在此數之內。此既知報恩，又能施恩，以學術薪傳為己任之襟度，於今之學界實鳳毛麟角。

党魁領導酒党數十年，上有「管魁」，即党魁夫人，管党魁者也。下設副党魁十七人，中常委人數隨党魁興致彈性增減，又有秘書長、組工會、青工會、文工會、婦工會、醫工會、大陸工作會、海外工作會等，組織一應具全，更有党員自組逢迎拍馬、媚悅党魁一人之「馬門」，其長公主、党公主無數，封官賜爵遍及海內外。曾有大陸著名戲劇理論家王安奎先生，党魁於歡宴中一時興起，冊封為「奎安王」兼長城巡嶽使，賜直升機三架。奎安王大樂，惟謙不敢受直升機三架，說：「一架足矣。」党魁說：「長城巡嶽使何等尊貴，必須三架！一架你專用，一架隨扈用，另一架備用。」奎安王唯唯稱謝，說：「党魁聖明。」

民國七十八年（1989），党魁赴大陸參與文化活動。於某宴會場合中，大陸文化部代理部長賀敬之先生及其夫人、文聯副主席、音協主席等諸多官

員亦與會。方酒酣耳熱之際，党魁舉杯敬酒賀先生，並說：「請加入本党！」大陸官員猝聞「本党」二字，均面面相覷，不知所措。党魁則神色泰然，緩緩說：「本党是酒党，不問人間是非，只管人間愉快。無党綱、党紀，自由進出。」繼而，略帶三分酒意，即席朗誦詩人瘂弦起首三句、党魁續成之「酒党党歌」，其歌詞氣壯山河，聲調慷慨激昂，聲情、詞情動人心弦。朗誦畢，賀夫人率先舉杯響應，說：「願加入。」其餘賓客，亦隨之紛紛自請加入。日後，此「酒党党歌」即於兩岸盛傳，著名音樂家紛為譜曲，達十六版本之多，均各具佳妙，惟迄無定本。兩岸政治紛擾數十年，而酒党竟於民國七、八十年代即已統一兩岸，猗歟！盛哉！

酒党數十年來，例於每週四中午假金山南路寧福樓餐廳，由党內最高當局舉開「四中全會」，均由党魁坐居首席，一言九鼎，威風八面。某次全會，党魁適出巡金門，首席虛空。眾皆簇擁第一副党魁甲骨文名家許進雄先生權居尊位，坐既定，群起山呼萬歲。當一呼方畢，党魁即來電責問：「何人膽大，竟敢篡位？」第一副党魁聞聲，如驚雷失箸，倉皇避席它座。事後語人：「党魁大位，非可希冀！我甫坐一分鐘，而臀部刺痛不已，三月乃癒，自此不敢有異心矣。」蓋党魁線民密布，是無所逃其耳目。

人或戲謂党魁：「居党魁四十年而不下野，豈非封建？」殊不知：他黨黨魁猶人人可為，酒党党魁則非人人可為。蓋無鑒酒之能，不知酒之哲理及其妙用，性情不真，心胸狹隘，妬才害能，吝於付出，不能報恩施恩，不能仗義執言，無一言九鼎之尊嚴，無威風八面之氣勢，無獨步當今之學術，無知識分子之風骨者，豈足以領袖群倫，而為酒党党魁？

党魁日前魁體欠安，醫囑節制飲酒，「新停濁酒」不免惆悵，意氣風發頓減當年，惟仗義助人依然，封官賜爵如故。有党員說：「一日党員，終身党員」，「一日党魁，終身党魁」，……。

治學觀通變‧文章道性情
——曾永義教授訪談錄

游宗蓉*

游宗蓉（以下簡稱為「游」）：老師是臺灣戲曲與俗文學研究領域中最具代表性與影響力的學者，很高興有機會受《東華漢學》編委會的委託為您進行專訪。從讀大學、研究所，到留校任教三十四年退休，您一直是臺大人。首先想請您談談當年在臺大讀書，如何開啟了您的學術道路。

曾永義（以下簡稱為「曾」）：我在一九五九年考進臺大，那是一個國家命運與個人生命大變動的時代，但也因緣際會的成為求知問學最為幸運的時代。當時許多大陸的重要學者都來到臺大中文系，可說是大師雲集。這些學者對我的人格、治學的態度與方法都產生了很大的影響。在臺大求學期間，我上過許多師長的課，經史、諸子、小學、文學，在那時，一個中文系的學生可以學到相當廣博的知識。我認為學習要採取蜜蜂採蜜法，每一位老師的花粉，都可以釀取自己將來成就的蜜，我也這樣鼓勵我的學生。

游：記得以前讀研究所時，課堂上常常聽您談起對前輩師長們的景仰與懷念，尤其一再提到鄭因百先生要讓學生踩著自己肩膀前進的往事。鄭先生的學問有極為深厚的經史根柢，您的著作一向也具有扎實的文獻基礎。請問老師在治學上是否受到鄭先生樸學精神與方法的影響？

曾：鄭因百先生對我的影響當然是很深遠的。鄭老師百歲冥誕的時候，臺大中文系為他辦了一場國際學術研討會，會議上我發表了一篇文章——

* 東華大學華文文學系副教授。

〈鄭師因百（騫）的曲學及其對我的啟迪〉，裏面就詳細說明了鄭老師如何啟發我學術的眼力和根柢厚實的治學方法。譬如我寫了〈北曲格式變化的因素〉，文章裏討論到影響北曲格式變化的襯字、增字、增句等因素，這些都是鄭老師在〈論北曲的襯字與增字〉中已經提出的觀念，我再進一步觀察其間連鎖展延的關係，並且由此以「滾白」、「滾唱」解釋北曲增句的現象。另外，在〈中國詩歌中的語言旋律〉這篇文章裏，我歸納出影響中國詩歌語言旋律的六項因素，其中「音節形式」一項特別討論了句式單雙對詩句節奏的影響，以及詩句中音節形式與意義形式的區別，這也是以鄭老師那篇文章中有關音節形式的分析為基礎。我在這兩篇文章裏提出了一些前人所未言、或雖言而未盡的見解，論其根源，都是受到鄭老師的啟發，再大膽的延伸思考與探討。

　　游：我讀鄭先生的文章，除了學術上的收穫之外，特別感到平易親切，有時還有一種活潑的趣味，和一般學術論文很不一樣。

　　曾：確實如此。鄭老師的學問深厚，寫起文章自然很扎實，不過他是把原始資料化為自己的語言來敘述，自有一種裊裊道來，引人入勝的情味。讀來就像坐在課堂中，聽鄭老師條理分明的娓娓道來，使人在豁然貫通之外，又饒富興味。不過在這方面，我和鄭老師有一點不同。受到屈萬里老師等學者經學考據的影響，我喜歡讓資料說話，寫文章時把文獻資料按照時空序列擺在一起，然後從中分析，所以我每說一句話都是有根據的。這種做法的好處是文章扎實有深度，壞處就是不像讀鄭老師的文章那樣愉快，如行雲流水一般。不過倒也像吃橄欖，細細咀嚼，還是可以品出滋味來。

　　游：鄭先生對您的影響主要在曲學研究方面。您在俗文學領域的研究又是如何受到臺大師長的啟發呢？

　　曾：我讀博士班的時候，修了一門臺靜農先生的「文學專題」課，臺先生很強調研究俗文學的重要，當時我寫了一篇討論變文的報告，臺先生很讚賞，不過真正啟發我把研究的觸角延伸到民間文學與藝術的，其實是孔德成老師。孔老師曾對我說過幾句話，我永遠銘記在心。他說：「永義呀！你知道嗎，我為了研究禮經，也要涉獵金文啊、涉獵古器物啊，乃至於民俗

啊。」這樣簡單的幾句話，卻帶給我很大的啟示。做學問不能只在一條狹窄的巷子裏鑽，要能開大路，兼容並蓄，才有宏闊的視野和創發的思維。因此我研究戲曲，就旁涉兩種質性最相近的領域做為基礎，一個是民間藝術，另一個就是民間文學。

　　游：您說受孔德成先生啟發，而將研究領域擴展到民間藝術與文學。其實您不只是做研究，更積極行動，長期投入臺灣民俗技藝的維護與發揚。記得您曾經為文建會一連製作四屆「民間劇場」，把臺灣民間藝術的菁華化為一場場的文化盛宴。可以談談這段經驗嗎？

　　曾：那是一九八三年到一九八六年的事了。每年中秋節前後有一連四、五天的展演，我邀集前來共襄盛舉的團隊有上百個。在清風明月之下，大家扶老攜幼來看百戲、逛藝棚，真是賞心樂事啊！我心目中的「民間劇場」要足以成為臺灣民俗文化的動態櫥窗，讓臺灣人體驗先民的生活，了解自身文化發展的軌跡。為了達到這個目的，就必須對臺灣民間藝術有全面的掌握。我曾經花了相當長的時間和朋友帶著學生對臺灣整個民間藝術進行調查訪問，在田野調查的過程中，我深刻體會到民間藝術的豐富與可貴，它真真切切是民族文化的根源，是民族精神的具體表徵。而那些年結交了五湖四海的朋友，更是人生莫大的快樂。

　　游：您投入民間文化活動，是知識分子對民族文化的關懷，也是您期許自己「學術通俗化反哺社會」的志業理想。不過除此之外，接觸民間藝術又對您研究戲曲提供了什麼幫助？

　　曾：民間藝術與戲曲的關係當然是十分密切的。「廣場奏技，百藝雜陳」的民間劇場在我國其實有非常悠久的傳統，漢魏六朝角觝百戲、隋唐雜戲、宋金雜劇院本，乃至從古至今的社火賽會，都是廣場獻藝，全民熱烈參與的民間藝術活動。這樣的民間劇場也正是孕育中國戲曲的母體，同時也為戲曲的發展壯大提供了豐富多元的滋養。中國大戲的成立——不論南戲、北劇，都是在這樣的環境中，由小戲汲取百戲的養分而發展起來的。民間表演藝術也往往保存了戲曲的質素。譬如民間小戲沒有不以滑稽調笑來逗引觀眾的，和文獻上所記載唐宋以來的小戲有相同的特質；而臺灣小戲結合鄉土歌

謠與舞蹈的「踏謠」形式，也是歷代小戲形成的主要進路和表演上的一貫特色。再如臺灣的南管，原是閩南樂曲，清代隨著移民從泉州流傳到臺灣。這種民間樂曲保有極為古老的歌樂、戲劇成分，它的演奏方式承襲漢代相和歌「絲竹更相和，執節者歌」的編制，純器樂曲「譜」的變奏原理與唐宋大曲相通。用南管演出的戲曲叫「梨園戲」，從腳色、身段、咬字、聲腔來看，都留有早期宋元南戲的痕跡。可見得古代文獻中有關戲曲的記載，常常可以在民間藝術中得到映證；戲曲的發展演進，也可以透過對民間藝術的觀察找到脈絡。民間藝術可說是戲曲的活化石，它讓戲曲研究走出了故紙堆，在真實親切的接觸中對問題會有更清楚的思考。

　　游：除了民間藝術之外，您也旁涉了民間文學的研究。說是「旁枝」，其實也結出了碩大的果實，二〇〇二年出版的《俗文學概論》，可以說是您在這個領域研究成果的總呈現。您與民間文學如何結緣？

　　曾：那要從一九七三年屈萬里老師要我重新整理傅斯年圖書館所收藏的俗文學資料說起。當時屈先生擔任中研院史語所所長，那批俗文學資料有一萬多種，我在哈佛燕京社的資助下，組織了一個工作小組，把滿滿六大箱的資料搬回臺大中文系第九研究室，花了兩年整理，把這批資料分類編目，各類都寫了敘論，說明其來源、流行、體製及內容。這批珍藏在史語所的資料已經由新文豐出版社在二〇〇六年出版至第五輯，共五百冊，為俗文學研究開啟了極為豐富的寶庫。這一萬多種資料我雖然不可能逐一細讀，但資料在我手裏經過，看一眼、瞄一眼，積累也會有成，所以我開始研究俗文學，也在學校開設相關課程。

　　游：記得老師曾多次提到對民間文學研究被意識形態籠罩的憂心，後來您執行了教育部「俗文學概論教材編纂計畫」，想為民間文學建構一套平正通達的學術架構。您認為民間文學或俗文學研究最需要釐清的根本問題是什麼？

　　曾：作計畫的時候，你還是博士生，也是這個計畫的助理，一定很清楚我早就想要「撥亂反正」了。當時臺灣的民間文學研究一面倒的移植西方學說或引進大陸學者的著作，有的執著西方「FOLKLORE」的概念，把民間

文學等同於口傳文學；大陸學者又受意識形態的左右，把民間文學強加上
「勞動人民口頭創作」的緊箍咒，在「俗文學」、「通俗文學」、「民間文學」
的概念之間糾葛不休。這些都和我國「民間」一詞的語意不合。「民間文
學」顧名思義即是流行於民間，為大眾所創作、所喜愛的文學，當然也就是
通俗的文學，當其與雅文學相對舉，也就稱之為「俗文學」。俗文學的命義
既明，其涵攝的範圍也就清楚了。《俗文學概論》這本書就是以教育部計畫
為基礎完成的。在這本書裏，我要表達自己對俗文學命義的主張，重新建立
俗文學的周延範圍，不盲從西方，也要擺脫大陸學者意識形態的糾纏。

　　游：老師曾經說過，這輩子最想寫的書有兩本，一本就是剛才提到的
《俗文學概論》，另一本則是大家引領期待的《中國戲曲史》。您研究戲曲將
近五十年，涉及的層面很廣，但仔細觀察，您討論的問題其實往往跟戲曲發
展歷史有重要關聯。您很早就開始有意識為寫戲曲史作準備了嗎？或者是一
種水到渠成的學術進程？

　　曾：我很早就立志要寫這本書。戲曲的學術研究從王國維一九一二年寫
成《宋元戲曲考》到現在才只有百年，許多問題還沒有共識，仍然有待解
決。早期的戲曲史當然只能粗具輪廓，七〇年代末、八〇年代初張庚、郭漢
城主編的《中國戲曲通史》在兩岸都有很大的影響力，但書中濃厚的馬列主
義意識形態是很大的問題。目前寫得最好的戲曲史是廖奔和劉彥君的《中國
戲曲發展史》，這本書有許多優點，特別是對於出土文物材料的運用，確實
使戲曲的歷史場景豐富立體起來，對歷代作家作品的介紹也大體建立了很好
的模式，能脫離意識形態的框架，從戲劇的、文學的藝術性來討論。但是比
起我理想中的戲曲史經典，這部戲曲史仍然有一段距離。戲曲是一門綜合的
文學、藝術，由諸多要素構成一個有機性的整體，關涉的問題非常複雜，需
要一一釐清。所以我常說研究中國戲曲要從單元性的研究開始，而這些個別
問題的單元性研究又要進一步探討彼此間的關聯，歸結於綜合性、整體性、
有機性的考察。

　　游：在閱讀老師的學術論著時，我注意到您特別注重兩方面的問題，一
個是辨析名義，另一個是理清歷來爭論不休的重大爭疑。這兩者對戲曲史的
建構有什麼重要意義？

曾：我治學一向重視循名責實。當前戲曲史研究最大的障礙就是名和實沒有清楚定位，以致討論問題沒有共同的基礎，各說各話。單就「戲曲史」來說，目前所見的戲劇、戲曲史，翻開緒論第一章，百分之九十以上都沒有界定作者所謂的戲劇、戲曲是什麼，這樣要如何展開全書的論述呢？再來，寫戲曲史，必然從「戲曲的淵源與形成」開始，但什麼是「淵源」？什麼是「形成」？學者們提出各式各樣的「淵源說」，粗略估計多達二十來種，之所以百家爭鳴，其實正是因為沒有把名義辨析清楚。根本概念不明，又如何論述戲曲史？我認為要弄清楚中國戲曲的淵源與形成，關鍵在於「小戲」、「大戲」兩種概念的區分。

游：「小戲」、「大戲」的分野，對於觀察中國戲曲發展歷史提供了什麼新的思考？

曾：小戲的演員只有一到三人，情節極為簡單，表演形式也是簡單的妝扮、歌唱和舞蹈。大戲的演員充任各門腳色，扮飾各種人物，情節複雜曲折，具有綜合完整的藝術形式。中國戲曲的發展是由小戲進而成為大戲的過程，小戲是戲曲的雛形，大戲成立則是戲曲的完成。小戲的源生必有主要核心元素，再因時因地結合其他元素而成，所以是多源並起的。中國從先秦到唐代是小戲的時代，我曾經寫了一篇四萬多字的文章〈先秦至唐代「戲劇」與「戲曲小戲」劇目考述〉詳細考察這個問題。宋金時的南戲北劇，是大戲成立的表徵，也是中國戲曲完成的時期，從此戲曲才進入大戲的時代。

游：正因為大戲直到宋金時期才出現，所以才有中國戲曲晚出的說法。您認為大戲晚出的原因是什麼？

曾：中國小戲的成立，最早的文獻可以追溯至戰國時代的《九歌》，時代可不算晚，戲曲「晚出」是指南戲、北劇遲至宋金時才完成。為什麼中國的小戲時代那麼長呢？那是因為戲曲中各個藝術元素的融合是很不容易的。就拿歌、舞、樂這三個戲曲表演的基本美學因素來說，各自獨立是一種表演藝術，兩兩結合，可以產生新的表演藝術。但像戲曲把歌舞樂融合在一起，放眼世界，是絕無僅有的。歌有歌詞，歌詞有其載體，也就是文學的體式。歌詞載體有歌謠、詩讚、小調、曲牌等的區別，載體不同，歌詞語言旋律、

思想情感、意義情境的表達形式也就不一樣。載體本身的語言旋律是聲情，歌詞的意義思想情境是詞情，兩者之間要相得益彰。音樂家要把在載體製約之下的歌詞用音符來詮釋，演奏家要用器樂依循音符去襯托渲染。最後要由演員用他的唱腔，包括他的音色、咬字吐音，準確掌握歌詞的語言旋律；運用行腔的變化，詮釋歌詞的意義情境。在歌唱之外，還要用肢體來詮釋。所以歌舞樂的融合最後是在一位演員的身上呈現，戲曲的演員必須是歌唱家、舞蹈家、音樂家，乃至於戲劇家、文學家融而為一，這是多麼不容易！單單歌舞樂的融合就如此不易，更何況大戲是由故事、詩歌、音舞、樂蹈、雜技、說唱文學敘述方式、俳優妝扮、代言、狹隘劇場等九個因素綜合而成，其得以融合，勢必要有一個如同母親子宮般的環境去孕育，宋代的瓦舍勾欄正提供了這樣的環境。

游：瓦舍勾欄如同現代城市中的商業區，也是百戲競演的表演區，它在推進大戲成立上扮演了什麼角色？

曾：宋代瓦舍勾欄興盛的關鍵在於都城形製的改變。唐代都城建築是坊、市分離的形式，坊里是民居區域，設有圍牆與坊門；市是商場交易區，有固定開放時間，黃昏之後坊門關閉，行人不准夜行，當然也就沒有夜間娛樂。到了晚唐五代，由於戰亂，坊市制度破壞，宋朝基於商業需求，准許臨街開市，宵禁也隨之廢除。宋代都城既然是不夜城，民眾的娛樂需求與選擇自然也多，形成了瓦舍勾闌。瓦舍勾闌百技雜陳，大戲在音樂、題材、表演形式等各方面獲得多種表演技藝的滋養，才能發展出綜合的藝術形態。而勾欄中表演的優伶主要來自樂戶歌妓，他們兼善各技藝；另一方面又有落拓文人組成書會，為表演編寫腳本。一個編、一個演，各種表演技藝的綜合透過他們調適運作，可說是共同推進南戲北劇成立的推手。在瓦舍勾欄百戲的滋養下，加上兩種推手的編演實踐，戲曲這才在宋金時期進入大戲的時代。

游：以上有關何謂戲曲、何謂小戲、何謂大戲等等，都是戲曲史的根源性問題。除此之外，您認為寫一部戲曲史，還有哪些重要問題必須先處理呢？

曾：談到戲曲史研究的重要問題，除了戲曲的命義、大戲與小戲概念的分野之外，還包括南戲北劇淵源、形成、流播的過程；南戲、傳奇的區別；

腔調的形成、流布與交化；曲牌體與板腔體的先後與關聯等等。戲曲史上仍然懸而未決的大小問題實在太多了，以我一人之力當然無法一一親力親為的去考察，所以權衡問題輕重、評斷當前研究成果的學術眼光也就格外重要。我寫文章選擇的論題必是戲曲史上的重大關鍵，或是根本觀念。像南戲北劇就是戲曲史輿圖上的長江黃河，地位如此重要，但是對於兩者如何源生，一向有許多歧見；又像腔調，討論這個問題的論文車載斗量，但究竟命義為何，也一直不夠清楚周延。還有戲曲劇種的區分，過去大陸學者只以腔調或聲腔為唯一基準，這種方式無法涵括所有現存劇種，以此討論歷代劇種的推移流變，亦必有所困礙。其餘包括戲曲雅俗推移的整體現象、折子戲的源起與發展、戲曲歌樂融合的建構呈現、戲曲劇種的體製規律對戲曲表演藝術的影響、戲曲的排場結構等等。每個問題我都寫成了專論，戲曲史也就在一篇篇的專論當中逐漸建構起來。

游：您將戲曲史研究的重要概念、重大爭疑，以一篇篇的專論去處理，這就是您所說的「從單元性的研究開始」吧。這個研究進路與王國維寫《宋元戲曲考》的過程頗為相似，您是否受到王國維的影響？

曾：早在一九六四年我進入臺大中文所碩士班，跟隨張清徽老師學習，研究洪昇及其《長生殿》開始，就因為研讀王國維的曲學著作而對他的治學方法有所體悟，進而完成碩士論文。後來又於一九八七年在「王國維先生逝世六十週年學術研討會」擔任引言人，而寫下〈靜安先生曲學述評〉這篇文章，對其治學方法有更完整的梳理。我撰寫戲曲史的步驟和方法確實受到《宋元戲曲考》的啟發。當年王國維在著手寫作《宋元戲曲考》之前，已經完成九部專著，就戲曲的材料、淵源、構成因素等基礎問題逐一突破，因此才能在三個月之內將所有研究成果匯聚為《宋元戲曲考》這本書。我寫戲曲史也是先從單元性的分題研究開始，把戲曲史上的重要問題逐一解決，然後自能水到渠成。

游：從九〇年代末開始，老師陸續完成了有關戲曲，乃至各重要劇種源流衍化的論文，可說是您寫戲曲史的先導工作。這些論文在方法和觀點上有什麼創發之處？

　　曾：最重要的還是名義辨析。我先後寫了〈也談「南戲」的名稱、淵源、形成與流播〉、〈也談「北劇」的名稱、淵源、形成與流播〉，為戲曲史上的兩大江河正本清源。這兩篇文章都是從劇種名稱入手，南戲北劇各有許多不同名稱，這些名稱就像人幼有乳名、少有學名、長有字、老有號一樣，各代表不同的生命階段，由名稱的變化，即可觀察出完整的生命史。就南戲來說，稱「鶻伶聲嗽」是其初起於永嘉的小戲階段；稱「永嘉雜劇」、「溫州雜劇」是初始小戲吸收「官本雜劇」的新型小戲階段；稱「戲曲」或「戲文」是「永嘉雜劇」吸收說唱文學故事與音樂的滋養，壯大為大戲的階段；稱「永嘉戲曲」是大戲向外流播的階段；稱「南曲戲文」、「南戲文」、「南戲」則是元明兩代用以與北劇相對的稱呼。再就北劇來說，稱「北院本」是初始的小戲階段；稱「院么」或「么麼院本」是由小戲進入大戲的過渡階段；稱「么末」是成為大戲的階段；稱「雜劇」是已完成為大戲，並取代宋金雜劇院本之地位；稱「北劇」，則是用以與「南戲」相對的稱呼。像這樣以名稱為軸線，以充分的文獻資料為佐證，從淵源、形成與發展的歷程去考察，其義涵自然明晰，不會陷入時代先後混亂、名義錯雜的困境而導致錯誤的論斷。

　　游：對戲曲史研究來說，腔調的源流變化是另外一個繁雜難明的重大問題。您在二○○二年寫了九萬多字的〈論說「腔調」〉，對腔調做了總結性的探討，之後又陸續對各重要地方腔調重新加以討論。您在腔調研究上也和前面所說研究劇種變遷有相同的理路嗎？

　　曾：當然。第一步還是辨析名義，建立正確概念。從文獻來考察「腔調」這個詞彙的語源，可以得知「腔調」是土音憑藉土語，以方言為載體所形成的語言旋律，也叫「土腔」。土腔用來唱當地歌謠就是土曲，用來演當地戲曲就是土戲。腔調既然是以方言為基礎，所以當腔調流播他方之後，也就常常被人以源生之地域來命名，像元代北劇有中州調、冀州調，明代南戲有海鹽腔、餘姚腔、弋陽腔、崑山腔等等。各地方戲曲用腔調命名，作為區分劇種的基準，也是自然的道理。腔調的命義既然清楚了，就可以進一步思考腔調是如何被呈現出來的。腔調是一地方言的語言旋律，語言旋律的構成

有其內在要素，也一定有外在用以依存的載體，如山歌、小調、曲牌、套數等等，最終還要由人聲的運轉來呈現，也就是「唱腔」。這三者又形成相互影響生發的有機體。所以單就「腔調」來說，仍然是由單元性的研究歸結於綜合性、整體性的研究，戲曲史研究的重要問題無一不是如此。研究腔調，不僅要明其義涵，察其原理，戲曲史上諸多腔調變化流播的現象更是繁雜難解而又迴避不得的問題。我先在〈論說「腔調」〉就腔調變化的原因與現象做初步的考察歸納，後來在這個基礎上對明清的重要聲腔進行研究，對學者們的研究成果提出了一些補正的見解。

游：老師以上談的一些問題，都涉及某個概念的釐清與建構。在研究方法上，以扎實的文獻資料論證，固然是非常重要的，但是戲曲相關的文獻記載其實往往零碎、片斷、紛歧，單憑文獻論證，也不免論出錯誤的結果。那麼建構正確概念的關鍵究竟是什麼？

曾：關鍵就在邏輯思考。就拿腔調來說，一個地方因方言而有自然源生的土腔，當土腔流播出去，在其他地方被接受、被歡迎，那時才會冠上源生之地的名稱。所以文獻上出現某某腔的紀錄，事實上也正表示腔調離開本土、對外流播的狀況。就像文旦出產在麻豆，當它只被當地人享用，不會特意稱呼它是「麻豆」文旦。文旦賣到外地，外地人吃得喜歡，這才標舉它的出產地，以「麻豆文旦」聞名。這是很淺顯也很實在的道理。可是移到腔調研究，卻不時可以看到因為思考不清而造成的誤解。

游：可以舉個例子具體說說嗎？

曾：像崑山腔，明代魏良輔在《南詞引正》裏提到元朝顧堅善作南曲，對崑山腔進行改良，到了明初，有崑山腔的名稱流傳。有的學者認為這個記載純粹是魏良輔為了抬高崑山腔的地位而托古自重的虛話，否則既然從明初就有崑山腔，為何在此後一百五十多年裏崑山腔的記載寥寥無幾，一直到嘉靖年間祝允明才又提到崑山腔？也有學者肯定顧堅必有其人，但崑山腔不是他一人所創，而是和朋友共同創立。這些都是不明白土腔源生、流播和改良之理的錯誤看法。地方的土腔一定是源生於方言，不可能由某個人創立，因此崑山土腔固然不可能由顧堅一人所創，但也不可能由幾個人共創。土腔會

經過改良而提升，顧堅就是一位崑山土腔的改良者。這種改良後的土腔一開始止用於清唱，後來吳中優伶也應用於戲曲。崑山腔最晚在明初已向外流播，所以才出現「崑山腔」的名稱。到嘉靖前後，南戲漸興，所用腔調逐漸為人熟悉，所以相關的記載也就多了。像這樣的例子，學者對文獻的解讀因為邏輯思考不夠清晰周密，反而困限其中，治絲益棼，戲曲史的研究也就免不了歧見紛紜，難有共識了。

游：這樣說來，老師所構思的戲曲史與目前其他戲曲史相比，最大的突破與創造是否就在於概念的建立？可以談談這部理想中的戲曲史會有怎樣的架構嗎？和其他戲曲史有何不同？

曾：基礎概念是最重要的。要論述戲曲史，當然要先把起源、形成、大戲、小戲、腔調等等這些過去一直沒有理清楚的概念建構起來，這是一般戲曲史略而不談，但其實至關緊要的部分。基礎概念弄清楚，討論戲曲的源流、衍化、發展也就可以順理而行，脈絡清晰了。至於全書架構的安排，當然還是要對全書主題包含哪些層面以及這些層面的次第關聯有周延的思考，依照問題的先後、輕重，做適當的調配。前面說過我希望寫成一部綜合性、整體性、有機性的戲曲史。這部戲曲史先建構基本概念，然後將戲曲史畫分若干層面，包括了劇種推移史、表演藝術發展史、戲曲批評發展史等等，其中涵攝了對作家、作品、曲論的評述。採取鳥瞰式的廣闊視角，不對個別對象細論，而要掌握歷史的發展線索，掌握戲曲與時代政治社會的連結。每一項問題都經過深入研究，並討論彼此間的交涉與與影響。這樣兼具微觀與宏觀的戲曲史，有與眾不同的新體會、不同的學術體格，才是我希望完成的戲曲史。

游：這十多年老師展現了很驚人的學術能量，完成許多極具分量的重要論文，相信是為了更積極準備投入戲曲史的撰寫，也很期待老師的學術宏願早日完成。在持續學術研究之外，您這些年在戲曲創作上也有很豐碩的成果。就當代戲曲創作來說，已經是一位質量都很可觀的創作者。您從研究跨足創作，角色轉換的動力是什麼？

曾：哈哈！就是好玩。好玩的意思是，你編了一個劇本，有那麼多人把

它呈現在舞臺上，有那麼多觀眾來看，這真是一件愉快的事。其實早在臺大讀書的時候，張敬老師就常帶我唱曲、看戲，又受鄭騫老師的影響，花了很大工夫研究曲體和曲律，這些經驗讓我深刻體會唯有把戲曲視為綜合藝術，才能掌握它的本質，單單從文學的角度來看戲曲，是不完整的。正因為我曾經對戲曲的藝術本質、體製規律、聲腔特色投注心力去探討，編劇所需要的理論、技巧，以及應該注意的要領，都能比較順利的掌握。反過來看，編劇的經驗，也讓我在研究戲曲上思考關注的面向更廣。所以對我來說，研究和創作之間是相助相成的。我編劇運用的材料大多是自己研究過的民族故事，像楊妃、梁祝、孟姜女等等，順手拈來，很快就完成了。第一本崑劇《梁山伯與祝英台》也不過花了十一天。需要花比較長時間寫的，是表現特定時代與歷史背景的戲，像《鄭成功與臺灣》、《慈禧與珍妃》，我必須先下工夫蒐集文獻資料，分析時代背景和人物性格，並且把自己的判斷注入歷史情境，有時還要藉機罵罵當今社會，這些劇本就要花一兩個月來寫。我的創作一向直抒胸臆，當前流行什麼主義、大家喜歡什麼時髦主題，我從來不去考慮。寫劇本既然是愉快的事，所以只要請我編劇，一定如期交稿，不讓催稿打壞自己愉快的心情。這份愉快也要和一切人間愉快相融合，絕不為寫劇本影響其他興致。清晨起來編了一齣，好，今天一齣夠了，教學喝酒去也！

游：寫劇本對老師來說，除了是一份人間愉快之外，相信也反映出您的戲曲理念。老師從一九八七年完成歌劇《霸王虞姬》以來，已經有十八部劇本創作，裏面包括了歌劇、京劇、崑劇、豫劇、歌仔戲等多種劇種。在跨越多重劇種的創作中，您如何因應劇種的特質做不同的調適呢？

曾：為不同的劇種編劇，當然需要因應劇種特點，彰顯它的藝術美質，最重要的關鍵在於對體製和語言的掌握運用。從體製來說，有詞曲系曲牌體和詩讚系板腔體的區分，要按照劇種體製的規範，合度中矩的創作。我研究戲曲這麼多年，對劇種的體製規律十分熟悉，編劇時並不困難。倒是地方戲的語言運用，就比較費斟酌。各地方言有不同的腔調，聲情韻味各有特色，戲曲的語言要能運用妥貼，把這個特色準確的表現出來，實在不是件容易的事。

我在九〇年代提出「精緻歌仔戲」的理念，到現在歌仔戲從民間鄉土進入國家劇院，已經是常見的事了。進入現代劇場的歌仔戲固然要充分運用發揮劇場的設備，也要融入當代藝術的理念和技法，提升歌仔戲的藝術層次。但是歌仔戲的音樂、歌仔戲的語言、歌仔戲的機趣橫生，這些鄉土趣味、鄉土性格，一定要好好保住。我在為廖瓊枝編《陶侃賢母》的時候，雖然閩南語是我的母語，要轉化成戲曲語言，遣詞造句總覺得不夠自然順暢。後來請我的徒兒蔡欣欣一起合編，遇到窒礙之處，就由她去請教廖瓊枝、石文戶、劉鍾元、陳德利、陳聰明這些歌仔戲前輩，他們對於歌仔戲的語言十分熟悉，也精通閩南語中的俗語、諺語、歇後語等等，果然讓這齣戲充分展現歌仔戲語言腔調的鄉土情味。再說豫劇。豫劇是一種音樂相當高亢的劇種，也具有相當濃厚的民間色彩。我為國光劇團豫劇隊寫《慈禧與珍妃》時，特意處理兩件事：第一，豫劇是地方戲，原本比較通俗，語言也口語化。我希望既保有它原來的特色，又能加上雅的成分，以配合這齣戲的歷史劇格局和權勢悲劇的莊嚴主題。戲曲語言要做到俗中帶雅，其實很難。第二，為了搭配豫劇高亢激昂的音樂特色，安排慈禧、珍妃針鋒相對的情節，越來越憤激，創造把音樂融入的可能性，以符合梆子的味道。

游：這幾年老師寫了不少崑劇劇本，崑曲研究的重要學者顧聆森先生曾寫過〈新編崑劇的典範之作——評曾永義的原創崑劇《梁山伯與祝英台》〉，對您新編崑劇梁祝給予極高的評價，並認為目前的新編崑劇存在許多問題。您認為新編崑劇的成敗關鍵是什麼？

曾：崑劇是中國戲曲裏最優雅、最精緻的文學與藝術，古人早已說過要「詞格俱妙」，文采和格律雙美，才算得上上乘作品。文采煥然固然要緊，但一定要有格律為本，新編崑劇最大的困礙，就在於對格律的掌握。崑劇是曲牌系劇種，每隻曲牌各有性格，曲牌性格是由曲律決定的，包括字數、句數、句長、語長、協韻、對偶、音節形式、平仄聲調等等，有嚴謹的法度。每隻曲牌又各有適用的關目類型、腳色聲口，所以選調務求謹慎，否則淨丑唱生旦之曲、歡情用悲哀之調，那就不倫不類，貽笑大方了。除了選用曲牌、依律填詞之外，崑劇格律還包括了組織聯套、變化排場，每個層面都有

嚴格的規範。所以編寫崑劇絕不是寫個長長短短的句子去套就可以了事的。我研究戲曲四十幾年，對崑劇的體製規律了然於胸，不論選調、填詞、聯套、排場，大抵都能順手而成。像編《梁祝》，〈哭墓化蝶〉一場，馬家迎親隊伍繞行時唱〔朝元令〕，因為這隻曲牌必用於行動合唱；〈學堂風光〉一場，中間諸生踢毬遊戲一段，用了〔柳穿魚〕、〔急急令〕兩隻小曲，由三位丑腳同唱，表現熱鬧逗趣的氣氛。而一場戲中，若有排場轉移，也必移宮換韻以調和聲情。像這些地方都要對崑劇格律極為熟悉，才能運用恰當。你所提到顧聆森先生的那篇文章裏特別指出《梁祝》幾處格律至為嚴謹的例子，像是〈學堂風光〉一場中的〔皂羅袍〕，不僅平仄合律，連仄聲中用上或去，也都一一考究；又像〈十八相送〉一場疊用四隻北曲〔朝天子〕，每一隻都以去聲收煞。這樣的評論，真可說是「知音人」了。編劇能夠遇到真正行家慧眼相待，也真是人間愉快呀！

　　游：《梁祝》這齣戲我現場看過，至今還記得那種單純動人的美帶給自己的感動，而這從戲曲藝術本質提煉出來的美，在新編戲曲中其實是難得的。新編戲曲發展到現在，如何在傳統與創新兩端之間尋找定位，仍然在不斷嘗試，近年來也出現「京劇是否得姓京」的爭議。您的看法如何？

　　曾：我很早以前就提過「文化輸血論」。一個A型血型的病人需要輸血，輸入A型的血當然沒問題，O型的血輸進來，也可以融入變為一體；但如果用了B型血，那就很危險，甚至性命不保了。傳統戲曲進入當代社會，必然要與時推移，輸入新鮮血液，更新藝術生命。傳統戲曲最優美的特質，包括虛擬象徵的寫意原理、歌舞樂融合的藝術形態、腔調口法的獨特韻味，都可為新編戲曲注入同型血液；其他藝術品類與外來文化中可以與戲曲生發融通的成分，則有如O型血，同樣可以為新編戲曲注入新的能量。不論是要扎根於傳統而有所改良更革，或是大步跨出傳統，蛻變轉型成為新的戲劇形式，都是當代戲曲發展的可行之道，也都得靠有能力調和古今中外文化藝術的妙手，為戲曲注入適當的新血。至於京劇是不是得姓京。如果汲取了京劇的滋養，調和其他藝術與文化的元素，要創造二十一世紀的現代戲曲，或是新的戲劇種類，當然沒有問題，也應該尊重與肯定這種嘗試。往這個方向發

展，執著於姓不姓京，甚至是不是京劇，都沒有什麼意義。但如果仍然舉起京劇、或是崑劇、歌仔戲的旗幟，那麼這個姓氏就代表了這個劇種最根本的美質，又怎麼能把它丟掉呢？我曾經帶領黃香蓮歌仔戲團到廈門和當地的歌仔劇團聯合演出，大陸歌仔戲的唱法是揉合了京劇、歌劇的美聲唱法，臺灣歌仔戲唱的是道道地地的方言腔調，而方言腔調正是歌仔戲的特色所在。演出結束後，黃香蓮歌仔戲團得到當地觀眾熱烈迴響，他們說，臺灣的歌仔戲一聽就懂，自己的劇團唱些什麼，卻常常弄不清楚。美聲唱法和歌仔戲方言的咬字吐音行腔難以融合，雖然名叫歌仔戲，卻沒守住歌仔戲的根本。這就好像輸了不合的血型，只怕會傷了歌仔戲的命脈。

游：四十多年來，有許許多多進入戲曲研究領域的學生受到您的教導與影響，單單您所指導的碩、博士生就有一百七十多位，許多人已進入各大學任教，接續戲曲研究的事業，至今您仍持續帶領年輕一輩的研究生。您對臺灣未來戲曲研究的發展有何看法？

曾：我這輩子最大的愉快就是教了那麼多的好學生。對於每個學生我都是極愛護，視為自己的子弟，這你是親身感受到的。看到學生在學術、在工作、在人生各方面都有長進，真是人生一大快事。我有許多學生在大學教書，在研究上，有讓我非常引以為傲的成績。兩岸戲曲研究交流密切，在研討會上，大陸學者也很肯定臺灣學者的扎實和嚴謹。但對於臺灣未來戲曲研究的發展，我認為有一些需要關注的現象。首先是基礎學科的忽略。一個學門的發展，一定要讓學生有比較廣博和深厚的基礎。我之所以能夠處理曲牌的建構原理、腔調的構成和變化、歌樂之間的關係等等問題，就是因為當年在聲韻學方面打下了基礎；因為有訓詁學的訓練，也才能歸納民間文學中省文、音近訛變的道理，對民間文學的諸多現象提出新的結論。這些基礎學科在當今的中文系裏卻越來越被忽視。學生畏難怕枯燥，不想學；學系要發展文學，把這些中國學問的基礎冷落，甚至丟掉。失去了這些基礎，如何讀懂古代文獻？如何研究古典戲曲？如何具備貫通古今的學術眼光？除此之外，知識領域要博大，才有機會融通，如果研究戲曲的學生把經、子、史的課都排開不選；研究經學或子學，就不選文學的課，每個人只在一個狹隘的圈子

裏打轉，學術研究的前景能不令人擔憂嗎？基礎能力弱化、學習領域窄化，不僅是戲曲研究，也是所有學術研究的隱憂，是年輕學生應該正視的問題。就目前臺灣學者戲曲研究的主題來看，高度集中在臺灣地方戲曲和當代戲曲兩方面。臺灣是我們根生土長的地方，研究臺灣的地方戲當然是非常有意義的，但是研究的課題是否太過瑣細、是否能夠有突破性的見解，都得再斟酌。當代戲曲關乎戲曲在當前與未來的生存、發展與變化，也是必須重視的研究範疇。但戲曲在中國有其源遠流長的文化傳統與發展歷史，如果沒有具備對古典戲曲、傳統戲曲的認識，把當代戲曲割裂、孤立來看，得出來的結論很可能是偏頗、浮面的。

游：訪談一開始，老師談到當年臺大師長們對您的啟發與影響，您對學生又有什麼叮嚀和期許？

曾：過去鄭因百老師常說他喜歡讓學生踩著自己的肩膀前進，我相信自己有一副夠寬厚的肩膀，期盼我的學生在戲曲研究上有更大的格局、更宏闊的視野，站在我的肩膀上勇於創造與突破，這是我最大的希望。

游：謝謝老師接受《東華漢學》的訪問。畢業多年之後，這次訪談讓我有了再次受教，而且是一對一單獨上課的機會，真是彌足珍貴的福氣。您所描述的學思歷程，以及對戲曲研究視野、方法的提示，為研究者指出了向上一路。再次謝謝老師！

──本文轉載自《東華漢學》第二十期（2014年12月），頁407-426

立心曲海・廣播寰宇
——曾永義先生之戲曲研究

李惠綿*

　　曾永義先生於二〇一四年七月四日獲中央研究院第三十屆人文及社會科學組院士榮銜，年過七旬（1941-）。先生有感，詩云：「昧旦孤燈冷，滿頭霜雪情。」傾聽祝賀與掌聲時，莫忘院士光環的背後，歷經「燈火闌珊處」無盡的苦讀與孤獨！先生追憶當年，臺南一中的老師曾經對他們投考人文組的同學說：「你們個個都像死魚的眼睛，將來寫的文章沒有人要看哪！讀中文，將來不過是像我教教書罷了！」這位老師一定沒有想到五十餘年後，他的班上會出現中研院有史以來第一位戲曲領域的院士；而其著作等身，右手寫論文，左手寫戲曲劇本、散文、序文、詩歌。[1]鑽研戲曲堂奧，立心曲海；發揚戲曲顯學，廣播寰宇；傳道授業解惑，燈火相續……。

*　臺灣大學中國文學系教授。作者按：筆者於一九八五年就讀臺灣大學中文研究所碩士班，成為曾師永義的門生，指導碩、博士論文。提攜之恩，沒齒難忘。一九九四年博士畢業，有幸留系任教；其後得知與永義師皆出生於臺南縣下營鄉，倍覺師生因緣深厚。受邀撰寫〈曾永義先生之戲曲研究〉，自當義不容辭。基於師生倫理，當尊稱「曾師永義」。基於學術倫理及行文簡約，謹尊稱「永義先生」或「先生」。二〇一五年一至二月期間，曾師永義撥冗接受多次請益訪問，助我完成本文，敬致謝忱。

1　根據2015年1月學術著作與創作目錄，期刊論文近一百四十篇、會議論文九十篇、學術專書二十二本、學術通俗著作十本、編輯著作十九本、研究計畫報告書十二種、散文集八種、劇本創作十八本（含崑劇、京劇、豫劇、歌劇、歌仔戲五劇種）。按：先生戲曲之研究成果，兩岸戲曲學界推為第一，當無疑義。限於篇幅，又顧及《國文天地》讀者群，本文僅就戲曲教學與傳承的面向，提綱挈領，並以散文抒情筆法開篇收尾。

羽翼戲曲──開展俗文學研究與發揚民間技藝

先生走入中國文學的園林，有一些「必然」吧！在那個以醫學、法律為主流科系的年代，先生自幼具有「人棄我取、不與人爭」的性情襟懷，選擇被輕鄙棄置的人文組，此為必然之一。在圖書物資缺乏的年代，出生小康之家，遊戲鄉野之地，並無機緣接受文學陶冶；中小學時期卻以國文科目脫穎而出，此為必然之二。物理成績一向不亞於國文造詣，選擇中文系是因為從此可以不再讀英文，此為必然之三。一九五九年，先生以第一志願第一名考取臺灣大學中國文學系。

進入戲曲藝術殿堂，則是一種「偶然」！一九六四年七月，先生從馬祖預備軍官服役退伍，回臺大讀研究所，在中文系長廊與張敬老師（1918-1997）不期而遇。張老師關懷備至，永義先生彷彿從天外飛來神思，開門見山：「請老師指導我論文。」對自己的研究方向，不須苦心尋訪，沒有三心二意，毫無猶豫徘徊，頗有「採菊東籬下，悠然見南山」的詩境與畫境。而後再請鄭騫老師（1906-1991）共同指導，完成碩士論文《洪昇及其長生殿研究》（1967）[2]與博士論文《明雜劇研究》（1971）。[3]先生是臺灣大學第一

2　曾永義：《長生殿研究》（臺北市：臺灣商務印書館，1969年初版；1980年再版）。後又改題《洪昇及其長生殿》（臺北市：國家出版社，2009年）。永義先生自序提及，撰寫《洪昇及其長生殿研究》時，苦無範例可循，乃師法王國維《宋元戲曲考》的全知觀點。依次寫出〈洪昉思年譜〉、〈楊妃故事的發展及與之有關的文學〉、〈長生殿排場的研究〉、〈長生殿斛律〉，從而汲取其要旨作為〈胎息淵厚〉、〈寄託遙深〉、〈布局謹嚴〉、〈排場妥貼〉、〈文詞美妙〉、〈音律精審〉等節次內容，以此見〈長生殿在戲曲文學上的成就〉；並根據〈洪昉思年譜〉敘其家世、生平、交遊和著作。按：《長生殿》論文章節之布局及其研究面向，開創後學研究戲曲作家作品之範例。

3　曾永義：《明雜劇概論》，收入臺灣嘉新水泥公司文化基金會研究論文第302種，1978年。又臺北市：學海書局（1979年初版；1999年重新排校）。又收入《古典文學研究輯刊》（臺北市：花木蘭文化出版社，2011年）。按：先生探索明雜劇之時，風氣未開，論者尚少。這是學界第一本對於明雜劇進行全面研究的專著，有首創之功。其後，徐子方《明雜劇研究》（臺北市：文津出版社，1998年）、《明雜劇史》（北京市：中華書局，2003年）。永義先生《明雜劇概論》，再由北京商務印書館出版（2013年）。

位以清傳奇、明雜劇作家作品為論題的研究生，[4]兩本論文也成為後學研究
戲曲作家作品的重要範例。

　　大學時代，先生不曾修過戲曲課程。決定以戲曲為終身志業，無論是必
然因素或偶然之故，都是先生高度自覺與自我意志的選擇，故能孜孜矻矻，
勤讀不懈。張敬老師在第九研究室一句一句為之講解《長生殿》，先生從此
「鵲巢鳩占」在第九研究室讀書，將「戲曲研究室」的藏書逐一閱讀。自修
《孤本元明雜劇》套書與《西廂記》等，時時過訪和鄭騫老師相與研析。想
像其師生單獨講解劇作、切磋討論的情景，令人悠然神往。畢業留系任教後
（1971），亦曾專心致志協助鄭騫老師校對其歷時二十餘年甫完成的《北曲
新譜》（1973），奠定日後建構曲牌格律要素的深厚基礎。

　　從大學到博士，先生何其有幸，在臺大得以親炙來自彼岸高山仰止的文
學大師，除兩位指導教授，尚有臺靜農（1902-1990）、屈萬里（1907-
1979）、戴君仁（1901-1990）、孔德成（1920-2008）、王叔岷（1914-2008）、
毛子水（1893-1988）、許世瑛（1910-1972）等諸位老師，受其教澤和風
範。尤其從孔德成老師獲得治學的啟示：「研究一門學問，要兼顧其他可以
相輔相成的學問。」為永義先生日後兼治俗文學與民俗技藝播下種子。一九
七三年，奉時任中研院史語所所長屈萬里老師之命主持「中央研究院歷史語
言研究所所藏俗文學資料分類編目工作」，更使永義先生邁向俗文學教學與
研究之路，[5]成為戲曲研究的羽翼之一。《說俗文學》（1980）以及六十餘萬
言《俗文學概論》（2003），[6]是先後的代表作。

　　戲曲研究的羽翼之二是對民俗藝術的維護與發揚。一九八三至一九八六

4　羅錦堂（1929-）博士論文《現存元人雜劇本事考》（臺北市：中國文化事業公司，
　　1960年）、《中國戲曲總目彙編》（香港：萬有圖書公司，1966年），二書分別以考述元
　　雜劇故事、戲曲敘錄為主，雖早於永義先生的碩士論文，然研究戲曲專家作品與論述
　　方法，迥然有別。

5　進入戲曲領域之因緣，以及羽翼戲曲之研究，詳曾永義：〈椰林大道憶恩師〉，《聯合
　　報》副刊，2008年9月27-29日。

6　曾永義：《說俗文學》（臺北市：聯經出版事業公司，1980年）；《俗文學概論》（臺北
　　市：三民書局，2003年）。

年，先生結合同好，以「中華民俗藝術基金會」為後盾，為文建會執行製作
一連四屆「廣場奏技、百藝競陳」堪為「暫時性動態文化櫥窗」的「民間劇
場」。在調查研究方面，以一九八六年的「臺灣地區民俗技藝之調查與民俗
技藝園的規畫」最為龐大，一年之內完成三十五萬餘言的報告書，出版《臺
灣的民俗技藝》（1989）。[7]又規畫當時迄未實現的「高雄市民俗技藝園」和
「中國文化園區」，主持多項民俗技藝的保存、傳習、展演和學術會議。主
張「以民俗技藝作文化輸出」，身體力行，率領表演藝術團隊從事兩岸和國
際交流。擔任藝團領隊有三、四十次，經歷歐亞美非澳五大洲二十五國，讓
民俗藝術文化得以在國內外發揚光大。先生具體實踐「書生報國」之志，走
出學院的象牙塔，投入群眾之中，使學術通俗化，用以反哺社會。

　　海峽兩岸因為國共政治分崩，諸多文學大師渡海而來，偏安臺灣作育英
才。而當中國大陸處於十年文化大革命風潮（1966-1976），知識分子受到摧
殘凌辱之時，永義先生有幸在臺灣大學蒙受文學大師的啟迪與洗禮，接受傳
統純正的古典文學訓練，奠定篤實宏博的治學方法，立心古典戲曲研究，而
以俗文學、民間藝術為之羽翼。故對戲曲史、戲曲學、俗文學諸種問題，善
於沿波溯源、釐清名義、考述文獻、條分縷析。成就戲曲學問志業的背後，
看到永義先生一步一腳印，聚沙成塔。正所謂「海不辭水，故能成其大；山
不辭土石，故能成其高；士不厭學，故能成其聖。」

百川納海——宏觀微觀戲曲史之淵源、形成與發展

　　先生對戲曲史之研究著力最深，環繞其諸種問題進行研索不曾間斷。蓋
先生自我期許：「寫一部可以傳世，甚至於自認『庶幾經典之作』的『中國
戲曲史』，是我這輩子最大的願望。」[8]回顧大陸學者關於通史性或斷代史的
戲曲著作，對於戲曲之興衰與作家作品之評價，往往有馬列主義意識型態、
階級鬥爭、封建思想等用語。永義先生認為廖奔、劉彥君合著《中國戲曲發

7　曾永義等著：《臺灣的民俗技藝》（臺北市：臺灣學生書局，1989年）。

8　曾永義：《戲曲源流新論・自序》（臺北市：立緒文化事業有限公司，2000年），頁5。

展史》四冊（2000），已淡化意識型態色彩，不僅善於利用戲曲田野考古文物以印證戲曲發展，且對每一代作家作品亦能擇精取華加以分析。惟尚未釐清「戲曲、南戲、北劇」之淵源、形成與流播等問題。這三個問題類型相同，但都是戲曲史研究所存在的根本問題，也是前輩時賢「中國戲曲史」研究著作共同的缺失。先生提出撰著中國戲曲史，必須始於單元性的研究，而歸結於綜合性、一體性、有機性的考察與論證，才能兼具宏觀與微觀的完整。完成相關論文，包括崑劇、京劇、歌仔戲、梨園戲、儺戲、南管、亂彈戲、地方戲、偶戲等不同劇種，折子戲、連廂戲等表演形式，以及元明清作家作品等，總計約八十篇。雖皆屬單元性的研究，實已積帙成卷，僅就四方面的成果與貢獻扼要陳述。

（一）戲曲之淵源形成——小戲多元並起，大戲一源多派

　　歷代文人與當代學者對於戲曲起源的看法眾說紛紜，例如漢王逸《楚辭章句・九歌序》云：「（楚國）其俗信鬼而好祠，其祠必作歌樂鼓舞以樂諸神。」[9] 開啟戲曲起源「巫覡說」。又如明胡應麟《少室山房筆叢》云：「優伶戲文，自優孟抵掌孫叔，實始濫觴。」[10] 開啟戲曲起源「優孟說」。王國維《宋元戲曲考》（1913）提出戲曲起源於巫覡歌舞，成立於宋金雜劇院本，形成於南戲北劇。[11] 永義先生有感戲曲起源諸說分歧，且汲取王國維自

9　漢・王逸《楚辭章句》，收入《景印文淵閣四庫全書》（臺北市：臺灣商務印書館，1983年），冊1062，卷2，頁16-17。

10　明・胡應麟：《少室山房筆叢・莊嶽委談》，收入《叢書集成續編》（臺北市：新文豐出版公司，1989年），冊10，卷41，頁461。

11　王國維：《宋元戲曲考》（臺北市：里仁書局，1998年），第一章〈上古至五代之戲劇〉云：「歌舞之興，其始于古之巫乎……是則靈之為職，或偃蹇以象神，或婆娑以樂神，蓋後世戲劇之萌芽，已有存焉者矣。」第七章〈古劇之結構〉云：「至宋、金二代而始有純粹演故事之劇。故雖謂真正之戲劇，起于宋代，無不可也。」第十六章〈餘論〉云：「至元雜劇出而體製遂定，南戲出而變化更多，於是我國始有純粹之戲曲。」頁5-7、80、165。

上古至五代以及宋金元戲曲文獻考述，先以〈中國古典戲劇的形成〉
（1982）、[12]〈中國地方戲曲形成與發展的徑路〉（1986）[13]兩篇論文為基
礎，後以〈也談戲曲的淵源、形成與發展〉（2000）、[14]〈先秦至唐代「戲
劇」與「戲曲小戲」劇目考述〉（2003），[15]再探戲曲源流史觀。先生認為掌
握戲曲源流，首當釐清「戲劇」與「戲曲」之別；其次，掌握「戲曲」有
「小戲、大戲」之分，分辨「小戲」為戲曲之「雛型」，「大戲」為戲曲之
「成型」。所謂「小戲」，演員少至一個或三兩個，情節極為簡單，藝術形式
尚未脫離鄉土歌舞的戲曲之總稱，往往出以滑稽笑鬧。所謂「大戲」，演員
足以充任各門腳色扮飾各種人物，情節複雜曲折足以反映社會人生，藝術形
式已屬綜合完整的戲曲之總稱。

　　「戲劇」一詞在中國原為滑稽謔笑之義，起於唐代，蓋以彼時之演出尚
屬今之所謂「小戲」，以滑稽詼諧為本質。今之所謂「戲劇」當為約取「南
戲北劇」而成，現代應取其廣義，舉凡「真人或偶人演故事」皆是。因此，
戲曲、偶戲、話劇、歌劇、舞劇、默劇、電影、電視劇都屬戲劇。「戲曲」
一詞始於宋代，原是「戲文」的別稱，現代用來作為中國古典戲劇的總稱，
舉凡「演員合歌舞以代言演故事」皆是。因此，漢角觝戲「東海黃公」、唐
歌舞戲「踏謠娘」、唐參軍戲、宋雜劇、金院本、宋元南曲戲文、金元北曲
雜劇、明清傳奇、明清雜劇、清代京劇，以及近代地方戲和民族戲劇都屬戲
曲。宋金雜劇院本之前的戲曲皆屬「小戲」，宋元南曲戲文以後的戲曲皆屬
「大戲」。若以文獻出現早晚為論據，〈九歌〉或〈九歌〉中之〈山鬼〉應當
是中國戲曲的第一個「雛型」，亦即戲曲以此為「源頭」。戲曲之完成則是成

12　曾永義：〈中國古典戲劇的形成〉，《中國國學》第10期（1982年9月），頁163-181。
13　曾永義：〈中國地方戲曲形成與發展的徑路〉，中研院第二屆國際漢學會議，1986年
　　12月。
14　曾永義：〈也談戲曲的淵源、形成與發展〉，《臺大中文學報》第12期（2000年5月），頁
　　365-420。
15　曾永義：〈先秦至唐代「戲劇」與「戲曲小戲」劇目考述〉，《臺大文史哲學報》第59期
　　（2003年11月），頁215-266。

立於宋金大戲「南戲北劇」。雖與王國維之結論相同，但經由名詞之釐清及其涵義之界定，更能掌握戲曲之淵源、形成的分界點。

先生據此觀察而獲得精闢結論：小戲形成時有不同的核心元素，因而形成不同的特質。例如西漢「東海黃公」以角觝雜技為基礎；北齊「踏謠娘」以歌舞為基礎；唐「參軍戲」和宋雜劇源生於宮廷俳優，是在宮廷君王娛樂中以俳優散說為基礎。說明小戲由多元因素所構成，而其源生之時必有一二主要因素為核心，再吸納結合其他次要因素成為一有機體。故其源生而為戲曲之雛型，亦可因時因地因其主要核心元素而多源生發乃至多源並起。大戲既為具「綜合文學藝術」之有機體，如南戲北劇，以其構成元素之多元複雜而縝密精緻，便只能一源多派。

創說「小戲多元並起、大戲一源多派」，當可辨明晚清民國以來，派系林立、莫衷一是的戲曲源流之論爭，貢獻卓著。

（二）北曲雜劇之淵源形成流播及其體製

掌握小戲／大戲的斷代與藝術分野，先生對北劇、南戲之淵源、形成、流播及其相關問題，亦可一以貫之。〈也談「北劇」的名稱、淵源、形成和流播〉（1999），[16] 分析北曲雜劇十種名稱的演進歷程：「北院本」之院本見其小戲階段的雛型；「院么」或「么末院本」見其進入大戲之過渡：「么末」見其完成為大戲的俗稱；「雜劇」見其完成為大戲並取宋金雜劇之地位而代之的專稱：「北劇」則見其與「南戲」對立之情況。又由對「院么」與「么末」之分析，探討北劇的形成及其地位之確立。「院么」是金院本過度到雜劇的劇體，從中發展為「么末」、「朗末」、「撇末」、「撇朗末」等俗稱中異名同實的劇體，明白宣稱以「末色」為主演，並將宋金雜劇院本各自獨立的四個段落，結為起承轉合故事情節連貫一體的新體製，只是演出時仍舊一段一

---

16 曾永義：〈也談「北劇」的名稱、淵源、形成和流播〉，《中國文哲研究集刊》第15期（1999年9月），頁1-42。

段分開，中間夾入音樂歌舞或雜技，保持原來各自獨立的方式。永義先生將北劇淵源、形成過程與結構體製融合，乃奠基於〈元雜劇體製規律的淵源與形成〉（1989）的論述。[17]元雜劇體製規律非常謹嚴，歸納其包含必要因素有「四段、總題題目正名、四套不同宮調的北曲、一人獨唱全劇、賓白、科範、腳色」等七項，另有「楔子、插曲、散場」三項可有可無的次要因素。十個因素固然皆有其深厚的淵源，但也都有向上的發展。故使元劇得以「大戲」的姿態光耀中國劇壇。

（三）南曲戲文之淵源形成流播及其體製

南戲研究，自王國維《宋元戲曲考》啟其端緒後，三〇至五〇年代有趙景深、錢南揚、陸侃如、馮沅君等，其主要成績均在鉤輯敘錄。[18]八〇年代以來，南戲研究始拓展領域，以錢南揚（1899-1987）《戲文概論》（1981）為代表，此書對戲文的名稱、源委、劇本、內容、形式、演唱，有詳盡的考述論說，誠屬研究戲文開山之作，啟發後輩研究風潮，影響頗深。[19]惟錢南揚及其後研究南戲的學者，異口同聲主張大約南宋末或元初，或元中葉北曲雜劇南下時，戲文大概已經流傳至大都，並有演出、編撰和大都隆福寺刻本。主此說者皆根據清張大復《寒山堂曲譜・總目》著錄：「《金銀貓李寶閑花記》大都鄧聚德著。業卜，字先覺，尚有《三十六瑣骨戲文》。隆福寺刻本。」[20]然考察北京隆福寺建成於明代，鄧聚德戲文是明代隆福寺刊本。

---

17 曾永義：〈元雜劇體製規律的淵源與形成〉，《臺大中文學報》第3期（1989年12月），頁203-252。

18 三〇年代，趙景深《宋元戲文本事》、錢南揚《宋元南戲百一錄》、陸侃如與馮沅君合著《南戲拾遺》。五〇年代，錢南揚《宋元戲文輯佚》、趙景深《元明南戲考略》等。

19 繼錢南揚之後，劉念茲《南戲新證》（1986）、金寧芬《南戲研究變遷》（1992）、俞為民《宋元南戲考論》（1994）、徐宏圖《宋元南戲史》（2008）等，皆是研究南戲的重要論著。

20 清・張大復：《寒山堂新定九宮十三攝南曲譜》，收入《續修四庫全書》（上海市：上海古籍出版社，2002年），冊1750，頁643-646。

又，從現存可考里居北方之戲文作家，鄧聚德雖里居大都，但不足以證明戲文在元代必然流播大都。再者，檢視《青樓集》著錄，唯有一則記載專攻南戲的女伶是浙江婺州人，目前未見大都演出戲文的表演史料。以上三點論證錢南揚之推測「理據」不足。[21]

永義先生對戲文的研究，始於〈也談「南戲」的名稱、淵源、形成和流播〉（1997），[22]是研究戲文的第一步，戲曲體製劇種由「小戲」而發展為「大戲」的概念，成為釐清南戲淵源、形成的一把鎖鑰。南戲淵源階段約於北宋徽宗宣和間（1119-1125），如「鶻伶聲嗽」是在永嘉初起時，以鄉土歌謠為基礎而形成的小戲。南戲形成階段約於南渡之際（1127），吸收流入民間的官本雜劇而形成，樂曲是里巷歌謠和詞調，稱曰「永嘉雜劇」或「溫州雜劇」。南戲成為大戲，約於南宋光宗紹熙（1190-1194）年間，吸收說唱文學以豐富故事情節和音樂曲調，乃至曲調的連綴方法，稱曰「戲文」或「戲曲」。直到南宋度宗咸淳間（1265-1274），此時期雜劇在北方形成，永嘉戲曲初步奠定戲曲藝術規模，流傳至杭州、江西南豐、江蘇吳中。大約同時，也流入福建閩南地區的莆田、泉州、漳州等地。此後南戲流播至各地而形成各種腔調劇種的歷史脈絡則清晰可尋。

根據南戲發展的歷史脈絡，繼有〈再探戲文和傳奇的分野及其質變過程〉（2004），[23]南戲經過「北曲化、文士化、崑腔化」才蛻變為傳奇。因為「崑腔化」是「傳奇」的必備條件之一，故若就「腔調劇種」而言，「傳奇」自然屬「崑劇」之一。戲文體製結構與北劇大不相同，繼而撰寫〈宋元

---

21 李惠綿：〈「宋元戲文流播大都」平議〉，臺灣大學戲劇系主編《戲劇研究》第6期（2010年7月），頁81-116。按：筆者對錢南揚之說感到疑惑，向曾師永義請益。老師指示研究路徑，考察隆福寺建成時代，得以證實大都鄧聚德的戲文係明代隆福寺刊本。謹以此例陳述曾師永義之學術薪傳。

22 曾永義：〈也談「南戲」的名稱、淵源、形成和流播〉，《中國文哲研究集刊》第11期（1997年9月），頁1-41。

23 曾永義：〈再探戲文和傳奇的分野及其質變過程〉，《臺大中文學報》第20期（2004年6月），頁87-133。

南曲戲文之體製、規律與唱法〉（2008）。[24]可見先生對北劇南戲系列性的論述。

有關南戲的名稱，如能從其淵源、形成與流播的歷史加以探討，其義自明，可使分歧的時代先後和內涵命義，猶如水落石出。

（四）體製劇種／聲腔劇種、腔調／聲腔之別

研究戲曲史另一個必須釐清的是體製劇種與聲腔劇種之別。承接上文敘述，南戲北劇其發展則為流播後之「腔調劇種」，則為交化後之「傳奇」、「南雜劇」與「短劇」。〈論說「戲曲劇種」〉（1996）乃從三方面分辨，其一就藝術形式的特質分野，有小戲系統、大戲系統和偶戲系統。其二就體製規律之不同而有體製劇種，其中以唱詞分而有詞曲系與詩讚系，以音樂分而有曲牌系與板腔系；而詞曲系與曲牌系、詩讚系與板腔系相關聯。其三以用來演唱之腔調或聲腔為基準而命名的腔調或聲腔劇種。[25]方音以方言為載體所形成的特殊語言旋律，謂之「腔調」，一經流播便冠上源生地作為名稱，其中勢力強大而流播廣遠的便形成腔調體系，簡稱「腔系」或「聲腔」。二十一世紀以來，永義先生的戲曲研究是用心於「腔調」問題，結集專書《戲曲腔調新探》（2009），收錄〈論說腔調〉、〈溫州腔新探〉、〈海鹽腔新探〉、〈餘姚腔新探〉、〈弋陽腔及其流派考述〉、〈梆子腔系新探〉、〈從崑腔說到崑劇〉（附錄：〈崑腔曲劇在臺灣〉）、〈皮黃腔系考述〉、〈四平腔的名義〉等九篇論文。[26]大陸學者對各種腔調之研究頗為可觀，永義先生釐清戲曲史的核心概念，一以貫之，得以使各腔調源流演變之脈絡更為清晰。

---

24 曾永義：〈宋元南曲戲文之體製、規律與唱法〉，《戲曲學報》第3期（2008年7月），頁35-72。

25 曾永義：〈論說「戲曲劇種」〉，收入臺灣大學中文系主編：「語文、情性、義理：中國文學的多層面探討國際學術會議」，1996年3月。

26 曾永義：《戲曲腔調新探》（北京市：文化藝術出版社，2009年）。

承先啓後──確立排場要素與實際運用

中國古典戲曲真正的結構藝術在排場。元明清曲家主要用於品評雜劇、傳奇（詳下文）；清末民初許之衡（？-1934）《曲律易知》賦予排場創作論內涵，拈出〈論排場〉專題，指出：「作傳奇第一須知排場。……且向來論曲之書未論及此，然此為最關鍵。」[27]而從後設學術論文規模的寬度與廣度，最早寫成論文則是永義先生〈說排場〉（1987）。[28]其考察元代戲曲出現「排場」詞語，並對明清曲學中與排場相關的概念和理論進行論述。主要貢獻在確立排場要素，並運用排場概念具體分析劇作。

（一）確立排場要素

許之衡強調曲律以排場為最要，因劇情變化無定，惟有排場最繁，亦最難以筆墨明之。如遇頭緒紛繁時，欲妥貼安置排場，殊非易事。許之衡主要從宮調聲情與曲牌性質、劇情與套數之配搭、短劇（短套）承上啓下繁簡相間、排場變動四方面論述。許之衡的排場論對王季烈（1873-1952）產生頗深的影響，《螾廬曲談・論劇情與排場》將「劇情」與「排場」並列為題，開宗明義界定：「悲歡離合謂之劇情，演劇者之上下動作謂之排場。欲作傳奇，此二事最須留意。」[29]劇情取決於關目，曲情依存於宮調、曲牌、套數之中，故排場的構成建立在劇情、曲情、腳色三個基礎之上。發展到張敬先生集許之衡、王季烈之大成，《明清傳奇導論・傳奇分場的研究》，歸納傳奇的分場，即是分辨其「排場」類型，[30]並以這套分場理論為基礎，建立排場與南曲聯套的關係。包括傳奇組場與聯套、傳奇組場與引子配套、傳奇劇情

---

27 許之衡：《曲律易知》（臺北市：郁氏印獎會重印本，1979年），頁97-139。

28 曾永義：〈說排場〉，第一屆明清小說戲曲國際研討會（臺北市：中央圖書館，1987年8月）。

29 王季烈：《螾廬曲談》，（臺北市：臺灣商務印書館，1971年），頁23-33。

30 張敬：《明清傳奇導論》（臺北市：東方出版社，1961年；臺北市：華正書局，1986年重排再版），頁109-131。

與曲套運用、故事腳色與曲套支配、傳奇結局和曲套的運用。[31]永義先生
〈說排場〉在「傳奇分場」的基礎上確立五個排場要素,並有清晰的界定:
「所謂排場是指中國戲劇的腳色在『場上』所表演的一個段落,它是以關目
情節的輕重為基礎,再調配適當的腳色、安排相稱的套式、穿戴合適的穿
關,通過演員唱作念打而展現出來。」確立五個排場要素是:「關目情節的
輕重」、「腳色人物的主從」、「套數聲情的配搭」、「科介表演的繁簡」、「穿關
砌末的運用」。就關目情節的高低潮以及其對主題表現所關涉的程度而分,
有大場、正場、短場、過場四種類型;過場又可分大過場、普通過場。就表
現形式的類型而言,有文場、武場、文武全場、同場、群戲之別;就所顯現
的戲劇氣氛而言,則有歡樂、遊覽、悲哀、幽怨、行動、訴情等六種情調。
因之標示「排場」當斟酌這三種情況,然後方能充分的描述出該排場的特
質。後二項皆是襯托與表現排場氣氛情調的要素,張敬先生未及細論,係永
義先生獨到創發而著力闡述者。

(二)運用「排場」概念分析劇作

元代「排場」與戲曲發生關聯是從劇場及表演開始,繼而轉用於品評雜
劇作家作品,肇始於鍾嗣成(約1279-約1360)與賈仲明(約1343-約
1422)。鍾嗣成《錄鬼簿》以【凌波仙】挽鮑天祐曰:「平生詞翰在宮商,兩
字推敲付錦囊,聳吟肩有似風魔狀。苦勞心嘔斷腸,視榮華總是乾忙。談音
律,論教坊,唯先生占斷排場。」[32]鮑天祐創作雜劇善於題材、情節、章法
之編撰,尤精於宮商音律和遣詞用字,體現精湛的排場藝術。教坊之中,論
其詩歌與音樂之融合,劇作堪稱「占斷排場」。

元末明初賈仲明《錄鬼簿》增補本亦以【凌波仙】曲挽趙子祥:「一時

---

31 張敬:〈南曲聯套述例〉,原載《國立臺灣大學文史哲學報》第15期(1966年8月);收
  入《清徽學術論文集》(臺北市:華正書局,1993年),頁1-66。
32 元・鍾嗣成:《錄鬼簿》,《中國古典戲曲論著集成》(北京市:中國戲劇出版社,1959
  年),冊2,頁122。

人物出元貞，擊壤謳歌賀太平。傳奇樂府時新令，錦排場、起玉京。」[33]元代大都等地出現雜劇創作組織，名曰書會，「玉京書會」即是其中之一。賈仲明肯定其傳奇樂府「錦排場」，稱賞趙子祥雜劇之排場藝術如錦繡般精麗鮮明。

鍾嗣成和賈仲明《錄鬼簿》著成時代相距將近八、九十年之久，使「排場」一詞正式用於評賞雜劇，可視為實際運用排場的萌芽。直到明代中葉以後，才出現較多戲曲家運用「排場」品評，主要有鑑賞派曲家呂天成（約1580-約1618）、凌濛初（1580-1644）、祁彪佳（1602-1645），在實際運用排場的歷史發展具有重要意義。例如呂天成《曲品》評葉憲祖《四豔》：「選勝地，按節氣，賞名花，取珍物，而分扮麗人，可謂極排場之致矣。」[34]《四豔記》是《夭桃紈扇》、《碧蓮繡符》、《丹桂鈿合》、《素梅玉蟾》四本雜劇的合稱，合春夏秋冬四豔，而以夭桃、碧蓮、丹桂、素梅為應節氣之名花，作為劇中旦腳的名字。取材、內容、手法相似，即以一物件為定情信物，最終以信物紹合，才子佳人得償夙願。呂天成所謂「極排場之致」或就其場景、時節、砌末、穿關變化而言。

元明曲家使用排場是整體性的評點，略顯抽象籠統。張敬先生《明清傳奇導論・傳奇分場的研究》，以故事關目為據點，以關目分量為依據，分析傳奇每一齣「分場」之性質。例如《牡丹亭・尋夢》屬文細大場，〈回生〉屬群戲正場。《長生殿・陷關》屬武場，〈埋玉〉屬文武大場。分場雖可視為排場的實際運用，不過對劇本各齣之鑑賞，仍偏於概括性。

汲取張敬先生對傳奇每一齣畫龍點睛的分場，又汲取許守白「排場變動」的觀念。蓋傳奇「每折宜用同宮調同管色之曲，一線到底」，惟排場變動時則可移宮換韻。先生熔鑄許、張二家其說，對劇作有具體而微的分析與評賞，以《洪昇及其長生殿研究》為代表作。茲舉第二齣〈定情〉，說明實

---

33 明・賈仲明《錄鬼簿》增補本，收入俞為民、孫蓉蓉主編：《歷代曲話彙編・唐宋元編》（合肥市：黃山書社，2005年），頁334。

34 明・呂天成：《曲品》，《中國古典戲曲論著集成》（北京市：中國戲劇出版社，1959年），冊6，頁234。

際運用排場的五個基礎。

> 【大石・東風第一枝】（引子）生→【玉樓春】旦→二宮女→【大
> 石・念奴嬌序】（過曲）生－合→【前腔換頭】旦－合→【前腔換
> 頭】宮女－合→【前腔換頭】內侍－合→【中呂・古輪臺】（過曲）
> 生－旦→【前腔換頭】合→【餘文】生－合→【越調・綿搭絮】（近
> 詞）生→【前腔】旦→七言四句下場詩。

其一就「關目情節的輕重」而言，此齣緊在首齣【家門】之後，實是全劇首幕，且為全劇最高潮之一，亦為極重要之關目，氣氛歡樂，故為「群戲歡樂大正場」。

其二就「套數聲情的配搭」而言，生腳首先上場，謂之「衝場」，必念較長之「全引」，此用【大石】引子【東風第一枝】。其他腳色上場可不用全引，此用【大石】引子【玉樓春】即半引。共用三套數而三換排場：首以【大石】引子二支、過曲【念奴嬌序】四支協江陽韻，寫冊妃宴飲，構成堂皇紛華之歡樂場面。其次【中呂・古輪臺】二曲加尾聲（【餘文】）協江陽不換韻，則轉入賞月而引起睡情。排場至此實可結束，但釵盒乃本傳始終作合處；故於進宮更衣之後，特移宮換羽以【越調】過曲【綿搭絮】二支協桓歡韻點出「定情」之意。劇場即截此二曲演之，謂之「賜盒」，由此「釵盒」定情乃埋伏下文許多關目。曲界有「男怕唱【武陵花】，女怕唱【綿搭絮】」之語，蓋以【武陵花】高亢之極，生腳難於運腔；而【綿搭絮】低迴之至，旦腳難於出口。由此觀之，劇情推展或轉變，排場亦隨之改變；排場改變，音樂韻協亦可隨之轉移。可知本齣有引子、過曲而無尾聲，因聯套特色為重疊隻曲以成套數，故可省略尾聲。隻曲有自成格局之特質，故【古輪臺】二曲，前者由生、旦接唱以演階前玩月，後者由同場腳色合唱以演行歸西宮。

其三就「腳色人物的主從」而言，因為是群戲歡樂大正場，所以出場腳色有生旦男女主腳，亦有配角丑與內侍、宮女各二人。

其四就「科介表演的繁簡」而言，生旦唱曲份量最重，【念奴嬌序】四

曲由生、旦、宮女、內侍輪唱，而每曲曲尾則由生、旦、宮女、內侍等同場
腳色「接合唱」（同場腳色齊唱曲尾餘文），音調高亢。【古輪臺】首曲由生
旦「接唱」（接續某腳色唱同一曲之餘文），次曲由同場腳色合唱（同場腳色
同唱一曲）。【綿搭絮】二曲則由生旦「對唱」（兩腳色相間為唱）。可知本齣
上場腳色各有演唱，且以生旦演唱為主，同場腳色為次。

　　其五就「穿關砌末的運用」而言，【玉樓春】之前由「丑扮高力士、二
宮女執扇引旦扮楊貴妃上」；【念奴嬌序】之前由生扮唐明皇傳旨排宴，於是
有「內奏樂，旦送生酒，宮女送旦酒」；【古輪臺】首曲之後，明皇傳旨「掌
燈往西宮去」，舞臺上「內侍、宮女各執燈引生旦行」。西宮更衣之後，明皇
「袖出釵盒介」與貴妃定情。總結本齣之穿關砌末有扇、酒、燈、更換之衣
以及釵盒等，隨著排場變動而配合不同砌末上場。

　　永義先生不止以排場美學評析明清傳奇，更用於元雜劇，〈評騭中國古
典戲劇的態度與方法〉說：「傳奇分場較為明晰可尋，而元雜劇每折由一套
北曲加上賓白和科汎組成，則向來無人注意其排場。其實元雜劇每折皆包含
若干場次，仔細考按，條理脈絡還是很清楚。譬如關漢卿的《救風塵》雜
劇，首折分七場，次折分五場，三折分三場，四折分四場。每折皆有主場，
主場用曲最多，大抵必須連用之諸曲和借宮諸曲自成一場；不司唱之腳色則
以賓白組場。明白元雜劇分場之情形，也可以幫助我們了解其結構之嚴謹與
否。」[35] 所謂包含若干場次，永義先生名曰「引場」、「主場」、「收場」。如
關漢卿《關大王獨赴單刀會》第二折：

　　開首司馬德操以【端正好】、【滾繡球】二曲述其修行辦道、悠哉自
　　如之生活，是為引場。其次魯肅來訪，迄於【尾聲】，總為關羽寫
　　照，是為主場。司馬德操下場後，另有道童與魯肅賓白及道童所唱
　　【隔尾】一支，言語詼諧，餘波為然，是為收場。[36]

35 曾永義：〈評騭中國古典戲劇的態度與方法〉，收入《說戲曲》（臺北市：聯經出版事業
　　公司，1976年），頁15。
36 曾永義選注：《中國古典戲劇選注》（臺北市：國家出版社，1983年），頁27。

顧名思義,引場相當於該折之開端,收場為結束;主場為發展,是主體情節所在,故用曲最多。有時因劇情複雜,排場變動,主場往往又可細分為若干小場次。《中國古典戲劇選注》中選錄元雜劇,每折後有「說明」,分析該折排場承接轉折的情形。由各折之說明,歸納永義先生分析雜劇排場主要是以「情節布置推展、時空場景轉換、人物上下場、曲牌音樂段落、賓白科汎組場」五個基礎。我們由此對照,發現傳奇排場的五個基礎與與元雜劇不全然相同。元雜劇每本四折,每折不能移宮換羽,只能用一種宮調,聯套方式也就不同,而且只由一種腳色主唱,科介表演集中在主腳,穿關砌末也較為簡單。因為體製結構與表演形式的差異,故而形成二者排場藝術之差異。永義先生對雜劇、傳奇排場之分析,可以說在戲曲品評和評點形式之外,開展出另一種理論的實際運用,使理論與劇作之間有了緊密的繫聯。細密的運用與精微的評賞,使戲曲批評中的排場論,真正活用於戲曲文本的分析。

體大思精——建構曲牌格律要素與歌樂關係

永義先生頗有詩才,中學時代即時常寫詩作詞。進入臺灣大學中文系,受業鄭騫、張敬先生「韻文學」課程;又長年擔任中文系「詩選及習作」,認為「詩」是韻文學基礎,乃以「詩學」為講授重點。累積學養及教學相長,又以戲曲為志業,對詩詞曲韻文學格律有深入的觀察與體悟。

最早撰寫的是〈影響詩詞曲節奏的要素〉(1976),[37]提出構成節奏的要素有「長短、高低、強弱、平仄」等。韻文學有自然音律與人工音律。人工音律有「聲調、韻協、句式」;自然音律有「雙聲疊韻、疊字襯字、拗句、選韻、意象的感受」。兩種規律之外,另有句子形式,分作意義形式與音節形式。因題目含括「詩詞曲」,故以自然音律與人工音律勾勒韻文學的基本要素。其後關注相關議題,猶如兵分兩路,分別從「詩」與「曲」兩種文類

---

37 曾永義:〈影響詩詞曲節奏的要素〉,《中外文學》第4卷第8期(1976年1月),頁4-29。

繼續探索。詩歌方面，有〈中國詩歌中的語言旋律〉（1985）、[38]〈舊詩的體製規律及其原理〉（1986）。[39]歸納構成舊詩體製規律的基礎有「四聲平仄、韻協、語言長度、音節形式、對偶」等五個因素。決定韻文學語言旋律的因素則有「聲調的組合、韻協的布置、語言的長度、音節的形式、詞彙的結構、意象情趣的感染」等六項。曲律方面，先後撰寫〈北曲格式變化的因素〉（1977）、[40]〈九宮大成北詞宮譜的又一體——以仙呂調隻曲為例〉（1992），[41]大抵受鄭騫先生〈論北曲之襯字與增字〉[42]之啟迪。

　　鄭騫先生的啟迪主要有三點。[43]第一，界定曲牌之格式，包括「句數、字數、句式、調律、協韻、對偶」等六項。第二，說明北曲格式可以伸縮變化之故，乃因為其間有「增句、襯字、增字」。第三，提出「句式」有單雙二式，取決於句末音節之或單或雙。單式音節健捷激裊、雙式音節平穩舒徐。永義先生夤緣師說，深層探討北曲格式變化的主要因素有「襯字、增字、增句、夾白」；次要因素有「減字、減句、犯調、曲調之入套與否」。可見促成北曲格式變化之因素相當多，其變化情形更是錯綜複雜。循著上述八個因素，永義先生據以探究《九宮大成北詞宮譜》滋生繁多的「又一體」，都是在「正格」基礎上變化的結果，以【仙呂】隻曲印證北曲格式變化的因素，可謂理據充足。

　　從概括性的綜論到雙向交錯的探索，歷經三十五年後，發表〈論說「建

---

38 曾永義：〈中國詩歌中的語言旋律〉，《鄭因百先生八十壽慶論文集》（臺北市：臺灣商務印書館，1985年），頁875-915。

39 曾永義：〈舊詩的體製規律及其原理〉（上下），《國文天地》總14號（1986年8月），頁56-61；總15號（1986年7月），頁58-63。

40 曾永義：〈北曲格式變化的因素〉，中國古典文學研究會、中央大學「中國文學國際學術會議」，1977年12月。

41 曾永義：〈九宮大成北詞宮譜的又一體——以仙呂調隻曲為例〉，《陳奇祿院士七秩榮慶論文集》（臺北市：陳奇祿出版，1992年），頁139-152。

42 鄭騫：〈論北曲之襯字與增字〉，《幼獅學誌》11卷2期（1973年6月），頁1-17。

43 曾永義：〈鄭師因百（騫）的曲學及其對我的啟迪〉，臺灣大學中文系「鄭因百先生百歲冥誕國際學術研討會」，2005年7月。

構曲牌格律之要素」〉（2011）[44]，將韻文學的詩歌規律熔鑄於曲牌格律，建
構八項周全之要素：「字數律、句數律、協韻律、平仄聲調律、對偶律、長
短律、句中音節單雙律、詞句語法特殊結構律」八項，分別說明之。（一）
字數律指曲牌本格應有之正字數，演繹出正字、襯字、增字、減字等原理。
曲牌本格應有的字數，謂之「正字」。在不妨礙腔調節拍情形之下，可於本
格正字之外添出若干字，以作轉折、聯續、形容、輔佐之用，謂之「襯
字」。襯字多於音節空隙之處添增，其位置只能加於句首及句中。襯字意義
分量較輕，多為虛字，易於辨識。但有時全句渾然一體，字數較本格正字為
多，而諸字勢均力敵，銖兩悉稱，難以從語氣上或從文法上辨識其孰為正、
孰為襯，稱曰「增字」。換言之，「增字」是本格正字之外所添加出來的字，
地位上其實是襯字，但由於意義分量與正字勢均力敵，後人又在其上加點板
眼，因此在全句中與正字渾然一體。[45]（二）句數律指曲牌本格應有之句
數，演繹出增句、減句等原理。（三）協韻律演繹出協韻、不協韻、協否均
可、不可開合同押、平上去三聲收煞等原理。（四）平仄聲調律演繹出平上
去（入）分明、入派三聲、平仄不拘、上去不拘、平上不拘、宜上可平、宜
上可去、宜去可上、宜上去或去上、不宜上上或去去、宜陰平不可陽平、宜
陽平不可陰平等原理。（五）對偶是中國文學單音節單形體產生的文學特
色。永義先生分析對偶的運用，義先於音，然後音義兼顧，其層次約有六個
等級。[46]又歸納對偶的結構形式有二十一種，[47]惟曲中對偶並未用到如此複

---

44 曾永義：〈論說「建構曲牌格律之要素」〉，《中華戲曲》第44期（2011年12月），頁98-
　137。

45 關於襯字、增字，熔鑄鄭騫先生〈論北曲之襯字與增字〉的論述。

46 曾永義：《俗文學概論》，分析對偶的層次約有六個等級。（1）意義分量相等。（2）語
　言長度相同、詞性相同。（3）平仄相反。（近體詩、律詩之基本條件，稱之為「寬
　對」。）（4）名詞類別相近。（5）名詞類別相同。（對偶越趨工整，稱之「鄰對」與
　「工對」。）（6）詞句結構形式相同。頁161-175。

47 曾永義：《俗文學概論》，歸納「疊字對、雙聲對、疊韻對、連綿對、巧變對、流水
　對、錯綜對、倒裝對、疑問對、問答對、句中對、隔句對、借義對、借字面對、音義
　相關對、嵌字對、離合對、隱字對、回文對、頂針對」，共二十一種對偶。頁161-
　175。

雜精細。大抵說來，詞和曲中鄰句之句長相等者，往往會對偶。兩句為一般
對偶，三句為鼎足對，四句為扇面對。若必須對偶，就成為規律，用此以平
衡凝練句意，同時使聲情較為厚實。（六）長短律有定格，南北曲的句長大
抵從一字句至七字句，演繹出「攤破」原理。例如七字句可增兩字變為九
字，攤破為三、三、三。如【仙呂・寄生草】第三四五句鼎足對，本格為七
字句，無名氏〈閨評〉：「想著他〔擊〕珊瑚、〔列〕錦帳、〔石〕崇勢，則不
如〔卸〕羅襴、〔納〕象簡、張良退，學取他〔枕〕清風、〔鋪〕明月、陳摶
睡。」括弧內者即是增字。韻文學的語言長度應當指韻間的音節而言，謂之
「韻長」。因為「韻」是散聲的收束，絕然成為一個語言的段落；所以句句
押韻的，它的語言長度便只是該句的音節數；隔句押韻的，便是兩句的音節
數。（七）句中音節單雙律從「語言長度」演繹出來。韻文學的句子中同時
含有兩種形式，意義形式是句中意象語和情趣語的組合方式，意象語為名詞
及其修飾語，此外為情趣語。音節形式則是句中音步停頓的方式。（八）詞
句語法特殊結構律，就複詞而言有雙聲疊韻複詞、疊字衍生複詞；就句子結
構而言，則有洋洋大觀的「俳優體」，如頂針體、反覆體、重句體、連環
體、短柱體等。

　　三年後，先生再將「字音結構、聲調組合、韻協布置、音節形式、韻長
攤破、複詞結構、語句結構、意象情趣之感染力」等，歸屬語言本身內在八
個質素，以其皆含有音樂性之語言旋律，統稱「聲情」；而以語言所具之意義
情趣思想，稱曰「詞情」。「詞情」、「聲情」必須相為融合，相得益彰，然後
音樂家才能譜上最切當的音符，順應其「聲情」，彰顯其「詞情」，並配合器
樂詮釋歌詞，達到真正的歌樂融合，相得益彰。因此語言旋律（聲情）可說
是「戲曲歌樂」的根本；而歌樂的相得益彰，實有賴於「聲情」與「詞情」
之融合無間。以此為論述基礎，完成新作〈論說「歌樂之關係」〉（2014）。[48]

　　古先哲與今時賢所論「歌樂之關係」，大抵止於「選詞配樂」和「倚聲
填詞」兩種。永義先生從創作方面觀察，有群體創作而流傳之號子、歌謠、

---

48 曾永義：〈論說「歌樂之關係」〉，臺灣大學戲劇系《戲劇研究》第13期（2014年1月），
　　頁1-60。

小調，有以新詞套入舊腔之號子、歌謠、小調，有選詞配樂，有倚譜配詞、倚聲填詞，有摘遍，有自度曲，有詞調之令引近慢等八種。從呈現方面觀察，有誦讀、吟詠、依腔傳字、依聲行腔、依字定腔等五種。「歌樂」本質是抽象而難以言說的，先生將之理論化、系統化，確然擴大戲曲音樂的論述視野。

　　從一九七六年撰寫詩詞曲節奏要素，初步勾勒韻文學的共同音律；一直到二〇一四年建構「歌樂」關係，進而擬將「戲曲歌樂論」獨立成書。將近三十年歲月，累積相關論述凡七篇，愈趨周全縝密、嚴謹精進，可謂體大思精。

燈火相續——成就大學問大事業之三種境界

　　先生的戲曲研究成果豐碩，約分戲曲史、戲曲學、戲曲雜論[49]三大類。畢生以鑽研戲曲史為主軸。上文敘其排場論、曲牌論、歌樂論皆屬「戲曲學」；近兩年更著力擴展相關議題，並從居高俯瞰的視角立論，主張凡是構成戲曲的重要元素，包括歌樂美學、題材內容、戲曲內外在結構、劇場類型、表演藝術之內涵、研究戲曲具備的文獻資料，乃至呈現曲之特質的「本色」說，以及劇作家與劇評家應有修為的「當行」說，皆屬廣義「戲曲學」範疇。大抵已經完成相關論文，陸續發表。[50]走進戲曲殿堂，五十餘年，筆耕不輟。

---

49 戲曲雜論，如〈河洛對閩臺藝術文化的傳承〉、〈戲曲研究的一些關鍵性問題〉等。因本文篇幅所限，暫不納入。

50 已發表或擬刊登論文有：（一）〈戲曲劇場的五種類型〉，中國藝術研究院主編《戲曲研究》第88輯（2013年9月），頁265-285。（二）〈論說戲曲之內在結構〉，葉長海主編《戲曲學》第2卷（2013年12月），上海戲劇學院出版，頁160-203。（三）〈論說「戲曲歌樂」之兩大類型〉，葉長海主編《曲學》第2卷（2014年10月），上海戲劇學院出版，頁231-280。（四）〈論說戲曲表演藝術之內涵與演進〉，中央研究院中國文哲研究所《中國文哲論叢第三號》（2015年6月）。（五）〈論說戲曲資料之五種類型〉，嶺南大學「明清文學國際學術研討會」主題講演（2015年3月20日）。

　　王國維《人間詞話》云:「古今之成大事業、大學問者,必經過三種之
境界:『昨夜西風凋碧樹,獨上高樓,望盡天涯路。』此第一境界也。『衣帶
漸寬終不悔,為伊消得人憔悴。』此第二境界也。『眾裏尋他千百度,驀然
回首,那人卻在,燈火闌珊處。』此第三境界也。」先生立心詞山曲海,具
備高瞻遠矚的眼光,是為「獨上高樓,望盡天涯路」。研究心志執著堅持、
孜孜以求,是為「衣帶漸寬終不悔」。扎根古典,埋首文獻,功到渠成,發
前人所未發之秘,闢前人所未闢之境,是為「驀然回首,那人卻在,燈火闌
珊處」。

　　臺灣大學椰林大道是孕育永義先生戲曲志業的「巨衢康莊」;而先生的
戲曲功業與傳承,[51]就在燈火闌珊處,映現燈火相續,並與椰林大道鏗然有
聲的「傅鐘」響音,聲聲相應,永恆迴盪⋯⋯。

---

51 如今曾門弟子散布各大專院校任教,講授戲曲,各自傳遞戲曲的火炬。

中國戲曲理論建構與臺灣當代
戲曲創作的巨擘
—— 曾永義院士繼往開來之貢獻

侯淑娟*

　　中國戲曲理論建構與臺灣當代戲曲創作的巨擘曾永義先生著作宏富，
〈中央研究院院士曾永義先生學經歷暨著作與獲獎詳表〉載曾先生所獲重要
學術榮耀、論著，僅簡要羅列，已有四十一頁。二○一六年三月有幸得曾先
生助理惠寄其彙整新資料，著作又已累增，期刊論文一百四十五篇、會議論
文一百零七篇；專書類共一百零二筆，含學術專書著二十八部，學術通俗著
作十部，編輯著作十九部；計畫報告十五筆；錄影資料四筆，錄製布袋戲、
六大崑劇團經典劇目一百三十五齣，保存多種演出影像；劇本創作十八種，
散文創作集十一本；參與國內文化活動一百零四筆、國際文化交流六十八
筆、兩岸文化交流一百九十二筆。其中更有一項而含多重殊榮者，如一九八
八年、一九九三年、一九九五年、一九九八年四度榮獲行政院國家科學委員
會傑出研究獎，這是至今無人能企及的榮耀之一。然這些還未全面概括曾先
生對學術研究、教育、中華文化傳承的貢獻。舉例言之，曾先生長年為東吳
大學中國文學系培育研究戲曲、俗文學的學生，曾擔任東吳大學端木愷講座
教授。曾先生充滿學術熱情，愛護學生，指導的弟子遍布各大學，常邀請曾
先生演講，只要有空，曾先生總是慷慨應允。但這些應邀擔任各大學學術研
討會主持、講評，或各種文化活動、演講的項目、次數也多未列入該表。至
如創作，蕭麗華教授精彩動人的〈人間有情‧春陽煦煦——曾永義教授的古

＊ 東吳大學中國文學系教授。

典詩〉,[1]談及曾先生詩作生機勃勃、機趣橫溢的多元展現,儘管一九九二年後有「古典詩錦囊袋」,但隨意散放,幾乎都未收入詳表。

在二〇一六年四月下旬臺灣大學中國文學系將舉辦「曾永義先生學術成就與薪傳國際學術研討會」,大會將曾先生的學術成就歸納為戲曲、詩歌、俗文學、音樂四大類。戲曲排在首位,這是曾先生為當代學術與傳統文化始終努力開拓、耕耘的園圃。

建構中國戲曲理論

目前對曾先生戲曲研究成果探討得最完整的,是李惠綿教授的〈立心曲海　廣播寰宇──曾永義先生的戲曲研究〉。[2]此文以「羽翼戲曲──開展俗文學研究與發揚民間技藝」談曾先生的求學經歷與師承,以及對民俗藝術的維護與發揚;從「宏觀微觀戲曲史之淵源、形成與發展」、「確立排場要素與實際運用」、「建構曲牌格律要素與歌樂關係」三部分,談曾先生「百川納海」、「承先啟後」、「體大思精」的曲學成就,條分縷析,如數家珍,詳述曾先生戲曲研究之重要論文與學術成果,其周密嚴謹,令人嘆服。細讀此文,即可了解曾先生對南戲北劇名稱、淵源、形成、流播的釐清,從體製規律建立體製劇種、聲腔劇種觀念,系統性梳理問題,解決戲曲史因時間性、空間性和資料龐雜等問題所造成的研究混淆迷亂;對於作品分析,曾先生從大處著眼,除了建立評騭中國戲曲的態度和方法,[3]更承先啟後地確立排場要素,從細部的曲牌格律著手,建構可以同時分析詩詞曲韻文格律的原理,[4]

1　參見《國文天地》第30卷第11期(總359號),頁59-66。

2　參見《國文天地》第30卷第11期(總359號),頁21-35。

3　參見曾師永義:〈評騭中國古典戲劇的態度和方法〉,收入《說戲曲》(臺北市:聯經出版事業公司,1976年),頁1-22。

4　有關韻文格律,曾先生之探討甚多,如〈影響詩詞曲節奏的要素〉(《中外文學》第4卷第8期,1976年1月,頁4-29)、〈北曲格式變化的因素〉(中國古典文學研究會、中央大學「中國文學國際學術研討會」,1977年12月,收於《說俗文學》,臺北市:聯經出版事業公司,1980年,頁325–345)、〈中國詩歌中的語言旋律〉(《鄭因百先生八十壽慶

進而從「聲情」與「詞情」綜論歌樂關係，[5]建構戲曲作品分析的多層次理論。戲曲在各地與鄉土方言、音樂結合後變異、再發展而產生的龐大資料容易紛雜，曾先生對於戲曲史裏的複雜問題，總能以清晰的邏輯分析梳理，建立釐清思考脈絡的系統，化繁為簡，以建構理論開闢走出學術問題迷宮的道路。

　　曾先生主張戲曲是中國文明長期發展，高度融鑄文學、藝術的最高層次綜合性精緻文化，有放在世界各民族戲劇藝術中不被混淆的獨特性，曾先生關心中國戲曲之發皇光大，曾於二〇〇九年十一月二十八日在廈門篔簹書院開院典禮暨首屆海峽國學高端研討會中發表〈如何使戲曲成為世界性藝術〉。其戲曲研究，堅持尋繹、樹立中國戲曲的獨特性特徵，融鑄古今戲曲學理，建構分析作品的普適性原理，作為戲曲探析之方，而非簡化或繁複化地以西方文學理論分析戲曲。若以文學分析常用的結構論為例，觀察曾先生於西方文學理論競馳的學術研究環境中所堅持的戲曲研究，便可窺其樹立中國戲曲理論之用心。

　　曾先生於一九八七年〈說排場〉已提出戲曲分析方法，[6]二〇一四年十二月發表的〈論說「戲曲之內在結構」〉，[7]進一步從「結構」論述，由名義

　　論文》，臺北市：臺灣商務印書館，1985年，頁875-915)、〈舊詩的體製規律及其原理〉
　　　　(上下，《國文天地》總14號，1986年7月，頁56-61；總15號，1986年8月，頁58-63)、
　　　　〈九宮大成北詞宮譜的又一體──以仙呂調隻曲為例〉(《陳奇祿院士七秩榮慶論文
　　　　集》，臺北市：陳奇祿出版，1992年，頁139-152)、〈宋元南曲戲文之體製、格律與唱
　　　　法〉(收於《戲曲之雅俗、折子、流派》，臺北市：國家出版社，2009年，頁245-
　　　　293)、〈論說「建構曲牌格律之要素」〉(《中華戲曲》第44期，2011年12月，頁98-
　　　　137)。

5　參見曾師永義：〈論說「歌樂之關係」〉，《戲劇研究》第13期（2014年1月），頁1-60。

6　參見曾師永義：〈說排場〉，發表於1987年8月中央圖書館明代戲曲學術研討會，收於
　　《詩歌與戲曲》(臺北市：聯經出版事業公司，1988年)，頁351-401。

7　參見曾師永義：〈論說「戲曲之內在結構」〉，《藝術論衡》復刊第6期，2014年12月，頁
　　1-47。曾先生在論文發表前通常已在課堂上講述多年，或在演講中闡發，如2013年9月
　　應河南省文化廳之邀，參加河南大學舉辦的第十屆「海峽兩岸河洛文化暨豫劇發展研
　　討會」，9月23日便在河南大學文學院主講〈戲曲之內外結構〉。

探源而及諸家說法的理論分析，主張戲曲應有內外結構，外在結構指劇種體製規律，內在結構則為劇種排場。每一劇種的外在結構對其內在結構都具有制約性，影響其藝術內涵的呈現和特色；而內在結構藝術性的高低關鍵，在於劇作家的創作手法。要探討戲曲結構不能不內外兼顧，全面概觀。換言之，談戲曲結構須先明辨詞曲體或詩讚體之屬性，於詞曲系中區分北曲雜劇、南雜劇、傳奇，而後探入劇作關目情節、腳色調配、套式、穿關、演員展現等排場要素，依關目情節的高低潮，以及其對主題表現所關涉的程度而區分排場類型，融攝表現形式和戲劇氣氛，細分情境，而後其劇作之內在結構可得。

曾先生的主張立基於長期研究的深厚根柢，堅持從中國文學與文化構建理論，再反饋戲曲作品，探討內涵。其理論既實際運用於對古人劇作的分析，引導後學研究，更將理論轉化為戲曲劇本的創作實踐。一方面延續古典戲曲的命脈，一方面為當代戲曲劇作增添花果，並倡導「中國現代歌劇」。

為臺灣的「中國現代歌劇」編創講論

在戲曲研究中，曾先生於一九八七年已開始倡導「中國現代歌劇」，先為馬水龍教授的歌劇音樂編寫《霸王虞姬》；[8] 一九九四年初又為許常惠教授希望譜寫的《國姓爺鄭成功》編劇，曾先生在〈從戲曲論說「中國現代歌劇」〉中提及，當時中廣在國家音樂廳舉辦「歌劇選粹」之後的檢討座談會，因受音樂家與戲劇家看法莫衷一是的刺激，在深思後，〈中國現代歌劇芻議〉、〈「中國現代歌劇」之我見〉先後寫成，主張中國現代歌劇應從語言旋律與音樂旋律的融合、歌舞樂合一的適然性、腳色運用的可行方法、劇本主題思想的發人深思與情節布置的引人入勝、排場處理與舞臺裝置的相得益

---

8 曾師永義於〈從戲曲論說「中國現代歌劇」〉（收於《戲曲與歌劇》，臺北市：國家出版社，2004年10月初版）中提及此事在1986年春，歌劇《霸王虞姬》初稿於4月間完成（頁198）。

彰等五方面考量。「歌劇」固然有西方的表演模式,但曾先生在編寫兩部中國現代歌劇,聆聽戲劇家與音樂家的眾聲喧嘩後,所提出的創作原則依然選擇立基於中國戲曲的長期發展經驗。中國現代歌劇雖然可以脫去傳統戲曲的外在結構束縛,但依然講求劇作的內在結構,創作與理論始終相互結合。曾先生認為:

> 「扎根傳統的創新」,是藝術文化生生不息的不二法門。如果墨守傳統,固然會為之停滯不前;同樣的,如果一味創新,也必然會失去根源而難於成立。真正可行的,莫過於汲取傳統豐厚優美的滋養,融入現代理念內涵與技法之中。「中國現代歌劇」的取徑正是如此。[9]

曾先生在尊重世界戲劇藝術文化中,主張不可迷信外來文化,以之為萬靈丹,因為創新如果忽略文化間的本質衝突,對本體文化藝術特質認知不足,一味移植,容易產生問題。

當二〇〇七年創作歌劇劇本《桃花扇》時,曾先生已編寫過多部京劇、崑劇劇本,歌劇之作二〇〇八年十月三十一日至十一月二日在國家戲劇院首演,由音樂家游昌發譜曲,但表演者已變為國立臺灣戲曲學院京劇團,不同於二十世紀八〇至九〇年代的情況。戲曲的質素在曾先生所倡導的「中國現代歌劇」中增長。《桃花扇》原是清代兩大傳奇名著之一,南洪北孔所創造的經典,曾先生從戲曲研究到創作,由《長生殿研究》而《楊妃夢》,歌劇《桃花扇》與崑劇《李香君》並呈,將戲曲與中國現代歌劇結合在一起,實踐著一九九四年以來所主張的語言與音樂旋律融合、歌舞樂合一、戲曲腳色運用、劇本主題思想、情節布置、排場處理、舞臺裝置等考量,以現代的劇場藝術,深入鑽研古典文學與戲劇精華的現代心靈,重新用當代的古典文學語言,實踐其所倡導的「中國現代歌劇」編創。

9　曾永義:〈從戲曲論說「中國現代歌劇」〉,《戲曲與歌劇》(臺北市:國家出版社,2004年10月),頁223。

以劇作實踐理論──為臺灣的當代戲曲創作開拓新局

　　曾先生開始創作戲曲劇本的時間雖晚於歌劇，但劇本數量卻遠遠超過歌劇，共有十五種。以戲曲的外在結構──劇種的體製規律而言，有京劇、崑劇、豫劇、歌仔戲四大類，包括傳統戲曲體系的兩大系統──詞曲系和詩讚系，另外還有將客家戲、京劇、歌仔戲三劇種共融於一爐的「三下鍋」實驗性劇作──《霸王虞姬》（2010）。

　　曾先生的戲曲創作雖開始於京劇，但其崑劇劇作在臺灣當代戲曲創作中卻別具意義，為臺灣當代新編崑劇開拓新局。詞曲系的崑劇創作極為不易，曾先生以深厚的學養，在深研北曲雜劇、南雜劇和傳奇之後，認為南雜劇是明代戲曲改良後最進步的戲曲形式，為配合現代劇場兩個半小時內的演出時間，曾先生的新編崑劇都採用南雜劇的體製規律。[10]但只要是詞曲系劇作，無論哪一種體製規律，都離不開曲牌格律和套式的制約，在劇場中觀賞曾先生的新編崑劇，其曲牌、套式必清楚呈現於字幕，[11]曲作講究格律，絕不含糊。曾先生的崑劇劇作有：《梁山伯與祝英台》（2003）、《孟姜女》（2006）、《李香君》（2007）、《楊妃夢》（2010）、《魏良輔》（2010）、《蔡文姬》（2012）等六種。在這六種劇作中，題材或取民族故事，如梁祝、孟姜女；或取歷史、戲曲故事，如楊妃、蔡文姬，是對俗文學、傳奇與元明雜劇研究積累的轉化；而以魏良輔為主的題材，更表現出曾先生長期探索中國戲曲史、崑劇發展的轉化性成果。

　　在劇場中觀賞曾先生的劇作，不僅令人為其韻文創作才華驚嘆折服，更可看到戲曲理論的劇場實現，所有劇作幾乎都是曾先生戲曲學術理論的通俗化演繹與展演，其中尤以崑劇之作更是經典。在曾先生創作崑劇之後，臺灣的當代戲曲劇場才漸有新作出現，但儘管如此，多數作者也難有曾先生深厚

---

10 曾永義：〈論說「戲曲之內在結構」〉，《藝術論衡》復刊第6期（2014年12月），頁46。

11 近年來臺灣傳統戲曲演出，劇場字幕多能明標曲牌、調名或板腔，是曾先生投入劇場，擔任藝術總監，以戲曲學術研究的學養長期指導臺灣各劇種、劇團進行改革，提升其劇藝和表現後，使之成為臺灣戲曲劇場字幕特色之一。

的韻文學底蘊，按照曲學傳統，在創作中講究格律。從臺灣的當代崑劇創作發展而論，曾先生為後學開闢園地，帶起了新編崑劇創作的嘗試。

曾先生的詩讚體劇作，京劇有：《鄭成功與台灣》（1996）、《牛郎織女天狼星》（2001）、《射天》（2003）、《青白蛇》（2006）、《賢淑的母親》（2010）、《御棋車馬縁》（2010）等六種；豫劇劇本有《慈禧與珍妃》（2006），歌仔戲劇本有以京劇《賢淑的母親》改編的《陶侃賢母》。

綜上所述，曾先生的戲曲理論總是深入挖掘文獻，從概念名義，而各家主張，在詳述分析中建構關係，形成全面關照的理論。曾先生編寫每一部劇作不僅講究戲曲的內外結構，對戲劇人物也都先有學術性考述研究，如寫霸王，[12] 先考索史事，從《史記》中的韓信論劉、項優劣，到歷代史家之說、詩人歌詠、戲曲搬演。創作前必先分析霸王的各類紀錄與再創造性變化，清楚掌握歷史與人物，而後悠遊於劇種轉換的內外結構。曾先生的劇作學養內蘊深厚，底氣十足，以各種創新的戲曲作品實踐其所建構的戲曲理論與理想，在臺灣當代戲曲劇作中特別能表現學者風範與陽剛之氣。從曾先生開始，當代的文學世界有了屬於臺灣劇作家的新編崑劇；在中國的崑劇發展長河中，曾先生讓崑劇「活」在二十一世紀的臺灣，並反饋崑劇母源，「活」在新世紀中國的戲曲劇場。而京劇、豫劇、歌仔戲的創作，客家採茶、皮黃、歌仔的「三下鍋」實驗，既是曾先生長期研究聲腔劇種的新嘗試，展現曾先生勇於開創的豪邁，更與臺灣民間生活的語言現象相映成趣。

---

12 參見曾師永義：〈成敗有英雄、誰是真英雄——我編撰《霸王虞姬》「三上鍋」〉，《戲劇學刊》第20期《霸王虞姬》（新編京劇劇本），2014年5月，頁122-125。

以戲曲與俗文學為志業的曾永義院士

蔡欣欣*

前言

　　致遠學術，講求人間愉快的曾永義教授，以戲曲為志業，關照俗文學研究與民俗技藝保存發揚工作，盡心盡力以鍥而不捨的研究精神，陸續為解決戲曲學科中的疑難與關鍵問題而奮勇前進，其在學術觀念上的開創，在學術成就上的影響，為海內外學界一致讚譽推崇，其著作成為全球漢學界必讀的經典，也是各地學者在授課時引薦給莘莘學子的重要學術觀點。而其熱愛本土，弘揚傳統藝術文化，梳理臺灣戲曲脈絡，開展本土研究風潮，更身體力行的以學術反哺社會國家：從事戲曲劇本創作，從事主持戲曲藝術薪傳；使民俗藝術作文化輸出，使兩岸文化交流成效輝煌。

　　以戲曲與俗文學的學術專業成就，榮獲中央研究院院士的曾永義教授，畢業於國立臺灣大學中國文學研究所博士班，獲國家文學博士學位（1971），誨人不倦，育才無數，學術卓越，著作等身，對本土與傳統藝術文化貢獻甚大。曾榮獲國家文藝獎（1982）、中山文藝獎（1993）、胡適講座教授（1997），臺灣大學講座教授（2000-2002），四度國科會傑出研究獎（1988、1993、1995、1998）、國科會特約研究計畫主持人（2001-2007）以及財團法人傑出人才發展基金會任期五年（2004-2008）之傑出人才講座、國科會傑出特約研究員獎（2008）、教育部第五十二屆學術獎（2008）、教育部國家講座（2009）與中央研究院院士（2014）等殊榮。

---

* 臺灣戲曲學院前副校長；政治大學臺灣文學研究所、中國文學系教授。

　　二〇〇四年七月曾教授自臺大榮退為臺大名譽教授，轉任世新大學中國文學系講座教授迄今，二〇一四年臺灣大學又特聘為講座教授至今，曾多次受美國哈佛燕京學社（1978）、美國密西根大學（1982）、德國魯爾大學（1987）、香港大學（1990）、美國史丹佛大學（1996）、荷蘭萊頓大學（1998）、武漢大學（2004）廣州中山大學（2005）、北京中國戲曲學院（2005）、福建廈門大學（2006）、河南省藝術研究院（2006）、河南大學（2009）、北京大學（2010）、黑龍江大學（2010）與河南師範大學（2011）等世界著名學府邀請，擔任訪問學人或客座教授；亦曾多次被邀請在國際會議上作主題講演，作為臺灣的戲曲研究表徵在國際發聲；其學術影響力頗為深遠宏廣，備受兩岸與國際肯定。

　　曾教授以堅實的樸學實證為根柢，縱橫開闊地或微觀辨析或宏觀立論，先後發表過《長生殿研究》（臺北市：商務，1969.10）、《中國古典戲劇論集》（臺北市：聯經，1975.10）、《說戲曲》（臺北市：聯經，1976.9）、《明雜劇概論》（臺北市：學海，1979.4，1999年增訂）《說俗文學》（臺北市：聯經，1980.4）、《蒙元的新詩——元人散曲》（臺北市：時報文化，1980）、《清洪昉思先生昇年譜》（臺北市：臺灣商務印書館，1984）、《詩歌與戲曲》（臺北市：聯經，1988.4）、《臺灣歌仔戲的發展與變遷》（臺北市：聯經，1988.5）、《說民藝》（臺北市：幼獅文藝，1987.6）、《鄉土的民族藝術》（臺北市：文建會，1988）、《臺灣的民俗技藝》（臺北市：臺灣學生，1989）、《中國古典戲劇的認識與欣賞》（臺北市：正中，1991.11）、《參軍戲與元雜劇》（臺北市：聯經，1992.4）、《論說戲曲》（臺北市：聯經，1997.3）、《戲曲源流新論》（臺北市：立緒文化，2000.4）、《從腔調說到崑劇》（臺北市：國家，2002.12）、《俗文學概論》（臺北市：三民，2003.6）、《戲曲與歌劇》（臺北市：國家，2004.12）、《戲曲本質與腔調新探》（臺北市：國家，2007.7）、《戲曲之雅俗、流派與折子》（臺北市：國家，2008.11）、《地方戲曲概論》（與施德玉合著）（上、下冊）（臺北市：三民，2011）與《戲曲與偶戲》（臺北市：國家，2013）等專著；以及受內地邀約，摘選重要「觀念性」論述以學術交流的《曾永義學術論文自選集：甲編「學術理念」，乙編

「學術進程」》、《戲曲源流新論增訂本》（以上三書，北京市：中華書局，2008.7）、《戲曲腔調新探》（北京市：文化藝術，2009.4）與《明雜劇概論》》（北京市：商務印書館，2014）等五種，箇中頗多為人所未能言、人所未能見的「關鍵性／根本性」的心得創見。今將曾永義教授重要的研究成果與傑出貢獻，約為以下數端略述：

一　建構中國戲曲觀念史、辨析名義實質內涵

　　曾教授指出「研究中國戲曲史必須始於單元性而歸結於綜合性、整體性、有機性的考察與論證，乃能兼顧宏觀與微觀。」（《戲曲源流新論》）正由於中國戲曲的源流並非單純的，是在時空的延展中逐次地結合各種構成元素的，是故建構出中國戲曲在周初《大武》之樂，已為實質之戲劇，而先秦〈九歌〉已具「小戲群」之規模；其後歷經漢唐、兩宋的醞釀，於南宋已出現「南戲」，在金元時產生「北劇」等大戲，然後通過反覆的抉幽探微質疑解難，陸續橫向填充與縱向延伸進行課題的考察論述。

　　是以曾教授首先對中國戲曲進行完整周延的界義：「中國戲曲是在搬演故事，以詩歌為本質，密切結合音樂和舞蹈，加上雜技，而以講唱文學的敘述方式，通過俳優充任腳色妝扮劇中人物，運用代言體，在狹隘的舞臺上所表現出來寫意性的綜合文學和藝術」（《詩歌與戲曲》）。從而就曲與戲劇的分野與界義、戲曲源流與形成發展的歷史脈絡、小戲類型與形成途徑、戲曲發展徑路與劇種觀念、南戲北劇的淵源與形成、戲曲本質內涵與體製結構、腔調命義與腔系源流脈絡、歷代劇壇生態與藝術特色、名家名作及舞臺搬演、戲曲理論與流派藝術等論題，梳理了歷來學界混淆不清的疑義，提出許多不同於前賢的創發性見解，建構出自成一家之言的「戲曲史觀」，奠定了書寫中國戲曲觀念史的完密架構與嚴謹立論。

二 開展本土研究風潮、梳理臺灣戲曲脈絡

　　一九七〇年代的臺灣，由於政治外交的變局與鄉土文學運動的鼓吹，本土戲曲逐漸由民間浮出檯面，受到官方與學者們的重視關注。曾教授是其中舉足輕重的領頭人物，不僅直接參與各種田野調查與活動規畫，更在其「開疆闢土」的學風引領下，為本土劇種的研究開創課題奠定根基。如一九八七年結合十餘位學有專精的大學教授，帶領學生作全臺灣地區「民俗技藝」的調查研究，成果包括五十六種表演藝術、六十七種手工藝術、四十七種民俗小吃，結撰為三十五萬字，配圖三百餘幅的《臺灣民俗技藝》，為大規模的團隊性學術調查工作。

　　是以曾教授投入對臺灣戲曲進行考察研析，如從閩南與臺灣歌樂戲曲的活動與關係發微，闡述臺灣歌仔戲的形成、發展、轉型與現況，首度將臺灣歌仔戲的淵源形成與發展變遷，進行縱貫性歷史考察的《臺灣歌仔戲的發展與變遷》，是建立臺灣歌仔戲發展史綱的鉅著。剖析「上承唐宋大曲」的南管，所蘊含的古樂與古劇成分；指出作為「宋元南戲活標本」的梨園戲，為唐宋大曲的遺響，保留宋元戲文的原貌，形成上路、下南與小梨園的藝術流派；全面闡述中國偶戲的歷史面貌，精闢剖析臺灣偶戲除繼承閩粵傳統外，也因為臺灣自身的政治經濟社會文化的發展變遷，蛻變出自我獨特鮮明的劇藝容顏。又提出國劇「未來」可行的路途與可發展的方案，創立中國現代歌劇的五個重要方向等，在在都展示了曾教授對臺灣戲曲研究的深厚學養及前瞻性地思維視角。

三 俗文學整理研究先驅、學術反哺文化輸出

　　早在一九七三年時，曾教授便著手對中央研究院所典藏的一批萬種以上的俗文學寶藏進行整理分類，指導研究生以此為學位論文，此不僅開啟嶄新的課題研究領域，也關注到歷來學界對於俗文學範圍與類別的莫衷一是、爭論不休，甚或由於意識型態的羈絆，經常有走火入魔的錯謬荒誕滋生。是故

曾教授六十一萬字的《俗文學概論》鉅著，完密周延地建立「俗文學」之觀念，破除並世學者所謂「俗文學」、「通俗文學」、「民間文學」的糾葛，從而明確俗文學的範圍，分編建目依次而進，明其定義述其脈絡發其旨趣，追溯原典酌舉實例，尤其「民族故事」與「影子人物」的概念，實乃獨家創說。

而曾教授更秉持「學術通俗化反哺社會」的主張，積極參與各種文教政策的製定與各項藝文活動的規畫，並且與戲曲劇壇形成密切的關係網絡。如擔任「中華民俗藝術基金會」的執行長與董事長、歷史文學學會理事長、戲曲與文學推廣協會理事長，策劃執行過許多大型活動與調查研究計畫，對臺灣的民間藝術與生態現況瞭若指掌；精心規畫如兩岸小戲、歌仔戲、偶戲、莆仙戲、梨園戲與地方戲劇等為主題設計的學術研討會或座談會，以前所未有的會議課題，搭建海內外的學術交流平臺，吸引各界人士或票友觀眾的共襄盛舉，擴增落實了戲曲研究的學術價值與社會效益。而向來講究身體力行、學以致用的曾教授，更肩負起「以民族藝術作文化輸出」的重責大任，多次率領歌仔戲、布袋戲與南管、國樂、民族舞蹈乃至手工藝術等團隊征戰兩岸與海外，成功地讓臺灣的傳統藝術在世界發揚，其傳播推廣傳統藝術文化的熱忱令人感佩。

四　散文寫心人間愉快、劇作抒志寄意深遠

在嚴謹治學之餘，曾教授又能左手寫散文、右手寫劇本，如《蓮花步步生》（臺北市：正中，1984）、《清風明月春陽》（臺北市：書泉，1996新版）、《牽手五十年》（臺北市：聯經，1990）、《飛揚跋扈酒杯中》（臺北市：正中，1992）、《人間愉快》（臺北市：正中，1994）、《愉快人間》（臺北市：亞細亞，2000）、《戲曲經眼錄》（臺北市：中華民俗藝術基金會，2002）、《人間愉快》（北京市：人民文學，2004）、《椰林大道五十年》（臺北市：國家，2008）與《藝文經眼錄：曾永義序文彙編》（臺北市：國家，2011）等散文集，以日常生活的見聞為經緯透視人生，文筆雋永，真性情一覽無遺；尤其倡導「人間愉快」、「愉快人間」，對社會人心之滋潤涵養頗為深遠。

　　曾教授更以積蓄深厚的學養，回歸舞臺指導劇團劇藝的提升與發展，除擔任藝術總監外，先後應國內著名劇團的邀約，創作中國現代歌劇《霸王虞姬》（1987）、《國姓爺鄭成功》（1995）與《桃花扇》（2008）；京劇《鄭成功與臺灣》（1996）、《牛郎織女天郎星》（2001）、《射天》（2003）、《青白蛇》（2006）、《御棋車馬緣》（2010）與《賢淑的母親》（2010）；豫劇《慈禧與珍妃》（2006）及崑劇《梁山伯與祝英台》（2003）、《孟姜女》（2006）、《李香君》（2007）、《楊妃夢》（2010）、《魏良輔》（2010）與《蔡文姬》（2012）等戲齣，以獨出機杼賦與寄意遙深的主題創意，發揮戲曲針砭人心、反映社會的藝術功能。其中崑曲或取材自深富民族文化意涵的「民族故事」，或戲曲文學的經典名著，從情節關目、選宮數調到排場設計等均是「新編自創」，重新呈現被世人遺忘的民族意識與深層的人文情思，並開啟「臺灣自製崑曲」與「崑曲文本創作」的座標意義。另如歌仔戲《陶侃賢母》乃是為歌仔戲著名藝術家廖瓊枝自舞臺榮休而編撰，客家戲《霸王虞姬》採客家戲、京劇與歌仔戲「三下鍋」方式展演，也都別開生面。

結語

　　長年來曾永義教授在學術本位上研究不輟，精闢的立論與卓越的創見，備受學界高度的肯定，早已是海內外所推崇聞名國際的權威學者。曾教授「站在前人的肩膀上」，將鄭因百先生與張清徽先生的戲曲論點，更進一步地轉精深化及至於博覽綜通；又孜孜不倦地在各高等學府傳道授業，指導眾多臺灣的新生代戲曲學者，儲備獨立研究與開發課題的能力，使得以曾教授學說為中心的學術家門體系逐漸建構成形，並賡續師志在各大專院校傳授俗文學與戲曲的學術薪火。

　　作為由臺灣本土所培育的俗文學與戲曲研究大家，曾永義教授不但凸顯了臺灣學術研究的主體性與創發性，而且開風氣之先，率先整理蒐羅與挖掘記錄俗文學與戲曲資料，為臺灣的「俗文學資料庫」以及「戲曲資料庫」奠定了扎實的根基。是以從中國戲曲觀念史到臺灣當代戲劇史，從作家作品到

曲學理論，從民間文學到地方劇種，從鄉土傳統藝術文化的調查研究到身體力行的推動維護弘揚，以及詩詞歌曲等韻文學格律的分析探究等，都積累了相當豐富可觀的研究成果。同時曾教授更是學界與劇壇的先鋒領導，對於國際與兩岸的學術研討與藝文交流，從田野調查到史料蒐集，從組織會議到課題開發，從觀摩劇藝到聯合演出等，都殫費心思細緻謀劃執行，建構以文會友、以藝對話的交流網絡與展示平臺，其對學術與文化的卓著貢獻是眾所皆知、有目共睹的。

曾永義先生的俗文學研究

洪淑苓*

　　中央研究院院士曾永義教授是戲曲研究的權威，但眾所周知，他也兼治俗文學研究，而且成果豐碩，卓然有成，和他的戲曲研究同樣精彩、影響深遠。筆者忝為其門生，又長期從事俗文學研究，以下就所知所見，介紹曾老師在俗文學方面的研究歷程與成果。

一　俗文學資料整理與推廣

　　曾老師接觸俗文學，起源於民國六十二年（1973）春，屈萬里教授接任中央研究院史語所所長，命曾老師擬訂計畫，向美國哈佛燕京社申請經費補助，重新整理史語所收藏的一批俗文學資料。這個計畫通過後，由曾老師擔任主持人，成立「分類編目中研院史語所所藏俗文學資料工作」，並有黃啟方、張惠鎮、陳錦釧、曾子良、陳芳英等專家學者協助。[1]

　　這批資料來自當年北大歌謠學會劉復、李家瑞等人蒐集所得，因戰亂關係輾轉遷移到臺灣，又因人力經費等問題，始終擱置在傅斯年圖書館。直到民國五十四年，才有趙如蘭女士申請複製部分資料，進行有關中國音樂的研究。曾老師的整理工作，除以原有的目錄為基礎外，另外也蒐購了臺灣歌謠

---

* 臺灣大學中國文學系教授。

1　參見曾師永義：〈中研院史語所所藏俗文學資料的分類整理和編目〉，曾著：《說俗文學》（臺北市：聯經出版事業公司，1980年），頁1-10。

三百九十種。因此，這批資料的總數與目錄的彙編內容，已超過劉復、李家瑞編製的《俗曲總目稿》和後來史語所楊逢時所整理的目錄。[2]

有意思的是，曾老師不僅是「整理國故」，還把其中的俗曲濟南調、馬頭調、銀紐絲等一、二十種俗曲，請古箏名家黃得瑞校訂和整理，再以獨唱、合唱、對口的方式編曲，帶領臺大中文系的學生練習，在民國六十七年四月廿六日間推出「臺大中文俗曲演唱會」，轟動一時。[3]

為進一步推廣俗文學，曾老師同時也在中國時報人間副刊開闢「俗文學」專欄，由他擔任主持人，參與俗文學資料整理工作的幾位專家學者也都輪流供稿，自民國六十七年八月十四日發刊詞起，持續約兩年。[4]曾老師在這個專欄發表的有關民間故事研究的稿子，如〈從西施說到梁祝〉，已成為學術研究的典範。

二 策劃「民間劇場」，發揚傳統藝術與民俗文化

民國七十一年，文建會開始舉辦「民間劇場」，由邱坤良教授擔任首屆活動製作人，自民國七十二年第二屆起，則由曾老師接任第二至五屆的製作人。在曾老師的策劃下，活動項目逐年增加，規模也更為擴大，那時，一年一度中秋節前後，在臺北青年公園的「民間劇場」，成為最熱鬧的「廟會」，不僅提供市民休閒娛樂，也把全國的各種民俗表演團體聚集在一起，達到「廣場奏技、百藝競陳」的境界。[5]

---

2 這批俗曲資料，今已由史語所與新文豐公司合作出版，題名為《俗文學叢刊》，共500冊，2001-2004年出版。

3 參見曾師永義：〈俗曲演唱——寫在臺灣大學中文系「俗曲演唱會之前」〉，曾著：《說俗文學》，頁17-42。

4 參見曾師永義：〈不登大雅的文學之母——寫在中國時報人間副刊「俗文學專欄」之前〉，曾著：《說俗文學》，頁11-16。

5 曾師永義：「我給民間劇場下的定義是：『廣場奏技、百藝競陳。』」〈沐著清風，沿著明月——第三屆民間劇場〉，曾著：《說民藝》（臺北市：幼獅文化事業公司，1987年），頁17-22。

　　曾老師策劃「民間劇場」的理念是以「文化櫥窗」的觀念來設置，因此他廣邀臺灣各地的藝陣、南管、北管、歌仔戲、布袋戲等表演團體來表演，讓民眾可以一睹民間傳統表演藝術的精華；也在廣場上搭棚，邀請各類民俗工藝專家來擺攤，不只是為了商機，更具有現場示範的作用，如製香、製墨等工藝，經由老師傅現場示範，民眾除了了解其過程，對於民俗技藝、民俗文化的傳承，更加有所體會。

　　規畫這麼大型的活動，需要一個龐大而優秀的團隊。這一點，曾老師充分發揮了他尚義與豪邁的精神。他往往邀集各領域的專家學者一起討論，例如許常惠、林明德、李豐楙、莊伯和、郭振昌、吳騰達、陳健銘、簡上仁與洪惟助等，都是「民間劇場」的製作顧問，也都是曾老師長期合作的學術夥伴。[6]

　　不可忽略的是，曾老師在規畫這類活動之前，也積極進行田野調查與研究的工作，往往因此發掘民間老藝人以及提振了即將沒落的民間藝術。南管、布袋戲、高甲戲、老歌仔、唸歌等藝人與團體，都因「民間劇場」與曾老師的推動，而重新受到社會重視，重新走向民間。

　　說到布袋戲，更不能不提曾老師在民國七十四年九月率領小西園布袋戲團到美國巡迴表演的盛事。布袋戲表演是臺灣特有的民俗藝術，但如何打進洋人、僑胞的心裏呢？這是曾老師在出訪前就仔細衡量過的，他的設計理念是「連同兩場之間休息五分鐘，總計演出時間九十分鐘，這樣的時間對於『陌生』的觀眾最為合度，不致因冗長而渙散注意力。在介紹舞臺、道具、腳色、樂器時尚配合幻燈片，使觀眾看得更清楚、更仔細。散場之後，對於那些興味盎然的觀眾，還可請他上來摩挲摩挲舞臺，舞弄舞弄偶人，吹打吹打樂器，使他們真正了解布袋戲。」因此借重小西園團長許王精湛的表演藝術，再透過曾老師特別設計的節目內容與演出程序，果然引起美國當地觀眾的興趣，獲得熱烈的迴響，成功達成使命。[7]

6　參見編輯部，「民間劇場專輯‧製作顧問名單」，《民俗曲藝》37期（1985年9月），扉頁。

7　曾師永義：〈布袋戲放洋〉，曾著：《說民藝》，頁57-62。

製作「民間劇場」，帶領布袋戲團出國巡演，都是曾老師跨出學術的象牙塔，直接投注心力於社會大眾的表現。這中間，曾老師兼任中華民俗藝術基金會的董事，自民國八十年起擔任執行長，九十一年升任董事長的期間，[8]主持各種研究計畫，對於戲曲、俗文學與民俗藝術的調查研究，可說不遺餘力。尤其受文建會委託，提出「臺灣地區民俗技藝的探討與民俗技藝園的規畫」案，其計畫書內容包羅萬象，就民俗技藝的定義、內涵、文獻、實際規畫、皆提出具體詳細的建言。從其規畫理念：「民俗技藝園硬體之設置，主要為重現傳統中國民俗技藝所存在的空間形態，而且為一濃縮式與集中式的表現，以突出每種空間的特性，使參觀者能在短時間內獲得強烈的印象，而每種空間皆有所本，使與古代傳統的空間相符，如此才能使人感覺逼真，同時具有研究與學術上的價值。」[9]可略窺其中的用心與期望。這個計畫案最終未能實現，但後來圓山育樂世界的「昨日世界」園區、宜蘭的傳統藝術中心之規畫，大致上都是借自這份計畫書的理念與設計。

三　開發學術議題，樹立俗文學研究典範

曾老師出版俗文學與相關研究著作，計有三本專書：《說俗文學》、《說民藝》與《俗文學概論》，這三本鉅著，如今都成為大專院校開設俗文學、民間文學等相關課程的重要參考書目。

在研究態度上，曾老師常以「蜜蜂採百花釀蜜」的精神為喻，教導我們這些門下弟子多讀前賢著作，但要能從中汲取前人優點加以融會貫通，應用在自己的學術研究上。曾老師自己也是如此，他對於俗文學以及民俗文化的研究，皆出於博覽群書、鑽研資料、勤勉踏實的功夫，同時也能去蕪存菁，掌握要點，並且開創出自己的學術論點。譬如在〈關於變文的題名、結構和

8　自民國九十七年起，曾老師自基金會卸任，榮任為名譽董事長。參見中華民俗藝術基金會網站，http：//folk.org.tw/official/index.php/，2015/3/14查詢。

9　曾師永義：〈臺灣地區民俗技藝的探討與民俗技藝園的規畫〉，曾著：《說民藝》，頁131-213。

淵源〉一文中，曾老師就歷來各家說法循序摘錄敘述，但也以簡潔的筆法進行分析辨正，同時引用變文原文為證，把變文的體製結構和分類特色等，整理得井井有條，最後繪製一張關係表，綱舉目張，令人一目了然。[10]在當時（民國六〇年代）變文材料有限的情況下，此文確實有爬梳眾說、確立體系的功能。

在研究成果上，曾老師更有開創性的貢獻，分述如下：

（一）建立民間故事研究的方法──基型、基因、孳乳展延、兩個源頭、四條線索

民間傳說研究，在民國二〇、三〇年代，顧頡剛的孟姜女故事研究曾提出「層累」說，亦即是時間的流傳與空間的變異兩種線索；而鍾敬文、婁子匡等學者則援引西方民俗學的情節與類型研究之方法。在曾老師研究西施故事、楊妃故事時，他廣採雅、俗文學的各種資料，包括文人撰作的詩詞、筆記，也包括民間傳說、小說、戲曲等，因此他在〈從西施說到梁祝──略論民間故事的基型觸發和孳乳展延〉提出這樣的法則：[11]

1 發展與演變的模式

民間故事的發展往往先有根源，由此而茁壯生長，長成大樹，曾老師說這就是「基型」、「發展」、「成熟」的三個過程。在界定故事的「基型」之後，更需注意，「基型」含有多方「觸發」的「基因」，一經「觸發」，便自然有進一步的「緣飾」和「附會」，而這些「緣飾」和「附會」又有一再拓展的現象，因此常常是像滾雪球一樣，使故事內容益加豐富。

---

10 曾師永義：〈關於變文的題名、結構和淵源〉，曾著：《說俗文學》，頁75-110。
11 曾師永義：〈從西施說到梁祝──略論民間故事的基型觸發和孳乳展延〉，曾著：《說俗文學》，頁159-172。

2 故事孳乳發展的原因

故事孳乳發展的原因，曾老師提出「兩個來源、四個線索」的說法，這比顧頡剛的「層累說」更為具體詳細。所謂兩個來源是：文人學士的賦詠和議論、庶民百姓的說唱和誇飾；四條線索是：民族的共同性、時代的意義、地方的色彩、文學間的感染與合流。

這些因素，在後文都有詳細的例證，例如「時代的意義」，在王昭君故事的流傳中，晉代的石崇因為其時代已是五胡壓境，因此便將故事想像為匈奴興盛，挾其強大兵力來索婚，於是漢元帝只好以昭君配給匈奴。這雖和史實不符，石崇也是讀書人，但囿於時代氛圍，於是石崇的意識形態便形成了影響，以致後來元明清的戲曲都往這方面發展。

（二）提出「民族故事」的概念

曾老師對於民間故事的研究不僅具有開創之貢獻，同時也指導研究生進行個案研究，筆者的《牛郎織女之研究》與《關公民間造型之研究》、丁肇琴的《包公民間造型之研究》、張谷良的《諸葛亮戲曲造型之研究》等，都是在曾老師指導下完成的學位論文。而面對後起的「四大傳說」、「十大喜劇」之類的名義，曾老師並不跟隨流俗，另行提出「民族故事」的概念，在有關「民族故事」的導言中，曾老師開宗明義說：

> 民族故事一詞，是本人在所授「俗文學概論」課堂上所提出的觀念。何謂民族故事？簡要而言，凡能夠傳達一個民族所具有的共同思想、情感、意識、文化，而其流播空間遍及全國，時間逾千年的民間故事，就是民族故事。在眾多民間故事中，牛郎織女、孟姜女、梁祝、白蛇、西施、王昭君、楊妃、關公與包公這九個故事，源遠流長，內容豐富，尤富有深廣的民族文化意涵，因此最具有代表性。[12]

---

12 曾師永義：〈導言：民族故事之命義、基型觸發與孳乳展延〉，曾著：《俗文學概論》

在後文，曾老師詳說「民族」、「文化」與「民族文化」的定義與含意，由此歸結出「民族故事」的共同性、延續性，也涵括民族特有的情感、意識、道德觀、價值觀等，由此可見「民族故事」的重要意義與價值。

（三）以「動態的民族文化櫥窗」等觀念，保存與發揚民俗文化

前文說過，曾老師的研究是走入民間的，而對於民俗文化，他更有「動態的民族文化櫥窗」、「傳統與創新」、「以民族技藝作文化輸出」等觀念與具體成果。

所謂動態的民族文化櫥窗，具體實踐就是「民間劇場」，而這樣的理念其實可以持續在各種場合推動。曾老師在〈過一個民藝的中秋——第四屆「民間劇場」〉說道，商店展售物品的櫥窗是「商品櫥窗」、故宮和歷史博物館的文物展覽則是「文化櫥窗」，而「民間劇場」的呈現，也具有「文化櫥窗」的意義和功能，而且它是動態的：

> 如果您走入五天六夜的民間劇場，起步就可以對我民族技藝作一番全面性的巡禮，您遊走其間，面對各色各樣的技藝，和您參觀故宮或歷史博物館，面對著櫥窗中各色各樣的先民藝品，除了動態靜態有別外，是否胸中也會同樣湧起一股民族文化的脈息呢？您是否會覺得「民間劇場」就像一個動態的民族文化櫥窗呢？[13]

這個答案當然是肯定的，從歷屆「民間劇場」表演者多達千人，觀眾人數動輒數十萬人次的紀錄來看，這個「動態的民族文化櫥窗」的確展現了無窮的魅力。

對於民族文化的保存與發揚，曾老師除了身體力行，也積極呼籲「傳統與創新」的理念。他認為時間不斷推移，「倘若既成傳統的文化，不隨時注

（臺北市：三民書局，2003年），頁411-427。

13 曾師永義：〈過一個民藝的中秋——第四屆「民間劇場」〉，曾著：《說民藝》，頁23-29。又見曾著：〈文化櫥窗在青年公園〉，《民俗曲藝》37期（1985年9月），頁16-21。

入鮮活的泉源,則不止可以脈動傳統的文化之流,而且也可以浩大傳統文化之勢。像這樣一股隨時注入的鮮活泉源,對『傳統』而言,就是『創新』。這即是說,『傳統』與『創新』在欣欣開展的文化中,實為一體之兩面;偏執一隅,則將食古不化,則將架空虛浮。必須根植於傳統的創新,才能屹立不搖;必須汲涵創新的傳統,才能生生不絕。」[14]

至於將民俗藝術推廣到國外,曾老師更是有別出心裁的理念和經驗。帶領小西園布袋戲團到美國巡迴演出的成功經驗,使曾老師更加相信「報國何須定科技,天涯展轉氣如虹」,[15]而若能甄選、培植優秀的表演團隊,加上精心設計的演出內容,曾老師認為「民族技藝由於有悠久的歷史傳承,與全民的生活息息相關,所以最具民族文化的氣息和特色。它可以說是民族精神、思想、情感最具體的表現。我們如果從中趨菁取華,有計畫地作國際性的文化輸出,相信比起一般所採取的商品推銷,要贏得更為根深柢固的情誼。這份情誼的日積月累,逐年廣布,無形中就可以美化民族的形象,提高國家的地位。」[16]今人都稱文化是軟實力,則曾老師早在三十年前就已發出這樣的呼籲了。

四 結語

曾老師對於俗文學的整理、研究與發揚,除三本鉅著外,更多的成就也在發掘民間藝師,致力推廣民俗藝術。筆者還記得當時(民國七十四年九月)和老師一起在青年公園觀賞「民間劇場」演出的情形,那時人山人海,男女老少匯集在戲棚、涼棚以及草地;耳邊聽見的是鑼鼓笙簫,眼前所見的

---

14 曾師永義:〈民族藝術的保存與推展〉,曾著:《說民藝》,頁68。

15 曾師永義:〈南管‧布袋戲‧中國結——淺談「以民族技藝作文化輸出」〉,曾著:《說民藝》,頁81。這是曾老師率領小西園巡迴演出時所作的一首詩:「蕭蕭海嶽駕長空,誰道功名掌上中;報國何須定科技,天涯展轉氣如虹。」

16 曾師永義:〈南管‧布袋戲‧中國結——淺談「以民族技藝作文化輸出」〉,曾著:《說民藝》,頁75。

是一張張歡欣喜悅的笑臉。無論是白天還是晚上，整個青年公園就像一個民俗嘉年華，不，一座座不停轉動的「動態的民族文化櫥窗」，令人目不暇給，流連忘返！

　　歲月悠悠，距曾老師參與中研院俗文學資料整理倏忽已過四十年，而曾老師在學術之路依然繼續挺進，毫不鬆懈，著實令人佩服——我與諸生後輩，只能加緊步伐，效法吾師之精神，以期繼續在學術界貢獻棉薄之力，方不負老師的栽培。

曾永義的民俗藝術文化之調查與研究

施德玉*

　　民國一○三年七月榮獲中研院第三十屆院士的曾永義老師，是臺灣大學國家講座教授、世新大學講座教授，更是無人不知、無人不曉的酒党「党魁」。曾老師生性豪爽豁達、磊落灑脫，倡導「人間愉快」；他是文學家、劇作家，是國際知名的戲曲界、藝文界大老，也是我的恩師。我有幸在曾老師課堂上旁聽了近七年的戲曲課程，不僅汲取許多豐富的文學、戲曲知識，還學到他的人生哲學與待人接物的道理，對於我的學術研究和處事方面都有極為深遠的影響。

　　曾永義老師除了在文學與戲曲方面有卓越的研究成果之外，對於民俗藝術文化的調查與研究更是非常重視。多年來跟隨曾老師學習的歷程中，老師不僅強調學術上應重視歷史文獻的研讀、分析與探究，對於民俗藝術實務的展現，更應該實際了解、觀賞與深入訪視，尤其是訪談相關研究者、創作者、演出者等，因為所獲得的訪視資料，能進一步與文獻資料的理論相印證，才能有比較全面的研究成果，因此他特別強調田野調查之重要。我不僅在曾老師的課堂上學習許多戲曲相關的專業知識，又進而理解研究方法和研究步驟的重要性。

　　曾老師認為研究一個課題，有關資料蒐集方面，除了文獻資料外，相關出土文物的參考和田野調查都是非常重要的工作。尤其田野調查中實際參與觀察活動的進行，和訪談相關內容，不僅能對於研究主題有深入的了解，更

---

* 成功大學藝術研究所特聘教授。

能讓研究具有正確性和深度，而其中執行規畫的步驟方法，就是曾老師特別
重視的部分，因此每次和曾老師進行田野調查，都能不斷增強專業知識、實
務經驗和行政能力。而這些田野調查工作中所執行的步驟方法，我也經常運
用到其他領域的學習，甚至轉換到生活處事方面，使我的學習、研究和平日
時間的運用，都能達到事半功倍的效果。曾老師不但在專業領域上是箇中翹
楚，更有科學精神，腳踏實地，實事求是，因此是許多學生景仰的典範。

　　曾老師非常重視民俗藝術，認為「民俗技藝是民族文化最基本最具體的
表徵，一個民族如果不重視自己的傳統和鄉土藝術文化，任其衰颯失落，終
將成為無根的民族，便難於立足今日之世界」。基於以上理念，曾老師在中
華民俗藝術基金會擔任董事長期間，為文建會（現今的文化部）執行製作一
連四屆的「廣場奏技、百藝競陳」的「民間劇場」活動，讓臺灣民眾能夠現
場看到具有我國傳統民間色彩的各種民俗藝術的展現，讓當代充斥著西方文
化的社會群眾，對於自己的傳統鄉土藝術能有更多的接觸、認識、了解和欣
賞。此外，他曾先後執行許多民間傳統藝術的保存、展演、推廣與傳承之計
畫案，例如：「布袋戲黃海岱技藝保存計畫」、「臺南縣車鼓陣調查研究計
畫」等。他也經常主辦民俗藝術相關的學術會議，例如：「兩岸歌仔戲學術
會議」、「兩岸地方戲曲大展」、「兩岸小戲大展暨學術研討會」等。在這些活
動中不僅邀集兩岸相關專家學者研究討論各種民俗藝術，以強調民俗藝術的
重要性，同時還邀請相關表演團隊進行展演，讓這些傳統民俗藝術得以再現
和發揚，曾老師對於兩岸民俗藝術的研究與推廣實功不可沒。

　　「團隊合作」是曾老師規畫民俗藝術文化的調查與研究特別重視的方
法，他認為孤軍奮鬥的進行民俗藝術文化的調查與研究，往往效果不彰；集
合不同專業人才的力量，才能為民俗藝術文化貢獻更多面向之成果。因此曾
老師常常提及他執行民俗藝術文化的調查與研究之愉快心情，是來自一同參
與活動研究者的共識，是來自團隊的合作，是來自活動完成後學術見解付諸
實現。此言談讓我們能看到曾老師光風霽月、宏觀豁達的人格特質，以及他
對於我國民俗文化藝術的重視，這些都在他執行調查研究計畫時表露無疑。

　　「讀萬卷書，不如行萬里路。」曾老師強調民俗藝術文化的研究，田野調查是非常重要的工作，他為了充分了解大陸戲曲的生態，和臺灣民俗技藝之狀況，曾經多次帶領相關研究學者與學生，踏遍大陸各地，以及臺灣全省。例如：曾老師於民國八十六年規畫主持「閩臺戲曲關係調查研究計畫」，曾訪視大陸福建省和臺灣許多地方的表演藝術。我很幸運的參與此計畫的執行，始有機會赴福建和臺灣多地進行地方戲曲調查工作。

　　大陸福建田野調查在福建藝術學校漳州分校副校長陳松民先生的細心安排之下，我們一行十數人由曾老師帶隊先後赴漳州、漳浦、連城、莆田、泉州以及廣東潮陽等地。一路看了薌劇、竹馬戲、大車鼓、潮劇、莆仙戲、打城戲、高甲戲、提線木偶、漢劇等九種地方戲曲和表演藝術。雖然每地僅停留一、二天，但因當地的團體盡力的演出，熱情的款待，給我留下深刻的印象，那種情誼、那種藝術、那種表現、那種執著，至今仍縈繞在腦海中。最特別的是曾老師規畫每場演出結束後均安排一場「座談會」，對於當天的表演藝術進行論壇。當時各劇種的編劇、導演、演員、團長、音樂指導、作曲家和樂師皆參與座談，並深入對各自專長的部分進行說明、發表意見和感言等，讓我們擁有非常珍貴的交流機會，同時也對福建地方戲曲和表演藝術有更多面向的認識及深入的了解。

　　由福建返臺之後，展開臺灣田野調查，從臺北出發先後赴基隆、雲林、嘉義到臺南，考察臺灣的歌仔戲、亂彈戲、車鼓戲和竹馬戲等，進而比較分析閩臺戲曲的關係。此案結束後，曾老師和參與活動的多位學者，分別完成了閩臺戲曲關係的多篇論文，對於臺灣戲曲發展的脈絡研究有相當的成效。從此例可見到曾老師對於民俗藝術文化之調查與研究的重視與執行上的具體成果。

　　為了慶祝文建會（現今文化部）「國立傳統藝術中心」於民國九十一年開園之慶，曾老師主持規畫「兩岸大戲展演暨學術會議」活動，一方面就兩岸現存地方大戲重要腔系劇種，邀請團隊在活動中進行展演，促進兩岸戲曲藝術文化交流；另一方面舉辦戲曲學術會議，對現存地方大戲作較全面之探討，並喚起藝術文化界重視地方戲曲之調查研究。曾老師規畫安排相關學者

赴大陸訪視各腔系劇團生態及展演現況，以為傳藝團慶邀請展演團體及學者作準備。

此活動在當時北京藝術研究院薛若琳副院長和戲曲研究所王安奎所長精心聯絡安排下，我們一行六位工作人員，由王安奎所長一路陪同，進行為期十二天的考察工作。訪視了湖南長沙湘劇團、陝西西安秦腔劇團、山西臨汾蒲劇團、山西太原晉劇團、江蘇南京錫劇團、江蘇蘇州蘇劇團、浙江紹興紹劇團、浙江金華婺劇團等。連在北京轉機，共經六省九地，考察了八個劇團。不僅深入了解當時大陸大戲的發展情形，同時也邀請了具代表性和藝術性的戲曲團體赴臺演出，並配合學術會議，不但讓「國立傳統藝術中心」開園之慶熱鬧非凡，具藝術性、學術性，且更有交流觀摩之意義，同時能使這些地方戲曲受到社會大眾的重視而淵遠流長。

另外，曾老師也非常重視臺灣民俗藝術的保存、推廣與傳習。例如：他曾於民國九十年主持「臺南縣車鼓陣調查研究計畫」，在臺南進行了九個月的調查訪問，當時訪查到臺南有九個鄉鎮（現今稱九個區）仍有一些車鼓的活動，分別為臺南北門渡子頭、官田、白河、六甲、七股的竹橋村、南化的東和村、西港的東港村、西港的東竹林和麻豆等地。加上他於民國八十九年在臺南的田野調查時，訪視的佳里、學甲、玉井、鹽水等地，共十三個地區的車鼓團體或藝人。此調查研究活動曾老師帶領相關學者和研究生，到這十三個地區，對於車鼓團體和藝人們進行深入訪談，並錄音、錄影，記錄他們的表演藝術和藝人生命史，為臺灣的車鼓展演與研究，作了比較全面的資料彙整，以及對民俗藝術的保存，具有卓越的貢獻，可說是愛臺灣的具體行動，夙興夜寐，朝乾夕惕之精神，後人實難望其項背。

從民俗藝術的保存與研究而言，曾老師所付出的心力與貢獻，大家有目共睹；又從民俗藝術的推廣和交流而言，曾老師更是重要的領航者。他曾擔任民俗藝術相關團體的領隊，如：小西園布袋戲團、黃香蓮歌仔戲團……等，赴國外演出二十多次，足跡踏遍歐、亞、美、非、澳五大洲，共二十五國，一方面讓民間藝人有機會出國遊歷，增廣見聞，以提高其表現力；另一方面能將臺灣的民俗藝術帶到世界各地，讓世界上許多國家的民眾在欣賞我

們的表演藝術中，認識臺灣、了解中華文化，因此曾老師也是我國文化藝術輸出的重要推手。

　　曾老師多年來致力於民俗藝術的教學與研究，尤其是戲曲的研究、維護保存與推廣，幾十年來他除了教學之外，每年都執行一些民俗藝術的相關活動，他為兩岸戲曲和民俗藝術提供了研究、推廣與發展的平臺。不僅是民俗藝術的研究者，也是創作者，幾十年來他的戲曲著作等身，能言人之所未能言，發人之所未能發，並且建構許多理論、方法與創見，解決了許多歷史上戲曲的論題，成為國際的知名學者、戲曲大家；他所創作的戲曲劇本包括：崑劇、京劇、豫劇和歌仔戲等，共十幾齣戲，都分別在海峽兩岸展演，均獲好評，他不僅為當代戲曲現代化留下了豐碩的成果，他的學術研究之豐功偉業，更為戲曲的傳承與發展留下了歷史的見證。

　　「問渠那得清如許？為有源頭活水來。」曾老師的學問浩瀚無垠，是因其孜孜矻矻，焚膏繼晷，並且樂在其中，保有澄明之心的動力，而有今日顯赫的學術成就與地位。他對於中華文化的重視以及對民間藝術的關懷，在主持中華民俗藝術基金會三十多年中，所規畫執行民俗藝術文化的調查與研究相關工作非常多，不勝枚舉，以上所述，不過是以管窺豹，他的卓越貢獻可以見其概略。今天曾老師榮獲中研院第三十屆院士，我身為曾老師的學生，在此和大家分享老師的人生理念和處事觀點，心中除了慶賀老師之餘，同時也能感受這份榮耀與喜悅，相信所有老師親炙的門生均感與有榮焉。

以民俗藝術做文化輸出
——曾永義教授對民俗藝術的維護與海外弘揚

曾子良*

前言

　　曾老師在「永遠的許王和小西園」一文中說：「所謂『以民族藝術做文化輸出』，是指將我們的鄉土和傳統藝術文化介紹到外國去，透過展演和示範講解，將我們民族藝術的菁華讓外國人因認識、了解、欣賞而感動而共鳴，從而達成增進國際情誼的使命。」[1]四十餘年來，曾老師在民族藝術的維護與弘揚工作，付出無比的心力，也獲得極為豐碩的成果，大大提升民族藝術的學術價值。曾老師是我博士論文的指導教授，他循循善誘，費心指導，惠我良多，今逢恩師七十五初度華誕，謹就所知，對其弘揚和維護民族藝術之勞績，略述一二如下：

一　民俗藝術的內涵、性質與功能

　　依中華民國七十一年公布之「文化資產保存法」第三條第三款，「民族藝術」，是指「民族及地方特有之藝術」、「指足以表現民族及地方特色之傳統技術及藝能」。七十三年公布之「施行細則」明白說明其內涵包括：「編

＊　大同大學通識教育中心教授。
1　見曾永義：《藝文經眼錄——曾永義序文彙編》（臺北市：國家出版社，2011年）。

織、刺繡、窯藝、琢玉、木作、髹漆、竹木牙雕、裱褙、版刻、造紙、摹揚、作筆製墨、戲曲、古樂、歌謠、舞蹈、說唱、雜技等。」

　　以上所謂「民族藝術」，根據尹建中教授的解釋是：一群人、一個民族對其所生存的空間、所處的時代，以及所承續的歷史傳統，三者相互調適、彼此輝映，而發之於內，形之於外所產生的藝術。它也是一種民間廣大群眾，經常或日常用以表達情感、信仰、價值、反映心態、調適環境、配合節慶禮儀的一種生活方式。因此民族藝術多少帶有質樸的民俗性格。[2]因此「民族藝術」又稱「民俗藝術」。至於其性質與功能，曾老師在序民俗藝術基金會三十週年慶〈民俗藝術三十年〉中說：

> 「民俗藝術」是指在鄉土長久傳承，與群眾生活息息相關，具有類型化、集體化和實踐性、特殊性、變異性等特質的手工藝術和表演藝術而言。它實質上是民俗文化最具體的表徵，由於它扎根生活，屬於群眾所有，所以也最能體現群眾的意識、思想和情感，發揮群眾的精神，流露群眾的心聲。又由於它與時推移，所以既是一切藝術文化的根源，同時也是現代藝術文化的先機；它不止可以使一個民族世代相傳、綿延不絕，同時也可以使當代國民的生活內容豐富、品質提高。[3]

　　也就是說，民俗藝術具有類型化、集體化、和實踐性、特殊性、變異性等特質；它扎根於生活，為群眾所共有，最能體現群眾的意識、思想與情感，是民族特有的文化資產。所以，保有它，活化它，可以充實國民精神生活，發揚多元文化。

2　見尹建中：〈民俗藝術在文化變遷過程中之腳色與功能〉，《社教雙月刊》（第11期（1985年）。

3　見曾永義：〈民俗藝術三十年〉，錄自《締造台灣奇蹟》（臺北市：中華民俗藝術基金會，2009年，財團法人中華民俗藝術基金會三十週年慶特輯）。

二　曾老師對民俗藝術的維護

（一）主持整理分類與編目中央研究院所藏俗文學資料

民國六十二年，曾老師奉其師中央研究院史語所屈萬里所長之命，擬訂計畫向美國哈佛燕京社申請補助，重新整理中央研究院所藏俗文學資料。這批資料是劉復於民國六年至二十一年間，他自己以及中央研究院史語所「民間文藝組」團隊搜集所得，加上曾老師搜集的臺灣歌謠三百九十四種。論冊數有八千餘本，論篇題有一萬四千八百餘目。是目前世界上收藏中國俗文學資料最豐富的地方。這批資料所屬的地域，包括河北、江蘇、廣東、四川、福建、山東、河南、雲南、湖北、安徽、江西、浙江、甘肅、臺灣等十四省，其時代自清乾隆間以迄抗日軍興。因此，可說是數百年來中國俗文學的總匯。

曾老師為使這批寶貴資料能夠方便學者運用，以李家瑞《北平俗曲略》為藍本，衡酌各作品屬性，增加「雜著」乙類；並將「皮黃」、「崑曲」歸入戲劇。結果共分六大部屬（戲劇、說唱、雜曲、雜耍、徒歌與雜著），一百三十七類，一萬零八百零一種，一萬四千八百六十目。新文豐書局於民國九十年起陸續出版的「俗文學叢刊」，即在此基礎上經中研院史語所增補修訂而成。而曾老師於一九八○年完成的《說俗文學》（聯經出版），以及之後受教育部委託，歷經七年努力，於二○○二年完成《俗文學概論》一書之編寫，凡五十萬餘言（三民書局出版）。原本不登大雅之堂的俗文學，因此成了各大學中文系必開的課程，此二書也成了上課必備的參考書。

整理期間，工作人員陳錦釗利用其中資料完成《子弟書研究》獲得國家文學博士學位；筆者有幸參與此一工作，也以《寶卷研究》獲得政大文學碩士學位；之後，更利用其中有關閩南的「歌仔」，參考福州評話等相關資料，配合在臺灣蒐集到的歌謠，完成「臺灣閩南語說唱文學『歌仔』之研究及閩臺歌仔敘錄與存目」，取得東吳大學文學博士學位。而同時期利用這批資料撰寫論文的更是不計其數。又曾老師搜集了資料中所有的曲譜，並選擇

其中二十首,包括濟南調、馬頭調、群曲、對花、無錫景調、玉娥郎調、銀紐絲、跑旱船與叫賣歌等,於民國六十七年四月二十六日假臺大學生活動中心禮堂,舉行「俗曲演唱會」,將數百年來我們民族的心聲,抽樣式的介紹給關心民族音樂的人士。後來也在所主持的七十二年國家文藝季「民間劇場」的演出獲得很大的迴響。

(二)擔任「中華民俗藝術基金會」執行長與董事長,全力投入 維護民俗藝術工作

二十世紀七〇年代是臺灣社會快速轉型的時代,隨著科技發展一日千里,社會進步日新月異;但是,過去社會賴以維繫的民俗文化並未受到相對的重視;民間藝人或老化,或凋零,無不令人憂心忡忡。此時,一群關心民俗藝術的學者專家與社會人士,在許常惠教授的號召下,成立了「中華民俗藝術基金會」。他們所從事的行業或許不同,專長領域各異,但在「維護民俗藝術,傳承民間藝人之精湛技藝,以提高民俗文化的學術價值,充實國民精神生活」的宗旨下,無不盡心盡力,竭其所能協助政府從事民俗藝術的調查、採集、整理、研究,以至於推廣、保存與維護等工作,其中曾老師可謂箇中翹楚。

曾老師自一九七九年「中華民俗藝術基金會」成立後,先後擔任董事(1980-1985)、常務董事(1985-1995)、董事兼執行長(1990-1995)、副董事長(1995-2000)、董事長(2000-2008),以至於今天的名譽董事長。職務雖有不同,但維護民俗藝術的熱忱始終一致。尤其擔任執行長期間,在陳癸淼董事長的領導下與工作同仁一起打拚;被推舉為董事長後,在林明德執行長的大力協助下,業務蒸蒸日上,舉凡調查研究案、策畫承辦民俗活動(展覽、表演)、保存計畫專案、歷史古蹟空間規畫,以及辦理學術研討會等計畫案,接踵而至,董事們各個忙碌異常,基金會也因此獲得一些盈餘。

於是,曾老師與同仁商議,利用基金會的歷年結餘,再結合社會同道,募集資金,先後購買臺北市基隆路二段一百三十一之三號六樓兩戶共計八十

坪空間，作為基金會永久會址；也使得基金會長期廣泛採集之民俗藝術相關著作、散論、活動紀錄，收藏珍貴資料，積極建構獨一無二的臺灣民俗藝術圖書館的理想有了著落。目前的收藏包括：錄影帶兩百多卷、錄音帶九百多卷、藏書一萬多冊、DVD 及 VCD 皆分別歸類，陳列開放，提供民眾參考諮詢。[4]

　　大體而言，民國六十二年整理分類中央研究院所藏俗文學資料，所看到的是中國各地的曲藝，數量雖多，可惜皆為紙上資料；在基金會所承辦的臺灣本土民俗藝術，種類雖不如中國大陸，但都是活生生的、具體地與臺灣庶民生活結合在一起，只要投入心力，就可獲得豐碩的成果；加上基金會各董事，個個學有專精，故基金會成立以來，承辦的各類型活動，如調查與研究、發掘民間藝人、辦理國際文化交流、辦理研討會，以及辦理社區民俗文化系列講座等加起來超過兩百五十件。這些活動曾老師或擔任主持人（如民俗技藝團規畫案、四次民間劇場總策畫；車鼓陣調查研究、歌仔戲劇本整理、黃海岱布袋戲、高甲戲、崑曲傳習及錄製等十二項計畫），或從旁協助總是把活動辦得盡善盡美，得到主辦單位與參加者極大的肯定，故多次受邀前往廣州中山大學（2005）、湖北武漢大學（2007）主講「個人從事民族藝術維護與發揚之經驗」、「我在中華民俗藝術基金會之工作經驗」，可見曾老師在民族藝術之維護是多麼成功。

　　而其中最值得一提的是自民國七十二年至七十五年於中秋前後，由曾老師策畫主持在臺北青年公園的「民間劇場」大型活動。以民國七十四年第四屆為例，中秋前後的五天五夜，在青年公園的四個廣場裏，演出的共有九十六種民俗技藝、一百三十七個團體、一千七百餘位藝人；翌年第五屆更擴大為南北兩個民間劇場。演出的計有一百〇四項、一百六十九場，參加演出人員超過兩千人，同時由臺北青年公園的五天五夜延伸到高雄市，又添加三天三夜，活動之浩大，可見一斑。這也成了當時文建會陳奇祿主任委員推動「南部民俗技藝園」，以及後來宜蘭傳統藝術中心的主要動力。

4　此為二〇〇七年筆者擔任基金會執行長時資料，目前應超過此數。

三 曾老師對民俗藝術的海外弘揚

　　曾老師長期調查研究民俗藝術，深知民俗藝術的特性，最適合做文化輸出。他說：「民俗藝術由於有悠久的歷史傳承，與全民的生活息息相關，所以最具民族文化的氣息和色彩。它可以說是民族精神、思想、情感最具體的表現。我們如果從中擇菁取華，有計畫地作國際性的文化輸出，相信比起任何政治宣傳、商品推銷，乃至影歌星作秀，都要獲致更為根深柢固的情誼。這份情誼的日積月累，逐年廣布，無形中就可以美化民族形象，提高國家地位」。[5]因此，他帶領民俗藝術團體前往國外巡迴展演，積極參與兩岸及國際文化交流，獲得輝煌的成果，今分別說明於下：

（一）帶領民俗藝術團體出國巡迴展演

　　曾老師在〈布袋戲放洋〉一文中說，他之所以帶領民俗藝術團體出國展演，緣起於民國七十一年秋冬與隔年春夏在美國密西根大學和當地的學術文化團體接觸時，密西根中國協會的傑克威廉教授和州立華美大學華美文教中心陳真愛博士希望他把中國的民間戲劇藝術介紹給美國的學術界。經過一年多的協商與安排，果然在民國七十三年由太平洋文化基金會、文建會與教育部贊助，在美國十二州十三所大學或文教機構，以及當地中小學作為期五週四十餘場的巡迴演出。[6]

　　為使洋人在短時間內了解布袋戲的結構層次，進而產生欣賞品鑑能力，曾老師特別精心策畫，挑選布袋戲中最足以展現魅力的「桃花山」與「白馬坡」這二齣戲碼，設計一套完整的演出程式，包括（一）開場白，（二）舞臺展示與說明，（三）後場伴奏介紹及示範，（四）上半場劇情簡介及示範，

5 　見曾永義：〈以民俗藝術做文化輸出〉《清風、明月、春陽》（臺北市：書泉出版社，1996年）。

6 　見曾永義；《說民藝》（臺北市：幼獅文化公司，1987年）。

（五）上半場「桃花山」精彩片段演出，（六）下半場劇情介紹及示範，（七）下半場「白馬坡」精彩片段演出。

在前後九十分鐘的演出後，再提供意猶未盡的觀眾上臺摩挲舞台，舞弄戲偶、吹打樂器，讓他們由陌生而了解，進而領略布袋戲箇中趣味，結果無不獲得滿堂喝采。美國各地報紙大幅報導，十家電視臺爭相採訪；美國參議員（Davia Holmes）、太平洋文化基金會、教育部致贈獎狀、獎牌；並獲美國戲偶界邀請，加入世界戲偶組織。

受此鼓勵，曾老師又於民國七十四至九十年間不下十次帶領「小西園」赴美國夏威夷、檀香山、紐約，德國、法國、南非、加拿大、韓國、中美洲的尼加拉瓜、巴拿馬、哥斯大黎加與中國大陸泉州等作超過百場的展演，場場轟動爆滿，為我文化外交再添佳績。

此外，曾老師率團出國表演的尚有：

1. 一九八九年元月，應新加坡市政府之邀，率領中華民國民俗技藝園四十三人，赴新加坡參加第三屆「春到河畔迎新年」活動，演出九天五場。

2. 一九八九年六月，率領南管樂團「漢唐樂府」至大陸北京、西安、泉州演出。

3. 一九九一年八月，率領南管樂團「漢唐樂府」赴新加坡、馬來西亞、印尼、澳洲巡迴各大城作藝術文化之交流。

4. 二〇〇〇年五月十九日至二十一日，率領黃香蓮歌仔戲團赴紐約文化中心演出。然後巡迴芝加哥、休士頓、舊金山三大城演出。

5. 二〇〇〇年十一月五日至二十一日，率領臺北民族舞團赴美國紐澤西參加世界藝術節。轉至紐約文化中心、丹佛演出。

6. 二〇〇二年八月十二日至二十二日，率領中華民俗藝術基金會「民族舞蹈團」赴匈牙利三城鎮巡迴演出，參加「匈牙利國際民俗藝術節」。

7. 二〇〇五年九月率領國立國光劇團豫劇隊赴北京、河南鄭州、沁陽等地公演，並參加「海峽兩岸豫劇發展學術研討會」。於研討會中進行專題講演：「河洛文化對閩臺的影響」。期間赴北京中國戲曲學院、河南省藝術學院進行專題演講，並獲聘為兩校之客座教授。

　　其中，曾老師認為二〇〇二年帶領由中華民俗藝術基金會組成的「民族舞蹈團」前往匈牙利參加國際民俗藝術節，自九月十二日至二十二日在首都布達佩斯南方的三個城鎮巡迴演出，值得大書特書。

　　「民族舞蹈團」，是從蔡麗華教授的「臺北民族舞團」和黃春興的「草山樂坊」搭配而成的，他們都具有嚴格的專業訓練。樂團以國樂為基礎，演奏鄉土味濃厚的樂歌；舞團從賽會中汲取八家將、跳鼓陣、十二婆姊的雜技菁華，從歌謠中吸收〈白牡丹〉的情境，從小戲中變化〈桃花過渡〉的機趣，從少數民族舞蹈模擬孔雀舞的柔美，從武術技法聚會健身的操練，而無不融入藝術的精神呈現自然抒發的思想情感，所以獲得最高評價。

　　附帶一提的是：據中華民俗藝術基金會董事蔡麗華教授回憶，一九八八年中華民國山地傳統音樂舞蹈訪歐團巴黎文化中心的首演，在拖馬的大力宣傳下，文化中心座無虛席，擠滿了歐洲各國重要的民族音樂學者；演出後觀眾驚為天籟之音，馬上透過許常惠（留法學者）協調，經原住民團員之同意，演完後馬上留下來錄音至午夜，這個錄音帶，後來被美國亞特蘭大奧運會作為主題曲〈反璞歸真〉，自此郭英男一夕之間成為世界聞名的歌手；臺灣阿美族悠揚的樂音，一下子名揚世界，膾炙人口，創下宣揚臺灣藝術文化成效最優的範例，[7]足見曾老師以民族藝術作文化輸出獨具慧眼。

（二）積極從事國際文化交流

　　曾老師不僅率領民俗藝術團隊出國展演，也經常邀請世界各國優秀團隊到國內交流，彼此切磋觀摩，以提升表演品質。截至二〇一四年止，曾老師從事兩岸與國際文化交流共計兩百三十四筆（兩岸一百七十三，國際六十一）。這些文化交流，除了上節帶隊出國展演外，主要以邀請國外優秀團隊如日本、韓國、中國大陸民俗團隊來臺表演，如：

7　見蔡麗華：〈有情有義的中華民俗藝術基金會〉錄自《締造台灣奇蹟》（臺北市：中華民俗藝術基金會，2009年，財團法人中華民俗藝術基金會三十週年慶特輯）。

1. 一九八三年邀請韓國漢舞民俗舞蹈來臺表演。

2. 一九八三年六月邀請日本琉球宮廷與民俗舞蹈來臺表演。

3. 一九九一年三月為文建會傳藝中心承辦主持於臺北中華民俗藝術基金會成立「崑曲研習班」。繼一九九○年七月參加「崑曲之旅」赴上海觀演崑劇之後，於一九九一年三月成立「崑曲研習班」，邀請大陸崑曲名家來臺授課，其後十年內共舉辦六屆研習班，培養臺灣崑曲人才。之後，又於一九九五年五月於臺灣各地校園推廣崑劇。自一九九四年十一月始，率領大陸崑曲名師、臺灣戲曲同好及新象基金會工作人員等赴臺灣東、北、中、南等各地校園，講演崑曲並示範演出，撰有〈崑劇校園扎根〉。

舉辦國際學術研討會，如：

「海峽兩岸歌仔戲創作研討會」、「海峽兩岸歌仔戲聯合實驗劇展」、「兩岸歌仔戲的共生與共榮座談會」、「歌仔戲的薪傳與現代化座談會」、「兩岸歌仔戲交流合作之展望座談會」、「海峽兩岸歌仔戲學術研討會」（1995）、「海峽兩岸小戲大展暨學術會議」（2000）、「兩岸戲曲大展暨學術研討會」（2002）、「兩岸歌仔戲學術交流」活動（2004）；二○○四年這次交流曾老師率領歌仔戲學者專家二十餘人，表演團體共計一百零八人，經由金門小三通前往，活動內容包括：兩岸歌仔戲學術研討會、臺灣三大歌仔戲劇團赴廈門、漳州等地與當地劇團交流演出、藝人座談會、年輕人歌仔戲歌唱大賽等多項。

結語

　　以上僅就個人所知略作陳述而已，曾老師奉獻民族藝術的維護與保存，何止這些。譬如今日仍為交通部觀光局國家燈會參與策畫並為「主燈」命名，而已持續二十餘年，名揚國際，被美國 Discovery 頻道推薦為全球最佳節慶之一。曾老師以民俗藝術作文化輸出，具有：強調維護民族藝術的重要，開風氣之先；國內民俗藝術得以從中吸取養分，進行創新；促使國人重

視本地文化資產,出國宣揚民俗藝術等意義。然而,曾老師的學術成就博大精深,民俗藝術只是其中一部分,但其貢獻之大、影響之深,足以為世人之典範,故榮獲中央研究院院士,乃實至名歸,受之無愧。

一代戲曲巨擘
──曾永義教授

劉美枝*

前言

　　成為曾永義教授的學生，是一種緣分。

　　一九九二年就讀臺師大音研所，所長許常惠教授邀請曾永義老師為我們講演，曾老師「大風起兮雲飛揚」一出口，豪情萬丈，震撼人心；聲情與詞情相得益彰的精闢詮釋，是對曾老師的初印象。一九九九年在「海峽兩岸傳統客家戲曲學術交流」研討會發表論文，引用中研院史語所俗文學的資料，曾老師擔任講評人，正也是整理該批資料的計畫主持人；這個巧合，與曾老師的距離更近了。二○○五年就讀輔大中文所博士班，修習所上開設的戲曲專題，開啟每週赴臺大上課的生涯，而以臺灣亂彈戲腔調為研究論題，「呼應」曾老師的腔調說；自此「晉升」為曾門一員。

　　曾老師學識淵博，學術成就非凡，榮膺中央研究院第三十屆院士之桂冠，是令人「仰之彌高」的學術巨擘。然而，親炙大師，便會發現老師在文化、教育等領域的「多元」經營與貢獻，以及敦厚樸實、曠達入世的一面。欣逢老師七十五歲壽辰，僅以此文表達對大師的景仰之意，並感謝老師提攜厚愛之恩澤。

* 臺灣戲曲學院兼任助理教授。

以學術研究為志業

　　曾老師師承臺靜農、屈萬里、鄭騫、張敬、孔德成等名家，接受傳統古典文學的薰陶，博覽群書，嚴謹篤實的治學訓練，奠定深厚的學術研究功底。又慧眼獨具以戲曲研究為志業，兼及俗文學，為冷門的戲曲、俗文學領域開創新局，貢獻卓著，享譽國內外，對學術影響深遠。

　　戲曲研究方面，曾老師著有《戲曲本質與腔調新探》、《戲曲源流新論》、《從腔調說到崑劇》、《參軍戲與元雜劇》、《論說戲曲》、《戲曲之雅俗、折子、流派》、《詩歌與戲曲》、《戲曲與歌劇》、《明雜劇概論》、《長生殿研究》、《臺灣歌仔戲的發展與變遷》等二十餘種。這些論著直指戲曲研究的許多關鍵核心問題，如釐清戲曲的本質與特色；梳理參軍戲、踏謠娘、梨園戲、南戲、北劇、崑劇等的淵源、形成與發展；考述戲曲腔調的命義與流播，如崑山腔、弋陽腔、溫州腔、梆子腔、皮黃腔等；也對臺灣歌子戲、南管等進行深入的分析與探究；此外，更關切劇作家、劇目、折子戲、京劇流派、戲曲程式性、戲曲雅俗等不同層面的議題。

　　整體而言，曾老師在探討戲曲的根本論題中，透過扎實的文獻資料，爬疏剔抉，注重循名責實，以周延的邏輯論證思辨，建構出具有宏觀與微觀視野的中國戲曲發展脈絡。成果有縱向的深度，也見橫向的廣度。而這些立基於綜合性、整體性、有機性的考索，創發獨到，見人所未見，言人所未言，被譽為當代戲曲泰斗，實至名歸。

　　俗文學方面，曾老師於一九七三年主持「中研院歷史語言研究所所藏俗文學資料分類編目工作」計畫，將這批豐富的中國近代俗文學資料，進行分類整理，總計分為六大部屬、一百三十七類、一萬零八百零一種、一萬四千八百六十目；這項豐碩成果，嘉惠許多研究者。繼之，仍持續關注不登大雅之堂的民間文學，著有《說俗文學》、《俗文學概論》等書。其中《俗文學概論》是劃時代巨作，除辨析俗文學的命義、範圍、分類與特性價值，並依屬性，對俗文學做統整性的建構，分為俗語、謎語、對聯等「短語綴屬」類，寓言、笑話、神話等「各類型之故事」類，西施、楊妃、關公、包公等「民

族故事」類，以及歌謠、說唱文學等「韻文學」類。是書體大思精，綱舉目張，層次分明，堪稱權威之作。

遊戲筆墨的藝文創作

曾老師學術研究之餘，也以「遊戲筆墨」從事戲曲劇本、散文等的創作。

劇本創作始於一九八六年與音樂家馬水龍合作、於一九九七年首演的清唱劇《霸王虞姬》，後有許常惠《國姓爺鄭成功》、游昌發《桃花扇》等中西合璧之中國現代歌劇，皆是扎根於傳統的創新，將中國傳統語言旋律與西方音樂結合之嘗試。其中《桃花扇》由京劇演員在西洋管弦樂團伴奏下歌唱新創曲調，相當具挑戰性。傳統戲曲劇本的編寫，則有京劇《鄭成功與臺灣》、《牛郎織女天狼星》、《射天》、《青白蛇》、《御棋車馬緣》、《賢淑的母親》、《霸王虞姬》、《陶侃賢母》，豫劇《慈禧與珍妃》，崑劇《梁山伯與祝英台》、《孟姜女》、《李香君》、《楊妃夢》、《魏良輔》、《蔡文姬》等，而後《陶侃賢母》也改以歌子、《霸王虞姬》以客家採茶、歌子和京劇「三下鍋」演出等。

將近二十部的劇本創作，老師多取歷史人物和民族故事為題材，並本著學術研究的精神，詳考歷史事件與人物性格，再依立意旨趣，精心剪裁，巧妙布置，恪遵體製，講究關目排場、人物塑造、遣詞造句的妥切。以深厚的曲學涵養為底蘊，將理論轉化為舞臺實踐的劇作，借古鑑今，曲文典雅，觀眾反應熱烈，佳評如潮，屢創票房佳績，《梁祝》、《孟姜女》、《慈禧與珍妃》、《李香君》等劇還應邀到大陸巡演。對當代戲曲表演藝術的推動與提升，功不可沒。

散文創作展現的是另一種風采。老師常將生命經歷或生活感悟，以溫馨或超然的筆觸，一揮而就，順性而發，有感懷恩師、友朋情誼、旅遊見聞、生命觀照、藝文評論等，內容包羅萬象。生活瑣事在老師妙筆生花下，往往逸趣橫生，兼富哲思，如〈把病當朋友〉便見以「獨到理論」與慢性病「愉快」相處的點滴，坦率真誠表露無遺。這些直抒胸臆的小品，或為著作、藝

文活動所寫的序文，集結出版，成果斐然，有《蓮花步步生》、《清風・明月・春陽》、《牽手五十年》、《飛揚跋扈酒杯中》、《人間愉快》、《愉快人間》、《戲曲經眼錄》、《藝文經眼錄》、《椰林大道五十年》等十餘本。

老師才華洋溢，戲曲劇本意旨深遠，文詞清雅，而散文作品則在誠摯感人的字裡行間中，展現以豁然心境觀照世界、以「真我」盡情揮灑的獨到生命旨趣；這些是耀眼學術光環底下，學者個人生命襟抱與真性情的呈現。

竭力推展文化藝術

關注民俗藝術的維護，推展民俗文化的國際交流，以及推動學術刊物的出版，是老師在社會文化領域的重要事業。

民俗藝術方面，老師於一九八〇年擔任中華民俗藝術基金會董事，歷任執行長、副董事長、董事長與名譽董事長，以知識分子的高度與影響力，大力推動被漠視的民俗藝術，極具振聾發聵之效。具體成果有珍貴文物的蒐羅、展演活動與學術交流的舉辦等，從收藏影音資料千餘份、藏書上萬冊、為數不少的研究報告書與出版品，舉辦數百場的講座研討會與藝術表演等，殫精竭力於民俗藝術的保存與發揚，可見一斑。而老師於一九八三至一九八六年策劃的第二至五屆「民間劇場」，以「暫時性動態文化櫥窗」的概念，帶領社會大眾進行民族文化巡禮，體驗民藝最素樸真摯的精髓，參與觀眾超過百萬，堪稱文化盛事，影響無遠弗屆。

民俗藝術蘊含民族文化的情感與精神，老師認為「以民族技藝作文化輸出」，是最自然而真切的國民外交，曾率領「小西園」布袋戲團、「漢唐樂府」南管樂團、「黃香蓮」歌子戲團、「新和興」歌子戲團、「許亞芬」歌子戲劇坊、中華民俗藝術基金會「民族舞蹈團」、國光劇團豫劇團、臺灣藝術學院中國音樂學系國樂團等赴國外演出。四十餘次、足跡遍及大陸與歐亞美非澳五大洲的文化外交，驚艷國際，成功將臺灣獨特的民族藝術，推向世界。

讓民俗藝術站上國際舞臺外，老師也積極邀請國外優秀的藝術團體來臺，如韓國漢舞民俗舞蹈、日本琉球宮廷與民俗舞蹈等，藉互相觀摩切磋，

擴大視野，提升藝術品質。此外，更透過舉辦國際性的藝術節慶或學術研討會，如「1995海峽兩岸歌子戲聯合實驗劇展」、「1997海峽兩岸梨園學術研討會」、「1999雲林國際偶戲節」、「2007兩岸戲曲大展暨學術研討會」、「2000海峽兩岸小戲大展暨學術研討會」、「2011彰化國際戲曲藝術節‧國際戲曲學術研討會」等，弘揚民族文化。

冷門學科一向不受出版商青睞，致力於戲曲弘揚的老師，結合好友對文化的熱忱與支持，主持策劃「國家戲曲研究叢書」，為戲曲研究開闢新苑囿。叢書集結大陸、臺灣學術前賢與年輕學者的研究成果，每六冊合為一輯，五輯合為一編，至今已達一百二十餘冊，蔚為大觀。論題亦洋洋可觀，有發展史、理論史、批評論、表演論、音樂論、文獻學、文物學、中西戲劇比較、近現代戲曲史等。此燦爛輝煌的成果，無疑成為當今重要的戲曲研究寶庫。

傳道授業與酒党党魁

作育英才，桃李滿天下；酒党党魁，結交海內外。

曾老師一九七二年開始執教鞭，四十餘年的杏壇生涯，誨人不倦，開設的戲曲專題與俗文學課程，吸引各大學院校學生或慕名的社會人士前來聽課，指導的碩博士論文高達一百七十餘篇，是將戲曲研究推向學術顯學的重要推手。站在講臺上的曾老師，溫煦和藹，幽默風趣，神采煥發，令學生如沐春風；而探究問題實事求是，引經據典，旁徵博引，講究歷史文獻、田野調查、出土文物等資料的佐證，注重論題的層次建構、章節布局、辯證邏輯與論述周延性，身為課堂成員的我，總被老師嚴謹周密的治學態度與方法所折服。

老師諄諄教誨學子，也扶持後學，於臺大任教，捐出榮獲「臺大講座教授」獎金一百二十萬元，成立「鄭百因教授紀念獎學金」；於世新大學任教，捐贈世新學術著作獎、教育部學術獎、教育部國家講座之獎金共二百萬元。對學生的關照與嘉惠，體現老師無私奉獻、回饋社會的襟度。

　　酒党党魁是老師重要的頭銜，從酒党「尚人不尚黑，人間愉快」的旨趣，能看出老師的為人處世與生命價值觀。酒党主張「尚人不尚黑」，講究「人品、人格、人性、人情、人趣、人味」，因此遍交有情有義的天下賢士。倡導「人間愉快」，認為培養擔荷、化解、觀賞、包容的能力，積漸日久，便能以磊落灑脫、自然真摯的性情，悠然享受現世種的福田、福果。因而老師總能以光風霽月的襟抱、瀟灑自若的氣度、豪爽豁達的胸懷、寬厚圓融的處世，於俗世社會中積極任事，於俯仰視息間陶然自得。

　　老師在春風化雨，與位居「無權無勢無名無利」、「永遠在山在野」酒党党魁的寶座中，以身教言教揭示一種積極入世的生命觀。

結語

　　曾老師學術地位崇高，治學嚴謹，孜孜矻矻於學問真理的探索，一生獲獎無數，成就輝煌，實為吾等後輩學術之路的典範。今生有幸成為院士門生，當會謹記教誨，以「蜜蜂採蜜釀蜜」的精神與扎實嚴謹的態度，繼續研究工作，學習老師的為人風範，並期許自己也能領略老師倡導的「人間愉快」之生命境界。

壯遊豪飲擅詞場・清引艷歌餘暗香
——曾永義戲曲劇本創作析論

沈惠如*

　　許多人都擁有創作的夢想，但往往為現實的忙碌所淹沒，能夠在學術上已有頂尖成就的情況下，卻仍創作不輟且卓然有成者，非曾永義先生莫屬了。

　　一九八七年五月十七日，曾先生的歌劇劇本《霸王虞姬》（馬水龍譜曲）在文建會、基隆市政府聯合主辦的「基隆國際現代音樂節」上首演，也開啟了他的戲劇創作之路。曾先生一向主張創立「中國現代歌劇」，即是汲取中國傳統戲曲語言音樂和分場流轉等優美特質，同時考量現代的戲劇結構和劇場觀念所成就的綜合性文學與藝術。在這個理念的支撐下，一九九九年十一月二十七日至二十九日《國姓爺鄭成功》（許常惠譜曲）由國立愛樂合唱團於國家戲劇院演出；《桃花扇》（游昌發譜曲）則由國立臺灣戲曲學院京劇團於二〇〇八年十月三十一日至十一月二日在國家戲劇院首演，這意味著二十年來，曾先生致力於實踐自己的主張，並身體力行，以劇作豐富了中國現代歌劇的內涵，此等執著精神令人欽佩。

　　然而占先生戲劇創作最大宗的非戲曲劇作莫屬了，無論從創作數量或涵蓋的劇種來看，幾乎獨步戲曲劇壇。一九九六年九月，曾先生創作了第一個京劇劇本《鄭成功與臺灣》，一九九九年一月一日至三日由國立國光劇團於國家戲劇院首演，此劇以一首工整的七言律詩揭開序幕：「四百年來赤崁樓，登臨每教望神州；延平德澤留蓬島，清室皇陵成古丘。開闢至今傳足跡，公忠自是作宏猷；未酬壯志身先死，長史英雄淚滿流。」新編戲曲常在

＊　東吳大學中國文學系副教授。

開頭創編序曲，描述故事的背景或者作劇旨趣，隱約承襲著明清傳奇第一齣「家門大意」的模式，《鄭成功與臺灣》的序曲，點出了鄭成功在臺灣開天闢地及與清廷相抗未果的心聲，也成了該劇「聚焦臺灣」的最佳註腳，更讓觀眾見識到了曲學大師的史識與風範。

為「千古英雄人物」發聲

自此以後，「千古英雄人物」以及其長期關注的「民族故事」，成為先生劇作取材的兩大主軸。二〇〇五年京劇《射天》首演，該劇根據晉代《搜神記》及先秦文獻中有關宋康王的零星記載撰寫而成，故事內容描述宋康王、韓朋義結金蘭打天下，天下太平後，康王成為「天下第一王」，號稱「天下第一劍」的韓朋則為大將軍，康王憂心韓朋功高震主，又看上「天下第一美」韓朋之妻何明霜，康王便藉比劍之名，除掉韓朋，掠奪美人，成了暴君。然而韓朋夫妻情愛豈容掠奪？於是當韓朋比劍而亡後，明霜選擇殉情，康王也只能惱羞飲恨！曾先生曾說，這齣戲的主題簡單地說，就是「情義」二字，當功成名就時，情義也會跟著變質，整齣戲赤裸裸展現人性和慾望的角力。他強調，本劇不僅有男性的立場，揭露爭逐名位而以愛情為手段的戰利心態，同時也兼容了女性智慧。於是他在劇末寫下這樣的唱段：「從來悔恨賴真知，豈是狂心似馬嘶。權勢沖天滅人性，帝王幾個不愚癡。」藉古鑑今之筆，堪為炯戒。

以劇知古戒今的意念，在二〇〇六年的豫劇劇本《慈禧與珍妃》又再度體現。

一個是強勢的皇太后，一個是弱勢的嬪妃；一個是人性被扭曲被異化，一個是人性受壓抑受傷害；一個是為「權勢」排除異己竭力維護她的家天下，一個是為「道義」挺身而出企盼實現強國安邦的願望。為了各自的目的，不得不在近乎極端、近乎殘酷的人生境遇中做出特殊的選擇，展開一場強權下的人性衝突。最終，慈禧以泯滅人性背叛權力為代價，導致國破民怨倉皇出逃的下場；而珍妃以年僅二十四歲生命和自己的理想、人格殉葬。曾

先生觀照光緒一朝，慈禧以一己之私，為了鞏固權勢，毒殺慈安，對光緒的皇權發動掠奪爭鬥，不僅禍國殃民，還斷送清朝命脈，誰說不是權勢的悲劇呢？此劇以一個悲劇靈魂，讓人們感知歷史不可預測的複雜性和多變性，留給人們無窮的感慨。

對歷史人物與事件的觀照，還展現在崑劇《李香君》和歌劇《桃花扇》上。有感於孔尚任的《桃花扇》長於案頭卻遜於歌場，且不符合現代劇場的演出長度，於是做了改編。由於孔尚任依據史實苦心經營了這部傳奇，所以曾先生承襲其脈絡，以生旦為主軸重新鋪寫，與原著不同的是：〈哭主〉由左良玉改為史可法；〈江南江北〉則用現代劇場分割畫面的概念使生、旦的情感遙相呼應；〈罵殿〉讓香君痛斥權奸庸主更加慷慨激越；〈重會訣別〉則著重生旦對國亡之後安身處世理念的衝突，最終各行其道，雖然符合原著不以團圓作結，但是旨趣是不同的。不過這齣戲呈現在舞臺上時，導演強勢更改作「仿歐陽予倩方式」結局，所謂「歐陽予倩方式」就是「侯方域剃髮留辮，改換清服入仕，找到李香君後，李香君憤而和其斷交」，這個結尾其實是與史實不符的（侯方域並未在清代做官）。

《李香君》是所有崑劇《桃花扇》改編本中唯一集中描寫侯、李遇合的一本，其中〈訪翠眠香〉、〈卻奩辭院〉、〈江南江北〉、〈選優罵殿〉、〈重會訣別〉五齣講述了侯、李的離合之情，剩下兩齣〈哭主設朝〉、〈探院沉江〉則簡要交代了當時的社會背景以渲染興亡之感，雖不是生旦主戲，卻也是侯、李愛情歷程中的兩個關鍵轉捩點。

南京秦淮名妓李香君，聰明而美麗，有傾國傾城之貌。她雖出身卑微，從小墮入煙花，但曾接受良好的教育，他與鴇母李貞麗情同姐妹，受到良好照顧，師父蘇崑生和柳敬亭的高尚人品和灑脫襟懷，都對香君的性格有潛移默化的作用，《李香君》一劇便由此更進一步塑造香君高遠的志向：「茜羅衫、青鬢影，菡萏趁華年。身陷青樓，心繫廟堂，志意有誰堪憐。問紅塵、俠女英雄，何日裏高飛同展。方不致慧眼底，卻惹動許多幽怨」（【祝英台】），這正可以說明原本以香君的姿色，她可以找個權豪勢要託付終身，但

因與眾不同的性格、具有家國之思和民族氣節的特點,她才獨獨鍾情復社中人侯方域。

香君卻奮後得罪了小人阮大鋮,並遭致報復,才新婚燕爾,便被迫與侯方域天各一方,不過香君並沒有做兒女情長、含淚送夫君之態,她認為侯方域「才比子建、謀似子房,必能佐史公為國家建功立業」,以致侯方域投奔史可法後,香君在思念之中隱含期盼:「想他幕中游,豪氣干雲沖斗牛。洞徹軍機千里,帷幄運籌。淨胡塵、滌蕩妖氛,安宇內、息烽邊埃。盼望淩煙閣上題名姓。不枉奴家苦捱更漏。」(【畫眉序】)

國破家亡後該何去何從?香君原本期盼侯方域會和她遠離世俗的紛擾,過著「男耕女織,琴書嘯詠」的生活,沒想到侯方域卻欲「取功名,榮身以顯父母」,讓香君頗為失望,於是香君憤怒地責備道:「侯方域!難道你讀聖賢書。不明白所為何事?我因你性情豪俠,文采俊雅托身於你,為你守貞守節,擔待許多痛苦!沒想到你在這易代之際,竟然變換肝腸,甘心作貳臣,以趨赴利名權勢為小人。你捫心自問,能和你的同儕相提並論嗎?」於是哭著慧劍斬情絲。可以看出香君從頭至尾均守著一貫的信念,卻也因所託非人而絕望,頻添悲劇氛圍。

繼一九八七年的歌劇《霸王虞姬》之後,二〇一三年十一月八日至十日假臺北市國家戲劇院由榮興客家採茶劇團演出戲曲版的《霸王虞姬》。由於演出劇團的質性和導演兼主演由著名京劇淨腳陳霖蒼先生擔任,演出形式從原本預計的「兩下鍋」後又改為「三下鍋」,即是由劇團臺柱江彥瑮飾演虞姬保留客家唱口,陳霖蒼飾演霸王唱京劇皮黃,戲曲全才小咪演烏江亭長唱歌子調貫串首尾。《霸王虞姬》於是成為多腔調劇本。

為了編撰《霸王虞姬》,曾先生做了些學術考索的工夫,他很欣賞李清照說項羽「生當作人傑,死亦為鬼雄;至今思項羽,不肯過江東。」更認為一個有真性情的真英雄,一定要有一位真美人來配他。恰好《史記》說項羽「有美人名虞,常幸從。」項羽四面楚歌之際,還為她唱了句「虞兮虞兮奈若何?」她也相應和。雖然《史記正義》引《楚漢春秋》說她應和的歌是「漢兵已略地,四面楚歌聲;大王意氣盡,賤妾何聊生。」但曾先生說這必

是小說家言，因為那時沒有近似絕句的五言詩，然而虞姬為此就成了貞烈女子。也因為虞姬的歷史形象很模糊，她可以加油添醋的地方就很多；曾先生便把她和項羽妝點成心目中「英雄美人」的樣子，甚至於教他們「烏江同殉」，所以他的劇名叫「霸王虞姬」而不是「霸王別姬」。

由於下了一番功夫，所以此劇在布關設目、排場處置、人物塑造，乃至於遣詞造句都能各適其宜，且巧妙妝點、鬚眉畢張的展演當年楚漢相爭的情景。曾先生對於〈幕前曲〉頗為自豪：

> 男聲唱：滾滾煙塵沖大風，世間原是一鴻蒙。日月隨星轉，雲霞逐夢空。看那青山依舊隱隱在，夕陽千古一樣紅。更有長江後浪推前浪，九曲黃河竟朝東。炎黃瞬息、而今五千歲，歷朝歷代、更迭似旋蓬。

> 女聲唱：其間多少佳人與才子，多少豪傑共英雄。粧點成綺麗，奮鬥似爭鋒。龍蛇起陸風雲會，都在這江山萬里錦繡中。

> 女聲合唱：錦繡中，思想起：始皇有始不克終。殘暴不仁積怨恨，屍骨未寒，天下騷動。揭竿而起皆百姓，高才捷足似雲湧。似雲湧，最是楚項王、漢沛公，東征西戰為一統。五載瀝盡壯士血，一朝成就帝王功。

> 丑扮烏江亭長上唱：帝王功，成敗英雄。英雄有成敗，誰是真英雄。今日重展楚漢史，頓覺榮辱轉頭空。勸英雄，說英雄，人間禍患休多種。烏江雲夢，秦宮漢冢，緣何無樹起秋風。

其作劇旨趣仍是發人深省。

開創「民族故事」新格局

曾先生在《俗文學概論》一書中，曾提出「民族故事」的觀念：「凡能夠傳達一個民族所具有的共同思想、情感、意識、文化，而其流播空間遍及全國，時間逾千年的民間故事，就是民族故事。在眾多民間故事中，牛郎織女、孟姜女、梁祝、白蛇、西施、王昭君、楊妃、關公與包公這九個故事，

源遠流長，內容豐富，尤富有深廣的民族文化意涵，因此最具有代表性。」曾先生將其中五個故事改編為戲曲劇本，分別是二○○一年《牛郎織女天狼星》（京劇）、二○○三年《梁山伯與祝英台》（崑劇）、二○○六年《孟姜女》（崑劇）、二○○六年《青白蛇》（京劇）、二○一○年《楊妃夢》（崑劇），可謂呼應了他在俗文學領域的研究與關注。

《牛郎織女天狼星》延續千古不朽的愛情傳說，卻更加入了現代人的情愛糾葛。例如是織女獨守空閨，慘遭舅父調戲；不懷好意的天狼星，蓄意挑撥離間；落難人間的牛郎與織女，縱然逃離人為的作弄，卻仍然敵不過戰爭的擺布，就在烽火連三月之中，更考驗了牛郎與織女，是否真如神話中，可以天長地久的感情。結尾牛郎織女逃到了無何有之鄉，為自己的感情找到出口，頗具開創性。

《梁祝》與《孟姜女》，是曾先生為國光劇團及戲曲學院京劇團，為展現戲曲演員的崑劇造詣、且開創以民族故事為題材的原創崑劇劇本，《梁祝》二○○四年耶誕節前後三天在臺北國家劇院演出，造成滿座的盛況，而且票房也留下了十九天前即銷售一空的記錄。《孟姜女》同樣由老搭擋周秦教授譜曲、沈斌先生導演，於二○○七年三月二日至四日假臺北國家劇院公演，時值淡季，上座率雖降為九成，但仍普受好評；後也赴大陸北京、上海、蘇州、廈門等地巡迴演出。曾先生創作這兩個劇本，是依保有「古風」並稍加點染的方式完成，畢竟這是民族故事，人物情節本身就很動人，不必做太多更動。

在《梁祝》〈草橋結拜〉中五位重要人物梁山伯、事久、祝英台、人心、馬文才依序出場，梁山伯步行、祝英台騎驢、馬文才騎馬，以見三人貧富身分不同；梁祝因吟詩明志、互相唱和而結拜，馬文才出場數唱自表家門，表達了三人性情志趣之不同。又在〈學堂風光〉中安排一場山伯與英台對手戲，使二人在文才對英台調戲後，更加審視彼此的情誼、觀點和心志，作為往後死生至愛的基礎和前提。而〈花園相會〉又別出心裁的使他們「私奔」，強調梁祝為至愛勇於衝破禮法，但也止於此，不致讓他們成功而翻轉劇情。

　　而在《孟姜女》中，曾先生造設了一個由小生擔綱的人物歸有義，他是個耕讀養親的農夫，在患難之時與萬喜良結為金蘭，如此，萬喜良病死長城之時就有人照顧，孟姜女萬里尋夫也能有人告知訊息。

　　至於新編京劇《青白蛇》，曾先生在「經典」之外另闢蹊徑，賦予的「眾生平等、情義無價」這樣的主題思想，劇中除了白蛇的溫柔、許仙的無情、法海的冷酷外，更側重青蛇的勇敢與重情重義。有別於過去版本，《青白蛇》把青蛇與白素貞的角色關係，描寫得更符合現代人際關係，把她們與許仙、法海的恩怨情仇作了更合理的詮釋，例如姐妹同到人間來向許仙報恩，青蛇卻把愛情讓給了姐姐，把自己的愛埋在心底。當許仙驚嚇得靈魂出竅時，她甘願吐出千年修煉的神珠納入其口中；當姐姐被合缽時，不但奮力與法海決鬥，還把觀世音求來解救；當點化為人後，全家團聚，卻不能分享至愛，離開白素貞和許仙二人，自尋幸福。

　　以民族故事為主題、又最有創意特色的當屬《楊妃夢》。曾先生以三十年前操作之學術論文〈楊妃故事之發展及其相關之文學〉為基礎，旨在呈現歷史上楊妃之真人實事，以及其經由文人論述、民間傳說所產生扭曲變型之原委，從而發人以體悟與省思。故事大意是楊玉環的仙魂被白居易〈長恨歌〉傳送到蓬萊寶島，巧遇當代以酒名天下的程教授。楊玉環對於自身蒙褒姐、讒妒、穢亂惡名之遭遇，雖歷千年始終冤怨難平。程教授學養博大精深，好為人師、侃侃而談。他以「霓裳羽衣」見楊妃之寵辱，以「錦繡祿兒」辨楊妃之穢亂，以「上陽怨女」雪楊妃之讒妒，以「馬嵬死難」悟明皇與楊妃之恩愛，以「蓬萊悟夢」示楊妃以虛幻。楊妃疑慮盡解，終於了然悟夢。這齣戲從形式到內容都非常特殊，將學術研究的成果融入劇作中，頗有後設之筆意。

以「南雜劇」體製規律建構崑劇

　　曾先生創作的崑劇，強調是依「南雜劇」體製規律所編撰純粹的、原汁原味的崑劇，不同於只是運用曲牌，完全不管聲情、詞情配合與聯套規律的

新編崑劇，這等堅持，非得有足夠的曲學素養方能完成。「南雜劇」有廣狹二義，狹義的南雜劇是指每本四折，全用南曲，即王驥德所謂「自我作祖」的劇體，其形式和元人北雜劇是南北相反。廣義的南雜劇，則指凡用南曲填詞，或以南曲為主而偶雜北曲、合套，折數在十一折之內任取長短的劇體。這樣的劇體和傳奇只是長短的不同而已，是屬於南北曲交化後的南曲範圍，所以仍可稱之為南雜劇。

後期的南雜劇，其實是南北曲的混血兒。它改進了雜劇限定四折四套北曲和末或旦獨唱的刻板形式，而代以南戲傳奇排場聯套的諸多變化，並給予各角色均可任唱的自由。因此曾先生便運用「南雜劇」這一劇種的體製規律來編撰崑劇。雜劇、傳奇雖是詞曲系曲牌體，但實質上摻合不少詩讚系板腔體，因此他也在劇作裏穿插不少七言四句，用來調劑曲白。對於謹守「古風」，使之不失為崑曲本色，頗為用心。

截至目前為止，曾先生的劇作已有十八種之多，其中尚未付諸舞臺實踐的有京劇《御棋車馬緣》、崑劇《魏良輔》、《蔡文姬》，後兩者的劇本則已刊登在國立臺北藝術大學《戲劇學刊》第十四、十八期。《御棋車馬緣》改編自黃勝的短篇小說〈一盤玉棋三百年〉，敘述三百年前車、馬兩個工匠偷了皇宮的玉石邊角廢料刻製了一副玉棋，被皇宮守衛發現後，交皇帝懲罰。皇帝以與他們下棋輸贏定罪，結果工匠贏了。皇上念他們棋藝高超，不僅不治罪，還把玉棋御賜他們，從此玉棋成了車、馬兩家的祖傳珍寶。而正是這副玉棋，在以後的三百年內，引發了車、馬兩家的恩怨鬥爭，有這兩姓人家感天動地的生死情誼，也有血染的悲歌；有刻骨銘心的纏綿愛情，也有掠奪與算計……上世紀三〇年代，車姓用以假換真的手段，騙取了一直由馬姓保管的玉棋中的六顆棋子，全家到了臺灣，從此天各一方。六十年後，當年遠走臺灣的車寶瑞，領著女兒車琪琪隨身帶著那六顆離散的棋子，作為臺商回鄉投資，心中一直想著要讓離散的玉棋得以重合，幾經周折，雙方商定效仿老一輩的做法：賽棋定歸屬。結果御賜玉棋以所有人都意外的合棋方式聚合在一起。這戲原擬由廣西京劇團和臺灣戲曲學院京劇團共同演出，藉御棋分合再現人間聚散之滄桑無奈感，但因廣西京劇團解散改為演藝公司而未能演出。

　　身為編劇，難免希望為優秀的演員量身訂製戲碼，以助其發揮精湛的技藝，曾先生曾應邀創作歌仔戲《陶侃賢母》，將陶侃母親的諸多母儀典範事蹟串聯成戲，此乃為臺灣國寶廖瓊枝女士量身打造，成為其封箱之作。而崑劇《蔡文姬》則是為北方崑劇院顧衛英女士量身訂製。蔡文姬為中國文學史上有名的才女，身處亂世，曾沒入南匈奴左賢王帳下十二年，為他生兩子，後被曹操重金贖回。文姬的事蹟在史料中有些殘缺，這也給了劇作家許多杜撰的空間。曾先生發揮其學者精神與編寫歷史劇的一貫主張，先釐清文獻資料，再依循立意旨趣，斟酌去取、誇飾渲染，他希望表現出一個婦女在特殊處境中的悲苦和無奈，除了別子之苦外，並增添夫妻恩愛被撕裂的哀傷，這也是其他劇作所忽略的。文姬縱然擁有才華，然而她最大的心願不過就是本本分分擁有親情愛情的女人啊！

　　誠如曾先生在《魏良輔》一劇中，細述崑山土腔轉變為水磨調的過程時，安排魏良輔唱道：

> 【刷子序】改良曲腔，須研磨載體，精細多方。協韻無訛，音節應辨單雙。何妨，口法諸般雕琢，吞吐處、恰似蘭麝噴芳。一任你逞高低、山迴谷響，終究是得急徐、氣清韻揚。

曾先生的創作無論在內容和形式上，均將畢生所研究的曲學與俗文學成果，融合其博大恢弘的史觀，轉化為舞臺上齣齣精彩的劇目，果真也是「得急徐、氣清韻揚」啊！

人間有情‧春陽煦煦
—— 曾永義教授的古典詩

蕭麗華*

　　詩是中國文學的精華，自《尚書‧堯典》說：「詩言志，歌永言，聲依永，律和聲。」以來，詩一直是中國文學中的主流，是文人人文襟懷、理想心志的表徵；加上，孔子說：「詩，可以興，可以觀，可以群，可以怨。邇之事父，遠之事君。多識於鳥獸草木之名。」從此，詩歌教育與人文化成的理想息息相關，成為中國文學與文化傳統中最重要的一環。

　　曾永義教授以學貫古今，思窮天地，名馳國際的學術成就，又是一位精於戲曲俗文學的大家。一般人很難把他與關乎政教的雅文學——古典詩的創作聯想在一起。實際上，曾教授從大學時代就能詩，還曾「仗義勇為」為好朋友捉刀寫「情詩」，算起來古典詩齡逾五十年。然而，曾教授寫詩不拘一格，遊山玩水、吃飯喝酒、生日喜慶、日常生活都能寫詩，乘興而發，一揮而就，或即興口占，或即席寫作在餐巾紙、便條紙、面紙上，寫完後隨意散放，很多詩因此散佚。一九九二年以後，曾教授開始有意識地蒐集整理，他發明了「古典詩錦囊袋」，保存隨手書寫的各色紙片，目前整理起來的詩稿已經近兩百頁，作品至少千餘首。

　　曾教授大學時代師承臺靜農老師、屈萬里老師、鄭騫老師、張敬老師和戴君仁老師，這幾位先生都是為臺大中文系樹立文學風範的師長，也是精通古典詩的名家。曾教授得到師長的真傳，注重學問、性情與實踐合一；雅文

---

* 佛光大學中國文學與應用學系教授。

學與俗文學兼融;加上,曾教授自成一家的生命格局──天機自然,情性深篤,使他成為現今學界少有的詩、詞、曲韻文學貫通,能寫能說,能研究能創作的學者;他的作品也因此展開生機勃勃、機趣橫溢的多元風貌與獨特情味。

一　口占風雅,即事成韻

　　曾教授作品第一特色在即席創作,詩作中題目直接名為「即席」或「口占」者不計其數。譬如,一九九二年有〈於臺北寧福樓即席〉、〈六月十八日於教育部開會無聊即席二首〉、一九九三年有〈於國語日報董事會上無聊即席〉、一九九四年有〈民國九十三年二月七日值農曆除夕前二日,黃昏赴林雄宴,步行過椰林大道,油然有感,口占七律一首〉、一九九五年有〈三月廿六日於市府會議上無聊即席〉、一九九八年有〈民國八十七年五月廿三、四日偕妻應觀光局之邀赴金門,入翟山隧道、中央隧道、擎天廳,有感口占七絕二首〉、一九九八年有〈於師大教育大樓參加民族音樂座談會,擔任主持人即席口占〉……等等。

　　「口占」是指即興作詩,不打草稿,隨口吟誦出來的創作。曾教授才華洋溢,興味深濃,即使是「口占」之作,也往往吟就風雅。例如二〇一一年〈讀因百師〈李賀生平及其詩〉後口占〉云:

　　電光石火一曇花,李賀幽深入晚霞。恍惚迷離沈冷豔,蹇驢款段是生涯。

這首詩把李賀的一生精煉於「電光石火」與「一曇花」兩個意象中,又把李賀幽深冷豔的詩風比擬作「晚霞」,在短短一首絕句中傳達出詩人的生平與特色,若不是箇中能手,如何能做到以詩留存詩人風雅,以詩自成風雅?

　　再如二〇一二年〈單車巡迴校園有感口占〉云:

天氣澄和值仲春，車行景色似鋪陳。嚶嚶眾鳥鳴花木，習習涼颸拂曉
晨。莫嘆紅櫻飄滿地，且看碧草已成茵。循環物理人終老，綠酒深杯
白髮新。

這首詩背後有王羲之〈蘭亭會〉的春和景明、有《詩經・小雅・伐木》嚶嚶
鳥鳴的聲音、有杜甫〈曲江〉詩細推物理須行樂的悲涼與智慧交疊的身影，
更有〈樂遊園歌〉：「數莖白髮那拋得，百罰深杯亦不辭。」的感傷。多重風
雅的交會合奏，就在曾教授即事即景的口占中自然呈現。若不是學養深厚，
文墨盈胸，如何能如此豐富而天然的湧現古今風雅？

二 寶島神州，風光現前

現今人文地理學流行著空間書寫的理論——身處一特定地方的作者，會
受到空間意象的影響，書寫與此空間「地景」相關的作品。人文地理學者強
調「文學協助創造了這些地方」、「地景」原本就不僅是實存的地理學空間而
已，地景更應視為一種文化意象或象徵。

臺灣很多地方性的文創產品和地方特產都已經以地景文學作為產品開發
與行銷的策略。曾教授的詩無意中也成為文化地景的創造者，他為讀者帶來
許多寶島臺灣的風光和神州大陸行旅的紀錄。例如一九九二年的〈黔桂詩
草〉共收錄貴州和桂林一代包括貴陽城郊龍宮、黃菓樹瀑布、灕江等二十一
首旅途中的口占，一九九二年〈於馬公〉、〈蘇花公路〉，一九九四年〈九月
十六日於金門〉、一九九七年〈題安徽省博物館〉、〈曲阜謁孔廟〉、〈登泰
山〉、〈於開封琉璃塔〉、一九九九年〈木柵〉、二〇〇〇年〈飛西安途中〉、
〈登日月山〉、〈雁蕩山〉、〈廬山〉、二〇〇二年〈十一月二日於阿里
山〉……等等。可以看出曾教授每年的行跡交織在臺灣各地與神州各省，捕
捉名山勝景、琳瑯風光，織就人文地理兩張美麗的彩錦。一張是臺灣名勝織
錦圖、一張是神州山水織錦圖。二〇一四年，曾教授曾選編自己從一九九二
年到二〇一四年的神州行詩作交付北京《中華詩學》雜誌社，其中從〈貴州

普定上官屯看地戲〉、〈曲阜謁孔廟〉、〈同許常惠登西安玄武城樓〉、〈由江油經青蓮赴緜陽途中〉到〈南充雜詠〉、〈閬中雜詠〉等等，凡四十五題，篇篇是神州地誌風光再現，閱讀曾教授詩作的同時，也可以跟著他的慧眼、靈眼、學術眼、文學眼、藝術眼，五眼看天下，神遊大陸。期待曾教授也能從自己的千餘首詩中編出臺灣小集，到時候應該是各縣市文化局與文創業者搶手的珍寶。

舉例來說，一九九六年〈東北角景點標語與詩句〉一組詩九首，完全是東北角地景的象徵。曾教授自注：「觀光局東北角管理處長羅福松，邀我飲宴，酒酣載我遊觀所轄景點，余隨所至，即口占一絕題記。」觀光局以酒換得曾教授的雅玉，已經把這些詩用毛筆書寫成地標題記，並作成書籤和宣傳小冊，可以想見旅遊景點有文化加值，真是自然風光與人文雙美的勝跡。茲撮舉一二為例：

（一）雪山連嶺縱走

1　標語：雪山窮盡處，輝耀太平洋。

2　詩句：連嶺步行道，海天隨興長。雪山窮盡處，輝耀太平洋。

（二）鼻南步道

1　標語：鬼斧神工入畫圖

2　詩句：一角為今一岬古，滄桑陵谷有如無。鼻頭接續成龍洞，鬼斧神工入畫圖。

（八）草嶺古道

1　標語：蜿蜒古道似蒼龍

2　詩句：小亭高立沐雄風，回首汪洋一望中。羅列群山稱草嶺，蜿蜒古道似蒼龍。

（九）東北角風景區

1　標語：一路汪洋一路山

2　詩句：一路汪洋一路山，煙雲瀟灑接波瀾。迂迴草嶺通古道，大木奇葩盡可看。

　　這組詩九首連貫如串珠，章章珠玉；每一首詩如一步一風景，汪洋、雲山、岬角、古道，極目所望海天風光盡入讀者眼簾。最佳的地景書寫莫過於此，這不僅能為臺灣文史留下掌故，也可以突出地景的價值，除了增益當地的人文風光、招徠遊覽，更是文創業者絕佳的資產。如果有一天有識者要以這組詩開發周邊產品，可別忘了應來找曾教授授權。曾教授另有一組詩已經成為文創產品了，〈日月潭雜詠〉：

> 稠疊青山水曲迴，藍天自有白雲飛。明潭萬頃空涵碧，滿目風光盡忘歸。
> 水抱山環日月潭，玄光寺裏妙高禪。九龍成嶺知何處，棒喝始能天地參。
> 蓬萊亙古一桃源，日月為明別有天。不染纖塵邵族地，山青水碧作家園。
> 邵人筏上造浮田，為屋結茅居水邊。架網行漁塵外樂，是非遠去即神仙。
> 山崩地裂光華島，水面浮沈神樹老。莫使邵人添悵惘，留將聖石堪祭禱。
> 粼粼閃閃夕陽光，上下翩翩白鳥翔。山化游龍翻入水，蜿蜒激盪盡蒼蒼。
> 潭邊步道最堪行，掩映波光草木青。嘯傲揮杯休止處，披襟放眼蔣公亭。

筆者登訪曾教授家中，看到餐桌上一套臺灣陶茶具，一壺六杯，正好就是這組詩以草書鐫刻環繞的精品。詩、書法、茶道，自古是人文生活的重心，曾教授的詩不僅為日月潭風光鋪敷山嵐、水色、天光、雲影、妙高禪、邵族地等等自然與人文的風采，也為這套文創製品創造精神天地的無形價值。臺灣文化創意產業正夯，真應該以曾教授的詩為瑰寶。

三　党魁酒仙，愉快人間

海峽兩岸乃至國際學界流傳一句話：中華民國除了有中國國民黨主席、民進黨主席之外，還有另一個黨主席——酒党党魁曾永義教授！曾教授的酒党尚人不尚黑，因此用「党」字而不用「黨」。他的酒党橫征各地，為學界帶來一片祥和之氣。曾教授有一本散文集《飛揚跋扈酒杯中》還收有党歌、「四酒主義」、「五拳憲法」的宣言與「酒品中正」的飲酒風範與品級。「酒品中正」分為「九品」：酒仙、酒聖、酒賢、酒霸、酒俠、酒棍、酒丐、酒鬼、酒徒等。我不知道「酒仙」是何境界，但「飛揚跋扈酒杯中」出自杜甫贈李白的一首七絕，寫的正是李白的神采，似乎也是曾教授的神采，因此我直接聯想，党魁就是酒仙，酒仙就是党魁。

党魁詩作中的飲酒趣味甘醇、豪邁、風趣、醇厚，有勁道、有滋味、有人性、有詩酒相通的藝術情味。例如一九九二年四月三日有〈於臺北寧福樓即席〉，詩云：

> 人間得意幾多時，多少知心有所思。最記香江風雨夜，通宵對酒更吟詩。

這首詩在酒中憶友追懷，在酒中尋求知己、吟詩通宵達旦。由他的好友李鴻烈〈醉和永義老弟有懷〉一詩更可見當時席上詩酒唱和的藝術情味。李先生的詩作說：「無限豪情記此時，如今相對更何思。愛從物外尋知己，把酒求君誦我詩。」曾教授的豪情、義氣、詩酒風度，都是超然物外的，因此被李先生引為知己，把酒尋求吟誦詩歌以唱和，詩酒風流可見一斑。曾教授在一九九四年除夕前二日有〈口占七律〉一首，詩云：

> 萬里長天萬里風，高高日月自當空。三春花事清吟裡，蓋世功名濁酒中。綠水青山光燦爛，黃鸝白鷺兩朦朧。人間處處開心眼，一任江河不住東。

這首詩揭櫫了曾教授如萬里長空的豪情氣魄與豪邁性格，他以詩酒吟詠自

然，也以詩酒為人間開展境界。後來曾教授為國語日報開「人間愉快」專欄，就特別提到：只要「人間處處開心眼」，就自然能夠養成擔荷、化解、包容、觀賞四種能力來面對人生，從而達到「相攜並舉」、「蓮花步步生」愉快人間的圓滿境界。由此，我明白了曾教授的飲酒，實際上是為了尋求調和人生的無奈、包容人生的不圓滿，使之昇華到圓滿境界。難怪曾教授說：「人間愉快」是酒黨宗旨！

「愉快人間」也是曾教授古典詩創作中極大的主題，他的一首〈無題〉詩云：

> 桃李春風破曉煙，人間愉快趁華年。蓮花步步凌波起，舉座飛觴仰壽仙。

人生要趁青春年華，創造「人間愉快」的境界，就如一步一蓮花，步步凌波，逍遙如仙。曾教授〈五十開五有賦〉說：「人間既愉快，何處不神仙。」又在〈五十開六書感〉說：「酒中有味添愉快，雲際無心任縱橫。」〈黨魁六秩晉一避壽雜詠〉說：「黨魁到處即仙鄉。」果然是黨魁詩仙！

四　至情至性，李杜風調

詩以情性為精髓，雖然瘂弦在曾教授的散文集《清風・明月・春陽》中推崇他為「理趣與情趣兼容」之作，但那是指曾教授的散文風格，曾教授的古典詩相較於散文，完全是至情至性的顯露。就如他在〈五月廿九日夜〉詩中說的：

> 年逾耳順尚揮杯，半夜歸來何處歸。至真至善至情意，一片風霜一片悲。

情性是一首詩的精華，是詩人心靈的表徵，曾教授自己已經強調「至真、至善、至情意」，可見他是以詩來吐露對人世風霜與悲喜的各種感懷。

曾教授的詩，豐富呈現出親情、友情、師生情、同胞情，各色真情紛

呈,可歌可感,情義彌天地間。他有時飛揚跋扈、豪邁瀟灑如李白,有時含
蓄蘊藉、深摯醇厚如杜甫。詩中經常出現耄耋娘親、妻女、學生、師長、朋
友的名字,無形之間在人世間輝映出肝膽心肺、咳唾成珠的有情天地。曾教
授給人福證說:「人間最重真情義,花好月圓證三生。」悼念許常惠教授
說:「兄弟恩情重,何當窀穸時。」他感慨老百姓燒炭自殺的慘劇說:「粉飾
太平惟末世,生民燒炭恨迢迢。」

　　曾教授最令人動容之作在面對九四高齡的母親病危住院那段心情,詩云:

> 死生之際最無端,世界原來脫夢難。我欲翛然遊物外,揮杯卻又入
> 塵寰。

人生如夢如戲,曾教授當時一邊編寫《楊妃夢》,一邊面對生死拔河的老母
親,於是又寫下:

> 《楊妃夢》裡悟千千,權勢手中能幾年。到底恍然一場夢,人生如戲
> 夢如煙。

曾教授的詩作就是從李杜文章而來的,無意間也含蘊著李杜情懷。二〇〇六
年九月十四日〈機上有感〉說:

> 萬里江山萬里行,幾多豪邁幾多生。史公李杜詩文在,風物山川盡
> 有情。

古往今來的文人雅士、中國文化的大地江山,曾教授已經經歷無數,他對史
公李杜的尊崇,也以如此的風範、如此的山川風物,成就自己一介書生的有
情天地。讀者因此從他的詩作中屢屢可看到李杜的身影。〈由江油經青蓮赴
縣陽途中〉詩云:

> 荷風竹韻晚蟬高,太白祠堂對寂寥。詩酒飛揚堪跋扈,誰知太白是英
> 豪。青蓮有鎮我來到,浩浩涪江聲勢高。千古知音君識否,盡從詩酒作
> 英豪。

此詩中「詩酒飛揚堪跋扈」的身影，既是李白也是曾教授自己。他夫子自道「千古知音君識否，盡從詩酒作英豪。」曾教授與李白做千古知音，盡從李白的詩酒風度，同李白一樣也成為人間英豪。二○○四年九月二十八日在東京大學，有詩一首說：

> 一樣中秋月，他鄉只獨看。東京與臺北，唱嘆兩艱難。玉魄浮雲白，綠窗豪雨寒。何當對杯酒，共守五更殘。

這首詩風調近於杜甫的〈月夜〉，尤其是首聯與末聯，如杜詩「今夜鄜州月，閨中只獨看。……何時倚虛幌，雙照淚痕乾。」的結構模式，由「獨」到「共」，含不盡的故鄉之思於不言中。

誠如曾教授說的：「李杜子瞻古今雄，文章道德仰高風。」曾教授的人格風度，詩詞文章，不知不覺之中受到李杜至情至性的涵濡，因而帶有李杜的風調與情味。

五　佳句聯翩，自然天成

蘇軾曾說他自己的詩文「大略如行雲流水，初無定質，但常行於所當行，常止於所不可不止，文理自然，姿態橫生。」這句話用來形容曾教授寫作的古典詩也極為恰當。曾教授才大如東坡，詩文感發，自然天成，往往內蘊成熟的音律與聯翩的詞采。

以詞采內蘊的情思來說，曾教授能豪邁、能婉約、能感傷、能豁達。以二○一四年十一月的一場大病的感懷為例，曾教授說：

> 至親至愛亦相傷，世道人間豈有常。對此焉能不垂淚，無何感慨欲張狂。可憐曾記三生石，難作堅持百煉鋼。白髮蕭疏大病也，明窗款段欲斜陽。

最深的感傷莫過於此，不論是親情、愛情、友情，人間世道曾教授最看重至親至愛之情，但面對生命無常感的追迫，任人有再深長的至情也無力施為，

所以百煉鋼的詩人不禁要感慨垂淚。這是我讀曾教授詩篇所感受到的無常大鈞之力的震撼。

再如二〇一四年十月，曾教授赴溫州大學參加第六屆國際南戲學術研討會，〈午夜不寐，賦七律乙首贈（俞）為民〉，詩云：

> 南戲為江北劇河，中華大地作民歌。溫州今日蜚聲譽，崑曲昔年沿素波。鉅子大師俞氏學，上庠絳帳泰山阿。春風闊苑三千樹，盡是梗柟玉棟柯。

這首詩氣魄豪邁，把戲曲比作江河，以大地為舞臺，在天地間栽種學術的棟柯梗柟。詩的表層歌詠著俞為民先生的曲學成就，裏層卻呼應著曾教授的學問堂府與滋蘭樹蕙、桃李春風的薪傳成就。光是「南戲為江北劇河」一句，就可知曾教授的大氣魄與大地合一。

談起少年風月，曾教授則露出纏綿婉約的情態。〈2014年8月28日晨運偶成〉二首說：

> 夢斷香銷四十年，此中最苦是纏綿。放翁展轉驚鴻影，憾恨無端在沈園。
>
> 椰林大道憶韶年，不盡相思不盡天。最是清風飄夢影，舉頭星月自堪憐。

曾教授在臺大四十餘年，一樣的星月、一樣的椰林清風，卻有個纏綿夢影，讓他感慨「不盡相思不盡天」。不知此中是否有個秋水伊人，能教曾教授轉豪情為柔情？

因著這份天然的生命機趣，曾教授經常能偶拾佳句，聯翩吐韻。有時出以五言詩的渾樸天然，如「醉月波光水，遊心坦蕩人。」「百年如電火，萬古奈何情。」有時出以七言的飛揚流麗，如「飛揚意氣銜杯酒，笑傲江湖作楚狂。」「六門提督巡行罷，一樹櫻桃傍紫薇。」臺大有六個校門，曾教授每天晨運，騎單車環繞校園一圈，自稱「六門提督」。在曾教授千餘首詩作中，如此自然流露的趣味，俯拾可得。

　　所謂的自然天成，還包括詩歌的音韻格律，曾教授曾有不少詩詞曲音韻的論著，他強調韻文學是文學中的精金美玉，語言旋律之美能對情趣之美起到襯托、渲染、強化的作用。因此曾教授素來重視語言旋律，他的古典詩比起唐人更重「四聲遞用法」。唐人只重一首律詩出句句末的四聲遞用，曾教授還照顧句中平仄的四聲遞用，這就是句中藏韻的手法。但這是曾教授音韻成熟於唇吻間自然流露的，不是刻意創發可得。我們隨意以曾教授最近的新作，乙未年的〈新春雜詠〉為例，其中兩首律詩就是這種四聲遞用兼能句中藏韻的典範：

〈甲午除日〉
禍福依兮甲午年，自為因果自為天。積勞成疾神州路，製曲含芬玳瑁筵。學海艨艟堪渡越，浮生養育幸芳妍。珍重餘霞斜日晚，春風肯忘激清絃。

〈乙未元旦〉
禍福依兮甲午年，福兮留駐禍如煙。精神矍鑠開春日，步履安康不老仙。萬里晴光山水秀，孤燈昧旦韻聯翩。而今又復人間好，愛那椰林皎月圓。

詩寫曾教授甲午年底的一連串染病之禍，祈願乙未年開春能恢復人間的美好。且不談其中含蘊的人生哲理、學問芬芳、春風化雨與生命境界等等豐饒詩趣，只以詩歌韻律來說，這兩首詩都是在律詩的出句四聲遞用，兼又句中四聲分布、句中藏韻，產生音律誦讀上極美的聲情。〈甲午除日〉的出句句末分別用「年」、「路」、「越」、「晚」，是平、去、入、上四聲遞用；〈乙未元旦〉的出句句末分別用「年」、「日」、「秀」、「好」，是平、入、去、上四聲遞用。而「製曲含芬玳瑁筵」、「春風肯忘激清絃」等等，一句之中也都遞用四聲，使音律在平、上、去、入間替換，不僅僅是平仄的講求而已。此外，曾教授愛用雙擬與複沓句法如「自為因果自為天」、「禍福依兮甲午年，福兮留駐禍如煙」，往往也造成回環反覆的韻律感。一般人照顧平仄都來不及

了，顧不了唐人的四聲遞用法；顧得了四聲遞用的，也未必能兼及句中韻律；何況曾教授還運用民歌的回環反覆音韻。莫非曾教授天生有音律的敏銳能力，能如此自然流暢的交織三種音律網絡？

我從不曾聽曾教授唱過一首歌，真疑惑這種能力是如何養成的。

六　書燈雪鬢，翰墨千秋

讀書人最動人的形象是伴隨著書燈、翰墨的身影，是「平生風義兼師友」的堅持。身處功利機巧的世代，這樣的讀書人越來越少了。這個世代我只看到為世用而讀書，為晉身謀職而讀書，少見為情義、為風骨、為文化、為學術薪傳而讀書。曾教授古典詩的世界裏，最感動我的是「書燈、雪鬢」，一個蒼蒼白髮的書生、昧旦即起在書海遊騁、在學術文化殿堂裏踽踽獨行的堅持。

二〇一三年〈即興口占〉說：

> 侵晨鳥雀噪園林，萬卷詩書一盞燈。萎落韶華春去也，緣何皓首欲窮經。

曾教授平生從年少到白頭，就是四更即起讀書。這首詩前半以「鳥雀噪林」映襯自我專注讀書的身影，後半則自問：「緣何皓首欲窮經」？別以為曾教授有所猶豫，他在〈晨課口占〉說：

> 乍暖還寒二月天，侵晨莫道好酣眠。孤燈白髮輝顏色，一介書生尚古篇。

又在〈晨讚〉說：

> 紅葉山莊雞亂啼，清秋昧爽起披衣。孤燈展卷輝顏色，宙宇茫茫不自迷。

曾教授不管是乍暖還寒的二月天，還是昧爽的清秋，一年四季，日日不變的

形象就是燈前晨讀的身影。他體認到孤燈下、浸潤在古篇、古道裏的容顏，是含蘊著無形的使命與光輝，可以使人這有限的百年身在無限的年光裏不至於迷失，曾教授戲稱「宙宇茫茫不自迷」。這是多麼篤定的人生道路，獻一己的終極價值於古人千秋的文化涵養裏，自己的生命與古人的光輝相互輝映，古聖、詩賢就是我，我就是古聖、詩賢，終於成就文學翰墨的千秋志業。

曾教授在他的古典詩中透露了文學千秋的門徑。即便是二〇一四年連續染病住院十天後，仍有詩說：「昧爽書燈侵雪鬢，千秋墨翰發幽情。」我何其有幸能從曾教授的古典詩中窺識到他的這份「幽情」，這是他從千秋翰墨中尋得的，也是作為一介書生、一位良師用生命自我淬礪成的。作為曾教授的弟子，從師而學，所能學到的人文精神典範，最美對動人的莫過於此。

曾教授曾有詩說：「緣何白髮守孤燈，不學鷦鷯自躑騰。化雨春風安本分，奮飛曾是九霄鵬。」原來老師已經早就教我們「白髮守孤燈」的意義了。讀書人不要學鷦鷯躑騰，能飛多高、能看多遠呢？要本本分分的安住在學問裏，淬礪自己成就為一隻大鵬鳥的生命格局，而且要以此春風化雨、學術薪傳。我終於恍然大悟，為什麼曾教授老是叫我們「要站在老師的肩膀上看世界」。

「白髮、孤燈」是曾教授的書生形象，他以書燈雪鬢的身影，成就翰墨千秋的使命。箇中傳達的不僅僅是作為學者或作為老師的意義而已，而是作為人文生命、作為「中文人」所應當承擔的古道照顏色，今昔典型輝映的「燈」「燈」相傳的價值。弟子們！何當效法曾教授，如鵬鳥奮飛九霄，馳騁古今，翱翔宇宙八荒！

師生情　四十年

王安祈*

　　民國六十二年，我因熱愛戲曲而選填臺大中文系為第一志願，一放榜還沒開學就先到國劇社報到，隨即熱切期待曾永義老師的「戲曲選」，而這門課要等到大三，大二時先修了老師的「詩選」，師生緣分由此開始，至今已逾四十年。

　　我人生數度抉擇都受老師影響，碩士畢業時最為關鍵。指導教授張清徽老師，同意我以明末清初的劇作家李玉為碩士論文研究對象，曾老師卻建議我研究吳梅村，可以配合詩文，探討其中的亡國之思、黍離之悲。可是我喜歡李玉，感覺得出他的編劇技法與眾不同，往往在費心營造情節高潮之後，轉趨沉靜，以唱曲回顧往事、沉澱情感，動靜之間頗能見出敘事與抒情的精心調融，更可以通過事過境遷的痛定思痛，體現「靜態悲劇」的興味。可是當時一枝筆怎麼也寫不出心中之所想，更不知該如何利用文獻發為論述，竟只能在題材溯源、本事考證、曲牌聯套、崑曲格律上累積篇幅。整本碩論交出時毫無自信，當時清徽師年事已高，我不敢多驚擾她，而曾老師主動站了出來，幫我修改標題，點出論文價值。我這才有勇氣於博士入學口試時，在鄭因百、臺靜農等位大師面前大膽表達我對戲曲的認識與熱愛。是曾老師的鼓勵與指導，使我有信心走上學術之路，而後我成為曾老師指導的第一個博士生。

　　曾老師知道我迷戀戲曲唱念做打，所以叫我以明代傳奇的劇場和舞臺藝術為博論題目。這題目令我非常興奮，戲總要搬上舞臺才算創作完成，而那

* 臺灣大學戲劇學系特聘教授。

時中文系從沒有人研究舞臺、表演，曾老師給我這題目，不僅看準我的興趣，更是為戲曲研究開創新局。

那時正好《全明傳奇》出版，清華大學梅廣老師毫不猶豫的請圖書館購買全套二百餘冊，正以博士生身分在清大兼課的我，每天窩在圖書館一本一本細讀，做卡片、抄重點，探索劇本所提供的表演訊息。博論的最後關頭父親病重住院，整整一年，我人生的最低潮，曾老師是重要支柱，隨時電話打氣鼓勵，甚至幫忙料理家中諸事。父喪後拼出二十多萬字，老師逐字細看，給予明確肯定，而我還是沒信心，覺得自己行文乾枯，只見資料堆疊，卻缺少個人創見，任憑老師再三鼓勵，我仍囁囁嚅嚅的說這本論文見不得人。老師終於發火了：「難道你認為我對論文好壞的判斷有問題？」我這才住了口。這是第一次見到老師發火，而我也明白，他不是真的生氣，只是對於我的沒自信不耐煩，發火其實是一種策略。而有一回老師是真的發火，那是多年後某次研討會，我遲交論文，而且因為文中插圖很多，怕版面弄亂而只交紙本不願寄電子檔（那時還不知可以用 PDF 檔固定版面）。結果老師大怒，打電話來狂吼：「你不要再搗亂了！」隨即摔斷電話。當下只覺腦中一片空白，全然無法思考，茫茫然走在校園裏，不辨西北與東南。沒想到過了幾分鐘，竟又接到老師電話：「我向你道歉」。這下子更為恐怖，我簡直說不出話，硬生生「接受了」老師的道歉。不過這是後話，暫且不表，且回到博論畢業。

博士論文通過後，老師要我參與他為文建會所策劃的「民間劇場」大型活動。回想起來很慚愧，那時並未全心投入，因為正準備與錦昌結婚。老師一向關心我的感情，聽說「有了個人兒」，又高興又不放心，一定要親眼相一相，通過考核，才能批准成為「徒夫」（徒兒之夫）。在那年代，談起感情婚姻之事大家都挺羞怯的，錦昌那時已是交大教授，仍是靦腆，沒想到現場居然還有外人，那天老師大概剛好和邱坤良老師一起開會，會後竟帶著邱老師一起來相。當場很不好意思，臉紅到底，好在雙雙批准，這才確認喜事。

老師是我婚禮的主婚人，不是證婚，是主婚。因父親過世，最親的只有老師，所以特請老師以主婚人身分挽我走進禮堂。婚禮上這一小段路走得百

感交集，既為父親未及親眼見我進禮堂而遺憾悲傷，也為有曾老師的支撐而感念於心。

不過結婚那天實在太累了，因為前一晚整夜沒闔眼，開夜車趕寫老師為某單位所規畫的企畫案裏我所負責的部分。我沒按時交，本來以為老師會對新娘子特別恩准，沒想到老師竟利用主婚人特權，威脅說：「你不交我就不挽你進禮堂」。

真是整夜沒睡，趕寫了兩萬字，一早送到老師家，去化妝時，美容師大驚，怎麼一夜冒出整臉痘子？後來這樁事常被老師當作今日事今日畢的案例來教訓學生，大家哄笑之時，我總會補上後續：度完蜜月回來，老師又交付我一樁功課，單位主管嫌兩萬字結案報告太長，要刪為五百字！

婚後住在新竹，有問題都打電話請教老師。那時迷上崑曲，拚命看所有能找到的錄影，除了折子戲之外，整編改編新編的崑劇都不放過，沒日沒夜的看著想著。一夜，突然想到，新崑劇和傳奇的體製已經不同，不必再用副末開場，不必限定生旦各要第幾齣登場，體製結構影響敘事，新崑劇連說故事技巧都受板腔體影響了，那麼，傳奇與崑劇，算是兩類劇種嗎？

想了一夜，清晨，迫不及待打電話給老師。老師起得早，我們常一大早通話。我知道我問的是很重要的問題，老師認真想了想，回答說：劇種有不同的判別基準，崑劇之命名強調其腔調特質，傳奇則是以體製為基礎，二者有重疊，也有分歧。曾老師的授業解惑，就是這麼隨時隨地，如此嚴肅的學術問題，我竟是躺在床上通過電話和老師討論的。

倚賴成性的我，幾乎所有的事都要問過老師。民國八十一年，清大中文系同仁希望我承擔系主任之職，我很猶豫，同事還特別暫停系務會議，等我向老師請示。電話那頭，老師說該有此歷練，但不可荒疏學術。我謹記在心，任期結束後，出版了一本學術專書，老師還在序文裏特別提起此事。

國光劇團邀我擔任藝術總監，我也是這樣考慮的。原來陳兆虎團長建議我申請借調，但我怕一旦全職入劇團，書一定會讀得少，所以改用特約客席身分，仍在學校專職，這才不至於荒疏研究。但是後來才發現劇團發展哪有主客之分？當然要以全副心血負起全責。不過我也不後悔，對於京劇在臺灣

的發展，我不僅長期涉入，更有嚴肅的使命感。關於借調或客席的思考，老師也很支持，但有些事我未能聽從老師囑咐，老師要我抓大局而不必太顧細節，更不必花太多時間在文宣文案等事，然而我的個性有點瑣瑣碎碎，對於國光，沒有一齣傳統老戲我不一字一句重新整理，沒有一部新戲我不全面考慮，沒有一份文宣文案不細心打理，更隨時與每一位團員臉書私訊規畫各人的戲路發展。對於國光藝術方向我有堅定的認知，也就是這段時間，我更加認識自己一生的興趣志業與堅持，弱水三千只取一瓢飲，全心全意投入，幾乎花了全部時間，滿腦子想的都是國光，因此竟和同學朋友漸少往來，甚至和老師也有些疏遠。而前年底老師一場大病，使我大為震撼。

老師以戲曲學者身分當選院士，成為第一位戲曲院士，是戲曲界大為振奮的好消息，而沒多久老師忽然得病，令人頗為震驚，也感觸很深。本來以為親切與幸福唾手可得，一通電話就能解惑，竟未料到人生無常。聽聞老師生病那天，剛好路過寧福樓，發現這家幾十年屹立不搖老師常去的餐廳竟已停業，突然一陣驚慌失落。我不怎麼喜歡餐會宴飲，因為生性比較孤僻，一桌人寒暄之後，總是頭腦昏昏，以致整晚無法讀書寫作，所以寧福樓並非我喜歡去的地方。但當某些情景成為往事之後，竟深深依戀不捨。好在老師病癒復原得好，去年底《梁祝》赴北京演出，老師已經可以在記者會上侃侃而談了。

把《梁祝》推上北京國家大劇院這件事，早在多年前就開始籌劃了。

老師的戲裏我最喜歡《梁祝》，這戲題材既動人又親切，當年凌波的黃梅調電影更是臺灣人共同的記憶。本來老師要給國光的劇本是《射天》，但角色行當非國光所長，於是建議老師改寫《梁祝》，這部國人的共同記憶，各劇種都有表現，偏只崑劇無此戲流傳，而老師的崑曲曲文典雅優美又嚴守格律，可視為當今正宗崑劇之典範，若以梁祝為題，既是創舉，又能流傳。老師喜歡做開創性的事，很高興的寫出了第一本崑劇《梁祝》。我邀集全臺能唱崑曲的演員共襄盛舉，二〇〇五年首演時登場的有三位英台四位梁兄，雖有觀眾認為人物形象不一致，但這既是折子戲傳統，更是賣點。幾年後出身北崑的溫宇航加入國光，除了演唱京劇，我也想讓他有展現本行崑曲的機

會，遂安排一人到底的梁山伯，而英台呢？我想到宇航北崑的同學魏春榮。那年大雪紛飛，我獨自去到北京，特邀周育德老師出面，請北崑諸位領導和春榮共議此事，不僅談妥臺北演出，更相約要站上北京國家大劇院。我對此版深度參與，但推到國家大劇院商業演出頗不容易，洽談好幾年，簽約議定竟然就在老師病癒時。後來這一年戰戰兢兢謹慎從事，直到大隊人馬踏上北京才定下心。溫宇航與魏春榮二人同窗共學，氣質相近、默契十足，連呼吸氣息都和諧一致，十八相送的扇子、水袖搖曳生姿，新加的夢境一折，迷離恍惚，疑真似幻，更展現崑曲朦朧之美。謝幕時老師起身揮手致意，北京師友對於師母的亮相更是興奮，記者會上，還特別介紹師母是老師寫作的動力。記得三十年前，老師寫詩歌詠師母「憐伊清瘦似梅花」，三十年後，師母非但依然清逸脫俗，而且更展現了梅花品格的挺拔堅毅，悉心打理老師一家之事。今年公子大衡將與女友喜結連理，師母提起來就掩不住的滿臉笑意。同時今年又欣逢老師七十五壽辰，臺大中文系主任李隆獻舉辦曾院士學術成就國際學術研討會，國光劇團推出載譽歸來的崑劇《梁祝》，並與臺灣戲曲學院、國光豫劇團一同將老師所編七部劇本（《鄭成功與臺灣》、《孟姜女》、《慈禧與珍妃》、《李香君》、《楊妃夢》、《射天》、《牛郎織女天郎星》）摘錦選粹，共組為兩晚演出。這些戲的劇種不同，分屬曲牌體（崑劇）與板腔體（京劇、豫劇），曲牌體規律甚嚴，必須在規範中探尋創作的自由；板腔體可順劇情需要選擇腔調、布設唱段，限制較少，但無律之律，更需心中有譜。我想到以「戲曲院士　院士戲曲」為主題，這幾部戲共同展現戲曲院士的襟懷抱負：權利慾望撕毀人性，至情至愛補天地缺憾。原本要在國光的新劇場「臺灣戲曲中心」當開幕節目，可惜工程有些延誤，仍在木柵國光劇場演出，不過老師不會在意這些瑣碎細節，這是戲曲學界與劇場雙重盛事，謹以四十年師生情緣短文為賀。

記受教於老師的種種

丁肇琴*

　　能做曾老師的學生是一種莫大的福分。

　　從民國六十三年九月開始上老師的「戲劇選」算起，到今年民國一〇六年，仍旁聽老師開設的「元明戲曲專題研討」，當老師的學生已經超過四十年，正是這種福分的綿延。

　　念臺大中文系四年級時，系裏新開了一門曾老師擔任的課——戲劇選，由於大三時挺喜歡上張清徽老師的詞曲選，所以就順理成章地選了這門課。曾老師那時才三十出頭，身材瘦削，戴一副黑框眼鏡，教課很認真也很靦腆，極少用目光正視同學們，總是面對著講桌或猛抄黑板。

　　修課的同學很多，一直以為老師根本不認識我。可是有一次，在教室外的走廊上，老師把我叫住，然後說：「肇琴，學期快結束了，我都不知道我這學期教了些什麼。你把你的筆記借給我看看，我好出題。」老師太謙虛了！竟客氣到對學生說不知道自己教了些什麼。同時我也覺得很意外，那時班上的才子才女不少，老師竟要看我的筆記出題，我真是太榮幸了。

　　然而到了大四下學期，我卻沒繼續修老師的課，因那時我正在修教育學分，準備畢業後去當個中學教師，有一門必修的教育課程正好和「戲劇選」時間衝堂，畢業在即，我別無選擇，只得做了「戲劇選」的逃兵。忘了當時有沒有向老師稟告，也不知老師後來是向誰借筆記出題的。

　　畢業後當了八年中學國文老師，我又考回臺大中文所碩士班念書。多年

不見，老師豐腴了不少，而且已是著名的戲曲學者和民俗專家。老師成了大忙人，我總是在文學院二樓研究室門口和老師匆匆相遇，但老師還記得我，笑著對我說：「哈哈，你是我的老學生。」老師那時還沒在研究所開課，但已有王安祈、林鶴宜、沈冬、張啟超等大弟子，後來洪淑苓、李惠綿相繼入門。當時我已決定跟葉慶炳老師做古典小說研究，所以只參加了老師主持的編書工作及演唱新詩的活動，卻也因此和曾門弟子互動頻繁。論年齡，我是他們的學姐；但論學養，我其實是遠遠落後的學妹。

碩士班畢業，我立即投入職場，考博原本就不在我的生涯規畫當中。先去天下雜誌做了半年的文稿編輯，再辭職到世界新專兼課，後來被改聘為專任講師。民國八十年八月世新升格成了新聞傳播學院，希望提升教師水準，我才動了考博士班的念頭，第二年我考進輔仁大學的中文博士班。

讀博士班一年級時，葉慶炳老師突然得了肺腺癌，第二年開學前即駕鶴西歸。我在悲痛之餘，也只能先把該修的課修完，走一步算一步。這時惠綿就建議我請曾老師指導，她說：「學姐，你弄小說，和戲曲關係密切，找曾老師指導最適合了。」我心裏還是沒把握，請教沈冬：「曾老師會願意收我嗎？」她回答得很爽快：「當然，你是老師的老學生。你要是不好意思開口，我幫你說。」有了兩位大師姐的加持，我在修完輔大的課以後，就開始回臺大聽老師的課。

記得那是民國八十三年九月，距離我第一次當曾老師的學生已經二十年了。教室在視聽教育館二樓，和老師的新研究室正好對門。老師當時開的是「俗文學」，小小的教室裏擠滿了學生，晚到的人得到隔壁去搬椅子。我根本不懂什麼是俗文學，只覺得這門課有趣好玩，於是認真抄筆記，熱烈參與討論。那時還有一種怪現象，只要老師一說下課，同學們立刻就開始在研究室門口排隊，後來才知道他們都是要向老師請教問題或商量事情。

上課上了一陣子，輔大催我提報論文題目和指導教授。我也開始去排隊，可是找老師的人實在太多，每次還沒輪到我，就又敲上課鐘了。終於有一天輪到我了，我有點囁囁嚅嚅地問：「老師，可以請您當我的指導教授嗎？」老師說：「好啊！」我鬆了一口氣，又鼓起勇氣：「老師，您看我做什麼題目

好呢？」老師說：「這樣好了，洪淑苓剛做了關公，你就做包公吧！這幾年包公墓被挖出來了，有些新材料，你注意一下。」老師一句話，決定了我研究俗文學以包公為主題的命運。

於是我開始細讀《包公案》、《三俠五義》、《宋史》等書籍，老師借給我一本朱萬曙教授的《包公故事源流考述》，連帶把回信給朱先生的差事也交給我負責。從這時起，我算是真正入了曾門，跟著一大群來自各校的博碩士生年復一年在臺大校園裏穿梭，俗文學之後是戲曲專題、韻文學專題。大家上課時認真上課和討論，下了課還常聚在一起吃飯、看戲，甚至團購大陸書籍（那時還沒有專賣大陸書的書店）。那幾年的學習生活過得很豐富鮮活，與老師、同學間互動頻繁有很大的關係。

老師在臺大雖然沒有任何行政頭銜，但老師的人脈和活動力都很強，年年籌辦各種學術會議，都辦得有聲有色。我們這些研究生想當然耳是打雜助手兼忠實觀眾，在這些學術場合裏得以瞻仰諸多大師的風采，也能認識不少相關領域的同好。對研究生來說，這是課堂外另一種高效率的學習，我因此受惠良多。在民國八十五年臺大中文系主辦的「中國文學多層面國際研討會議」上，我第一次見到由老師推薦與會的車錫倫教授，車教授演講的主題是「寶卷」，一種說唱文學。寶卷對我是很陌生的領域，但車教授一口道地的山東方言太親切了。會後，我主動走到車教授的身邊：「請問車教授，寶卷中有包公的故事嗎？」開始向車教授請益，結果得到許多指引，後來才能順利到大陸合肥、開封、北京等地蒐集資料，完成博士論文《俗文學中包公形象之探討》。老師總是親熱地喊車教授「老哥」，還一再對我說：「你挖到『寶』了，多向車教授請教，沒錯。」老師的雍容大度由此可見一斑。

老師愛護學生是出了名的，有些重大決定老師也非常尊重學生的意見。印象最深的是十三年前，老師在醉紅小酌擺了一桌，把我們這些老學生都找去，大家都納悶老師葫蘆裏賣的是什麼藥。後來酒至半酣，老師才似有些苦惱地說：「我到底是留在臺大等屆齡退休好呢？還是先轉到私立大學去專任好？」大家紛紛發表意見，記得林鶴宜是主張前者的，陳芳則建議老師轉換跑道。我知道好幾所私立大學都想把老師挖走，也略知老師到世新的機率很

高，心裏暗自高興。後來老師果然提早兩年從臺大退休，轉到世新中文系專任。記得那年教師節前我們依例和老師聚會，老師除了強調「人間愉快」及感謝大家外，還幽默地說：「如今我是從臺灣走向世界了。」（按：世新大學前身為世界新聞傳播學院、世界新專，校名都有「世界」二字。）

大部分從公立大學轉任私立大學的教授都會擔任行政職務，老師卻不然，教學和研究才是老師的重心。老師到世新第一年在大學部開設「臺灣民俗技藝概論」和「臺灣戲曲概論」，都是連臺大都沒開過的新課。之後老師在研究所總是開「戲曲專題」和「韻文學專題」，我屢次要求老師開「俗文學專題」，老師都不肯，還說：「俗文學是要給你開的呀！」我向老師解釋我在大學部開俗文學，和老師在研究所開俗文學專題並不衝突，老師這才勉強同意。老師深怕「搶」了別人的課，即使是對自己的學生也要講究「禮讓」，這就是總替別人著想的曾老師！

老師到世新專任以後，處處幫著世新學子，每年都把論文獎助捐出來做清寒同學的獎學金。只要聽系主任說大學部哪位同學愛讀書但經濟困難，老師立刻慷慨解囊；不少碩博士研究生都是在老師的指導和資助下，才能順利完成學業。老師最重情義，對錢財看得很淡，和一般汲汲於置產或謀利的人完全不同。有一次老師笑著對我說：「以前我不懂為什麼有人賺那麼多錢還不夠花，後來我才知道出國留學開銷很大，一年要花一兩百萬。我就是沒把兒女送出國，所以還有錢可以喝酒。」老師到大陸開會時，大家習慣稱老師是臺灣大學中文系教授，老師總是鄭重地解釋自己已經從臺大退休了，目前是在世新大學任教。老師編傳統戲曲劇本，演出時也一定署名「世新大學中文系教授曾永義」。

老師講課時極少看書本，都是直接在黑板上寫出大綱，然後仔細講解，講著講著常常又跑起野馬來，這是我聽課時覺得最有興味的。譬如講傳統戲曲演員上臺習慣自報家門，這是自我介紹，少不了要說說自己的姓名字號，老師便說：「譬如我姓曾，名永義，字弘遠，號愉快先生。」大家便會心一笑，對啊，老師最喜歡的一句話便是「人間愉快」，愉快先生的稱號真是太恰切了。老師接下去就舉了好多古人姓名字號的例子，講到蘇軾、蘇轍兄

弟，老師便開始在黑板上畫起古代的馬車，把轅、軛、軾、衡、輪、輿、轂、轍各部分一一說明清楚，讓人不得不佩服老師學問的精細。老師常說研究學問貴在融會貫通，寫論文要先追本溯源，於是每每在課堂上以他自己的經驗為例，像講到元曲中的襯字，老師就說一般人只說元曲有襯字，但仔細考察，其實詩詞裏頭未嘗沒有，襯字並不是元曲的專利。譬如漢朝李延年的〈佳人歌〉：「北方有佳人，遺世而獨立。……寧不知傾國與傾城，佳人難再得。」詩中的「寧不知」就是襯字；又如唐詩李白的〈將進酒〉：「君不見黃河之水天上來，奔流到海不復回。君不見高堂明鏡悲白髮，朝如青絲暮成雪。」詩中的「君不見」也是襯字；宋詞裏像柳永的〈八聲甘州〉：「對瀟瀟暮雨灑江天，一番洗清秋。漸霜風淒緊，關河冷落，殘照當頭。」一般說「對」和「漸」二字是領字，其實也有襯字的作用。經老師這麼一說，詩詞曲的關係便聯貫起來，更加緊密，襯字真個是其來有自了。

一向知無不言，言無不盡的老師，連被退稿的往事也毫不隱瞞地在課堂上講出來。老師說他民國六十五年寫了一篇論述北曲格式的論文，投到《屈萬里先生七秩榮慶論文集》的編輯委員會去，但主編說：「你的老師不同意你的看法，只得退稿。」改投《臺大文史哲學報》，又再度遭到退稿的命運。直到後來參加一項國際學術會議，獲得元曲專家羅錦堂先生的讚賞，才有機會正式發表。這篇〈北曲格式變化的因素〉主要是談北曲的正字、襯字、增字、減字、增句、減句、帶白、夾白等現象，這是既複雜又瑣碎的問題。鄭因百老師在《北曲新譜》等書中對這些現象雖略有說明，但並未詳論其緣故和變化，老師則不憚其煩進一步舉例論述其間「連鎖展延的關係」，讓讀者可以掌握襯字變為增字，增字又變為增句的原理，為北曲格式研究做了很大的突破！老師用自身的經驗勉勵我們：如果被退稿，千萬不要灰心。因為那可能只是一時的挫折，只要立論正確，言之有物，文章終有重新面世的一天。

老師是酒黨黨魁，也是美食家。多年前一次上課時老師突然說：「你們不要以為我只會教書和做研究，其實我也很會做菜。我把學術理論都應用到烹飪上，不相信的話，哪天我做一道菜讓你們嚐嚐！」並當場掏出三千塊

來，叮囑我買兩條黃魚和嫩薑等。後來大家選了一個週末到舍下聚餐，老師真的穿上圍裙，切薑切蔥，把兩條黃魚放入蒸籠。之後「清蒸黃魚」正式登場，眾人讚聲連連。等大家把魚吃得差不多時，老師又物盡其用做了「搗蛋」，一面做還一面解說，少許魚肉和蒸魚汁加上雞蛋攪和，就成了一道又鮮又嫩的新菜，眾徒兒口服又心服！

　　老師誕生於四月四日兒童節，雖然年逾古稀，卻仍童心未泯。譬如老師講到民族故事的孳乳展延時，總舉米老鼠被獅子追，後來卻因淚珠滾成大雪球把獅子打跑為例，說明民族故事緣飾和附會力量之強大。又如老師每天從臺大宿舍出門或從外地回家，最喜歡到舟山路的生態池去看鴨子。有一次大夥兒到鹿鳴宴聚餐，老師就先帶大家去看鴨子，還詳細解說鴨子的習性。老師是國際知名的學者，同時也是兼具感性的詩人，對大自然的變化極為敏感。臺大校園杜鵑花怒放時，老師會說：「我們看花去！」有時還考我們：「春天到了什麼花最先開？接著呢？再來呢？」弄得大家面面相覷，慚愧平日太不注意春花秋月的更迭了。

　　有一首蔡琴唱紅的歌曲名為「讀你」：「讀你千遍也不厭倦，讀你的感覺像春天。」聽老師的課如沐春風，千遍也不厭倦，相信很多人都有同感。而老師在戲曲和俗文學上的學術成就，已被公認是兩岸第一人（老師看到這裏很不滿意，說：「不能這樣講！在我心裏，比我優秀的學者還有很多呢。」），毋庸我在這裏辭費。最後我想再強調的是：當老師的學生真是幸福，真是「人間愉快」呀！

點滴在心頭
——敬賀恩師曾永義先生七五大壽

王友蘭*

　　第一次見到曾老師是在一九八五年（民國74年）他策劃第四屆「民間劇場」期間，當時在東吳大學擔任助教的我，已經多次在電視上演唱京韻大鼓，曾老師到學校約見了我，邀我率團參加「民間劇場」的演出，這讓我又喜又驚，欣喜的是，有幸蒙如雷貫耳的戲曲學術大師曾永義教授的接見，真乃受寵若驚，驚訝的是，原來他除了推廣戲曲之外，也重視說唱，而且還是大陸北方鼓曲（當時我創立的團體名稱為「大漢曲苑鼓書團」，次年加入戲曲另創「大漢玉集劇藝團」），這讓我對曾老師推廣民間藝術的理念，更加崇拜。

　　那一屆「民間劇場」節目中，我與妹妹友梅將一人獨唱的京韻大鼓《大西廂》改為「兩人對唱」的角色扮演形式，我們稱之為「鼓書戲劇化」，這種形式在當時曾經引起傳統衛道人士的反對，認為說唱的特色就在於「一人扮萬人」，豈可「戲劇化」？然而，曾老師獨排眾議，特別選了這個節目，還告訴我：「說唱是戲曲之母」，「鼓書戲劇化」有何不可？後來他為我的第一本著作《談戲論曲》寫序時，也寫著「這是說唱進入戲曲的必然途徑」。有了學者大師的「背書」，我大膽地從「鼓書戲劇化」、「實驗大鼓劇」到「說唱劇」，一次次地創發、一齣齣的展現，甚至製作了公共電視《說唱劇展》三十一集共二十齣說唱劇，曾永義老師永遠是我們製作團隊的顧問。

＊ 臺灣藝術大學中國音樂學系兼任教授。

　　歷經了二十餘年表演藝術與廣播電視節目的製作之後，我返回母校（東吳大學）進修碩士，幾乎年過半百的「高齡」學生，雖然能順利地在四年內完成論文、取得學位，但自認為已經「太老了」，不料，指導教授曾永義老師居然要我繼續進修博士學位，這對我來說是多麼大的鼓勵，老師對我的期望如此高，我怎能對自己失去信心？因此，即使要面臨重新記背大學課本來應考，我也絕不放棄，努力了兩年，應試了五個學校，終於考取臺北市立教育大學中語系研究所，如果沒有曾老師的鼓勵，我不可能有此勇氣。

　　曾老師對學生的教學如嚴父，但卻也有像慈母般細膩的關心。有一年，我因治療牙周病，數月咀嚼困難，每次參加曾老師與學生們的共餐時，他總會說「友蘭牙齒不好」，一定要點「豆腐」和「魚」。曾老師知道我不能喝酒，有一回聚餐，大家舉杯敬酒時，我則用小酒杯乘茶敬酒，老師嚴厲喝斥：「友蘭！你怎麼可以喝酒？」博士班期間，曾到世新大學選修曾老師的課，每週則開車順道接老師到學校，因我左膝關節退化，出了車庫後，原本可先沿著石階梯即抵達電梯口，但老師卻陪我繞遠道搭通往圖書館的專用電梯，可免去我爬石階的疼痛。近年因藉排戲運動，關節疼痛病症逐漸痊癒，曾老師得知後，則要我趕快把治療方法告訴另一個腿膝關節病痛的學生，老師對每個學生的心疼，猶如對待子女。這點點滴滴，讓我銘記心頭。

　　曾老師對於學術領域的研究精神，更令人欽佩，一個詞句、一個議題，他總是博覽群書（包括相關文論），歸納整理後再提出自己的觀點，因此方能著作等身，所發表的言論，海峽對岸學者更是咋舌。最難能可貴的是老師對於戲曲並非紙上談兵，而是親自操刀執筆撰寫劇本，並帶領相關劇團出國交流。老師常謙稱自己不懂音樂，但他的創作劇本卻都能符合音律，讓音樂家能輕鬆創作曲譜，老師也曾說他不會唱歌，但我覺得老師哼起《酒党歌》，聲如洪鐘、丹田十足，正因為他太懂得音樂，所以，才能編成一齣齣「無聲不歌」的新戲，崑曲、京劇、豫劇、歌仔戲，他編撰的每齣戲曲都能結合傳統與現代，並揚名海外。

記得長興街

鹿憶鹿*

　　有張照片，背景是東吳大學校園的愛徒樓，與曾永義老師合照，影像中的人猶是學生模樣，一件皺皺的舊舊的淡黃過膝長裙，搭著米色襯衫；彼時，臺大專任教授的年輕老師戴著大大的黑框眼鏡，玉樹臨風的民國範兒男子形象。那是一張超過三十年的師生合影，背景是愛徒樓，相片從未褪色。

　　一路行來，流年暗中偷換，與老師似從未有長久不見的情況。或者，一進老師門下，即形同一家，年年總要見個幾次的，不是開會，不是討論學問，也不是請益釋疑，有時只是吃飯或喝茶罷了。

　　世事紛亂，人情冷暖，有多少師生是可以年年歲歲歡喜相見，談笑晏晏？或許只有在老師周圍的人，才有如此福分。

　　讀大學時，老師是系上的兼任教授，他不到四十歲，早已是著作等身的學者。曾老師的戲劇選修課常是人數爆滿，因為他博學多聞，引經據典，讓人如沐春風，與數十年如一日照本宣科或講笑話或唱流行歌曲或以影片搪塞的課堂，無異天壤。在當時中文系女生的眼中，老師是難得的雄姿英發的年輕教授，好像他隱約埋下一粒讓人對學術有著無限憧憬的火種，然而對二十歲不到的呆傻大學生來說，課後永遠有許多研究生簇擁的老師，是只能仰望的對象，好像連邊邊都挨不上。

　　讀研究所時，又選了老師的課，而且成了他指導的研究生。記得，到老師長興街的家吃過許多許多次的飯，覺得學問做得一點也不像樣子的自己竟

---

* 東吳大學中國文學系教授。

也是他鍾愛的學生。多年以後，自己也指導碩士論文、博士論文，才深刻體會到師生情誼之珍貴難得，可說是五倫外的第六倫。有一次與一位指導許多碩士生博士生的年長教授朋友閒聊，他說起研究生不但私底下彼此爭寵較勁，還會勾心鬥角，深覺為師之不易；我想起老師門下許多學長姊都頭角崢嶸，出類拔萃，卻是感情融洽，互助相賞。原因無他，我們任何人都感覺自己是老師最鍾愛的學生，在他的門下一生都保有一種幸福感。

那些年，長興街是一個甜蜜的存在。經過舟山路，經過基隆路，轉進長興街，院中有樹有花有鳥，按三樓的門鈴，有時上樓坐一會，有時與老師討論論文要半小時一小時，有時老師下樓，我們一起散步到鹿鳴堂吃飯。在散步時總有許多話要說，說杜甫的沉鬱與博大均衡，說孟姜女不姓孟，她是姜家的大小姐，也說他的《蓮花步步生》、《詩歌與戲曲》、《論說戲曲》、《俗文學概論》。後來則是去看老師編寫的劇本，《牛郎織女天狼星》、《射天》、《梁山伯與祝英台》、《孟姜女》、《慈禧與珍妃》、《楊妃夢》、《青白蛇》、《李香君》、《蔡文姬》等等，被我們誤認粗線條的老師寫起男女愛戀的劇本讓我們驚豔不已；耳順之年後的老師成了一個深情款款的男人，有許多的臺詞與對話似都像溫柔的口語告白，他的劇本內容都在重新詮釋歷史或傳說故事中的傑出女性，甚至為蒙受冤屈的女人翻案，他為古往今來的女人鳴不平。

生活中總記得那時長興街的點點滴滴，聊碩士論文、聊博士論文，偶爾也涉及一些青春的愛戀難捨，老師似勸似勉，情感無疾而終後，再回到論文來。老師喜獲麟兒，還與同學一起送過嬰兒紙尿布。日子過得飛快，我寫了博士論文，結婚、生女兒、生兒子、教授升等。與老師的見面似是生命中不能少掉的一頁，有時是一群人吃飯，有時是開會時打個招呼。

老師的酒量很好，自封酒黨黨魁，其實難得的是老師酒品好，學生們似乎從未見過他酒後失態，這或許與個人的人格修養有關。有一次，兩三桌的人在故宮的餐廳吃飯，在座的也有昌彼得老師，老師們很高興，喝得酩酊，似已步履蹣跚；因為怕老師喝醉後把脫下的西裝與隨身袋子忘了，我一直保管著。隔天，老師向我道謝，他說他看到我保管西裝，他喝醉後完全忘了。

許多人誤會老師收的學生要能喝酒，其實，我是滴酒不能沾的，喝一兩

口就要全身起酒疹。雖然，學姊中不乏學問好酒量好，儼然師門標竿的，倒也不用以為其他人酒量都很好，只有自己不行，要暗地學著喝醉一下，酒量好可能也是一種天賦。其實，飯席上常常是嘻嘻哈哈，徒兒們的某女教授吃飯時偶會將烏龍茶倒一點冒充紹興酒，另一位女教授則是倒一杯礦泉水謊稱是白酒，賓主盡歡，老師應了然於心，只是從不戳破罷了。

學術界也不乏結黨營私或打壓抹黑的陰暗，老師從不去道人短長，而對老師的攻訐卻時有所聞。有一次，老師還說有人去他面前編派他學生的不是，他笑笑，這個教授連親不間疏的道理都不懂。一日為師，終生為父，或者是句老掉牙的話，可老師是把學生當家人的，長興街三樓的時光對許多人來說都似銘刻的鈐記。

在這樣的浮華時代，求學的路途上遇見經師不足為奇，難得的是遇見人師。老師一直是我們的人師，我們學生輩都了解老師是孝子，對手足友愛，對同輩講情義。三十幾年來，從文章與日常教誨都能深刻體會到老師的性情襟抱，如果能擁有千萬間廣廈，也是為了要能群賢畢至而少長咸集的，他是因大家歡喜而歡喜的。老師的身上也體現出傳統的尊師重道文化，他總是會讓我們牢記他師從臺靜農、鄭因百、張清徽等先生，對於師長，他始終恭敬地執弟子禮；剛上研究所，還是一片茫然之時，老師就領我去見因百師，剛入師門的自己，終生難忘那種無法言宣的師生情誼。

去廣州的中山大學參加學術會議，開會的地點在番禺的一個海邊。報到後才知老師也在那兒，他參加戲曲組，我的是民俗組。隔天一大早，大概六點多，飯店房間內的電話響了，以為是有人 morning call，竟是老師。有人向老師報告，我也參加會議，他打電話要我一起去散步。

散步的地方有一座很高的觀音像，觀音塑像面對三角洲的出海口，可以見到船隻的出入，船隻像似童年時澎湖海邊的漁船。觀音像旁安太歲的地方是盛開的菊花。與老師走著走著，聽他談蘇東坡與王安石爭論菊花是否凋落的問題，恍惚之間，以為觀音站立之地是臺灣，而非番禺。與老師一面漫步一面閒聊，似是三十年前臺大椰林大道的情景。

在異地偶遇，竟有充裕時間聆聽老師說他的人間愉快，這勿寧是參加會

議的最大驚喜。老師特別要我回家向照顧小孩的男人致意,「謝謝他對我的學生好,讓我的學生可以常常寫論文。」老師當然是玩笑話,而話中實際是關懷欣慰之情。

　　在番禺,記得最深刻的是寶墨園中的滿園玫瑰,姹紫嫣紅開遍。老師說,漂亮的花只有一朵沒意思,要一起開放才能相得益彰。啊!如今才明白徐志摩說數大便是美的真義,老師的門下桃李滿園,顧盼生姿。似水年華,一路是良師好友,只見得一路是柳暗花明,愉快人間。

我們如沐春風

林鶴宜*

作為曾老師數五、數六的老弟子，就算擁有「忤逆侯」的封號，我也斷斷然、絕絕對對不敢公開宣稱我和我的老師「常有不同的看法，治學為人都如此。」最近我偶然翻閱自己十幾年前的著作《規律與變異》，「赫然發現」曾師在為我寫的序文中，早已這麼說了。既然如此，我「只好承認」。其實我們有許多地方異中有同，同中又有異，例如我們都不拘小節，但曾師是出自為人的寬容，他心細如髮；我則是天生的粗心大意，少了一根長心思的神經。

曾師可能是我所認識的人之中，最熱心幫助別人的了。一九九七年，曾師向國科會提出「閩臺戲曲關係之調查研究」計畫，帶領臺灣當時研究戲曲的學者和學生近二十人，包了一輛小巴，從福建福州往南，一直到廣東潮陽，為期半個月（2月11至26日）的行程，實際拜訪了閩、粵十幾個劇團和文化單位。記得二月十九日那天，我們一行人來到泉州市梨園實驗劇場，觀摩「泉州打城戲實驗劇團」演出《西遊記・觀音收紅孩兒》和《目連救母・龍女試雷有聲》。因為觀賞劇目由曾師在各地的朋友安排打點，我們出發前並不預知。我心裏一直固執的牽繞著「我們這樣是不是太打擾人家？」以及「打城戲早就消失了，我們看的根本是京劇加高甲戲」等等想法。心裏正嘀嘀咕咕，舞臺上一位十多歲踩著高蹺的小演員，腳上的綁帶突然鬆脫，整個人摔下了來，所幸沒有受傷，卻把我們都嚇了一大跳，也把我從碎碎唸中嚇「醒」。演出結束，團長為此一再致歉，正當氣氛有一點點尷尬，只見曾師

---

* 臺灣大學戲劇學系教授。

笑容燦爛的上臺和演員握手，盛讚演出精彩，並挑出一個鼓鼓的大紅包，交給那位出差錯的小演員。一九九七年大陸經濟才剛開始起步，這個舉動像是雨後乍現的陽光，想必能夠保住那個小演員免於挨罵，也轉變了大家的心情。這件事讓我印象十分深刻，至今那個畫面猶在目前。

曾老師一直是這樣寬厚待人，任何人有求於他，他很少拒絕。他下命令霸氣十足，罵起人來更是雷霆萬鈞，但對於眼淚，卻完全無法招架。曾師常以此「肯定」我，說其他師姐妹「說兩句就哭得唏哩嘩啦」，我卻是「怎麼罵都罵不哭」。曾師有所不知，我自小受到童軍式的家庭生活教育，被訓練當「災難」發生時，只有立即啟動應變措施，「哭」從來都不是選項。還好曾師很了解他的每一個學生，總是適材適性，因材以施教。作為他的學生，我們真是如沐春風。當學業有些許心得，回想起老師一路的栽培、提攜，莫不由衷感念不已。

天生樂觀，對天下蒼生熱情友善，本是我和曾師相同之處。但同時，有另一個對我而言更重要的原則也不斷在要求我，那就是追求萬事運作的一套可以放諸四海而皆準的秩序，當然這很不容易。大學四年，有一段時間我嚴格執行修養心性的功課，每日睡前反省一日所言和所為，常常羞愧自責，以至無法入眠。這樣的日課，讓我成功改掉了火爆衝撞的壞脾氣，學會控制自己，也訓練自己理性判斷事務。而作為一個感情豐沛的女性，我還真的是充滿了「婦人之仁」，特別在面對懲處學生的事務時，常深切感到自己的無能。長久的自覺和自我警剔，使我在想要幫助他人的衝動出現時，「理性」便會跳出來管理，要我冷靜衡量。但我明白那種衝動是怎麼回事。

曾師長年居住臺大邊陲地帶的長興街學人宿舍，出入常以計程車代步。他看運將大哥跑車辛苦，竟也生出幫助的念頭。他總是趁在車上聊天時，熱心宣傳長興街男一舍的自助餐，多麼好吃，便宜，可以上廁所，停在路邊休息再久也不會被警察驅趕等種種好處。久而久之，用餐時間男一舍門口開始結集計程車隊，他們都是載過曾老師，經過指點後來此一試，並「吃好鬥相報」而形成的「社群」。曾師說起這個他所建立的「生態」，總是面露三分得意，那個表情，讓我想像唸小學當班長時候的曾老師，帶著同學到菜市場唱

歌，向鄉親父老宣導「每天要洗澡」的樣子。這顆未泯童心，至今還可以在曾師身上找到，因此，每當他興致大發，分封「酒党要職」，闡述「酒品中正」，或著騎腳踏車健身經過校總區六個校門，就自封為「六門提督」等，雖然讓我「翻白眼翻到後腦杓」，卻也往往被他的童心感動。

曾師所以可親，除了始終保有赤子之心，更在於有教無類。（忤逆者亦能存活）因此他桃李滿天下；又因為心胸寬大，朋友也滿天下。我曾不只一次聽到民間老藝人跟我說：「學者裏面就你的老師心胸最寬大。」

作為曾老師的學生，在學問方面受到啟發是必然的，我讀博士之時，正是老師學問成熟之際，透過上他的課學習文獻的掌握和解讀，又趁著幫他校稿跟他辯論，訓練邏輯思辨，不僅眼界大開，更能準確的傾注學問追求的能量。曾師多次提到他年輕時有一段時間泡在中研院史語所整理俗文學資料，如何一早就趕到南港，中午在樹下休息，等待開館等經過。我沒有曾師才具的卓越，希望用功這方面能夠跟他看齊。而我之受教於曾師，除了一生追求的學問，更在於面對人生的態度和智慧，雖然我們也許在很多方面看法和做法都不相同。

「公案」小說和「俠義」小說在中國小說史上是獨立發展的兩個品類，「公案」小說以清官折獄為主，《史記》〈循吏列傳〉、〈酷吏列傳〉孕育了「公案」小說的雛形；「俠義」小說以豪俠仗義行俠為主，〈刺客列傳〉、〈游俠列傳〉則成了「俠義」小說的先聲。但其間頗有互涉，如宋耐得翁《都城紀勝·瓦舍眾伎》提到：「說公案，皆是搏刀趕棒，及發跡變泰之事。」到清代中葉以後，更合流為「公案俠義」小說，而後又各奔前程。「公案」小說漸趨衰微，至於無人聞問。「俠義」小說則在清代末年大興，發展為「武俠」小說，極出神入化之至。到了今天，更發展出「科幻武俠」，不僅事件場景擴大到宇宙，其鬥智、鬥力更包含天文物理學知識，想像力和深度都有跳躍式的進展。它能被各種藝術形式，如話劇、布袋戲、歌仔戲等轉化吸收，在各種媒介如電影、電視等傳播。這一切都說明了「俠義」的趣味和感染力是如此生生不息，無遠弗屆。不管時代如何改變，這樣的精神必將以不同的方式永遠傳遞下去。（此段非錯簡）

歲月靜好
——盡在不言中

陳芳*

在《天問》¹第一場中，女皇要求三個女兒以諂媚的言辭來表達孝心時，小公主的反應異於二位姐姐；她「無話可說」，卻在母親的再三要求下，唱出了一段心聲：

> 椿萱恩慈重，
>
> 天倫古今同。
>
> 回饋反躬省，
>
> 量力惟盡心。
>
> 豈能獨邀寵，
>
> 巧言惑視聽？
>
> 伏乞陛下鑒，
>
> 自然見真情。
>
> ——第一場〈市愛〉

小公主這段無法誇飾言語，只能順乎良知來盡孝的唱詞，恰好也是我面對永義師三十年來一以貫之的心聲。

回想與老師結緣，是一九八○年初的事。那時我才大二，正是少不更事

---

* 臺灣師範大學國文學系暨研究所教授。

1　《天問》由彭鏡禧、陳芳改編自莎士比亞 *King Lear*，呂柏伸導演，王海玲主演，臺灣
　　豫劇團製作，於2015年11月27至29日在臺灣臺北市國家戲劇院首演。

的十八歲。只因系上規定必修「詩選」，以學號配班，我就被劃分到老師的班級。第一堂課，坐在臺大「文23」教室聆聽老師講述漢高祖的〈大風歌〉。老師從「大風起兮雲飛揚」之帝王氣象談起，縱橫古今，引經據典，列舉歷朝開國君王作品，一一比較分析，而歸結於個人之形神不能相親，終有無邊無際的英雄惆悵。我在似懂非懂的理解與想像中，心靈深深受到震撼，覺得老師似乎在闡述一種文化的失落，或個人的寂寞。但老師笑起來酒窩很深，喝起酒來還有一種豪邁氣概，營造漢魏古詩的底蘊，頗能相得益彰，應該是意興風發的。

　　大概也是在這個階段，老師開始致力於「學術通俗化」的推動，相當忙碌。而我所擁有的不過是懵懂無知的少年情懷罷了。平日閱讀偶有心得，或習作幾首絕句、律詩，便趨前請益，在老師的研究室磨上大半天。奇怪的是，老師從未表現出絲毫不耐，反而細心指導我，奠定了我的韻文學基礎。我能獲得第一屆全國大專青年古典詩歌創作比賽第二名，除了必須感謝啟蒙的簡錦松學長，亦須感謝老師的教導。

　　爾後，老師赴美研究，時或在報紙副刊上發表短文，描述在安娜堡密西根大學（University of Michigan, Ann Arbor）的生活心得。我試著修書向老師請安，並報告學習狀況（那時電腦與網路尚未普及）。未料老師在百忙之中，竟然有信必回，鼓勵有加。大四再修習老師的「戲曲選」，經由老師按部就班、深入淺出的講解，我才逐漸認識中國戲曲深邃精緻之美。進入研究所就讀，也就自然而然追隨老師，順理成章以中國戲曲專題作為論文研究的重心。可以說我因為敬愛老師的性情襟抱，以踵繼老師的志業為榮為耀，乃成為戲曲研究領域中的一個新兵。不可否認，比起很多同門，我入門雖早，卻起步甚晚，對戲曲的敏感度實不如訓詁學或詩詞小說。不過，老師還是很寬容地收我為徒，指示我從晚清戲曲入手。

　　研讀碩班課程的同時，我也在《聯合報》副刊室工作，擔任助理編輯。可能是這種特殊的在職身分，使我有更多機會參與老師和瘂弦主任共同策畫的藝文活動。其中印象較深刻的是「視覺詩」演出；我吟誦過瘂弦的散文詩〈鹽〉，扮演那個在春天吶喊著「鹽呀，鹽呀，給我一把鹽呀！」的老嬤

孃。另外還有一些什麼，如今多已淡忘，只記得和同學洪淑苓一起去買戲服，而陳熙遠飾演我們的老爹，還有學弟符鼎偉。多年後，我已到臺灣師大任教，在長廊巧遇新科哈佛歷史學博士熙遠（他在中研院服務）。又過幾年，淑苓的夫君王基倫學長也來師大，成為我的同事。然後，遇到符宏征導演，就是鼎偉的弟弟。這些奇妙的緣分都與老師有關。

取得碩士學位後，老師再三勉勵我繼續深造。然因外子工作繁忙，我奔波於照顧家庭與執教上庠間，實在難以如願。一年之中，與老師見面的機會屈指可數。儘管如是疏遠，撰作升等論文後，再度呈請老師斧正。老師即使赴港客座講學，依然撥冗予以指點。此後數年，遇有師生聚餐或學術研討會，老師總是交代通知我出席。勢異時移，許多當年的同學早已星流雲散。我掙扎在生命的沼澤裏，備嘗艱辛，幾度想屈就現實。可是，老師一直沒有放棄我。一九九六年夏天，老師赴美前夕還來電多所勉勵。我終於克服萬難，決意進修。得知僥倖考上輔大博士班榜首後，打電話到美國去向老師報告，自覺成果不太理想，有些忐忑不安。老師卻很高興地說：能夠回來進修就好，在哪裏都是一樣的。其實，是不太一樣的。輔大除了自己的師資外，還禮聘了臺大、師大、政大等各學術領域的宗師。因此，我在接受臺大師長教導之餘，亦有幸受教於陳新雄、王金凌等諸大家，這未嘗不是意外的收穫。博士論文草成時，老師雖然視力衰退，仍逐頁審閱，當面誨示。點滴師恩，永銘於心，不敢或忘。

畢業後，我轉任臺灣師大教職。老師又帶著我做一些田野調查工作，訓練我以實務來印證理論。跟隨老師多年，無論人生的境遇是順是逆，或悲或喜，我一直在老師的引領下，學習成長。近幾年，我著迷於莎士比亞戲劇。在彭鏡禧老師指導下，共同合作改編「莎戲曲」。不但獲得國科會補助，前往美國史丹福大學（Stanford University）研究跨文化戲劇，且多次赴美、加各大學參加研討會或工作坊；《約／束》（改編自 *The Merchant of Venice*）一劇也應邀至英、美巡演。我的生命格局，緣於二位老師的加持，增加了廣度和深度。

《天問》的最後一場戲，背景是兩軍對峙、爭戰殺戮。經過種種人性的考驗，女皇邠赫拉已然有悔，與小公主都維誤會冰釋，相互和解。兩人有一段真誠惻怛的對手戲：

都　　維：皇娘恕罪，女兒無能！

邠赫拉：不妨。（搖搖手）現在，就只有娘和你──

　　　　（唱）歲月靜好從此隱，

　　　　　　　相依相伴度晨昏。

　　　　　　　閒看彩蝶穿花陣，

　　　　　　　家常無事笑語親。

　　　　（兩軍繼續無聲廝殺，赫連漸敗）

都　　維：（動容，續唱）

　　　　　　　低聲傾訴小秘密，

　　　　　　　承歡惟有一片心。

　　　　（兩軍繼續無聲廝殺，軒轅大勝）

邠赫拉：（拍拍都維，續唱）

　　　　　　　世道了然不須問，

　　　　　　　繁華落盡見真淳。

　　　　　　　　　　　　──第九場〈國殤〉

　　五年前，我曾以《約／束》劇本敬獻永義師，作為七十大壽賀禮；現在就以《天問》向榮膺中研院院士的老師致敬吧！

努力愛春華‧莫忘歡樂時

郝譽翔*

　　在現代文學所有的文類之中，散文可以說是其中最自由不羈的一種。它既不像是詩歌或戲劇，講求語言的韻律以及結構章法，更不像小說，必須塑造人物，注重敘事，自有一套謀篇布局的規律。散文顧名思義，就是「散」，「散」是隨興之所至，無跡可循，筆隨意走，千變萬化。如此一來，散文似乎人人都可以為之，但也正因為如此，散文卻最是易寫難工。

　　所以如何才能成就一篇好的散文？散文大家周作人便曾經定義，中文現代散文的源頭乃是晚明的小品文，它的特點在於「獨抒性靈，不拘格套」，若是翻成白話來說，那便是現代散文並非桐城八股，它沒有固定的模式，唯一有的便是自我個性的展現。而在胡適〈文學改良芻議〉中也提出類似的觀點：白話文不用典，不對仗，不言之無物，不作無病呻吟，「不摹仿古人，語語須有個我在」。胡適對於白話文的寫作提出了一連串的「不」，而唯一要有的就是「我」，也可見「我」才是一篇散文真正的靈魂，有如紙上照鏡一般，散文也正是作者個人學養和人格的真誠顯現。

　　故我讀曾老師的散文，也往往感覺如此，他的散文大抵不離開他的生活：從中文系的求學歷程，到畢生投入的戲曲研究和田野調查，乃至於看戲，品文，以酒和家人好友歡聚，並且從中滋生而出的「人間愉快」生活哲學等等，戲曲，文學，美酒與親友這幾大面向，可以說是以「愉快」作為核心，彼此之間環環相扣相生，而體現了曾老師個人的生命與思想。故曾老師

＊ 臺北教育大學語文與創作學系教授。

的散文也正是他個人的生命的紙上展現，個性躍然於字裡行間，如此的可親坦率，文氣流暢，人生既無入而不自得，故也不假雕琢，無須刻意求工，自然而然便展露出來一番豁然開朗的博大氣象，而這一切實與他的人生閱歷和性格涵養息息相關。

我有幸在臺大中文系求學期間，拜在曾老師的門下，聆聽了多年的詩歌和戲曲課程，並且多次跟隨老師到臺灣和大陸的偏遠鄉鎮，進行戲曲劇種的田野調查，也因此深受到老師的啟發，以為人生真正的教室，不僅在於學院圍牆之內的教室，更在於圍牆之外的劇院裏，人群之中，甚至是鄉間的野臺，乃至於展現人情世故的餐桌之上。故曾老師治學不僅是侷限於文獻紙本，他愛看戲，也愛結交志同道合的好友，從海峽兩岸的戲曲學者到知名的導演演員，幾乎無一不曾經與曾老師以好戲與好酒，相知相會，也因此，曾老師既有古典學術的扎實基礎，又能與當前舞臺上活生生的演出相互生發，便往往能言人之所未言之處，並且有個人的創發。

《戲曲經眼錄》和《藝文經眼錄》這兩本書，便可說是曾老師除了學術論文以外，對於當代戲曲和藝文的觀察心得。前者是以戲曲為主，有為書或是為演出所作的序文，也有針對各種戲曲：從莆仙戲、梨園戲、崑劇、京戲、歌仔戲、採茶戲、偶戲、現代戲等等的針砭評論，故綜合覽之，彷彿就是一部活生生的當代戲曲生態大觀，記敘了許多精彩的人事與演出，也慧眼點出了許多臺下觀眾所未能得見的奧妙內幕。可貴的是，曾老師對於戲曲所畢生投注的熱情，更是充分展現其中，也因此即使是未曾觀戲的讀者，都能被他的文字所感染而彷彿親眼目睹。

《戲曲經眼錄》的姊妹之作《藝文經眼錄》，則跨出戲曲範疇，囊括了碑記、演唱、書畫、國樂、南管、民藝、俗文學、展覽、詩詞、散文、雜技、小說等等，包羅廣博，最能展現曾老師博學多聞的宏觀視野。《藝文經眼錄》中多收的是序跋之文，而自古以來，「序跋」便是散文中重要的一支，這本書可以說是最好的範本。我每每讀此二本書，總是不免感佩於老師對於當前臺灣與中國戲曲和民俗藝術的涉獵之廣，涵養之深，而他的紙本和舞臺兼具的豐富閱歷，以及旅行過的田野之廣，加之和許多劇團長年積累下

來的深厚人情，也使得如此文章，恐怕不作第二人想，再也無人能夠寫出。

上述的兩本散文展現出曾老師作為學者專業的一面，以及他如何將學術化為現實的生活，走入社會，與人群相遇相知的熱情。然而凡是親近過曾老師的人，也必定知道他除了戲曲，私下最愛的便是酒，而好酒又怎麼能夠獨自一人品嚐呢？當然要與親朋好友共同分享才是。故曾老師愛酒，但更愛的是朋友，愛歡聚的氣氛，也每每惆悵於再如何美好的聚會，也終將會有曲終人散的一刻。所以他發筆為文，記錄下了這些「樂莫樂兮心相知」的歡愉時刻，《飛揚跋扈酒杯中》、《牽手五十年》和《清風‧明月‧春陽》等這幾本散文，描述的正是這些值得珍愛的人間情誼，有親情的溫暖溫馨，也有朋友之間暢快的相聚。曾老師總愛以幽默的筆法，點染出赤子之心的真性情，故令人讀來往往不禁莞爾，會心一笑，更為這人與人之間撤下假面藩籬，而能真誠坦露自我，自在歡聚的時刻，而感到悠然神往起來。

「努力愛春華，莫忘歡樂時」，正是這幾本散文所洋溢的積極而正向的氣息。對於生命，曾老師向來總是見其好處，即使他在文中不免感慨說道，人間固然有無可奈何的悲哀，但接下來他便是筆鋒一轉，指出：「大江東去，其勢必然」，故「我身處人間，則但取其『愉快』而已。」而這也正是曾老師的筆端自有一股磅礴氣勢的緣故，因為他總能在人生困頓塞阨的時刻，從中突圍而出，又轉出一股向上勃發的正面力量，又彷彿是江河穿過了狹仄的山谷，忽而一扭嘩然匯入大海，又是一番遼闊自在的新天地。故就在現代散文日趨雕琢藻飾，用字華美，而越來越走向纖細的頹廢美學之際，曾老師的散文卻是自成一格，堅實樸拙而且有力，開創出宏大的生命格局，更顯得難能可貴。

故曾老師好酒，《飛揚跋扈酒杯中》記述飲酒的快樂，但卻不會為酒所役，而是要藉此消弭人與人之間的距離，以流露出真性情。故曾老師寫酒的文章，自與坊間一般寫美酒的散文不同，曾老師並不執著在酒的物質本身，而是從中發展出一套關於酒的人生哲學，或是可歸納成他所提出來的「四酒主義」：酒興，酒膽，酒量，酒德，而其中，「興」必定是排在第一位，因為盡「興」的「愉快」，才是曾老師為人處世的第一準則，而「膽」「量」和

「德」，則可見其不拘小節的灑脫氣魄。

曾老師好酒好友，故成立了酒党，但他總強調：此「党」並非「黨」，因為酒党是「尚人」而不「尚黑」，旨在「人間愉快」，這更彰顯了曾老師以人為主的思想。而身為酒党的「党魁」，曾老師也點出了酒党與眾不同的精神所在，他說：「勇於內鬥是我們的民族性，本党永遠在山在野，無權無勢無名無利」，就像是他一貫主張的「人棄我取」，與世不爭，故總能逍遙於山野之間，安時而泰然處順。這些以「人間愉快」作為主軸而發展出來的人生觀，遂成了曾老師散文的核心骨幹，堅實有力，有如莊子〈逍遙遊〉中展翅翱翔，「其翼若垂天之雲」的大鵬，讀來總是令人感到暢快不已，而人生的陰暗消極面，也彷彿雨過天晴一般，頓時消散無跡。

這正是我以為曾老師散文最可貴之處。人生實難，要與之抗衡，除非有更大的力，否則無以為之；人性之惡，則有如毒瘤增長，只要稍加放縱，在不知不覺間，便會大到無可抑止。然而曾老師的散文乃至於他的為人，卻是一直在積極去對抗人生負面的總總，他總教我們要見到人的好處，一如他在散文之中，總是偏愛書寫人生歡聚的時刻，也總教我們要愉快處世，一如他孜孜不倦反覆再三地寫下：「人間愉快」這四個字。這對於我個人而言，啟發實多，因為從小我便是一個較為負面消極，蒼白虛無的孩子，總覺生之為苦，然而在二十歲時，我有幸成為了曾老師的學生，跟在他的身邊耳濡目染，纔漸漸懂得了人世間其實有許多可貴的，值得我們珍愛之處。曾老師「人棄我取」和「人間愉快」的正向思考，則更是從根本上改變了我，也因此，如果我今日還能學會見著人的一點好處，體會到人情的美好，生命的歡愉，則都是因為受到曾老師散文中所發揚的生命哲學所啟蒙。

也因此我讀老師長篇散文〈椰林大道五十年〉，最是感動。這篇散文宛如是一頁昔日臺大中文系的簡史，曾老師細細描寫了幾位受人敬重的師長：教文學史的臺靜農老師、教經學的屈萬里老師、教戲曲的鄭騫老師和張敬老師、教《禮記》的孔德成老師等等，而曾老師親炙大師風範，將師生之間的真誠情誼，及自己如何在老師的帶領之下，一步步走上治學的路途，寫得親暱婉轉，幾位大師的面容栩栩如生，他們溫暖的情誼和治學的誠懇，讓人讀

了如沐春風，不免深深嚮往起那大學最美好的年代。而曾老師不也是如此引領我們這些弟子，走上學問乃至於人生的道路嗎？

　　曾老師不僅是學問也是人生的導師，因為又有哪個老師會如他在〈且看杜鵑庭院〉一文中所述，因為窗外春天來臨，便一時興起，帶學生走出教室賞花的呢？又因為他曾經在緊鄰著西子灣的中山大學教授「曲選」，但「在同學們的眸中卻看不出一絲海水的藍」，故又興起「帶領他們去正眼看海洋」？於是在曾老師這些「記興」、「記感」與「記遊」的散文之中，我們的人生或許是一趟注定有所缺憾的旅程，但那些陰暗之處，卻總是被溫暖愉快的人情所照亮覆蓋。重讀這些散文集，也在在讓我憶起了曾經在老師的帶領之下，遊賞櫻花和杜鵑的歡樂日子，而曾老師那熱情洋溢，愉快光輝的生命，與枝頭的花朵相互照映之下，更使得春日如此溫暖，值得珍愛，而那些美好的片刻已一逝不返了，如今卻都濃縮在這些散文的篇章裏，直到如今仍散發出熠熠的光來。

當行本色

許子漢*

　　一九八四年，我從臺大電機系轉到中文系就讀，既興奮於可以從此研讀自己衷心所愛、許為志業的文學，但又忐忑不安於一個全新的環境。第一門必修課上的是「詩選」，授課的正是曾永義老師，一向選擇邊角落座的我，當時並沒想到，講臺上從容大器，又時露溫情的講詩人，就是我日後攻讀碩士、博士學位的指導教授，而一轉眼，這段師生緣竟已三十一年。

　　老師講詩，重章法，提大意，不絮煩於句讀，不枝蔓於悟想，解詩明暢如和風春陽。最動人者，在說詩解詩之外，更吟詩唱詩。老師自謂五音不全，卻自創「永義調」，課堂中隨詩情所至，滿心而發，以閩南語朗聲曼唱昌齡絕句、義山七律，堪稱一絕。

　　詩是戴枷之舞，古典詩的格律更是一套稜角分明的枷鎖，但這套枷鎖為何能跟詩人蹁躚的舞容相合無間？既然要有曼妙舞姿，詩人為何又要披枷戴鎖，自縛手腳呢？自來解詩人多不能盡言其妙。老師受業於因百先生，承因百先生單式音節、雙式音節之創見，以此為基礎，解析古典詩歌音律的要素，發展出一套完整的語言旋律理論。於是詩詞中音義句法的離合，平仄、押韻之原理，曲字正襯釐析的準則，一一豁然解密。詩人妙用靈思之美，戴枷起舞的曼妙舞姿，亦隨之絲縷畢現。

　　此後讀詩，不惟見詞句之美，音韻之妙亦活現眼前。對初炙古典文學的我，這段古典詩格律解密的過程，彷彿武俠小說中，喜獲奇遇，貫通任督二

* 東華大學華文文學系副教授。

脈的武人，原本高深枯澀的武學，瞬然之間，得以從容欣賞其精義妙諦，洵為樂事。

就讀大學期間，住在長興街的宿舍，和教師宿舍區毗鄰。這個舍區有兩棟新式的宿舍大樓——男一舍和男三舍，電機系（當時為工學院最大的系）全系、醫學系一年級、文、理、農三個學院的男生，都住在這兩棟大樓，應該是臺大校總區住宿人口最多的舍區。一到下午五點以後，下課和下班的人潮在基隆路、長興街的路口交匯，是頗為壯觀的景象。在這個人車雜沓的時刻，一個寧馨的畫面，卻無視於環境的喧鬧，會在一些偶然的日子裏出現。

老師當時已是正教授，又致力於歌仔戲的推廣，應該是非常忙碌的。但在得空的日子，會在街口候師母下班，然後在黃昏將臨的日光裏，沿著舍區的圍牆，手挽手，伉儷偕行。當我或佇立於紅綠燈等候，或夾在洶湧的腳踏車河裏奔行時，看到這個畫面，就會覺得身邊所有的鬧聲失去了聲響，靜得彷若可以聽見一朵白淨的蓮花正在綻放。

後來又看見另一個更可愛的畫面。一樣是沿著舍區圍牆，會看見老師著家常衣履，抱著幼子，沿街散步，逗孩子看車看人，看其實再平常不過的街景。這景象令人心裏不由得發出一聲幸福的輕歎，人生至美、至樂，不都在人間最平常處！

大二時和同學組隊參加了臺大的戲劇比賽「花城劇展」。我是演員，專心於排練，並不知道負責宣傳的同學請了系上老師前來觀賞。結果記不清是彩排，還是比賽時，曾老師真的出現了，所有同學無不訝異——原以為只是禮貌邀請一下，沒人想到會有老師來，而且是系上戲劇專長的老師前來。但當時我們已經演出結束，老師還以為我們當天仍在排練，遺憾沒能有機會給我們一點指導。

老師稍有悵然的離去，然而我卻留下了印象，這是惟一一位來關心我們演出的老師。

比賽結束後，引發了我對戲劇的強烈興趣，升上大三，當然就選修了老師的戲劇選。當時並沒想到，因此決定了我的人生道路，日後成為一個在大學裏教戲劇的老師，一個在課餘時間帶著學生到偏鄉巡迴演出兒童劇的愛戲人。

　　大學畢業，我因為預官考得很好，就先去服兵役，只是沒想到籤運奇差，分發到步兵師當排長，這是閒話，且按下不表。

　　服完兵役，自己在臺北潮州街租了一個房子，做家教、校對、翻譯，拚命工作存錢，同時準備考研究所，還有，就是到處看戲。當然，都買最便宜的票，但不保證坐最便宜的位子。

　　一年後，順利進入研究所，但第一個學期完全不知道，原來研究所的課和大學課程根本是兩回事，迷迷糊糊過了一學期，在第二個學期才跟上了腳步。課業上如此，師生相處上亦然，我這個井底蛙出了好幾次醜。

　　我是個鄉下孩子，父母生在戰時，教育程度都不高，家裏開間小店。剛上大學我常穿著印有吉利果（一種當時的汽水）、黑松沙士商標的Ｔ袖上課，因為自小就穿這樣的衣服，覺得極其自然。外套袖子勾破了一個洞，也照穿不誤。大學開學前，母親特地訂做了兩條西裝褲，讓我上臺北穿，結果二年級排戲時磨破了，回家請隔壁裁縫補了個補丁。回臺北，遇上請客、聚會，我照常穿著有補丁的褲子與會，因為這還是我最好的褲子。後來學了戲曲，才知道古有明訓，「寧穿破，不穿錯」，我倒是暗合了古訓。

　　我愛運動，跟愛讀書一樣，運動起來也和準備考試讀書一樣拚，經常滾翻救球，不免把運動長褲磨破。每次褲子破就回家（在高雄）太花錢了，於是我自己用手補補丁。每件運動褲幾乎在膝蓋處都有厚厚的補丁，全都是我一針一針密密麻麻縫補的。因為我就是個鄉下來的土孩子。

　　師生應對，人際來往，我更是一竅不通。記得研究所有次參加師生聚餐，是修了「六朝專題」的課，林文月老師期末請所有同學吃飯，在當時的僑光堂（現稱鹿鳴堂）。一桌十來位同學，菜餚很豐盛味美，一道道端上來，林老師請大家開動。同學們都紛紛用菜，我卻不敢多用，因為我一直在等飯──菜不是配飯吃的嗎？等到後來，我實在忍不住，低聲問旁邊的同學：「飯還沒上嗎？」另一位同學聽到了，先冷笑了一下，頗不客氣的大聲說：「怎麼那麼土？那有人吃飯的？」我大為尷尬。這同學音量甚大，林老師也聽見了，體貼的問我：「沒吃飽嗎？」我更糗了──心想，我寧肯吃掉桌上的碗盤，也不敢吃飯。

碩士二年級，要決定論文方向，愛戲的我自然就選了戲曲，請曾老師擔任我的指導老師。老師好酒，學界周知。剛被收為門徒，某日中午老師即喚我隨他到師大附近和一些師長用餐。我忐忑前往，滿滿兩桌均是長輩，我一人不識，還穿著袖子有破洞的夾克，甚窘。生平第一次喝到烈酒（威士忌），差點咳出來，硬吞下喉——老師一定覺得我浪費了美酒——一陣冰涼後，一團火又從喉嚨燒到肚裏。席間，老師要我敬酒，我大概連該用幾隻手指拎酒杯，都已昏頭了。跼促不安的坐到該回學校上課的時間，我如獲大赦，起身向所有的師長告辭，完全辭不達意，然後落荒而逃。

我想我的表現應該讓老師大失所望，怕要被逐出門牆了。但老師事後並未多提這天的事，倒一次又一次的帶著我和師長們餐敘，我想起初席間有些人是嫌我土的，但老師卻時不時和這些師長提起我的好處，指點我如何應對，實在令我感愧無已。漸漸的，習慣了酒，習慣了應對，也學會了如何調製冰酒比例適當的威士忌。後來老師和人共餐，只要我在場，常常我都是席間負責調酒的「酒童」。這工作極為重要，要負責供需正常，如果場面較大，其實就頗為緊張，但讓水酒交融，賓主盡歡，也是一件人生樂事。

和老師飲酒，記憶最深的不是在這種賓客眾多的場合，而是到老師家中討論論文的時候。老師視徒如子，向老師請教學問，老師常常就讓我們到他家中的客廳，坐在沙發上，泡杯茶，對學生擘論思辨理路的糾結，修剪行文章法的枝蔓，又自在如話家常。

我到老師家向老師請教，有時談興高，過了中午，老師會說，走吧，去吃麵。於是，老師穿著短褲，趿著拖鞋，拎著一瓶酒，和我一起騎著腳踏車，到蟾蜍山腳下的「老宋牛肉麵」，一人一碗紅燒牛肉麵，又「厚油」又「重味」（請用閩南語唸）。當時我二十幾歲，老師約莫五十（我和老師都屬蛇，差兩輪，二十四歲），全不忌口，吃得很香。重點是，拿兩個免洗杯，斟上威士忌，放幾塊冰塊，小酌幾口。在重口味的牛肉麵陪襯下，酒味特別清香。通常還有幾盤小菜，師徒共同的最愛是「醃蜆仔」。

有次，老師就留我在家，進了廚房，當時我有點疑惑，又有點擔心，是否要進去幫忙。還好，一陣聲響過後，老師熱了些菜出來，師徒二人一樣斟

上酒，一飲一酌，談論學問與人生。如果不要太嚴格定義「作菜」這件事，我應該可以榮幸的宣稱，我吃過老師作的菜吧！

但在老師家中用餐，我不是徒然「尸位素餐」的。記得有次，從冰箱端出一大碗花生，一來我耳目甚尖，二來我特愛花生，很想要大飽口福，格外注意了一下，卻發現幾顆花生上有些白色霉斑，只好割愛倒掉了。老師以前視力不佳，如果我不在場，或許誤食下肚也不一定。這勉強堪計一功吧！

老師在是非之際，判然不移，威怒懼人，但和學生論學問道，同飲共食，和樂如親。

老師為人平易最令我難忘之事，是我當時以機車代步，有次和老師討論完，要回學校，老師問我是否騎車，我答是。老師穿上西裝外套、皮鞋，說：「走吧，你載我。」我的車子稍高，老師有點艱難的跨上我的後座，一邊還嘀咕：「這要怎麼爬？」坐好後，一手搭著我的肩膀，我頗有臨淵履薄之感。出宿舍大門，走長興街，左轉舟山路，到達學校側門。路程應該只有短短一公里多，但當時的我怎知身後乘載的是二十幾年後，臺灣治曲而為院士的第一人？而這短短的一公里恐怕是我生平機車旅程中責任最重大的一里路吧！

老師的學術成就早已獲無數肯定，獲選為院士，名實益彰，指導的學生在學界中多已為重要學者，駑鈍如我，在大學中勉力執教者，實有愧老師的教導。老師性情爽豁，雅俗共友，交遊之廣，真可謂「五湖四海，三教九流」，親入田野，與戲班伶人，把臂言歡，從不以俗為鄙。又以此聚合多方，匯集各界，把臺灣民俗、傳統戲曲推入學術和藝術的殿堂，其貢獻之卓著，若言兩岸學者殆無出其右，絕非溢美。這些成就傳述者眾，亦不必我再贅言。

從學十年有餘，覺得老師生平有詩、酒、戲三絕，此三絕俱見性情學問。老師能解詩、教詩，又能作詩、唱詩，是詩學與詩情真實的融合與體現。酒，最能見人性情，但酒令、酒話、酒詩、酒典，亦無一不是學問。而出入雅俗，兼容江湖，正是戲劇的本質，所以老師治曲為人，無不恢弘大器，不泥不執。老師生平最喜言「人間愉快」，而兼得詩、酒、戲三者之真趣，豈能不愉快？

治曲者皆知「當行本色」四字，借此四字作一聯，應可做老師性情學問之註腳：「人間愉快真本色，曲道恢弘最當行。」

我本是一個南部來的鄉下孩子，衣著寒磣，不識儀節，不敏於應對，而老師從無一語相輕。研究所八年之中，循循煦煦，善誘善導，使我終能在臺大完成博士學位。四月值老師壽辰，謹記隨老師問學之日二三瑣事，感念師情，為老師壽！

站在巨人的肩膀上
——我所知道的曾永義老師

林智莉*

前言

曾永義老師是我的業師，博士畢業迄今將近十年，「徒兒們，你們就站在老師的肩膀上前進」一語言猶在耳，時常伴隨學術生涯，感念之心，不敢或忘。老師的肩膀厚實寬大，一如他的學術成就與為人處事，不僅承載著臺灣戲曲學術研究與戲曲文化發揚的使命，對於作育英才無私付出的精神，令身為徒兒的我們何其有幸，能站在戲曲巨人的肩膀上，一躍而進戲曲研究的堂奧！

窺見曾老師的戲曲堂奧

曾老師的戲曲成就早已為海內外戲曲學者公認，並視為一代大家，得獎無數的他，於二○一四年再獲第三十屆中央研究院院士的殊榮，雖是錦上添花，卻也奠定曾老師對臺灣戲曲研究不可取代的地位。曾老師一生為戲曲研究付出，提出許多擲地有聲的論點，作出前賢未及的貢獻，出版戲曲研究專書二十餘部，論文二百多篇，廣及各類戲曲議題，其著作已成為戲曲研究者不可不讀的經典，其學說也廣被戲曲學者討論或採用，治戲曲者無人不識曾老師。

---

* 亞東技術學院通識教育中心副教授。

　　曾老師從事學問的一貫態度：釐清名實、資料說話、嚴謹踏實、旁徵博引。老師常教誨我們這些徒兒們，做學問首要循名責實，名實不清則有如瞎子摸象，容易落入偏頗或論述之雜亂，所以曾老師戲曲成就至為重要的一個篇章便是從根源辨析戲曲名實的問題，包括：戲曲與戲劇的定義、戲曲的源流與發展、大戲與小戲的概念、腔調劇種與體製劇種的釐清、南戲的名稱及其淵源與流播、北劇的名稱、形成與流播等重要戲曲議題。提出包括「小戲即演員合歌舞以代言演故事」、「大戲即搬演故事，以詩歌為本質，密切結合音樂和舞蹈，加上雜技，而以講唱文學的敘述方式，通過俳優裝扮，運用代言體，在狹隘的劇場上所表現出來的綜合文學與藝術」、「小戲多源並起，大戲一源多派」、「就體製規律之不同而有體製劇種；就演唱之腔調或聲腔為基準命名的為腔調或聲腔劇種」、南戲經「北曲化、文士化、崑腔化」三化過程蛻變為傳奇等重要論點，這些論點已被戲曲學界廣為採用，不但解決長期以來爭議不斷、見仁見智的諸多問題，更重要者，省卻後世學者在名實問題打轉，得以推動戲曲研究往前邁進，《戲曲源流新論》、《從腔調說到崑劇》、《戲曲本質與腔調新探》等可視為老師此一系列研究的名山之作。

　　曾老師常說要讓資料自己講話，他最反對以華麗炫目的文字或似是而非的西方理論硬套入學術研究，他主張寫論文要「嚴謹」、「平實」，做文獻資料蒐集、整理、分析與辯證，讓文獻資料自己講話，最後廓清問題面貌，以清晰條理論證與總結，如此便能言之有據、言之成理，讀者亦能清楚掌握文理脈絡與論文觀點。所以舉凡太花俏不實的論文題目或隱晦不清、華麗藻飾的寫作風格，老師總會予以導正，這也正是他講求嚴謹踏實的科學研究精神。

　　曾老師的研究旁徵博引，在戲曲課堂上常見老師隨手拈來漢語結構、詩歌格律、歷史掌故、典章制度等，興致一到，尚會順口吟誦詩詞，令人不得不佩服曾老師的博學多聞。此一廣博亦見於學術研究上，老師自謂其撰寫《洪昇及其長生殿研究》碩士論文時，仿效王靜安先生《宋元戲曲史》的研究方法，先從基礎研究作起，考察洪昇家世生平、交遊際遇、唐明皇與楊貴妃的故事流變、《長生殿》的聯套排場及曲牌音律，最後撮其精華要義完成這本碩士論文。由此而入，老師的研究扎實而廣博，在其論著中皆可見其博

大精要的觀點論述。我在撰寫博士論文時，也嘗試細考每部作品的本事淵源、形成與演出背景、文本體製規律等，最後統整提出論文觀點，實是受老師治學方法的影響。

沐浴曾老師的為師風範

除了學術貢獻外，曾老師作育英才無數更為人津津樂道，其多位弟子已接續老師衣缽，在戲曲、俗文學、詩歌、音樂等各領域發光發熱。忝為老師不才弟子，我是在一九九七年進入臺大中文碩士班選修了老師「中國古典戲曲欣賞」這門課才第一次接觸中國古典戲曲，第一次見到曾老師。在第一堂課，老師便向我們講述他當年提倡「學術通俗化反哺社會」的重要意義，並提及約在一九八六、八七年他披荊斬棘，帶領國內一批學者及研究生從事田野調查，進行臺灣地區民俗技藝調查研究，完成三十幾萬字的《臺灣民俗技藝》重大工程；還曾帶領國內表演藝術團隊到世界各國演出，「以民俗技藝作文化輸出」，發揚臺灣傳統藝術，所到之處，受到各國熱烈歡迎。老師在臺上講得意氣風發，猶有將臺灣未來戲曲發展使命一肩扛起的豪氣干雲與堅毅決然。我雖無緣參與盛事，但在臺下聽講的我，竟被深深感動，第一次強烈感受到學術原來是活的，是有生命力的，讀書人亦可以有所貢獻，而非僅是象牙塔內的紙上談兵，這樣的感動讓我決定跟隨老師從事戲曲研究，往後的領域也就走向與民間生活息息相關、充滿庶民活力的宗教戲曲了。

碩士班期間，我曾以〈《金瓶梅》中的戲曲資料〉為題完成一篇小小的期末報告，本以為曾老師會如其他教授給個分數了事，沒想到老師把我叫去，說：「像這種論文已經很多人寫過，妳應該看看別人的研究成果，站在別人的研究成果上繼續發揮。有空到老師家，有很多資料可以查看。」老師的提點令我受寵若驚，這是我第一次接受的學術訓練，也是第一次真正感受到老師對學生的用心。爾後，我欲以《現存元人宗教劇研究》為題撰寫碩士論文，又擔心這個論題前人已有豐碩研究成果，老師又以「發人所未發，言人所未言」鼓勵我完成這本論文。曾老師的指導並不著重枝微末節，他總能

從綱目布局一針見血指出問題所在，老師常說做學問與做事一樣要提綱挈領，綱舉則目張，思維便清晰、條理便清楚，這些教誨一輩子受用無窮。

　　曾老師對學生的指導從不侷限於課堂之中，椰林大道的春光美景、劇場的古戲今劇、酒党飯局的人間愉快、長興街老師家的長椅書牆，都是師生相聚，老師言傳身教的場合。縱使老師事多如麻，但對學生的關照從不馬虎，尤記得我在撰寫博士論文時，因為研究的是宗教戲曲，當與老師討論到民間宗教演劇時，老師立刻拿出一本密密麻麻的小冊子，翻了半天，抄了康保成老師的電話給我，要我與他聯繫，後來因故無法前往拜訪，但對老師的照顧感佩在心。不僅是學問上的指點，還有生活、感情及工作上的關懷。每年兩次的曾門聚餐，徒兒們的生活近況、工作情形，甚至感情歸宿，老師都一一詢問，尤其對單身徒兒們的姻緣，老師比他們還著急，常常當起媒人，牽起紅線，有時幾位資深學姊開玩笑爭著老師做媒，看老師掃了一遍人才庫，找不到合適人選的尷尬樣，十分有趣。曾老師既是嚴師，又是慈父，作為老師的徒兒，真的很幸福！

感受曾老師的人間愉快

　　二〇一二年我有幸跟隨曾老師到黑龍江參加他與杜桂萍教授合辦的「古典戲曲辨疑與新說」國際學術研討會，會議中老師發表了〈論說戲曲文獻資料之解讀〉一文，再次重申戲曲資料解讀之重要性。論文開宗明義便說戲曲研究，文獻、考古、訪查、觀賞四種資料缺一不可，資料運用不得體，有損論文成就；解讀不正確，甚至錯誤，小則無法給人信服的論述，大則乖謬而不自知。這篇論文由幾則學界經常引用的重要文獻資料入手，再次釐清諸如么末、院么、趕散、妝哈、爨弄、腔調、戲文、雜劇、說唱等學界長期以來爭論不休、混淆不清的名詞與觀念，通篇條理清晰，立論明白，展現老師的治學功力。

　　會場中老師不僅與戲曲界學者們談笑風生，也不忘關心我們這群小小徒兒們，我一發表完老師便關切是否順利，要我好好將與會學者給的建議銘記

在心，再努力精進。但令我印象更深刻的是，研討會在寒冷的十二月天，北國黑龍江冰天雪地，主辦單位用心安排金上京歷史博物館、索菲亞大教堂、冰雪大世界，中央大街遊覽，頂著零下二十幾度的低溫，我們這些小娃兒們個個喊冷，畏首畏腳、舉步維艱，沒想到曾老師到哪兒總是一馬當先，縱使包裹層層厚衣，又是毛帽、圍巾、手套、口罩，但老師遊興絲毫不減，逛中央大街時，我們早早躲進兩旁的店家取暖，老師卻不畏寒冷，一路走到盡頭的松花江。某次回程大家早已累壞了，老師在遊覽車上小憩片刻，一到飯館立刻又精神百倍，大口吃飯，大口喝酒，盡情享受主辦單位的款待。這就是曾老師，對於世界上凡是美好、有興味的事物，永遠抱持著熱情與赤子之心，待人、接物、學問皆如是，名副其實人間愉快的實踐者。

二〇一四年的夏天，接到了幾通在國高中教書的朋友的電話，說曾老師的「人間愉快」成了該學年學測的作文題目，引導文字就是老師《人間愉快》一書中：「為了『人間愉快』，就要『人間處處開心眼』，就要具備荷擔、化解、包容、觀賞等四種能力，達到『蓮花步步生』的境界。」這幾句話作為徒兒的我們再熟悉不過，但那時再細細品味，忽感老師這段話充滿生命的大智慧，這四項能力講的都不是外求，而是一種人與我、人與天地萬物間的互容與共賞；是一種敞開心胸、願意承擔、放寬眼界、看見美好的自得與和諧。放眼現今社會，功利至上，以自我為中心，只求得而吝於給，見小而不見大，如何能不計較、衝突、憤懣與暴戾？所以老師說要處處開心眼，因為心胸開放、耳目開放，自然見聞廣博，自然不偏不執，也自然能涵養荷擔、化解、包容、觀賞等四種能力，化解生命的種種困頓。老師常舉古詩「陽春布德澤，萬物生光輝」說明不偏私的重要，唯有不偏私，萬物才能欣欣向榮、才能生趣盎然，這是人間愉快的精神、是老師為人處世的原則，更是他對這個社會、國家的期望。

結語

古今為大師者，不僅在學問上有其不可撼動的地位，更在品德處事上有

著令人景仰的風範。曾老師獲中研究院士殊榮不以個人成就為喜；編輯出刊《國家戲曲研究叢書》不以個人成就為名，他念茲在茲的是戲曲研究的發展，他曾感慨戲曲這樣優美而重要的文學藝術經常被漠視，視為不登大雅之堂，甚有德高望重者斥為沒有思想、沒有文化的東西，因此曾老師籌劃《國家戲曲研究叢書》，矢志將戲曲研究躋入學術發為顯學，迄今已出版九十九冊，皆長篇巨幅有分量之作，顯然老師已讓戲曲研究「花燦果繁」，成為當今學術研究主流之一。

最近老師因為身體微恙，在飲食起居上有較多的限制，有感這幾次師生聚會，老師在飛揚跋扈之外，也多了幾分澹然，但這卻不改變老師對人、對事、對物的熱忱與關懷，席間仍然充滿老師的爽朗笑聲、舊事新題的見解發揮、對學生的問候關心，在老師身上，我學到學問與做人之道無他，就是保有一份熱忱與勇於付出之心。

老師的肩膀上扛著臺灣戲曲、俗文學、民族文化發揚的使命；扛著一批學生成長苗壯的使命，身負重任，卻仍然抖擻前進，身為學生的我們，雖難望其項背，但焉能不努力追上一二乎？

望之儼然‧即之也溫

楊淑娟*

　　我與永義師的師生緣已近三十年了。從七十五年九月就讀東吳大學中文系碩士班時，選修永義師講授的〈韻文學專題〉。這是堂開在下午一點十分的課，我因帶職進修，上午在新莊的小學教書，十二點一下課從新莊轉三趟公車到外雙溪，往往無法準時到達課堂。實在不願意讓老師認為我是個故意遲到的學生，生性害羞不敢跟老師接觸的我只好鼓起勇氣向望之儼然的永義師解釋為何晚到的原因，沒想到看似嚴肅的老師卻爽快地告訴我沒關係，讓我放下忐忑的心情。

　　一年的韻文學課程豐富扎實，講授韻文學的平仄律、協韻律、對偶律、單雙式律、聲情與辭情及評騭韻文學的態度與方法等。除了課堂上的學習，我們也隨著老師的步履參觀故宮文物展、觀賞由老師策劃執行在青年公園舉行的民間劇場，學期結束前同登外雙溪附近的鄭成功廟，下山後老師請我們在山產店聚餐，師生暢飲，初次見識老師飛揚跋扈酒杯中的風采。兩年後的碩士論文口考，我的指導教授清徽師請永義師和師大賴橋本教授擔任口試教授。永義師一言中的地指出論文的優缺點，直陳需要改進之處，並指導寫作學術論文的方法和工具書的運用，這些中肯的教誨對於初入學術之門的我終身受益。

　　畢業十一年後當我有機會重回校園，進入文化大學博士班就讀，永義師已從昔日勇猛精進的年輕學者成為蜚聲國際、海峽兩岸推崇的戲曲專家，學

---

* 中原大學通識教育中心兼任助理教授。

術論文、專著往往開啟戲曲、民俗研究的新視野,例如南戲北劇的淵源與流播、劇種分類、聲腔形成、歌樂關係與主題故事的研究等。同時又能走出學術殿堂,積極推動民間文化藝術的保存工作。臺大文學院永義師授課的「文19」教室座無虛席,晚到的同學還要自行到其他教室搬桌椅。此時講臺上的老師鬢髮已飛霜,我似乎產生錯覺,宛如將其與清徽師銀絲飛揚的模樣重疊,昔日敬畏的老師,似乎變得可親可近,一到下課時老師身旁總圍繞許多詢問論文問題的學生。而我也很幸運的成為入室弟子,承蒙老師指導博士論文,有系統地學習研究戲曲學知識和學術論文寫作方法。

曾有人好奇老師怎能同時指導那麼多博碩士生,栽培出戲曲學、民俗學、韻文學等領域許多傑出的研究者,同時又能維持旺盛的古典劇本、現代散文和古詩的創作力,豐碩、突破性的學術研究成果,並積極參與文化交流和保存活動。同樣一天二十四小時,從不熬夜的老師,是如何做到的呢?弟子們大概都可以從老師身上感受到他的聰明熱情,對研究工作的熱愛和持之以恆,解決問題的獨見和前瞻性,處事的果斷和領導力,待人的真誠和包容力,尤其樂為人師,不藏私,有成就他人的寬大胸懷。加上善於溝通統籌的領導力,能結合眾人之力,共同完成許多計畫。

老師不但廣受學生愛戴尊崇,求學時也是個深受師長器重喜愛的學生。在《椰林大道五十年》一書中寫求學期間師生、同儕相處感人的故事,受教於孔德成教授、鄭因百教授、屈翼鵬教授、臺靜農教授、張清徽教授、王叔岷教授等,這些南渡的國學大師會聚一堂,老師躬逢其盛,加上自身聰敏好學,廣擷各家之長。從年輕時就養成每日六時即起,研讀創作,數十年來勤學不輟。平日常逛圖書館直入書庫,熟習館藏典籍資料;定期到書店,了解新出版的專著,掌握研究新動向。除了國內資訊外,利用到國外講學、開會期間抽空到各大學圖書館,掌握其藏書狀況,因此能全面掌握資料,在前人的研究基礎上更加廣博精深。

「好書分些別人讀,美酒留點自己喝。」這副自況的對聯正是老師以書酒會友的最佳寫照,好客善飲的老師所到之處必發揮酒黨的功效,達到統一海峽兩岸三地的目的。因為豪邁慷慨熱情的個性,擅長策劃,且勇於任事,

幾十年來大力推動兩岸的學術交流和戲曲觀摩活動，如十年的崑曲保存和傳習計畫，兩岸歌仔戲的交流和學術研討會，大戲、小戲的演出及學術研討會等。此外對於臺灣本土文化的保存和推動更是不遺餘力，讓在六十年代已沒落的歌仔戲中興再起，走向精緻化，把歌仔戲帶入國家劇院演出。將布袋戲、歌仔戲，皮影戲帶到國外公演，令歐美人士驚豔，成功的促進文化外交。舉行南北管的學術研討會，並指導學生做系統性的研究。全面調查本土傳統技藝，規畫傳統藝術園區，讓臺灣傳統藝術能做動態和靜態的長久保存，這個理想雖未實現，卻促成宜蘭傳藝中心的成立，並推動設立民族藝師薪傳獎，肯定他們的成就，擔任教師開班授徒，將民俗技藝傳承下去。

　　記得博士論文口試通過後，與老師在醉紅小館慶祝，餐廳老闆私下跟我說老師對學生非常好，能成為老師的學生很幸運，我想每個老師指導過的學生都有相同的感受。老師因材施教，依照每個學生各自的資質和興趣，選擇不同的研究領域和指導方式，傾囊相授，把自己的藏書借給學生，成為一輩子的師生緣，有些已畢業的學生還是繼續在課堂上旁聽。課堂上旁聽生常比選修生多，許多慕名而來的旁聽者不乏已在大專院校任職的教師，有搭飛機、高鐵遠從花蓮、屏東、高雄、臺南、臺中來聽課者，或是從大陸來交流的學者和研究生，也前來取經。課堂中的同學除了學問上相互切磋，多年相處也成為摯友。

　　在學術研討會上老師條理清晰切中肯綮，客觀地指出論文的優缺點，不因小瑕而掩大瑜，對於年輕學者多加提拔鼓勵，因此能結合各方力量，群策群力，在學術研究上有突破的成果，能成就自己也成就別人。

　　曾有人問我：同一個老師的課為什麼可以聽那麼多年呢？在老師的課堂上除了厚實精闢的專題知識和為學處世之道的講授外，還能聽到緣事而發針砭時弊的精闢見解，往往一針見血，公允深刻，皆以公義為基礎，發人所未發。此外還可欣賞老師遊歷名山大川、師友往來及生活感懷的即興詩作，這些直追唐人的佳作正可與古典詩學的格律相印證，如杜甫晚節漸於詩律細中的「四聲遞換」和「自然音律」等技巧，皆可以在老師的詩作中見其運用自如，無論寫景、抒情、敘事、議論，信手拈來之作皆是佳篇。如〈流蘇〉一詩：

燦爛杜鵑裡，流蘇次第生。針針堆雪綉，急急冒蒼莖。倏地成華蓋，忽然飄玉英。百年猶一瞬，萬古奈何情。

又近作〈傷逝〉悼念周鳳五教授：

浩浩陰陽急水流，忽然霜雪滿頭秋。尋常夢寐思親故，浪蕩悲歡嘯侶儔。最憶椿萱家室暖，追隨杖履杏壇嘔。椰林大道星與月，月是容華星是眸。

此外，〈東坡赤壁遊〉、〈七十初度〉等作品廣為眾知，引起海內外文人雅士共相唱和。

所謂「泰山不辭土壤，故能成其高；河海不擇細流，故能就其深。」老師為學處世之所以能博大均衡，就如他所提出的中國戲曲起源「長江大河說」。長江發源於青藏高原的沱沱河，淺淺之水可以濫觴，而在行經六千三百八十公里後，匯聚眾河，終成浩浩湯湯、不辨牛馬的揚子江奔流入海。從青年時期進入臺大文學院殿堂，蒙南遷後來自各方的國學大師之教誨，廣汲博取，終能成其大，繼王國維先生開啟近代戲曲研究之先河後，加以發揚光大，解決戲曲研究中許多疑而未決、語焉不詳、前人所未見的問題，以現代研究的新方法，從文獻資料、田野調查、出土文物與觀賞演出等四方面入手，立論扎實，卓然有成，開創當今中國戲曲研究之新境，而老師所指導的研究生也在各自的學術領域上勤奮耕耘，繼續在戲曲研究的林苑綻放異彩。

「回首椰林月，韶華去若多。多少恩情義，而今只放歌。」老師行過椰林道五十多年來每每有所感，他最愛清晨騎著鐵馬巡視校園，自封臺大六門提督，對校園中的一花一木如數家珍：細雨紛飛的春日裏滿園妊紫嫣紅的杜鵑，椰林旁挺拔昂揚嫩綠一片新的樟林，校門口那株清新出塵雪綉堆華蓋的流蘇。喜愛眾樂樂的老師，總在春日花開燦爛時帶領學生漫步在椰林道上賞花，共尋哪叢花開得正盛，各自評選心中的絕美，並愉悅的在花下留影作結，一同捕捉春日最燦美的時光。

四月四日出生的老師正是春天的孩子，一年中最美好的季節。今年躬逢老師七十五歲壽辰，僅以此文祝賀最敬愛的永義師生日快樂，年年共賞春花。

小徒兒與大師父

李佳蓮*

　　熟悉恩師曾永義教授的人都知道，老師喜歡稱呼他的學生為「徒兒」，一呼百諾時，老師則會豪邁地喚著：「徒兒們！」大約是因為古代師徒制較諸現代師生關係，不只是課堂上專業知識的傳授，還延伸至師生之間日常生活的互動，從中親炙老師的思想行誼、涵養修練，因此有「一日為師，終身為父」之說。

　　而我在眾多老師的「徒兒們！」之中，是名副其實的「小徒兒」，不只因為我身型嬌小、年齡偏小，排行起來的輩分更小，受到眾學姊、學長的照顧甚多，我也樂當師門中的「小小學妹」以及老師口喚的「小徒兒」；更重要的是，既然是「小徒兒」，則心目中的老師自然是「大師父」了！從我大二修習老師「俗文學概論」一踏進教室時，就已經在心裏奠定老師是「大師父」的形象了。

　　在我青春無憂、飛揚恣意的大學歲月裏，其實當年老師課堂上說了什麼，我實在一點兒也想不起來。但是，我倒是清楚記得第一堂課我是遲到進教室的。我的大學時代絕大部分的時間與心力，都投注在修習重要的三大學分：愛情、社團與打工，因而結識一群好友，常常閒晃校園，在湖光池畔喁語，流連於流蘇紛飛的樹下，當鐘聲悠然地飄盪起來，才從浪漫的馳想中驚醒，飛步進教室。這樣的場景不知凡幾，但我特別記得遲到踏進「俗文學概論」第一堂課的樣子。為什麼會修習「俗文學概論」？雖然我是系上平庸不

* 東海大學中國文學系副教授。

認真的學生，但當時，系上有很多位甚有名望的老師，我倒是沒放棄向每位名師學習的機會，因為可以在課堂上目睹老師們的丰采，然後回家跟家人、朋友驕傲地炫耀。當時，報章雜誌乃至和藝文相關的新聞媒體，總是經常出現「曾永義教授」幾個大字，於是，「想看看老師本人是不是和電視上長得一樣」這種幼稚膚淺、甚至於無知無禮的原因，就成為我當年修課的動機。

當我和死黨帶著羞愧緊張的心情，彷彿偷兒似地將「文19」的後門輕輕拉開，躡手躡腳地踏進教室時，竟滿山滿谷地已坐滿學生，我們更加羞愧地躲在教室後面一角，眼光搜尋是否有容身之處時，「前面有位子！」如雷般威嚴的聲音響起，我大驚、顫慄、抬頭，望見的是臺前和電視上一樣的老師，戴著厚重的眼鏡與嘴唇，和電視上不一樣的是，眼鏡背後透著銳利但溫煦的眼神，「前面有位子嘛！到前面來！不要這樣畏畏縮縮的！」老師依然是用命令的語氣，但嘴角居然是上揚微笑，甚且頰邊還帶有酒窩。就這樣，我聽了老師的話，走了出來、坐了下來，以仰望四十五度的角度，開始聽老師威嚴但溫煦的講課。這一坐下來，竟也悠悠忽忽地過了十餘年，我持續聽了老師十一年的課，以仰望四十五度的角度，成為老師口中的「小徒兒」。

在多年以後，我忝執教鞭、站上講臺，才切身感受到學生遲到進教室對於老師的教學現場而言，其實是有影響的。但我每每在學生畏縮緊張的身影中，猶如瞧見當年的自己，耳畔油然響起老師的話語，提醒我要溫柔善待每一個學生。那是多麼的不容易！尤其是對待一個看起來蠻不用功的學生。在我飛揚恣意、甚且天真狂放的大學階段裏，我真的一點兒也想不起來老師課堂上所講的知識學問，但是我依然清楚記得，在當時老師為了民間劇場與政府單位折衝斡旋、為民間藝人奮鬥奔走的豐功偉業，以及老師述說時眼神所煥發的光彩。那抹光彩，照亮了我天真但懵懂、狂放而虛妄的歲月，我好奇著為什麼一個人可以為了理想奮鬥而煥發如此光彩，這股好奇心，無形中引領著我走出大學門檻，一頭栽進研究所裏。

同樣是坐在「文19」的教室裏，沒有了青春時的恣意飛揚，卻多了層徬徨迷惘，因為我隱隱感覺到心中的光彩，已悄悄滋長起火苗，卻不知熱情將延燒到何方，雖然不再遲到早退，我卻依然終日惶惶、不知所措。直到有一

天，在老師「中國戲曲史」課堂上，老師突然發還期中報告，發到最後兩份時，叫作者上臺發表。一份是後來成為我的好朋友、現在臺大日語系的韓語老師李相美，一份居然是我。我幾乎不敢相信，在老師眾多優秀的徒兒群中，老師會看到我這個毫不起眼的「小徒兒」。隔週，我一樣畏畏縮縮地上臺了，那幾乎是第一次，我一個人走出座位、站上臺大的講臺說話，說的是元代《青樓集》，藉著穿梭時空閒聊元代妓院裏的鶯鶯燕燕，我掩飾著我的緊張發顫，更糗的是，當年不用功的我，連簡體字都不太識得，還蠢笨地在黑板上寫出「泪」字，說這個字讀不出來，當臺下學長姐們大聲地說「那是『淚』的簡體字」時，我羞得滿臉通紅，用眼角餘光偷瞄老師，原本以為得到的會是老師責備不悅的神情，沒想到老師從頭到尾都在微笑傾聽，絲毫沒有不耐，我的報告初體驗，也就在老師溫煦的眼神中宣告落幕。

這件事情在我心中迴盪不已，其實滿不用功的我竟然被老師看見了、發現了！老師看見的，不是我識不得簡體字的不用功，而是看到了我閱讀《青樓集》時對鶯鶯燕燕們的同情與關心，那股略帶傻勁的熱情。

從此之後，我懷著感激的心情，同樣仰望四十五度，「小徒兒」開始跟著大師父與學長姐們奔走南北，進行研究計畫與田野調查。臺南、彰化、雲林，乃至於大陸貴州、北京、青海、陝西等地，布袋戲、車鼓陣、儺戲、影戲等等，都有我們師生研究調查的足跡。在一群人浩浩蕩蕩的隊伍裏，高大壯碩的老師總是健步如飛、聲若洪鐘，時而與藝人們促膝長談，一邊觀察他們的演出情形，一邊轉頭向我們解釋這就是課堂上所說的什麼什麼現象。我們的研究不只是為劇團的演出錄影，記錄藝人的演藝生涯，老師與研究對象之間的相處更像是朋友，每每傾聽藝人們老淚縱橫地述說逝去的演藝榮光時，老師總是握手安慰，義氣相挺地說：「安啦！我們幫你們保存下來，你的演出真的了不起！」老師爽朗的語氣與眼神煥發的光彩，彷彿肩挑傳承傳統藝術文化的使命責無旁貸，這樣的豪氣干雲讓我們更不敢懈怠。工作結束之時，老師也會引領著徒兒們漫步月夜，興致一來，老師還會吟詩作對，叫徒兒們抄錄下錦囊妙句，翌日成為課堂上的佳話。更令人詫異的是，隔天一早，老師往往會交給我們數頁書稿，那是老師凌晨早起振筆而成的，大部分

是學術論文，有時候是散文小品。我們總是佩服於老師驚人的體力、耐力與毅力，怎麼能夠在勞碌整天之後，當大夥兒還沉酣夢鄉時，老師捨得離開棉被早起寫論文。老師卻往往淡然一笑，說這就是從生活中做學問啊！

有時候，頑皮的我們總以為老師在跟藝人們聊天沒有注意到我們，就在旁邊玩耍起來，可是老師看似大而化之，實則細心體貼，總不忘叮嚀我們細節，時間到了該做什麼事，老師一清二楚，瞭若指掌，不得不令人佩服老師的細膩心思與敏銳觀察力。在我們迷糊做錯事情時，老師也會不假辭色地訓斥我們，旁人總以為尷尬難為情，我們徒兒們卻欣然受教、甘之如飴，因為我們知道老師是在教導我們，「做事情就像做學問一樣，要講究步驟和方法，步驟和方法如果錯誤，就會事倍功半，就像我上菜市場買菜，就跟寫論文一樣，要講究步驟和方法……」。老師的教導就像他的為人一樣，真實誠懇而自然，以上云云已成為師門裏慣聽的教誨，而這看似尋常、實則睿智的言論，也成為徒兒們為人、處世、做學問時奉行的圭臬。

我永難忘記的是，在我載浮載沉的日子裏，老師總有意無意地提點我，讓我在無邊泅泳中有一桿浮木可堪撐持。有一次，我們從國家劇院中散戲出場，慢慢步向捷運站的時候，老師跟我說了一段故事：「小徒兒啊！當你滿手握著糖果的時候，你的手也伸不出糖罐了啊！」同樣戴著厚重眼鏡與嘴唇，老師銳利而溫煦的眼神充滿了父親一般的關愛，一語驚醒夢中人。這一番話，劃開了我多年糾纏繚繞的心結，撫平了我驟然失怙的悲傷，從此讓我走出陰影，開啟生命中的另一扇朗朗晴天。

神奇的是，老師的話，總是引領著我走出學生時期的懵懂、走出生命中的灰暗，走向光明與希望。而我這個老師口中的「小徒兒」，若要為心目中的「大師父」寫點什麼，實在也沒有什麼好文筆，只是回顧忝列門牆的這二十年來的點點滴滴，始信古人以「師父、徒兒」相稱，而有「一日為師，終身為父」之說，對我而言，是真實發生的道理。

永結童心・義氣風華

張谷良*

他，生性豪爽豁達、磊落灑脫，是崇尚「人間愉快」的酒党党魁。

他，學貫古今，思窮天地，名馳國際，是精通戲曲、俗文學的學術泰斗。

他，有陶淵明的率真性情，有蘇東坡的豁達胸次，有歐陽修的惜才襟懷，有宋公明的善交大度；且風骨耿介，嫉惡如仇，正直敢言，是傳統知識分子的人格典範。

他，「人棄我取」，不與人爭，淡泊名利，不求富貴，一生孜孜不倦，為情義、為風骨、為文化、為薪火相傳而做學問，雖已是「孤燈雪鬢」的老書生，卻仍舊不改其志。

他，著作等身，右手寫論文，左手寫戲曲劇本、散文、詩歌。論文能百川納海，承先啟後，體大思精，開新創局；劇作則抒志寓意，能彰顯曲學大師的史識與風範；散文更是努力愛春華，莫忘歡樂時，能用真心道盡「人間四情」快活事；詩歌詞采的內蘊情思則能豪邁、能婉約、能感傷、能豁達，飛揚跋扈、豪邁瀟灑如李白，含蓄蘊藉、深摯醇厚如杜甫。

他，立心曲海，廣播寰宇，飛鵬展翅，行遍大江南北海內域外萬里路，推廣與發揚中華民俗藝術文化，不遺餘力。

他，春風化雨，燈火相續，桃李不言，下自成蹊，圓融寬闊，溫柔敦厚，是人格薰陶的師表楷模。

他，成就了「雅俗共賞」的人文精神典範，恐是中華民國史上前無古人，後乏來者的中文院士。

---

* 臺北商業大學通識教育中心助理教授。

　　諸此詠贊堆疊而成的典範形象，使之儼然是尊中文學界的巨人，高聳矗立蒼宇，發放萬丈光芒，教人欽服不已。而他，就是我的恩師——曾永義教授，一位影響我學思歷程既深且遠的良師。

　　適值恩師七十五歲華誕，《國文天地》計劃再設專輯向他祝壽，我蒙師叮囑撰文，倍感榮寵，自當義不容辭。唯「道可道，非常道；名可名，非常名」，尤其他的學思歷程及學術貢獻，乃至性情襟懷與為人處事等等表現，經蔡欣欣、李惠綿、洪淑苓、施德玉、曾子良、沈惠如、蕭麗華、郝譽翔、洪國樑等師長，在他榮膺院士屆臨七十五壽辰初度時，已分別拈文就其各方成就，具體縷述、讚賀下，我縱想踵步，恐也難出其右，而無以名狀。因此，只好踏襲吳佩熏學妹的文跡，透過師生情緣二十餘年間所見所聞、所知所感的一些小故事，來側寫心目中這位至情至性、可親可愛、又敬又畏的長者行誼，及其對我學思養成的影響。

　　我自幼家境清貧，性格剛毅木訥，中學受孔孟思想薰陶，乃以中文系為第一志願。在甫升大三時（民國82年）原擬選修張亨老師的儒學課程，卻因課程異動關係，未能聽及，乃轉而旁聽「俗文學概論」課程，孰知聽完課後，深受永義師講學丰采吸引，遂決定修習，從此便與他結下了這段師生情。

　　整學年的課堂上，老師藉由大量板書，輔以簡單講義，口若懸河地從俗文學的名義開始，經俗語、謎語、對聯、遊戲文字等短語綴屬；再到寓言、笑話、神話、仙話、鬼話、童話、傳說等各類型故事；乃至民族故事、地方戲曲、歌謠、說唱文學等等單元，一一介紹與講解。在繁複資料條文的事例中，他總能提綱挈領、舉重若輕地爬梳其間理趣；更常旁徵博引、連類相及地把古往今來的軼聞掌故，乃至他的親身經驗，彷彿說書人講述故事或當事人現身說法般地暢敘侃談，每每引人入勝，精彩絕倫，而使我聽得目不轉睛，津津有味，總在領受時會心微笑。

　　我向來習慣利用廣告傳單或影印廢紙的空白頁面做筆記，當年抄寫的那疊筆記，至今仍封存於雲林故居書房的櫥櫃裏，其內容較之後來多次旁聽「俗文學」課時所用講義，乃至出版成書的《俗文學概論》，雖顯單薄，不夠豐贍，但卻對我學思的陶養產生了非凡的意義，且價值無與倫比。例如：

我的筆名（慕谿）與書齋名（靜心窩）、聯（冷靜千古愁眉鎖，清心一回笑眼開），便是在聽過老師所授古人姓名字號及對聯的講解後，私下進行情志與文字的推敲、衍義而來。「慕谿」，我習用至今，幾乎等同我另個名字；而「靜心窩」現雖已被「不好囚齋」取代，但卻是我最能徜徉書趣時（大三至碩三）的處所印記。

　　猶記得老師說：「讀書最要緊的事便在於『觸發聯想，執理思辨』，依循興趣來讀多能從中體味讀書樂趣。」我受此啟迪，具體力行，用功讀書，果然樂趣無窮，不唯「俗文學概論」（上、下）成績各獲九十四、九十一高分；其他科目也隨之精進不少；更因此連續兩學期拿到書卷獎，證明了課堂所習得的學問，實惠我良多。

　　此外，我曾有意利用課餘閒暇打工，期貼補開銷，輕減父母負擔，適巧得知老師公開徵求「崑曲傳習計畫」助理訊息，乃斗膽應徵，並獲錄取，而認識了「中華民俗藝術基金會」與洪惟助老師。該計畫後雖因故停辦，使我工讀的心願落空，但有幸親睹上崑名旦華文漪小姐的美麗姿采；並略窺永義師等人致力推廣民俗曲藝的用心，也算值得。不久，老師還曾私下問我是否願意擔任基金會的專任助理（或秘書？），我因感才疏學淺，便婉拒了他的盛情厚意，僅以學生身分繼續浸淫於「俗文學概論」、「戲曲選」的課程學習，隨後結束了大學生活。

　　大學畢業後，有鑑於自己遇大考容易緊張失常，為從容應對，乃決意多花時間準備，隔年（民國85年）才參加研究所入學考試，經獲錄取而重返臺大就讀。開學初，見課表中有「戲曲專題」課程，我不多想便逕自選修之。向來習慣坐在教室後方角隅靜默聽課的我，原以為闊別一年，在滿堂的學生群中，老師早已遺忘或絕對認不出我，孰知隔週便被他給喚進了研究室裏，徵詢有無意願擔任「閩臺戲曲關係之調查研究計畫」的助理，我因感動莫名，自然應允了。從此便在老師的帶領下，跟隨著林鶴宜、施德玉、游宗蓉、郝譽翔、林曉英、邱一峰、徐志成等師長，一起學習。

　　在學術的研治上，老師的戰鬥力超強，除能單打獨鬥，亦擅長組織團戰。一旦目標確認，即能清楚擬訂策略，進行任務編組，讓大家分工合作，

發揮長才，故成效益彰。茲因計畫將利用寒假（民國86年2月11至25日）赴大陸福建進行田調，前置工作刻不容緩，我在指示下連日逗留臺大圖書館、政大社資中心及校園周遭各大小書店，積極從事相關資料的蒐集與整理，協助完成了《閩臺戲曲專題研究之相關文獻書目彙編》及《閩臺戲曲關係之調查研究專題計畫資料手冊》，供團隊田調活動時參考。那是我生平首次搭機出國，我們十餘人在春節期間，跟著老師的腳步先後走訪了漳州、漳浦、潮陽、莆田、泉州、連城、龍巖等地；相繼聆賞了薌劇、竹馬戲、潮劇、莆仙戲、高甲戲、打城戲、亂彈提線木偶、漢劇等戲曲表演；途中，雖因鄧小平去世，致泉州文化局所排元宵節文藝踩街活動，無緣觀賞，但仍無損於我們豐碩成果的斬獲，藉之更使我的眼界大開。

同年暑假，我們又先後前往宜蘭與臺南，進行本地歌仔、四平戲、布馬陣、北管亂彈戲、車鼓戲、竹馬陣等田調活動。宜蘭是歌仔戲的發祥地，當我們傍晚參觀冬山河親水公園時，曾巧遇視察工程中的游錫堃縣長，在縣長簡單向老師寒喧離去後，我看到了他望河興歎許久。私忖那份慨歎所流露的應是他為發揚傳統藝術與民俗文化，以「清明上河圖」為基底；融注「民間劇場」與「動態的民族文化櫥窗」等理念；努力擘劃民俗技藝園區「廣場奏技，百藝競陳」的藍圖，在政治因素干擾下未能具體落實的惆悵吧？而臺南則是老師的故鄉，親友得知他將返鄉田調，除早替我們排好遊覽烏山頭水庫夜宿蔣公行館的旅程；晚宴更端出了他們耗費多日，特地捕捉並油炸好的蟋蟀招待我們。據說蟋蟀當時捕捉不易，市面上一隻要價九塊錢，但師姊們觀之卻都面露難色，敬謝不敏；我因是男徒兒，便隨老師與師兄們情義相挺，舉箸挾蟲入口，發覺其滋味竟比「蝦味先」還要爽脆好吃。由此可見，他與親友間的那份深情重義，誠彌足珍貴。

民國八十六至八十八年間，是我受炙最深也是學術養成最重要的階段。先後參與過《復興閣皮影戲團許福能技藝保存》、《五洲園布袋戲團黃海岱技藝保存》、《亂彈戲「潘玉嬌、王金鳳、新美園藝人」技藝保存》、《臺灣南部民俗技藝園規劃修訂》等計畫案；及「古蹟的盛會」、「一九九八臺灣民俗技

藝節」、「一九九九雲林國際偶戲節」、「一九九九臺灣民俗藝術節」等活動；和「海峽兩岸莆仙戲」、「國際偶戲」等學術研討會，從事資料蒐整、行政庶務與實地田調等工作。

三年間，我跟著老師的腳步，行遍臺中、彰化、雲林、嘉義、臺南、高雄等地，不斷傾聽他指點我們該如何從田調實例中驗證課堂所學；眼觀他與風華殘褪的耆老藝人，在晤談間所流露的那份溫厚懇切的扶持情義；然後轉為具體的學術論著與技藝成果，以揚續文化生命的光彩力度。在此強大學術能量的薰習下，自然奠定了我治學的根基，使我碩班畢業雖因考試失利，致轉往東華大學就讀，卻已有能力於博二暑假（民國91年）帶領學弟，遠赴大陸湖北武漢、襄樊、四川成都、長江三峽等地，進行諸葛亮研究的資料蒐集與學人訪談工作，從而順利撰成論文，取得學位。

我們都知道他生於兒童節，擁有顆天真開朗的童心；但牡羊座「來得快，去得也快」的火爆脾氣，卻也不時表露。只要學生在做人處事上有好表現，他從不吝惜給予讚美；如遇行為舉措失當時，也會板起臉孔，義正辭嚴地予以訓示；偶爾語氣過重致學生不禁愧疚落淚時，若經師姊妹們好聲寬說逗樂下，便旋即轉為爽朗笑聲，反過來會安慰淚人兒。印象中，打從鶴宜學姊受封「忤逆侯」後，「拖出午門，再抱回來」似已成為師門中的莞爾罪懲了；而每當有人挨罵受責時，大家就會追究徒兒群中有誰還沒被罵過？我曾被認為是可能者之一，但實者早在碩一時就已因印表機墨水即將耗盡，致所撰期末報告，只能印出咖啡色文稿交付，而遭面責過了。記得師誨：「不要為自己找藉口！」我敬受教，從此每遇疏失，此訓便會浮上心頭，引以自誡。不過，他對學生的讚揚，卻像家常便飯，屢屢聽聞。例如：以前老師所寫論文都是手稿花錢送外打字，但常因專有名詞過多致錯誤率偏高，校對費時，有鑑於此，宗蓉學姊與我曾主動要求幫忙打字、校稿，使他感念在心，就常在公開場合向人稱說致謝；而我當初以應聘元智大學專案教職在先為由，婉拒大同大學專任教職機會的作為，也曾被他多次誇獎。

老師宅心仁厚，常助人為善，卻不與人知。我曾於其宿所見他電話接連不斷，與人雄辭滔辯，據理相爭，話後方知某某人的獎助出了問題，經他力

薦才得保住。但他從不願讓當事人知道，那份桂冠實是靠他折衝斡旋的結果。這讓我明白了成就越高，越該懂得謙卑，因背後定有許多貴人相助方能促成的道理。

老師喜歡與人樂樂，尤其是藉酒言歡以分享樂事，諸如寧福樓、醉紅小酌、鹿鳴宴、水源會館等地，都曾是我們師生雅集流連之所。他雖好飲，但從不強迫我們喝酒，因為「杯中有物皆酒也」，以茶禮敬亦「酒趣」。每逢恩師壽辰，我們便相約餐敘；他遇有新作即簽名持贈。記得碩三時，志成、曉英、一峰與我，為博他歡心，曾窩在宿舍裏磨墨揮毫，寫詩題詞，擬獻賀卡致意。我因久疏練字，書體欠佳，便於草紙上寫了「不好」二字加畫個印樣兒，孰知那印樣兒卻活像個「囚」字，從此遂以「不好囚」為書齋名，期許自我切勿作苦，以應師訓。

一年兩度的曾門聚餐中，教師節常遇颱風作梗。記得某年餐敘，因大家無懼「薔蜜」暴風雨威脅仍準時與會，使他憶起了椰林大道五十年間的情誼交流，不禁興懷語云：「最難風雨師生情」，眾人聞之都感動不已。我常是席間唯一的男徒兒，向來習慣沉默寡言，多半負責調酒、陪笑與喫菜，就如萬紅叢中一點綠般，用以襯托師門之美。想想自己課務雖忙，但總認為或有些粗活兒，需要男生幫忙，至少湊個熱鬧，讓老師高興也好，所以每次都盡力排除萬難，報名參加。

老師是個美食家，吃遍了大江南北的山珍海味，「厚實雙唇」及「不重不威」的形象，便是他「嘴闊吃四方」的明證。他經常告訴我們：「嚐過珍饈，乃知孰物味美。」就如同他每到一地，必攀登彼處最高點，遠望鳥瞰。但與宴他總不求奢華浪費，路邊攤的牛肉麵，一吃便可數十寒暑，鍾情不棄。我曾問及若無外食，獨自居家，如何裹腹？他先以「簡易料理，自能飽足」回應，後便從如何買菜、烹調，而娓娓道出了許多美味可口的家常菜。凡此，都是他在生活中講究學問的自然體現。

近幾年，老師大病兩場，身體已不若從前勇健，還曾被師母下過禁酒令，致同門邂逅定彼此探詢所知狀況。我從他灰黑而斑白，斑白而雪白；威重而福態，福態而清癯的身形中，一路仰望著他豪邁瀟灑、飛揚跋扈與磅礴

盛壯的大氣象。如今他雖已是雪鬢清癯的老巨人了，但打盹如昔，雷鼾依舊，自然率真，在體內同時含藏著童心與慈光，溫婉朗現。他經常要我們站在巨人的肩膀上超越自己，但向來笨手笨腳的我，實在攀爬不上。幸賴其提攜義舉，得能體會師門「人間愉快」：「相欣相賞，相激相勵，相顧相成，相攜並舉，蓮花步步生」的美妙情趣，誠萬分感動。唯「書不盡言，言不盡意」，謹以此文，獻給我阿良的老師，感恩。

桃李春風‧下自成蹊

吳佩熏*

　　臺大文學院的「文19」教室，每個週四的上午，曾師永義都會在此上課。從二〇一〇年踏入這間教室起，和曾老師的師生情誼也就此締結。

絳帳授徒

　　碩班三年很扎實的聽了一輪元明清戲曲專題，老師的授課方式是一夫當關，連講三堂。每個學期的第一節課，老師會先擬定課程進度，並說明這堂課將會再細分為幾個子題依序探討，重要的參考書目，或是學者的研究成果也都會一併介紹，引領同學進入戲曲的閬苑。然而，老師的講課並非完全按表操課，也沒有使用固定的書籍作為教材，重要的戲曲課題老師會在一面又一面的板書中，將其梳理得井然有序，配合發下的單篇論文，方便同學們對照原典，而思辨的理路曾老師會提綱挈領的講解給同學們聽。

　　授課的內容是老師長年積累的學術結晶，更有最新的學術訊息。老師因為德高望重，常出席國際學術會議，每次開會回來必定與同學分享與會的心得，從研討會的主旨、與會文章的質量，到老師發表的論文，無疑打開了學生的視野，刺激同學去思考，進而了解學術圈的交流方式。例如，老師二〇一二年十二月六日參加美國亞利桑那州立大學國際語言文化系舉辦的「空間、文本與表演之互動國際學術研討會」，擔任專題演講者，配合大會的宗

＊ 政治大學中國文學系研究所博士班。

旨,報告了〈論說拙著崑劇《梁祝》之文本創作與劇場演出〉一文;「文學的空間」是近年相當熱門的研究方向,戲曲當然也有其「空間」,但是戲曲是一門綜合藝術,和詩詞小說其他案頭文學相當不同,已經躍然紙上,成為血肉飽滿、聲色俱全的場上文學,那麼「戲曲的空間」理當包含「文學的空間」與「演出的空間」這兩種思維。曾老師即以此次研討會為例,點出不論劇本的空間再怎麼天南地北,表現在傳統戲曲的舞臺上終究是虛擬象徵,因此在審題時必須有此認知,將大會的「空間」更確切的定位在「劇場」,才是符合研討會命義的有效文章。

曾老師講課的口吻不疾不徐,具有引人入勝的神采。在講解戲曲的課題時,老師會說明如何有效的切入問題的核心,往下展開的章節又該如何兼顧周延與層次。然而這些嚴肅的知識,經由老師的錦心繡口,卻少有枯燥之感。簡明扼要的追本溯源,信手拈來的旁徵博引,間或神來一筆的笑料點綴,三小時的課總是眨眼即逝。我想,最讓中文系人折服的是曾老師中文素養的廣博。通常在課堂上會專門研討某一個主題,但在曾老師的課堂上,除了戲曲專業之外,老師會講解詩詞的平仄對偶、聲韻學的音標擬音、古代的官制、帝王的世系、車馬宮室的構造、名物制度等等,凡是以中文記載的古今知識,老師皆予以融會貫通,用最淺白的方式告訴同學。回顧這些年抄錄的筆記,能夠在第一時間接收、消化並理解,且當下整理成繽紛美觀的筆記,是學習莫大的樂趣。

曾老師的文章非常好讀,那些繁雜的諸說,都會被一一歸納收束,進而建構出一條清晰的徑路。老師所處理的議題不偏不倚都是至關緊要的大觀念,但是自學讀來完全不是問題。我在碩士班期間曾經仿照老師文章的篇章布局來處理「十番樂」,寫成〈十番樂的名稱、流變及概念之釐清〉,也許談不上什麼問題意識,僅能說是試著把名實問題辨析澄清;這次的寫作經驗讓我深刻體驗到老師所說「深則深之,淺則淺之」的道理,學術為真理服務,應當是要以簡馭繁,讓讀者獲取正確的訊息。「十番樂」可能不是一篇小論文能夠負擔的,但是好的研究步驟的確能夠提升文章的層次,讓文章不至於蕪雜瑣碎。

　　講桌下聽課的成員來自四面八方，除了本校中文系、戲劇系的學生，還有跨校選課的研究生，有政大、師大、清大、中央、北教大、藝術大學等等，以及慕名來旁聽的社會人士和持續進修的大學姐們，大陸的訪問學者、交換學生也會把握在臺灣的時光前來問學，整個班上顯得人才濟濟，好不熱鬧，上課時各抒己見，下課時天南地北的口音圍繞在曾老師身旁，來自不同背景的個體，共同累積成行萬里路的見聞，讀萬卷書的知識社群。

　　老師每學期都會清查班上的通訊錄，了解同學們的學經歷，以修課同學的系級為首要考量，並兼顧旁聽生的人數，調整上課的內容。老師長年講授戲曲的文學、音樂、表演藝術、評論鑑賞等專題，因此不論對中文系或是戲劇系的學生，其實都有一定的難度；中文系學生讀古典劇本，相對容易掌握文辭、音律，而戲劇系學生則具備舞臺空間感，熟悉演員、表演、評論這一套論述，因此曾老師講課時，會顧慮學生的程度，除了投其所好，更會以淺顯的方是引導學生進入不熟悉的領域。配合各劇團的巡迴公演，老師會鼓勵同學進劇場去看戲，或是在課堂間播放影音，一邊欣賞一邊講解，這時候師生的互動就十分熱絡。若是分享前幾天的觀劇心得，老師會先拋磚引玉，點評演員、劇情、音樂等方面，當然同學們最感興趣的是曾老師和演員私下的互動，滿足了我們這些戲迷的八卦心理。臺大的戲曲班聚集了一票戲曲愛好者，大家討論起戲評，更是有著同道中人的惺惺相惜，老師每次開了個頭，就會引起同學的熱烈反應。而當老師在課堂間播放影片時，會告訴同學如何當個看門道的內行人，這個時候老師會走到臺下和同學們一起觀看，與同學們十分親近，大家也都更勇於向老師請教、討論。

　　三月杜鵑花開是臺大校園最美的時候，春寒料峭中，曾老師會帶領全班一起遊遍姹紫嫣紅。每年課堂上總有新面孔，更有幾位學姐們長年追隨著老師，大夥會在爛漫的花叢前拍照留念，翻看手邊這些的照片，有短期交換的大陸學者，跨校選課的學生，旁聽進修的學姐、老師，眾人交會的時間就在臺大的這堂課上，而相片中的人事更迭，則是以年為單位刻畫著每一張笑顏。我印象很深刻的是潤筠拍下曾老師的背影，駝背的身軀，但是精神奕奕的拉著我們一班長長的人龍，那蒼蒼白髮也是矍鑠的呢。曾老師在今日兩岸

戲曲圈已是學術泰斗，終身奉獻給戲曲的心力與成就，是後輩學生的精神指標；每年慕名來聽課的各方好漢，他們何其渴望能得到老師的提攜點撥，而在老師身邊的我們則是如此幸福，能夠每週坐在臺下聽課，盡情的當一塊海綿。

　　老師囑咐我寫這篇文章，真的倍感榮幸。我聽課的「資歷」和「身分」恰巧能夠側寫下曾老師近幾年的課堂風采。從碩士班期間開始上曾老師的課至今，同時也成為老師的助理，協助處理課程的事宜，身兼這兩種身分，總是讓我的禮拜四早晨格外充實。當老師開始講課，我投入講題之中，吸收知識和練習思辨的過程總是讓我收穫滿滿，無比欣喜；但是當我以助教的身分去張羅課堂所需，每當我辦妥事情回轉教室時，從門外張望「文19」教室裏的上課氛圍，我都會很欽佩、很感激老師，能夠堅守在教職的崗位上，誨人不倦的薪火相傳，永遠不吝於分享最新的研究成果，以及待人處事的敦厚身教。

　　上述所寫是課堂中的曾老師，我想，只要是修過課的同學，都能耳濡目染，捕捉到老師的意氣飛揚。底下，我想再添幾筆，寫寫課堂外的曾老師。

從做中學

　　碩士班即有幸擔任老師的助理，可說是戲曲研究生的夢幻兼職。這份工作對我而言，無疑是學術的養成。隨著論題的不同，每打一篇文章，完成一條註腳，都是跟著老師在讀書學習。老師每篇文章的謀篇布局、材料的剪裁詮釋、論述的推演建構，都是最佳的研究範本；而落實到學術寫作，要遵循學術倫理、撰稿格式，都因為這份工作的關係，讓我從碩士班期間就養成論文的寫作習慣，促使自己加強文書軟體的技能，熟悉資料庫的檢索，以及上窮碧落下黃泉做註腳的精神。

　　因為協助打字的緣故，近年來老師所寫的文章，我成為第一位拜讀的人。老師的學術生產能量十分驚人，年逾古稀依舊筆耕不輟，繁瑣的題目到了老師的手中，都能被妥善的檢視討論，因此，老師的研究態度與方法我是

深受其惠，而且步履追隨的。老師不用電腦，所有的文章都是手寫再交由助理打字，之後再反覆修訂紙本，琢磨到定稿為止。可能是現今網路的誘因太多了，對著電腦直接打報告反而進度遲緩，於是我索性學老師手寫，從章節的構思、資料的匯集到每字每句的成篇，對著白紙意外的心無旁鶩，爾後再打字時自然省卻苦思不得又頻頻分心的窘境。手寫再打字的過程乍聽費時，但是我的碩士論文就是這樣一筆一劃寫完的，雖然很是「老派」，但是我手寫我想的文思泉湧，證明了「老派之必要」。

溫柔敦厚

老師常有大大小小的飯局，有時沾老師的光得以飽餐一頓；老師為人處事的圓融寬厚在宴席間流露無遺，從賓客的安排，菜色的配搭，餐桌上對每個人的殷勤照料，都成為最確實的身教。因為曾老師的緣故，我也練習當一個照顧、體貼的人，更重要的是的是惜福愛物，每次散會之前老師會指派大家打包，身為一個外食族學生，在宿舍吃到餐廳料理的菜餚，美味又省錢的滿足感，讓我由衷的能體會老師的用心。諸如此類的社交磨練，恐怕是書本所不能傳遞的；也許研究所的師生關係，主要是學問上的交流指導，但曾老師總是對我們說，做人、做事和做學問一樣的重要。

有一回晚餐過後，陪老師漫步椰林大道走路回家，夜風吹散了酒香，我們很隨興的搭話，多半是同星月一般寧靜的，絲毫不覺得路遠。更多時候是到老師家中交接工作，八角樓的樹影篩下縷縷浮光，不忙的午後，會陪老師一起看動物頻道、吃吃果子，閒聊生活的瑣事。若適逢午餐時間，老師會帶助理們去吃牛肉麵，那是老師從學生時期吃到現在的老店，物換星移，但味蕾的記憶對老師而言是歷久彌新的，豐盛的小菜一上桌，大家迫不及待想開動，只見老師從紙袋變出不知名的美酒，入口果然是齒頰生香，大家便開開心心的大口吃肉，小口喝酒。這個馬路旁的麵攤，有點忙亂有點吵雜，但對我們師生來說，平凡且家常的一餐，是再自然不過的相處了。

老師獲得院士的榮耀，當之無愧，戲曲的研究也因此樹立新的里程碑，

高山仰止，景行行止，是讀書人的楷模。但是為人師長所能給予學生的潛移默化，自然不單只在增長學識，影響學生更深刻長遠的，更當是人格的薰陶。我所觀察到，只是老師與學生、助理互動的那一面，之於我卻是無比珍貴且重要的，這些點點滴滴使我深深的期勉自己，將來也能像老師一樣，成為一個溫柔敦厚的人。

曾老師一生為人業師，栽培的桃李滿天下，正因為老師的教誨是煦煦的春風，我們這些有幸聽得老師幾年課的學生們，無不以親炙曾老師為榮。

萬仞詩牆領進門
——記曾師永義先生韻文學課程對我的啟發與影響

林偉盛*

　　一直以來，對於中國古典文學的研究興趣都在於詩歌，在過往的閱讀與研究上，每每關注於詩歌的內涵，以及詩人是因著怎麼樣的經歷，而創作出怎樣的內容的作品，又在裏頭表達了怎樣的思想或者情感。對我而言，透過對於詩作內容的研析，對於裏頭的思想、情感的掌握，是一種修心的工夫，是讓自己的心變得更堅強的方式。像是注射了預防針，當自己面臨到一些生活的困阨或者生命的難題時，便可以有個參照與效法的對象。想想，也許並不只是對於興趣所鍾的詩歌如此，對於中國傳統文學，我在閱讀或者研究時的心態大抵如此。

　　在過往，這樣的閱讀或研究態度，確實讓我有過不少的收穫，特別是在閱讀陶淵明詩和《紅樓夢》時，陶淵明在詩中所展現的「即窮厄而翻曠達」的態度與實踐，以及《紅樓夢》透過男主角賈寶玉所揭示的全書旨趣「以情悟道，守理衷情」，對於我的價值信念，皆曾產生巨大之影響。然而，一種閱讀文本的興趣，其相對的一面，往往意味著閱讀文本時的偏差。在我過往的閱讀興趣裏，往往有意無意地，便先捨卻了對於文本形式上的考索，而直接針對文本的意義與內涵予以研析。這樣的偏差，在過往偶爾也會乍現地意識到，但往往不以為意，以為做學問應該還是重在掌握古人所欲表達的意思，所謂「得意忘言」，也是古有明訓了。是在這半年上了曾老師的韻文學

課，見識到老師如何從對文本形式的分析──小到字句的音義，大到文體的體製規律──而讓文本的內涵得到更充分的發揮，甚至可以解決一些歷史上糾纏許久的問題，我才開始意識到，自己過往的心態真是有些自是地過分。

這半年的課程內容，主要聚焦於詩歌。曾老師先從中國語言文字單音節、單形體的特性談起，然後針對韻文學的語言基礎，如字音、押韻和聲調等，詳加說明。接著，談韻文學的體製規律，講到了「自然音律」與「人工音律」的區分，以及中國古代韻文學本身音律的發展脈絡，從知其然而不知其所以然的自然音律，到把聲調分兩大類的平仄律，再到開始講求平上去入四聲的聲調律，然後到進一步講求依據四聲的特質將四個聲調分配均勻的四聲遞換。接著聚焦在「舊詩」（區別於當今流行的「新詩」）體製規律的構成因素，乃在於四聲平仄、韻協、語言長度、音節形式和對偶。特別是對於韻文學中音節形式的討論，以及其與意義形式的配合，對於我在欣賞、研析韻文學文本有很大的啟發。我才發現，這些我過去略而未考的細節，原來對於詩歌，或者說韻文學的內容的表現，實具有重大的影響。而如果始終抱持著略而不談的心態，那麼對於文本的掌握，終究還是要隔了一層。

在這半年裏，曾老師所講授的關於韻文學的體製規律的種種討論，其實許多都與過去大學時所修過的語言、聲韻、語法等課程息息相關，但在過去往往只是把它當作一門獨立專門的學問來學習，後來也未曾想過要將從前在這些課程上所學習到的觀念應用在自己的研究工作上。久而久之，甚至也將這些學過的知識齊來拋閃。這半年聽了曾老師的課，也使我反省到自己不惟在所學猶有很大的不足，就是在已學過的知識內容如何與自己所關注的研究領域相結合上，也顯得有些匱乏。過去我一直認為，學習的歷程都不會是浪費的，端看自己會不會利用罷。如今想來，不覺自哂。

曾老師從第一堂課便提示了韻文學欣賞的兩把鑰匙：「聲情」與「辭情」。在這半年的課程中，更是不厭其煩地反覆提醒，主要的原因便在於這兩把鑰匙實在缺一不可。而「師父領進門，修行在個人」，曾老師在課堂上已教授且示範了如何把握這兩把鑰匙來欣賞和研究韻文學，爾後的研究工作，到底還是要各自努力。而既已認識到聲情與形式結構之於韻文學的重要性，便希望自己將來的研究工作，莫要再像過去一樣挑食，只求「得意」了。

從根本扎起的學問
——記曾師永義韻文學專題課程

成茉莉*

　　中華民族是一個詩的民族，無論在任何場合，我們都習慣輔以詩的韻味與想像。《詩經》作為韻文開端自有起源遠流長的歷史，承載了先民古老的傳說和歷史記憶，而繼承了這些文明遺產的子民，我自小就對韻文極為喜愛，父母書堆無心一栽，有了這麼一段幸緣坐在臺大的講臺下，聽曾老師分享這些年來在韻文學界的心得與成果。

　　當學習進入研究所階段，為了開拓更廣闊的視野、掌握更成熟且與時並進的研究方法，處在資訊傳播發達、中西交接日漸頻密的時代，加以五四思潮對傳統進行反思批判的遺根，我們不免容易被西方學術思潮影響，使得處於後現代文明的我們對古典的堅持與信心容易產生動搖。不少學者打出「前人以傳統方法進行的研究成果已達飽和」為理由，堂而皇之擁抱西學理論，漸而使文學研究者的方向與態度，有了迥然有別的立場。

　　曾老師面對如此現象採取極為明確的立場：先把根基扎穩，從自身文明內部吸取養分，以此回應彼鄰潮流。因此，課程的安排從字音特色、字詞組合到句式結構，由簡而繁進行訓練，確保每一節組成作品文本的小螺絲釘都有完整的認識，再遞進至作品鑒賞的方法。我想，曾老師引導我們的，是如何讓光射入三角稜鏡，由其自然變化的原理組合，折射出七彩斑斕的彩光，而無需憑藉著誰的光，才能照耀自己。

---

* 臺灣大學中國文學系碩士班一年級。

這堂課最讓我留下深刻印象的，是老師從聲情鑒賞入手的獨特眼光，藉此開展出有別於當代學者不同的研究方法，更是一塊漢學家們無法涉入的領空。從語言的根本、聲音的演繹入手，我想曾老師教會我們的，是要更有信心地以傳統的方式進行研究，而非捨近求遠，淪於西方學術思潮盲目跟風，將兩種建立在不同文化基礎而發展的理論方法生硬套用。

了解聲情的的表現特色，在詩歌創作方面，自然能有更豐富的發揮，藉由四聲誦讀表現的音律特質，將更幽微思懷外化，宛如「打暗號」般的方式傳遞給讀者。對於懂得詩歌聲情表現的讀者，自然能夠感受詩人苦心經營的聲情表達策略，懂得把握音律節奏，把「詩」之能「歌」的韻律本質尋回。

這方面，曾老師也經常以個人的詩詞對聯，甚至字謎等，將概念性的「理論」以及具體實踐的「創作」兩條隱線串聯起來，讓我們理解理論之用、投射在作品的創作之效，體現出通此二者所能開創的獨特藝術效果。從韻文的鑒賞角度出發，曾老師也間接地教會我們如何寫詩創作，作為日常之記錄、或是一份禮之酬贈，這些都是隨著時代發展而逐漸消解的文化傳統。

曾老師對生活積極豁達的態度，也給我留下深刻的印象。身邊不少喜愛詩詞文學之人，心靈敏感細膩、浪漫多情，尤其對於詩詞所言之愁，往往一觸而慟，牽引無端哀愁，漸而影響了看待事物的眼光，總揮不去一股「強說愁」的悵然。但我認為，人之所以為萬物之靈，自是對於「情」有一種自然生發的感動，而文學作為「情」的載體，接觸文學能讓我們對於人有更深層的認識。然而，作為漠然社會裏少數的「感」情分子，我們不應該沉浸在這些的「多情世界」感傷而無法自拔，文學應該讓我們活得更有力量，從前人的經驗中學習他們面對苦難的態度、從前人的苦愁之文中化解「小我」的傷悲，從而讓我們獲得更智睿、更優雅，文學應該教會我們，是理解之同情，是開闊的胸襟視野，而這些精神的財富，從曾老師的言行舉止中都一一顯盡。

生長於馬來西亞，我們的華文教育總是處於主流教育邊緣，一直都缺乏機會深入學習鑒賞這塊文明瑰寶。從前在馬來西亞大學念大學部的必修課《古代戲劇》專用課本即是曾老師所注《中國古典戲劇選註》，第一次踏上

臺灣這塊土地，首個學期即有機會跟著老師學習，由點而面對於詩詞學進一步認識，感覺非常幸運。老師對於教學的熱誠、生活的態度、待人的姿態，影響我極深，相信這些精神養分將伴隨我度過接下來在臺灣唸書的歲月，希望我在面對困難之際，不忘老師作為一個知識分子的硬骨，對人講情義、不公持正義，願我也能有老師一樣的豁達精神面對大千世界。

學業醇儒富・辭華哲匠能
——記陸生與大師的課堂邂逅

陳思宇*

　　生於上海市青浦區的我，因高中閒暇之餘閱讀歷代名家詩文，培養了對中國文學的濃厚興趣。透過電視書籍體會到臺灣的人傑地靈，萌生求學想法，機緣相合，使自己成為來臺念學士班的第一批陸生。而與曾老師的結緣則要追溯至大二那年研修陳師錫勇的老子課程，錫勇師多次在課程中提及曾老師的學識及酒黨黨魁的身分，後深入了解方知曾老師不僅著作豐厚，且屢次到世界知名大學擔任客座教授，更是史上第一位戲曲中研院士。久慕曾老師的盛名，有幸入臺大中國文學研究所學習，得以受教於曾老師，可算圓夢。記得曾老師在教授韻文學之欣賞與評論時，提點我們切記掌握從知性與感性兩方面著手。換個角度來看，知性是知識性客觀的理性面，那感性便是主觀性的情志申發。縱觀世間的每一件事無不兼有二者，故學生這學年課程心得亦是如此。

　　作為韻文學中體裁之一的詩歌，是中國人自幼誦讀而接觸中國文學的啟蒙媒介。回顧自身在詩歌上的學習歷程，高中時期，基於《孟子・萬章下》記載：「頌其詩，讀其書，不知其人，可乎？」而被教導在詩歌鑑賞中知人論世的重要性。大學時期，修習詩選及習作的課程時，知曉背誦絕句、律詩的格律之餘，深受《詩序》：「詩者，志之所之也。在心為志，發言為詩。」影響，在詩歌賞析中尤重詩者的情志抒發。看似知性與感性兼顧，卻著眼辭情居多。

---

* 臺灣大學中國文學系碩士班一年級。

　　曾老師課程初，便強調詩歌有聲情與辭情兩方面，而二者皆是知性的一部分。唯有洞悉聲情與辭情，合理運用知性與感性來賞析評論詩歌才不會淪為意識亂流，此番觀念對我起到醍醐灌頂的震撼。曾老師在詩歌聲情上的教授使我對詩歌有煥然一新的認識，曾老師以科學嚴謹的治學方法，歸納出詩歌聲情的表達上有自然音律與人工音律，屬曾老師的獨到見解。例如舉杜甫詩句，乍看之下不合格律卻是由本句自救，或隔句互救來達到平仄的和諧，而杜甫詩歌中已有四聲遞換。另如詩歌的對偶，傳統上一般的見解便是符合詞性相同，但曾老師考索對偶的運用，義先於音，然後音義兼顧，將對偶按層次之分盡有六個等級。最為精彩的則是曾老師〈一篇錦瑟解人難〉一文，將一首前賢都似懂非懂、各說各話的詩，藉由章法布局、詞句典故的意涵等方面，熟用聲情與辭情這兩把鑰匙，輕而易舉地將李商隱〈錦瑟〉一詩大意道明。曾老師在韻文學上廣博學養，初次受教卻受益匪淺，但有時限於自身學力的因素，仍需要時間細細咀嚼品味一番。難怪課堂中有好些學長姐堅持聽曾老師已達幾年之久，卻依舊感慨每次聽同樣的內容卻得到不同的領悟。曾老師的學識猶如寶山一般，入於其中而取之不盡。這學期的授課主要集中在詩歌上，下學期更要邁入曾老師所專長的戲劇領域，期待之情不言而喻。

　　除教授韻文學專業性知識與方法外，曾老師時不時在課堂中穿插治學方法的傳授。像是要和圖書館館員打好關係，在求學借書之時就開了方便法門。又如做學問要抱有懷疑的精神，曾老師結合自身在研究生時的求學歷程來說，曾老師碩二時就《浣紗記》中的西施形象為探討對象來寫作論文，藉由史傳及先秦諸子的文獻材料，得出歷史人物有影子人物的結論。另如在相關文獻資料的使用上，曾老師看重將材料按照年代、人物排列下來。借助看似繁瑣的方法，比對材料文字上的差異，會帶來新的視界與見解。這些由學人自身治學經歷所歸納出的方法，對身為碩一剛跨入學術殿堂的我來說，簡直如獲珍寶時時自勉。曾老師的教學恰好與復旦大學葛兆光教授在〈研究生學術入門手冊總序〉：「給大學生常識，給碩士生方法，給博士生視野」的精神不謀而合。

　　課堂中最令我印象深刻的是，每次詩歌的吟誦曾老師皆是親歷親為。先

喝上一口水潤喉，然後用中氣十足的嗓音，四聲分明地將詩歌內在隱藏的情感寄託演繹出來，是出自對詩歌的熱愛及教學的敬業。曾老師豁達與情真的精神境界讓我敬佩，憶及古文字大師周鳳五老師的仙逝，曾老師不僅作〈傷逝〉一詩緬懷，而且發動我們在課堂上為周鳳五老師默哀一分鐘。未及向周鳳五討教學問的我，不免從心中生發出絲絲哀傷，或許是短暫的一分鐘中分分秒秒寄託著曾老師對周鳳五老師的懷念與悲傷，在無形中牽動著我的情感波動。學期末聚餐之時，早對酒党心有所慕的我，向党魁曾老師詢問如何入酒党的事宜。曾老師便說道：「『人間愉快』身適而心寧，不為世間名利等將雙眼蒙蔽。與知己歡然相慶，此時酒杯在手，杯中不是酒又何妨！能夠落實『人間愉快』的人生宗旨，就是酒党之徒。」這番言論既不失党魁之威嚴，頗有淵明風骨。能夠在碩一階段蒙受曾老師的教導，在學術能力及為人處事上都是獲益匪淺，可視為一輩子留戀收藏的瑰寶，為自己在臺灣的求學途中再添一抹錦色。

泗水傳心，後生露杏雨；
臨川寫夢，高調遏梨雲
——謹記一〇四學年曾師永義韻文學專題

曾家威*

　　甫進研究所，剛成為研究生的我既興奮又帶點擔憂。在浩如煙海的學術殿堂入口前，我思考著：什麼是學術？學術關注哪些問題？如何研究來獲得答案？對於這些問題，我現在仍然不敢自謂真知。幸得蒙老師親炙，在老師身上，我窺見學問的正道，神會治學的態度，使我不至於徬徨茫然而不知所從。

蒙以養正

　　不過，說破也不是什麼不傳之祕，就是從基本功做起。雖然是老生常談，但能親身履行的終為少數。諸如名詞之定義，要研究詩人風格，自己就必須先扎實地弄清楚何謂「風格」，而非一知半解，牽強比附一些西方理論。這樣的研究如同無根之木、不繫之舟，「以其昏昏」，又如何能「使人昭昭」？其實，為名詞下學術定義，由此立見學者學養的厚薄，識見的深淺，境界的高低。其實，為名詞下學術定義，由此立見學者學養的厚薄、識見的深淺、境界的高低。雖是基本中的基本，但卻最考驗學者功力。

　　老師教授「韻文學」，便是從基礎中的基礎開始。文學為語言的藝術，

＊ 臺灣大學中國文學系碩士班一年級。

中國文學為漢語的藝術，故想要欣賞與批評中國文學，就必須對漢語的特性有深入的了解。「累字成詞，累詞成句，累句成章」，進而形成文本，文學研究的第一步，便是要弄清楚漢字的形、音、義。文字之音以聲、韻、調組合而成，聲母的清濁、韻母的開齊、韻尾的特性、聲調的高低，無一不影響文學的語言旋律。

組合成詞後，也必須分析其聲音與詞義，詞的聲音有雙聲、疊韻兩種特殊模式。詞的意義有複合、合義、偏義等關係，還有取聲不取義的特殊現象，諸如連綿詞、詞頭、詞尾等。

字詞結合為句後，又有襯字、攤破等問題。漢語中，最長的句子為七言，古人謂之長言。受到發音生理的限制，超過七言的句子必要斷開。但如何斷才正確？這裏便牽涉到「意義形式」與「音節形式」的分別，兩者雖關係緊密卻不能混為一談。音節形式為音步停頓的方式，依最後一音節決定是句子是單式還是雙式。攤破必須以音節形式為依據，單式句不得攤破成雙式，雙式句不得攤破成單式。

句與句間，韻文運用押韻的方式將其收束為一體，韻腳的布置安排，決定了詩歌的節奏旋律。將漢字特性發揮的最極致的文學形式為對偶，必須同時考量到意義形式與音節形式，老師為對偶分析出六個等級：意義相等、句長相同、詞性相同、平仄相反、名詞類別接近、名詞類別相同、語法結構相同。

秉要執本

我於三餘之時，偶或作詩，雖不過遊戲筆墨，亦曾僥倖得獎，自信己作不致出律。但是我雖知其然，卻不知其所以然，我知道如何拗救，卻不知為何能如此救；我知道如何押韻，卻不知押韻的意義何在。為何五言詩首句以不押韻為常態，七言詩首句卻反而以押韻為常態。聆受老師數月之訓，我才懂得這些原理。

近體詩的美學原則為均衡和諧，故平穩的平聲與變化的仄聲數量必須對

等。「拗」不外是該平之處作仄；該仄之處作平，這樣便破壞了近體詩均衡的旋律結構，故必須在相應的位置上予以彌補，使之回復均衡的旋律結構，此即為「救」。

押韻是利用韻母相同的字，使相近的聲音在一定節奏中重複出現，以此將鬆散的音節收束成有機的整體。故韻腳與韻腳之間的距離，即形成韻長，並控制著韻文的節奏。五言詩之所以通常首句不入韻，是因為若首句入韻，韻長只有五音節，節奏太快，違背近體詩聲情諧穩的美學原則，故首句不入韻，使之韻長為十音節。七言詩則是若首句不入韻，韻長延至十四音節，過於鬆散，故首句入韻，使之韻長為七音節。

此處正是學術，學術不僅僅「描述」現象，更重要的是「解釋」現象。即使像燈謎這樣的「小道」，老師亦能從學術的角度為之分門別類，以簡馭繁，一掌握事物的原理，其源頭及流變便自然浮現。可見只要有足夠學養，無處不是學問。

知所先後

老師治學，尤重發生與演變的過程。在這堂課中，老師不僅抽繹韻文之理，更以此理縱橫千年中國韻文。從漢魏古詩，唐詩宋詞，至於元明戲曲，原理既恰當地解釋其中的繼承與演變關係，其歷史演變亦反過來證明原理的正確。

韻文的承襲與演變，從「詩讚系」到「詞曲系」，從「齊言」到「雜言」。「齊言」為韻文的早期形式，每一句音節相同，節奏固定。雖易於唱誦，有時不免流於單調，「詩讚」即為此類代表文體。後出轉精，韻文自然而然發展至「雜言」形式，語句隨詩人需要伸縮變化，以此營造出複雜多變的節奏。或長或短的語句更能表達細緻曲折的感情，足以將詩人抽象的情感內容明白道出，「詞曲」即為此類代表文體。

韻文的格律從近體詩的「平仄律」，演變至詞曲的「聲調律」，最後至「四聲遞換」。近體詩應用漢語的聲調只簡單分作「平」與「仄」兩類，所

謂「仄」即是「不平」，意指除了平聲以外的上、去、入三調。發展至曲子詞時，一些較嚴謹的詞牌要求詞中某些音節必要用特定的聲調，以配合特定的旋律，將「仄」更細分出上、去、入的不同。「四聲遞換」則是要求一句之中，要儘可能地用上漢語的所有聲調，使每一句皆跌宕多姿，富有聲情之美。

　　大體而言，由「詩」到「曲」韻部雖逐漸簡化，押韻標準日益放寬，但發展至精深的韻文美學嚴謹講究至每一字的聲調。老師歸納上述現象後，提出「曲牌八律」以解釋韻文的美學原理，不僅易知易從，更是可久可大。使我完整掌握到中國韻文藝術，日後面對韻文能見人所不能見，更深入地欣賞及批評。

知行合一

　　老師杏壇講學，梨園填詞，學問深化實務，實務充實學問。講授亦不時用己作指點韻文之理，不僅親切有味，更使學生潛移默化。老師不僅實踐學問，同時也用己學奉獻社會，諸如整理出版埋藏已久的古籍，提倡臺灣傳統藝術，促進兩岸藝術交流。不僅治學，更復用學，能用之學方是真實無妄，不能用的學問就是那些連自己都似懂非懂的研究，那些只是紙上空談。

　　老師勇於任事的精神亦是今日罕見的古風。自程朱理學大興後，中國文人漸漸偏向修身，只重視獨善其身，卻忽略四書不僅「內聖」，更要「外王」。至今日，中文系甚至給人精神潔癖的印象，閉門治學，不問世事。但老師不同流俗，充分發揮所學，盡心奉獻社會，在這門「韻文學專題」，我不僅學取治學的態度與途徑，更感會老師的學者風範。

論說創作兩相得——評論卷

曾永義先生的戲曲史研究
——以戲曲的淵源與形成問題為例

王廷信*

　　曾永義先生是我一向敬重的前輩。我與曾永義先生的交往是從拜讀他的文章和著作開始的，後來多次在一些學術研討會上遇見，有了當面請教的機會。今年臺大舉辦曾永義先生學術成就與薪傳的國際學術研討會，又有機緣讓我較為集中地思考曾先生對於戲曲史的研究，所以我要誠摯感謝臺灣大學的邀請。

　　曾永義先生的戲曲史研究是十分嚴肅的。從我看到曾先生的論文或著作，我能感受到他是一位有理念、有方法、有實踐的戲曲史家。本文謹以戲曲的淵源與形成問題為例，探討曾永義先生戲曲史研究的理念、方法以及這些理念和方法在他具體研究中的實施。

一　曾永義先生戲曲史研究的基本理念

　　凡治史者，莫不想以自己的立場寫一部自己所研究對象的歷史。曾永義先生也不例外。可貴的是曾先生對於戲曲史研究的基本理念，讓他在戲曲史研究方面與眾不同。曾先生在他的《戲曲源流新論》的緒論中旗幟鮮明地表述了自己研究戲曲史的基本理念。他說，如果有一天他本人撰著完成一部《中國戲曲史》，那麼這部《中國戲曲史》當有如下特色和意義：

* 東南大學藝術學院院長。

1. 要使之成為一部純粹的《中國戲曲史》，沒有任何意識形態在主導；

2. 可以看出戲曲發展的縱剖面，也可以看出橫剖面，更可以看出整個有機
   體的運作與發展。由此而論述戲曲之淵源形成與流變，而論述其文學、
   藝術、文化之特色及其地位與價值。其組織結構則是周延帶縝密的。

3. 文獻根據原典，出處甚為明確。

4. 可供治戲劇、文學、藝術、文化者之參考。而於治戲曲者則庶幾欲使之
   稱為「經典之作」。[1]

　　上述四點基本表明了曾永義先生治戲曲史的基本理念，也是曾先生撰述
《中國戲曲史》的願景。

　　曾先生要寫一部「純粹的」、「沒有任何意識形態在主導」的《中國戲曲
史》，是因為存在「不純粹」的、「有意識形態在主導」的戲曲史。這當然與
戲曲史家，尤其是中國大陸的部分戲曲史家曾受意識形態影響所撰寫的戲曲
史有關。由此看來，曾先生所主張的純粹的戲曲史，主要是要擺脫意識形態
所主導的戲曲史。一部戲曲史當然會牽扯到意識形態，但曾先生為何要反對
意識形態主導戲曲史的研究呢？因為在意識形態主導下，戲曲史家較難為戲
曲在某個階段的發展定位，尤其是當以「階級鬥爭」為特點的意識形態主導
戲曲史研究時，會讓戲曲史偏離戲曲藝術自身的特點而不知所云。藝術家出
身的複雜性，尤其是藝術自身的複雜性，很難讓我們斷定哪位藝術家或哪部
作品或哪部作品中的哪個人物形象是屬於封建主義或資本主義或社會主義
的。關於這一點，在中國大陸持續三十餘年針對「文化大革命」的反思與認
知，易於讓我們理解曾永義先生擺脫意識形態控制的治史立場，故在此不予
贅言。但曾先生旗幟鮮明地反對意識形態對於戲曲史的主導，對於讓戲曲史
研究走上正軌是有警醒價值的。

　　自王國維先生把戲曲納入歷史的視角審視以來，戲曲史的研究可謂雨後
春筍。而當一部部戲曲史擺在我們面前時，則出現了諸多矛盾之處。針對同
一則史料的解釋，不同的戲曲史家經常有不同的看法。針對同一個概念，不

1　曾永義：《戲曲源流新論》（臺北市：立緒文化事業公司，2000年），頁13-14。

同的戲曲史家也經常持有不同見解。針對戲曲史變化的某一個環節，也常常見仁見智。更不用說戲曲史料的發掘是一個漸進的過程。隨著時代的變遷，新的戲曲史料時有出現，都會讓我們對戲曲史產生不同的看法。曾先生的研究視野十分開闊，他對於中外學者，尤其是對中國大陸學者的戲曲史著述以及最新研究成果都密切關注。因此，他在戲曲史研究方面的理念不是建立在空中樓閣之上的，而是在不斷關注新成果、吸收新觀點、發現新問題、解決新問題的過程中形成的。曾先生在深入閱讀業已出版的較為典型的戲曲史著作的過程中，發現戲曲史研究主要存在如下問題：

其一，戲曲如何淵源與形成，又如何發展？其二，南戲如何淵源與形成，又如何流播？其三，北劇如何淵源與形成，又如何流播？[2]

在曾先生看來，這三大問題是戲曲史的關鍵問題，但已有的戲曲史專著都沒有妥善地解決好這三大問題。曾先生認為，這些問題之所以沒能解決好，除了史料的侷限之外，主要是因為戲曲史家對於基本概念的認識、基本脈絡的梳理存在較大缺陷。以戲曲的淵源與形成問題來看，曾先生認為沒有釐清「戲劇」與「戲曲」之別、「小戲」與「大戲」之別、「溫床」與「淵源」之別、「淵源」與「形成」之別、「體製戲劇」與「腔調戲劇」之別。這是曾先生對於現有戲曲史存在問題的基本看法。我們從這些看法不難理解曾先生所講的戲曲發展的「縱剖面」、「橫剖面」、戲曲藝術的「有機體」、組織結構的「周延縝密」的命義。

關於戲曲發展的「縱剖面」、「橫剖面」曾先生未有詳細表述。在我看來，曾先生所言的「縱剖面」是戲曲史的縱向發展脈絡，是一環套一環的承上啟下的戲曲史發展的整體走向；而他所言的「橫剖面」則是具體到戲曲史變化環節當中的那種清晰度，尤其是同一時代戲曲史料之間互相影響與勾連的複雜性。曾先生理想中的戲曲史，一方面追求縱向脈絡的清晰度，另一方面追求變化環節的清晰度。與此同時，曾先生把戲曲藝術作為一個有機的整體來看待，用聯繫的而非孤立的觀點來剖析戲曲史的進路。惟其如此，才可

2　曾永義：《戲曲源流新論》，頁9。

達到他所言的「周延縝密」的命義。這些理念都貫穿於曾先生對於戲曲核心概念的認定以及變化脈絡的梳理上。

　　戲曲的淵源與形成，是戲曲史最為關鍵的問題。這兩大問題弄清了，其餘問題就會迎刃而解。在解決這兩大問題時，曾先生先區分「戲劇」與「戲曲」兩大關鍵概念。早在一九八六年，曾先生就在第二屆國際漢學會議上發表文章表明自己的看法。他先從詞源學的角度來分析，再結合前輩時賢的看法進行釐正，認為戲劇主要是指「戲劇的種類」，是指用不同方法和手段表演故事的戲劇的類型；戲曲則是指用歌舞手段表演故事的「歌舞戲」。而在戲曲當中，「因其藝術層次的高低和故事情節的繁簡則可分為小戲和大戲；小戲和大戲又因其體製規律、起源地點、流行區域、藝術特色、民族之別而分為許多地方戲曲和民族戲曲。目前所謂『劇種』，一般是指『戲曲』之種類而言。」[3]這種看法把「戲劇」與「戲曲」有效區分開來，清晰地把目光轉入「戲曲」，讓人們認識到他所討論的是「戲曲」的淵源與形成，而非其他種類「戲劇」的淵源與形成。

　　在「戲曲」當中，區分開「小戲」與「大戲」則有助於我們認清它們各自的淵源與關聯。曾先生強調，小戲是由「多元因素」所構成，而其源起則是「多源並起」，可以有不同的源頭，各自源起並生長。小戲雖小，但並不一定單純，多是由一二主要因素為核心，再吸納結合其他次要因素成為一個有機體。[4]在此，曾先生不把「小戲」作為一個單純的藝術因素來看待，而是用有機的目光看待小戲，由小戲雖「小」但能包容多種因素的特徵看出「小戲」之「大」，把「小戲」的綜合性與包容性特徵和盤托出，從而為由「小戲」吸收其他因素而變成蔚為大觀的「大戲」做了良好的鋪墊，讓人們意識到，「小戲」演化為「大戲」絕不是偶然的，而是與其先天「基因」的綜合性、包容性特徵密切相關的。因此，曾先生看到了「小戲」的本質，看

3　曾永義：〈中國地方戲曲形成與發展的徑路〉，見《詩歌與戲曲》（臺北市：聯經出版事業公司，1988年）。轉引自曾永義：《戲曲源流新論》，頁27。

4　曾永義：《戲曲源流新論》，頁35。

到了「小戲」得以演化為「大戲」的先天基礎。僅從這一點，我們不難看出曾永義先生為戲曲史所找到的準確起點。

二　曾永義先生戲曲史研究的基本方法

　　方法是解決問題的鑰匙，方法正確了，打開問題的大門時就會避免舛誤。曾永義先生在戲曲史研究上也有其獨特的方法。他先結合成熟的戲曲，給戲曲下了一個定義，並在此定義中析出構成成熟戲曲的九大要素，分別是故事、詩歌、音樂、舞蹈、雜技、講唱文學敘述方式、俳優妝扮表演、代言體、狹隘劇場。他認為，正是這九大要素構成了戲曲的有機體。而針對戲曲中的「小戲」，曾先生則以演員的妝扮表演、歌、舞、代言、故事、劇場等六大要素作為構成小戲的必要元素。[5]通過對「大戲」與「小戲」的定義以及構成元素的分析，曾先生確定了戲曲無論大小，均是由多元因素構成的一個有機體。曾先生認為，要弄清戲曲的源起與形成，必須分別對這些構成因素進行分析，並將這些因素聯繫起來認識，才能找到戲曲源起與形成的基本規律。

　　戲曲的歷史因有不少人在研究，所以有的問題是已經解決了的，有的問題懸而未決。但哪些問題已經解決了，哪些問題還未解決，戲曲史界也是有分歧的。分歧的原因是史家對於問題的認識能力。曾先生認為，一位學者「需要具備學術考證和質疑解難的功夫，其次在疑難問題逐次解決之後，對整個『中國戲曲史』之研究當就重要論題探討其系統性之變遷。」[6]這是曾先生對於戲曲史研究者在學養方面的要求，他也用這種要求來要求自己。

　　曾先生還認為：「研究中國戲曲史必須始於單元性而歸結於綜合性、整體性、有機性的考察與論證，乃能兼顧宏觀與微觀的需要。」[7]所謂單元

5　曾永義：《戲曲源流新論》，頁14-15。
6　曾永義：《戲曲源流新論》，頁15-16。
7　曾永義：《戲曲源流新論》，頁16。

性，曾先生沒有專門表述，但從《戲曲源流新論》所收錄的五篇文章來看，單元性則體現為戲曲史的關鍵性問題。這些問題在戲曲史上較為獨立，但解決不好，則會亂了全域。因此，曾永義先生首先是通過考證、質疑，尋找中國戲曲史存在的問題，然後從中選擇最重要的問題予以解決。在這種方法指導下，曾先生分別抓住戲曲、南戲、北雜劇、梨園戲、歌仔戲等關鍵問題進行研究，辨析名稱、考證源流，分別發表了一系列文章。這些文章對我們認識戲曲史的關鍵問題都深有幫助。而這些問題恰恰就是曾先生所言的「單元性」的問題。不僅如此，戲曲史的「單元性」問題還體現在對於戲曲階段性、關鍵型問題的探討上。例如，在曾先生的戲曲史研究中，「戲曲」是與「戲劇」相對應的概念，是「戲劇」的一種類型。這種觀點與譚霈生先生等人對「戲劇」的看法有顯著區別。曾先生所言的「戲劇」其實是對各類戲劇樣態的總稱，就像用「水果」來總稱蘋果、桃子、李子、杏子等具有水果特徵的果實一樣。而他所要解決的問題是「戲曲」的歷史問題。因此，他先從戲曲的淵源、形成與發展問題談起，認為要將戲曲的「淵源」與「形成」問題區分開來。「淵源」是雛形，是有機性的戲曲產生的「基因」；「形成」則是在「雛形」基礎上所形成的成熟的戲曲形式。不能把「淵源」當作「形成」，相應地也不能將「雛形」戲曲看作「成熟」戲曲。這種觀點對我們認識戲曲的歷史有眾多啟示，例如，一個國家的藝術發展歷史都會有其獨特的道路。中國戲曲「晚成」就「晚」在以宋元南戲和北雜劇為代表的「成熟」戲曲出現地較晚，而非自「小戲」開始就「晚」。這是事實，不應因為「成熟」戲曲「晚成」而遺憾，中國戲曲也未因其「晚成」而失色。

曾先生還認為，戲曲淵源於小戲，不能以構成小戲之主要「元素」或以孕育小戲之「溫床」為戲曲之淵源。「小戲」是有機的，即使規模較小，但也不失為戲曲，也是由一兩種元素為主吸收其他元素而形成的有機體。「小戲」雖然是一個由各種元素構成的有機體，但不能直接將構成「小戲」的元素（如歌唱、舞蹈、雜技）自身看作是「小戲」。構成「小戲」的元素自有其源自和體系。小戲是在特定的「溫床」上生發出來的，這裏所言的「溫床」主要指小戲生發的環境（如宗教、勞動、遊戲），是孕育小戲的「土

壤」，是促成不同元素構成「小戲」這個有機體的外在條件，而非小戲本身。所以，曾先生認為不能將「溫床」看作「淵源」。由此看來，曾先生永遠都是抓住問題的要害來辨析，從而辨明戲曲藝術從淵源到形成再到發展的正確走向。

　　曾先生有關戲曲史研究的方法，有的是他明確表述過的，有的是體現在他的具體研究過程中的。總體而言，曾先生的戲曲史研究，多是以文獻為依據的。文獻中有記載的，曾先生能夠精確考證，判斷其價值；文獻中沒有記載的，曾先生絕不輕下斷語。例如曾先生對於「小戲」的認識，他說「凡合乎『演員合歌舞以代言演故事』之名義者，即為『小戲』，即為戲曲之『雛形』，但「如果要論斷中國戲曲之『源頭』始於何時，止能姑以文獻首見而合乎『小戲』命義者為依據。」[8]沒有文獻記載，曾先生絕不輕易為戲曲推測出一個假設的起始時間。由此可見，曾先生對於斷語的審慎態度。

　　曾先生對於戲曲淵源的看法是在總結前輩時賢得失的基礎上得出的。他把學者們已有的觀點劃分成五大類型，如就構成戲曲元素而立論者、就孕育之場所而立論者、就戲曲功能而立論者、就形式的傳承而立論者、就藝術之模仿而立論者。這五大類型，分別代表了學者們的基本立場，但這些立場由於邏輯起點的不同而經常發生矛盾，也是學者們在戲曲淵源問題的研究上各執一詞而不自知的根源所在。在曾先生之前，尚未有學者以此立場來分析戲曲淵源的各派學說。曾先生分別指出這五大類型所存在的缺陷，進而由「綜合性、整體性、有機性」的立場形成自己的「長江大河」說。

　　早在一九八二年，曾先生就針對戲曲的源流提出了他的「長江大河」說。他說：「中國古典戲劇的源流有如長江大河，濫觴雖微，而涵容力極強，隨著時空的展延，流經之地，必匯聚眾流，以成浩蕩之勢。」[9]從戲曲從起源到形成的「長江大河」說，我們可以考察曾永義先生研究戲曲史的「綜合性、整體性、有機性」的方法論立場。所謂綜合性，不僅體現在他對

8　曾永義：《戲曲源流新論》，頁58。

9　曾永義：〈中國古典戲劇的形成〉，轉引自曾永義：《戲曲源流新論》，頁59。

「小戲」的綜合不同元素而成立的立場上，而且體現在不同時間、不同地域的發生的小戲在一定條件下綜合成大戲的立場上。戲曲自「小戲」伊始就已具備的綜合性特點，讓戲曲具備了包容性，也預示了「小戲」在未來可以吸收不同的元素而演化成「大戲」的可能性。所謂整體性，體現在曾先生把戲曲史的每一個環節放在戲曲史的長河中來看待，而非孤立地來看待某個環節。每一個環節都與戲曲的綜合個性相聯繫，從而體現出不同環節之間的相互關聯與支持。所謂有機性，體現在曾先生運用聯繫的觀點認識戲曲史的每一種樣態，把在戲曲史上出現的不同樣態之間的關聯看作一個有機體，是與其整體性相得益彰的方法論立場。曾永義先生的「長江大河」說也體現出他以動態的目光對於戲曲史的看法。因此，他所言的戲曲「大戲」的九種元素的結合是「漸次」的，而非一蹴而就的。這種動態的目光，讓我們看到一部流動的戲曲史，看到一部生動的戲曲史，也看到戲曲由「小戲」漸次匯聚眾流而形成「大戲」的活態演化軌跡。從這個意義上而言，曾先生的「長江大河」說才超越了以往的立論，給人以茅塞頓開之感。

三　對曾永義先生戲曲史研究的檢討

縱觀曾永義先生對於戲曲史的研究，我認為大致體現出如下特點：第一，關注戲曲的形式演變；第二，以清晰的邏輯思維理性地認識戲曲史；第三，以有機綜合和整體觀照的立場來看待戲曲史。本人認為，這些特點對廓清戲曲的淵源、形成與發展都有深刻的啟示，尤其是擺脫了以往機械的意識形態觀念的束縛，有助於讓戲曲史呈現出更加清晰、更加富有邏輯、更加生動活潑的面貌。

但由於曾先生所在地域的限制，他的戲曲史研究也存在部分遺憾。這些遺憾集中體現在曾先生對於大陸發現的活態性的與戲曲相關聯的民俗活動以及戲曲在由「小戲」演化為「大戲」過程中說唱藝術所留下的痕跡的忽視，而對這些活動的忽視，讓他在思考戲曲的淵源與形成時，忽略了「非代言體」的敘事行為在戲曲中的作用。

　　曾先生在討論戲曲的定義時，特意將「代言體」作為戲曲的九大元素之一。我認為，中國戲曲由淵源到形成，走了一條敘事能力漸次增強的道路。但我們在考察中國大陸自二十世紀八〇年代出現的各類儀式性活動，以及說唱藝術在戲曲形成過程中所發生的作用時，就會發現中國「小戲」的敘事並非單純的以「代言體」的形式進行敘事，而是採取了把「代言體」和「敘述體」混合起來進行敘事的方法，其目的只有一個，那就是把故事敘述清楚。這種特點，也說明了中國早期戲劇在敘事方法上是「不擇手段」的。因此，我們在思考戲曲的淵源與形成問題時，就不能忽略 「非代言體」的敘事現象。

　　本人曾在《中國戲劇之發生》[10]一書中認為，「扮演」是戲劇的形式本體，以不同的方式「扮演」則出現了不同類型的戲劇形態。在中國戲劇史的發展長河中，「扮演」行為的出現可以上溯到石器時代包含了人們生產實踐和生活內容的各類儀式活動。如果把「扮演」行為本身看作戲劇的形式本體，我們再仔細考察「扮演」的內容，那麼就會發現，「扮演」的動機當是多樣的。有的是慶典儀式中的「扮演」，有的是巫術活動中的「扮演」，有的是包含教育內容的「扮演」，有的是遊戲中的「扮演」。正因為動機的多樣，才出現了不同形態的「扮演」。仔細考察扮演的動機以及扮演的對象，我們就可以發現，它們都是在以「扮演」的形式來演示一個特定的故事或傳說，通過特定的故事或傳說來體現「扮演」的生動性。由此，我們再聯繫到戲劇的「敘事」功能便可驚喜地發現，最初的「扮演」行為多是較為單純的、輪廓性地演示祖先的傳說（如在貴州威寧縣發現的「撮泰吉」）或者別的什麼。也就是說，最初的「扮演」都是以簡單的手段向他人敘述某個故事。這些以簡單的手段所呈現出來的「扮演」行為恰恰就是曾先生所言的「小戲」的共同特徵。中國戲曲從「小戲」演化到「大戲」，最大的變化就是敘事功

---

10 王廷信：《中國戲劇之發生》（韓國：新星出版社，2004年）。此書是本人在中國藝術研究院攻讀博士學位期間的學位論文，完成於二〇〇〇年。二〇一一年，此書以《尋訪戲劇之源》為題在山西教育出版社重新出版。

能的增強。這種增強表現在兩大方面，一是故事內容的豐富，二是表現形式的多樣。中國戲曲由「小戲」演化為以宋元南戲和北雜劇為代表的「大戲」，恰恰就是因為以敘事為特徵、以諸宮調為代表的說唱藝術的強力滲透，讓中國戲曲可以敘述較為複雜的故事，並且在敘述複雜故事的過程中吸納了其他各類表現形式，從而形成了以歌舞演故事的大型戲曲。由此，我們也不難看出，敘事在中國戲劇從淵源到形成過程中的巨大作用，中國戲曲表現形式的多樣性正是為了把複雜的故事敘述得更加清晰、更加有趣味。這就不得不讓我們重新回到敘事這條主線上來思考中國戲曲的淵源與形成。曾先生也指明了以諸宮調為代表的說唱藝術在戲曲從不成熟到成熟、從「小戲」演化為「大戲」的過程中的重要作用，但未能以「敘事」作為主線來分析這個過程演化的具體方式，竊以為是一種遺憾。這種遺憾也體現在對南戲和元雜劇當中諸多「非代言體」敘事行為的忽略（如《張協狀元》第二齣張協所唱之〔燭影搖紅〕對於劇本創作動機的介紹、南戲與傳奇中常見的副末開場對於劇情的介紹與評論）。換句話說，如果單純地強調戲曲的「代言體」特徵，而忽視了戲曲藝術從淵源時期和形成過程中就已存在並在吸收說唱藝術過程中的「非代言體」敘事特徵，就無法精準地解釋成熟戲曲當中的「非代言體」現象。而單純地強調「代言體」，也會束縛我們的觀念，讓「非代言體」敘事形式從戲曲中消失，從而讓戲曲凝固到一個不可鬆動的模式當中。

　　以上所述是本人以戲曲的淵源與形成問題為例，對曾永義先生戲曲史研究理念與方法的粗淺看法。由於時間有限，尤其是自己的學力有限，這些看法定有不當甚或冒昧之處，懇請曾先生與各位方家不吝指正。

學術弘揚惟敬謹
──曾永義先生戲曲研究的特點和貢獻

王安葵*

乙未年末，曾永義先生曾詠詩數首抒寫情懷，其一曰：「歲尾年頭感慨多，浮光掠影未蹉跎。名山事業盈几案，世運蜩螗可奈何。學術弘揚惟敬謹，胸懷壯烈苦消磨。凌霜白髮秋蕭瑟，展卷孤燈只放歌。」

曾先生著述甚豐，筆者因精力不夠，未能盡讀。只就讀過的曾先生在大陸出版的部分著作，深深感到，曾先生對弘揚祖國的戲曲事業確實是充滿熱情，而且是抱著嚴肅認真、虔誠敬謹的態度，因此其研究成果是扎實的，既有益於當代，亦足以傳之後人。「名山事業盈幾案」，「學術弘揚惟敬謹」，誠不虛也。

一　抓住構成戲曲藝術的重要因素和戲曲藝術形成發展中的關鍵問題進行深入研究，在多個領域有所推進

近年，曾永義先生在大陸出版了《曾永義學術論文自選集（甲編）‧學術理念》《曾永義學術論文自選集（乙編）‧學術進程》《戲曲源流新論》《戲曲腔調新探》等四部著作。從這些著作中可以看到，他的研究工作逐步形成一個明確的規畫，即為寫作完整的中國戲曲史做準備，而戲曲史與戲曲理論

＊　中國藝術研究院戲曲研究所原所長，研究員。

是緊密聯繫在一起的，因此他對許多戲曲理論問題都進行了深入的研究，這些研究對該領域的學術都有所推進。

研究中國戲曲，必須對中國戲曲有一個全面的認識。中國戲曲是具有悠久歷史的、在群眾中有深厚根基的綜合藝術，在它的形成發展過程中，有一些關鍵的因素，這些因素也成為構成戲曲的主要成分。「如果不事先對關鍵性、根本性的問題徹底加以解決，便很難入手」。[1]曾先生認為中國戲曲是由故事、詩歌、音樂、舞蹈、雜技、講唱文學敘述方式、俳優妝扮表演、代言體、狹隘劇場等九個因素構成的有機體，「需要一一研究，又要彼此關聯探討才能完全認識和了解。」[2]

曾先生對於這些關鍵問題逐一進行了深入研究。除了對戲曲源流、戲曲腔調進行系統研究外，關於戲曲文學則研究了歷代重要戲曲文學作品以及與之緊密相連的古代詩歌創作，以及詩歌——戲曲的音律問題；民間故事以及民俗技藝；腳色、排場等戲曲演出中的重要問題；腔調研究則與戲曲劇種、古典戲曲「體製」的發展變化等聯繫在一起；為研究戲曲的淵源、形成和發展則深入研究了小戲、折子戲以及「踏謠娘」、「五花爨弄」等形態。

中國歷來把戲曲看成是詩歌的發展，元曲與明清傳奇被看成與唐詩、宋詞一樣的文學創作的高峰，張庚先生稱戲曲為「劇詩」。而戲曲又是生成於民間，俗文學、民間文學是其重要基礎。因此研究戲曲必須研究詩歌與文學，又須研究俗文學和民間文學。中國戲曲又是可歌唱之詩，因腔調之不同而形成為為數眾多的劇種；中國戲曲是場上之曲，行當、排場等等十分重要；中國戲曲經歷了從小戲到大戲、由百戲雜陳到綜合完整的舞臺呈現的發展過程，它的初級形態，早期的一些作品，「小戲」等等，對戲曲的特點有重要的影響。因此只有了解她的過去才能真正了解她的現在和未來。

從曾先生的文章看出，他首先是閱讀了大量的古典戲曲劇本，有深厚的古典戲曲文學修養，對很多作品都如數家珍。有些問題的提出，如「雜劇中

---

1 《戲曲源流新論》（北京市：中華書局，2008年增訂本），頁1。

2 《戲曲源流新論》，頁8。

鬼神世界的意識形態」，是在遍覽元雜劇的基礎上論述的。作者在元明清六百六十餘種雜劇中，重點考察了涉及鬼神情節的一百六十餘種，結合歷史背景和古文典籍，分析了這些作品所表現出的各種不同的意識形態。對個別作品的評價，如對清雜劇《帝女花》的評論，也是把它放到這一歷史時期中間加以考察的。「有清一代的傳奇作品，像梅村《樂府三種》，像昉思《長生殿》，均莫不寄以〈麥秀〉、〈黍離〉之悲。……難能可貴的是韻珊生於晚清，大清帝國的統治已歷二百餘年，而尚能於擊節悲歌之際，見其故國依戀之情思。」[3]同時他又不同意呂種玉對《帝女花》的過於溢美，他認為呂種玉是單就文詞而論，「若加上排場、音律的成就，則韻珊竟是瞠乎笠翁、心餘之後的。因為大運將終，花部亂彈，天下所嚮，有大才的作者，也只能在字句上馳騁英華，其於結構、排場、音律幾不知為何物了，這是道咸以後崑曲的風貌。」[4]這對個別作品的研究來說是很有見地的文章，而從「學術進程」的角度看，是曾先生對戲曲文學研究的一步步扎實的積累。

廣讀戲曲劇本，可能是許多戲曲研究者能夠做到的，而曾先生更在文學和詩歌的研究上下了扎實的功夫。

中國的詩歌與音樂自古以來就是緊密結合的，古代的詩歌對韻律要求很嚴，由詩而詞，由詞而曲，「愈變愈卑」，而格律卻越來越嚴。「唐詩講平仄，宋詞分上去，元曲別陰陽，而崑曲一字三聲字頭字腹字尾。」[5]古代劇論中有很多曲律的論述，制定了許多標準的曲譜，但當代的作家和研究者對此認真凜守和關注的人已經不多了。曾先生是繼此「絕學」的少數學者之一。讀了他的《中國詩歌中的語言旋律》，我深為其研究功底之深厚折服。

中國詩歌之美不僅在其意蘊，而且在於其意蘊與語言旋律之美的緊密結合。曾先生的論文從韻文學語言旋律的聲調的組合、韻協的布置、語言的長

3　《曾永義學術論文自選集（乙編）・學術進程》（以下簡稱《乙編》）（北京市：中華書局，2008年），頁21。

4　《乙編》，頁29。

5　《曾永義學術論文自選集（甲編）・學術理念》（以下簡稱《甲編》）（北京市：中華書局，2008年），頁36。

度、音節的形式、詞彙的結構等形式因素的分析入手，論述了韻文學語言的內在之美。「詞曲裏嚴守四聲的句子，都是音律最諧美，足以表現該詞調或該曲調特色的地方，高明的作家多能在此施以警句，使之達到聲情詞情穩稱的境地。」[6]比如叶韻，曾先生不僅論述了一般的叶韻規律，更從韻腳的聲調、韻腳的音質、韻腳的疏密、韻協的轉變等更細微之處進行了考察，由此我們對老杜的「晚節漸於詩律細」所帶來的詩歌之美可以有更深的理解。

曾先生研究了古代關於音律問題論爭的歷史，對此問題持平正的態度。齊梁間，劉勰、沈約等倡論音韻的人工安排，以達到聲調節奏的目的；但同一時期，鍾嶸、蕭子顯等則有不同的主張。「此後談音律的，也不外自然音律說和人工音律說二派之爭。」[7]曾先生重視韻文學的語言旋律又不拘泥於「人工音律」，而更重視「自然音律」。他著文〈論說「拗折天下人嗓子」〉為湯顯祖「不懂音律」辯護。他認為：「湯顯祖的戲曲觀，乃至於文學藝術觀，無不以自然臻於高妙：他所顧及的不完全是譜律家斤斤三尺的『人工音律』，而重視的是『歌永言，聲依永』、發乎『情志』的『自然音律』」。[8]他認為，「萬曆間，『南戲傳奇』興盛，正是『百花齊放、百鳥爭鳴』各盡爾能的時候，縱使水磨調為多數文人所喜愛，然而未定於一尊，湯氏又崇尚自然，馳騁自家才氣於聲情詞情之冥然融合」。[9]他對湯顯祖的態度是讚賞的。這種「理念」是在細緻地研究了韻文學的語言旋律後產生的，因此更有其學術價值。

中國古代文化是由文人文化與民間文化互相激發、互相補充、互相結合而構成的，戲曲文學創作更是這樣。如果只熟悉詩詞曲賦等文人的創作，而不了解俗文學、民間文學，還不能真正了解戲曲。《長生殿》是一部優美的戲曲文學作品，而它的產生又與民間文學有著緊密的關係。曾先生的碩士論文是《洪昇及其長生殿研究》，可以認為《長生殿》研究是其學術征程的起

6　《甲編》，頁42。

7　《戲曲腔調新探》（北京市：文化藝術出版社，2009年），頁19。

8　《乙編》，序，頁19。

9　《乙編》，頁207。

點。而在寫作這一論文的時候，他廣泛研究了關於楊妃的民間故事及其發展，寫出了〈楊妃故事的發展及與之有關的文學〉，之後又有〈從西施說到梁祝〉等重要論文發表。曾先生之研究民間文學不是偶一為之，如同對戲曲文學的鑽研一樣，他也花功夫進行了基礎性的研究。根據屈翼鵬先生的提議，曾先生主持了對傅斯年圖書館收藏的俗文學資料進行了分類整理和編目，這為其他學者提供了查檢的便利，同時也使曾先生自己有了民間文學研究的扎實的根基。通過對多部重要的民間故事的比較分析，曾先生提出了「民族故事」的概念。他認為，這些故事經過長期發展過程，表現了大多數民眾共同的民族意識、思想、理念、情感，「民族故事一旦發展成熟，則其故事之主人翁，便成了典型人物，而凡屬『正面的』，莫不受到人們的崇拜，孟姜、梁祝在北宋即已『俎豆千秋』，人們膜拜的，不是象徵他們的『偶像』，而是人們共同提煉出來 的，那維繫人心、與生民休戚與共的『精神』。」[10]這些論述對於我們如何認識和在創作中如何對待在群眾中廣泛流傳的民間故事是有重要參考意義的。曾先生在俗文學研究方面的成就得到有關學者的充分肯定。[11]而這種研究也成為他的戲曲研究的重要基礎之一。

由於中國地域廣闊，各地語音差別很大，由此產生了聲腔不同的眾多地方劇種。聲腔問題一直受到戲曲研究者的廣泛重視，早在二十世紀五〇年代，葉德均、周貽白等學者都有重要論著。改革開放以後，聲腔劇種研究更成為一個熱門的話題。曾先生對此也給予了特別的關注。他對明代流行的古老聲腔都一一作了詳細的考述。

曾先生研究戲曲不只重視「案頭」，同時也關注「場上」，因此他對「腳色」、「排場」等演出中的重要問題都進行了深入的研究。（以上兩點詳後文）

曾先生的學術論文自選集分為甲乙兩編，甲編為學術理念，乙編為學術

---

10 《甲編》，頁35。

11 車錫倫為《乙編》所寫的序言謂：「其研究成果，據我目力所及，代表了這個學派（按：指『俗文學學派』）在當代學科發展中的最高成就。」

進程。從中可以看到，他的學術理念是在扎扎實實的研究中逐步形成的。這些理念因為有牢固的學術基礎，所以是有說服力的。

二　重視前人和同時代學者的研究成果，又力求超越前人，從新的角度提出新的觀點

曾先生關注的這些問題前輩和當代學者也都有研究，曾先生說：「必須對前輩時賢之研究得失，有全面的認知和取捨為前提，才能鍾繼前修，後出轉精。」[12]他確實是這樣做的。他在研究各個戲曲理論問題時都首先考察前賢及當代學人——包括自己的學生——對該問題的論述，並盡可能無所遺漏。

比如「腔調」和「腔系」（聲腔）問題，古人有很多論述，當代學者葉德均、錢南揚、周貽白及余從、流沙、廖奔、蘇子裕、葉明生等都有專門著述，曾先生對諸家的觀點都重新檢視，提出自己新的看法。在關於戲曲腔調和戲曲源流兩個領域中，曾先生的「新論」確實很多。諸如：溫州腔的存在；南戲變為傳奇的過程；海鹽腔與昆腔的盛衰；南戲、院本體製的衍變；曲牌體破解為板腔體的過程；魏良輔、梁辰魚在昆腔發展中的作用等等。

當然所謂新論，有的是前人沒有提出的見解，有的存在諸多爭論，曾先生經過研究，肯定其一種觀點。比如一般認為明代流行「四大聲腔」，而葉德均先生認為有溫州腔存在，是為「五大聲腔」，曾先生經過考證，同意此說並有所補充論證。有的則在眾家觀點之外，另立新論。由於筆者與曾先生關注的重點不同，對聲腔等問題沒有專門研究，因此對曾先生的一些具體觀點不敢隨意判斷；但在我讀了他的有關文章之後，有幾點感受很深。

第一，曾先生強調「正名」。中國有「名不正則言不順」的文化傳統，但在戲曲的歷史與理論中，許多名詞概念的內涵和外延都有不確定性。有一些名詞概念隨著時代的變化而變化，異名同義、同名異義的現象所在多有。歷史上是這樣，今天也常常如此。人們習然不察，並不深究。比如「戲劇」

---

12 《戲曲源流新論》，序，頁1。

與「戲曲」兩個概念，古人在使用時，並沒有考慮給予明確界定，到王國維先生那裡也沒有做出清晰的區分。他在講「戲曲者，謂以歌舞演故事也」的時候，「戲曲」應指包括戲曲文學在內的整個舞臺演出，在講「真戲劇必須與戲曲相表裡」時，「戲曲」又主要指曲文。但這樣帶來的結果就是許多爭論是因為對「前提」沒有統一認識，所以正名是必要的。曾先生努力「正名」還有一個原因，即他認為名稱的變化能夠反映戲曲淵源、形成與流播之情況。對這些具體名稱的界定還需要繼續探討，但這種研究方法值得我們重視。

第二，曾先生對於爭論較多的問題經過分析，做出更為清晰的表述。比如腔調問題，他認為腔調的產生首先是當地的土腔，流播到外地後有新的發展變化，再因歌唱者的不同創造而有不同的唱腔。這樣的觀點別人不是沒有說過，但曾先生通過對不同聲腔的細緻研究而得出這樣的結論，然後又以此為依據，梳理不同聲腔的發展，邏輯是嚴密的。

第三，他尊重前人和當代學者，不輕易否定別人。如關於弋陽腔的文獻中，有「過江曲子」一詞，流沙的解釋為：「所謂過江曲子是指弋陽腔的音樂節奏較快，猶如江水一般。後人把弋陽腔板眼稱為『流水板』，就是過江曲子的意思，這種流水板屬於早期南戲音樂的特點。」而曾先生認為可能有另一含義：「『過江』就南方或江西而言，即江北；『過江曲子』即指元人北曲，元曲講究蒜酪風味，多用方言俗語，字多音少，有如弋陽腔劇本。」[13] 對於這樣兩種不同看法，曾先生說：

> 流沙之說，言之鑿鑿，既能解釋「過江曲子」之名義，亦能發明弋陽腔之特質，應屬可信，而鄙說縱使「附會」，似亦言之成理，故並存於此，請讀者參考。[14]

同時他對前輩、名家的觀點也不盲從，而是認真檢視別人的論述是否準確精當。比如折子戲，前人及當代學人對折子戲多有關注。但曾先生還是從

---

13 《戲曲腔調新探》，頁145。
14 《戲曲腔調新探》，頁145。

頭研究起。他除了研究戲曲自身的發展外，還注意到廣闊的社會文化歷史背景。他認為中國傳統文化中「以樂侑酒」的習俗和明代家樂的興盛對折子戲的興起有重要影響，並從《禮記》以來各種史籍和雜錄記載中梳理此類活動的軌跡。曾先生肯定陸萼庭關於折子戲論述的價值，同時又對諸家對陸氏的商榷進行分析，從而做出自己的判斷。他的文章不僅對折子戲產生的背景和發展進程做出了更為詳細的論述，而且得出了一些新的結論，他認為：「『折子戲』其實為中國戲曲演出的古老傳統，這種傳統見諸先秦至唐代的『戲曲小戲』和宋金雜劇院本四段中的『段』、北曲雜劇四折每折作獨立性演出的『折』，以及明清民間小戲與南雜劇之一折短劇。」[15]

再如《太和正音譜》的作者問題，「自從王國維先生的論曲諸書一再認定是明寧獻王朱權所作之後，學者從沒有懷疑過」[16]，但曾先生細讀該書並考察朱權的生平之後，發現了可疑之處。他從該書把「丹丘體」列為樂府體式的第一家，在「國朝三十三本」中亦以「丹丘先生」為首，又在「詞林須知」中有「丹丘先生曰」等語，判斷說：《太和正音譜》疑出自獻王門客之手。[17]

三 治史嚴謹，考證縝密，體現了一種良好的學風

如前所述，曾先生研究的都是一些重要的理論問題；研究理論問題常見的做法是就理論本身做邏輯的闡述，尋找一些有利於自己論點的例證，就可以立論。但曾先生研究這些理論問題都是從歷史研究入手，在對歷史的深入考察中，論述該理論問題的淵源、發展過程和實踐意義。

如前述戲曲腔調和劇種問題，關於古代聲腔的文獻較少也較零散，研究者難免根據看到的材料做一些推論，因此互相間爭論也較多。曾先生在歷史

---

15 《甲編》，頁311。

16 《乙編》，頁30。

17 《乙編》，頁41。

文獻的鉤沉上用力甚勤，比如關於海鹽腔流行情況及它與昆山腔彼此消長的關係，他除了對人們廣泛關注的顧起元《客座贅語》做詳細分析外，還援引元姚桐壽《樂郊私語》、南宋姜夔《白石道人歌曲》、陸容《菽園雜記》、祝允明《猥談》、陸采《冶城客論》、楊慎《丹鉛總錄》、范濂《雲間據目抄》、湯顯祖《宜黃縣戲神清源師廟記》、陳宏緒《江城名跡》、褚人獲《堅瓠廣集》及小說《金瓶梅》等十數種以為佐證。

關於弋陽腔，因湯顯祖說過「至嘉靖而弋陽之調絕」的話，「曾經引起近人不少的誤會」；[18]在「非遺」保護工作開展以來，為弋陽腔是否存在，又有一波新的爭論。許多學者搜集這方面的資料，就筆者看到的，曾先生所鉤沉的資料，是最為詳細的。而有些題目，資料實難尋找，曾先生也不強做解人，如余姚腔，他除了對戴不凡先生的觀點提出幾點疑問外，也認為「要為余姚腔找些蛛絲馬跡並不容易。」[19]

曾先生對腔調的研究不止於對文獻的考證，他還把腔調的研究與他對韻文學音韻的研究結合了起來。曾先生特別重視「腔調載體的存在與作用」[20]，即歌唱者對腔調的運轉，「歌者對『腔調』的運轉而為『唱腔』，則在運轉之中往往注入個人的體悟和技法，如果體悟明澈，技法高妙，則對腔調就會產生改良提升的作用。」[21]這些論述自文獻研究而得出，但對戲曲音樂創作和保護傳承是具有實踐意義的。

聲腔與劇種有密切關係，戲曲劇種，是中華人民共和國成立後學術界使用的名詞，劇種劃分的標準以聲腔的不同為主，兼顧地域之不同。這是一種約定俗成的作法，適於具體的操作，但在理論上則有很多可討論的問題。曾先生把腔調的研究與劇種問題聯繫起來，由劇種的劃分延伸到戲曲史上各類戲劇的興替，提出了體制劇種、腔調劇種及民族劇種劃分三類的概念，並從劇種的視角對戲曲史上南戲、北雜劇的興滅，南戲與傳奇的分野等問題進行

---

18 葉德均：《戲曲小說叢考》（北京市：中華書局，1979年），上冊，頁33。

19 《戲曲腔調新探》，頁136。

20 《戲曲腔調新探》，頁66。

21 《戲曲腔調新探》，頁63。

了探討。但大陸關於劇種的概念與戲曲史上存在的南戲、北雜劇、傳奇等「體制」不是在一個層面上。如傳奇這種「體製」是包含著不同的聲腔的，如果按現代的劃分方法，可分為許多劇種；但古人沒有這樣分，今人也就不必再這樣分。由於文化語境的不同，曾先生的這些觀點不一定為大陸所採用，但這些研究對戲曲史探討的深入，無疑是很有意義的。

如排場，無疑是戲曲舞臺演出中的一個重要理論問題。曾先生認為，「中國戲劇組織結構的基本單位就是『排場』」[22]，「『排場』成為京劇結構的絕對單元」。[23]但他並不是只從京劇的排場考察起，而是從戲曲的最早形態進行考察。「『排場』一詞最早見於元人雜劇」；[24]但「卻未見明人戲曲相關述著，直到清康熙間洪孔，才成為戲曲創作的要件。」[25]然後作者一一檢閱了洪孔以來的戲曲家對排場的論述，結合分析《長生殿》等有代表性的作品，論述排場的構成要素，以及各部作品的得失。筆者也曾想探討排場問題，但讀了曾先生的文章，覺得可以停筆。

再如腳色問題，同樣是戲曲藝術中的重要問題。戲曲從形成時期起，就有腳色的雛形。但生、旦、淨、末、丑等名稱的由來，卻無明確的史料記載，從明代起就眾說紛紜，頗多揣測之詞。王國維先生也認為命名的原由「不可究詰」（《古劇腳色考》），但曾先生卻偏要「究詰」。另外在戲曲藝術的發展過程中，各腳色的名稱不斷發生變化，有一些是藝人的「俗稱」，在不同的劇種中，各行當有新的更細緻的分工。曾先生都一一作了考察。他的一些推論雖然不一定就是確論，但其嚴謹的態度值得敬佩，這些考察的結果也可給我們以有益的參考。

中國有重考證的學術傳統，所謂考證，一是要求學者「博學強識」（姚鼐語），二則要求學者有嚴肅認真的治學態度，肯下苦功夫。曾先生在戲曲

---

22 《甲編》，頁90。

23 《甲編》，頁105。

24 《甲編》，頁72。

25 《甲編》，頁74。

研究中總是把歷史研究與考證緊密地聯繫起來，在嚴密的歷史梳理中訂正錯訛，提出自己的見解。比如關於楊貴妃的故事，以往多有她與安祿山之間有淫穢關係的傳聞，曾先生詳細考證在《資治通鑑》之前史料中並無此類記載，只有一些小說家言如此說，袁枚《隨園詩話》已指出：「溫公《通鑑》乃採《天寶遺事》以入之」，故此說不可信，以此為楊妃辯誣。

曾先生給自己立下的標準之一是「文獻根據原典，出處甚為明確」。[26]這是一個難度很大的標準，但曾先生是這樣做的。在關於腳色的研究中，他注意到焦循《劇說》中引楊用修語：「漢〈郊祀志〉優人為假飾妓女，蓋後世裝旦之始也」，但他並沒有到此為止，而又遍查《漢書·郊祀志》未找到有關話語。「楊用修蓋一時誤記，或別有所據。」[27]在蘇子裕先生的文章中引述了熊文舉的詩，其中有「知是清源留曲祖，湯詞端合唱宜黃」句，這無疑是一條重要資料。曾先生見到這條資料還要去查原著，在臺大圖書館藏《雪堂先生詩選》中沒有找到這首詩，便向蘇子裕先生請教，得到確切答案後才引用並注出。[28]其嚴肅認真態度可見一斑。關於元人雜劇中的許多用語的含義，今天考證起來是很難的；但曾先生從不畏難，比如「么末」到底是什麼意思，他綜合了許多雜記和雜劇作品有關用語，得出結論說「么末」是北曲雜劇的別稱。這一類的例子在曾先生的文章中是很多的。

曾先生曾說，他想寫一部中國戲曲史，現在這部著作雖然還沒有完成，但他的許多系列文章可以看作戲曲史研究的一個個專題。除前面提到的腳色、排場、折子戲等外，還有踏謠娘、五花爨弄、瓦舍勾欄及樂戶書會、戲曲體制和聲腔劇種等，都是戲曲發展歷史中的重要問題。曾先生對這些問題的研究為戲曲史研究做了重要準備，對相關領域的研究也有一定的拓展意義。

近年在參加學術交流和參與王國維戲曲論文獎評審工作等過程中，讀過不少臺灣青年學子的論文，其中許多優秀者多具有嚴肅嚴謹的學術態度。我想這是與曾先生的引領作用分不開的。

---

26 《戲曲源流新論》，頁8。

27 《乙編》，頁79。

28 《戲曲腔調新探》，頁111。

　　千百年來，無數學人對文化經典進行闡釋和辨析，或「六經注我」，或「我注六經」，或創新以啟動傳統，或以復古為創新，都是對傳統文化的弘揚。但墨守成規的重複，或魯莽的顛覆都是不足取的，而像曾先生這樣「敬謹」的態度——敬畏地對待傳統，又嚴謹地辨析，是應該提倡的。

　　如前所說，我只讀了曾先生部分著作，因此本文不可能是對曾先生學術成就的全面論述，僅能算作對他部分著作的讀後感。曾先生對戲曲研究的貢獻是多方面的。多年來，他為兩岸的文化交流付出了很多心血，在戲曲創作方面也取得很大成果，多部作品在兩岸演出，引起學界的關注。限於篇幅，在這些方面本文就不再一一敘述了。乙未年底，筆者在對曾先生的和詩中也表達了對曾先生的讚佩之情。現將這首和詩錄在這裏，以為本文的結尾：

　　　　既往開來使命多，豈容歲月漫蹉跎。
　　　　花開花落憑誰問，雨驟雨疏奈我何。
　　　　兩岸文通連血脈，一腔詩韻譜水磨。
　　　　新松培育盈千尺，手把屠蘇且放歌。

中國古代劇場類型研究與曾永義先生
的學術貢獻

車文明*

劇場（theatre），指觀眾觀賞演出的場所，舞臺與觀眾席是構成劇場的兩個基本要素。由於其詞源希臘文 Theatron 中還有劇場藝術之義，所以一般的西方劇場史都包含劇場藝術史。本文所指之劇場為前一含義。

中國戲曲現代性研究始於王國維，但《宋元戲曲史》未涉及劇場。中國劇場史研究是由日本學者開啟的。

日人辻聽花旅居中國多年，酷愛京劇，是中國戲曲的愛好者與研究者，擔任日本在華報紙《順天時報》編輯，在一九二○年出版的「採取了全新的『戲曲史』敘述方式」的《中京劇》中，[1]單列「劇場」一章，對劇場定義如下：

> 中國劇場，俗曰「戲園子」或「戲館子」。南北各地又有「茶園」之稱。例如「丹桂茶園」、「天樂茶園」、「天仙茶園」、「春桂茶園」。近年以來，上海劇場，使用洋式，大加改良，「舞臺」之名甚為流行：「丹桂第一舞臺」、「大舞臺」、「新新舞臺」、「天蟾舞臺」，皆新式劇場也。北京民國二年（1913）夏間，創建之新式劇場，名曰「第一舞臺」，繼而築造之改良舞臺，謂之「新民大戲院」。

---

* 山西師範大學戲曲文物研究所。
1 么書儀：〈清末民初日本的中國戲曲愛好者〉，《文學遺產》2015年第5期，頁116。

作者之「劇場」概念十分清晰，明確指觀眾觀賞演出的地方，當然包括演出場地與觀眾席。尤其是將「劇場」概念總稱與別稱、俗稱相區分，表現出作者非常明確、自覺的劇場意識，堪稱中國劇場史研究第一人。同時，作者將劇場大致分為永久性與臨時性兩大類。[2]這是中國戲曲史現代性研究史上較早使用劇場概念並對之具體研究的實例。此後，中國戲曲理論家齊如山為配合梅蘭芳一九三〇年訪美演出而撰寫的八百餘字專文〈中國劇場變遷之概觀〉，將中國劇場粗略分為「宮中戲臺」、「新式歐化劇場」以及「元明兩朝之劇場」、「鄉間廟宇之席棚、石台」等。[3]

畢業於京師大學堂土木工程科的著名京劇評論家徐凌霄於一九三二年發表〈戲臺與戲劇〉專文，討論「中國舊有的戲場陝西韓城城隍廟明代歌舞樓分類」。作者將古代劇場分為：（a）宮廷式的大戲樓，（b）貴族家庭的小歌台，（c）廟宇中之廣場的戲臺，（d）城市的營業的戲園及戲臺。[4]此為國人較早之劇場類型研究，分類科學，基本涵蓋了中國古代劇場類型的絕大部分，實為中國古代劇場類型研究史上的里程碑。

一九三六年，戲曲史家周貽白的《中國劇場史》問世，不僅使本書成為中國劇場史研究領域的開山之作，也為「劇場」概念在研究界的普遍使用，並形成專門的學術範疇作出了里程碑式的貢獻。《中國劇場史》共三章：「劇場的形式」、「劇團的組織」、「戲劇的出演」，除了演出場所，還涉及演出團體、舞臺表演等。一九九七年五月，「迄今最為全面而系統地論述古代劇場史的專著」——《中國古代劇場史》問世了。[5]本書由廖奔撰寫，中州古籍出版社出版。全書近二十五萬字，附圖片一百六十八幅，分十二章。全書

---

2 〔日〕辻聽花《中京劇》（北京市：順天時報社，1920年）四月二十八日初版，此後於五月五日、五月十五日、五月三十日、六月五日再版，一九二五年十一月十五日經過修訂，更名為《中國戲曲》，由順天時報社重新出版，並于次年發行至第三版；本文所用版本為一九二五年版《中國戲曲》，頁195-237。另見《菊譜翻新調：百年前日本人眼中的中國戲曲》（杭州市：浙江古籍出版社，2011年），頁98-114。

3 齊如山：〈中國劇場變遷之概觀〉，《實報增刊》1929年12月。

4 徐凌霄《戲臺與戲劇》，《劇學月刊》民國二十一年（1932）2月，第2期，頁167-185。

5 見鄧紹基：《中國古代劇場史‧序》（鄭州市：中州古籍出版社，1997年）。

「採用了歷史朝代與劇場類別相結合的靈活論述方式，建立起較為科學的著述構架」。[6] 前兩章概述劇場的變遷與戲臺的沿革，第三、四章追述漢、魏、晉、唐的演出場地，第五至十章分別論述了「勾欄演劇」、「堂會演劇」、「戲園演劇」、「神廟演劇」、「宮廷劇場」及「其它劇場」，第十一章闡述劇場的近代變遷，末一章對中外劇場作了比較。書中除了詳細梳理演出場所外，亦涉略劇場經營、演出習俗與觀眾等內容。

黃維若將北方農村廟宇舞臺分為「單幢舞臺」、「雙幢串聯舞臺」、「三幢並列舞臺」三種類型。[7] 馮俊傑、錢建華將中國神廟劇場整體結構分為「單體式」、「組合式」、「連體式」等。[8] 羅德胤將現存古戲臺分為「亭式戲臺」、「集中式戲臺」、「分離式戲臺」、「依附式戲臺」四大類。[9] 其中，亭式戲臺指金元以降的亭榭式戲臺，梁架為扒梁式，平面近方形，一般為單開間，屋頂多用歇山頂；集中式戲臺指梁架採用橫向拓展的廳堂式抬梁結構，通常為三開間，屋頂有歇山、懸山、硬山等多種，開間一般為三間；分離式戲臺指將後臺與前臺分離，各自擁有獨立的屋架，前臺多為歇山式，開間為一間或三間，後臺多為硬山或懸山式，開間一般為三間；依附式戲臺之戲臺依附於山門或神殿，建築造型獨特複雜，形制巨大。

此外，中國古戲臺建築變化多用，還有一些特殊類型，如鴛鴦台、三開口戲臺、二連台、三連台、品字台、過路台、過街台、河台、船臺以及宮廷大戲樓等，研究者多有介紹，茲不贅述。

薛林平《中國傳統劇場建築》將古代劇場分為「廟宇劇場」、「祠堂劇場」、「私宅劇場」、「會館劇場」、「皇家劇場」、「清代戲園」等六大類。[10]

車文明《中國古代劇場類型考論》將古代劇場分為：「商業性劇場」，主

---

6 廖奔：《中國劇場史研究的承前啟後》，《中華戲曲》第47輯（北京市：文化藝術出版社，2014年），頁4。

7 黃維若：〈宋元明三代中國北方農村廟宇舞臺的沿革（續二）〉，《戲劇》1986年第3期。

8 馮俊傑、錢建華：《中國神廟前後組合式戲臺考論》，收入王季卿主編：《中國傳統戲場建築研究》（上海市：同濟大學出版社，2014年），頁112。

9 羅德胤：《中國古戲臺建築》（南京市：東南大學出版社，2009年），頁40-48。

10 薛林平：「目錄」，《中國傳統劇場建築》（北京市：中國建築工業出版社，2009年）。

要有出現在宋元時期大城市的瓦舍勾欄與清代中後期一些大都市的茶園酒樓以及戲園子;「神廟劇場」,包括遍布廣大城鄉的各種廟宇劇場、祠堂劇場、會館劇場等;「宮廷劇場」,包括歷代宮廷裡的各種劇場;「王公貴族私家園林劇場」,主要是歷代王公貴族建於私家庭院及園林裡的劇場。「臨時性劇場」,主要指在廣場街道或曠野臨時搭建的舞臺,用畢拆除。[11]

　　曾永義先生是中國戲曲界的大家了,在戲曲史研究、戲曲評論、戲曲創作以及戲曲教育諸多領域都做出了傑出的貢獻,其中對劇場類型也偶有關注,但成就不凡。曾先生根據中國歷代傳統劇場的實況,結合戲曲演出,將戲曲劇場分為:「廣場踏謠」、「高臺悲歌」、「勾欄獻藝」、「氍毹賞宴」與「宮中慶賀」等五種類型。隨後作者解釋道:「亦即歷代小戲必演於廣場;寺廟劇場和沿村轉疃的野台都屬於高臺;宋元以後之樂棚、勾欄,以及清代的戲園、戲館等戲曲演出的營業性場所都以勾欄概括之」。[12]

　　綜上所述,目前對中國古代劇場類型的研究,主要從三個角度展開:一個是屬性分類,主要有商業性劇場、神廟劇場、宮廷劇場、私家園林劇場、臨時劇場等;二是建築分類,主要有單幢(單體)、雙幢、三幢、組合式、亭式、集中式、分離式、依附式以及特殊類型(鴛鴦台、三開口戲臺、二連台、三連台、品字台、過路台、過街台、河台、船臺等);第三種可稱之為功能類,即將劇場與戲劇演出相結合,於是有勾欄演劇、堂會演劇、戲園演劇、神廟演劇、宮廷劇場等,而曾永義先生的五種類型,是此種分類方式的典型代表,既全面,又形象,且極富詩情畫意。

　　「踏謠」源自唐代著名的歌舞戲《踏搖娘》,因表演時「丈夫著婦人衣,徐步入場。行歌,每一迭旁人齊聲和之云:『踏謠和來,踏謠娘苦和來。』以其且步且歌,故謂之『踏謠』」。[13]由於中國戲曲表演具有掠地為場

11　車文明:〈中國古代劇場類型考論〉,《戲曲藝術》,2013年第2期,頁30-37。

12　曾永義:《戲曲劇場的五種類型》,《戲曲研究》(北京市:文化藝術出版社,2013年),第88輯,頁265-285。本文引用曾先生該文時不再一一出注。

13　唐崔令欽:〈教坊記〉,《中國古典戲曲論著集成》(北京市:中國戲劇出版社,1959年),冊1,頁18。

的傳統，所以民間小戲、社火等多在廣場與街道進行。此一傳統發生最早，歷時彌久，至今不衰。曾先生用「廣場踏謠」來描述這一現象，確為神來之筆。神廟劇場、臨時搭台，以及早期露臺等，屬於古代戲臺範圍最廣、綿延不絕、數量最夥的劇場形式，它們有一個共同特點，與廣場平地最大的不同就是表演區高出地面。《說文》：「台，觀四方而高者也。」[14]《詩經》〈大雅〉〈靈台〉：「經始靈台，經之營之。」毛傳：「四方高而曰台。」[15]以高臺來概括表演場所非常準確。同時，此類劇場還有一個重要共同點，均為露天劇場，即觀眾席是露天的，開放的，不同於茶園酒樓的封閉形式，至於勾欄是否是全封閉的，目前學術界還未有定論，茲不討論。至於高臺上適宜慷慨悲歌，腔調以高亢激昂為特徵，亦為不刊之論。勾欄為宋元時期城市商業劇場的代表，由於沒有留下形象資料，文字記述亦不完整，所以對其形制的描述至今無法達成共識，但其商業性卻是不容置疑的。勾欄在明初以後就退出劇場領域，銷聲匿跡。清代初葉，在北京、蘇州等大城市（天津、上海、廣州、開封等地在清中葉或晚清），出現了另一類商業性劇場：茶園、酒館，統稱「戲園」。這是戲劇行業界的稱呼，而文人士大夫多數還是習慣以「勾欄」指稱當時的劇場。最有代表性的就是有關南洪北孔的記述：「縱使元人多院本，勾欄爭唱孔洪詞。」[16]其實南洪北孔劇作當時是在茶園、酒館演出。當然，勾欄還指稱妓院，此處不贅。曾先生以「勾欄獻藝」統稱宋元及清代的商業性劇場，也是古代文人士大夫習稱的延續，同時頗具概括力。中國自古就有以樂侑酒的禮俗，作為一種綜合藝術戲曲形成後，以之侑酒便成為首選。於是宋、元、明、清以及民國時期，達官貴人、文人雅士在私家庭

---

14 《說文解字注》（上海市：上海古籍出版社，1992年，《四部精要》影印清嘉慶二十年（1815）刊本），頁260。

15 《詩經》〈大雅〉〈靈台〉，《十三經注疏》《毛詩正義》（北京市：中華書局，1980年影印阮刻本），卷16之5，頁524。

16 清金埴：《鄂門詩帶》，卷6，〈題闕里孔稼部尚任東堂〈桃花扇〉傳奇卷後〉：「兩家樂府盛康熙，進御均叨天子知。縱使元人多院本，勾欄爭唱孔洪詞。」清刻本，南京圖書館藏，頁23。

院、廳堂舉行戲曲演出,或招待貴客,或自娛自樂便成為一種時尚,尤其是明代家樂高度發達,成為戲曲史上一道亮麗的風景。因演出場地為廳堂,所以在地上鋪一塊紅氍毹作為表演區,故「氍毹」成為中國古代表演場所的有一個稱謂,而此種觀演方式被稱之為「堂會」。曾先生以「氍毹賞宴」來描述,非常生動形象。宮廷演劇自先秦始,代不乏例。但早期一般是在宮殿裡或殿外露天台基甚至庭院裡進行,尚未建設專門的表演場所。宮殿裡建立專門性的戲臺始於元代的。明代宮廷有無戲臺尚缺文獻證據,但演出活動是存在的。現存宮廷戲臺主要集中在清代。清代宮廷戲臺可分為三類:大戲樓、小戲樓、室內戲臺。其中大戲樓原有五座,都是史無前例的巨構,現僅存兩座。每逢過年及萬壽日、慶功會、歡迎會等節慶,多有應景搬演。平日小戲樓、室內劇場演出也多為慶賀、休閒。曾先生用「宮中慶賀」來描述宮廷劇場及其演劇活動,非常準確。

最後,曾先生高屋建瓴地總結到:「再就以其劇場類型所搬演之戲曲特色而言,則廣場者不外踏謠,高臺者易於悲歌,氍毹者總為宴賞,宮廷演出每為慶賀,勾欄做場自然以藝售人。所以傳統劇場與戲曲的密切互動關係,應當有這五種類型。」此段論述,應該成為中國劇場史、戲曲史研究的經典闡述。

中國古典戲曲研究的兩岸視野
與文化擔當
——以曾永義教授的學術研究與大陸戲曲活動為中心

杜桂萍*・劉建欣**

　　如果從王國維《宋元戲曲史》的正式問世算起，[1]中國的古典戲曲研究正好走過百年之旅。其間雖然經歷了西學東漸的歷史激發，實際上依然帶著傳統經學的印痕走過了早期歷程，被認識論模式裹挾著度過了新中國成立的三十年，直到二十世紀八〇年代真正於中西學術的碰撞中警醒、反思、生長、涅槃。毫無疑問，在二十世紀的最後二十年，中國古典戲曲研究已然取得了傑出的成績。一方面，來自於文化的激發和學術的自覺，一代學人的努力在各種學術史著作中已經得到了相當透澈的反映；另一方面，與海內外學人的彼此借鑒和深層次交流關係密切，臺灣學術界更是一個不能讓我們忽略的重要領域。

　　在一般所認為的臺灣三代戲曲學人中，被稱為「九〇年代戲劇學界的中

---

*　北京師範大學文學院教授。

**　黑龍江大學文學院講師。

1　《宋元戲曲史》寫成於一九一二年底一九一三年初，主要版本是民國四年（1915）的《文學叢刻》本。王國維撰、葉長海導讀：《宋元戲曲史》（上海市：上海古籍出版社，2011年），頁17：「成書時間可定於一九一三年一月。由此可知。王氏作《宋元戲曲史》，雖僅費時三月，卻是始於一九一二年三十六歲時，而成於一九一三年三十七歲時。」

流砥柱」[2]的臺灣第二代戲劇學者尤為學界矚目，陳萬鼐、唐文標、羅錦堂
等先生的研究至今猶有廣泛研舉；而為「砥柱中的砥柱」之一者還有第三代
學人曾永義先生，較其他學者更為大陸學人所熟悉、尊敬。曾永義先生不僅
是一位成績卓著的學者，更是一位對古典文化充滿了熱愛之情的文化活動
者，尤其是他的富有人文情懷的行動力，對兩岸的戲曲創作和研究乃至民俗
文學、非物質文化等學術領域都發生了重要影響，論及當下中國古典戲曲研
究的成就則尤其不能忽略他的學術成績和特殊影響。

一　戲曲交流與創作活動

適逢大陸改革開放和兩岸關係回暖，最早涉入大陸戲曲界的臺灣學者當
首推曾永義教授。一九八九年八月，他率領「漢唐樂府」文化參觀團到北
京、福建泉州、陝西黃陵等地進行文化交流，開啟了臺灣地區與大陸文化的
交流之旅。這年九月九日於陝西黃陵縣拜謁黃陵，祭拜中華民族的人文始
祖，通宵達旦的祭軒轅廟活動，不僅是一次認祖歸宗式的文化認同，所謂
「唯我黃帝，中華祖先，天縱神聖，公孫軒轅」，[3]也是三十年來曾永義教授
從事學術文化活動的基本前提和唯一旨歸，他也因之而備受兩岸三地學者和
文化人的普遍認可和特殊尊敬。

一九九〇年七月上海的「崑劇之旅」，應是曾永義先生致力於兩岸戲曲
學術交流的正式開始，是「崑曲」這個中華文化的魅力符號充當了兩岸共同
人文關懷的載體。隨後生成的「大陸傳統戲曲劇種、劇團及行政體系之調查
研究」專案（1991年2月，後撰有《大陸傳統戲曲劇種、劇團及行政體系之
調查研究期末報告書》），以及一九九一年三月為臺灣文建會傳藝中心承辦主
持的「中華民俗藝術基金會」「崑曲研習班」諸活動都證明了這一點。就是

2　李連生、康保成：〈臺灣的中國戲劇史研究及其對大陸的啟示〉，《戲曲藝術》2015年第
　　4期，頁32-38。
3　陳曉星：〈日月潭水灑黃陵〉，《人民日報》（海外版），第3版，2009年7月20日。

從那時開始，大陸的崑曲名家計鎮華、梁穀音等受邀到臺灣授課，並在隨後的十年裡舉辦了六屆研習班，為臺灣學術文化界培養了大量崑曲人才。一九九九年秋天，臺灣地區出現了第一家專業的崑曲團（即現今的臺灣崑曲團）；二〇〇〇年「中華戲曲與文學推廣協會」、「臺灣聯合崑劇團」先後成立，曾永義先生亦是發起人。以此為平臺，兩岸崑曲交流之繁、演出之盛，實際地帶動了臺灣戲曲創作的發展和繁榮。目前臺灣有五個崑曲團體，並形成了以高校學生為主的龐大觀眾群。二〇一一年，「非物質文化遺產」十周年紀念會，特意組織了「紀念崑曲成為人類口頭和非物質遺產代表作榜首十週年」活動，以曾永義先生為代表的港澳臺地區崑曲實踐得以展演，猶記當時臺灣蘭庭崑劇團演出的《獅吼記》、《長生殿》等作品，獲得了學者與觀眾的一致好評和充分肯定。

曾永義先生對兩岸學術文化交流的熱情投入，首先表現在對大陸的頻繁訪問和與大陸學者的深層次交流：「我自一九八九年八月率領臺北『漢唐樂府』藝術團赴大陸交流以來，二十多年來我每年至少要來大陸兩三次，沒有一年空缺，由我經辦的兩岸文化藝術交流項目已多達八十項左右。」[4]不僅如此，他還創造各種機會，積極邀請大陸的藝術團體和學者到臺灣訪問、交流。很多大陸藝術團體赴臺演出，曾先生都不辭辛苦、不吝筆墨、不遺餘力給予大力推介。如一九九三年九月大陸傀儡大師黃奕缺先生赴臺系列公演之前，撰〈黃奕缺的懸絲傀儡〉一文；一九九四年四月安徽省黃梅戲劇團赴臺演出之前，撰〈黃梅戲・話梁祝〉一文；一九九七年十一月五大崑劇團於臺灣公演，撰有〈崑劇在臺灣生根──從五大崑劇團來臺公演說起〉等。甚至親自率領大陸崑曲名師、臺灣戲曲同好及新象基金會工作人員等赴臺灣東、北、中、南等各地校園，講演崑曲並示範演出，撰作出版了《崑劇校園扎根》（1994）等著作。因為曾先生的努力，從一九九五年十月開始，兩岸協同組織的戲曲學術活動也開始增多，一個豐富多彩的「兩岸」交流模式真正

---

4 伏滌修：〈老驥骨奇心尚壯，青松歲久色逾新──曾永義教授訪談錄〉，《文藝研究》2013年第4期，頁71-81。

開啟了。無論是這一年連續舉辦「海峽兩岸歌仔戲創作研討會」、「海峽兩岸歌仔戲學術研討會」、「海峽兩岸歌仔戲聯合實驗劇展」、「兩岸歌仔戲的共生與共榮座談會」、「歌仔戲的薪傳與現代化座談會」、「兩岸歌仔戲交流合作之展望座談會」，還是一九九八年八月召開的「兩岸戲曲學術研討會」、一九九八年十月舉辦的「海峽兩岸莆仙戲學術座談會」、二〇〇〇年十二月承辦的「海峽兩岸小戲大展暨學術會議」，以及二〇〇八年世新大學中文系主辦的「兩岸韻文學國際研討會」、二〇一二年黑龍江大學主持的「古典戲曲辨疑與新說國際學術研討會」等，兩岸連袂進行了多領域的戲曲文化研究，切磋了學術問題，促進了文化交流，也獲得了文化的認同感，許多戲曲創作、研究的同仁成為終生的朋友。尤其是，此後，「集合海峽兩岸專家學者，共同研討中國古典戲曲的相關課題」，成為很多學術研討的基本方式和共同主題。

歌仔戲本是流行於福建和臺灣的傳統戲曲樣式，梳理近二十年來的歌仔戲研究，兩岸視野觀照下的研究特點十分突出。一九九三年七月至一九九五年十二月，由曾永義教授等對一百六十六種歌仔戲劇本進行整理，並出版了《歌仔戲劇本整理成果報告書》。一九九五年開啟的歌仔戲創作研討和學術交流系列活動，使此前的基礎研究獲得了極大推進。這一時期，曾永義先生先後撰寫〈歌仔戲與薌劇的交流——為兩岸歌仔戲研討會與聯合劇展及聯副座談會而寫〉、〈共生共榮開啟藝術花——寫在海峽兩岸歌仔戲創作研討會之前〉、〈臺灣歌仔戲之近況及其因應之道〉等文，對閩臺兩地的歌仔戲的文獻狀況進行介紹和研討，歌仔戲的交流活動和學術研討都進入了一個新時期。後來成書的《臺灣歌仔戲的發展與變遷》（臺北市：聯經出版事業公司，1988年）是研究臺灣歌仔戲的必讀書，足以證明曾先生之於歌仔戲全面研究的篳路藍縷之功。此後，二〇〇四年八月與廈門市文化局共同舉辦「兩岸歌仔戲學術交流」活動，曾先生曾率領歌仔戲學者專家二十餘人、表演團體共計一百〇八人，參加學術研討、劇團交流演出、藝人座談會及歌仔戲歌唱大賽等多項活動；二〇一〇年二月二十八日至三月一日，他又擔任臺灣歌仔戲劇領隊，率領臺灣許亞芬歌仔戲劇坊，於泉州參加「首屆海峽兩岸閩南文化節」，所演《唐伯虎點秋香》吸引了眾多海內外嘉賓和當地熱愛戲曲的戲迷

們。這一系列活動中，兩岸視角的拓展於其中發揮的根本性作用始終昭昭可見。

　　除了組織和設計交流活動，曾永義先生長期從事戲曲創作，並親自參與演出實踐。從一九九七年的《霸王虞姬》開始，不僅京劇、豫劇乃至歌仔戲等（詳見附表一）是他創作所及，崑劇更是其所愛，目前所知的十九個劇本，竟有七部是以崑腔創作。他將深厚的古典文學修養與戲曲理論功力相融合，立足於學者的高度進行戲曲創作，以致他的劇本總是經得起學術的檢驗，並追求藝術上的最高享受，受到各層次觀眾的喜愛。二〇〇五年，曾先生的作品《梁山伯與祝英台》開始在大陸演出，受到熱烈歡迎。作為一部讓他心儀的製作，這部作品幾度修改、演出，二〇一五年十一月中旬，新《梁祝》重新包裝後由兩岸著名藝術家聯袂出演於北京國家大劇院，曲詞優美，唱腔流暢，韻味十足，才情富贍，獲得的掌聲和讚譽都充分展示和標誌了曾永義先生藝術探索的新高度，這當然也是兩岸藝術合作達到高峰的一個標誌。

附表一：曾永義教授劇本創作

首演時間	劇名	演出	刊登
1997年5月18日	霸王虞姬（歌劇劇本）	徐頌仁指揮國立藝術學院管絃樂團暨合唱團於基隆文化中心首演，文建會、基隆市政府聯合主辦「基隆國際現代音樂節」開幕節目	1988年6月13日至15日《聯合報·聯合副刊》
1999年1月1日至3日	鄭成功與臺灣（京劇劇本）	國立國光劇團於國家戲劇院首演	1998年12月25日至30日《聯合報·聯合副刊》
1999年11月27日至29日	國姓爺鄭成功（歌劇劇本）	國立愛樂合唱團於國家戲劇院首演	1999年11月20日至25日《中央日報·副刊》

首演時間	劇名	演出	刊登
2001年5月13日至15日	牛郎、織女、天狼星（京劇劇本）	國立國光劇團於國家戲劇院首演	2001年4月6日至15日《聯合報‧聯合副刊》
2004年12月24日至25日	梁山伯與祝英台（崑劇劇本）	國立國光劇團於臺北國家戲劇院首演	2004年12月22日至25日《聯合報‧聯合副刊》，並收於朱恆夫教授主編2013年7月出版之《新六十種曲》
2005年7月29日至31日	射天（京劇劇本）	國立臺灣戲專國劇團於國家戲劇院首演	
2007年3月2日至4日	孟姜女（崑劇劇本）	臺灣戲曲學院京劇團假臺北國家戲劇院首演	
2007年10月26日至28日	慈禧與珍妃（豫劇劇本）	國立國光劇團豫劇隊於城市舞台首演	國立臺北藝術大學《戲劇學刊》第8期（2008年7月），頁140-167。
2007年11月10日至11日	青白蛇（京劇劇本）	國立臺灣戲曲學院京劇團於城市舞台首演	國立臺北藝術大學《戲劇學刊》第9期（2009年1月），頁189-218。
2008年10月31日至11月2日	桃花扇（歌劇劇本）	國立臺灣戲曲學院京劇團於國家戲劇院首演	
2009年11月13日至15日	李香君（崑劇劇本）	臺灣戲曲學院京劇團假臺北城市舞台首演	國立臺北藝術大學《戲劇學刊》第11期（2010年1月），頁331-357。

首演時間	劇名	演出	刊登
2009年11月26日至29日	陶侃賢母（歌仔戲劇本，蔡欣欣改編）	廖瓊枝與國立臺灣戲曲學院歌仔戲學系於國家戲劇院首演	
2010年5月7日至9日	賢淑的母親（京劇劇本）	國立臺灣戲曲學院京劇團於城市舞台首演	
2010年	御棋車馬緣（京劇劇本）	因廣西京劇團解散，尚未演出	
2011年9月23日至25日	楊妃夢（崑劇劇本）	國立臺灣戲曲學院崑劇團於城市舞台首演	國立臺北藝術大學《戲劇學刊》第15期（2012年1月），頁215-232。
2013年11月8日至10日	霸王虞姬（京劇劇本）	榮興客家採茶劇團於國家戲劇院首演	
2015年10月1日	曲聖魏良輔（崑劇劇本）	江蘇省崑劇院於南京江南劇院首演	國立臺北藝術大學《戲劇學刊》第14期（2011年7月），頁185-202。
2016年12月9日至11日	蔡文姬（崑劇劇本）	國立臺灣戲曲學院京崑劇團將於臺北臺灣戲曲中心首演	國立臺北藝術大學《戲劇學刊》第18期（2013年7月），頁189-208。
2016年12月	韓非、李斯、秦始皇（崑劇劇本）	由柯軍、李鴻良、張軍新成立之崑山崑劇團將於崑山首演	

在戲曲創作中，曾永義先生特別注意借助跌宕的劇情、激烈的戲劇衝突塑造進步開明的「現代」女性形象，並借之表達對女性美的讚譽。他筆下的虞姬、祝英台、楊玉環、李香君等均是具有外形美和智慧美的女中豪傑，至情至性，不僅不輸於與之對應的男性；心繫國家民眾、富有文化擔當的英雄

品格和境界，又往往高於男性。曾先生津津於斯，寄託在此，固然有香草美
人的傳統作用其中，但何嘗不是他本人的一種文化寄託和精神嚮往！其情懷
是古典的，其趣味和審美理想則是現代的。

　　文辭與曲律兼得是曾永義先生的創作最為當行得意之所在，他的許多
劇作都體現了這樣的追求。曾先生曾表示：「新編崑劇《梁山伯與祝英
台》謹守崑曲格律，在此基礎上講求文采，崑劇編劇難就難在這裏，我編
撰創作的劇本得到顧先生的『謬賞』、得到觀眾與行家的認可與好評，就
是因為我兼顧了文采和合律這兩方面的要求。」[5]《梁山伯與祝英台》雙收
了臨川派的「文采」與吳江派的「格律」，它嚴謹的格律計較，連同丑行
當的回歸設計和傳統結構模式的繼承，不僅對於南京崑劇界，乃至對於全
國當代崑劇的新編、改編都有著教材式的示範意義。[6]此外，其他劇種的創
作如京劇《鄭成功與臺灣》（1999）、《青白蛇》（2007），崑劇《孟姜女》
（2007）、《李香君》（2009）、《楊妃夢》（2011），豫劇《慈禧與珍妃》
（2007）等，多借助古典題材寫心，以古代曲律抒發現代情懷，凝聚著曾
永義的現代文化理念和作為中華之子的人文情懷。其作品被譽為「詞美韻
諧」、「辭韻雙美」、[7]「能守律而辭采煥然」，[8]體現了他作為學者的文化修
為和才子的超常才華。這一特點，實際上是兩岸文化人中少見之兼得者。

　　無論是戲曲交流活動還是戲曲創作實踐，從根本上說都是曾永義先生
「學術通俗化，反哺社會」的表達之一。他曾長期擔任「中華民俗藝術基金
會」董事長，始終認為致力於民俗技藝的維護和發揚是一位學者應盡於社會
的職責，指出：「高深的學術研究具有絕對的意義和價值，而學術通俗化的

5　伏滌修：〈老驥骨奇心尚壯，青松歲久色逾新──曾永義教授訪談錄〉，《文藝研究》
　　2013年第4期，頁71-81。

6　顧聆森：〈新編崑劇的典範之作──評曾永義的原創崑劇梁山伯與祝英台〉，《劇影月
　　報》2009年第6期，頁18-21。

7　伏滌修：〈老驥骨奇心尚壯，青松歲久色逾新──曾永義教授訪談錄〉，《文藝研究》
　　2013年第4期，頁71-81。

8　2009年12月10日河南商丘《崑劇李香君觀後座談會》上的發言。

反哺社會，也同樣有其意義和價值。從純學術研究的象牙塔裏走出來，將學術的理念透過通俗具體的形式傳達給廣大的群眾，藉此以逐漸提升整個社會的文化質量，是十分值得做的事。」[9]正是在這個意義上，許多古典題材以傳統曲律與現代筆法結合的形態出現在他的案頭和兩岸戲曲演出的舞臺上。

　　與創作、演出同步，曾永義先生的戲曲學術交流活動亦有聲有色、風生水起，促進了兩岸學者的認同和交流。翻檢有關資訊，一九九一年九月參加揚州師範學院「國際散曲會議」是曾永義教授於大陸參加的第一個正式的學術會議，所提交的〈九宮大成北詞宮譜的又一體〉論文涉及戲曲音律的譜系問題，在當年一定令許多學者感覺具體、生僻，甚至艱深，其時中國大陸的戲曲研究還非常偏重戲曲創作的文本研究，關注的都是題材、主題、形象諸方面的問題。二〇〇二年十一月於上海參加復旦大學「中國文學評點研究國際學術研討會」，曾先生提交論文《長生殿眉批之探討》，注重名著之評點研究，也彰顯出他對這部戲曲名作在理論層面的長期思考。二〇一〇年四月於上海參加的「臨川四夢與湯顯祖國際學術研討會」，所發表論文〈牡丹亭排場的三要素〉則不僅表達他之於經典作品的重視，也彰顯了一貫對戲曲本體問題無比關注的曾先生借助名著的解剖弘揚戲曲研究方法論更新的學術思考。

　　在很多時候，戲曲創作、演出與學術調查活動是同時進行的。如一九九三年八月開始的「戲曲之旅」，其實持續了若干年，規模較大者即有一九九三年的山西、陝西、四川之旅，一九九六年的安徽、河南、山東之旅，二〇〇二年的西南戲曲之旅等。訪查戲曲文物，觀賞戲曲演出，與當地學者舉行座談，是每一次考察活動的必備內容，而集文化探索與學術發現、文獻保護於一次性行為過程中，則是最為突出的特徵；很多新劇種的發現、戲曲文物的認知和一些重要戲曲史問題的重新闡釋都是在這一過程中形成。如一九九三年戲曲之旅之收穫〈宋元神廟戲臺 —— 由山西臨汾魏村牛王廟樂廳說起〉、〈最具體寫實的元雜劇壁畫〉等文，至今具有重要的戲曲史價值。對大

9　伏滌修：〈老驥骨奇心尚壯，青松歲久色逾新 —— 曾永義教授訪談錄〉，《文藝研究》2013年第4期，頁71-81。

陸南崑、北崑的一百多個經典劇目,進行了錄影(後來曾先生又將這些錄影全部無償捐獻),保存了許多著名演員的傳統劇碼,這既是一種及時的非物質文化遺產搶救活動,更是有功於中國古典戲曲、傳統文化和兩岸學術交流的功德之舉。

集創作、研究和田野調查於一身,不僅促進了兩岸文化交流,培養了大批青年學者,尤其是強化了臺灣地區戲曲研究的開闊視野,以及田野調查和書案研究相結合的觀念方法。這是臺灣學者更為突出的普遍的特點,與曾永義教授的提倡和身體力行顯然密切相關。而在這一過程中培育出、凝聚起的對於中華文化的熱愛和更為強烈的歷史認同和文化自豪感,也是曾永義先生的最為看重的結果。他曾說過:「一個民族要能夠屹立於世界,這個民族一定要團結。中華民族是多元性宗族,共同的祖先象徵就是軒轅黃帝,對黃帝的尊崇也就是對中華民族的愛!」[10]行文至此,怎能不為這樣的文化認知和這種來自於藝術活動中的熱烈情感和親身體悟點讚!

二　戲曲研究的多維度拓展

兩岸學者進入戲曲研究,多是從元雜劇研究開始,臺灣第一代學者如鄭騫、張敬等先生因為在大陸完成了學術啟蒙並開始了研究,更是如此。曾永義先生受業於鄭騫、孔德成、張敬等學術名師,有堅實的文獻功底和對當代學術狀態的敏感,由古典戲曲兼及俗文學的研究,才識豐贍,思慮縝密,述作宏富,成就突出,獲得了海內外學人的關注和好評。蔡欣欣教授評價他「以堅實的樸學實證為基底,或微觀辨析、或宏觀立論,從中國戲曲史到臺灣當代戲劇史,從作家作品到曲學理論,從民間文學到地方劇種,以及詩詞歌曲等韻文學格律的分析探究等,都積累了相當豐富可觀的研究成果」,[11]實為切中肯綮之言。

---

10 公祭軒轅黃帝網:〈http://www.huangdi.gov.cn/content/2009-07/19/content_2238395.htm〉。

11 蔡欣欣:〈以戲曲為志業的曾永義教授〉,《戲曲研究》2006年第1期,頁289-300。

梳理曾先生的研究論著，不難發現，雖然借助《長生殿研究》（臺北市：臺灣商務印書館公司，1969年）走上戲劇研究之路，但《中國古典戲劇論集》（臺北市：聯經出版事業公司，1975年）、《明雜劇概論》（臺北市：學海出版社，1979年）、《參軍戲與元雜劇》（臺北市：聯經出版事業公司，1992年）、《戲曲源流新論》（北京市：文化藝術出版社，2001年）等著作因為比較全面、系統地表達了其關於古典戲曲的創新理念和方法論特點，對大陸學界的影響更為深遠。據筆者來自中國學術期刊網的初步統計（截止時間2016年2月末），幾部著作的引用情況如下：《戲曲源流新論》一百六十七篇、《明雜劇概論》一百六十六篇、《中國古典戲劇論集》九十一篇、《長生殿研究》二十九篇、《參軍戲與元雜劇》二十篇，這些引用當然僅限於大陸期刊，且侷限在進入中國學術期刊網的期刊範圍（並非大陸所有期刊均加入這個期刊學術聯盟），又因時間關係未能統計學術著作的引用情況，但一斑窺豹，已足以見出大陸學者對於曾先生學術觀點的關注程度。

要特別指出的是，這些引用全部都在一九八六年以後的文章中出現。之所以如此，當然與二十世紀七〇年代及其稍後一段時間裏（也是曾先生學術活動開始的時期），大陸古典戲曲研究受制於政治意識形態的干擾最為相關，彼時學術研究基本處於停滯狀態；與曾永義先生同時期展開戲曲研究的大陸學人，多處於無聲無息的學術休眠狀態。一九七〇年代末，隨著「文革」的結束，高校教育逐步走上正軌，各種學術結構日漸恢復，戲曲研究也在步履蹣跚中逐漸進入常態研究過程。最初的研究主要是關注名家名著，而諸如明清雜劇等冷僻研究領域進入大陸學者的視野，則又等待了相當長的一段時間。《明雜劇概論》和收入《中國古典戲劇論集》的《清代雜劇概論》尤為大陸學者關注，首先在於其開闢荊荒的戲曲史意義。他的一些重要觀點成為許多學者進入研究的門徑和重要參考。如對於明雜劇的歷史分期，曾先生依據明雜劇的演進變化分為三個階段：「憲宗成化以前（1368-1487）一百二十年間為初期，孝宗弘治以迄世宗嘉靖（1488-1566）約八十年間為中期，穆宗隆慶以至明亡（1567-1644）約八十年間為後期。」[12]深得大陸學

---

12 曾永義：《明雜劇概論》（臺北市：學海出版社，1979年），頁73。

人的認同,也激發了對於與分期問題相關的諸多思考。如徐子方教授,一九八八年發表文章〈略論雜劇入明後的兩次重大轉變〉將明雜劇分為前後兩個時期,認為「明代前後期雜劇所經歷的由市民化而貴族化,再由貴族化而文人化這兩次重大轉變也決定了這兩個時期雜劇創作的不同面貌,由此可以順水推舟地解決明雜劇的分期等問題,整個明雜劇的鮮明得失也正是在此基礎上展開的。」[13]二〇一一年再次發文時則申明:「筆者曾認為,宮廷化和文人化作為雜劇入明後兩次重大轉型決定了明雜劇歷史分期的基本走向,這一點目前已為學術界所接受。但嚴格說來,轉型和分期又並非完全等同,後者乃前者之進一步深化,必須考慮更為細緻的問題要素。」[14]指出「轉型」並不完全等同於「分期」,並且強調:「根據戲劇觀和劇場性質的不同,明雜劇可分為三個時期。前期為洪武開國至憲宗成化前,表現特徵為宮廷北雜劇由盛轉衰。中期為孝宗弘治至世宗嘉靖,表現特徵為文人南雜劇的產生和形成。後期為穆宗隆慶至明亡,特徵為雜劇復古與崑曲雜劇的興盛。」[15]文章中,徐子方教授明確表示他的分期借鑒了曾永義先生的成果:「曾氏的分期清楚明確,較為合理。只是由於文章體例的侷限,作者未作深入的理論闡釋和脈絡梳理。」[16]在另一篇文章中,他還特別指出曾先生《明雜劇概論》地位的重要性:「和此前僅限於作家資料蒐集和作品著錄編目不同,自曾永義出版《明雜劇概論》開始,本時期即以全方位研究為其特色和新面貌。除了在資料收集方面繼續有新的突破外,建立在新興理論基礎之上的明雜劇本體論、發生論、發展論、創作論、樂律論、劇場論等皆得以全面展開,其成果數量和品質均為前所未有。」[17]

關於清代雜劇的分期,曾先生之論亦是代表性一說。他認為:「清代雜

---

13 徐子方:〈略論雜劇入明後的兩次重大轉變〉,《江海學刊》1988年第2期,頁181-184。

14 徐子方:〈明雜劇分期論〉,《藝術百家》2011年第3期,頁162-168+134。

15 徐子方:〈明雜劇分期論〉,《藝術百家》2011年第3期,頁162-168+134。

16 徐子方:〈明雜劇分期論〉,《藝術百家》2011年第3期,頁162-168+134。

17 徐子方:〈20世紀以來明雜劇研究的回顧與點評〉,《揚州大學學報(人文社會科學版)》2008年第4期,頁85-91。

劇,當以順康之間最盛,這時的作家在曲律上容有可議的地方,但文辭則並臻雋美;雍乾之世,除楊潮觀作劇至三十二種之多,偉然名家外,其他如心餘、未谷之流實在不能和梅村、西堂相提並論。不過這時為雜劇次盛之時,是足以當之的。道咸以後,則只是流風餘韻而已。」[18]這一觀點顯然是借鑒了著名學者鄭振鐸先生的研究,鄭先生將清代雜劇的發展分為四個時期:「順、康之際,實為始盛。雍乾之際,可謂全盛。降及嘉、咸,流風未泯。然豪氣漸見消殺,當為次盛之期。下逮同、光,則為衰落之期。」[19]他非常推崇這種分法的依據,也指出了這種分法的不足:「清代雜劇演進的情勢誠然大抵如此,不過其中尚有幾點可以商榷:第一、黃燮清、范元亨應歸入道咸期為宜。第二、短劇明清之際已極盛行,其完成之時,實不必降及雍乾之世。第三、道咸以後足以名家的作者,已經寥寥可數,所謂次盛之期,恐與實際情形不符。」[20]並在此基礎上提出了三分法。曾先生對清代雜劇的分期影響了海內外學人的相關研究,其弟子陳芳教授在指出鄭先生的分法「未妥」的同時,修正了曾永義先生對具體時間長度的分配,其對清雜劇三個時期的理解為:「當以順、康、雍三朝為全盛期,乾、嘉二朝為次盛期,道光朝以降為轉變期。」[21]香港學者曾影靖教授也否定了鄭振鐸以來的四分法,指出:「這樣的劃分,雖云時代明確,卻嫌刻板,不夠概括。」並且依據「作品所表現的技巧、精神」,將清雜劇的發展劃分為三個時期:初期(包括順治、康熙、雍正三朝)、中期(包括乾隆、嘉慶兩朝)、後期(包括道光、咸豐、同治、光緒以至宣統五朝)[22],每一時段大約九十年左右。他們的意見與大陸學者王永寬教授的看法不謀而合:「若從清雜劇的發展趨勢來

---

18 曾永義:《中國古典戲劇論集‧清代雜劇概論》(臺北市:聯經出版事業公司,1975年),頁120。

19 鄭振鐸:〈清人雜劇初集序〉,《鄭振鐸全集(第四卷)》(石家莊市:花山文藝出版社,1998年),頁730-731。

20 曾永義:《中國古典戲劇論集‧清代雜劇概論》,頁120。

21 陳芳:《清初雜劇研究》(臺北市:學海出版社,1991年),頁2。

22 曾影靖:《清人雜劇論略》(臺北市:臺灣學生書局,1995年),頁1。

考察，分為三個時期則更合適些，即順治、康熙、雍正三朝為清雜劇的全盛期，乾隆、嘉慶時為次盛期，道光至清末為衰落期。」[23]杜桂萍教授在《清初雜劇研究》一書中，明確列舉四條理由來支持曾影靖、王永寬、陳芳（按時間先後順序）等人的觀點。[24]凡此可見曾先生關於清代雜劇的分期不僅具有垂範意義，對兩岸學術的交流與對話方式的發生也進行了實際上的指導。

　　曾先生樸學研究功力的深厚，為其梳理文獻、分析戲曲史現象，乃至進入任何一個艱澀冷僻的學術領域，都提供了游刃有餘的利器和開闢荊荒的能力，當然更為兩岸學者的相關研究提供了視野和方法；筆者近十幾年所進行的清代雜劇及其相關研究皆受益於曾永義先生學術方法和創見的不斷啟發。明清雜劇等領域的研究，因有曾永義先生為代表的臺港學者的率先耕耘，今天已經成為對學術史無比關注的大陸學者最為重視的學術領域之一，成果非常豐富。事實上，進入二十一世紀以來，於明清雜劇研究領域的拓荒工作已經接近完成，但如何就個案研究進行深入闡釋，如何將整體研究有力推進到新的學術層面，如何對基本文獻進行進一步梳理並推出有力度的成果，等等，都是值得關注和探討的問題。此境闊大，任重道遠，兩岸學者的共同努力依然值得特別期待。

　　古典戲曲的發生、演進及其相關概念，自二十世紀以來始終是研究的熱點和難點，相關的探討和論爭時起時伏，其最終指向則是複雜的形態、特點及其演進規律。曾永義教授的《參軍戲與元雜劇》、《戲曲源流新論》等代表性著作直面這一類戲曲史問題，並進行了富有創見的學術探討。譬如關於「大戲」、「小戲」的問題，從戲曲分類入手，認為「小戲」、「大戲」的區分和使用是解決戲曲形成與發展中諸多問題的關鍵所在，指出：「小戲經由歌舞、小型曲藝、雜技、宗教儀式等四條徑路形成以後，有的再繼續發展，終於脫胎換骨而蛻變為大戲。」[25]這大體與中國古典戲曲綜合性的藝術形態能

23　王永寬：〈清代雜劇簡論〉，《中國古代戲曲論集》（北京市：中國展望出版社，1986年），頁227。

24　杜桂萍：《清初雜劇研究》（北京市：人民文學出版社，2005年），頁2-6。

25　曾永義：《戲曲源流新論》（北京市：文化藝術出版社，2001年），頁48。

夠契合對應，實際上也體現了回答中國戲曲發展過程中百川歸海的路徑以及趨向綜合性的努力，有利於理解中國古典戲曲的形成和發展。他認為，「小戲」與「大戲」及其相關現象牽動著整個戲曲發展史：「考察我國歷代劇種，其符合『大戲』規模，標示『戲曲形成』的『南戲北劇』，莫不經由小戲吸收說唱文學壯大而形成。」[26]如他關於南北戲曲的理解，即借助了這樣一種觀念：「『南戲』可以說是以鄉土歌舞為基礎所形成的小戲再結合說唱文學發展為大戲；『北劇』可以說是以宮廷俳優歌舞散說為基礎，移轉民間行院人家所形成的小戲再吸收說唱文學發展為大戲。可見兩者形成為『大戲』的原動力都是說唱文學，因為說唱文學可以提供極為豐富的音樂滋養和故事內容，所以只要大型說唱一注入小戲，便很容易發展成為『大戲』。」[27]如是之解讀，使許多難以破解的問題得到了合理的解釋，一部兩千年的古典戲曲史彷彿行雲流水，明晰曉暢，並賞心悅目，易於被接受。可以這樣說，「小戲」、「大戲」之概念及相關闡釋，實際上就是一部曾永義式戲曲史的雛形，或者曾永義先生就將以此進入中國戲曲通史的編纂，形成一部獨具理念與特色的戲曲史。

關於「小戲」、「大戲」概念的認知，一般以為是從齊如山先生開始，相關的探討著眼於「地方性」者為多，且並未得到應有的關注。曾永義先生的討論，揭示了一個審視戲曲史的獨特路徑，為兩岸學者廣泛關注。初步檢索，即有劉禎〈論民間小戲的形態價值與生態意義〉，[28]楊蕾〈民國時期曲劇形態考〉，[29]陳建森、莫嘉麗〈近百年來宋元戲曲本體與生成的反思〉，[30]駱婧〈淺論閩南「佛戲」〉[31]、〈再議戲曲的發生與演進──以「宗教演劇」為中

---

26 曾永義：《戲曲源流新論》，頁49。

27 曾永義：《戲曲源流新論》，頁53-54。

28 劉禎：〈論民間小戲的形態價值與生態意義〉，《文化遺產》2008年第4期，頁35-43。

29 楊蕾：〈民國時期曲劇形態考〉，《洛陽師範學院學報》2010年第1期，頁90-93。

30 陳建森、莫嘉麗：〈近百年來宋元戲曲本體與生成的反思〉，《文藝理論研究》2012年第2期，頁56-65。

31 駱婧：〈淺論閩南「佛戲」〉，《戲劇（中央戲劇學院學報）》2013年第1期，頁53-67。

心〉、[32]〈從目連救母看儀式戲劇的衍生與發展——以閩南打城戲為中心〉、[33] 游素凰〈臺灣老歌子戲山伯英台之研究〉、[34] 韓芸霞〈薩滿文化在維吾爾民俗活動中的戲劇性傳承〉、[35]〈維吾爾民俗活動中的戲劇形態分析——以「麥西熱甫」為例〉[36] 以及駱婧《神聖與草根的交響——打城戲形成初探》、[37] 毛翠《開封二夾弦傳統劇目文本研究》、[38] 王奕禎《中國傳統戲劇鬧熱性研究》、[39] 支運波《發現文化：淮河花鼓的景觀與理解》、[40] 徐冰《中國民間小戲研究》、[41] 李梅《維吾爾戲劇研究》、[42] 王超穎《山西雁北耍孩兒傳承人調查與研究——以國家級非遺傳承人薛瑞紅和民間藝人張香蘭為個案》[43] 等論文直接引用，可見認可之普遍和廣泛的學術影響。不僅如此，大陸學者的相關研究也引發了有益的學術探討。如陳世雄認為：「『小戲』的概念在大陸戲劇界、學術界是不很明確的。它可以包括以下三種小型戲劇：第一，原

---

32 駱婧：〈再議戲曲的發生與演進——以「宗教演劇」為中心〉，《戲曲研究》2013年第3期，頁143-162。

33 駱婧：〈從目連救母看儀式戲劇的衍生與發展——以閩南打城戲為中心〉，《福建師範大學學報（哲學社會科學版）》2013年第3期，頁114-123+135。

34 游素凰：〈臺灣老歌子戲山伯英台之研究〉，《戲曲藝術》2013年第4期，頁12-31。

35 韓芸霞：〈薩滿文化在維吾爾民俗活動中的戲劇性傳承〉，《四川戲劇》2013年第7期，頁95-99。

36 韓芸霞：〈維吾爾民俗活動中的戲劇形態分析——以「麥西熱甫」為例〉，《曲學》2014年第00期，頁319-330。

37 駱婧：《神聖與草根的交響——打城戲形成初探》（廈門市：廈門大學碩士學位論文，2007年），頁8-9。

38 毛翠：《開封二夾弦傳統劇目文本研究》（開封市：河南大學碩士學位論文，2010年），頁35。

39 王奕禎：《中國傳統戲劇鬧熱性研究》（上海市：上海師範大學博士學位論文，翁敏華先生指導，2012年），頁379。

40 支運波：《發現文化：淮河花鼓的景觀與理解》（上海市：復旦大學博士學位論文，2013年），頁40。

41 徐冰：《中國民間小戲研究》（上海市：上海大學博士學位論文，2014年），頁10。

42 李梅：《維吾爾戲劇研究》（上海市：華東師範大學博士學位論文，2014年），頁38。

43 王超穎：《山西雁北耍孩兒傳承人調查與研究——以國家級非遺傳承人薛瑞紅和民間藝人張香蘭為個案》（臨汾市：山西師範大學碩士學位論文，2015年），頁26。

始形態的民間小戲；第二，經過文人整理加工的民間小戲；第三，現代劇作家、業餘作者創作的小型戲劇，包括小話劇、小歌劇、小舞劇、小戲曲等。」[44]余從的看法是：「地方大戲與民間小戲，是戲曲藝術的兩種形態，又稱大戲和小戲，名稱的由來，也是出自群眾之口。戲曲劇種中有屬於大戲形態的，習慣稱作大劇種，有屬於小戲形態的，習慣稱作小劇種。……大與小只是形態上的區別，並不含有褒誰貶誰的意思。」[45]李玫教授著力于戲曲演進的橫斷面剖析，從共時性出現的兩種戲曲形態切入具體概念的分析，指出：「所謂小戲，在明清曲家對明清傳奇的評論中，指傳奇中某些淨、丑、雜等次要角色出場的場次，或指在特定場合表演生動的配角；在清代地方戲的語境中，除了指小劇種，通常指一類表現普通人生活、且風格諧謔的短劇。這些短劇，既包括表現手法簡單的民間戲，也包括那些從晚明至清代一直流傳的成熟的劇作。所謂『大戲』，除了指整本戲和連臺本戲以及大劇種外，還指一類吉祥戲。之所以對『小戲』和『大戲』兩個概念難以做出非此即彼的簡單解釋，原因在於它們包含著豐富深厚的歷史文化內容。」[46]這樣的關於「小戲」、「大戲」的理解與曾永義先生的觀點同中有異，又有補充，激發了相關討論的成熟，充分顯示出兩岸學者在互相吸納基礎上的定向拓展和補充，對中國古典戲曲史的研究是一種多麼必要而良好的方式。

關於戲曲本體研究的其他方面，曾永義教授亦不遺餘力。如借助於對曲律的熟稔，他關於「腔調」問題的系列探索充分體現了一種挑戰戲曲史的獨特思考。他認為「『腔調』和『聲腔』其實是一事異名。」[47]「聲腔或腔調乃因為各地方言都有各自的語言旋律，將此各自特殊的語言旋律予以音樂

44 陳世雄：〈目連戲中的小戲〉，《兩岸小戲學術研討會論文集》（臺北市：傳統藝術中心籌備處，2001年），頁300。

45 余從：《戲曲聲腔劇種研究》（北京市：人民音樂出版社，1990年），頁278。

46 李玫：〈明清戲曲中「小戲」和「大戲」概念芻議〉，《文學遺產》2010年第6期，頁105-114。

47 曾永義：〈中國地方戲曲形成與發展的徑路〉，轉引自曾永義：《戲曲腔調新探》（北京市：文化藝術出版社，2009年），頁8。

化，於是就產生各自不同的韻味。也因此原始聲腔或腔調莫不以地域名，如
海鹽腔、余姚腔、弋陽腔、崑山腔等。」[48]戲曲腳色的定義及來源也是一個
重要問題。曾先生對「腳色」的定義是：「中國古典戲劇的『腳色』只是一
種符號，必須通過演員對於劇中人物的扮飾才能顯現出來。它對於劇中人物
來說，是象徵其所具備的類型和性質；對於演員來說，是說明其所應具備的
藝術造詣和在劇團中的地位。」[49]曾先生對於淨、旦、末等腳色的來源問
題，以及關於戲曲的體製，如穿關、排場、題目正名等的定義與描述，也得
到了大陸戲曲研究者的認可。他立足於元雜劇源流的深入研究和多維思考，
見解新穎，觀點獨到，體現了具有貫通性的全面且立體的戲曲史觀，而這也
恰恰是他學術研究的特點和訴求。

　　由戲曲的體性和風格出發，不免要回答雅、俗的文化定位。曾永義先
生始終認可戲曲作為俗文學的基本屬性，並進而拓展到對俗文學的整體觀
照。而這一出發點的確立，與其對俗文學的定位密切相關：「所以俗文學
其實就是對正統文學而言的通俗文學，對廟堂文學而言的民間文學，對士
大夫文學而言的庶民文學。」[50]「所謂『民間文學』、『俗文學』、『通俗文
學』，事實上是『三位一體』，不過在不同的角度說同一件事而已，它們之
間根本沒有什麼不同。」[51]所以，戲曲作為一種俗文學的載體，其起源、
其凝聚的豐富的民俗藝術形態、其與其他民間戲曲形式的關係以及戲曲文
物等都是曾永義教授熱烈關注之所在，戲曲作為一個豐富性的文化存在更
是中華文化的瑰寶。

　　關於中國戲曲史的研究，曾永義先生多次描述過自己的思路和旨歸，即
主要針對一些關鍵性的、學界有爭論的問題進行個性闡釋，在對學術界各種

---

48 曾永義：〈中國地方戲曲形成與發展的徑路〉，轉引自曾永義：《戲曲腔調新探》，頁8。

49 曾永義：《說俗文學‧中國古典戲劇腳色概說》（臺北市：聯經出版事業公司，1980
年），頁291-292。

50 曾永義：《說俗文學‧不登大雅的文學之母》（臺北市：聯經出版事業公司，1980年），
頁11。

51 曾永義：《俗文學概論》（臺北市：三民書局，2003年），頁23。

觀點逐一辨析、汲取的基礎上，建立新的觀念並重新切入，並採取了「專題」研究的方法，建構反映自己治學理念與學術理想的中國戲曲史。

三 集聚兩岸學者的文化關懷和人格魅力

自一九八九年至今，大陸成為曾永義教授開展學術活動的常來常往之地。每年多次來訪，足跡遍布各省，與眾多戲曲研究者乃至其他術業專攻者交流甚歡，許多人成為他學術上的諍友、生活中的好友和志同道合的文化同路人。為推動臺灣戲曲研究及兩岸學術交流，舉凡學術會議、圖書出版、戲曲演出乃至田野考察等，不少令人敬重的工作都來自於曾永義教授的倡議、推動、設計和具體參與。二○○○年十二月參加《長生殿》研討座談會，主講《長生殿在戲曲文學與藝術上之成就》，並與大陸學者胡忌、唐葆祥等先生對談，或是他大陸講演活動的開始。其後，曾永義教授於二○○一年三月開始赴廣州中山大學、福建廈門大學、廈門市臺灣藝術研究所、上海戲劇學院等高校或科研機構進行巡迴講演，至今已經在大陸各地所歷高校和研究機構五十餘所，講演題目舉例如《戲曲研究上的幾個問題》、《從西施說到梁祝》、《戲曲現代化所應注意的事項》、《戲曲研究的態度和方法》、《從語言到腔調》、《戲曲史的一些重要概念》等等，涉及戲曲和民俗研究的多方面問題。很多重要的演講中，曾永義先生提出了富有啟發意義的學術觀點，如二○一○年四月受邀到上海戲劇學院演講，主題為〈從語言到腔調〉，以崑山腔戲曲為例，論證腔調與其載體之間的複雜關係，為其獨有的研究發現與學術見解。他總是用或長或短的時間以專題和系列講演等形式與大陸高校的師生交流，往往由淺入深又妙語連珠，學理深厚又充滿激情，創見多多又長幼咸宜，以真誠、真情和真率的話語形式感動了一代學人。許多青年學子傾慕曾先生之學問與為人，他又不惜精力和代價，將一些學有所長的學生介紹到臺灣地區和世界其他漢學研究機構交流、學習，培養了多位具有發展潛力的新生代學人。曾永義先生的一系列努力獲得了大陸官方和民間教育機構的高度認可。從二○○四年三月赴湖北武漢大學藝術系進行三場講演並接受客座

教授之聘書起，曾永義教授先後擔任北京大學、武漢大學、廈門大學、黑龍江大學、河南藝術學院、河南大學、牡丹江大學及北京中國戲曲學院等多所大學的客座教授。二〇一〇年十一月，中國戲曲學會「首屆全國戲劇文化獎」專門頒贈其「戲曲理論與創作特別貢獻獎」；二〇一一年五月，北京市非物質文化遺產中心頒予其「崑曲特殊貢獻獎」；二〇一三年一月，他又獲得了第八屆全國戲劇文化獎「戲曲史論叢書主編金獎」。除此之外，他至今擔任中山大學中國口頭和中國非物質文化遺產研究中心學術委員會委員，獲聘為中國古代戲曲學會顧問（2006）、中國戲曲學會湯顯祖研究分會顧問（2007）、中國散曲研究會顧問（2011）等。二〇〇四年十一月，他參加中國大陸文化部主辦的「非物質文化遺產保存會議」（發表〈民俗技藝之維護與民俗技藝園之建立〉），從此成為中山大學中國非物質遺產文化中心的學術委員，積極致力於非物質文化遺產保護的相關工作。二〇〇八年一月二十三日至二十八日，應中國藝術研究院之邀，曾永義先生擔任《崑曲藝術大典》編委會委員，成為這部負載了傳統文化精華的藝術典籍的重要參與者。榮譽當然是曾永義先生所珍視的，但更讓他感慨的顯然是兩岸學人的親密情感和學術文化共同體的形成。這是作為中華民族之子的曾永義教授更為傾心的結果。

　　二〇〇九年，曾永義先生的學術著作《戲曲源流新論》、《戲曲腔調新探》等陸續在大陸正式出版。當年五月十四日，由中國藝術研究院戲曲研究所、中華書局、文化藝術出版社聯合主辦的曾永義教授新書發表會和座談會同時舉行，戲曲研究學者和媒體記者參與座談，高度評價了他的最新著述《曾永義論文自選集‧學術理念編（甲）》、《曾永義論文自選集‧學術進程編（乙）》、《戲曲源流新論（增訂本）》（以上三書為中華書局出版）、《戲曲腔調新探》（文化藝術出版社），尤其是普遍表達了他對兩岸學術交流的巨大貢獻。如中國藝術研究院戲曲研究所所長劉禎認為，曾永義在韻文學、俗文學、民俗技藝諸研究方面都極富成果，尤以戲曲為著。他的戲曲研究是貫通的、全面的和立體的，這是他學術的顯著特點，也是我們了解我國臺灣地區學術發展和全面衡量戲曲研究進程的重要內容。中華書局、文化藝術出版社

進一步推動了這種交流和了解。中國藝術研究院王安葵研究員認為，曾永義學術著作很有價值。海峽兩岸學者應共同編著戲劇戲曲學研究著作，以進一步加強兩岸文化交流。[52]曾永義先生兩岸學術融通的意識如此之強烈，大力推動學術交流和文化共識性的活動如此積極有效，實為兩岸學術文化開始對話以來的第一人。

其實，除了邀請大陸學者講學、參加學術會議，向臺灣學界推介大陸學人的學術成果亦是曾永義教授的交流策略之一。這一方面他亦有很多精心設計和表達方式。如為大陸戲曲論著撰寫序跋，以「經我眼而入我心，則必有一時真切的感受」[53]為原則，先後介紹了傅瑾、鄒元江、王永健、洛地、周育德、吳新雷、杜桂萍等學者的戲曲論著。杜桂萍教授即因曾先生「無不證據確鑿、論辯爽脆」等語的嘉賞而備感榮耀，堅定了進行清代雜劇研究的信心。推介大陸學人之著述在臺灣地區出版，亦是曾永義先生的垂世之功。早在一九九二年四月，曾先生主編之《中國戲曲論著叢刊》（學海出版社）第一輯共九種，即收有大陸學者常靜之教授《中國戲曲及其音樂》、葉長海教授《曲律與曲學》等著作。二〇〇四年開始主編的「戲曲研究叢書」，至今仍由臺北國家出版社在陸續出版，已達十七輯一百〇二冊。叢書之首要即是基於「中華民族是戲曲的民族」（總序語），以「學術至上、中華一體」為編輯宗旨，立足於兩岸名家名著，高水準著述始終相接，攜手亮相，實在是二十一世紀以來最令人驚喜和振奮的一個學術景觀。第一輯、第二輯所收大陸學者即有鄒元江《湯顯祖新論》、傅謹《二十世紀中國戲劇的現代性與本土化》、劉禎《民間戲劇與戲曲史學論》、陸萼庭《清代戲曲與崑劇》、胡雪岡《溫州南戲論稿》、孫崇濤《戲曲十論》、吳毓華《戲曲美學論》、王永健《崑腔傳奇與南雜劇》等書，皆為一時之選，後來所收郭英德教授《中國戲曲的藝術精神》、趙山林教授《戲曲散論》、劉禎教授《民間戲劇與戲曲史學論》等學者之著作，可謂囊及了大陸戲曲研究的精華，同時更彰顯了大陸學

---

52 楊雪：〈構建戲曲研究的新理念〉，《中國文化報》，第3版，2009年7月3日。

53 曾永義：《藝文經眼錄》（臺北市：臺灣國家出版社，2012年），頁12。

人的學術理念和特色。叢書乃曾永義先生親自策劃，許多著作來自他的真誠約請，如黃竹三先生談及其著作《戲曲文物通論》時說：「臺灣大學曾永義教授與我在大陸學術會議上多次見面，逐漸熟悉，他認為我們的戲曲文物研究是一條新路子，也知道我對戲曲文物有所探究。二〇〇四年在廣州國際學術研討會期間，曾先生約我撰寫這方面的專著，免費在臺灣出版。我覺得這可以增進海峽兩岸的學術交流，很有意義，慨然應允。」[54]可見兩岸學者的心意相通。叢書二〇一三年之補序云：「而今可以欣慰的是，世界上幾乎所有研究漢學的機構，都已將本《叢書》作為必備典籍。」可見當年所確立的「戲曲研究大寶庫」的訴求，不僅體現了致敬並超越明代《六十種曲》《元曲選》的編輯宗旨和文化情懷，體現了對傳統文化的繼承發展，也已經切實踐行了將兩岸中國學者的戲曲研究集萃並推向世界的文化理念，還有什麼能比這一點讓海內外炎黃子孫更為認可和自豪的呢！如今，這部已進行十二年之久的叢書依然在編纂過程中，曾永義先生的精神、志趣和堅守學術第一的情懷也越來越為海內外學人所尊重，期待更多的學術佳作問世。

曾永義先生畢業於臺灣大學，長期任職於臺灣大學、臺灣中央研究院、世新大學等學術機構。與許多沐浴過歐風美雨的學者不同，他其實是一位道道地地的本土學者，儘管足跡遍及世界，朋友廣布海內外：曾訪學於美國哈佛大學、密西根大學、斯坦福大學等，又在荷蘭、德國和香港地區等地高校擔任客座教授。其戲曲論著風行各地，早為美國柏克萊加州大學及兩岸三地多所大學用作教材；主編之「國家戲曲叢書」更是為漢學研究領域影響最為廣泛的戲曲研究系列。他戲曲之學術、推廣、創作之總體成就，已為兩岸乃至國際學術界公認為難出其右者，因之而迭獲諸多崇高榮譽，每為兩岸、香港地區、韓國、美國之大學邀請於國際學術會議作開幕之主題講演，或閉幕之總結講評。但曾永義先生始終立足於中國，在華夏大地上辛勤耕耘，所傾心的學術研究也始終是傳統文化視野下的戲曲，以及與之相關的民俗學、古

---

54 張勇風：〈文物開成為劇學——黃竹三教授訪談錄〉，《文藝研究》2015年第5期，頁85-93。

典詩學、民族文學等，以樸學之深厚學養、現代學術之思維與中華傳統文化之靈魂灌注其中，形成了既有當代學院派風采，又具有古典詩騷精神的豐厚成績。他是一位腳踏實地的實踐者，更是一位富有人文情懷的學者、詩人，著名學者卜鍵研究員曾說：「曾先生是一位重感情、負責任、能擔荷的人，一個充滿激情和活力的人。」[55]一語中的，揭示出這位懷抱兩岸融通之想的「酒党党魁」的民族情感和道義擔當。

　　進入二十一世紀以來，在不斷回望和反思中，戲曲研究的路究竟如何走，是一代學人不斷思考之歷史命題。曾永義先生同樣保有憂患意識，但踐行以外的更多時候，他奉行的是「人間愉快」的精神。相信自己，更相信兩岸中青年學人的行動力：眷眷不休的研究，孜孜不倦的探討，誠心誠意的交流。他一再表示：「兩岸合作交流，基本原則是應該對兩岸的現狀有所了解，然後才能各取所長，各補所短，可以透過學術會議來發掘問題和增進了解，而通過實際的合作研究解決雙方所經驗的問題。」[56]他認為，知識分子要有知識分子的良知，要自動發起對傳統藝術的關愛，才能真正把它做好。曾永義先生對兩岸學人和學術文化的關懷是基於兩岸文化血脈之相通，基於一位有歷史擔當的中國人的責任感。因為了解而投入真情，因為熱愛而富有行動力，正來自曾先生這份深摯的不可動搖的血濃於水的文化情緣。

---

55 卜鍵先生言，轉引自甯宗一：〈金瓶梅評點的新範式──讀卜鍵雙舸榭重校評批金瓶梅〉，《書城》2013年第12期，頁30-36。

56 陳志亮：〈薌劇緣起（下）──漳州薌劇史稿選載之十〉，《閩台文化交流》2012年第3期，頁110-118。

中國戲曲學界的集大成者曾永義先生
——曾永義先生的戲曲學術研究、編劇創作、教書育人與社會影響

郭小利*

　　曾永義先生，作為臺灣的戲曲學者、劇作家、教育家、社會活動家，在戲曲理論學術研究、戲曲編劇創作實踐、戲曲教育及兩岸戲曲文化交流方面均有突出成就，可謂學術著作等身、創作劇本豐碩、教育成就卓著、為兩岸戲曲藝術交流做出了突出貢獻，堪稱中國戲曲學界之集大成者。

一　作為研究者，視域廣，議題深，成果豐碩品質高

　　曾永義先生學識淵博，貫通古今，以戲曲研究為「志業」，研究涉及俗文學、韻文學等諸多領域，據世新大學網站上資料，曾先生共出版學術專著二十八本，學術通俗著作十本（其中合著7），編著十九本，散文集七本，發表學術文章一百三十三篇，參會論文九十篇，成果數量驚人，獲獎無數。

（一）縱覽古今研究，視域廣闊，形成獨特戲曲史觀

　　曾先生的戲曲研究已然進入學術最高境界，既有宏觀（《中國戲曲概

---

* 福建師範大學兩岸文化發展研究中心、音樂學院教授。

說》、《地方戲曲概論》)又有微觀(《戲曲腔調新探》、《戲曲本質與腔調新探》、《戲曲之雅俗、摺子、流派》),既有通史(《論說戲曲》、《我國的傳統戲曲》)又有斷代史(《明雜劇概論》和《蒙元的新詩──元人散曲》),既有劇本研究(《洪昇及其長生殿研究》、《長生殿研究》、《洪昇及其長生殿》)又有劇種研究(《臺灣歌仔戲的發展與變遷》、《從腔調說到崑劇》),既有歷史考證(《戲曲源流新論》)又有比較研究(《戲曲與偶戲》、《戲曲與歌劇》、《參軍戲與元雜劇》、《詩歌與戲曲》,大戲與小戲、南戲與北劇等),以及其他與戲曲相關的研究專著(《俗文學概論》、《說俗文學》、《鄉土的民族藝術》、《中國古典戲劇》),似這般視域之廣且議題之多,堪稱中國戲曲學界第一人。

雖然已取得豐碩的學術成果,曾先生仍有一個宏偉的計畫,構建自己心目中的「戲曲學」,從構成戲曲諸元素與研究面向入手,分為「十論」:一、戲曲研究資料論;二、戲曲體製規律論;三、戲曲本事主題論;四、戲曲結構論;五、戲曲音樂論;六、戲曲語言論;七、戲曲表演論;八、戲曲藝術論;九、戲曲劇本論;十、戲曲史論。按計畫共四冊,目前已經出版了《戲曲學》第一冊,此計畫全部完成後,將是中國戲曲學界里程碑式的鴻篇鉅著。[1]

(二)精研古典文獻,議題深入,有原創性新發現

曾先生在臺灣大學攻讀文學專業的學士、碩士、博士十一年,當時臺灣大學文學院大師雲集,學術氛圍濃厚。曾先生受教於臺靜農、屈萬里、鄭騫、張敬、洪炎秋、戴君仁、孔德成、王叔岷、毛子水、許世瑛、葉嘉瑩等多位大家,受臺靜農、張敬等先生的影響,走上了俗文學、戲曲學術研究之路。1973年,曾先生受到時任臺灣中央研究院歷史語言研究所所長屈萬裏的

---

1 曾永義:《我的教學、研究、創作與文化工作》,載《曾永義先生學術成就與薪傳國際學術研討會論文集》(上),頁25。

委託，組織黃啟方、陳錦釗、曾子良等人著手整理傅斯年圖書館收藏的八千餘本俗文學資料，逐一進行分類（部署、類、種、目），撰寫分類編目例言，為自己後來的學術研究奠定了良好的文獻基礎。

曾永義先生的學術研究多以「原典為依據，廣徵博引」，[2]從浩如煙海的歷史文獻中探析戲曲研究的「未解之謎」。在戲曲的淵源、形成與發展方面，曾先生均有自己的原創性新發現：「戲劇」與「戲曲」之分野，完善戲曲的定義，用小戲與大戲概念解決戲曲形成與發展中諸多問題，用多種標準為戲曲分類，用「三化說」（北曲化、文士化、昆腔化）解釋南戲到傳奇演變，提出「民族故事」與「影子人物」概念等。

曾先生的中國戲曲史學術研究基本上是源自一個個的「學術問題」，針對這些學界有爭議的關鍵問題，他在對學界各種觀點逐一辨析、汲取的基礎上，建立新的觀念重新切入，並採取了「專題」研究的方法，逐一解決，最後綜合成書。[3]拜讀曾先生的《戲曲腔調新探》，可見其先從內在構成要素、外在用以依存的載體、所以呈現的人為運轉三方面入手考察「腔調」本身以及腔調變化與流播，然後逐一對溫州腔、海鹽腔、餘姚腔、弋陽腔、梆子腔、昆腔及崑劇、皮黃腔、四平腔等明清以來重要的「腔調」和「腔系」（聲腔）進行考證，得出自己的判斷與研究結論。[4]

正如劉禎先生在《曾永義學術論文自選集·序》中所言：「……看似內容紛繁，能夠反映曾先生學術觸角所及之廣泛，但又統一於『學術理念』見其戲曲思想、文學思想和觀念，每篇文章所探討、研究的對象不同，甚至文學、戲曲、民俗技藝並列，戲曲中又涉各方面，而作者之『自選』，在看似彼此獨立的文章中，顯示的是作者多年來文學、戲曲、民俗技藝研究的觀念、思想，……但他折射的是曾先生的學術敏感和眼光，是他學術觀念、戲

---

2 劉禎：《學如海深 心似酒淳──〈曾永義學術論文自選集·甲編〉序》，《戲曲研究》2008年第2期，頁389-394。

3 楊雪：《構建戲曲研究的新理念──曾永義戲曲新著出版座談會綜述》，《中國文化報》2007年7月3日第003版。

4 曾永義：《戲曲腔調新探》（臺北市：文化藝術出版社，2009年3月），頁1-7。

曲思想的組成。」[5]

（三）開本土戲曲研究之學風，宣導歌仔戲改良

「一般學者重歷史重文人，對民間或鄉土戲曲甚少關注，甚至極其排斥，曾先生不然。他的學術根基是歷史、文學研究，但卻超越對戲曲只做文獻、平面的研究，而是真正把它作為舞臺藝術加以研究。」他「將眼光投向過去是下里巴人的歌仔戲，從歷史到現實，從劇碼到表演，包括歌仔戲的『因應之道』都成為曾先生所研究的課題⋯⋯」[6]曾先生的著作《臺灣歌仔戲的發展與變遷》（臺北：聯經事業出版有限公司），被譽為「建立臺灣歌仔戲發展史綱的鉅著」，「將臺灣歌仔戲的淵源形成與發展變遷，做了縱貫型的歷史考察。」[7]同時，本書開啟了臺灣本土戲曲研究的學風。

後來，曾先生陸續撰寫《臺灣歌仔戲之近況及其因應之道》、《論說精緻歌仔戲》等文，首次提出「精緻歌仔戲」概念，宣導使歌仔戲更好地融入臺灣現代社會。曾先生認為，「歌仔戲是唯一一種臺灣本土孕育成長的戲曲，由於孕育成長於民間，原來歌仔戲無論是野臺歌仔戲還是內臺歌仔戲，雖然生活氣息濃郁，但藝術都比較粗糙。⋯⋯」經改良後的「精緻歌仔戲」，能夠「既彰顯歌仔戲成熟以後所有的傳統與鄉土的美質，又自然地融入當代藝術的思想理念和技法，並切實地調適於現代化劇場，與之相得益彰，能愉悅煥發臺灣人民的心靈。精緻化和現代化是歌仔戲改良追求的方向，經過改良後的精緻歌仔戲，將是臺灣的代表劇種，思想將更加深刻，藝術將更加成

---

5 劉禎：《學如海深 心似酒淳──〈曾永義學術論文自選集・甲編〉序》，《戲曲研究》2008年第2期，頁389-394、391。

6 劉禎：《學如海深 心似酒淳──〈曾永義學術論文自選集・甲編〉序》，《戲曲研究》2008年第2期，頁389-394。

7 蔡欣欣：《以戲曲為志業的曾永義教授》，《戲曲研究》2006年第1期，頁289-300、295。

熟，可以作文化輸出，即使並立於世界劇壇也毫無遜色。」[8]近二十年來，歌仔戲進入現代劇場後逐漸發展為精緻歌仔戲，無論從舞美設計、音樂創作、舞臺表演等諸多方面均有很大的進步。針對臺灣現代歌仔戲強調舞美過於寫實，唱詞官話化鄉土味缺失等現象，曾先生提出現代歌仔戲應該堅持「寫意性劇場」和「鄉土性格」。[9]

　　此外，曾先生不僅自己對南管、梨園戲、木偶戲、閩臺歌仔戲等議題進行研究，還直接指導其研究生進行臺灣本土劇種研究。如臧汀生《臺灣民間歌謠研究》（政治大學中文碩士，1979年）、沈冬《泉州弦管音樂歷史初探》（臺灣大學中文碩士，1983年）、楊炤濃《日據時期臺灣文化劇活動》（文化大學藝術碩士，1985年）、黃秀錦《歌仔戲劇團結構與經營研究》（文化大學藝術碩士，1987年）、劉南芳《由拱樂社看臺灣歌仔戲之發展與轉型》（東吳大學中文碩士，1988年）、臧汀生《臺灣閩南語民間歌謠新探》（政治大學中文博士，1989年）、曾子良《臺灣閩南說唱文學「歌仔」之研究及民泰歌仔戲敘錄與存目》（東吳大學中文博士，1989年）、蔡欣欣《臺灣地區現存雜技考述》（政治大學中文碩士，1990年）、王一德《北管與京劇音樂結構比較——以西皮二黃為主》（臺灣師範大學音樂碩士，1991年）、竹碧華《楊秀卿歌仔說唱之研究》（文化大學藝術碩士，1991年）、傅建益《當前臺灣野臺布袋戲之研究》（文化大學藝術碩士，1993年）、莊桂櫻《論歌仔戲唱腔即興方式之應用》（文化大學藝術碩士，1993年）、林素春《宜蘭本地歌仔之研究》（文化大學藝術碩士，1994年）、黃心穎《臺灣客家戲劇現況之研究》（輔仁大學中文碩士，1997年）、邱一峰《臺灣皮影戲研究》（臺灣大學中文碩士，1997年）、何美慧《高雄市藝術活動之探討》（文化大學藝術碩士，1997年）、楊馥菱《楊麗花及其歌仔戲藝術之研究》（東海大學中文碩士，1997年）、蔡順隆《中國傀儡戲的源流與在臺灣的發展》（文化大學藝術碩士，1997年）、邱一峰《臺灣皮影戲研究》（臺灣大學中文碩士，1998年）、

8　伏滌修：《老驥骨奇心尚壯，青松歲久色逾新——曾永義教授訪談錄》，《文藝研究》2013年第4期，頁第71-81。

9　曾永義：《歌仔戲的兩個堅持》，臺灣《聯合副刊》2015年7月2日。

林曉英《臺灣亂彈水滸戲之研究》（臺灣大學中文碩士，1999年）、徐志成《「五洲派」對臺灣布袋戲的影響》（臺灣大學中文碩士，1999年）、程育君《「特技」在臺灣之探討——從家班特技到劇校特技》（文化大學藝術碩士，2000年）、楊馥菱《臺閩歌仔戲之比較研究》（輔仁大學中文博士，2001年）、葉嘉中《90年代臺灣地區現代劇場歌仔戲研究》（東吳大學中文碩士，2004年）、邱一峰《閩臺偶戲研究》（政治大學中文博士，2004年）、張祖慈《文化政策下的臺灣歌仔戲——1982-2002》（文化大學中文碩士，2005年）、韓仁先《臺灣當代新編京劇劇作藝術之研究（1949-2005）》（文化大學中文碩士，2006年）、陳玟惠《臺灣「現代劇場歌仔戲」創作劇本研究——西元2001至2005年》（高雄師範大學中文博士，2007年）、劉美枝《臺灣亂彈戲之腔調研究》（輔仁大學中文博士，2011年）、施秀芬《崑曲在臺灣傳播之研究》（佛光大學中文博士，2011年）、吳佩熏《南管樂語、腔調及其體製之探討》（臺灣大學中文碩士，2013年）等學位論文。[10]

二　作為劇作家，作品多且有精品，講述民族故事，弘揚中華精神

作為一位成就卓越的戲曲研究者，曾先生卻並不滿足於「為理論而理論」、「為學術而學術」的純粹理論思辨，而是身體力行，做一位理論研究與創作實踐並重的「行動中的理想主義者」，他將自己的戲曲研究成果運用於戲曲劇本創作實踐中。戲曲研究者從事劇本創作，在兩岸戲曲學界尚不多見，曾先生何以有如此自信？因為在曾先生看來，如果戲曲研究者僅作文學、文史、文獻研究，不懂曲體曲律，不了解唱腔音韻，就無法創作劇本，而曾先生自己多年的戲曲研究中，既有文獻梳理和考證，又有主題性的文史研究，同時還關注戲曲藝術的本體，如戲曲藝術本質、體製規律、聲腔劇種、腔調、曲牌、流派等。曾先生出口成章，即興成詩，文學創作修養高，

---

10 《曾永義先生著作資料索引》之「七、指導論文」，載於《曾永義先生學術成就與薪傳國際學術研討會論文集》（下），頁830-840。

且對戲曲的格律諳熟於心，所以曾先生在研究戲曲的核心本質、藝術體製基礎上，熟悉戲曲編劇所需要的各種知識與技能，先易後難，從非戲曲的歌劇劇本創作（1987年現代歌劇《霸王虞姬》、1999年歌劇《國姓爺鄭成功》以及2007年歌劇《桃花扇》）入手，而後是詩贊系的京劇（和豫劇）劇本創作（1996年京劇《鄭成功與臺灣》、2001年京劇《牛郎織女天狼星》、2003年京劇《射天》、2006年豫劇《慈溪和珍妃》與京劇《青白蛇》、2010年京劇《賢淑的母親》和《御棋車馬緣》），再到曲牌體的崑劇劇本創作（2004年崑劇《梁山伯與祝英台》、2007年《孟姜女》、2009年《李香君》、2011年《楊妃夢》）以及歌仔戲劇本創作（2008年《陶侃賢母》）。在從事劇本創作實踐的同時，又深化了戲曲研究。[11]

（一）扎根傳統，創作成果多，文學性與思想性俱佳

自一九八七年以來，曾永義先生共創作了近二十部劇碼（包括京劇、崑劇、豫劇、歌仔戲、歌劇劇本），成就斐然，且多為精品。具體參見附錄表一所示。

對於中國戲曲的傳承、發展與創作，曾永義先生主張要多元與包容：一是尊重傳統，按照戲曲原來樣本流傳，保持其歷史地位與歷史價值；二是發展傳統，在扎根傳統的基礎上創新，這是戲曲得以生生不息前進的力量，可以融入當代人的生活中，提升人們的生活品質；三是完全創新，拋開傳統的藝術進行創新，儘管有些會過於激進，不被同時代大多數學者所理解，也應該持包容的態度，尊重創作者、尊重這種多元的創作理念與創作方式。唯有此，中國戲曲大花園才能姹紫嫣紅、百花齊放。[12]曾先生本人的戲曲編劇創作基本屬於第二種，建立在自身研究的基礎上，尊重傳統，吸收傳統特質，

---

11 伏滌修：《老驥骨奇心尚壯，青松歲久色逾新——曾永義教授訪談錄》，《文藝研究》2013年第4期，頁71-81。

12 楊雪：《著名戲曲學家曾永義：要賡續傳統，也要尊重多元》，《人民政協報》2011年5月23日。

並加以時代詮釋與個人創新。

　　曾先生本人具有極高的古典文學修養，出口成章，經常即興賦詩，寫作方面堪稱「快手」，且又精通詞牌、曲牌與音律，在編劇創作中，無論是整體設計，還是具體曲牌選擇與依調填詞，均能從容運用，一氣呵成。崑劇作為中國的古典高雅藝術形式，也是最難創作的藝術形式，而新編崑劇尤其是原創性崑劇往往「批評聲浪要大於褒揚」。[13]著名崑劇行家顧聆森先生認為：文本傳統是新編崑劇的靈魂，即編劇的程式傳統。「離開了『一劇之本』固有的編劇程式，無論多麼高明的作曲家、表演藝術家都很難也不可能達到崑曲的韻味預期。……崑劇文本的優秀傳統，一曰『文采』；二曰『合律』。……但明代萬曆以後，尤其入清以後，崑壇一直在呼喚、褒揚『文采』與『合律』的雙美之作。遺憾的是，在新編的當代崑劇中幾乎見不到崑劇的雙美風采，可見優秀的崑劇文本傳統正在嚴重流失。……曾版《梁祝》是難得一見的雙美之作，它以它的藝術厚重震懾了南京學術界、評論界，然而它的公演意義還不在於它劇場效應的熱烈，而在它對於新編崑劇繼承『文本傳統』的示範作用。」[14]正是多年的戲曲理論研究，使曾永義先生熟悉崑劇體製規律以及各曲牌的特性，對於選用曲牌、組織聯套、移宮換調、排場變化，均能信手拈來，應用自如。如崑劇《梁山伯與祝英台》，曾先生僅僅利用二〇〇三年春節前後十一天，即完成了依據【南雜劇】體製規律，謀篇布局，設計排場，建構套曲，依調填詞，吸取梁祝故事的精華，分為「草橋結拜」、「學堂風光」、「十八相送」、「訪祝欣奔」、「花園相會」、「逼嫁殉情」（後改為「癡夢乍醒」）、「墓裂同埋」七場的所有創作過程。[15]崑劇《梁山伯與祝英台》經過多次修改，已經上演四個版本，兩岸多個劇團演出，廣受

---

13 顧聆森：《新編崑劇的典範之作──評曾永義的原創崑劇《梁山伯與祝英台》，《劇影月報》2009年第6期，頁18-21。

14 顧聆森：《新編崑劇的典範之作──評曾永義的原創崑劇《梁山伯與祝英台》，《劇影月報》2009年第6期，頁18-21。

15 曾永義：《彩蝶雙飛豔古今》，《中國文化報》2015年11月10日。

好評。[16]顧聆森認為曾版崑劇《梁山伯與祝英台》是當代新編崑劇的「典範之作」，因為曾先生堅持了傳統崑劇創作的三個傳統：一是「文本傳統」；二是「抒情中敘事」的結構模式、以「曲」為舞臺運轉的主軸；三是設計了馬文才這一「丑角」形象，彌補了當代新編崑劇的丑角「缺席」現象；四是謹守崑劇曲牌格律，唱腔音樂韻味濃豔醇厚，……對於全國當代崑劇的新編、改編都有著教材式的示範意義。」[17]

曾先生的劇本創作是建立在其學術研究的基礎上。如新編崑劇《楊妃夢》創作源於其學術論文《楊妃故事之發展及其相關文學》，且曾先生早期研究的洪昇及其《長生殿》也是楊妃故事，正是有感於楊妃故事在歷代文人論述、民間傳說中扭曲變型，意欲呈現真實歷史事實，「使楊妃形象脫胎換骨，一新天下耳目」，且「旨在對世事、人生及其命運的體悟與省思，對中華民族文化根性的反思」。[18]

（二）借古鑒今，講述民族故事，加以時代詮釋，弘揚民族精神

曾永義還在傳統劇碼基礎上改編劇碼，如新編崑劇《李香君》是在孔尚任的《桃花扇》故事基礎上創作，他以完全創新的形式，選擇適合的套曲重新填詞，既表現了歷史故事原貌，又令觀眾反思文人從政社會、愛情中男女價值觀統一等當今所存在的現實問題。

當代，臺灣文人從事編劇的主要有俞大綱、曾永義、王安祈與陳芳等先生，前兩位先生相對傳統，後兩位更為求新。從選擇題材上看，曾永義先生所創的劇碼均以家喻戶曉的民族故事或歷史人物為題材，包括民族故事六則（《牛郎織女天狼星》、《梁山伯與祝英台》、《孟姜女》、《青白蛇》、《楊妃夢》）

---

16 《時尚「梁祝」依「舊」崑曲——崑劇《梁山伯與祝英台》藝術研討會》，《上海戲劇》2013年第10期。

17 顧聆森：《新編崑劇的典範之作——評曾永義的原創崑劇《梁山伯與祝英台》，《劇影月報》2009年第6期，頁18-21。

18 陳建森：《千年四夢楊妃夢 邀月舉杯戲春秋——曾永義新編崑劇〈楊妃夢〉觀後》，《四川戲劇》2012年第4期，頁18-21。

和歷史人物故事七則（《蔡文姬》、《魏良輔》、《御棋車馬緣》、《射天》，以及同一故事不同劇種的崑劇《李香君》與歌劇《桃花扇》、歌劇《霸王虞姬》和將客家採茶戲、京劇、歌仔戲三劇合一的《霸王虞姬》、京劇《賢淑的母親》與歌仔戲《陶侃賢母》、京劇《鄭成功與臺灣》與《國姓爺鄭成功》）。

提出「民族故事」學術概念，將其作為創作題材，源於曾先生的俗文學研究。他認為，「凡是能夠傳達一個民族所具有的共同思想、情感、意識、文化，而其流播空間遍及全國，時間逾千年的民間故事，就是民族故事。……無論在中國境內，或海外華人社會，牛郎織女、孟姜女、梁祝、白蛇、西施、王昭君、楊妃、關公和包公等人物故事，可說是家喻戶曉，因之而產生的信仰、習俗，更是興盛不衰，歷久彌新。」[19]而這些民族故事「流播千百年，深入人心，在中華文化背景下，最富有民族之意識思想和情感，可以重溫我們在現代社會中逐漸凋零的民族文化根源，喚醒我們即將喪失的民族精神」。[20]但是，由於創作主體是現代人，受眾群體是現代觀眾，古代題材必須注入時代元素，否則難與現代人產生思想上的共鳴。曾先生在創作中堅持用現代的視角重新詮釋古代故事。「因為現在民智大開，不像往昔之閉塞，過分扭曲和改變歷史情節和人物形象，必造成讀者和觀眾很大的衝擊和排斥。」[21]民族故事，能夠傳達人與人之間最為真摯的情感，而這是曾先生作為一位圈內有名的性情中人所最為珍視的。「我一向以為最富有、最愉快的人，不在名位、不在金錢，而是享有親情、享有愛情、享有友情、享有人情。這『四情』具備的人生，哪是名位換得來，哪是金錢買得到。其生命的豐富圓滿，豈止無價，豈止無愧無憾而已。然而就中最叫人信守不移，而低迴纏綿，而熱烈奔放，而死生以之的，莫過於『愛情』」。[22]所以，曾先生

---

19 曾永義：《曾永義戲劇論文三篇》，《戲劇之家》2009年第8期，頁18-19。
20 曾永義：《我編撰京劇〈鄭成功與臺灣〉等四種劇本》，載《京劇與現代中國社會——第三屆京劇學國際學術研討會論文集》（下）（2009年5月），頁715。
21 曾永義：《我編撰京劇〈鄭成功與臺灣〉等四種劇本》，載《京劇與現代中國社會——第三屆京劇學國際學術研討會論文集》（下）（2009年5月），頁716。
22 曾永義：《我編撰京劇〈鄭成功與臺灣〉等四種劇本》，載《京劇與現代中國社會——第三屆京劇學國際學術研討會論文集》（下）（2009年5月），頁721。

創作的劇碼大部分是愛情劇（《楊妃夢》、《梁山伯與祝英台》、《霸王虞姬》、《孟姜女》、《李香君》、《桃花扇》、《青白蛇》、《射天》、《牛郎織女天狼星》、《御棋車馬緣》）。他的愛情觀是「真誠」，「男女之間，如果能以真誠為基礎，始於相欣相賞，繼之相激相勵，終於相顧相成，那麼愛情才會真正的圓滿。」[23]在曾先生的筆下，已然是現代人普遍認同愛情觀：兩情相悅、一起成長、相敬相愛。他還創作了親情劇（《陶侃賢母》、《賢淑的母親》）、民族英雄劇（《鄭成功與臺灣》、《國姓爺鄭成功》）和歷史人物劇（《蔡文姬》《魏良輔》《慈禧與珍妃》《韓非子、李斯、秦始皇》）。

曾先生創作的主人公大部分為女性，且女性角色大多個性鮮明、不畏強權、有情有義、敢怒敢言，是歌頌對象，而相比之下，男性角色稍顯平庸，或懦弱，或自私，這也反應了當前女性意識思潮影響。[24]

（三）不新不創，有鮮明的個人藝術風格

曾永義先生的編劇創作扎根於傳統，卻不守「舊」。他創作的每部戲都有鮮明的個性與創新之處。他曾經說過：「緣故是一方面我不喜歡陳陳相因，希望多所創發；二方面也是希望將此『創發』，用來貼切地承載主體思想。」[25]關於現代戲曲創作的傳承與創新關係，曾先生提出「文化輸血論」和「毛桃接水蜜桃論」，主張既要扎根傳統，傳承戲曲最優美的特質，同時要講究創新的途徑。他形象地比喻，「如果一個人需要輸血，他的病才會消除，身體才會更強壯，而他的血是A型，他固然可以輸入健康的A型血，也可以輸入健康的O型血。因為A型血是相同族類，自然一體；而O型血雖是異族別類，卻可渾然融通，終歸一體。但是若不慎而誤輸B型或AB型血，

---

23 曾永義：《我編撰京劇〈鄭成功與臺灣〉等四種劇本》，載《京劇與現代中國社會——第三屆京劇學國際學術研討會論文集》（下）（2009年5月），頁722。
24 王安祈：《"乾旦"傳統、性別意識與臺灣新編京劇》，《文藝研究》2007年，頁9。
25 曾永義：《我編撰京劇〈鄭成功與臺灣〉等四種劇本》，載《京劇與現代中國社會——第三屆京劇學國際學術研討會論文集》（下）（2009年5月），頁721。

則其為禍,豈止沉屙加重而已。所以創造新文化之道,當在傳統文化的基礎
上維護發揚美質,猶如輸入A型血;當從外來文化中擇取可以生發融通的滋
養,猶如輸入O型的血。如果迷信外來文化為救命萬靈丹,毫不考慮是否與
傳統文化衝突,一味吸收,全盤移植,則必然會發生猶如誤輸B型血或AB
型血的情況;如此所產生的新文化,對國家民族不僅沒有益處,反而有荼毒
之害了。然而如何正確判斷選擇血型輸入,則有賴於醫師那只靈妙的
手⋯⋯」[26]「毛桃接水蜜桃論」則源於將臺灣福壽山農場的土生毛桃嫁接上
矮砧木,再接上日本水蜜桃,成長為「臺灣水蜜桃」,因為日本水蜜桃不能
在臺灣直接種植,只能利用「矮砧木」,當前兩岸文化建設尤為需要擅長調
和古今中外的「妙手」。[27]

　　曾先生的劇本創作雖然以歷史、民族故事為素材,卻均加入自己的個人
創造。有研究者[28]將曾先生的「推陳出新」歸納為:一是敘事角度改變,如
在《青白蛇》中,曾先生將青蛇作為第一主角,以青蛇的視角出發編排場
景,突出歌頌了小青的有情有義,並對白蛇、許仙、法海注入新的詮釋;二
是敘述方式創新,在《楊妃夢》中,讓楊妃的芳魂「穿越」到當代臺灣,四
次托夢給程教授,央其為自己洗去千年不白之冤;三是添加適當虛構,其一
是虛構人物角色,如《牛郎織女天狼星》中,虛構了反面人物「天狼星」,
以「鍥而不捨的追求與糾葛」為主線,以「呈現愛情境界的層層展開與疊疊
提升」;[29]新編崑劇《孟姜女》中則虛構了歸有義和梅香等角色。其二是虛
構情節內容。如《梁山伯與祝英台》中,增加梁、祝二人為爭取愛情自由而
斷然私奔;《青白蛇》中增加青蛇吐千年真丹為許仙續命;《孟姜女》中將孟

---

26 伏滌修:《老驥骨奇心尚壯,青松歲久色逾新──曾永義教授訪談錄》,《文藝研究》
　2013年第4期,頁73。

27 伏滌修:《老驥骨奇心尚壯,青松歲久色逾新──曾永義教授訪談錄》,《文藝研究》
　2013年第4期,頁73。

28 周南:《論曾永義的戲曲編劇理論與實踐》,2012屆上海戲劇學院戲劇戲曲學碩士學位
　論文,頁15-16。

29 曾永義:《探索度越時空、精誠不渝的愛情桃花源》,《牛郎織女天狼星演出宣傳冊》
　2001年。

姜女設為孟子後人，萬喜良為孟子門生萬章嫡孫等等。

曾先生的客家大戲《霸王虞姬》則大膽地將京劇、歌仔戲與客家採茶戲相結合，由兩岸藝術家連袂表演，虞姬飾演者姜彥琳唱客家平板調、特邀大陸一級演員陳霖蒼飾演霸王演唱京劇、歌仔戲演員陳鳳桂（小咪）串場飾演烏江亭，可謂開創三個劇種「串燒」的先河。

學術研究與劇本創作之餘，才華橫溢的曾永義先生還寫作散文隨想，先後出版了《椰林大道五十年》、《蓮花步步生》、《牽手五十年》、《飛揚跋扈酒杯中》、《人間愉快》、《清風明月春陽》、《愉快人間》等多部散文集。

三　作為教育家，以教書育人為己任，薪火傳承戲曲文化

（一）開創中國戲曲專業，使戲曲登上臺灣「大雅之堂」

曾永義先生作為一名高校教師，長期從事戲曲教學，先任職於臺灣大學教授，退休後就職於世新大學中文系（講座教授）及臺灣大學（名譽教授），其對臺灣高校學科建設的突出貢獻之一，就是在臺灣高校創立了中國戲曲專業，使戲曲登上大雅之堂，成為中國文學系的一門必修課程。

如曾先生所言，「像中國戲曲這樣優美而重要的文學藝術」，古代為「史志所不錄」，「禁戲之命令，更充斥文獻」，「中國士大夫以經史子集為傳統，視戲曲為小道末技，認為是『不登大雅』的低俗藝術。」直至民國五四運動，仍有「道高德重者斥之為『沒有思想』、『沒有文化』。」[30]曾先生上大學期間，臺灣尚無戲曲專業，正是在以他為首的臺灣學者的呼籲之下，臺灣各大學均設置了規範的戲曲專業，戲曲學已然成為臺灣「大學之重要學科」，「春風化雨、桃李芬芳」，「戲曲研究欣欣向榮，於今卓然有成，已為顯

---

30 王耀華：《國家戲曲研究叢書 兩岸戲曲音樂論──形態 結構 傳播》（臺北市：國家出版社，2016年），曾永義先生寫的《總序》，頁5。

學。」[31]曾永義還號召中文系學生進行田野調查，使學問與民間藝術接軌。

（二）以教書育人為己任，誨人不倦，廣育英才，薪火傳承戲曲文化

　　曾永義教授一九七一年獲臺灣大學文學博士學位，畢業即留校任教，已經四十多年，他以教書育人為己任，誨人不倦，廣育英才。曾先後教過《史記》、《左傳》、《文選》、《詩選》、《戲劇選》等基礎課程，後來為中文系開設《俗文學概論》、為研究所開設《俗文學專題》與《戲曲專題》，教學與科研並重，逐漸形成了以戲曲為主，俗文學為次，韻文學為輔的教學科研特色。曾先生的本科生教學關注學科基礎知識和訓練；研究生教學則重視治學的態度與方法，專題課以論文為範例，從選題、切題、構建論述層次、邏輯結構、資料運用、書面表述、結論等方面，讓學生揣摩治學之道。曾先生認為課堂是最佳的知識傳授與學術交流場所，課堂講授內容結合自己的最新研究成果，他對研究生嚴格要求聽課時限（碩士2年、博士3年）要求，以便其能夠在長期浸潤、薰陶下學得治學門徑。迄今為止，接受過他親自指導的碩士生、博士生已經近二百人，曾門弟子遍布臺灣各大高校，如清華大學、臺灣師範大學、政治大學、中央大學、輔仁大學、東吳大學、東華大學、花蓮教育大學、東海大學、靜宜大學、臺北藝術大學、臺灣藝術大學、高雄師範大學、戲曲學院等校，成為臺灣高校戲曲學科任課教師與研究者，是臺灣戲曲研究的中堅力量。其中一些人已經成長為兩岸著名戲曲學家與劇作家，如臺灣大學王安祈教授（以戲曲研究與京劇創作聞名兩岸）、林鶴宜教授（明代戲曲與臺灣戲曲研究）、李惠綿教授（戲曲理論研究）、沈冬教授（中國音樂史研究）、洪淑苓教授（俗文學研究）、蕭麗華教授（中國古典詩學研究），以及臺灣政治大學蔡欣欣教授（歌仔戲研究等）、臺灣師範大學陳芳教授（清代戲曲研究與臺灣豫劇創作）和蔡孟珍教授（崑曲研究和戲曲表演研

---

31 王耀華：《國家戲曲研究叢書 兩岸戲曲音樂論——形態 結構 傳播》，曾永義先生寫的《總序》，頁6。

究）、中國文化大學施德玉教授（戲曲音樂研究）等，其中一些人成為臺灣著名劇作家，如王安祈、沈慧如、李惠綿、蔡欣欣、陳芳等教授等，這些中青年學者為臺灣戲曲學術研究與戲曲創作做出了卓越貢獻。[32]

曾永義先生認為自己的人生快事之一就是與學生在一起，並「期待學生都能站在我的肩膀上，比我更有成就！」[33]

四 作為社會活動家，以戲曲演出與學術交流為媒介，建立兩岸文化交流與合作之橋樑

曾先生不僅是一位研究者、劇作家、教育家，更是一位社會活動家。他主張「學術通俗化反哺社會」，認為「高深的學術研究具有絕對的意義和價值，而學術通俗化的反哺社會，也同樣有其意義和價值。從純學術研究的象牙塔裏走出來，將學術的理念通過通俗化的形式傳達給廣大的群眾，藉此以逐漸提升整個社會的文化品質，是十分值得做的事。」[34]受創建臺灣中華民俗藝術基金會的許常惠先生的影響，曾先生先後任該基金會的董事（10年）、執行長（5年）、副董事長（5年）、董事長（8年），他將基金會的業務範圍逐漸擴大到整個民俗技藝，包括表演藝術、手工藝術和民俗小吃等。曾先生還致力於兩岸戲曲表演藝術與學術交流，搭建兩岸戲曲表演藝術界和戲曲學術界交流與合作的橋樑，做出了卓越的貢獻。

（一）致力於兩岸戲曲表演藝術的交流與合作

自一九八九年八月曾先生率領臺北「漢唐樂府」藝術團赴大陸開始他的兩岸文化交流以來，每年都會帶臺灣戲曲藝術表演團體赴大陸各地演出兩三

---

32 伏滌修：《老驥骨奇心尚壯，青松歲久色逾新——曾永義教授訪談錄》，《文藝研究》2013年第4期，頁73。

33 黃田如：《曾永義 榮膺首位戲曲院士》，載於《臺北報導》2014年7月5日。

34 伏滌修：《老驥骨奇心尚壯，青松歲久色逾新——曾永義教授訪談錄》，《文藝研究》2013年第4期，頁71-81、77。

次，弘揚戲曲藝術；曾先生經常邀請大陸一些著名戲曲表演藝術家到臺灣演出，兩岸藝術家一起切磋技藝，共同提高；曾先生創作的一些戲曲劇碼邀請大陸戲曲表演藝術家共同參與唱腔設計，進行實質性的兩岸戲曲表演藝術的合作；曾先生自己創作的某些劇碼還邀請兩岸戲曲演員共同演出，如客家大戲《霸王虞姬》、崑劇《梁祝》等；他將自創劇碼委託大陸戲曲劇團演出，如以一元錢稿費將《梁祝》劇本提供給江蘇省演藝集團崑劇院，成就了一段佳話。即使在陳水扁執政時期，大推「去中國化」的不利於兩岸文化交流的環境下，曾先生仍然堅持與大陸進行文化交流，堅持在臺灣積極弘揚中華傳統文化。

（二）致力於兩岸戲曲學術交流與合作

自上世紀兩岸恢復人員往來以來，曾先生積極參與並組織兩岸戲曲學術交流與合作。其中最宏大的一項工程就是由曾先生親自組織兩岸知名戲曲學者正在實施的《國家戲曲研究叢書》。自二〇〇四年以來，由曾永義先生策劃與組織兩岸戲曲學者撰寫、由臺灣國家出版社出版的《國家戲曲研究叢書》，每六冊為一輯，五輯為一編，迄今已完成十七輯，共一百餘冊，研究議題涉及「戲曲源生論、發展史、理論史、表演論、流派藝術論、創作論、批評論、劇種論、腔調論、雜技論、音樂論、悲喜劇論、作家作品論、文獻學、文物學、性別學、田野調查學、中西戲劇比較、近現代戲曲史、戲曲研究之綜合成果、戲曲與宗教等」，此工程榮獲二〇一三年中國第八屆全國戲劇文化獎‧戲曲史論叢書主編金獎，也將會作為中國戲曲研究史上史無前例的大成果而永載史冊！此叢書已經在海外也產生了一定的影響，成為「世界上幾乎所有研究漢學機構」的「必備典籍」！[35]

自兩岸恢復人員往來以來，曾先生每年都多次到大陸參加學術交流，任

---

35 王耀華：《國家戲曲研究叢書 兩岸戲曲音樂論——形態 結構 傳播》，曾永義先生寫的《總序》，頁7-8。

多所大學客座教授，發表自己的研究成果，與戲曲學界同行進行學術交流；還親自組織兩岸學術會議，曾多次舉辦兩岸戲曲學術研討會與劇藝展演活動、兩岸歌仔戲大展暨學術研討會，親自組織舉辦了九屆「兩岸韻文學學術研討會」，為兩岸戲曲學者的學術交流與合作做出了重要貢獻。

（三）致力於保存、推廣與傳播兩岸戲曲藝術

一九九〇年七月，曾先生與洪惟助教授參加賈馨園女士組織的「崑曲之旅」，來到上海觀賞崑曲，五天五夜觀看了二十多部戲，他們被古典精緻優雅的崑曲藝術所深深折服。為了將這些崑曲表演藝術家的鼎盛表演狀態永久保存起來，回到臺北後，他所領導的中華民俗藝術基金會籌畫和執行此事，由臺灣文建會提供資金支持，曾先生親自帶著錄影隊跑遍了祖國各地，先後錄製了一百三十五齣極具文化價值的崑劇代表性劇碼，即將收入中國藝術研究院主編的《崑劇大典》，成為可供兩岸各界人士觀賞、教學、研究使用的共同文化遺產。[36]

在曾先生的直接策劃與組織下，中華民俗藝術基金會積極推廣戲曲藝術：1. 邀請海內外崑劇藝術名家到臺灣授課，連續在臺灣舉辦了多期「崑曲研習班」，培養優秀崑劇演員，成立「臺灣崑劇團」；2. 邀請大陸及海外戲曲劇團到臺灣演出，舉辦了「跨世紀全球崑劇大展」，培養了一大批喜愛崑劇的臺灣觀眾；3. 多次組織臺灣歌仔戲、布袋戲、南管樂團等到國外演出，配合講座設計，使國際友人喜歡古老的戲曲藝術；4. 經常帶領臺灣劇團走進臺灣中小學去做戲劇演講和示範表演，在青少年中推廣中國傳統戲曲。正是在他及其團隊的不懈努力下，才有了曾先生自己所說的「臺灣看戲的是年輕人」的社會現象。[37]

---

36 曾永義：《我的教學、研究、創作與文化工作》，載自《曾永義先生學術成就與薪傳國際學術研討會論文集》（上），頁29。

37 《在臺灣，劇場裏看戲的是年輕人──專訪臺灣大學教授曾永義》，《南方日報》2006年4月9日，第9版。

　　曾先生說：「文化藝術工作難以致大名大利，非一般人所趨之若鶩，而我素性與世無爭、人棄我取，眾人所忽略所不愛者，則我盡力為之，因此反而能夠『為所欲為』。如果說我這些年確實做了一些使兩岸百姓更加認知彼此，使兩岸人民熱血相融、脈息相通的事情，那真是讓我無限欣慰了。我堅信，唯有中華民族團結一致，才是兩岸共同的前途。」[38]

　　綜上所述，曾永義先生以戲曲為志業，在學術研究、編劇創作、戲曲教育、兩岸文化交流及中華文化傳播等諸多領域均作出了重大貢獻，令人望而興歎、高山仰止！普通人士能夠企及曾先生的上述某一方面的成就已可稱得上專業卓有建樹了！曾永義先生可謂中國戲曲學界的「超人」，無論從才智、精力、勤奮、毅力等方面，均超出常人N倍！熟悉曾永義先生的人都被其做學問的勤奮與執著所感動，像他幾十年來堅持每天淩晨四點起床做學問的毅力，就遠非常人能夠做到，且於他自己而言，「讀書與寫作」乃是人生「愉快之事」，他這種以學術研究與創作為人生樂趣的境界，確實達到了馬斯洛所說的「巔峰體驗」。曾先生二〇一四年榮獲臺灣中央研究院首位戲曲院士，這是臺灣學界及社會各界對他戲曲學術研究、編劇創作、教書育人、文化交流等領域諸多成就的高度肯定！

　　我們祝願曾先生學術之樹常青！

附錄一

曾永義先生創作劇本統計表

序號	劇　　　名	劇　　種	創作時間	首演時間	首演劇場	首演團體
1	霸王虞姬	輕歌劇	1987	1997.5.18	基隆文化中心	藝術學院管弦樂團暨合唱團

---

38 張小蘭：《中華民族團結一致才有共同前途——訪臺灣中華民俗藝術基金會董事長曾永義》，《中國文化報》2008年6月18日，第5版。

序號	劇　名	劇　種	創作時間	首演時間	首演劇場	首演團體
2	國姓爺鄭成功	歌劇	1999	1999.11.27-29	國家戲劇院	愛樂合唱團
3	鄭成功與臺灣	京劇	1996	1999.9.1-3	國家戲劇院	國光劇團
4	牛郎織女天狼星	京劇	2001	2001.5.13-15	國家戲劇院	國光劇團
5	梁山伯與祝英台	崑劇	2003	2004.12.24-25	國家戲劇院	國光劇團
6	射天	京劇	2003	2005.7.29-31	國家戲劇院	臺灣戲曲學院京劇團
7	孟姜女	崑劇	2006	2007.3.2-4	國家戲劇院	臺灣戲曲學院京劇團
8	慈禧與珍妃	豫劇	2006	2007.10.26-28	國家戲劇院	國光劇團豫劇隊
9	青白蛇	京劇	2006	2007.11.10-11	城市舞臺	臺灣戲曲學院京劇團
10	桃花扇	歌劇	2007	2008.10.31-11.2	城市舞臺	臺灣戲曲學院京劇團
11	李香君	崑劇	2007	2009.11.13-15	城市舞臺	臺灣戲曲學院京劇團
12	陶侃賢母	歌仔戲	2008	2009.11.26-29	國家戲劇院	廖瓊枝與臺灣戲曲學院歌仔戲學系
13	賢淑的母親	京劇	2010	2010.5.7-9	城市舞臺	臺灣戲曲學院京劇團
14	楊妃夢	崑劇	2010	2011.9.23-25	城市舞臺	戲曲學院京劇團
15	御棋車馬緣	京劇	2010	尚未演出		廣西京劇團

序號	劇　　名	劇　種	創作時間	首演時間	首演劇場	首演團體
16	曲聖魏良輔	崑劇	2010	2015.10.1	蘇州崑劇院	江蘇崑劇團
17	霸王虞姬	京劇	2010	2013.11.8-10	國家戲劇院	榮興客家採茶戲團
18	蔡文姬	崑劇	2012	2016.12.9-11	臺灣戲曲中心	臺灣戲曲學院京崑劇團
19	韓非、李斯、秦始皇	崑劇	2016	2016.12.	昆山	昆山崑劇團

聲腔概念的出現與聲腔的定義
——兼論曾永義先生聲腔定義的學術價值

白寧*

　　聲腔，是中國傳統演唱的一種特有的腔調形式，通常指有著傳承關係、具有鮮明音樂特徵的地域性演唱腔調。成熟的聲腔形態，通常包括與腔調密切相關的音樂體式、聲音特色、演唱技法、表現形式、文化內蘊與審美觀念等諸多要素。聲腔概念的出現，是對這種演唱形式發展到一定階段的認識和總結；聲腔的定義，則是對聲腔的本質特徵、聲腔概念的內涵和語詞意義所作的扼要而明確的界定。在這方面，曾永義先生〈弋陽腔及其流派考述〉一文中為聲腔所下的定義，對被定義項的內涵有著較為深刻而獨到的理解，具有重要的學術價值。

　　研究聲腔概念的出現及聲腔的定義，對於揭示中國傳統演唱的基本屬性，發掘其藝術精萃，傳承發展中華傳統優秀音樂有著重要意義。從一定意義上說，這也是解析中國傳統民間音樂譜系發展流變的一把鑰匙。

一　聲腔概念的出現是人們對聲腔認識得以深化的標記

　　聲腔的產生遠早於聲腔概念的出現。從聲腔的地域性特徵看，先秦時

＊　瀋陽音樂學院民族聲樂系副教授，碩士研究生導師。

《詩經》中的十五國國風,已經具有地域性音樂的特質;西漢劉向《楚辭》搜集的戰國至漢初辭賦,帶有鮮明的楚地方言和聲韻特色。據史料記載,唐代始,有以「腔」的概念記述演唱腔調;宋代出現以「腔」為概念的有關演唱腔調的記載;元代出現了有關「聲腔」的記載;明代江南多種聲腔蓬勃發展,大量有關聲腔的記載見諸於史料;清代多種聲腔競相湧現,促進了戲曲藝術繁榮。可以說,「聲腔」這一概念是伴隨著聲腔的長期發展、人們對聲腔認識的深化而出現的。

1 〈津陽門詩〉小注中的「腔」

隋、唐時有許多地域性音樂,如隋唐時的九部樂、唐代十部樂中的西涼樂、龜茲樂、天竺樂、高麗樂等,均採用「樂」而不是「腔」的概念。唐代通常不以「腔」表述演唱腔調,然而也有例外。《全唐詩》載鄭嵎〈津陽門詩〉:「宸聰聽覽未終曲,卻到人間迷是非。」句後有注:「葉法善引上入月宮,時秋已深,上苦淒冷,不能久留,歸於天半尚聞仙樂。及上歸,且記憶其半,遂於笛中寫之。會西涼都督楊敬述進婆羅門曲,與其聲調相符,遂以月中所聞為之散序,用敬述所進曲作其腔,而名《霓裳羽衣法曲》。」[1](案,筆者句讀,古文引用下同)所記傳說是荒誕的,但所說「用敬述所進曲作其腔」卻可以證明唐人對演唱聲調的表述已經採用「腔」的概念。該詩云:「開元到今踰十紀」。古代一紀為十二年,開元年為七百三十一至七百四十一年,該詩當作於八百五十一至八百六十一年間。也就是說,九世紀中葉,中國已經開始用「腔」來表述演唱聲調。

問題是:清代編纂的《全唐詩》所收鄭詩及序、注,其可靠性怎樣?

〈津陽門詩〉前有作者小序,一些詩句後有小注。小序述作者過津陽門,客邸主翁向他說起明皇時故實,這是作詩的起因。序云:「津陽門者,華清宮之外闕,南局禁闈,北走京道。開成中,嵎常得罩書,下帷於石甕僧

---

1 清・彭定求等:《全唐詩》(北京市:中華書局,1960年揚州詩局本),冊17,卷567,頁6563。

院而甚聞宮中陳跡焉。今年冬，自虢而來，暮及山下，因解鞍謀餐，求客旅邸，而主翁年且艾，自言世事明皇，夜闌酒餘，復為嶠道承平故實。翼日於馬上輒裁刻俚叟之話為長句七言詩」。[2]《新唐書》〈藝文志〉著錄：「鄭嵎〈津陽門詩〉一卷」，[3]可證鄭嵎作過該詩。

從宋代史料看，〈津陽門詩〉小注有據可證。宋敏求《長安志》載：「寶雲寺……津陽門詩注曰：本名慶山寺，德宗時改寺，有綠閣復道而上，武后朝以禁，匠取宮中制度結搆之。」「福岩寺……津陽門詩注曰：石魚巖下有天然石，其形如甕，以貯飛泉故，玄宗以石甕為之寺名。寺僧於上層飛樓中懸轆轤斜引脩綆長二百餘尺以汲甕泉，出紅樓喬樹之杪。」[4]沈括《夢溪筆談》敘唐代《霓裳羽衣曲》時引用四說，其四即：「鄭嵎〈津陽門詩〉注云：葉法善嘗引上入月宮，聞仙樂。及上歸，但記其半，遂於笛中寫之。會西涼府都督楊敬述進《婆羅門曲》，與其聲調相符，遂以月中所聞為散序，用敬述所進為其腔，而名《霓裳羽衣曲》。」[5]宋敏求、沈括記載的〈津陽門詩〉小注，與《全唐詩》所收對照，除個別字句外內容幾乎相同。他們均為北宋人，去唐不遠，或可見到唐鈔本，所記當不謬。

此外，計有功（生卒年不詳，北宋宣和三年進士）所編《唐詩紀事》，全文收〈津陽門詩〉的詩、序、注。

王灼《碧雞漫志》、晁公武《郡齋讀書志》、胡仔《漁隱叢話》、江少虞《皇朝類苑》、曾慥《類說》、王觀國《學林》等宋人筆記、書錄、詩話，都記載了「葉法善引唐明皇入月宮，用敬述所進曲作腔，名《霓裳羽衣曲》」故事。這些史料或沿襲沈括記述，或源自計有功《唐詩紀事》，或另有所本。

清康熙四十五年（1706）刊印的《御定全唐詩錄》卷八十八載鄭嵎〈津陽門詩〉的詩、序、注（內容與一年後刊印的《御定全唐詩》同），詩後有編者案語曰：「此篇計有功《唐詩紀事》與《統籤》前後互異，《統籤》較有

2　清‧彭定求等：《全唐詩》，冊17，卷567，頁6561。

3　宋‧歐陽修等：《新唐書》（北京市：中華書局，1975年百衲本），五，卷60，頁1613。

4　宋‧宋敏求：《長安志》（北京市：中華書局，1991年經訓堂叢書本），卷15。

5　宋‧沈括：《元刊夢溪筆談》（北京市：文物出版社，1975年古迂本），卷5，頁26。

次第,今從之。」(四庫全書本)可知,《全唐詩》收〈津陽門詩〉主要依據明代胡震亨編《唐詩統籤》,並參校《唐詩紀事》,所收鄭詩有據有證。

此外,從小注內容看,亦可內證為唐代所注。〈津陽門詩〉有小注三十二處,以「神堯皇帝」稱呼李淵,以「天后朝」稱呼武則天朝,以「上」、「太皇」稱呼唐玄宗,以「姨」稱呼秦國夫人、虢國夫人,如「虢國創一堂,價費萬金。……山下人至今話故事者,尚以第行呼諸姨焉」,[6]均本朝人語氣。所記故實亦中唐時見聞,如「石榴樹皆太真所植,俱擁腫矣。」[7]石榴的樹齡可達百年之久,作注時代尚能見到楊貴妃所植石榴。

2 洮河腔考

宋代范成大〈江州庾樓夜宴〉詩有「請呼裂帛絃,為拊洮河腔」[8]句。如果宋代有被稱為「洮河腔」的地域性演唱腔調,那麼,聲腔概念的出現至少可以上溯到南宋。以往的研究沒有提及這一點,而這卻是聲腔研究繞不過的課題。

范詩中的「洮河腔」是否屬於聲腔?

先看宋代洮河的歷史。洮河發源於今青海省東部,流經甘肅省南部匯入黃河。《宋史》〈神宗本紀〉記載:熙寧四年(1071)八月,「置洮河安撫司,命王韶主之。」熙寧五年冬十月,「升鎮洮軍為熙州鎮洮軍節度,置熙河路。」[9]當時設置了洮河安撫司、熙河路,但未占取這些地區。直到熙寧六年,王韶收復這些地區,時稱「洮河之役」。《宋史》〈神宗本紀〉記載:(熙寧六年)冬十月「以複熙、河、洮、岷、疊、宕等州,御紫宸殿受羣臣賀」。[10]這是神宗朝最大一次戰役,宋代沈括《夢溪筆談》、彭百川《太平治

6　清・彭定求等:《全唐詩》,冊17,卷567,頁6562。

7　清・彭定求等:《全唐詩》,冊17,卷567,頁6565。

8　宋・范成大:〈江州庾樓夜宴〉,《全宋詩》(北京市:北京大學出版社,1991年),冊41,頁25934。

9　元・脫脫等:《宋史》(北京市:中華書局,1985年百衲本),二,卷15,頁280、282。

10　元・脫脫等:《宋史》,二,卷15,頁284。

跡統類》、楊仲良《皇宋通鑑長編紀事本末》都記載收復失地「二千餘里」，《皇宋通鑑長編紀事本末》云：「今日之役最為大者，洮河之役。」[11]

此後，洮河地區又失而復得，最終丟失。《宋史》記載，哲宗元祐二年（1087）八月，「西蕃寇洮、河」，「岷州行營將種誼復洮州」。[12]後來這一地區又失，徽宗大觀二年（1108）四月再次收復洮州。靖康之變後，金人屢犯熙州。紹興四年（1134）四月，「關師古叛，以洮、岷二州降偽齊」，[13]這一地區盡陷。

在宋代文人筆下，「洮河」不僅是地理概念，也常被賦予「收復失地」、「立功邊鄙」的喻義，如范祖禹〈送蔣穎叔赴熙州〉詩有：「詩書謀帥得豪英，去擁洮河十萬兵。」[14]

范成大寫作〈江州庾樓夜宴〉時，洮河地區已不屬宋代疆域，他所在的江州距洮河幾千里之遙，所云「為柎洮河腔」是有感而發。該詩後半部分是：「客從三峽來，噩夢隨奔瀧。小留聽琵琶，船旗卷修杠。請呼裂帛絃，為柎洮河腔。曲終四憑欄，倦遊心始降。明發掛帆去，曉鐘煙外撞。」[15]原來，夜宴時有從三峽來的「客」，四川西北與洮河相鄰，自然會引出有關洮河的話題。「請呼裂帛絃，為柎洮河腔」，「裂帛」，撕裂繒帛發出的清厲聲，典出〈琵琶行〉中「四絃一聲如裂帛」。白居易在江州司馬任上寫下〈琵琶行〉，幾百年後范成大又在江州夜宴，會當引典〈琵琶行〉。「柎」，《康熙字典》：「擊也，拍也。」宋代史料中「柎」有擊打、撫琴義，如沈括《夢溪筆談》：「今之杖鼓，一頭以手柎之」，[16]劉昌詩《蘆浦筆記》：「或鏗

11 宋·楊仲良撰、李之亮校點：《皇宋通鑑長編紀事本末》（哈爾濱市：黑龍江人民出版社，2006年），卷67。

12 元·脫脫等：《宋史》，二，卷15，頁325。

13 元·脫脫等：《宋史》，卷27，頁510。

14 宋·范祖禹：《范太史集》卷3，《四庫全書珍本初集》（瀋陽市：瀋陽出版社，1998年），第72集，頁760。

15 宋·范成大：〈江州庾樓夜宴〉，《全宋詩》，冊41，頁25934。

16 宋·沈括：《元刊夢溪筆談》，卷5，頁15。

金而戛玉，或拊琴而鳴匏」。[17]因庾樓夜宴中有琵琶演奏，「拊」應取拊琴義。「洮河」作題材解或更合適，范成大想聽反映收復失地、立功邊關題材的雄曲或音樂。與范成大同時代的陸游有〈估客有自蔡州來者感悵彌日〉詩：「洮河馬死劍鋒摧，綠髮成絲每自哀。幾歲中原消息斷，喜聞人自蔡州來。」[18]有行商自蔡州來，引得陸游「感悵彌日」，「洮河馬死劍鋒摧」句是感歎失地之痛。范詩、陸詩都因「客」而起，都以「洮河」為引，抒發愛國情懷。

　　宋代史料記載的「腔」，如果指音樂，有時指曲調，包括詞牌、慢曲、曲破、大曲、唱賺等，並不特指某一地區的演唱腔調。如葉夢得《避暑錄話》：「柳永，字耆卿，為舉子時多遊狹邪，善為歌辭，教坊樂工每得新腔，必求永為辭，始行於世，於是聲傳一時。」[19]吳曾《能改齋漫錄》：「徽宗喜其詞意，猶以不豐容宛轉為恨，遂令大晟府別撰腔。」[20]吳自牧《夢粱錄》：「凡唱賺最難，兼慢曲、曲破、大曲、嘌唱、耍令、番曲、叫聲，接諸家腔譜也。」[21]「腔」，有時也指鼓腔，如周去非《嶺外代答》：「銃鼓乃長大腰鼓也，長六尺，以燕脂木為腔，熊皮為面。」[22]范成大《桂海虞衡志》：「銃鼓，猺人樂。狀如腰鼓，腔長倍之」。[23]作「鼓腔」，是採《說文》釋「腔」的「從空」義。

　　這樣看來，「為拊洮河腔」中的「洮河腔」，或指演奏反映收復失地題材的曲調、鼓聲，非指演唱洮河地域形成並流播的聲腔。

---

17 宋・劉昌詩：《蘆浦筆記》（北京市：中華書局，1986年知不足齋本），卷9，頁66。

18 宋・陸游：〈估客有自蔡州來者感悵彌日〉，《全宋詩》，冊39，頁24724。

19 宋・葉夢得撰、徐時儀校點：《避暑錄話》（上海市：上海古籍出版社，2012年涵芬樓藏宋人小說本），卷3，頁137。

20 宋・吳曾：《能改齋漫錄》（上海市：上海古籍出版社，1960年武英殿聚珍本），卷17，頁496-497。

21 宋・吳自牧：《夢粱錄》（杭州市：浙江人民出版社，1980年知不足齋本），卷20，頁193。

22 宋・周去非：《嶺外代答》（北京市：中華書局，叢書集成初編，1985年），卷7。

23 宋・范成大：《范成大筆記六種》（北京市：中華書局，2002年涵芬樓鉛印說郛本），頁100。

還可從兩個方面佐證。宋代洮河一帶地廣人稀,《宋史》〈地理志〉載:
「熙州,……初置熙河路經略、安撫使,熙州、河州、洮州、岷州、通遠軍
五州屬焉。……蘭、廓、西寧、震武、積石六州軍相繼來屬,又改通遠軍為
鞏州,凡統九州、三軍。崇寧戶一千八百九十三,口五千二百五十四。」[24]
幅員二千餘里地域中,宋代建立的包括洮州在內的十一個州、軍,總人口纔
五千兩百五十四人,在這樣邊遠地區產生有地域特色的聲腔並流傳至江南的
可能性不大,況且當時洮河地區已不在宋代疆域,缺乏音樂傳播管道。

洮州出的硯石稱「洮河硯」,後被稱為中國四大名硯之一。米芾《硯
史》、高似孫《硯箋》、趙希鵠《洞天清錄》、陳槱《負暄野錄》等諸多宋人
筆記都記載了洮河硯,蘇東坡、晁補之、黃庭堅、張耒等宋人詩作也提到洮
河硯。如果當時洮州地區已產生獨特的聲腔並流傳很廣,很可能也會進入文
人記載。

3 元代的「唱念聲腔」與「南北腔」

宋代周去非《嶺外代答》提及:「靜江腰鼓,最有聲腔,出於臨桂縣職
由鄉,其土特宜鄉人作窰燒腔。」[25]這是史料中出現最早的「聲腔」記載,
然此「聲腔」是指鼓腔,是說靜江腰鼓的聲響效果好,而不是後來所說之演
唱聲腔。

最早以「聲腔」概念記述演唱腔調應始自元代。周德清《中原音韻》
〈作詞起例〉提到:「入聲以平聲次第調之,互有可調之音。且以開口陌以
唐內盲至德以登五韻,閉口緝以侵至乏以凡九韻,逐一字調平上去入,必須
極力念之,悉如今之搬演南宋戲文唱念聲腔」。[26]聯繫上下文,周德清認
為,南朝沈約製韻,由於他是吳興人,「其地鄰東南海角閩浙之音」,「六朝
所都江淮之間,『緝』至『乏』俱無閉口,獨浙有也。」造成了後來韻書中

---

24 元・脫脫等:《宋史》,七,卷87,頁2162。

25 宋・周去非:《嶺外代答》,卷7。

26 元・周德清:《中原音韻》,中國戲曲研究院編校:《中國古典戲曲論著集成》(一)(北
　　京市:中國戲劇出版社,1959年元刻本),頁219。

「緝」至「乏」等字成為閉口音,「一方之語,雖渠之南朝亦不可行,況四海乎?」元代「以中原之音為正」,要糾正這些語音,應「逐一字調平上去入」,就像「搬演南宋戲文唱念聲腔」一樣。「唱念聲腔」,無疑是指演唱、道白南宋戲文的聲音和腔調。這裏所說的「聲腔」,含有演唱聲調之義。

值得注意的是,《中原音韻》提及「搬演南宋戲文唱念聲腔」之後,又提到:「南宋都杭,吳興與切鄰,故其戲文如樂昌分鏡等類,唱念呼吸,皆如約韻。」[27]前一處「搬演南宋戲文」指各地的普遍現象;後一處「戲文」專指杭州等地的演唱,雖然沒交代時間,從行文看,似指南宋後這一地區的演唱仍採用平上去入四聲,「皆如約韻」。這說明,元代江南地區搬演戲文是帶有吳地語調的。

據《中原音韻》後序,該作撰於泰定甲子(1324),也就是說,元代中葉已出現了用以形容地域性演唱聲調並具方音特點的「聲腔」概念。

元至順元年(1330)鍾嗣成的《錄鬼簿》記載:「沈和(字和甫,……以南北調合腔,自和甫始)。」「范居中(……有樂府及南北腔行於世)。」[28]二十世紀初日本學者青木正兒考證這段話時提出:「樂曲上則採用眾曲雜綴式(南北合腔即屬此類)。」[29]採用「南北腔」概念,是對地域性演唱的大的概括,實際指北曲、南曲兩大音樂體系。元代北曲是成熟的音樂形態,採用「宮調－曲牌」連綴體形式,出現了一大批極具藝術特色的散曲、雜劇作品,出現了一大批四處作場演出的專業性藝人,出現了燕南芝庵《唱論》這樣的演唱著述及周德清《中原音韻》這樣的韻書。元代中葉前,南曲尚不成熟,音樂形態不甚規範。元末,出現了「荊、劉、拜、殺」四大南戲,使南曲逐漸成為富有表現力的音樂形式。這一時期南戲多呈共性化發展,音樂的個性化差異不甚明顯。

---

27 元・周德清:《中原音韻》,中國戲曲研究院編校:《中國古典戲曲論著集成》(一),頁219。

28 元・鍾嗣成:《錄鬼簿》,中國戲曲研究院編校:《中國古典戲曲論著集成》(二)(北京市:中國戲劇出版社,1959年棟亭本),頁121、123。

29 (日)青木正兒原著,王古魯譯:《中國近世戲曲史》(北京市:作家出版社,1958年),頁75-76。

就「聲腔」意義而言，元代南北曲已具有聲腔的一些特質。北曲在音樂體式、行腔技法、少數民族音樂融入等方面具有聲腔特質；南曲在地域性語音、鄉土音樂特色等方面具有聲腔特質。元末出現的「南北合腔」，將兩大不同體系的音樂融合起來，內化並促成了後來明代聲腔的形成發展。

4 明代江南聲腔的早期記載

明代最早記載江南聲腔的著作有三：一是陸容的《菽園雜記》，其云：「嘉興之海鹽，紹興之餘姚，寧波之慈溪，台州之黃巖，溫州之永嘉，皆有習為倡優者，名曰戲文子弟，雖良家子不恥為之。其扮演傳奇，無一事無婦人，無一事不哭。令人聞之，易生淒慘。此蓋南宋亡國之音也。其膺為婦人者名粧旦，柔聲緩步，作夾拜態，往往逼真。士大夫有志於正家者，宜峻拒而痛絕之。」[30]陸容記載了明代前期江南出現的海鹽、餘姚、慈溪、黃巖、永嘉等地方性唱腔，當時稱「戲文子弟」。作者居正統觀念，對這些演唱持貶斥態度，「士大夫有志於正家者，宜峻拒而痛絕之」。陸容是崑山人，卻沒有記載崑山腔，說明崑山腔稱呼的出現很可能晚於海鹽、餘姚等聲腔。《菽園雜記》記明代前期真人真事，可信性較強。

二是祝允明的《猥談》，其云：「南戲出於宣和之後、南渡之際，謂之溫州雜劇子，見舊牒。……今遍滿四方，轉轉改益，又不如舊。而歌唱愈繆，極厭觀聽，蓋已略無音律腔調。……愚人蠢工，狗意更變，妄名餘姚腔、海鹽腔、弋陽腔、崑山腔之類，變易喉舌，趨逐抑揚，杜撰百端，真胡說耳。」[31]這則史料記載了南曲聲腔的源頭及發展，「南戲出於宣和之後」，至明代中葉有很大發展，「今遍滿四方」。聲腔的稱呼源於民間藝人的自我認同，「愚人蠢工，狗意更變，妄名餘姚腔、海鹽腔、弋陽腔、崑山腔之類」。當時聲腔音樂還不完善，但突破了傳統演唱格範，「變易喉舌，趨逐抑揚」。與陸容一樣，祝允明對聲腔持貶斥態度。祝允明卒於嘉靖五年（1527），《猥談》著作年代當在此前。

---

30 明・陸容：《菽園雜記》（北京市：中華書局，1985年墨海金壺本），卷10，頁124-125。
31 明・祝允明：《猥談》（上海市：上海國學扶輪社，古今說部叢書，1915年）。

　　三是徐渭的《南詞敘錄》，其云：「今唱家稱弋陽腔，則出於江西，兩京、湖南、閩、廣用之；稱餘姚腔者，出於會稽，常、潤、池、太、揚、徐用之；稱海鹽腔者，嘉、湖、溫、台用之。惟崑山腔止行於吳中，流麗悠遠，出乎三腔之上，聽之最足蕩人」。[32] 據自序，《南詞敘錄》撰於嘉靖三十八年，此時，崑山、弋陽、餘姚、海鹽「四大聲腔」已較為成熟，以弋陽腔傳播較廣。徐渭對南曲聲腔的態度較為客觀，與之前的陸容、祝允明明顯不同。

　　綜合以上三種史料可知：明代江南聲腔興起於弘治、正德、嘉靖朝。自《菽園雜記》記載截止的弘治六年（1493）至《南詞敘錄》成書的嘉靖三十八年（1559），這六十六年間是南曲聲腔興起並繁盛時期。分析聲腔在明代前中葉繁盛的原因，源生地語音的韻味、「里巷歌謠」的融入、「扮演傳奇」的表演、地域文化的內蘊、「遍滿四方」的流播、士族階層從貶斥到認同再到主動參與，這些，都是不可或缺的因素。

　　明代顧起元《客座贅語》記載：「晉南渡後，採入樂府者，多取閭巷歌曲為之，亦若今《乾荷葉》、《打棗干》之類。如吳聲歌曲，則有《子夜歌》、《子夜四時歌》、《大子夜歌》……。如西曲歌，則有《三洲歌》、《採桑度》、《江陵樂》……。在宋，吳聲歌曲則有《碧玉歌》、《華山畿》、《讀曲歌》。西曲歌則有《石城樂》、《莫愁樂》、《烏夜啼》、《襄陽樂》、《壽陽樂》、《西烏夜飛》。在齊，西曲歌則有《共戲樂》、《楊叛兒》。」[33] 顧起元記載的「吳聲歌曲」、「西曲歌」等，自晉、宋、齊以來延綿不絕，具有地域音樂特色。地域性演唱發展到一定階段才會出現對聲腔的命名，而對聲腔進行準確或較為準確的定義，則是後人的事。

---

32 明・徐渭：《南詞敘錄》，中國戲曲研究院編校：《中國古典戲曲論著集成》（三）（北京市：中國戲劇出版社，1959年壺隱居黑格鈔本），頁242。

33 明・顧起元：《客座贅語》（南京市：鳳凰出版社，2005年萬曆初刻本），卷10，頁356。

二 曾永義聲腔定義的學術價值

　　明代以降，許多曲學著作在論及聲腔時或多或少對其內涵進行過探討。近現代一些學者圍繞聲腔的定義進行過研究，提出了一些較有見地的論見，其中，臺灣學者曾永義先生的研究具有較高的學術價值。

　　曾永義先生在〈弋陽腔及其流派考述〉中提出：「只要一群人長期居住一地方，其方音方言便會形成特殊的語言旋律，謂之『腔調』。腔調在源生地只稱『土腔』，其根源之方音、方言，則稱『土音』、『土語』，其載體稱『土曲』、『土戲』。『土腔』一經流播便冠上源生地作為名稱，其中勢力強大而流播廣遠的便形成腔調體系，簡稱腔系或聲腔。」[34]後來他在《戲曲腔調新探》〈自序〉中又申明這個定義。《戲曲腔調新探》一書第一編「論說『腔調』」，從腔調的命義、從自然語言旋律到人工語言旋律、構成與影響腔調的要素、腔調的載體、歌唱者如何運轉載體產生「唱腔」、促使腔調變化的緣故、腔調流播所產生的現象等七個方面予以分析，從多個角度並著眼於諸要素間的聯繫揭示聲腔的要義。曾先生有關聲腔的定義以方音、土腔對腔調的源生性影響為切入點，論及聲腔形成及傳播的原因，這對聲腔研究的深化具有重要意義。

1 從個性意義認識聲腔的本質屬性，揭示聲腔間差異性的成因

　　聲腔就本質意義說，是基於某一地域風習並採用本地方音方言演唱的一種音樂形態。各種聲腔因地域、人文、語言、審美等方面差異而具有較強的音樂特色和地域識別度，只有從個性意義上認識聲腔，才能揭示造成各種聲腔之間差異的本質原因。曾先生的聲腔定義，著眼於聲腔形成初始形態，探討地域性方音方言對聲腔形成的影響，這種研究具有本源性的意義。

　　——揭示方音方言對聲腔音樂形成的影響。曾先生在〈論說「腔調」〉中，從多個側面探究方音方言對地域性腔調形成的作用。此後，又在《弋陽

---

34 曾永義：〈弋陽腔及其流派考述〉，《臺大文史哲學報》第65期（2006年11月），頁40。

腔及其流派考述》一文中,以聲腔定義的形式,概括並提升了以往的研究,其中強調:「只要一群人長期居住一地方,其方音方言便會形成特殊的語言旋律」,這是從個性意義上揭示聲腔的本質屬性,可謂切中肯綮。

有關語音對音樂的影響,古人有過一些探索,明代王驥德的研究較為深入,其《曲律》〈論腔調〉指出:「古四方之音不同,而為聲亦異,於是有秦聲,有趙曲,有燕歌,有吳歈,有越唱,有楚調,有蜀音,有蔡謳。」[35]曾先生的研究是在前人基礎上的深化,他從方音方言的角度認識語音對音樂的影響,揭示了造成聲腔音樂差異的內涵,比之王驥德更進一步。王驥德論及的是地域性腔調的音樂現象,曾先生闡述的是形成這種現象的原因;王驥德表述的是腔調的外延,曾先生探討的是聲腔形成原因的內涵;王驥德是從「四方之音」角度對腔調進行大的概括,曾先生則就「方音」對聲腔的影響進行細緻分析。

——把方音方言對聲腔的影響置於人文環境中去認識。聲腔屬於音樂學範疇,與文學、音韻學、語言學密切相關,以往的研究對這些學科領域都有所涉獵。曾先生研究語音對聲腔的影響,採用了更大的視角,也著眼於社會學、民俗學等相關要素,在特定的人文環境中認識方音方言對音樂的影響。在曾先生聲腔定義中,涉及到「人」、「地」、「音」、「腔」,其中「人」、「地」屬於人文領域,在人文環境中研究聲腔,這種研究是革故鼎新的。

聲腔的形成是一種群體行為。如曾先生聲腔定義提到的「一群人」、「長期居住一地方」,這就解析了歷史上諸多聲腔都不是某人創造而是群體實踐的結晶,即使某種聲腔發展中得到一些藝術大師的創新,如魏良輔改良崑山腔,也只是對原有聲腔的精細、提升和雅化。

各種聲腔都具有濃郁的地域性特徵,其中包含地域習俗、地域文化、地域審美等多重人文因素,這些因素深深地影響著地域性語言,而地域性語言對地域性音樂又具有不可忽視的影響。也就是說,聲腔的形成離不開一定的

---

35 明・王驥德:《曲律》,中國戲曲研究院編校:《中國古典戲曲論著集成》(四)(北京市:中國戲劇出版社,1959年讀曲叢刊本),頁114-115。

人文因素。曾先生的聲腔定義也回答了聲腔帶有地域性特色背後的社會學和
民俗學成因。

——對方音方言影響聲腔音樂的諸多因素予以拆分。語音對音樂的影響
是多側面的，也是潛移默化的，前人對此有所探索，如王驥德《曲律》對字
之平仄、聲之清濁作以辨析，其云：「北音重濁，故北曲無入聲，轉派入
平、上、去三聲，而南曲不然。」[36]曾先生則進行了更為周全而縝細的研
究，在〈論說「腔調」〉的「構成與影響腔調的要素」一節中，就字音的內
在要素、聲調的結合、韻協的佈置、語言長度與音節形式、詞句結構與意象
情趣的感染等要素，從方音方言的個性特點上，分析各種語言形態對聲腔形
成的滲透性影響，可謂條分縷析，鞭辟入裏。

就聲腔的字之聲韻調而言，如果在王驥德、曾先生探索基礎上再作擴展
分析，字之平仄、聲之清濁、調之緩急、韻之諧適以及吐字、收音、歸韻、
平翹舌、尖團字、開口閉口音、唇舌牙齒喉之發音部位等，在不同地域都有
所不同。正是這些差異，影響著演唱時的吐字、發音、行腔以及韻味表現，
決定著聲腔的音樂、語音、語感的多樣性，規定著聲腔的個性化呈現。

2 採用非文人視角剖析聲腔的音樂構成，對聲腔初始形態作還原性分析

歷代論樂多是士大夫之論，曾永義先生對腔調的研究，突破了以往的文
人視角，著眼於聲腔形成的初始形態，因而作出的分析具有民間性、源生
性、還原性的特點。

隨著南曲聲腔的繁盛，當時一些文人、學者就此進行過較深入研究，研
究角度多著眼於聲腔的成熟形態，而對聲腔的初始形態關注不多，對民間音
樂在聲腔形成發展中的作用關注不多。曾先生的研究與明清曲學諸多研究者
不同，他研究的主體是民間音樂，研究的對象是民間音樂對聲腔形成發展的
影響，這就賦予了聲腔研究以一種新的視角。

「土曲」、「土戲」、「土腔」是曾先生聲腔研究的一個重點，這是對聲腔

---

36 明・王驥德：《曲律》，中國戲曲研究院編校：《中國古典戲曲論著集成》（四），頁105。

初始階段音樂形態的準確表述。如果作細緻分析,「土曲」、「土戲」、「土腔」也有差別:「土曲」,當指用方音方言演唱地方腔調,近似於古人所說的「里巷歌謠」。「土戲」,當指用方音方言演唱地方小戲,或用方音土曲演唱時行的傳奇,後者相當於古人所說的「搬演戲文」。「土腔」,是從腔調角度對「土曲」、「土戲」作概括,即採用方音方言演唱地方曲調或劇戲,但側重對「腔」的表達。

「土腔」是方音方言的音樂載體,其旋律與方音方言的字調、語調大多是吻合的,其音樂韻味也與方音方言表達的語言韻味相一致。通常情況下,聲腔都經歷了由土腔、土戲發展為地方戲曲這樣一個過程。就音樂來說,恰恰是初始形態即土腔所具有的音樂元素,決定著聲腔的特色。曾先生在〈論說精緻歌仔戲〉中寫道:「閩南的鄉土歌謠叫『歌仔』,傳入臺灣,在宜蘭地區落腳生根,被稱作『本地歌仔』。而當時早已有傳自閩南的『車鼓戲』實係花鼓系統,於是取車鼓之調弄舞蹈身段而歌以本地歌仔,……但音樂舞蹈則保持原樣,這就是現在宜蘭人所稱的『老歌仔戲』。」[37]

聲腔在流播過程中不可避免地吸納一些通用音樂與其他地域音樂,聲腔通常以其中佔優勢地域的名稱命名的。明代南曲聲腔大都「則宋人詞」,然而,決定聲腔音樂特色的不是通用的詞調音樂,而是那些「里巷歌謠」。譬如,弋陽腔在流變中逐漸融為高腔腔系,而高腔對秦腔的形成有著直接影響,但秦腔並不因此而稱為陝西高腔或陝西弋陽腔。

分析曾先生聲腔定義,或可概括成這樣的公式:「方音方言──土腔──聲腔」,方音方言決定著土腔的音樂特性,土腔又決定著聲腔的音樂特色。土腔是聲腔形成不可缺少的中間環節。

古人對地域性演唱的表述,採用的概念是「里巷歌謠」(徐渭:《南詞敘錄》)、「閭巷歌曲」(顧起元:《客座贅語》)等,曾先生採用的概念則是「土曲」、「土戲」、「土腔」。前人更多的是表述地域性演唱的歌唱體式、風格特

---

37 曾永義:〈論說精緻歌仔戲〉,《學術論文自選集》甲編,《聯合報》副刊,1993年3月10日,頁336-337。

徵，曾先生則著眼聲腔本體，兼顧音樂、字音、技法、表演、韻味等要素，相比之，「土腔」的概念似更透澈，這反映了人們對聲腔認識的深化。

3 從聲腔間的相互影響分析腔調流變，把聲腔研究置於動態過程

聲腔的形成、聲腔的流播、聲腔間的相互影響以及由此產生的腔調流變，構成了整個聲腔的發展歷史。曾先生的聲腔定義，不僅分析聲腔形成中的要素影響，也對聲腔的流播、流播中各種聲腔的相互影響以及由此發生的嬗變予以極大關注，這使得他的研究不是靜止的，而是置於一個動態過程。

對於腔調流變，明清一些曲學家有所探討，王驥德首先提出了「腔調音變」的認識：「世之腔調，每三十年一變，由元迄今，不知經幾變更矣！」[38]所謂「三十年一變」，可以看作是一個約數，從中國音樂演唱歷史的發展衍化看，這種認識是正確的。王驥德記載的是腔調流變的現象，而對於腔調流變的內在原因作細緻分析，則是曾先生研究的一個重點。

曾先生《論說「腔調」》一書第七節「腔調流播所產生的現象」，逐一分析了「腔調流播至某地與某地腔調結合而本身為強勢者」、「本身為弱勢者」、「本身與之勢均力敵者」、「不被亦不受流播地語言腔調所影響者」、「因受流播地影響而發生重大質變者」、「因管弦樂器加入伴奏而變化易名者」、「因合流而產生新腔者」、「因流播而導致名義混亂者」以及「腔調流播既廣其用自殊；流播既久不免為新興腔調所取代」等九種情況，這是對明代曲學「腔調音變」觀點的豐富和具化，是對他的聲腔定義中「『土腔』一經流播便冠上源生地作為名稱，其中勢力強大而流播廣遠的便形成腔調體系」的最好注腳。

在腔調流變及相互影響過程中，起關鍵作用的是地域性因素。聲腔在不同地區流播，亦可能受傳播地的音樂、人文、審美等因素影響而形成不同的流派分支或形成新的腔調，這仍然由聲腔所具有的地域性因素所決定的。形

---

38 明·王驥德：《曲律》，中國戲曲研究院編校：《中國古典戲曲論著集成》（四），頁117。

成流派分支者，如明代潘之恒《鸞嘯小品》所云：「在郡為吳腔，太倉、上海俱麗於崑，而無錫另為一調，……且云『三支共派，不相雌黃。』」[39]形成新的腔調者，如清代嚴長明《秦雲擷英小譜》所云：「弦索流於北部，安徽人歌之為樅陽腔（今名石牌腔，俗名吹腔），湖廣人歌之為襄陽腔（今謂之湖廣腔），陝西人歌之為秦腔。秦腔自唐宋元明以來，音皆如此，後複間以弦索」。[40]

透過腔調流變這種音樂現象，深層次原因則反映了不同時代、不同地域、不同欣賞群體、不同審美取向對演唱藝術的內在影響，體現著傳統聲腔在傳承中流變、在相互影響中發展的內在規律。清代多種戲曲聲腔繁榮發展，與聲腔的這種流變是分不開的。

評價曾先生的聲腔定義，不僅在於這個定義對聲腔本質屬性的揭示程度，也由於這個定義有著啟示性的意義，有助於據此進行深入研究。

聲腔在流播中不僅要保持原有的方音特色，也要顧及到語音的通用性，這就出現了方音與明清官話之間的「最大公約化」問題，即：受眾對演唱語言的接受程度決定著聲腔傳播範圍的大小。如果全盤使用官話，會造成聲腔個性的消失；如果過分強調方音，反倒會成為聲腔傳播的制約性因素。崑山腔早期發展中純用吳音，因而「止行於吳中」。後來的曲家如沈寵綏等極力強調中原音，實際上採用了既有吳音特色又接近明代江淮官話的語音，因而使崑山腔具有極大的通適性，這是後來崑曲流布全國的一個重要原因。清代許多戲曲聲腔都強調「中原音」或「中州韻」，在保持方言區語音特色基礎上，盡力採用其他地區也能聽得懂的語音。在這方面，崑曲、京劇都是成功的範例，即使道白，也是「方言白」與「韻白」的結合。就京劇演唱而言，即恪守「湖廣音」，也不偏離「中州韻」。

---

39 明・潘之恒著、汪效倚輯注：《潘之恒曲話》（北京市：中國戲劇出版社，1988年），頁17。

40 清・嚴長明：《秦雲擷英小譜》（上海市：上海書店出版社，1994年據雙梅影暗叢書本影印）。

三　餘音：對聲腔認識的啓示與擴展

　　聲腔概念的出現與聲腔的定義，反映著一定歷史時段人們對聲腔認識的深度以及對這種認識的標定。從概念、定義的角度解析聲腔，相比之從實體形態觀察聲腔，具有理性概括和理性思維的功能，既是對深厚歷史積澱和現存實踐的理論提升，也為人們不斷深化對聲腔的認識提供一個工具，藉此可以從語言、語音、音樂、文化、審美等角度廓清聲腔歷史發展的脈絡，可以對聲腔的形成因由、衍生變化以及構成要素有更為深刻的認識，並對聲腔藝術的未來發展提供一種新的視界和深層次思考。

　　如果把聲腔置於歷史長河中觀察，聲腔從初始階段到成熟形態，幾乎都經歷了一個從自我認同到更大範圍內得到認同的過程。初始形態的聲腔通常具有自我發展、自我認同、自我規範、自我傳承的特點。那些成熟形態的聲腔，則以獨特的音樂特色和個性特點而具有旺盛生命力並得到普遍認同。初始形態的聲腔總要向成熟形態發展；成熟形態的聲腔又始終帶有初始形態的方音、土腔等印記。聲腔的發展又是生生滅滅的，有的聲腔興起了，有的聲腔衰退了，有的繁盛後又式微了，有的藉其他聲腔形式獲得新的發展，這一切，都取決於一個時代欣賞羣體的審美選擇，並由此構成了聲腔發展的歷史。

　　聲腔的發展又是能動的。社會認同度高的聲腔，通常都有較高水準的代表性劇本，如崑曲演唱的《牡丹亭》、《長生殿》、《桃花扇》等；都有極負盛名的唱家，如京劇的譚鑫培、程長庚、蓋叫天、梅蘭芳等；都有獨特的演唱特色，如秦腔、豫劇、粵劇、黃梅戲等都有獨特的音樂辨識度；有的聲腔還形成了唱口、流派，如崑曲清客的葉堂唱口、京劇旦行的四大名旦等。這其中，一些方家的作用不可低估。如明代魏良輔對崑山腔的研磨，清代魏長生、葉懷庭等曲家的腔調表現，明代湯顯祖、清代洪昇、孔尚任等作家的文本創作，明代魏良輔、王驥德、清代李漁、徐大椿等戲曲理論家的有關研究。這些，構成了聲腔發展的內在動力，豐富著聲腔的藝術承載，提升了聲腔的音樂格調。

　　聲腔畢竟是演唱藝術，是活生生的發展著的演唱實踐。隨著實踐發展，

人們對聲腔的認識是不斷深化的。

「聲腔」之「聲」，不僅指本源性的方音方言以及語音的聲韻調，也含有聲腔演唱的「音色」與「出字收聲」。元代燕南芝庵《唱論》說：「凡一曲中，各有其聲：變聲，敦聲，杌聲，唗聲，困聲，三過聲」[41]，為演唱音色的選擇及變化提供了多種可能。清代徐大椿《樂府傳聲》說：「每唱一字，則必有出聲、轉聲、收聲，及承上接下諸法是也。」[42]道出了聲腔運用中聲與字的契合。

「聲腔」之「腔」，不僅有腔調之義，包括聲腔初始形態的土腔，也含有腔調演唱的「行腔」及其情感表現、韻味表達。如元代燕南芝庵《唱論》提到的「起末、過度、搵簪、攧落」、[43]明代魏良輔《曲律》傳授了「長腔」、「短腔」、「過腔接字」等行腔技法。[44]近代俞振飛先生《粟廬曲譜》〈習曲要解〉記載了其父傳承自清代曲家葉堂的十八種唱口，記載了多種潤腔的心訣。演唱的情感表達，古人稱之「曲情」，清代李漁《閒情偶寄》說：「唱曲宜有曲情。……解明情節，知其意之所在，則唱出口時，儼然此種神情。問者是問，答者是答，悲者黯然魂消而不致反有喜色，歡者怡然自得而不見稍有痒容，且其聲音齒頰之間，各種俱有分別」。[45]

聲腔演唱的韻味，體現著中國傳統演唱特有的意蘊表達。幾乎所有聲腔都有擴大表現空間的內在衝動，也有向更高層面發展的自我要求，這使得發展為高級形態的聲腔更注重「形而上」的追求，通過境象描摹、氣韻傳遞，

---

41 元・燕南芝庵：《唱論》，中國戲曲研究院編校：《中國古典戲曲論著集成》（一）（北京市：中國戲劇出版社，1959年元刻陽春白雪本），頁160。

42 清・徐大椿：《樂府傳聲》，中國戲曲研究院編校：《中國古典戲曲論著集成》（七）（北京市：中國戲劇出版社，1959年豐草亭本），頁152。

43 元・燕南芝庵：《唱論》，中國戲曲研究院編校：《中國古典戲曲論著集成》（一），頁159。

44 明・魏良輔：《曲律》，中國戲曲研究院編校：《中國古典戲曲論著集成》（五）（北京市：中國戲劇出版社，1959年吳歈萃雅本），頁5。

45 清・李漁：《閒情偶寄》，中國戲曲研究院編校：《中國古典戲曲論著集成》（七）（北京市：中國戲劇出版社，1959年翼聖堂本），頁98。

達到形神並至、聲境兼奪之升華。這些擴展性認知，突破了《說文解字》對「腔」的釋義「從肉從聲」，賦予聲腔以更多內涵，可以為聲腔及現代演唱藝術的發展提供理論支持與有益藉鑒。

京劇流派・程式等論題的研討
——對曾永義先生所研究幾個戲曲論題的學習與延伸研究

田志平*

　　曾永義先生對戲曲史論以及表演本體的研究，涉及到方方面面的論題。他所覆蓋的戲曲研究領域，達到當今很少有研究者企及的程度；這是十分令人敬佩的，也是我們後一代研究者需要學習、跟進的。

　　在曾先生浩繁的研究領域中，本文作者選擇了相對熟悉的幾個論題：京劇流派、程式等話題。期望一方面學習曾先生的研究成果，一方面參與到曾先生研究探討的論題中來，力求可以獲得一定的新的認知。

一　「京劇流派」中兩個相關小論題的延伸研究

　　「京劇流派」，是京劇發展進入興盛時期的一種突出現象，是京劇藝術走向精深並獨領時代演藝風騷的一類高端成果。曾永義先生在研究中對「京劇流派」的定義、形成原因等問題展開論析；他以眾家之說為參照，緊扣「京劇流派」建構條件，提出了自己的完整見解。這一套完整見解及其細膩的論述，是令人信服的。

　　沿著曾先生研究的基礎，筆者嘗試對構建「京劇流派」的基礎部分——「行當」平臺，以及「京劇流派」在演藝市場化前提下的「品牌」作用，做一個延伸探討，並期待曾先生與各位專家的指教。

---

* 中國戲曲學院戲文系教授。

（一）京劇表演行當，是適於流派形成的技藝平臺

《京劇知識詞典》共統計並介紹京劇流派四十七個，其中老生行當的流派十四個、武生行當的流派七個、小生行當的流派四個、旦行（青衣・花旦・花衫）的流派九個、武旦行當的流派兩個、老旦行當的流派三個、淨行的流派五個、丑行的流派三個。[1]根據這樣的統計和介紹，可以看出京劇在舞臺演出中處於最突出位置的最受觀眾歡迎的行當——老生、旦行、武生這三類行當，分別擁有十四個、九個、七個流派，共計擁有流派三十個，數量上已經了接近全部四十七個京劇流派中的三分之二。

從京劇發展的歷史進程來看，這種局面的形成，完全來源於各行當演技平臺的發展程度。換一個角度來看，是因為社會藝術市場的需求，先後促動了一部分行當的長足發展；在京劇發展到成熟期、鼎盛期之時，這些行當的表演內涵大幅增擴，於是出現了同一表演類型中多種風格異彩紛呈的局面。這種情況在京劇老生行當中，表現得比較突出。

京劇形成初期，老生行當處於最重要的地位。《中國京劇史》介紹：「在漢戲進京之前，無論是稱為雅部的昆班，還是屬於花部的京、秦、徽班，無一不是以演旦角戲為主。……隨著漢戲生行演員的進京，老生戲的流行，使當時北京劇壇由以旦行為主，逐漸向著以生行為主的趨勢迅速發展。到了道光二十五年（1845），當時雄踞於北京劇界的三慶、四喜、和春、春臺、嵩祝、新興金鈺、大景和等七個戲班，除大景和以淨行的任花臉為領班人外，其餘六班，如三慶的程長庚、春臺的余三勝、四喜的張二奎、和春的王洪貴、嵩祝的張如林、新興金鈺的薛印軒，均是由老生行任領班人。其演出劇目，僅就道光二十五年（1845）刊本的《都門紀略》記載看，上述七班演出劇目計有八十餘齣，而以老生為主的劇目，……數量約占一半以上。」[2]

---

1 參見吳同斌、周亞勳主編：《京劇知識詞典》（天津市：天津人民出版社，2007年增訂版），頁148-170。

2 馬少波等主編：《中國京劇史（上卷）》（北京市：中國戲劇出版社，1990年），頁65-66。

　　老生行當的興盛，始終伴隨著京劇舞臺表演藝術的成長。「前三鼎甲」、「後三鼎甲」、前後「四大鬚生」，以及眾多流派創始人和承襲者，共計產生了四、五代創造力非凡的優秀演員。在京劇一百多年的發展歷程中，他們全身心參與了京劇從成熟到鼎盛時期的藝術創作，成為推動京劇藝術走向豐富、細膩、精緻的最重要的一批擔綱的巨匠。

　　早期京劇表演藝術家，必須具備較為完整全面的藝術能力，才能夠適應藝術市場的激烈競爭。在「前三鼎甲」中，程長庚是文武全才，並且可以承擔多種行當的表演；余三勝也是擅長演出唱、做並重的劇目。由非專業演員「下海」的張二奎，雖然二十四歲才正式做了京劇演員，但早期苦學加後期勤練，使他在藝術表現能力方面並不遜色於他人；他既擅演以唱腔動人的「王帽戲」，也能兼演武生戲。[3]他曾經培養的學生中，有京劇武生獨自成行的開創者之一俞菊笙，還有文武兼備、享譽京滬劇壇的楊月樓；可見張二奎在武戲表演上必有很深造詣和傳授能力。

　　老生行當在唱、念、做、打各類表演方面，是京劇中最早成熟的；其中尤以演唱藝術影響深遠。在「前三鼎甲」廣受讚譽的時期，程長庚、張二奎、余三勝等三位被推崇到頂級位置的老生演員，無不以演唱的精湛與精彩而為人稱道。他們各自體現出來的特色鮮明的演唱風格，其實已經形成了獨具魅力的流派藝術，並且在課徒傳藝中為後學所仿效。但因為「前三鼎甲」分別代表著徽、漢、京三地演員的咬字、發音特色，又因為當時京劇戲班的市場經營還是採用集體共有制，所以，「前三鼎甲」的流派歸屬雖偶然有以個人名義如張二奎的「奎派」來稱謂的，但在更廣大的社會層面上，三人還是被標記為「徽派」、「漢派」、「京派」等等地域代表性較為突出的流派名稱。[4]因而未能列入前述四十七個京劇流派之中。

　　曾先生在論述「京劇流派藝術建構之基礎——唱腔」中，對「唱腔」以及如何把控「唱腔」做過細膩分析，筆者以為可以作為針對表演藝術家個人

3　參見吳同斌、周亞勛主編：《京劇知識詞典》，頁277。

4　參見吳同斌、周亞勛主編：《京劇知識詞典》，頁173。

如何形成演唱藝術個性特色的一個認知視角。他說：「什麼是『唱腔』呢？顧名思義應指歌者用自己的發聲器官，將承載腔調的樂曲運轉出來的歌聲。這就關涉到語言腔調、語言腔調之構成、腔調憑藉之各式載體之音樂化、歌者嗓音之天然質地。歌者口法之構成及其運轉之方式與能力等複雜問題。……必須累字成詞，累詞成句，累句成章，累章成篇，然後不止其內容思想和情趣能表達豐富，而且由於字詞章句的累增，其間語言旋律，也就變化多端、騰挪有致起來。而歌者就是運用其音色、口法將歌詞之語言旋律和意趣情韻，藉由腔調傳達出來。」[5]

老生「前三鼎甲」的演唱，就是「運用其音色、口法將歌詞之語言旋律和意趣情韻」，以及所表演的劇中人物的情感，「藉由腔調傳達出來」的極好例證。他們在京劇老生演唱這一技藝平臺上，各自呈現出吸引觀眾的藝術魅力。《中國京劇史》總結三人的演唱特色：「余唱腔多旋律，以曲調豐富、優美見長；程長庚演唱動人，多韻味，以聲情交融獨樹一幟。張二奎的演唱特點是『嗓音洪亮，行腔不喜曲折，而字字堅實，顛撲不破』。」[6]

從「前三鼎甲」發展到「後三鼎甲」，京劇老生以個人名字命名的流派誕生；譚鑫培的「譚派」、汪桂芬的「汪派」、孫菊仙的「孫派」，一時間成為京劇藝術界亮麗的風景；尤其「譚派」藝術格外醒目，曾經形成愛好者與後學者極力追捧的局面，演化出「無腔不學譚」的一段劇壇佳話。二十世紀初的十餘年間，隨著汪桂芬、孫菊仙逐漸淡出表演舞臺，京劇舞臺上一時曾出現了「四海一人譚鑫培」的局面。而作為最早以個人名義標示的流派，「譚派」的表演藝術充分依託老生行當技藝形成，又反過來對老生行當的發展產生了深遠的影響。

《中國京劇史》介紹：「譚鑫培的嗓音條件，高亢峭拔不如『老三派』，也不如同輩中的楊月樓、許蔭棠、汪桂芬、孫菊仙等。他就在唱腔上避開傳統單純追求高音大嗓的唱法，根據自己嗓音條件，從時尚的翻高音、拉長

5　曾永義：《戲曲之雅俗、摺子、流派》（臺北市：國家出版社，2009年），頁517-519。

6　馬少波等主編：《中國京劇史（上卷）》，頁396。

腔、唱悲調中擺脫出來,而在唱腔的曲折婉轉、回蕩抑揚上下功夫,創出超越他人的新腔。」[7]

「譚派」藝術立足於老生行當,學得很認真,練得十分刻苦,鑽研得廢寢忘食。他還從自己所擅長的武生行當中吸取必要的內容,甚至從老旦、青衣、花臉等其他同台合作的行當中吸取必要的內容,從曲藝等等其他藝術中吸取必要的內容,使自己的表演藝術極大地充實並豐盈起來。此外,「譚派」另一大貢獻是逐漸調整了京劇觀眾對老生演唱的欣賞習慣,使高音大嗓的聲音特色和直腔直調的旋律特徵,轉向了相對峻拔而含蓄的聲音,以及昂揚與婉轉相融和的行腔旋律。

經過「譚派」開拓性的一個發展歷程,京劇老生的技藝平臺發生了醒目的轉變,並且進一步豐富起來。此後,在學習「譚派」基礎上,相繼出現了「余派」、「馬派」、「高派」、「言派」、「麒派」、「新譚派」、「奚派」、「楊派」等一批老生新流派,形成蔚為壯觀的陣勢。這些新流派各自發展起以演唱風格為突出特色的表演風格,並形成各自擅演的劇目範圍;老生技藝平臺上所扮演的形形色色人物,經過這些「流派」的特色暈染,產生出遠超出以往的精彩與精緻的效果。京劇老生行當這個演技平臺上,經由各個「流派」特色所創造的一組組生動感人的藝術形象,使觀眾對京劇藝術塑造人物的能力更加癡迷嚮往,從而更大地拓展了京劇藝術的魅力空間。

「余派」是「譚派」最重要的繼承者與發揚者之一,他繼承了「譚派」形成的峻拔而含蓄的聲音,昂揚與婉轉相融和的行腔旋律,又根據自己的嗓音特點,在演唱方面形成自己特有的勁峭醇甜的發音,以及脆爽清冽的行腔旋律,在藝術表現能力上,顯現出比「譚派」更進一步的精緻與精彩。「余派」所擅演《搜孤救孤》中的程嬰、《戰樊城》〈魚腸劍〉中的伍員,《洪羊洞》中的楊延昭等等人物,都是胸懷中正的忠良之士,又都是面臨著人生困境乃至個人生命的末端。「余派」藝術特色與這批人物的精神世界相融合,在劇目演出中將人物端正的心靈、剛正的性情、堅毅的犧牲精神以及在險難

---

7 馬少波等主編:《中國京劇史(上卷)》,頁417。

處境中的情感波動,非常清晰、準確地展示給觀眾,並深深感染了觀眾,產生了極佳的藝術效果。

「馬派」藝術也曾經從學習「譚派」起步,並逐漸找到了自己的藝術定位。「馬派」演唱嗓音甜淨醇美,行腔從容舒展,常在恰當時機顯出輕俏靈巧的處理,給與觀眾快樂的審美享受。「馬派」擅演的《群英會》〈借東風〉中諸葛亮、《甘露寺》中喬玄、《十老安劉》中蒯徹,《串龍珠》中徐達等人物,身處社會劇烈動盪之時,又身居重要的社會位置,他們在面對自己的使命時顯現出獨特的個人能力和個人品質,往往置身千斤壓頂局勢而顯出舉重若輕的狀態,觀眾在感受劇情壓力的同時,常常能夠領略到人物身上的一份酣暢的瀟灑,體會到「馬派」藝術創造出來的一種獨特的趣味。

「高派」對「譚派」也有所學習,但主要學的是略晚於「譚派」之後崛起的劉鴻昇「劉派」,演唱特點是運用高亢嗓音酣暢淋漓地抒發人物情感,大段唱腔往往一氣呵成,因而非常善於表現悲愴激昂之情。「高派」擅演《轅門斬子》中的楊延昭、《斬黃袍》中的趙匡胤、《逍遙津》中的漢獻帝、《煤山恨》中的崇禎等人物,在劇中都處於情感遭遇強烈刺激的境地,因而運用「高派」藝術來演繹這些人物,達到激情高昂、動人心魄的效果。

「言派」也是一個從忠實地學習「譚派」起步的流派。「言派」在汲取「譚派」特徵的基礎上,根據自身嗓音條件,在音量不大的前提下注重咬字吐音、以腔傳情,通過對節奏的細膩把握,通過行腔中頓挫、跌宕的精準處理,形成獨特的表現力。「言派」擅演的《臥龍弔孝》、《罵王朗》中的諸葛亮、《讓徐州》中的陶謙、《罵楊廣》中的伍建章等人物,以儒雅文士之心面對紛繁離亂之世,他們堅守自己胸中之「道」,並為之殫精竭誠、死而後已,「言派」的演唱特色,恰切地表現出這些文雅人物的誠懇內心,表現出他們對於自己所堅持觀念與行為的不屈不撓、一往無前。

「麒派」是形成於上海「海派」藝術市場的一個京劇老生流派,雖沒有直接受教於「譚派」,但曾經深受「譚派」影響。因為嗓音條件的影響,「麒派」的發音是中低音為主,並且略帶沙音,但中氣十足,行腔中往往以氣引腔,酣暢質樸。「麒派」擅演《四進士》中的宋士傑、《烏龍院》中的宋江、

《蕭何月下追韓信》中的蕭何、《徐策跑城》中的徐策、《清風亭》中的張元秀等等人物，都滿懷誠懇而偏偏遭遇急難境遇，「麒派」藝術極好地表現出這些人物面對眼前處境時急切或艱難的抉擇，又呈現出他們赤誠感人的正直胸懷。

「奚派」從自學「譚派」又拜師「言派」創始人言菊朋學習、薰染，最終自成一派；是非梨園背景非科班出身的一位「票友」最終學藝成功的一個典範。在流派林立的京劇老生行當平臺上，「奚派」作為後起之秀確立地位，實屬不易。「奚派」演唱音量不大，被譽為「洞簫之美」，圓潤之中蘊涵蒼涼；行腔吐字講求以字定腔、以情行腔，在古樸中透露出清新、自然的韻味。「奚派」擅演《哭靈牌》中的劉備、《十道本》中的褚遂良、《南天門》中的曹福、《范進中舉》中的范進等人物，胸懷忠義，對於人生道義有著執著的堅守，而劇情中又大多處於超常的悲情時刻，「奚派」藝術恰如其分地表現出這些人物飽含悲情的內心世界。

「楊派」是京劇老生個人流派中興起較晚的一派。早期學習「譚派」，後又研習「余派」，最終逐漸形成特色，創立「楊派」。因為嗓音條件侷限，「楊派」演唱避開激昂高亢的唱法，以寬厚、低沉的音色見長，並充分運用喉腔、胸腔的共鳴效果，形成深沉渾厚、穩重蒼勁、簡潔大方的風格。並成為二十世紀五〇年代之後影響較大的京劇老生流派。「楊派」擅演《失街亭‧空城計‧斬馬謖》中的諸葛亮、《鼎盛春秋》中的伍員、《擊鼓罵曹》中的禰衡、《大保國、探皇陵、二進宮》中的楊波、《紅鬃烈馬》中的薛平貴等等人物，或者身負重任，或者懷才未遇，都是心懷中正的社會精英，由「楊派」藝術來表現，於落落大方中呈現出拳拳之心，很好地塑造出中國傳統社會精英的正面形象。

「新譚派」曾經被用於稱讚「余派」創始人余叔巖，當譚鑫培嫡孫譚富英卓然成才之後，這個稱謂終於回歸到譚門，滿足了社會上廣大愛好者尤其是忠實「譚迷」們對譚門「譚派」藝術後繼有人的一個長久的期待。「新譚派」創立者譚富英，根據自身嗓音條件好、音域較寬等優勢，將「譚派」、「余派」的演唱特色相融合，形成酣暢淋漓、灑脫明快的藝術風格。「新譚

派」擅演《定軍山》、《陽平關》中的黃忠、《戰太平》中的花雲、《李陵碑》中的楊繼業、《洪羊洞》中的楊延昭等等人物，都是為國家盡忠盡力、捨生忘死的忠良，「新譚派」極好地表現了這些人物的內心情感。

前述八個個人流派，各自擁有擅長演出的劇目，各自塑造出別人難以超越的舞臺人物形象。使得「譚派」之後京劇老生這個藝術平臺更加豐富多彩。這樣一種各自擅演人物的局面，在二十世紀八〇、九〇年代上海京劇院創作排演《曹操與楊修》一劇中，有一次獨特的顯現。劇中第一位飾演楊修的「言派」演員言興朋，他充分發揮「言派」注重咬字吐音、以腔傳情的唱念特長，發揮「言派」擅長表現文雅人物誠懇內心的表演優長，塑造出一個讓觀眾久久難忘的楊修形象。此後言興朋退出了該劇的創作，上海京劇院相繼更換了幾位「余派」、「楊派」藝術風格的繼任者來塑造楊修這個人物，但都不能再達到言興朋給予觀眾的觀賞效果，甚至被認為遠遠達不到言興朋所創造的人物形象水平。對於這個現象，可能有一些評論觀點會強調演員個人能力等等問題，但筆者堅定地認為，流派本身的特色與能量，給與了言興朋成功塑造這個人物的最大推動力。因為後繼楊修飾演人選中不乏優秀青年演員，他們的個人水平與藝術創造力絕不低於言興朋，但創作效果卻始終無法與言興朋媲美。這個事實一方面可以證明，「言派」藝術與楊修這一人物之間是高度契合的；另一方面也可以證明，流派藝術特色對於京劇舞臺藝術形象的創造具有重要的作用。

與京劇老生行當相類似，京劇旦行諸多流派也是異彩紛呈，並且各自在擅演人物方面有著鮮明的特色。如「四大名旦」的各自流派特色中，「梅派」擅演典雅周正、堅韌賢淑的女性人物，「程派」擅演純潔正義、披肝瀝膽的女性人物，「荀派」擅演敢作敢當、歡情活潑的女性人物，「尚派」擅演忠勇剛烈、豪情動人的女性人物。

京劇旦行各流派同處於一個技藝平臺上，也有相當一部分劇目和人物，是各個流派都會演出並且帶有各自特色的，如《玉堂春》中的蘇三、《四郎探母》中的鐵鏡公主、《二進宮》中的李艷妃、《三擊掌‧武家坡》中的王寶釧等等，都是不同流派可以各顯身手的。而《貴妃醉酒》、《霸王別姬》、《荒

山淚》、《鎖麟囊》、《紅娘》、《紅樓二尤》、《昭君出塞》、《失子驚瘋》等等劇目和劇中人物，則是各流派之間彼此不輕易搬演的。

關於各流派之間技藝發揮與人物塑造的相互區別，曾永義先生有這樣一段論述可供參考，他在「論說『京劇流派藝術』之建構」一文中談到：「而戲曲又有腳色，必須由演員充任腳色扮飾人物，才算完成。腳色既象徵演員在劇團中的地位和所具備的行當藝術修為，同時也象徵劇中人物的類型和質性。戲曲演員就在腳色行當的藝術修為下，依循唱做念打手眼身法步的程式、服飾化妝皆按規範、音樂節奏亦有模式，將戲曲情節展現出來。所以充任任何腳色門類的演員，只要上臺演出，都必須要有這些合規中矩的功底。」[8]

同一個行當，相同的表演技藝，卻能夠創造出獨具風貌的藝術人物形象，這是京劇流派所呈現的重要藝術魅力。不僅京劇流派如此，越劇小生行、旦行多家流派競顯風采的局面，豫劇旦行五大流派風靡中原的特異景象，在極好地呈現出劇種藝術魅力的同時，也呈現出這幾個行當在各自劇種之中引領風騷乃至一枝獨秀的地位與作用。

曾永義先生在〈論說『京劇流派藝術』之建構〉一文中，談到：「創立京劇流派藝術的演員，都必須在京劇藝術的共同背景之下，營造個人堅實的基本藝術修為和個人藝術特色。其共同背景應當包含以下三個因素：其一，戲曲寫意程式和演員腳色化的表演方式；其二，詩贊系板腔體的藝術特質；其三，京劇進入成熟鼎盛期，才是流派建立和完成的時機。」[9]筆者非常認同曾先生對包含三個因素之「共同背景」的確認。並認為其中第一個因素：「戲曲寫意程式和演員腳色化的表演方式」，以及第二個因素：「詩贊系板腔體的藝術特質」，與本文所談「行當演技平臺」內涵相一致。

8　曾永義：《戲曲之雅俗、摺子、流派》，頁506。
9　曾永義：《戲曲之雅俗、摺子、流派》，頁505。

（二）京劇表演流派，是藝術市場中吸引觀眾的文化「品牌」

二十世紀三〇年代末，北京前門外大柵欄「慶樂戲院」日場演出的戲單上，曾經有一位最重要的演出者是劉宗楊。劉宗楊是京劇武生泰斗「楊派」創始人楊小樓的外孫，當時楊小樓先生剛去世不久；於是，戲單在劉宗楊姓名三個字的左右兩端，分別加印了「楊派嫡傳」、「正宗武生」的附加名銜。

「某派嫡傳」、「某行正宗」等等附加名銜，是京劇藝術市場乃至整個表演藝術市場上最常見的招牌內容，其目的主要是宣揚表演者藝術風格的規範以及表演內容的可觀賞，為表演者贏得更多的觀眾。為了獲得這樣的附加名銜以便形成吸引觀眾的招牌內容，許多優秀的青年演員往往需要借助加盟某某流派的方式，以獲得藝術市場的接納與認可。

在成為一個流派的弟子傳人之後，青年演員得到流派創始人親自傳授的機會是極少的；他們或者由流派創始人最親近、最得力的助手來傳授，或者根據自己觀摩創始人演出過程以及排演過程所獲得的體會、領悟來自學自練。但這些流派傳人經過一定的學習歷練之後，有許多人都獲得打出師門旗號的資格，從而為自己的表演藝術市場開拓了一條新路徑。

因為各個流派的傳人當中有許多本身素質很好，並且又格外努力，所以拜師之後在表演藝術方面確實會有令人矚目的成長和發展。在高舉流派的品牌旗幟進入藝術市場之後，一些優秀的流派傳人，能夠為自己也為師門掙得了相應的好聲譽。比如生行的文武全才李少春，在拜師學習「余派」藝術之後，文戲演出更為規範、精彩；最終獲得京劇界尊稱為「神仙」。再比如以中華戲校「四塊玉」出名的旦行全才李玉茹，不僅能夠做到「青衣、花旦、刀馬三門抱」，而且「可以唱梅、程、荀，間或還演過尚派的戲」。[10]他們都曾認真、刻苦地學習過流派藝術，也憑藉著流派藝術馳騁於表演藝術市場，並且最終對流派藝術做出了應有的正面的貢獻。

這一個有關京劇流派的延伸問題，筆者將在今後儲備相應資料之後，再做認真研究。

---

10 參見《李玉茹談戲說藝》（上海市：上海文藝出版社，2008年），頁105。

二 對「程式」實際內涵的再分析

　　曾永義先生曾撰寫論文《從格範、開呵、穿關到程式》，考據並論證了：「今之所謂『程式』，其來有自：北劇之『科』、南戲之『介』，乃至元雜劇之『穿關』，均可謂是其『先聲』或『先行者』；而由戲曲表演藝術的逐次提升，也可見戲曲的程式，是不斷累積演出經驗而創造出來的，一方面成為表演的範式，一方面也具有改良發展的空間。」[11]

　　曾先生論證的是程式內容的演變與發展。筆者曾對程式問題做過長期的研究，並正在向這一領域的縱深開掘，在此願將一部分已有的研究心得與最新研究思路提供出來，期待得到曾先生和各位專家的指導。

　　「程式」這個概念，運用在戲曲藝術的論述中，始於二十世紀二〇年代。在余上沅一九二七年所編《國劇運動》一書裡，趙太侔的「國劇」一文中談到：「舊劇中還有一個特出之點，是程式化。……揮鞭如乘馬，推敲似有門，疊椅為山，方巾作車，四個兵可代一支人馬，一迴旋算行數千里路等等都是」。[12]經過余上沅、趙太侔、聞一多、張嘉鑄等一批曾經留學美國的文化人推起「國劇運動」，促使「程式」一詞開始進入了研究傳統戲曲的理論範疇，並逐步被社會接納和採用。《大公報》於一九二九年八月三十日刊登徐凌霄文章〈程式之剖析〉，開篇即談到：「『中國樂劇是程式的』，這一句話在最近一半年中，是很普遍的了。」該文還提到：「據說『程式的』三字，是由西文 conventional 一字譯出來的……」。

　　一九三五年，程硯秋先生赴歐考察之後撰寫了〈談非程式的藝術〉一文，運用「程式」一詞來分析新興的話劇方式與當時被稱為舊劇的以京劇為代表的戲曲的區別，其中談到話劇「不像舊劇那樣，一舉一動都依據程式，……此種表演方法，若和舊劇對照起來，則可以『非程式的』目

---

11 曾永義：《戲曲之雅俗、摺子、流派》，頁331。
12 趙太侔：〈國劇〉，余上沅主編：《國劇運動》（上海市：上海新月書店，1927年），頁14。

之。」[13]一九三八年，焦菊隱先生在留法求學時撰寫的博士論文《今日之中國戲劇》中談到：「我國古代前輩藝人雖做過艱苦的努力使戲曲具有寫實性質，但是社會及經濟條件十分困難，迫使他們半途而廢。從那時起，他們便竭力使『寫實』與『簡樸』這兩個觀念吻合起來。在這條道路上，他們運用一套非常簡單的象徵性的程式，這對他們很有幫助。」[14]

　　自二十世紀五〇年代起，戲曲藝術及戲曲團體漸次進入了由政府主導的改革階段。中央政府在北京設立了中國戲曲研究院，並連續舉辦過若干期國內戲曲演員講習會，許多著名演員匯集一堂學習、交流，一時之間理論詞語成為時尚，程式一詞的使用頻率也因而陡然升高。此後，許多理論家、導演藝術家、著名演員在討論、講課和撰寫文章時，開始反覆運用程式這個詞語，來代指戲曲表演中那許許多多難以用簡短話語指稱的內容。於是，這個詞語的內容進一步被社會廣泛接受，並逐步成為判定戲曲藝術一項重要特徵的語詞之一。[15]

　　由「國劇運動」推出的程式一詞，是趙太侔翻譯自英語的一個外來詞語。事實上，程式一詞在先秦典籍中已經存在了，一九八一年版《辭海》介紹了在《商君書》〈定分〉中既有這一語詞的出現：「主法令之吏有遷徙物故，輒使學讀法令所謂，為之程式，使日數而知法令之所謂。」又介紹《宋書》〈何承天傳〉〈安邊論〉中這一語詞：「諸所課仗，並加雕鐫，別造程式。若有遺鏃亡刃，及私為竊盜者，皆可立驗，於事為長。」研究這些從先秦至南北朝時期的文獻中程式一詞的含義，顯然是用於解釋法度或規章的意思。

　　作為戲曲中一個十分重要的概念語詞，程式的具體內涵曾經被研究家和藝術家們多次探究。歸納這些探討或研究，主要是把程式內涵確定為兩個方面，一是表演技術的形式或格式，二是藝術創作中的法式、規程。在絕大多

---

13 《程硯秋戲劇文集》（北京市：文化藝術出版社，2003年），頁161。

14 《焦菊隱文集》（北京市：文化藝術出版社，2005年），卷1，頁139。

15 本節相關論述內容，主要轉引自筆者論文〈「程式」語詞及概念內涵的闡釋〉，載於趙建偉主編：《中國古典戲曲概念範疇研究》（北京市：文化藝術出版社，2010年），頁54-96。

數的研究論述中，藝術創作中的法式、規程仍然獲得重點的強調；這一現象，反映出這個詞語中由古代流傳下來的法度或規章的含義產生著強大的作用。但經過筆者長期研究，程式概念中作為表演技術的形式或格式的內容，其實是更為重要的；這方面內容，早已被少數研究者所重視，並被當作了戲曲舞臺藉以表達所有創作內涵的語言語彙。

焦菊隱先生在發表於一九三九年的《舊劇構成論》中說：「筆者個人研究中國舊劇的唯一發現，是它在演出技巧上有一個很特殊的現象，我給它杜撰了一個名稱，叫做『拼字制』……以符號給予觀眾印象。他們創立了許多表演的單位，這些單位元正如一般西洋文字中的字母。中國劇在舞臺上之演出全靠著這些單位組合，正如西洋文字全靠著字母組合。」[16]

在發表於一九四一年的《舊劇新詁》中，焦菊隱先生更加直接地列出了「舊劇的構成──拼字體系」的題目來討論：「舊劇的組成，有它自己一貫的一個方式。這個方式就是電影裡所稱的蒙太奇，也就是機械上所稱的「裝配手續」。……我們只有為它杜撰一個稱謂，叫作「拼字體系」，因為它和中西文字的組織法最為相類。先舉中國文字為例。中國文章是用有限的單字連綴而成的，而單字卻有它的數目限制。如十七世紀所編的《康熙字典》收字最多，也不過包含四萬多個單字。但寫成這四萬多字的筆劃單位則更受數目的限制，就是說，只有橫、豎、撇、捺、刁、鉤、點，這幾個基本符號本身並不表現任何意思，但將它們錯綜聯合起來，便變成一個字──已能代表一定意思的單位，如指某一東西或某一形狀。然後再把這些代表意思單位的符號按照文法修辭的法則前後很邏輯地排列起來，才成為一句話，代表一個完全而獨立的意思。再合許多句子而成文章，再用西洋文字來解釋更為清楚。試看古今多少名著偉論，無論是哲學、宗教、科學、政治、社會、經濟、文學，它們動人的辭藻無論是在抒寫多麼豐富的感情，多麼深奧的理論，多麼複雜的辯說，而仔細分析起來，只不過是二十六個字母在那裡搬弄，在前前後後互相調換位置。……舊劇的構成也是一樣，初一看起，覺得舊劇的人物

---

16 《焦菊隱文集》，卷1，頁238。

混亂，動作複雜，每齣各不相同。而經一分析、一統計，則舊劇一切也莫不是由有數目限制的單位在錯綜地調換著構成的。此一劇與彼一劇演出之不同，只是這些單位應用的順序不同。只要你懂得這些單位代表的是什麼意思，你便可明瞭劇碼一切意思。所以不常看舊劇的人一進了劇場，會對一切茫然，這是他還未曾懂得（或懂得太少）這些單位各個符號所表白著的意思。如果他懂得漸多，他的觀劇興味也便漸濃化。」[17]

著名京劇導演家阿甲先生，在二十世紀八〇年代撰寫的文章中說：「音樂聲腔和舞蹈動作，一方面有它強大的表現情感的感染力，另一方面在思想上又有它的含糊性和多義性，很難說清楚一個確切的意思。為了表現情節、性格，它必須有語言的構思和文學的表達，但所表達的語言文學，必須是戲曲的……以歌舞為手段來創作的形象，表演就更為重要，在戲曲裡它不能不是內容的部分，這是有形象的內容，可以直接感受到的內容。講到語言，實際上無論哪一種藝術，都離不開思維——形象思維。思維都得以語言為外殼，不管你是歌詠創作，還是舞蹈創作，即使默默不語，默默無聲，實際上都有內部的語言在活動著。從這個意義上說，直覺的感情藝術，在創作時也是有語言的。」[18]

阿甲先生在另一篇文章中也曾談到：「戲曲舞臺上表現戰爭場面，利用一整套龍套調度。如『二龍出水』、『鑽煙筒』、『龍擺尾』、『倒捲簾』、『倒脫靴』、『蛇褪皮』、『走十字靠』、『推磨斜胡同』、『一窩蜂下』、『一條邊下』等等，這種東西像是一套符號。……因為唯物論者總是說：物質世界在我們頭腦裡的反映不能說是符號，應該說是世界的『模寫』，是『反映』，或者說是反映複寫。我又想了想，有點明白了。我們的頭腦去反映客觀世界，客觀世界是我們的『映射』，是『模寫』，好比鏡子反映東西一樣，不是符號。我想這是從生活來說。如果用藝術的手法來反映客觀世界，如藝術語言，就有些符號的含義，好比用音樂符號來反映生活形象那樣。這樣弄清楚了就好辦的

---

17 《焦菊隱文集》，卷1，頁424-426。
18 阿甲：《戲曲表演規律再探》（北京市：中國戲劇出版社，1990年），頁184-186。

多。所以我認為戲曲程式的誇大、鮮明、規範，以表現客觀的真實是完全允許的。」[19]

在阿甲先生的諸多文章中，程式問題是他反覆探討、研究的。他的文章中有時會直接談到「語言」、「語彙」、「單元」、「符號」等等話題，可以推想他的思維中曾經有許多次地圍繞著「程式」與「語言」這個命題在運轉著，但可惜他一直未能直接點到「戲曲程式等於戲曲語言」這樣的話題。

《戲曲本質論》作者呂效平，在該書第三章第一節第四標題下明確提出：「程式」就是舞臺藝術語言。他在行文中談到：「『程式』究竟是『例如關門、推窗、上馬、登舟等』、『固定的或基本固定的格式』，還是『生活動作的規範化』，或者說『嚴格的形式規範』？前者是一種具體的物質單元，就像文學語言中的詞彙一樣，由我們的喉舌所發出的聲音作為物質的載體，有其物理的性能，如果用文字記載，則獲得了另一種物質存在的方式。後者是一種抽象認識性的原則，沒有物質的有形存在。雖然有少數論者曾經明確地把『程式』比作『符號』或『語彙』，但習慣的看法，總是傾向於把『程式』看作『規範化』的要求和原則。」[20]

呂效平對「程式」概念的已有論述進行了一定程度梳理之後，發現其到底是指「具體的物質單元」，還是指「一種抽象的認識性原則」，這個問題尚沒有「射中問題靶心」的確定答案，因而他做出「『程式』就是舞臺藝術語言」的答案，並為此做了更為明確的論述：「戲曲地方戲的特殊本質是由其特殊的藝術語言所決定的，這個特殊的藝術語言就是中國本土戲劇的舞臺藝術語言，即『程式』。有許多戲劇家和研究者在分析戲曲地方戲的『程式』問題時，曾經觸及到它作為藝術語言的本質。」[21]

引述了多位專家、藝術家的思考與論說內容，我們需要具體看一看作為舞臺語言的「程式」，是怎樣在戲曲作品中發揮作用的呢？從戲曲舞臺演出與觀眾溝通與交流的角度來看，戲曲的每一次演出，都是由相當於「字」、

---

19 阿甲：《戲曲表演規律再探》，頁38。
20 呂效平：《戲曲本質論》（南京市：南京大學出版社，2003年），頁240-242。
21 呂效平：《戲曲本質論》，頁246。

「詞」、「短句」的結構單元彼此勾連為一個又一個舞臺語言段落，而幾個、十幾個、幾十個舞臺語言段落，就可以鋪排成為一個戲曲演出的篇章——一齣戲或一部戲。

首先借阿甲先生介紹劉長瑜創造李鐵梅形象時的一段戲，簡單勾畫程式語言運用：「先是用〔亂錘〕鑼表現鐵梅震盪不安、張望若失的情狀。稍停，猝然跑圓場，趕到家中，把門一推，靠著門背喘息不定。然後茫茫四顧，四壁空空，她轉了一個圈，看到奶奶的針線籃，看到爹的酒瓶，回憶他生前的神情，這裏的動作情緒都是與〔回頭〕和〔撞金鐘〕的那種鑼鼓點子結合起來表演的，沒有什麼複雜的絲竹和管弦的伴奏，聲調雖然單純，而它概括的情感色彩卻很廣泛多義。」[22]

再以京劇《拾玉鐲》主要人物孫玉姣上場一段表演，來考察相應舞臺語言「字」、「詞」、「短句」的結構單元：小鑼旦上場——「引子」——「定場詩」——「自報家門」——胡琴曲牌〔海青歌〕伴奏中孫玉姣灑掃雞圈、搯雞、餵雞，搬椅至門外，從針線筐籮中取線夾、選線、搓線、穿針、曲牌止；孫玉姣拉線、胡琴起三聲拉線聲。唱〔南梆子原板〕。——小鑼一擊，付鵬上，接唱〔南梆子原板〕，與孫玉姣對視，孫失神針扎手。付鵬接唱〔南梆子原板〕……

劉琦所著《京劇形式特徵》一書中，列舉了京劇《斬馬謖》的全部程式單元，以論證程式「是構成京劇藝術形態的基本元素」的觀點，筆者認為可以作為舞臺語言的例子：「龍套『站門』——諸葛亮『唱上』、『歸座』——探子『挖門』進帳報事——諸葛亮『升帳』——蜀兵站『一條邊』，趙雲台口『下馬』——諸葛亮出位賜酒，趙雲『灑酒』敬天地——趙雲向帳內『一望』，諸葛亮示意退去——趙雲『一亮』下場——諸葛亮再『升帳』——王平『唱上』，『挖進』——諸葛亮唱〔西皮小導板〕——諸葛亮、王平對唱〔西皮快板〕——王平做『硬屁股坐子』、起立下場——幕內念『一十、二十、三十、四十打完』——馬謖『唱上』、『挖進』——諸葛亮、馬謖對唱〔西皮

---

22 阿甲：《戲曲表演規律再探》，頁180。

快板〕——馬謖出帳唱〔西皮散板〕——馬謖進帳起『叫頭』念白——諸葛亮唱〔西皮散板〕——諸葛亮起『叫頭』念白——諸葛亮、馬謖對念『慢三叫頭』、『哭介』——龍套喊『堂威』，諸葛亮『一望』、『兩望』——馬謖出帳，複回，諸葛亮起『叫頭』念白——馬謖跪謝，起立，諸葛亮、馬謖念『三叫頭』、『哭介』——龍套喊『堂威』，諸葛亮、馬謖分別『一望』、『兩望』——馬謖出帳，『垛泥兒』亮相下場——諸葛亮唱〔西皮散板〕——趙雲下場門上，進帳，諸葛亮、趙雲對白——嗩吶吹『尾聲』，龍套翻下，諸葛亮下場門下，趙雲隨下。」[23]

　　上述例子中可以看到，整出《斬馬謖》的劇情以及表演者的技藝功夫，通過一連串程式單元的依次呈現、展示，都得以與觀眾實現了交流與溝通。在這一連串的程式單元呈現、展示中，觀眾可以看到諸葛亮、馬謖、王平、趙雲等人物的複雜心理活動，可以體會失職將領在嚴格的軍事體製中所面對的責罰，體會到作為一個歷史上著名的賢明丞相和軍事家，是如何處理私人感情與國家利益關係的。同時，觀眾也通過這一連串的程式單元的呈現、展示，來體察表演者的具體處理手法，了解他們運用演技對人物內心精準把握的能力與靈氣。

　　對於觀眾來說，綿延不斷的程式單元，就是戲曲藝術與他們實現彼此直接交際的舞臺語言。在戲曲理論中產生並沿用了九〇年的程式這個詞語概念，其本質就是這樣一套成型、成熟的舞臺語言體系。

三　關於使用「腳色」詞語概念的必要性

　　曾先生在一九七七年撰寫了〈中國古典戲劇腳色概說〉的文章，對「腳色」概念的來源及其在戲曲藝術體系中的發展情況，做了認真的梳理與研究，並對「腳色」下了一個定義：「中國古典戲劇的『腳色』只是一種符號，必須通過演員對於劇中人物的扮飾才能顯現出來。它對於劇中人物來

---

23 劉琦：《京劇形式特徵》（天津市：天津古籍出版社，2003年），頁62-63。

說，是象徵其所具備的類型和性質；對於演員來說，是說明其所應具備的藝術造詣和在劇團中的地位。」[24]

筆者基本認同曾先生所做的定義。這個定義從「劇中人物」和演員「扮飾」兩個方面，抓住了「腳色」的基本內容。

戲曲「腳色」最重要的一個特徵，即曾先生所談：「象徵其所具備的類型和性質」。在上千年的戲曲藝術發展歷史中，「腳色」類型的劃分曾一度主要圍繞著表演地位和技藝而成，如宋雜劇「五花爨弄」、宋元南戲「生旦淨丑末外貼」，乃至元雜劇中主唱的「末旦」體系等等；明代形成了「江湖十二腳色」，即「老生、正生、正旦、貼旦、老旦、小旦、老外、副末、大面、二面、三面、雜」等十二個行當的表演體系，在與劇中人物對應表演方面，明確劃分清楚了男、女、老、少等類別，同時又保留了有關於表演地位和技藝特色的分類狀況。因為「江湖十二腳色」明確了類型劃分，同時又兼顧了表演性質的確認，於是成為中國戲曲藝術成熟「腳色」系統的開端。其後的戲曲「腳色」體系，如漢劇的「十行腳色」，京劇以「生旦淨丑」為骨幹的行當體系，都是沿著「江湖十二腳色」明確扮飾類型、兼顧表演性質的劃分思路而成型的。

筆者認為，認識戲曲「腳色」的關鍵，就是要抓住「類型和性質」這個特徵。正是由這個特徵，就可以區分當今持續混淆的「腳色」與「角色」的不同。當今的第五版《現代漢語詞典》中，「腳色」內容被「角色」一詞吃掉了，故而「『腳色』見『角色』」。[25]這一做法顯然是不了解戲曲「腳色」有關「類型和性質」這個特徵，只考慮到了二者同屬於戲劇範疇的基本格局了。

《中國大百科全書》〈戲劇〉中的「角色」定義是這樣的：「角色──戲劇專用名詞。也稱『腳色』。兼指劇中人物及由演員扮演的舞臺人物形象。」[26]

---

24 曾永義：《中國古典戲劇腳色概說》，《曾永義學術論文自選集》（乙編）（北京市：中華書局，2008年），頁116。

25 《現代漢語詞典》（北京市：商務印書館，2005年第5版），頁748。

26 〈戲劇〉，《中國大百科全書》（北京市：中國大百科全書出版社，1989年），頁203。

　　這個定義中重要特徵是：「劇中人物」以及「由演員扮演的舞臺人物形象」。其核心就是人物，而演員則只是在扮演時才被提及。此外，由於來自西方的戲劇藝術不做舞臺人物的嚴格分類，因而也不需要演員的演技形成鮮明的人物造型類別，它們與戲曲「腳色」的「類型和性質」這個特徵有著非常鮮明的差異。

　　戲曲的「腳色」，是一個分類成型的表演體系。這個體系形成並立足與傳統戲曲的舞臺上，對於「劇中人物」做出適宜於舞臺演出的類別劃分，對於「扮飾人物」的演員，則按照相應表演類型做出技藝學習、訓練的分類安排。換句話說，戲曲「腳色」是把「劇中人物」和演員都劃分類型來實現創作的一個藝術系統。這一點與話劇「角色」區別很大。

　　「腳色」指的是一個類別──行當系統，「角色」指的是一個戲劇舞臺上塑造的人物──有名有姓。在相關戲劇的文字中，我們可以寫：「《茶館》中王利發這個人物」，也可以寫為：「《茶館》中王利發這個角色」；「角色」和「人物」這兩個詞語，是可以互換使用的。但說到戲曲「腳色」時，就不能用於具體人物稱謂上；譬如，可以說：「穆桂英這個人物」，但不可以說：「穆桂英這個腳色」。

　　「腳色」，是中國傳統表演藝術集大成者──戲曲藝術所借重的操作工具。在實際的舞臺藝術中，「腳色」被轉化為「行當」的概念來具體發揮作用。這些相關話題，今後在適當時機將會做進一步的探討、研究。

四　小結

　　中國戲曲是中國傳統文化中的一個大類，是凝聚著遠古祭祀表演、宮廷表演、社會民間表演的表演藝術集大成者。曾先生傾數十年精力研究戲曲文化，範圍極大、論題眾多，做過許多別人尚未企及的細緻研究，成果豐碩。

　　在筆者心目中，曾先生戲曲研究的一大亮點，是許多文章緊扣戲曲本體展開研究。比如「腔調」研究、「摺子戲」研究、「排場」研究、「劇種」研究、「小戲」研究，還有本文所涉及的「流派」、「程式」、「腳色」等等，都

經過了曾先生深入、細緻的概念考據與內涵研討，形成一定的研究成果。在與文史哲相交叉的論題中，曾先生也能做到與戲曲本體內容獲得相應的關聯，體現出對戲曲本體高度關注的研究習慣。

半個多世紀以來，因為有不少出身於文史哲學科的研究者投身戲曲理論，使原本空曠的戲曲理論領域逐漸興盛起來；但同時也帶來把與文史哲相關聯理論簡單歸入戲曲研究的問題。在這樣的局面中，時刻注重戲曲本體的研究，就顯現出可貴與專業的特質。

願曾先生的研究繼續豐盛，願曾先生所指導的學生們承襲老師的路徑，做出更大的理論建樹！

曾永義先生主持「首屆海峽兩岸歌仔戲學術研討會」的歷史意義

曾學文*

　　在海峽兩岸歌仔戲的歷史發展進程中，一九九五年在臺灣舉辦的「首屆海峽兩岸歌仔戲學術研討會」，無疑是一次具有里程碑意義的會議。由此次會議發起倡議並建立起的兩岸歌仔戲學術與表演的交流機制，為之後兩岸歌仔戲的互動、學科建設、薪傳發展、人才培養、合作實踐起了積極的推動作用，而此次會議的主持人即是曾永義先生。他運籌帷幄，登高一呼，群山回應。他以他在臺灣學術界的影響力，召集各方力量，調動各種資源，其盛況可謂是：群賢畢至，少長咸集，不由不令人感慨繫之。此次會議是兩岸歌仔戲學界第一次在臺灣的會合，也是臺灣學術界與歌仔戲業界的一次大集合，足見曾永義在臺灣戲曲界的影響力和個人魅力。

　　研討會於十月十九日至二十一日在臺灣大學思亮館國際會議廳舉行，雖然學術研討會只有三天時間，但因為歌仔戲斯時已成為臺灣學術界的顯學，大陸學者的到來，兩岸學者歷史性的匯合，加上配合此次研討會專門邀請兩岸歌仔戲專家合作排演的《李娃傳》，讓臺灣戲曲界一下子沸騰了起來。文化人的參與熱情，社會、百姓和媒體的關注，讓此次會議更具人文和歷史的厚度。誠如臺北戲劇學院邱坤良教授在閉幕會上總講評時說到的：「這是臺灣有史以來第一次歌仔戲學術會議，也是兩岸的第一次，與會學者熱烈參與情形，退回到民初文人口誅筆伐歌仔戲為亡國之音，歌仔戲短短數十年改變

* 廈門市臺灣藝術研究院院長。

如此之大，顯見它的社會力量驚人……」[1]

研討會發出的兩岸攜手探討兩岸歌仔戲共生共榮，歌仔戲的薪傳與現代化，歌仔戲未來的合作與展望的強大聲音與資訊，振聾發聵。而曾永義先生親自撰寫的吐露胸襟與氣度、掛在主席臺上的對聯：「同聲同氣論談鄉土劇，共生共榮開啟藝術花」，則真實記錄了彼時彼地，兩岸文化界人士的共同心聲及共同的理想。他在研討會上所作的主題發言〈臺灣歌仔戲之近況及其因應之道〉，則細緻入微、深入淺出地闡明了他個人對歌仔戲發展的觀點，亦是時代的呼聲。為了踐行他對歌仔戲發展的觀點，他倡導的「精緻歌仔戲」再一次在「海峽兩岸歌仔戲聯合實驗劇展」，《李娃傳》得以推動，同時開啟了兩岸合作的先河。

一 研討會召開的歷史背景

歌仔戲於二十世紀初由流傳於臺灣的閩南「歌仔」的基礎上，吸收車鼓戲的表演動作，模仿當時流傳於臺灣的梨園戲、高甲戲、亂彈、四平戲等戲曲樣式逐漸形成。由於歌仔戲唱的是朗朗上口的閩南「歌仔」，說的是閩南方言口語，演的是常民百姓的情感故事，很受當地觀眾的喜歡。歌仔戲形成之後一下子風靡了全島，也很快回傳閩南。二十世紀二〇年代中後期，臺灣歌仔戲班和藝人紛紛渡海前往廈門演出，歌仔戲正如人們常說的那樣，如雨後春筍傳遍閩南地區，一下子成為閩臺兩地共生共榮的地方劇種。

一九三七年，抗日戰爭全面爆發，戰事緊急，兩岸航線被日本人阻斷。為了戰時需要，配合日本的「皇民化運動」，歌仔戲在臺灣被日本統治者強行改造，成為聖戰服務的皇民劇。在大陸，則因為歌仔戲是來自日本殖民統治下的臺灣，而被視為「亡國調」遭到禁演。藝人們為了生存，想盡辦法，舉起改良的旗子，才獲得演出的機會。一九四五年抗日戰爭結束後，兩地歌仔戲才又逐漸恢復了人員來往，而最具標誌性的事件是閩南都馬劇團一九四

---

1 紀慧玲：〈兩岸歌仔戲交流　醞釀更大的步伐〉，《民生報》，2015年10月22日。

八年赴臺灣演出，帶去了禁戲時期所創作的「改良調」【雜碎調】及一些新調，演出了邵江海編寫的《陳三五娘》等劇碼，以及大陸風格的服裝、頭飾妝扮，而影響了臺灣的歌仔戲界。雖然都馬劇團在臺灣經歷了不少磨難，但【都馬調】、「都馬靴」、「都馬頭」漸漸成為臺灣戲班模仿的對象，【都馬調】也成為兩岸歌仔戲繼【七字調】之後的第二大主調。

　　一九四九年，風雲突變，海峽阻隔，從此臺海對峙長達三十八年之久，兩岸歌仔戲「勞燕分飛」分隔兩岸。歌仔戲發展過程中，分離遠多於相聚，只有一九二六至一九三七年、一九四六至一九四九年，前後不過是十四年時間，兩岸歌仔戲藝術是可以自由來往，彼此交融。一九四九年之後，兩岸的歌仔戲完全處於隔絕狀態，雙方走了不太一樣的發展道路。

　　一九八七年，臺灣終於解除實施長達三十八年之久的「戒嚴令」，開放民眾赴大陸探親。隨著匆匆回鄉的腳步，文化的尋根潮流接踵而來，大批文化人回到大陸尋根問祖，兩岸最為重要的民間藝術歌仔戲，也開啟了兩岸交流的新紀年。一九八九年，廈門舉辦被媒體稱之為零的突破的「首屆臺灣藝術研討會」，歌仔戲是其中重要的議題。許常惠先生的到會，施叔青女士提交的《臺灣歌仔戲》論文，讓大陸學者第一次近距離地聆聽臺灣歌仔戲的情況，但畢竟腳步匆匆。

　　一九九〇年，兩岸文化交流政策和形勢逐漸明朗化，為了全面了解臺灣的戲曲發展情況，廈門舉辦了「閩臺地方戲曲研討會」，歌仔戲是會議的主要議題。此次會議邀請了邱坤良、王振義等臺灣戲曲界十二位專家、學者、演員到會，其中最引人注目的是歌仔戲名家、臺灣薪傳獎獲得者廖瓊枝女士，她與大陸歌仔戲演員的同台展示表演，讓與會者和觀眾領略了兩岸歌仔戲的異同。她表演的《三伯英台》片段盡展臺灣歌仔戲的風采，這也是兩岸歌仔戲分別四十一年之後兩岸歌仔戲演員的首次同台交流演出。

　　此後，臺灣歌仔戲學界、業界的專家、學者、從業人員接踵跨海而來，其中影響較大的有一九九〇年亞運會期間，臺灣歌仔戲劇團「明華園」赴北京演出；一九九三年臺灣「一心歌仔戲劇團」應邀參加海峽（閩臺）戲劇節暨福建省第十九屆戲劇會演，演出了《戲看生死關》；一九九四年臺灣電視

歌仔戲明星葉青，應邀參加「廈門中青年戲曲演員比賽」擔任評委。葉青以她的影響力，吸引了廣大電視觀眾。

然而，令人遺憾的是，在如火如荼的交流當中，臺灣政策只開放臺灣赴大陸交流，而大陸赴臺交流則受到種種限制，交流只是單向的。對於源於閩南，形成於臺灣，共生共榮的歌仔戲，對於希望能夠親臨臺灣考察、交流演出的大陸學者和從業人員，對於躍躍躍欲試希望邀請大陸歌仔戲劇團赴臺演出的經紀公司，無疑是個打擊。

彼時兩岸關係還相當複雜，形勢低迷，臺灣處處設置紅線，但曾永義先生以他在臺灣文化界和藝術界的影響力，加上中華民俗藝術基金會在民俗藝術研究領域的龍頭地位，四處遊說，努力籌措，終於在一九九五年獲准在臺灣舉辦「首屆海峽兩岸歌仔戲學術研討會」。以廈門大學教授陳世雄為團長，福建省藝術研究所林慶熙、沈繼生，廈門市臺灣藝術研究所陳耕、曾學文，漳州市文化局陳建賜、陳松民、楊聯源八位專家學者，以及參與「實驗劇展」的作曲陳彬、導演黃卿偉、顧問顏梓和、司鼓鄭松江四位專業人士，經過千辛萬苦，在臺灣學術界和歌仔戲業界的期待中，終於登陸臺灣，讓兩岸交流跨越了新的一步。這也是歌仔戲形成八十多年、海峽兩岸分隔四十多年之後，大陸學者和業界第一次跨海進行學術交流與合作，這一路走了將近百年，因而讓此次會議更具有歷史意義和現實意義。正如臺灣「文建會」副主委劉萬航在開幕晚宴致辭中說到的：「這次研討會是在兩岸關係低迷、複雜微妙的時刻召開的，因而具有特殊的意義。」

二　研討會探討的內容

以學術研討為主，帶動交流展演並推展具有新理念的實踐運作模式，以理論研究檢驗實踐活動，以實踐嘗試提供理論研究，是此次研討會的形式與內容，也成為日後兩岸歌仔戲交流的一種模式。三天的研討會包括四個方面的內容：

（一）「海峽兩岸歌仔戲學術研討」。兩岸學者各提交論文九篇（以論文

發表順序）：臺灣的論文有〈歌仔戲的興起：對田野調查的幾點看法〉（王士儀）、〈臺灣歌仔戲中的傳統與變遷〉（蔡宗德）、〈兩岸歌仔戲界對傳統老戲的劇本情節結構安排比較〉（劉美芳）、〈歌仔戲的押韻現象——以廖瓊枝女士的劇本為例〉（嚴立模）、〈臺灣歌仔戲〔哭調〕唱腔的檢析〉（徐麗紗）、〈四十年來海峽兩岸歌仔戲〔七字調〕的探討與比較〉（張炫文）、〈歌仔戲與心靈淨化〉（林明德）、〈明華園經營策略之探討〉（陳國嘉）、〈兩岸歌仔戲音樂及表演風格之形成與比較〉（劉南芳、陳彬[大陸]）；大陸的論文有：〈歌仔戲在泉州的傳承〉（沈繼生）、〈歌仔戲藝術教育初探〉（楊炳維）、〈薌劇藝術的薪傳演變歷程及其思考〉（陳建賜）、〈歌仔戲傳統劇碼與閩南歌仔曲目的關係〉（曾學文）、〈試論薌劇劇作的地域文化特色及其嬗變〉（楊聯源）、〈歌仔戲及其文化生態〉（陳世雄）、〈閩南歌仔戲早期歷史中兩個有爭議的問題〉（陳耕）、〈論薌劇（歌仔戲）的音樂〉（陳松民）、〈歌仔戲的形成及其在福建的發展〉（林慶熙）。曾永義主題講演〈臺灣歌仔戲之現況及其因應之道〉，共計十九篇。所論述的內容包括了歌仔戲之形成變遷、流傳情況、薪傳教育、音樂特色、文化生態以及劇本比較、經營策略、社會功能等方面。最重要是從學術上對歌仔戲的發展歷史及在兩岸的傳播及發展情況進行了一次梳理，不僅讓第一次入臺的大陸學者，對臺灣的歌仔戲發展歷史有了全面的了解，也讓臺灣學者與歌仔戲從業人員對大陸歌仔戲的歷史發展有一個比較清晰的認識。尤其是曾永義先生針對臺灣老歌仔戲、野台歌仔戲、電視歌仔戲及劇場歌仔戲的不同類型，臺灣歌仔戲發展及現狀的分析，提出了當前臺灣歌仔戲的因應之道，其「精緻歌仔戲」的六大訴求，獲得了與會者的共鳴與肯定。

（二）「歌仔戲的薪傳與現代化」「兩岸歌仔戲交流合作之展望」座談會。這兩場座談會是歌仔戲歷史上，最全面地將臺灣歌仔戲界不同類別、最具影響力的人物都請了出來，例如電視歌仔戲明星楊麗花、葉青、黃香蓮；舞臺歌仔戲名家廖瓊枝、孫翠鳳、唐美雲；著名編導石文戶、黃以功；文化學者林谷芳，臺灣現代戲劇的開拓者吳靜吉；戲曲教育專家陳守讓、鄭榮興；劇團長製作人陳勝福及大陸學者陳世雄、陳耕，導演黃卿偉，作曲家陳

彬等，可謂是「梁山聚義」、「華山論劍」。大家同台直面兩岸歌仔戲發展面臨的問題，提出未來的發展思路，觀點犀利，精彩紛呈，足見曾永義先生的影響力。

（三）「兩岸歌仔戲聯合實驗劇展」，邀請了大陸導演黃卿偉、作曲家陳彬、劇本顧問顏梓和、司鼓鄭松江與臺灣編劇劉南芳、導演黃以功、燈光設計聶光炎，以及名演員陳美雲、林美香共同合作排演了《李娃傳》，開啟了兩岸歌仔戲合作的先河。為了讓臺灣大眾更深入地了解兩岸歌仔戲的異同及各自的發展路徑，還與《聯合報》就兩岸實驗劇展《李娃傳》的心得，召開了「兩岸歌仔戲的共生與共榮」座談會。座談會由曾永義先生親自主持，兩岸有實踐經驗的臺灣明華園戲劇團團長陳勝福、歌仔戲導演石文戶、編劇兼學者劉南芳及大陸作曲陳彬四位專家，就兩岸歌仔戲的創作經驗、劇團生存人才培養、人才斷層劇碼銳減、表演技藝流失等問題，相互傳遞經驗，並就創作上劇本如何因應時代的變化、歌仔戲如何注入新生命、音樂如何發展、劇場藝術如何提升、如何精緻化提出各自的見解。座談會為首次兩岸合作開出的民族藝術之花鼓與呼，並就兩岸合作的得失從理論上進行總結。

（四）歌仔戲發源地宜蘭之旅。臺灣，對於大陸學者來說既熟悉又陌生。所謂熟悉，是因為同屬閩南文化，文化的根基基本相同，加上學者長年徜徉於史料之中，在有限的資料中反覆研讀，了然於胸；說陌生，是因為兩岸隔絕三十八年，而到了一九九五年才有機會親自踏上這塊土地，撲面而來的景象與現狀有的是大陸學者想像不到的。一九八三年大陸啟動「中國民族民間文藝十大集成志書」的寫作，在《福建戲曲志》歌仔戲的條目中，關於歌仔戲的源流、在臺灣的傳播、發展及現狀，我們採用的資料是透過各種不易的管道得到的呂訴上《臺灣電影戲劇》及《臺灣省通志》《宜蘭縣誌》，宜蘭、歌仔助、本地歌仔成為大陸學者心中的不解之緣。曾永義先生不僅安排了歌仔戲發源地宜蘭之旅，而且親自陪同大陸學者前往尋訪，讓大陸學者腳踏實地感受蘭陽平原的鄉土風貌，實地走訪當年歌仔助行歌互答的遺跡，了解漳州移民的遷移路線，參觀了臺灣戲劇館，對歌仔戲在臺灣流脈有了清晰的路線圖。尤其是展櫃裡收藏的「歌仔簿」、「歌仔冊」等資料，印證兩岸

「歌仔」一脈相承及傳播脈絡。為了讓大陸學者了解「老歌仔戲」的演出形態，還專門邀請了陳旺欉、葉贊生等「原生態」藝人，表演了保留歌仔戲最原始狀態的《三伯英台》，讓大陸學者真真切切地感受到老歌仔戲的原貌，也印證了第一代臺灣歌仔戲藝人賽月金口述歷史中關於最早歌仔戲表演的特點。同時參觀了剛成立不久的公營劇團蘭陽歌劇團，觀看演員表演的《陳三五娘》等折子戲。

三　研討會對歌仔戲現代化的推動

歌仔戲自二十世紀初在臺灣宜蘭形成之後，臺灣經歷過二〇年代風靡全島，橫掃梨園戲、高甲戲、四平戲、潮劇、京班的初盛時期；三〇年代日本的禁演與皇民化運動的改造；五〇年代內臺歌仔戲的興盛，廣播歌仔戲的火熱；六〇年代電視歌仔戲的興起，劇場歌仔戲的消失；七〇年代電視歌仔戲的風行，舞臺歌仔戲的淪落；八〇年代傳統藝術的重建與保護，歌仔戲的生存得到關注。八〇年代正是臺灣風雲變幻的變革時代，文化的自覺意識得到相應的重視。臺灣「文化建設委員會」的成立，使文化獲得相對獨立的行政力量的重視。知識分子借助「文建會」的力量，推動政府制定了一系列傳統文化的保護措施，對即將消失的傳統藝術給予全面的重視。例如一年一度的「民間劇場」讓各種流散於民間、原來不被看好的傳統民間藝術得於重視；例如將歌仔戲演員廖瓊枝引入高校示範表演，無形當中提升了歌仔戲的地位。

也就是在八〇年代，從高校的象牙塔走入社會，承擔主持過「民間劇場」、《高雄市民俗技藝園規畫報告》、撰寫《臺灣歌仔戲的發展與變遷》、推展民間藝術走入高校的曾永義先生，對本土藝術的現狀、問題，如何保護、傳承與發展有了新的認識。他有感於臺灣社會在「美風日雨」的侵襲下，傳統文化與鄉土藝術快速沒落，歌仔戲淪落為廟口野台的冷落。同時，他又看到日漸蘇醒的文化自覺，以及歌仔戲強大的草根性，脈動群眾的情感力量，堅信歌仔戲包容量可以汲取相關文學和藝術來豐富和提升自身，藉此必能再度融入群眾生活之中。於是，結合同好，在理論上提出了

「精緻歌仔戲」的口號，以實際行動支持明華園《父子情深》和《濟公傳》、新和興的《白蛇傳》和《媽祖傳》，以及河洛歌仔戲《曲判記》和《天鵝宴》、劉南芳的《陳三五娘》等劇碼進入現代劇場。尤其是此次研討會，還專門製作「海峽兩岸歌仔戲聯合實驗劇展」《李娃傳》，其用意就是希望通過實踐，推動歌仔戲的現代化提升，使歌仔戲更上一層樓。此次研討會，曾永義先生在主題發言中專門就「精緻歌仔戲」進行全面的理論闡述，他認為：「……『精緻歌仔戲』是彰顯歌仔戲成熟以後所有的傳統和鄉土的美質，自然的融入當前藝術的思想理念和技法，並切實的調適於現代化劇場，與之相得益彰，能愉悅煥發臺灣人民心靈的地方戲曲，這種臺灣的『地方戲曲』，也將是臺灣的代表劇種……」[2]他在〈臺灣歌仔戲之近況及其因應之道〉一文中提出「精緻歌仔戲」的六大訴求：

（一）講求深刻不俗的主題思想。這是歌仔戲之所以「精緻化」的第一訴求，要滿足現代人觀劇的心理。

（二）情節安排緊湊明快。這是「精緻化」的第二訴求。

（三）排場醒目可觀。現在劇場設備日趨完善，聲光電化富麗堂皇，必然減損演員做表虛擬象徵的藝術特質。舞臺裝置過分繁複會影響排場時空流轉的自如。倘若能夠在充分發揮劇場功能的前提下，使布景和舞臺裝置虛實相濟，以簡御繁，既能妝點排場，又不妨礙表演，且節約製作成本。

（四）語言肖似口吻機趣橫生。所謂「肖似口吻」是「生旦有生旦之曲，淨丑有淨丑之腔」，要充分運用「閩南語的俗語、諺語、成語等豐富多樣性的詞彙來描摹人情。

（五）音樂曲調的多元豐富性，充分發揮歌唱，使歌仔戲名副其實。曲調的選擇，首重聲情詞情的相得益彰，而非生硬套用。

（六）演員技藝的精湛與學養的修為。中國戲曲藝術演進的結果，就是演員為中心的劇場藝術，一個成功的中國戲曲演員，必須集戲曲家、舞蹈

2　曾永義：〈臺灣歌仔戲之近況及其因應之道〉，《海峽兩岸歌仔戲學術研討會論文集》（臺北市：行政院文化建設委員會，1996年），頁12。

家、歌唱家於一身，方能深切體會曲詞的意義情境，透過肢體語言和音樂旋律的詮釋與襯托，淋漓盡致地將思想、情感表達出來。

同時，他也強調：不要忘記歌仔戲即使「精緻化」也要充分展現它的鄉土性格，因此語言和音樂方面要格外充實的展現其共鳴的感染力。

從曾永義先生的主題發言，我們不難看出此次研討會的深遠意義，就是集合兩岸同仁，面對歌仔戲的現狀，提出怎麼薪傳，怎麼順應時代的要求，怎麼發展。同時借鑒兩岸的經驗，繼往開來，共同探討新時期兩岸歌仔戲的發展之路。

在「兩岸歌仔戲的共生共榮」座談會上，作為主持人，曾永義先生拋出四個議題：

（一）臺灣不同類型的歌仔戲如何使它們各得其所，發揮各自的功能意義以展現歌仔戲的多樣面貌，如何在現代廣大群眾中重新立足？

（二）福建歌仔戲目前情況如何，大陸政府有何因應之道和政策來維護發揚？

（三）歌仔戲現代化精緻化會遭遇到何種難題？如何才是正確的路途？

（四）海峽兩岸如何建立良好的合作交流？

臺灣影響廣泛的明華園戲劇團陳勝福團長，直面臺灣歌仔戲人才斷層和缺乏劇本創作的問題；臺灣歌仔戲導演石文戶針對演員表演功力的流失，演員缺乏學習的環境表示擔憂；漳州薌劇團作曲陳彬從大陸文藝政策「兩條腿走路」，介紹了大陸專業劇團和民間職業劇團的管理辦法，國家財政對專業劇團的支持，以保證團員維持生活水平和劇團的生存；臺灣歌仔戲學者兼編劇劉南芳則從兩岸歌仔戲的生存狀況，談臺灣歌仔戲精緻化所遭遇的困難。她認為兩岸歌仔戲的差別在於，大陸自二十世紀五〇年代就摒棄了幕表戲的方式，採用定型劇本的演出方式，臺灣依舊是演員即興發揮的幕表戲。大陸歌仔戲早就開始從事精緻化、現代化的要求，而臺灣歌仔戲要走向現代、精緻化，面臨的劇本和音樂的突破，傳統幕表戲或連本戲無法適應現代劇場，又缺乏編劇人才是根本原因。劇本是戲劇最基礎的關鍵，如果沒辦法突破，就難於達到精緻化。

令人振奮的是，對於「歌仔戲的現代化」，兩岸學者都秉持同樣的理念「一定要改良」。在「歌仔戲的薪傳與現代化」座談會上，新和興歌劇團團長江清柳以他長期在基層演出的經驗強調，歌仔戲現代化要從各方面著手改良，修正不合時代需求的部分，才能吸引現代觀眾；電視歌仔戲明星葉青小姐也認為，學養不足是無法提升歌仔戲的內涵。沒有劇本，全憑即興演出，哪裡談得上什麼內容。為了迎合觀眾，語言不堪入耳，歌仔戲怎能不被人看輕。歌仔戲的現代化必須朝著提升藝術境界的方向努力；集編導演於一身的明華園陳勝國先生認為，歌仔戲要精緻化，演員必須要有手眼身法步、唱做念打的精練技藝。把舊有劇碼不合理的東西進行重新整理，以新的方式詮釋，賦予老戲新的生命；廈門市歌仔戲劇團導演黃卿偉先生指出，現代化是歌仔戲必定要走的路，歌仔戲必須有年輕一輩的觀眾，唯有現代化，傳統戲曲才能繼續發展下去。

如果把一九九五年研討會提出的「歌仔戲精緻化與現代化」，看作是歌仔戲新征程的宣言，那麼，在此之後的前進路途中，歌仔戲的精緻化和現代化成為兩岸共同的理念和目標。現代劇場歌仔戲的發展，可以說是「突飛猛進」，觀念、意識、審美及技藝，都隨著時代的變化而變化。其作品的內涵深度、美學品質的提升，藝術質量的提高、製作手段的現代化、以及宣傳策略、行銷手段全方位得到推進。歌仔戲作品進入「大劇院」演出，成為衡量一個劇團實力、一個團隊的創作活力和一部作品影響力的標準。大量具有現代意識和精緻製作的作品湧入「大劇院」，不僅整體提升了歌仔戲的品質，也提升了整體歌仔戲的生態，改變文化人固有對歌仔戲的偏見。歌仔戲不再是「低俗粗野」的娛樂，進劇院看歌仔戲成為一種時尚。而從政策層面上來看，臺灣出臺的表演藝術團隊的扶持計畫，不但有利於精緻歌仔戲的發展，也推動歌仔戲劇團朝著歌仔戲的精緻化看齊，也形成了一種良性的循環，越是精緻和現代化的製作，越能吸引觀眾，票房也就越好。因為有較大的前景和成就，年輕的編劇人才和音樂人才就會不斷地湧入歌仔戲創作隊伍。

四　研討會對歌仔戲學科建設的推動

　　赴臺之前，我們一直以為福建對傳統藝術的研究有一定的歷史與優勢，因為我們經歷過二十世紀五〇年代和八〇年代兩次自上而下對傳統藝術進行全面的記錄與整理工作，培養了一大批傳統藝術研究工作者，設置了國家、省、市三級研究機構，每個地市有專門的戲曲藝術研究所，從事戲曲藝術創作與研究工作。然而，三天的研討會，讓我們感到驚訝的是，參加會議的臺灣近五十位主講人、討論人、主持人、引言人中，有二十九位是來自臺灣各大學的教授和講師。臺方九篇論文全部出自大學教授、博士和碩士生之手。更讓我們感到意外的是，到會聽講的學者、教授、大學生、研究生和博士生竟達兩百多人，以年輕學子居多。十場研討會，每一場都引起大家的關注和討論。這樣的場面，讓我們開始關注起臺灣對傳統藝術的覺醒，以及如歌仔戲這般過去被文化人所鄙視的傳統藝術，已經走入大學的殿堂，成為年輕一代學子所研究的對象。

　　傳統藝術能夠逐漸受到文化人的重視，進入臺灣的高校殿堂，應該感謝許常惠、曾永義、邱坤良等一批學者，以及志同道合者如「中華民俗基金會」，是他們率先身體力行把「傳統文化」引入高校，引入學術研究，開設傳統藝術講堂，招收研究生，舉辦各種傳統藝術講座與研習，並帶領學生進行各種民間藝術的田野調查，展開了各種研究、推廣和提高工作。以曾永義先生為例，至一九九四年，臺灣培養了十名以歌仔戲為研究方向的碩士研究生，過半數為曾永義先生指導的，這些學生不但具有厚實的學術基礎，而且改變以往書齋式的書生格局，培育了相當活脫的策劃與組織能力，能夠參與並引領業界的理論與實踐。從此次會議的行政團隊，就可以看出這些學生的能力和活力。多名學生不僅拿出厚實的論文參與研討，如劉南芳同時承擔了「海峽兩岸歌仔戲聯合實驗劇展」《李娃傳》的編劇與製作。給大陸學者留下深刻印象的是，如此大規模的活動，具體的行政工作全由學生來操作，足見曾永義先生及基金會的用心良苦，完全可以看作是歌仔戲學科建設的傳幫帶。

　　相比之下，那時候的大陸高校，在觀念上對傳統藝術還是有相當的歧見，許多高校雖然開設戲劇專業方向的研究生培養，但大多侷限於古典、文本的研究，還鮮有對民間藝術投入關注的目光，遑論對民間藝術進行「田野調查」，所以，還沒有出現專門以歌仔戲為專業方向的研究生。許多大學戲劇專業教授，也基本是書齋式的學問，並不參與戲劇的實務與實踐。以此次論文為例，大陸九篇論文，只有一篇出自廈門大學陳世雄教授之手，其他都為戲曲研究機構的專業人員。面對如此眾多的年輕研究者，大陸學者不能不為之觸動，也切身感受到重視歌仔戲的學科建設，無形當中提高了歌仔戲的社會地位和研究價值；借助學科的建設，利用學者的學識和理論的支持，來影響官方、社會，引領全社會都來關注傳統藝術的自覺與生態的培育，使歌仔戲的傳承與保護成為全民意識；將學科建設納入高校的教育體系，不僅可以擴大年輕人對傳統藝術的興趣，而且可以源源不斷地培養專業研究人才，有利於歌仔戲理論和實踐的發展；學科建設可以培養一批高水平的理論隊伍，以理論指導實踐，有利於從民間成長起來的歌仔戲茁壯成長。

　　廈門大學陳世雄教授在之後撰寫的論文〈試論海峽兩岸歌仔戲研究中的十個問題〉中，不無感歎地說：

> ……如今，歌仔戲研究已經成為臺灣許多大學教學與科研的組成部分，從而形成了不斷更新研究課題、擴大研究隊伍的機制。而在大陸，歌仔戲研究主要是由漳州、廈門的戲劇研究所和藝校承擔的，大學教授參與歌仔戲研究的為數甚少，還沒有形成培養歌仔戲高層次研究人才的機制。雖然廈門大學已經開始和廈門市臺灣藝術研究所聯合培養以歌仔戲為研究方向的碩士生，但廈大招生面向全國，懂閩南話又有志於歌仔戲研究的學生至今只招到一名。地市戲劇研究所的年輕人中也有希望讀研究生的，可是又擔心自己的英語水平太低。所以，近期內還是難以從根本上改變局面……[3]

3　陳世雄：〈試論海峽兩岸歌仔戲研究中的十個問題〉，臺灣《表演藝術》雜誌2001年第10期、第11期連載，臺灣表演藝術中心出版。

　　令人鼓舞的是，隨著兩岸對傳統藝術的日益重視，兩岸傳統藝術的生態得到重建，歌仔戲的研究日漸成為兩岸的顯學，吸引了眾多年輕人的參與。臺灣源源不斷的有新生加入研究隊伍，大陸的廈門大學、福建師大、集美大學、漳州師院等高校也陸續招收歌仔戲研究方向的碩博生。而《歌仔戲史》（陳耕、曾學文）、《閩臺歌仔戲之比較研究》（楊馥菱）等大量的研究成果不斷湧現。我個人甚至認為，在中國三百多個地方戲曲劇種中，歌仔戲的研究成果堪稱豐富，與實踐的結合最為密切。

　　此次會議最令人振奮的莫過於大陸學者陳耕提出，獲得與會兩岸學者一致支持的倡議——兩岸每兩年輪流舉辦一次歌仔戲學術研討會。此倡儀在日後獲得了雙方的積極推進，確確實實地推動了兩岸歌仔戲理論和實踐的飛速發展。

　　一九九七年，在廈門召開了「海峽兩岸歌仔戲創作研討會」，以劇本、音樂、編導、表演和舞臺美術等創作議題為主軸，並以折子戲聯演展現兩岸歌仔戲表演特點。一批臺灣有影響的歌仔戲名家廖瓊枝、陳美雲、林美香、黃香蓮、小咪、許亞芬應邀到廈門參加交流演出。可喜的是，由曾永義先生培養成長，以蔡欣欣、劉南芳為首的一群女弟子，接過曾永義先生手中接力捧，揮斥方遒，歌仔戲學科建設中最重要的人才培養立竿見影。

　　一九九九年，將兩岸歌仔戲學術活動，擴大至東南亞歌仔戲傳播重鎮新加坡舉行，探究了三地歌仔戲的藝術生態和文化交流，不僅擴大了歌仔戲的學術視野，也將在新加坡積極推動歌仔戲傳播的從業人員和研究者納入到歌仔戲交流隊伍和研究隊伍之中。此次活動的力推者和組織者，依然是臺北市現代戲曲文教協會蔡欣欣和劉南芳等一撥曾永義先生的女弟子。

　　二○○一年，跨入新世紀，一場規模浩大，跨越兩岸的「百年歌仔——2001年海峽兩岸歌仔戲交流發展研討會」在海峽兩岸延伸，由臺灣開幕，廈門閉幕，跨越臺北、宜蘭、漳州、廈門。以劇場變遷、劇碼作品和音樂唱腔為研討主題，並設計了豐富多彩的演出劇碼，有「精緻歌仔戲之夜」臺灣河洛歌仔戲團演出的《秋風辭》、蘭陽戲劇團的《吉人天相》、廈門市歌仔戲劇團演出的《白鷺女神》、漳州薌劇團演出的《壽陽公主》，「外臺經典歌仔戲

之夜」臺灣明華園戲劇團演出的《蓬萊大仙》,「外臺古冊歌仔戲之夜」陳美雲歌劇團演出《顏春敏打鑾駕》,「漳州民間歌仔戲之夜」芳苑薌劇團演出《二度梅》,「新世代青年之夜──兩岸青年匯演」,「傳統折子戲之夜──兩岸名家專場」,漳州薌劇折子戲專場、臺灣折子戲專場、廈門歌仔戲折子戲專場,還有明星、明家薈萃的開幕演出《百年歌仔情》。此次研討會由蔡欣欣教授擔任執行長的「廖瓊枝歌仔戲文教基金會」承辦。

二〇〇三年一場突如其來的「非典」肆虐兩岸,一切活動暫停,但廈門並沒有停歇腳步,而是在醞釀一場更大規模、提升層次及影響力的兩岸歌仔戲活動。二〇〇四年「海峽兩岸歌仔戲藝術節」在廈門舉辦,雖然此階段臺灣政局處處掣肘兩岸的藝文交流,但藝術節獲得了曾永義先生的鼎力相助。他不被時局所左右,而是在行政部門經費支援極為困難的情況下,再一次登高一呼,中華民俗藝術基金會攜手有志於兩岸交流的明華園戲劇團陳勝福團長、臺灣戲劇學院鄭榮興校長,率領臺灣明華園歌仔戲團、一心歌劇團、臺灣戲曲學院及學者共一百〇八人,克難前往廈門。為了節省旅費與人貨繞道香港的困頓,曾永義率團突破臺灣相關限制,從「金廈小三通」直達廈門,成為臺灣第一個突破「小三通」禁令的藝文團隊,再次寫下兩岸交流的歷史記錄。

藝術節以「歌仔戲在現代社會的生存與發展」為主題,來自中國藝術研究院等兩岸學者提交了三十篇論文,是歷屆論文數量最多的一次。從兩岸歌仔戲的生存與發展情況、兩岸歌仔戲的形態研究、歌仔戲的音樂研究、兩岸歌仔戲的創作等問題,聚焦兩岸歌仔戲當代所面臨的問題並提出發展的路徑。來自兩岸的歌仔戲劇團給大陸觀眾呈現了不同風格的精緻大戲《蓬萊大仙》、《專諸刺王僚》、《邵江海》、《西施與伍員》、《楊家巧媳》、《白蛇傳》等劇碼,折子戲專場,民間歌仔戲專場,兩岸名家連袂演出的「名家專場」。更令人矚目的是,藝術節第一次舉辦了兩岸歌仔戲青年演員比賽,由兩岸評委評選出「海峽兩岸歌仔戲十佳優秀青年演員」,以及首次匯集海峽兩岸歌仔戲發展歷史的照片,舉辦了「海峽兩岸歌仔戲圖片展」。

二〇〇六年,一場開啟歌仔戲新鮮活力及新生代的「華人歌仔戲創作藝

術節」，繼續由蔡欣欣策劃，「廖瓊枝歌仔戲文教基金會」承辦。這是一場以臺北、廈門和新加坡三個國際性城市為對話，採用同題創作為比較，以「淬煉傳統、戲弄經典、當代創新、城市對望」為理念，來觀察傳統歌仔戲在現代都市的發展及未來的趨勢，吸引無數年輕觀眾。這也是兩岸歌仔戲交流以來，大陸赴臺參與研討會和展演人數最多的一次，廈門市歌仔戲劇團演職員及專家、學者、媒體記者一共87人赴台參加。在「古戲新詮」板塊中，臺北、廈門、新加坡三地不謀而合全都選擇「冤情是海」的古情戲。廈門的《竇娥冤》、臺北的《金水橋畔》和新加坡的《玉堂春》；在「戲弄經典」板塊中，臺灣二臺傳統三小戲《張古董租妻》、《重逢鯉魚潭》和二臺實驗劇《飛娥洞》、《兩個時代》分別由明華園天字團、陳美雲歌仔戲團，以及大學生、碩士和博士生組成的春風歌劇團和納豆劇團演出，觀念、風格、走向、實驗方式各不相同。廈門市歌仔戲劇團則以搬演傳統歌仔戲重編的《樓臺會》和實驗性很強的《孟姜女哭長城》，呈現傳統與現代的不同面貌。新加坡戲曲學院師生演出了傳統戲《聶小倩》和現代戲《黃金萬兩》。面對風格各異的實踐，在「劇藝論壇」中，改變過去學術研討停留於歷史和現狀的論述，而是你的戲我來點評，我的戲你來點評，面對傳統歌仔戲在當代都市怎麼發展，兩岸「唇槍舌劍」。

二〇〇八年，一場別開生面、吸引無數音樂愛好者的歌仔戲交響音樂會，在廈門拉開了「海峽兩岸民間藝術節暨歌仔戲展演」的序幕，臺灣人氣旺盛的唐美雲、許亞芬與廈門的梅花獎演員蘇燕蓉，文華獎演員鄭惠兵，金牌演員莊碧芳、王志斌，以交響樂伴奏、鋼琴伴奏、二重唱、清唱等形式，演唱了風格各異的歌仔戲新曲；大廣弦、月琴雙重協奏曲《大廣弦與海》、管弦樂組曲《歌仔印象》則讓人領略了土洋結合的新面貌，可謂是「古樂新韻」。由廈門發起，邀請兩岸作曲家江松明、朱偉捷、鄭超英、鍾樺、劉文亮、莊笛煜等人，以傳統歌仔戲現代實踐的多種可能性，展示了兩岸在歌仔戲當代音樂發展上的大膽嘗試。歌仔戲展演與學術研討，廈門歌仔戲劇團再次以小劇場《荷塘夢》展開兩岸當代歌仔戲新實驗的對話，臺灣一心歌劇團的《鬼駙馬》、漳州薌劇團的《保嬰記》、廈門藝術學校的《九龍與水仙》等

劇碼,以不同形式的歌仔戲,展示海峽兩岸「當代歌仔戲的多種追求」,探討「傳統歌仔戲現代實踐的多種可能性」,同時再次開啟「兩岸合作」的議題。廈門市歌仔戲劇團與臺灣唐美雲戲劇團舉行了合作創排歌仔戲《蝴蝶之戀》的簽約儀式,可以看作是一九九五年研討會之後兩岸歌仔戲發展的一次全面諦覽,它開啟了兩岸歌仔戲交流的新時代。

二〇一〇年,原本應由臺灣承辦的歌仔戲學術研討會,由於臺灣各方面因素及經費的制約,無人接捧,但曾永義先生及弟子蔡欣欣等臺灣學界與業界同仁,希望兩岸歌仔戲建立起來的學術和實踐交流能夠繼續延續下去。而二〇一〇年正是臺灣歌仔戲藝術家廖瓊枝女士從藝六十週年,曾永義先生特地為她量身定做了封箱大戲《陶侃賢母》,為廖瓊枝女士的舞臺演藝生涯畫上了圓滿的句號。自一九九〇年廖瓊枝老師第一次應邀到廈門參加「閩臺地方戲曲藝術研討會」後,她便與大陸歌仔戲界結下不解之緣。二十年來,她不斷往返於兩岸,每一次重大的藝術活動都積極參與,而「廖瓊枝歌仔戲文教基金會」則積極擔負起兩岸歌仔戲交流的重任,承辦了二〇〇一年和二〇〇六年二屆的歌仔戲學術研討與展演,並對大陸赴臺演出的歌仔戲劇團給予大力的支持。二〇一〇年正是廖瓊枝女士致力於兩岸歌仔戲交流二十週年,鑒於廖老師為兩岸歌仔戲交流所做出的貢獻,廈門市臺灣藝術研究所認為很有必要也在大陸為她舉辦一場封箱演出,表達大陸對她的敬意。於是,廈門再次攜同「廖瓊枝歌仔戲文教基金會」,以「同生同榮兩岸藝術,承前啟後共話未來」為藝術節的主題,舉辦了《陶侃賢母》封箱之作的演出,同時舉辦了「兩岸歌仔戲的友好使者廖瓊枝 —— 海峽兩岸歌仔戲交流20週年回顧」;錄製了「兩岸歌仔戲的友好使者廖瓊枝」的專題電視片,在廈門衛視播放;在廈門電視臺舉辦了「廖瓊枝戲迷見面會」並在衛視播出;舉辦了《廈門·兩岸——民間藝術交流20週年圖片展》,其中有「兩岸歌仔戲的友好使者廖瓊枝」的專題;還特別策劃了「兩岸薪火相傳」的閉幕晚會,邀請兩岸生旦演員臺灣小咪與大陸蘇燕蓉、臺灣張孟逸與大陸曾振東、臺灣林顯源與大陸鄭婭玲、臺灣曹雅嵐與大陸曾寶珠,連袂排演了《西廂情緣》〈傳柬〉、《別窯》《益春留傘》、《飛越海峽的歌仔戲》等精彩的折子戲,而廖老

師則以一曲《凍水牡丹》為大陸演出畫上了圓滿的句號。此次藝術節還邀請了臺灣新生代春風傳統劇場演出了《雪夜客棧殺人事件》，臺灣洪明雪、洪明秀、陳美雲、林美香、石惠君、呂雪鳳；大陸紀招治、鄭秀琴、張丹、莊必芳、王志斌、陳志明、莊海蓉等演出了「兩岸歌仔戲名家名段專場」。同時，還舉辦了「歌傳兩岸──邵江海歌仔的生命力」，邀請了兩岸「雜碎調」（都馬調）的傳唱者及學者，就「雜碎調」在兩岸的傳播及發展進行研討。廖瓊枝以她的親身經歷，傳遞了「都馬調」在臺灣流傳的情況及其唱法。

歌仔戲是兩岸共生共育的民間藝術，其坎坷的歷史發展過程，複雜的文化生態，緊隨時代變化而衍生的多種樣式，以及劇種開放性的特徵和再生能力，具備了其他劇種所不具備的研究價值，所以，兩年一次的歌仔戲交流研討與實踐展示，好比是兩年一次兩岸歌仔戲藝術創作和學術研究的「檢閱」。它匯集了兩岸歌仔戲界的精英、智慧和力量，呈現了學術研究和舞臺實踐的成果，除了面對面的交流、學習，不乏有兩岸歌仔戲相互之間的「比拚」。正是有這樣的競爭，才讓兩岸歌仔戲學術研究大踏步地推進，歌仔戲的研究隊伍才不斷地壯大，學科建設也才不斷地完善，理論研究也由各自為政拓展到全面合作觀察的層面。

五　研討會奠定了兩岸相互學習與合作的良好基礎

一九九五年兩岸歌仔戲面對面的交流才五年時間，能夠在極短的時間裡推動「海峽兩岸歌仔戲聯合實驗劇展」《李娃傳》的排演，足見曾永義先生的膽識與魄力，開啟了兩岸相互學習與合作的新局面。

兩岸歌仔戲雖然同生共源，但由於花開兩枝，同根藝術有了異樣的發展面貌。《李娃傳》是兩岸第一次主創人員的合作，除了帶給觀眾新鮮感，更多的是兩岸歌仔戲界有了第一次碰撞。正如《李娃傳》編劇、製作人劉南芳所說的：

　　臺灣歌仔戲界在觀賞大陸歌仔戲時，往往不明白對方為何如此演出，

我相信大陸歌仔戲界對臺灣也會存有相同的疑問，所以這次我們合作
演出的原因就是希望能夠進一步了解彼此的表演風格和音樂風格為何
有這麼大的差異？大陸歌仔戲和臺灣歌仔戲雖然同根同源，但現在卻
是如此歧異，那雙方是否還有重新合流的可能性？民國三十七年都馬
班到臺灣把大陸歌仔戲的一些養分成就注入臺灣歌仔戲，而形成一種
自然的交流，可是現在若是期待這樣自然的交流是不切實際的，所以
我們希望藉由人為構想的合作方式，讓兩岸共同工作，使彼此實際了
解對方的成就和問題所在。[4]

作為製作人，劉南芳非常明白借助雙方合作的目的是：

臺灣歌仔戲界向來是靠自己的力量去適應現代社會，而現在政府或有
些專案人員願意參與，但是起步已較晚，有些問題積重難返，必須努
力思考和摸索，在這個摸索的過程中大陸其實是一個相當良好的借
鏡，他們戲劇改革的思想上比我們早一些，所以不論成敗對錯，都累
積了相當的經驗值得我們學習與參考。[5]

通過《李娃傳》的實踐，劉南芳深有感觸地說：

我覺得就是要共同做一些戲，因為很多事情必須真槍實彈的時候才會
了解問題所在……面對面的實務接觸太重要了，理論上的探討可以給
與一些引領的指導方針，但是實務接觸卻可以更增彼此的了解。故兩
岸交流除了你看我我看你的觀摩，應該還有實際的合作，一齊來解決
研究雙方所經驗的難題，一起去面對現代觀眾，共用成功或失敗，才
是真正的共存共榮。[6]

4　郝譽翔整理：〈開出民族藝術之花──「兩岸歌仔戲的共生與共榮」〉，《海峽兩岸歌仔戲
學術研討會論文集》，頁459。

5　郝譽翔整理：〈開出民族藝術之花──「兩岸歌仔戲的共生與共榮」〉，《海峽兩岸歌仔戲
學術研討會論文集》，頁459。

6　郝譽翔整理：〈開出民族藝術之花──「兩岸歌仔戲的共生與共榮」〉，《海峽兩岸歌仔戲
學術研討會論文集》，頁459。

　　可喜的是，一九九五年兩岸共同倡議的兩年一次的交流，為兩岸歌仔戲學界和業界提供了一個相互檢視長短與相互學習的機會，並對未來發展有了相對準確的方向。例如一九九五年「兩岸歌仔戲未來的合作與展望」座談會上，臺灣歌仔戲明星孫翠鳳就曾說到：大陸歌仔戲確實帶給她相當大的刺激，也深刻體悟到臺灣演員的基本功夫確實不及大陸來得扎實。而二〇〇四年海峽兩岸歌仔戲藝術節在廈門舉行的時候，大陸則從臺灣明華園歌仔戲劇團受觀眾喜愛程度，發現臺灣歌仔戲與觀眾情感貼近的演劇方式，尤其年輕觀眾對孫翠鳳的擁躉，讓大陸研究者不得不思考歌仔戲重新獲得年輕人青睞的另一種思路。

　　同樣的，在座談會上臺灣歌仔戲明星唐美雲對兩岸歌仔戲的合作既有期許又有擔憂，當年她心存疑慮地說到：

> 然而合作並不是一件簡單的事情，唐美雲以為雙方文化的差異不容忽視，她首先肯定海峽兩岸合作必定可以擦出火花，不過或許因為背景環境的不同，大陸與臺灣的歌仔戲其實呈現出相當歧異的風貌……[7]

　　二〇〇六年，也就是距離一九九五年首屆歌仔戲學術研討會十年之後，「華人歌仔戲創作藝術節」在臺北舉行。臺灣唐美雲歌仔戲團和廈門市歌仔戲劇團同時承擔了「古戲新詮」同題的創作演出，雙方不謀而合都選擇了「冤情是海」的苦情戲。唐美雲歌仔戲團將《狸貓換太子》進行新詮，廈門將《竇娥冤》重寫。讓雙方詫異的是，在政治背景、社會和生活存在一定差異的臺灣和大陸，思維狀態和使用手段卻是如此的相似。同樣把傳統故事倒敘來做，同樣把一個爛熟的故事用角色的命運追問來嫁接新的理念。唐美雲在看了廈門市歌仔戲劇團的演出之後，也按捺不住激動的心情，雙方點燃了合作的火花。二〇〇八年雙方簽訂了合作備忘錄，並啟動了歌仔戲《蝴蝶之戀》的創作。二〇〇九年《蝴蝶之戀》在「海峽兩岸民間藝術節」與兩岸觀

7　郝譽翔整理：〈激盪民間戲曲的生命力〉，《海峽兩岸歌仔戲學術研討會論文集》，頁484。

眾見面，之後巡演於福州、北京、深圳、臺北、高雄等地，並獲得大陸戲劇最高獎「文華大獎」及「中國戲劇獎・優秀劇碼獎」，也創造了歌仔戲在「兩廳院」售票演出場次最多的成績。唐美雲自己也沒有想到，十年前她所說的「兩岸合作並不是件容易的事，大陸與臺灣的歌仔戲其實呈現出相當歧異的風貌」卻終於走到了一起。這說明了兩岸歌仔戲人在觀念上已經沒有什麼阻礙了，在對待歌仔戲的發展思路和目標是一致，兩岸合作已是水到渠成。《蝴蝶之戀》的合作，比之《李娃傳》又向前跨越了一大步，不僅僅是主創人員的合作，而是主創與演員的全面合作，是海峽兩岸兩個有影響劇團之間的合作。

兩岸合作是兩岸歌仔戲迴避不了的共同課題，兩岸歌仔戲因為歷史的原因，在發展道路上有了各自的路徑與特點，也才構成兩岸歌仔戲的豐富性和再生能力。在對待合作的態度上，《蝴蝶之戀》本著尊重對方、求同存異，發揮各自特點、優勢和風格的原則。例如在表演上，讓大陸和臺灣演員按各自的表演方式出發；在唱腔上，發揮各自的唱腔風格，語言上個別詞句，按各自的習慣用語表達。也應驗、證明了一九九五年許多學者對未來雙方合作所期許的那樣，如曾永義先生說的：「兩岸合作交流，基本原則是應該對兩邊的現狀有所了解，然後才能各取所長，各補所短。可以透過學術會議來發現問題和增進了解，而通過實際的合作來研究解決雙方所經驗的問題。」《李娃傳》的導演之一黃以功不否認他與大陸導演在觀念上和審美上的差異，但認為：「兩岸要交流，但不要同流，要求大同存小異，這樣才能多樣化，才會發展。」正因為一九九五年的研討會對未來合作的方向雙方有比較一致的觀念，《蝴蝶之戀》的合作才能獲得較大的成功。

一九九五年《李娃傳》為兩岸的合作開了一個好頭，編劇劉南芳曾經說過：「兩岸的合作，必須尊重彼此的心態，要有對話的機會，不要分誰優誰劣。這次我們合作演出的原因，就是希望能夠進一步了解彼此的表演風格和音樂特點的差異。兩岸的合作要共同做一些戲，因為很多事情必須真槍實彈的時候，才會了解問題的所在。」可喜的是，十年後的《蝴蝶之戀》在真槍實彈的演練中，雙方更加懂得以欣賞的眼光去發現、尊重彼此的差異和優

點，同時，也會不自覺地學習對方的長處。大陸演員從臺灣演員身上學到了那種由內而外、自然表演、重塑造角色的方式；臺灣演員則從大陸演員的表演中不知不覺地增加動作性。無論是臺上經驗的傳遞，還是角色之間的模仿，經由不同的經驗碰發出來的火花，激起了各自無限的創造力。

六　結語

　　歷史過後才知定位，一九九五年首屆海峽兩岸歌仔戲學術研討會，是海峽兩岸歌仔戲交流一個重要的里程碑，它是兩岸歌仔戲有史以來第一次在臺灣召開、由兩岸學者共同參與的學術研討會，也是兩岸隔絕三十八年、臺灣開放赴大陸探親八年之後，第一批大陸歌仔戲學者赴臺進行的學術交流，可謂是空前。此次研討會開闢了兩岸歌仔戲學術研究、實踐發展的康莊大道，攜手共同推動了歌仔戲的學科建設，並開啟了兩岸合作的先河。尤其是兩岸共同倡議二年一屆的歌仔戲學術研討，對推動之後兩岸歌仔戲的交流與發展，起了積極的作用。

　　而此次研討會能夠成功順利地舉辦，與曾永義先生的積極推動、前瞻性的思維和影響力、號召力密不可分。他提出的「精緻歌仔戲」的理論，策劃的兩岸實驗劇展《李娃傳》的合作，以及「兩岸歌仔戲的共生與共榮」、「歌仔戲的薪傳與現代化」、「兩岸歌仔戲交流合作之展望」三場座談會，凝聚了兩岸的共識與力量，為之後兩岸歌仔戲的交流、學習與合作奠定了良好基礎。「同根同氣論談鄉土劇，共生共榮開啟藝術花」是曾永義先生為大會所撰寫的對聯，既是迎客的真摯，也是此次研討會的主題，更是後來貫穿海峽兩岸歌仔戲發展的主軸。為此，我們應該感謝曾永義先生為兩岸歌仔戲的發展所做出的積極貢獻！

傀儡戲溯源
──兼議曾永義先生偶戲研究之貢獻

葉明生*

一　偶戲文獻研究的總結

　　中國傀儡戲自漢代形成以來，已有兩千多年歷史了。歷史上有傀儡戲、木人戲、木偶戲、偶戲等名稱，雖然這種傳統戲劇藝術具有悠久歷史和極其珍貴的文化遺產價值，但在儒家社會中，它被視為末技小道，真正關注它的人並不多，直至民國初以來才出現有關它的研究，二十世紀七〇年代後，它才被作為一門藝術學科受到文化藝術界的關注，並出現很多的研究成果。

　　但相對其他藝術學科而言，傀儡戲研究的進展相對滯後，存在的問題有兩方面，一是缺乏完善的傀儡戲文獻系統，二是沒有完整的中國傀儡戲史著作。而中國傀儡戲史的編撰是建立於傀儡戲文獻系統基礎上，此正為中國木偶戲研究最薄弱環節。曾永義先生對此問題早有認識，他在〈中國歷代偶戲考述〉一文中指出：「對於偶戲之研究，前輩時賢雖有所論，然尚未有對其相關文獻作全面考述者。」因此他希望通過文獻的梳理，「擷取諸家之長，參以己見，以歷代文獻資料為主要憑藉，對中國偶戲作整體性的探討，鳥瞰

＊　福建省壽寧縣人，福建省藝術研究院研究員。兼任中山大學中國非物質文化遺產研究中心研究員；福建師範大學社會歷史學院宗教學碩士生導師、福建師範大學博士後交流站導師；香港中文大學中國研究中心兼職博士生導師；福建省非物質文化遺產專家評審委員會委員；聯合國教科文組織國際木偶聯合大會專家委員會委員。

其發展之脈絡,並就諸家爭議之處嘗試作較合理之判定。」[1]〈中國歷代偶戲考述〉(上、下),是曾永義先生對於偶戲研究的重要作品,該文刊於二〇一〇年十二月國立臺灣戲曲學院《戲曲學報》第七期、第八期,該文的特點有三:

其一,對中國偶戲按歷史朝代序列系統考述

曾先生〈中國歷代偶戲考述〉一文為大篇幅論文,因雜誌分期發表而分為上下篇,對傀儡戲(包括提線傀儡戲、杖頭傀儡戲等種類)、皮影戲、布袋戲三種偶戲源流的進門縷析。上篇為傀儡與傀儡戲的起源、唐以前的傀儡百戲、唐代的傀儡戲、兩宋的偶戲、影戲之淵源五個章節,下篇以為元明清傀儡戲、元明清的影戲、布袋戲之來源等三個章節。其文章並不算長,但以歷代文獻為引領,條理清晰,使人在很短的時間內基本認識中國偶戲源流和發展脈絡,並對其有一個總體的了解和把握,對研究中國傀儡戲史者有啟迪作用。

曾先生的〈中國歷代偶戲考述〉,把「傀儡與傀儡戲的起源」放在第一節加以重點討論,是有其學術見地之舉。我國自二十世紀三〇年代以來,東西方交化交流,促進了許多仁人志士留學歸來,放下書生氣,開始研究我國的神話、民俗、民間信仰及民間藝術,打破沉悶的國學牢籠,開啟探討前人未能關注的學科領域,使文化學術界開始活躍起來,這期間也出現了許多研究戲劇及傀儡戲的著作和文章,其中孫楷第先生的《傀儡戲考原》,是我國研究傀儡戲的第一本專著,即是這一時期的代表作。

然而,很長一段時間以來,傀儡戲被一些學者認上了「遠祖」、「外祖」,造成中國傀儡戲歷史源流之混亂,其影響在其時對中國傀儡戲的源流問題認識極其模糊,也產生中國傀儡戲「傳自印度」、或「產自西亞希臘」之說,其影響在國內一些高校至今未泯。其時持「傀儡外來說」者,多是些留學海外歸來的新派學者,他們通過一些海外見聞或閱讀外人的文章中,對

---

1 曾永義:〈中國歷代偶戲考述〉(上),載臺灣戲曲學院《戲曲學報》第7期(2010年12月),頁5。

外國傀儡有了一點認識，於是便成為中國傀儡源流的「發現者」，在未經中外傀儡戲嚴格比較、認真調查情況下，便輕易地下定論。「五四」運動之後，反封建學潮也夾雜著一股反傳統文化的現象產生，同時又出現西學東漸所帶來的民族文化的自我否定現象。正如佟晶心先生所指出的：

> 中國年來因傾向西洋文明，一切中國舊有藝術，青年人早已不放在眼裡。因此中國固有的藝術不但不能因吸收西洋文明而更昌明，反因吸收西洋文明而自形衰退。[2]

當時在一些隨之風起的學者中，也有一些文化人，或對藝術學科研究缺乏科學態度的學人，不懂戲劇、不懂傀儡戲、不考中國文獻、不作調查研究，在對本土文化毫無研究、對研究對象毫無專業把握的情況下，僅憑其所學專業範圍及對研究對象的一知半解，片面套用許多推理和假說，隨意地大談中國傀儡戲源流問題，在海內外造成不良影響。曾永義教授在力駁「中國傀儡有傳自西歐的可能」的觀點時說：

> 其一，孔子所論及的「俑」已是有機發可以活動的偶人。其二，傀儡與先秦的方相氏和驅儺有密切關係。其三，西漢傀儡已用為喪家之樂和嘉會之樂。其四，傀儡的製作起碼在漢代已極為精妙。其五，文化之發生，不必經由一源傳承，有時亦可多源並起。因此，縱然西方傀儡有早於中國之可能，但以其毫無傳承之證據與線索，我們就無須捉風捕影去建立「外來說」；何況中國之「俑」、「大桃人」與「方相氏」之「儺」，其時代未必晚於希臘！[3]

我完全同意曾先生「文化之發生，不必經由一源傳承，有時亦可多源並起。因此，縱然西方傀儡有早於中國之可能，但以其毫無傳承之證據與線索，我們就無須捉風捕影去建立『外來說』。」的意見。在探討任何文化藝術的傳

2　佟晶心：《中國傀儡劇考》，《劇學月刊》第三卷第十期（1934年10月），頁11。
3　曾永義：〈中國歷代偶戲考述〉（上），載臺灣戲曲學院《戲曲學報》第7期（2010年12月），頁13。

播時，都應有「傳承之證據與線索」為依據，力求客觀、科學與真實，以免猜測和以訛傳訛。

凡治《中國傀儡戲史》者，在敘述傀儡戲的發生與起源問題，都會面臨《列子》一書「偃師木人」的引用問題。歷史以來，一些有影響的經學家如宋代高似孫、黃震諸人，以及當代馬敘倫、錢鍾書等著名學者皆指其為「偽書」。其被指「偽」的原因除了說其乃魏晉之作與先秦著述思想、文風有差距外，主要的理由是說它與晉時梵僧竺法護《生經》中木人故事相同，不少學者疑從該經竊取而來。但是學術的爭鳴是必要的，近年來已有一些學者對於「《列子》偽書說」存有疑義，並對《列子》和《生經》進行比較研究後，對「偃師木人」亦提出新的觀點和有說服力的辨解。

有關《列子》與《生經》之機關木人問題的比較研究，據臺灣學者蕭登福先生考證認為，不是《列子》竊《生經》，而是《生經》襲《列子》。他在《道家道教影響下的佛教經籍》一文中說道，他原先「誤以為《列子》抄襲《生經》，主要原因是因為佛經都是翻譯而來」，但經十餘年不斷閱讀經藏，陸續發現佛經中滲有中國古典及民俗思想，甚至道教星斗崇拜及符籙咒印的情形，發現了「是佛經傳譯者抄襲援引中土事物，而不是中土古籍抄襲佛經。」他以有力的論證揭開這個歷史謎團之面紗，給人以歷史真相。其文稱：

> 因而以機關木人而言；東漢支婁迦讖的簡短敘述，僅在說明木人無思考能力者，應是佛經原貌；而西晉竺法護的詳細描述木人歌舞情形，及因色視夫人被分解等細節，則當是將中土文人所熟知的《列子》故事援引入相近的佛教譬喻中，來豐富它的內涵。《列子》所言周穆王時，偃師獻木人事，在中土一直流傳不絕，如晉·王嘉《拾遺記》、梁元帝《金樓子》、《太平御覽》等書，都有偃師木人故事的敘述，只是詳略有別；這些故事都不說是出自《生經》，可見機關木人的故事，是佛經譯者借《列子》書相近的故事以為鋪敘。[4]

---

4 蕭登福：《道家道教影響下的佛教經籍》（臺北市：新文豐出版公司，2005年），第一章壹參條東漢·支婁迦讖譯：《道行般若經》二，頁61-72。

　　對於「偃師木人」事，曾永義先生認為：「此經為西晉三藏竺法護所譯，其時代與偃師事相近。此二事季氏以佛典為源頭，但中國傀儡源於先秦之『俑』，俑已見『機發』；漢代之傀儡，有田野考古為證，又有下文所述喪家與嘉會之運用，魏晉以降至於隋唐其製作之精巧，屢見記載，則偃師之工致雖不必信其為周穆王之時，但晉人之藝術能及於此，則極為可能。」[5]同樣，他認為「總起來說，傀儡木偶源於古代喪葬之俑，殆無疑義，其用『大桃人』與戴面具之『方相氏』以辟邪，亦由俑延伸引發而來。這也是杜佑所以說傀儡本為喪家樂的緣故。而證以文獻與考古發掘，西漢已用傀儡於喪葬亦屬可信；至若偃師之說，雖屬絕妙，但證以《列子》著作時代，亦不無可能。」[6]其對中國傀儡戲源流的的觀點比較客觀，有自己的學術見地。

　　其二，文章的表述以文獻說話

　　在《歷代偶戲的考述》中，無論對哪一個歷史時期的、或哪一類傀儡戲的論述，基本上都以當代文獻為依據進行討論，參考其他學者研究成果，最後附以己見。大部分資料出處清晰明確，有些資料引自元明戲曲作品為其所發見外，其對偶戲文獻的挖掘是顯而易知的。努力做到參照前人「以歷代文獻資料為主要憑藉，對中國偶戲作整體性的探討」，而用以解決「諸家爭論未決之問題」。故其文沒有太多的推理和臆性表述，敘述多能簡潔明瞭，準確到位。文中有許多成功之例，現列其中一則以說明之。如在唐詩中有不少詠傀儡戲的詩，如其中詠「老人」的就有三首。其詩有：

　　唐玄宗天寶中（742-756）梁鍠〈詠木老人〉詩（一題作〈傀儡吟〉）
　　云：刻木牽絲作老翁，雞皮鶴髮與真同。須臾弄罷寂無事，還似人生
　　一夢中。[7]

5　曾永義：〈中國歷代偶戲考述〉（上），國立臺灣戲曲學院《戲曲學報》第7期（2010年6月），頁13。

6　曾永義：〈中國歷代偶戲考述〉（上），國立臺灣戲曲學院《戲曲學報》第7期（2010年6月），頁14。

7　唐‧梁鍠（一作鍾）：〈詠木老人〉詩，見《全唐詩》（北京市：中華書局，1960年），冊1，卷3，頁42。

顧況（725左右-814前後，約生於唐玄宗開元十三年，卒於憲宗元和九年）〈越中席上看弄老人〉詩云：不到山陰十二春，會中相見白頭新。此生不復為年少，今日從他弄老人。[8]

盧綸（773前後，約唐代宗大曆中在世）〈焦籬店醉題時看弄郃翁伯〉云：洛下渠頭百卉新，滿筵歌笑獨傷春。何須更弄郃翁伯，即我此身如此人。[9]

上引三首唐詩中的「弄老人」，通常人們都把它作為歌舞百戲節目加以論述，而曾永義先生認為這是有「人世百態」和「可感可嘆可欣喜可惆悵之故事」的傀儡戲劇目。他在文中說道：

> 劇中之人名郃翁伯，顯然亦係《弄老人》。由這些詩也可以概見唐代「刻木牽絲」之懸絲傀儡戲盛行。總起來說，唐代不止庶民百姓，即大官貴人君王亦皆嗜之實深。而其流行之地，見諸以上記載者，高陵、維揚、湘中、浙西、淮南、西川、越中、洛下等地不一而足，可見幾於全國。而懸絲傀儡戲之代表人物，北齊謂之郭禿，唐人謂之郭公，其稱「公」固為尊稱，亦見其老邁，因之轉為「老人」，而或稱之「郃翁伯」，名稱雖異，實質則未改變。又從唐梁鍠詩與蜀後主王衍之感慨語，皆可見「弄傀儡」之劇情必及人世百態，易使人產生無常之感，則絕非歌舞百戲性質，其由郭禿、郭公轉為老人、郃翁伯當不止為引歌舞之滑稽詼諧，應進而演出人生社會、傳說歷史等令人可感可嘆可欣喜可惆悵之故事。[10]

由於筆者認可曾先生對《弄老人》為唐傀儡戲劇目的分析和判斷，故在拙著《中國傀儡戲史》中，將其列入唐傀儡戲劇目中。

8　唐・顧況：〈越中席上看弄老人〉，見《全唐詩》，冊1，卷267，頁29、42。

9　唐・盧綸：〈焦籬店醉題時看弄郃翁伯〉，見《全唐詩》，冊9，卷279，頁3176。

10　曾永義：〈中國歷代偶戲考述〉（上）臺灣戲曲學院《戲曲學報》第七期（2010年12月），頁23-24。

其三，客觀判斷偶戲、傀儡戲中的形態歸屬問題

對於古代傀儡戲文獻的分析方面，曾先生的〈中國歷代偶戲考述〉亦有其獨到之見解。如在宋人文獻中出現「肉傀儡」形式，至於「肉傀儡」為北宋汴京所未見，南宋寓灌圃耐得翁《都城紀勝》特別注明「以小兒後生輩為之」。[11] 但就這種傀儡的形態問題因缺乏更多文獻印證和實證比較，故後人難悉其詳，導致眾說紛紜，使人莫衷一是。其中最具影響力的是孫楷第《傀儡戲考原》謂「以大人擎小兒，使效木人活動之狀。」[12] 此被解釋為類似福建沙縣的肩膀上站兒童妝扮的「肩膀戲」，或福建福鼎縣的人背鐵枝上的彩妝兒童的「鐵枝戲」和廣東吳川縣的「飄色」；另一位則是董每戡《說劇》中所說「肉傀儡即今福建所稱之『布袋戲』」。其理由是布袋戲以人的手來演的，所以稱「肉傀儡」。其說十分牽強，屬隨意性猜測而已。而曾先生〈中國歷代偶戲考述〉中論道：

> 清雍正間仙遊縣人鄭得來所纂《連江里志》謂「蔡太師作壽日，優人獻技，有客以絲繫僮子四肢，為肉頭傀儡戲，觀者以為不祥。」所云蔡太師即蔡京，北宋末福建興化府仙遊縣人。若所記可信，則肉傀儡在北宋已存在，而其演出情況以絲繫僮子四肢操作，則將僮子視作偶人，正說明了所以稱作「肉傀儡」的緣故。對此，著者在〈梨園戲之淵源形成及其所蘊含之古樂古劇成分〉中[13]，引劉浩然之說，謂當如泉州小梨園之「提蘇」，意即以孩童模擬傀儡的動作演出，所云亦與鄭氏之說近似。孫楷第《傀儡戲考原》謂「以大人擎小兒，使效木人活動之狀。」[14] 使小兒效木人活動之狀得其實，但並非以大人擎之。對此，董每戡《說劇》[15] 辨之，謂孫氏所云，《夢粱錄》已明說係

---

11 宋·寓灌圃耐得翁：《都城紀勝瓦舍眾伎》（北京市：中國商業出版社，1982年，外四種本），頁9。

12 孫楷第：《傀儡戲考原》（上海市：上雜出版社，1953年，修訂第二版），頁53。

13 曾永義：《戲曲源流新論》（臺北市：立緒文化事業公司，2000年），頁287-291。

14 孫楷第：《傀儡戲考原》，頁21。

15 董每戡：《說劇·說傀儡》（北京市：人民文學出版社，1983年），頁36。

「舞旋」，不可能為「肉傀儡」；他認為肉傀儡即今福建所稱之「布袋戲」，其說亦無根。[16]

這種以人仿傀儡的「肉傀儡」，是「以孩童模擬傀儡的動作演出」的一種傀儡形式，其後亦有大人仿演之，曾先生的判斷是符合「肉傀儡」形態表現規律的。事實上「肉傀儡」自宋以來一直在民間流傳從未停止。筆者《古代肉傀儡形態及與福建南戲關係探討》（《南戲國際學術研討會文集》〔北京市：中華書局，2001年〕）、《古代肉傀儡形態的再探討》（《中華戲曲》第三十九輯〔北京市：文化藝術出版社，2001年〕）對其均有詳細論述，此不復贅。

曾永義先生對於當代兩岸傀儡戲的保護和發展之不平衡狀態頗為感慨，他在文末的一段話對於中國大陸傀儡戲的發展大為讚歎。如其文稱：

> 由以上可見，中國偶戲進入歌舞百戲的時代在漢初，迄今兩千兩百餘年；其用為說唱演述長篇故事見於盛唐玄宗時（712-755），迄今一千二百數十年；其傀儡戲與影戲多藝逞能，其極偶戲藝術文學之至者則在兩宋（960-1278），迄今千餘年；而後起之秀布袋戲，百餘年來在臺灣亦有光輝燦爛之歲月。而今在大陸之偶戲，諸多改良，無論懸絲傀儡、杖頭傀儡、布袋戲與影戲，皆能別開境界，融入生活、發皇國際，則中國為偶戲之古國與大國，誰曰不宜！[17]

二　對當代偶戲現象與特質問題的討論

在當代城市偶戲舞臺上，無論是節慶場合，還是戲劇會演，或在藝術節，或在慶典會場，看到最多的是人偶同台的「人偶戲」，即演員與木偶人同時出現於觀眾視野中。不僅大、小杖頭戲如此，布袋、提線戲也不甘示

---

16 曾永義：〈中國歷代偶戲考述〉（上）臺灣戲曲學院《戲曲學報》第7期（2010年10月），頁32。

17 曾永義：〈中國歷代偶戲考述〉（下）臺灣戲曲學院《戲曲學報》第8期（2010年12月），頁57。

弱，人都要擠到檯面上，與木偶人爭奇競彩，認為非如此這般則難以體現偶
戲藝術。其中有大量的「偶人紅綢舞」、「偶人書法」、或其他偶人的出頭露
面的表演，人偶爭戲，成了當今偶戲舞臺中突出的問題。針對這一現象，曾
永義先生有過這樣的論述：

> 偶戲顧名思義，原是一種以操作偶人來演出的戲劇形式，它是以對真
> 人演出的人戲而言的。由於偶人本身沒有生命，其所展現的言語動作
> 思想情感，完全寄託於演師的口白和技法。……但是當今的偶戲藝
> 術，上述演師隱藏自己以操弄偶人的傳統形之外，尚有開放式操偶與
> 人偶同台兩種演出類型。前者演師與偶人成為一體，演師操作的位置
> 在偶人的後方，或在偶人裡面；後者是演師從偶人的陰影中走出，站
> 在偶人的旁邊，同時成為與偶人同等地位的演員。他不止和偶人對
> 話，同時也在觀眾面前操作偶人。這兩種與傳統偶戲藝術大異其趣的
> 表演形態，頗能引起本世紀二〇年代戲劇藝術家的共鳴，認為那是開
> 拓偶戲藝術的一扇大門；但仔細想想，那就與所謂「偶戲」名實未盡
> 相符了，至多止能稱之為「人偶戲」而已，何況它事實上已經破壞了
> 演師透過操作技法注入偶人思想情感，達到人偶合一的基本原理和精
> 神。[18]

木偶戲的特點是讓觀眾看臺上木偶的表演，儘管木偶表演不如人演的生
動，但觀眾通過木偶表現力的偶趣、偶技，再加上藝人生動的演唱、口白，
以及劇情的離奇詭異，產生一種藝術的美，吸引著台下觀眾，這就是木偶本
身的藝術。觀眾在觀賞木偶表演的同時，會對劇情及人物命運有許多的猜
測，這就是常說的「觀眾參與思維」。通過這種參與思維，它會產生觀眾的審
美思維。這是所有傳統的木偶戲都必須達到的藝術效果，木偶藝術之知識傳
播、高臺教化，都盡在木偶藝術與觀眾參與的交融中產生潛移默化的作用。

---

18 曾永義：《偶戲大觀，大觀偶戲》，載中華民俗藝術基金會主編：〈序〉，《1999國際偶戲
學術研討會論文集》（雲林縣：雲林縣立文化中心出版，1999年6月）。

可是近三十多年來，在國家劇團系統的木偶藝術界出現一種極其普遍的怪像，無論哪一級的劇團，也不管哪一個木偶劇種，都出現相同的「人偶同台」現象。「人偶同台」本是海南臨高木偶戲的特徵，是一種巫師以偶人行法事的宗教科儀性表演。四川大木偶亦有此傳統。我看了好幾個不同劇種的木偶團演出，持杖頭木偶的演員也跑到前臺來表演了，布袋戲的演員也從戲棚內跑出來了，提線木偶演員也按捺不住紛紛跑出前臺來，我想如果演水木偶的藝人跑出水中來「露一手」，這木偶就更沒意思了。這種雷同化的現象，乍看還有一點新鮮感，看多了也就煩了。為什麼呢？因為它破壞了藝術的規律。每一種木偶都有各自的表現特徵，它們的不同藝術形式表現展示不同的偶趣，也演繹不同的語境。演出中觀眾與人偶間的交流會給人產生許多想像力，當我們在全神貫注的看木偶戲的時候，木偶人物的表演就會被充分的關注，木偶的藝術才會充分的展現出來。可是一旦人和木偶都出來了，那麼觀眾是看你人的表演、還是看你演木偶的技藝？人偶重疊在一起，干擾了觀眾的視點和參與思維、理解思維，也破壞了觀眾審美的情趣和意境。這種「人偶同台」現象，如果是傳統形態如海南臨高人偶戲，或四川南充大木偶（《白蛇傳》等個別劇目）偶爾出現也未嘗不可，但出現多了就沒趣了。木偶戲演出要保持其神秘感，如同川劇變臉始終保持其神秘感一樣，這種神秘感若被人為地揭穿，那麼可以想像，川劇變臉的藝術魅力將蕩然無存。操縱木偶的藝人在幕後就要保持神秘感，若一味地在前臺亮相，非要人偶同台，其神秘感也將被打破。因此我建議，不要讓每個木偶劇種的演員都出頭露面，都來「人偶同台」，應還它木偶本來的偶趣和語境。否則，正如曾永義教授所說的「演師透過操作技法注入偶人思想情感，達到人偶合一的基本原理和精神」遭到破壞，產生「所謂『偶戲』名實未盡相符」的現象。

三 臺灣偶戲研討會及雲林國際偶戲節的影響

一九九九年，我有幸接到臺灣中華民俗藝術基金會曾永義教授的邀請，赴臺參加三月二十四日至二十五日在臺北舉行的「1999國際偶戲學術研討

會」，並在雲林縣觀摩了「1999雲林國際偶戲節」七天的演出。

此前，我雖然於一九九〇年始參加臺灣清華大華王秋桂教授主持的兩岸合作課題項目「中國儀式戲劇之研究」已有十年，對傀儡戲的田野調查也有幾年，完成出版《閩西上杭高腔傀儡夫人戲》、《福建上杭亂彈傀儡戲夫人傳》、《福建壽寧四平傀儡戲奶娘傳》、《福建壽寧四平傀儡戲華光傳校注》等著作四種，並撰寫論文多篇。但參加有關傀儡戲專題的學術研討會這還是第一次。此次會上我給大會提交的論文為《梨園教，一個揭示古代傀儡與宗教關係的典型例證──以閩東「梨園教」之法事傀儡為例》，得到主辦方和與會專家的好評，使我對傀儡戲的研究增強了信心，此次偶戲學術研討會，不僅拓展我的學術視野，而且使我看到了來自世界各地的傳統與現代化的各類偶戲藝術，使我增添了許多偶戲知識。

首先讓我感興趣的是亞洲近鄰國家的偶戲，其中有日本淡路人形淨瑠璃館的「人形淨瑠璃」、印度那塔那凱拉里劇團的「布袋戲」和越南富多水木偶劇團的「水傀儡」的演出。日本的偶戲使我增長對「人形淨瑠璃」的見識，而印度布袋戲和越南水傀儡更令我興趣頻生，從印度布袋操偶形式外，我們除了知道他們在用偶人演繹神的故事和儀式意涵外，別的則幾乎一無所知，找不到與中國偶戲的共同性。越南水傀儡傳自中國無疑，因為它於十世紀前一直是中國的一部分。水傀儡濫觴於隋朝，盛行於宋，在中國一直流行至清代才式微，而國內幾無痕跡，卻在越南得到流傳。此次雲林觀偶，一飽眼福，使我對於中國古文獻中的水傀儡有了立體的感知。

其次，是大面積地觀賞了臺灣五洲園掌中劇團、新興閣掌中劇團、小西園掌中劇團、二水明世界、廖文和布袋戲團、五隆園、明正廣播電視木偶劇團、復興閣皮影劇團、九歌兒童劇團、鞋子實驗兒童劇團、臺北偶藝文化團等團體的演出，領略到臺灣偶戲藝師的藝術傳承和智慧的藝術創作，對兩岸的偶戲發展有具體的認識。

其三，觀摩了來自西方的偶戲藝術，這是我第一次觀賞數量眾多的外國「洋偶戲」，其中有義大利龍劇團的《小木偶皮諾丘》，該團成功地將小杖頭偶、人偶、影戲甚至布袋戲結合在一起，有西班牙野伊達偶劇中心的《格列

弗之小人國歷險記》，有奧地利魔奇劇團的《恐龍波弟》，有委內瑞拉拿庫劇團的《女孩與四隻手》等劇目，一展西式偶戲風采，使我了解和認識國際偶戲的創造性和多樣化，對於偶戲的表現手法、舞臺空間、地域風情都有了更多更深入的認知，拓寬了偶戲藝術的視野。

　　這裏我也附帶談一點此次研討會對筆者傀儡戲研究的影響。在參加臺灣「國際偶戲學術研討會」和「1999雲林國際偶戲節」回大陸後不久，我認識到此前於一九九一年以來在王秋桂先生主持的《中國地方戲與儀式之研究》所做的福建傀儡戲的調查和研究課題的價值和意義，並深刻意識到大陸傀儡戲研究大有可為、前景可觀。於是便開始著手對福建全省各地的傀儡戲進行大面積及更加深入的調查，在掌握大量資料後，並向文化部申報全國藝術科研課題項目《福建傀儡戲史論》，經過五年的努力搜集資料和田野調查，完成了《福建傀儡戲史論》（上下冊）九十萬字的著述，並分別獲二〇〇五年文化部和福建省社會科學優秀成果獎。現在我已完成文化部藝術學科重點項目《中國傀儡戲史‧古代近現代史卷》，並獲「十三五計畫重點出版基金」出版專項基金，此書即將問世，其中也有許多臺灣傀儡史料與論述。這應該感謝王秋桂和曾永義先生這兩位文壇巨匠的扶持。在某種意義上談，這也是兩岸文化交流影響所產生的成果，希望兩岸文化交流永遠開展下去，造福於兩岸人民。

曾永義先生小戲研究的特點與啟示

趙山林*

一

　　曾永義先生小戲研究所體現的第一個特點是：具有強烈的問題意識，能夠準確判斷問題的癥結；對於戲曲史上的重要概念具有明確的界定。

　　曾永義先生對於小戲研究的重視，可以說是從戲曲淵源和形成討論長期未能取得實質性進展這一現狀引發的。

　　關於中國戲曲的淵源，有很多學者發表見解，可謂眾說紛紜。筆者不揣譾陋，也曾作過初步歸納，認為若論上古至五代，則有：

　1.上古歌舞說（包括「葛天氏之樂」、〈大韶〉、〈大武〉）

　2.宗教禮俗說（包括巫覡、儺儀、蜡祭）

　3.俳優說

　4.傀儡說

　5.百戲說（包括角抵、《上雲樂》）

　6.歌舞戲說（包括大面、撥頭、《踏謠娘》、《樊噲排君難》）

　7.參軍戲說[1]

　　若論宋金，則有：

　1.歌舞伎藝論（包括大曲、法曲、曲破、轉踏）

　2.扮演伎藝論（包括滑稽戲、傀儡戲、影戲、儺舞）

---

* 華東師範大學中文系教授。
1 趙山林：《中國戲劇學通論》（合肥市：安徽教育出版社，1995年），頁34-92。

3.說唱伎藝論（包括說話、鼓子詞、唱賺、諸宮調）[2]

對於以上七說三論，合計有關中國戲劇淵源的十種看法，拙著《中國戲劇學通論》逐一加以討論，雖經探究思考，仍覺疑義頗多，未能得出明晰結論，其情形正如曾永義先生在〈也談戲曲的淵源、形成與發展〉一文中所說：

> 由於戲曲的淵源和形成，是戲曲史不能逃避的問題，因此論者甚多；但也由於觀點有別，所以見解歧異頗大。[3]

那麼，問題的癥結究竟何在呢？曾永義先生經過深入觀察，指明主要出於以下七點緣故：

1. 何謂「戲劇」，何謂「戲曲」，未有明確之界義。界義有別則牽一髮而動全身，此為最根本之問題。
2. 未明「戲曲」有小戲、大戲之別，小戲為戲曲之雛型，大戲為戲曲之成型。
3. 對於「小戲」和「大戲」未有明確之界義。
4. 未明「小戲」已為多元因素構成之綜合藝術。
5. 誤以構成小戲之主要因素為戲曲之淵源。
6. 誤以孕育小戲之溫床為戲曲之淵源。
7. 誤以淵源為形成，或誤以形成為淵源。[4]

根據曾先生的判斷，釐清戲曲的淵源、形成與發展問題，在明確界定何謂「戲劇」、何謂「戲曲」之後，進而明確界定何謂「小戲」、何謂「大戲」，並對小戲進行深入探討，便成了研究能否取得進展的關鍵。曾先生此說，是在戲曲史研究當中，第一次把小戲研究提到極其重要的位置之上。

既然要研究小戲，那麼何謂「小戲」呢，曾先生一九九六年所作〈論說

---

2 趙山林：《中國戲劇學通論》，頁93-124。

3 曾永義：〈也談戲曲的淵源、形成與發展〉，《戲曲源流新論》（北京市：文化藝術出版社，2001年），頁14。

4 曾永義：〈也談戲曲的淵源、形成與發展〉，《戲曲源流新論》，頁14。

「戲曲劇種」〉一文中說：

> 所謂「小戲」，就是演員少至一個或三兩個，情節極為簡單，藝術形
> 式尚未脫離鄉土歌舞的戲曲之總稱；其具體特色是：就演員而言，一
> 人單演的叫「獨腳戲」，小旦小丑二腳合演的叫「二小戲」，加上小生
> 或另一旦腳的叫「三小戲」，劇種初起時女腳大抵皆由「男扮」；就妝
> 扮歌舞而言，皆「土服土裝而踏謠」，意思是穿著當地人的常服，用
> 土風舞的步法唱當地的歌謠。因為是「除地為場」來演出，所以叫作
> 「落地掃」或「落地索」；而其「本事」不過是極簡單的鄉土瑣事，
> 用以傳達鄉土情懷，往往出以滑稽笑鬧，保持唐戲「踏謠娘」和宋金
> 雜劇「雜扮」的傳統。[5]

曾先生從演員人數、戲劇情節、藝術形式等方面對「小戲」賦予定義，
相當全面而又精確。「小戲」定義既明，那麼相應的問題是，何謂「大戲」
呢，曾先生在〈論說「戲曲劇種」〉一文中說：

> 所謂「大戲」即對「小戲」而言，也就是演員足以充任各門腳色扮飾
> 各種人物，情節複雜曲折足以反映社會人生，藝術形式已屬綜合完整
> 的戲曲之總稱。[6]

其實，早在一九八二年，曾先生便有〈中國古典戲劇的形成〉一文，給
發展完成的「大戲」（即「中國古典戲劇」）下一定義：

> 中國古典戲劇是在搬演故事，以詩歌為本質，密切融合音樂和舞蹈，
> 加上雜技，而以講唱文學的敘述方式，通過俳優妝扮，運用代言體，
> 在狹隘的劇場上所表現出來的綜合文學和藝術。[7]

---

5 曾永義：〈論說「戲曲劇種」〉，《曾永義學術論文自選集・甲編・學術理念》（北京市：
　中華書局，2008年），頁168。

6 曾永義：〈論說「戲曲劇種」〉，《曾永義學術論文自選集・甲編・學術理念》，頁168。

7 曾永義：〈中國古典戲劇的形成〉，轉引自《曾永義學術論文自選集・甲編・學術理
　念》，頁168-169。

由此，曾先生對於「小戲」與「大戲」的關係得出結論：

> 可見「綜合文學和藝術」的「大戲」是由故事、詩歌、音樂、舞蹈、
> 雜技、講唱文學敘述方式、俳優妝扮、代言體、狹隘劇場等九個因素
> 構成的。
> 如果將「小戲」看作「戲曲」的雛型，那麼「大戲」就是戲曲藝術完
> 成的形式。[8]

這裏需要指出的是，曾先生自云「對於『戲劇』的概念較譚氏（譚霈
生）為寬廣，這應當較切近現代的一般看法，而『戲曲』的概念則與王氏
（王國維）、張氏（張庚）不殊，指的是中國的傳統戲劇」，[9]但若以王國維
《宋元戲曲考・宋之樂曲》章所云「後代之戲劇，必合言語、動作、歌唱以
演一故事，而後戲劇之意義始全。故真戲劇必與戲曲相表裏。」[10]及其《戲
曲考原》所云「戲曲者，謂以歌舞演故事也。」[11]兩處立論與曾先生之說對
比，可以看出曾先生在「大戲」的構成因素中增加了講唱文學敘述方式、狹
隘劇場這樣兩項，從而更加全面、更加明確地揭示了「大戲」的文學特質與
表演藝術特質，使得戲曲史研究中對於「戲曲」的界定得以更趨完備。

曾先生之所以能夠在王國維基礎之上作出推進，並非偶然，這與他長期
從事俗文學研究，對於講唱文學的敘述方式有著深切的了解，是密不可分
的。厚積薄發，觸類旁通，曾先生為我們樹立了典範。

二

曾永義先生小戲研究所體現的第二個特點是：對於研究涉及的具體對

---

8 曾永義：〈論說「戲曲劇種」〉，《曾永義學術論文自選集・甲編・學術理念》，頁169。

9 曾永義：〈也談戲曲的淵源、形成與發展〉，《戲曲源流新論》，頁16-17。

10 王國維：《宋元戲曲考》，《王國維戲曲論文集》（北京市：中國戲劇出版社，1984年），
頁29。

11 王國維：《戲曲考原》，《王國維戲曲論文集》，頁163。

象，逐個進行仔細的考察，作出實事求是的判斷。

「小戲」、「大戲」界定和關係既明，曾先生又對先秦以來戲劇和戲曲小戲劇目逐次進行了考察。

先秦時期，上述構成戲劇、戲曲諸因素，是如何逐次結合的呢？曾先生依據先秦文獻提出：

> 首先是歌舞、歌樂的結合，或妝扮、雜技的結合；其次是歌舞和妝扮的結合；然後用以演故事，終於出以代言體。其中方相氏之「驅儺」和〈大武〉之樂，應屬「戲劇」，〈九歌〉應屬戲曲雛形之小戲群。[12]

對於方相氏之「驅儺」，曾先生分析之後的結論是：

> 方相氏顯然有扮飾，其驅疫的過程已具簡單的情節，已具「演故事」的條件，可以算是「戲劇」。[13]

對於〈大武〉之樂，曾先生根據《史記》〈樂書〉的記載斷為已屬「戲劇」，進而指出：

> 〈大武〉的年代在周初（前1111），較諸希臘戲劇還早五百年，只是其「成熟度」，或尚未能與希臘戲劇相提並論而已。[14]

對於春秋時期的「優孟衣冠」，曾先生作了這樣的分析：

> 《史記》〈滑稽列傳〉所記載的「優孟衣冠」，說楚樂人優孟扮成故楚令尹孫叔敖的樣子，藉歌舞來諷諫楚莊王，莊王乃召孫叔敖子，封之寢丘四百戶。古優的職務是以歌舞娛樂人主，而往往於滑稽詼諧中寓

---

12 曾永義：〈先秦至唐代「戲劇」與「戲曲小戲」劇目考述〉，《曾永義學術論文自選集‧乙編‧學術進程》（北京市：中華書局，2008年），頁321。

13 曾永義：〈先秦至唐代「戲劇」與「戲曲小戲」劇目考述〉，《曾永義學術論文自選集‧乙編‧學術進程》，頁324。

14 曾永義：〈先秦至唐代「戲劇」與「戲曲小戲」劇目考述〉，《曾永義學術論文自選集‧乙編‧學術進程》，頁326。

諷諫之義。「優孟衣冠」可以說是啟俳優妝扮之端，只是他載歌載舞
之際，還是就本人口吻來述說的，並非代作孫叔敖之言，也就是敘述
的方法尚非是「代言體」。而且優孟只在模擬孫叔敖的言談舉止，並
非演故事，他與楚莊王的對答也沒有演故事的情味，所以「優孟衣
冠」最多只能說是「化裝歌舞」，不能說是「戲劇」。[15]

有學者認為「優孟衣冠」是「戲劇」，曾先生認為只是「化裝歌舞」，並從
「代言體」、「演故事」兩個角度加以辨析，足資啟發。

對於〈九歌〉，曾先生以〈山鬼〉為例進行了分析：

> 由〈九歌〉〈山鬼〉既已知其歌舞樂的結合，又由「子慕予」、「余處
> 幽篁」、「執華予」、「君思我」等語，可見此篇為極明顯之代言體，則
> 「巫」必扮「山鬼」，「覡」必扮「公子」對歌對舞。如果現代的〈王
> 小趕腳〉（山東五音戲）、〈王二姐思夫〉（東北二人轉）、〈小放牛〉
> （河北梆子）、〈桃花過渡〉（臺灣車鼓戲）等是被學者公認的「小
> 戲」，那麼「山鬼」應當也當之無愧。因為它們的故事性儘管薄弱，
> 但畢竟在「演故事」，而這也是小戲的「特質」之一。就〈山鬼〉而
> 言，人間的公子和深山中的女鬼彼此相傾相慕，可望而不可即，思情
> 纏綣，相約會而不能會合，終於懷憂而別的情景，豈不也具有情人相
> 慕欲約會而不得會合，終於惆恨各自歸的「情節」，而其對歌對舞，
> 豈不也充分顯現「二小戲」的模式？也就是說，〈山鬼〉實質上已是
> 具備「演員合歌舞樂以代言演故事」的「戲曲」條件，由於其情節簡
> 單，歌舞樂的藝術尚屬鄉土巫術，所以止能稱為「小戲」；而這樣的
> 「小戲」是以「巫覡妝扮歌舞」為主要元素運用代言演故事，在原始
> 宗教的祭祀場合孕育而形成，又以其合諸小戲十篇演於沅湘之野，故
> 可稱之為「小戲群」。而若謂〈九歌〉之歌詞文雅，不符歌舞小戲質

---

15 曾永義：〈先秦至唐代「戲劇」與「戲曲小戲」劇目考述〉，《曾永義學術論文自選集·
乙編·學術進程》，頁326。

樸無華的特質，則應是經過如屈原之文人潤飾或重新創作的結果。這
樣的結果也使〈九歌〉在文學藝術上大大的提升，只是其故事情節尚
屬簡單，未能臻於「大戲」耳。[16]

這段分析至少可分四層：一是論證〈山鬼〉已經具有歌舞樂結合、代言體、
巫覡妝扮表演的戲劇因素；二是以現代學者公認的「小戲」作為比照，認定
〈山鬼〉當之無愧亦為「小戲」，而其對歌對舞，正充分顯現了「二小戲」
的模式；三是進而指出〈九歌〉十一篇配合演出，可以稱為「小戲群」；四
是指出〈九歌〉歌詞文雅，不符歌舞小戲質樸無華的特質，是屈原為代表的
文人加工潤飾的結果，並無妨其作為「小戲」的基本性質。剝蕉抽繭，層層
論析，可謂詳密之至。

　　對於兩漢魏晉南北朝的戲劇和戲曲小戲劇目，曾先生有一個總體概括：

　　兩漢魏晉南北朝的表演藝術，西漢總稱為「角抵戲」，東漢以下或俗
　　稱或別稱「百戲」。在角抵百戲中，自然隱藏有戲劇和戲曲的跡象或
　　劇目。[17]

分而論之，則如《東海黃公》：

　　《東海黃公》的表演，已具演員妝扮，合歌舞以代言演故事。這樣的
　　形式，可以說就是戲曲的「雛形」，也就是故事和表演均屬簡單的
　　「小戲」。[18]

又如《總會仙倡》：

---

16 曾永義：〈先秦至唐代「戲劇」與「戲曲小戲」劇目考述〉，《曾永義學術論文自選集‧
　　乙編‧學術進程》，頁328-329。

17 曾永義：〈先秦至唐代「戲劇」與「戲曲小戲」劇目考述〉，《曾永義學術論文自選集‧
　　乙編‧學術進程》，頁329。

18 曾永義：〈先秦至唐代「戲劇」與「戲曲小戲」劇目考述〉，《曾永義學術論文自選集‧
　　乙編‧學術進程》，頁332-333。

這分明是一場化妝表演，有歌唱有舞蹈，有變化多端的場景，也許是搬演一場神仙聚會歌舞的故事；若此，則為戲劇，甚至可能是代言的戲曲。[19]

對於唐代的戲劇和戲曲小戲劇目，曾先生指出：

> 唐五代文獻中可考述的戲劇、戲曲劇目，最主要的是宮廷優戲「參軍戲」，可考劇目有《崔公療妒》、《魏王掠地皮》、《知訓使酒罵座》、《繫囚出魅》、《三教論衡》、《焦湖作獺》、《真最藥王菩薩》、《病狀內黃》等八個劇目，其次為民間戲曲小戲《踏謠娘》和傀儡戲所演出的《鴻門宴》、《尉遲恭戰突厥》等劇目。[20]

對於以上劇目，曾先生早有關注，並先後撰寫〈參軍戲演化之探討〉、〈唐戲《踏謠娘》及其相關問題〉、〈中國偶戲考述〉三篇專文加以討論[21]。

此外，曾先生還以任訥《唐戲弄》所述為基礎，考得為唐代戲劇者有《蘭陵王》、《蘇莫遮》、《弄孔子》、《缽頭》、《樊噲排君難》五種，為戲曲小戲者有《西涼伎》、《鳳歸雲》、《義陽主》、《旱稅忤權奸》、《麥秀兩岐》五種。[22]

分而論之，則如《蘭陵王》：

19　曾永義：〈先秦至唐代「戲劇」與「戲曲小戲」劇目考述〉，《曾永義學術論文自選集·乙編·學術進程》，頁333。

20　曾永義：〈先秦至唐代「戲劇」與「戲曲小戲」劇目考述〉，《曾永義學術論文自選集·乙編·學術進程》，頁343-344。

21　曾永義：〈參軍戲演化之探討〉，原載臺灣大學《中文學報》第2期，收入《參軍戲與元雜劇》（臺北市：聯經出版事業公司，1992年），頁1-121；〈唐戲〈踏謠娘〉及其相關問題〉，原載《唐代文學研討會論文集》，收入《詩歌與戲曲》（臺北市：聯經出版事業公司，1988年），頁153-178，又收入《曾永義學術論文自選集·乙編·學術進程》，頁332-333；〈中國偶戲考述〉，未刊。

22　曾永義：〈先秦至唐代「戲劇」與「戲曲小戲」劇目考述〉，《曾永義學術論文自選集·乙編·學術進程》，頁344。

《蘭陵王》之妝扮為戴面具、穿紫衣、繫金帶、手執鞭，以笛、拍板、腰鼓、杖鼓伴奏，以「蘭陵王入陣」與周軍作戰為情節，而有歌曲，則為歌舞戲劇無疑，只是無法證明是否運用代言體。[23]

又如《義陽主》，曾先生引白居易〈江南喜逢蕭九徹因話長安舊遊喜贈五十韻〉「急管停還奏，繁弦慢更張。雪飛回舞袖，塵起繞歌樑。舊曲翻調笑，新聲打義揚。名情推阿軌，巧語許秋娘」[24]詩句，加以闡釋：

> 所謂「新聲打義揚」，「義揚」應為「義陽」之訛。可知《義陽主》果然為德宗貞元之「新聲」，「打義揚」猶言演出《義陽主》。而「名情推阿軌，巧語許秋娘」二句應是描述《義陽主》之演出，亦即由阿軌所扮之駙馬擅長表情，由秋娘所扮之公主擅長賓白；則其運用代言便很自然。有故事，有歌舞，有代言，可視之為戲曲小戲矣。[25]

可以看出，曾先生對於以上小戲的考察，均依據相關文獻，在細讀文本的基礎之上，準確地、詳盡地加以闡釋。從考察的角度來看，既關注小戲表演的內容、表演的目的，又關注小戲表演的形式、表演的場所；既關注表演者，又關注觀賞者。並能聯繫現存的小戲，加以比較。考察之後，能作論斷則作論斷，暫時不能作論斷則存疑，留待進一步研究。這樣的治學態度，是十分嚴謹的。正如梁啟超〈雷庵行〉一詩所云：「文章一出驚海內，立言矜慎恒躊躇。」

---

23 曾永義：〈先秦至唐代「戲劇」與「戲曲小戲」劇目考述〉，《曾永義學術論文自選集·乙編·學術進程》，頁346。

24 白居易：〈江南喜逢蕭九徹因話長安舊遊喜贈五十韻〉，《全唐詩》（北京市：中華書局，1960年），卷462，頁5253。

25 曾永義：〈先秦至唐代「戲劇」與「戲曲小戲」劇目考述〉，《曾永義學術論文自選集·乙編·學術進程》，頁361。

三

　　曾永義先生小戲研究所體現的第三個特點是：將所研究的具體對象置於戲曲淵源、形成、發展的長鏈條之中，上溯下衍，務求理清對象發展的來龍去脈。

　　這裏以曾先生對《踏謠娘》的研究為例。在〈唐戲《踏謠娘》及其相關問題〉一文中，曾先生首先引證豐富的資料，對《踏謠娘》的性質以及兩個發展階段進行討論，得出的結論是：

> 《踏謠娘》已是十足的民間歌舞戲，任氏（任半塘）給予「全能劇」的肯定是極有道理的。再由常（常非月）詩所詠仔細推敲，此劇演進到《談容娘》的階段，在表演藝術上是非常細膩的，觀眾的反應也是非常熱烈的。[26]

曾先生在這裏，高度肯定了任半塘先生對於《踏謠娘》是「全能劇」的總體判斷。在對《踏謠娘》本身的性質作出判定之後，曾先生進而討論由《踏謠娘》一劇所引發的三個問題。

　　所引發的第一個問題是，在《踏謠娘》之前有否相關類似的戲劇？

　　曾先生認為關於這一點，可以找到兩個例子。一是《東海黃公》，二是《遼東妖婦》。這裏來看《東海黃公》：

> 拿《踏謠娘》來和《東海黃公》比較，有幾點值得注意：其一，它們同是由民間小戲進入宮廷。其二，人虎的搏鬥和夫妻的毆鬥，同樣具有「角抵」的意味。其三，《東海黃公》止有兩個演員，音樂、歌唱、說白不很明顯；而《踏謠娘》則隱然有淨（夫）、旦（妻）、丑（典庫）、眾（幫腔和聲之鄰里）諸腳色，且音樂、歌唱、說白、代

26　曾永義：〈唐戲《踏謠娘》及其相關問題〉，原載《唐代文學研討會論文集》，收入《詩歌與戲曲》，頁153-178，又收入《曾永義學術論文自選集・乙編・學術進程》，頁165-183。

言等甚為較著，其戲劇藝術已大為進步。其四，《東海黃公》旨在顯示角抵舞蹈的趣味，而《踏謠娘》則旨在「以為笑樂」。可見「以為笑樂」是《踏謠娘》所發展出來的戲劇目的。[27]

按唐崔令欽《教坊記》「踏謠娘」條：「北齊有人姓蘇，皰鼻，實不仕，而自號為郎中，嗜飲酗酒，每醉輒毆其妻。妻銜悲，訴於鄰里。時人弄之，丈夫著婦人衣，徐行入場。行歌，每一疊，旁人齊聲和之云：『踏謠和來，踏謠娘苦和來！』以其且步且歌，故謂之『踏謠』；以其稱冤，故言苦。及其夫至，則作毆鬥之狀，以為笑樂。」[28]任半塘據此闡釋《踏謠娘》演出情況是：「旦為主角，先出場徐步行歌，旋即入舞，歌白兼至，以訴冤苦。既罷，是第一場。末旋上，與旦對白，至於毆鬥。妻極痛楚，而夫反笑樂，是第二場。至此，全劇已終。旨在表示苦樂對比，家庭乖戾，男女不平，乃完全悲劇，結構較嚴。」[29]

曾先生對《踏謠娘》的闡釋，與任半塘有兩點不同。

第一點，「任氏不主張《踏謠娘》與角抵戲有任何關係。」[30]任先生之說如：「試看夫妻打架之情節，見於古今之戲劇中，乃極平常事。設只憑此一點之涉及，並非全劇以夫妻打架為重要關目，作突出表演，則又何從遽判其戲為角抵戲？」又謂《踏謠娘》「在唐代劇內，必遠遠放之於六、七百年前之角抵伎中，彼此歧異乃爾，非『斷代限體』之弊而何？」[31]曾先生則認為《東海黃公》中人虎的搏鬥和《踏謠娘》中夫妻的毆鬥，同樣具有「角抵」的意味。

27 曾永義：〈唐戲《踏謠娘》及其相關問題〉，《曾永義學術論文自選集・乙編・學術進程》，頁171-172。

28 崔令欽：《教坊記》，《中國古典戲曲論著集成》（北京市：中國戲劇出版社，1959年），冊1，頁18。

29 任半塘：《唐戲弄》（上海市：上海古籍出版社，1984年），第三章〈劇錄〉二〈踏謠娘〉，頁499-500。

30 曾永義：〈唐戲《踏謠娘》及其相關問題〉，《曾永義學術論文自選集・乙編・學術進程》，頁171注釋①。

31 任半塘：《唐戲弄》，第三章〈劇錄〉二〈踏謠娘〉，頁502。

第二點，關於崔令欽《教坊記》「踏謠娘」條中「及其夫至，則作毆鬥之狀，以為笑樂」的斷句問題，曾先生云：「鄙意『以為笑樂』當獨立成句，乃承上文『時人弄之』而來，即北齊人演此劇乃用之為笑樂，也就是說觀眾看了之後會感到笑樂。」[32]曾先生對「以為笑樂」主體的判定，由「其夫」改變為「觀眾」，從而提出了另一種理解。

曾先生的這兩點闡釋，自成一家之言，給我們有益啟發。

所引發的第二個問題是，《踏謠娘》搬演的特色即在「踏謠」，其來龍去脈又是如何？

在這一問題之下，曾先生首先上溯先秦，針對《呂氏春秋》〈古樂〉「葛天氏之樂：三人操牛尾，投足而歌八闋」，指出：

> 這是初民狩獵之舞，其「投足而歌」，豈不正是「踏謠」？又古時在年終時，為了酬謝與農事有關的八位神靈而舉行的「蜡」祭和天旱求雨的「雩」祭，其歌舞相當熱鬧，可能也是「踏謠」。「踏謠」應當是民間歌舞的基本形式，《西京雜記》已經有「漢宮女以十月十五日，相與聯臂踏地為節，歌赤鳳凰來」的記載。[33]

這是《踏謠娘》產生之前的情況，至於《踏謠娘》產生之後情況如何，曾先生引述大量唐詩，得出結論：

> 由以上可見「踏歌」是唐代的風俗，在民間在宮廷都同樣盛行，《教坊記》也記有曲名《繚踏歌》。踏歌的節令一般是春天，所以「楊柳鬱青青」、「春江月出」、「桃花潭水」、「火樹千重」（元宵），要「自從雪裡唱新曲，直至三春花盡時。」但中秋月下也可以聯臂同歡。踏歌的曲調可以是「紇那」、「竹枝」等民間歌謠，也可以是「伊州」那樣的宮廷大曲。其唱詞不是五言詩就是七言詩，一唱起來就「興無窮」，

---

32 曾永義：〈唐戲《踏謠娘》及其相關問題〉，《曾永義學術論文自選集・乙編・學術進程》，頁172注釋①。

33 曾永義：〈唐戲《踏謠娘》及其相關問題〉，《曾永義學術論文自選集・乙編・學術進程》，頁174。

調雖同而詞不同的遞唱下去。唱的時候手挽著手那樣的「連袂」，腳頓著地為節那樣的「踏步」，隨著「繁弦促管」而「歌響舞分行」。如果像「比紅兒」那樣善唱的女孩，也可以稱她為「踏歌娘」。[34]

到了宋金元，宋周密《武林舊事》卷十「官本雜劇段數」中，以「爨」為名目的有四十三本，[35]在元陶宗儀《南村輟耕錄》卷二十五「院本名目」中「諸雜院爨下」，以「爨」為名目的有二十一本，[36]其演出方式也是「詠歌踏舞」，正和《踏謠娘》的「踏謠」或「踏歌」相同。曾先生在引證資料，一一證說之後，得出結論：

> 可見宋元之間，「踏歌」仍像唐代一樣，是民間風俗。又孟元老《東京夢華錄》卷九「宰執親王宗室百官入內上壽」云：
> 第八盞：御酒，歌板色一名唱踏歌。
> 則「踏歌」亦入宮廷之中，與唐代不殊。[37]

在對先秦至宋元的大量資料進行上溯下衍的分析之後，曾先生對於《踏謠娘》的搬演特色即「踏謠」或曰「踏歌」，終於釐清其來龍去脈：

> 如此說來，「踏歌」自「葛天氏」以來，就是民間風俗，儘管「爨」體的演出和「爨國」有關，但應當止於「妝裹」，至若其「且步且歌」或「詠歌踏舞」，則是中國所固有，而且歷代綿延不絕。[38]

---

34 曾永義：〈唐戲《踏謠娘》及其相關問題〉，《曾永義學術論文自選集・乙編・學術進程》，頁175-176。

35 宋・周密：《武林舊事》《東京夢華錄（外四種）》（上海市：古典文學出版社，1956年），卷10，「官本雜劇段數」，頁510。

36 元・陶宗儀：《南村輟耕錄》（北京市：中華書局，1959年），卷25，「院本名目」，頁309-310。

37 曾永義：〈唐戲《踏謠娘》及其相關問題〉，《曾永義學術論文自選集・乙編・學術進程》，頁178。

38 曾永義：〈唐戲《踏謠娘》及其相關問題〉，《曾永義學術論文自選集・乙編・學術進程》，頁178。

　　所引發的第三個問題是，《踏謠娘》的戲劇特質：由淨旦（亦即所謂「二小」）或淨旦丑（亦即所謂「三小」）通過踏歌笑鬧的方式演出鄉土小故事，後世有哪些戲劇和它最為近似？

　　在這一問題之下，曾先生首先分析了宋代的「雜扮」、明代的「過錦戲」，進而指出：

> 到了清代，由於地方聲腔競起，像《踏謠娘》那樣由地方歌舞所發展形成的民間小戲便如雨後春筍。[39]

這些民間小戲的藝術特色，曾先生引《綴白裘》十一集許道承序云：

> 弋陽、梆子、秧腔則不然，事不必皆有徵，人不必盡可考，有時以鄙俚之俗情，入當場之科白，一上氍毹，即堪捧腹。[40]

這些民間小戲的劇目，曾先生亦以《綴白裘》所收劇目為例加以說明：

> 其第六集收有《買胭脂》、《花鼓》、《探親》、《看燈》等，十一集又有《借妻》、《借靴》、《打面缸》、《擋馬》等，這些都是「即堪捧腹」的民間小戲，在雲南花燈和湖南花鼓戲中都是比較重要的劇目。[41]

其後，曾先生又作〈錢德蒼輯《綴白裘》所見之地方戲曲〉一文，[42] 從劇情內容、音樂曲牌、腔調音樂、賓白曲辭之造語等方面對民間小戲的特色加以詳盡的分析。

　　即以腳色而言，曾先生指出：

---

39 曾永義：〈唐戲《踏謠娘》及其相關問題〉，《曾永義學術論文自選集・乙編・學術進程》，頁180。

40 清・錢德蒼編選、汪協如點校：《綴白裘》（北京市：中華書局，2005年），冊6，第11集，頁1。

41 曾永義：〈唐戲《踏謠娘》及其相關問題〉，《曾永義學術論文自選集・乙編・學術進程》，頁178。

42 曾永義：〈錢德蒼輯《綴白裘》所見之地方戲曲〉，《中國戲曲研究的新方向》（臺北市：國家出版社，2015年），頁53-84。

《綴白裘》地方小戲的腳色，有獨腳戲如《小妹子》用貼獨唱，如《串戲》用丑、貼、老旦，但丑獨唱。

二小戲如《借妻》、《回門》用小生、旦。《戲鳳》用生、貼。《別妻》用貼、淨。《斬貂》用淨、貼。《借靴》用付、淨。《擋馬》用付、旦。《陰送》用淨、貼。

三小戲如《買胭脂》用貼、小生、淨。《落店》、《偷雞》用小生、末、丑。《殺貨》、《打店》用貼、付、生。《趕子》用貼、外、旦。《私行》、《算命》用旦、老旦、小生。[43]

這樣的腳色配置，與《踏謠娘》十分近似。

曾先生更將視野擴展至全國，指出：

> 根據調查，現存中國地方戲劇尚有三百數十種，其中保持地方小戲形式者，也有四十餘種之多。地方小戲的共同特色是由民間歌舞或說唱藝術發展而成，往往以花鼓戲、秧歌戲、花燈戲、採茶戲、灘簧戲作為它們的共名，腳色以二小（小丑、小旦）或三小（小生、小旦、小丑）為主，劇目大多反映當地生活的片段，偏重歌舞，並以手帕、傘、扇為主要道具。[44]

以下曾先生以祁太秧歌戲、淮北花鼓戲、贛南採茶戲、貴州花燈戲、無錫灘簧、閩南－臺灣車鼓戲為例，具體探討了地方小戲的藝術特色，在此基礎上，得出一個總的結論：

> 總上所論，《踏謠娘》雖然源於北齊，盛於唐代，但像它那樣起於鄉土成於庶民的歌舞小戲，仔細追根溯源是可以遙接葛天氏之樂，上承角抵、《遼東妖婦》，下啟爨弄、雜扮，更蕩開其幅員，衍生昌盛為近

---

43 曾永義：〈錢德蒼輯《綴白裘》所見之地方戲曲〉，《中國戲曲研究的新方向》，頁81-82。
44 曾永義：〈唐戲《踏謠娘》及其相關問題〉，《曾永義學術論文自選集・乙編・學術進程》，頁180。

代的地方小戲。也許有人要懷疑，它哪來如此強勁堅韌而充沛的生命
力，其實說穿了不算什麼，因為它是根源而依附在中華民族的血脈之
中，傳達著中華民族的共同心靈，只要中華民族存在一天，它就會綿
亙不絕，以至無窮。[45]

　　綜上所述，可見曾永義先生的小戲研究，既有高屋建瓴的宏觀把握，又
有深細入微的個案剖析；既有縱向的演變歷史的描述，又有橫向的不同劇目
的比較；不僅小戲研究本身自成系統，而且置於中國戲曲淵源、形成、發展
歷史的整體研究之中，亦有助於抓住問題的關鍵，起到牽一髮而動全身的作
用，從而有益於辨析源流，有益於認識中華戲曲的民族品格。進而言之，曾
先生對於小戲的高度關注，亦超越研究層面，表現出對小戲生存現狀的高度
關注，從而對於非物質文化遺產的保護具有重要的意義。

---

45 曾永義：〈唐戲《踏謠娘》及其相關問題〉，《曾永義學術論文自選集・乙編・學術進
　　程》，頁183。

談曾永義先生的俗文學和戲曲史研究

車錫倫*

　　曾永義教授的《曾永義學術論文自選集》等著作將由北京中華書局出版，這是兩岸學術交流的一件大喜事！我與曾先生相識相知近二十年，曾先生以我為同好，命我作「序」。而我自知學淺識薄，除了幾位學生的著作必須應付，從不為他人著作作序。曾先生的學術成就，博大精深，更難以置評。但曾先生之信任和盛情難卻，只好勉勵從命。

　　曾先生的自選集分為甲編「學術理念」和乙編「學術進程」兩部分，特意令我介紹的是「學術進程」部分。這一部分收論文十八篇。作者的意思，是「希望從中看出本人學術漸進的歷程。所謂『漸進』，未必是逐漸長進或提升的意思，只是在說其隨著歲月繼續向前邁進」。我在讀了這些論文後，感到它們反映了作者多方面的學術追求和為此進行的探索、研究的歷程；雖不能代表作者全面的學術成就，但在學術理念和治學方法等方面，仍有許多可為內地學界同行借鑑的地方。

一

　　曾永義先生受業於四十年代末由內地赴臺的一批著名學者，如臺靜農（1903-1990）、鄭因百（騫，1906-1991）、屈翼鵬（萬里，1907-1979）、王叔岷（1914-2008）、孔達生（德成，1920-2008）、張清徽（敬，1912-1997）

---

* 揚州大學中國俗文學研究中心研究員。

等。得這些名師之親授，加上曾先生本人的勤奮和才情，其學術根柢相當扎實，同時也形成個人之學術個性。臺靜農先生在為曾先生的著作《說俗文學》（臺北：聯經出版社，1980年）所作的「序」中說：

> 我們的文學，兩千年來原是「雅」「俗」兩大主流並進，「雅」是屬於有修養的知識者所專有，「俗」則自由生長於民間，而「雅」則又孕育於「俗」，如詩詞戲劇小說皆是先有民間的自由形式，漸被有修養的知識者所接受，一經有修養的知識者之手，便成清品，即今所謂古典文學作品。
>
> 我讀了永義的《說俗文學》集引起的感想如此。永義由專業古典戲曲兼及俗文學的研究，這固然是他的興趣，也是研究古典文學應有的探源的態度。

臺靜農先生的這段話，既說明了中國文學藝術發展中「雅」（作家文學）與「俗」（民間文學）之關係，同時也指出了曾先生學術研究之特色。

曾先生在臺灣大學中國文學研究所碩、博士研究班開始，即從事中國戲曲史的研究。開始是作家作品的研究，本集所收的論文〈楊妃故事的發展及與之有關的文學〉是其碩士論文《洪昇及其長生殿研究》（1966）的「副產品」。〈黃韻珊的帝女花〉、〈太和正音譜的作者問題〉、〈雜劇中鬼神世界的意識形態〉、〈北曲格式變化的因素〉及〈元人散曲「六論」〉等篇，是其博士論文《明雜劇研究》（1971）以及此後對元明清雜劇系統研究中的個案、專題和與之相關問題深入研究的成果。大致從一九七〇年代後半期，曾先生便開始對中國戲曲藝術生成、民族特徵和發展過程之諸問題，逐一做深入的探討；對前人和時賢研究成果之得失，也一一作檢討。尤其在一九八〇年代末，兩岸學界「通」了之後，曾先生來往於兩岸之間，與內地學界廣泛交流，加快了研究的進程。四十年間，其研究成果已達數百萬言。其精要和最新的研究成果，可見其自選集中的「學術理念」編和由中華書局同時出版的新著《戲曲源流新論》和《戲曲腔調新論》。本編所收部分論文，亦可見其研究進程的腳步。〈論說「拗折天下人嗓子」〉、〈關漢卿研究及其展望〉兩

文，是對古代戲曲作家、作品研究中兩個熱門話題的總結和展望。〈明代帝王與戲曲〉說明「官方」的重視對戲曲發展的推動，這種情況在中國歷史上不止出現於明代。〈先秦至唐代「戲劇」與「戲曲小戲」劇目考述〉、〈唐戲踏謠娘及其相關問題〉、〈論說五花爨弄〉、〈宋元瓦舍勾欄及其樂戶書會〉諸文的入編，我估計，除了它們所論都是古代戲曲發展中不可迴避、前人研究尚有欠缺的問題外，也因它們論述的對象都是民間戲曲、民間藝人和與戲曲發展關聯的其他民間技藝活動。我尤其讚賞曾先生將宋元時期瓦舍勾欄中的「書會」稱作「民間文藝家之行會組織」，指出那些眾多的書會中的「才人」「先生」（民間文藝家）同「樂戶伎人」（民間藝人）的通力合作，在「瓦舍勾欄」（百藝演出的劇場）中互動、競爭，促成了中國戲曲史上的「大戲」——南戲、北劇的形成。內地的「民間文藝家」或難以理解，因為按照當代民間文藝學主流的看法，宋元時期「瓦舍勾欄」中「書會才人」和「樂戶伎人」所展示的各種技藝和文學都是「市民文藝」或「市民文學」，被排斥在民間文藝和民間文學之外。

〈從戲曲論說「中國現代歌劇」〉一文，從「語言旋律與音樂旋律的融合」、「歌舞樂渾然一體的適然性」、「腳色運用的可行性」、「劇本主題與情節布置的關聯性」、「排場處理與舞臺裝置」五個方面，並以作品實例，討論中國傳統戲曲之現代化問題，探討的方式是從中國戲曲傳統的現象和特色說到「中國現代歌劇」所應採取的途徑，其關鍵是「扎根傳統的創新」。如何把握其「尺寸」，則需要能在音樂、美術、舞蹈、文學、戲劇等多方面能夠「調和古今中外的妙手」。曾先生對古典和傳統戲曲的研究，根柢既深，同時又「躬身排場」，親自作劇（編撰有歌劇、京劇、豫劇、崑劇等多種形式的劇本十餘種），與志同道合的演員、導演、音樂、舞美等人員通力合作，展現於舞臺。本文的論述，自有其身體力行的經驗，絕非泛泛之談。

讀曾先生的論文，給我的感覺：第一，視野開闊，或以新的理念和視角提出和解決前人未及的問題，或檢驗前人研究之疏漏；所提出的問題，都是實在的問題，不事空談。第二，論證的方法注重實證，以原典為依據，廣徵博引，對前人和時賢的研究，或贊成，或反對，均一一作客觀的介紹。第

三,邏輯嚴密,歸納、分類、比較,條分縷析,而得出科學的結論。以〈中國古典戲劇腳色概說〉一文為例,它以「生、旦、淨、丑、雜(眾)」分類考述自參軍戲以下至現代京劇各個時期出現的數百種腳色名(兼及民間之俗稱),解釋其名義、淵源,在不同劇藝中的分化衍派,進而得出十一項結論性的現象,最後做結論:「中國古典戲劇的『腳色』只是一種符號,必須通過演員對於劇中人物的扮飾才能顯現出來。它對於劇中人物來說,是象徵其所具備的類型和性質;對於演員來說,是說明其所應具備的藝術造詣和在劇團中的地位。所以光以『演員』釋『腳色』,難免粗疏之譏。」再以〈雜劇中鬼神世界的意識形態〉文為例,類似的題目他人也可能做過,但作者是從現存元明清三代六百六十餘種雜劇中,檢出一百六十餘種出現鬼神情節的劇本,根據這些劇本中描述的鬼神情節,歸納出三種運用的情形,蘊涵的四種意識形態。這篇文章不足一萬三千字,單是上述雜劇劇本的文字量,大概也要超過本文的百餘倍。時下能夠這樣下功夫寫文章的研究者,能有幾人?因此,要找到攻破曾先生研究結論的破綻,很不容易;如果與之商榷,那就必須先檢討個人知識的欠缺,花些功夫做更深入的探求。

二

曾先生在他的巨著《俗文學概論》(臺北:三民書局,2003)「自序」中說:「《中國戲曲史》和《俗文學概論》是我這輩子想要寫的兩本書。」從曾先生學術研究的進程來看,他對俗文學的研究是同戲曲史的研究同步進行的,而在戲曲史的研究方面用力尤多,卻將《中國戲曲史》的完成放在後面。其原因,按照曾先生對中國戲曲發展中的主體形式「大戲」的認識,它是由「故事、詩歌、音樂、舞蹈、雜技、講唱文學、俳優妝扮、代言體、狹隘劇場等九個構成元素融合而成的有機體」,這就涉及到中國文學藝術和歷史文化發展中方方面面的許多問題。曾先生一方面大量搜閱原典,一方面檢討前賢和時人研究之得失,逐一提出新見,供學界檢驗。如今已積累了數百萬字的有關研究成果,相信他最後寫成的《中國戲曲史》將會是體大而精的全新體系。

　　曾先生的《俗文學概論》因故不能在內地出版，是十分遺憾的事。現對這本著作的內容做簡單介紹：

> 本書「總論」部分，首先討論「俗文學」的命義，著者舉出自上個世紀二十年代以來及當代中國內地和臺灣學者關於「民間文學」、「俗文學」、「通俗文學」的各種說法，分析、比較，認為鄭振鐸先生在《中國俗文學史》中的說法：「俗文學就是通俗的文學，就是民間的文學，也就是大眾的文學。換一句話，所謂俗文學就是不登大雅之堂、不為士大夫所重視，而流行於民間，成為大眾所嗜好、所喜悅的東西」，「最為平正通達」。本編另有「俗文學的範圍和分類」「俗文學的特性」、「俗文學的價值」、「俗文學資料及其搜集整理」等章。
>
> 本書主文分四編：首編「短語綴屬」，分「俗語」（包括諺語、歇後語、慣用語、口頭成語、秘密語）、「謎語」、「對聯」、「遊戲文字」等四章。
>
> 次編「各類型之故事」，除了一般分類中的「寓言」、「笑話」、「神話」、「傳說」、「童話」、「民間故事」外，內地學者八九十年代提出的「仙話」、「鬼話」、「精怪故事」也列專章做了介紹。
>
> 三編「民族故事」，是著者的創發。〈導言：民族故事之命義、基型觸發與孳乳展延〉中指出：「凡能夠傳達一個民族所具有的共同思想、情感、意識、文化，而其流播空間遍及全國，時間逾千年的民間故事，就是民族故事。在眾多民間故事中，牛郎織女、孟姜女、梁祝、白蛇、西施、王昭君、楊妃、關公與包公這九個故事，源遠流長，內容豐富，尤富有深廣的民族文化意涵，因此最具有代表性。」並提出民族故事有「基型」、「發展」、「成熟」三個過程；其「孳乳展延」有「兩個來源」（文人的賦詠議論、庶民的說唱誇飾），「四條線索」（民族的共同性、時代的意義、地域色彩、文學間的感染與合流）。以下即按上列九個民族故事分章論述，「餘言」則介紹所謂「影子人物」。
>
> 四編「韻文學」，分「歌謠」、「說唱文學」、「地方戲曲」三章。著者認為「韻文學發展之層次，與表演藝術有密切關係」，敘事詩、史詩

「偏於少數民族」，偶戲偏於戲曲，故在本書中論述均較少，敘事詩、史詩在「餘論」中論及。

據上述介紹，可知這部《俗文學概論》是在前輩鄭振鐸先生研究的基礎上，廣泛吸納，獨出新見，而建立的新體系。其論俗文學的特徵有：民族性、大眾性、傳承性、口頭性、敏銳性、和合性、繁雜性，而以「民族性」為首：

> 民族性就是民族的共同性。共同性的內容包括民族意識、民族思想、民族情感，從而形成獨特的「民族風格」；這是使得俗文學能更豐富、更多彩多姿，流傳更久、更遠的基本因素。也就是說，透過它們，可以使俗文學與時空共流轉，同時「囊括」和「滋潤」人們的整個心靈，而較諸其他民族，則又有不同的特色。

正是在這種理念的支持下，曾先生在中國民間故事研究中獲得重大突破，創建了「民族故事」的分類概念。收入本編之〈楊妃故事的發展及與之有關的文學〉，說明曾先生在研究古代戲曲之始，便對特具中國民族特色、年代久遠並以各種文藝形式（包括文人之創作的詩歌、小說、戲曲、雜記等）傳播的民間傳說故事給予特別的關注。接下來所作〈從西施說到梁祝〉（已收入自選集「學術理念」編），對此類故事在理念和研究方法方面，做了進一步地探討。此後又指導研究生將此類故事作專題研究，如洪淑苓之《牛郎織女研究》（1985）、《關公「民間造型」之研究──以關公傳說為重心的考察》（1993），丁肇琴之《俗文學中包公形象之探討》（1997）等，最後正式名為「民族故事」。

記得一九八六年我在參與主編《中國民間文學大辭典》[1]開始時，參編

---

[1] 這本辭典由筆者倡議，上海社會科學院文學研究所所長姜彬教授（1921-2004）主編，筆者為第一副主編兼「歌謠」分類主編。自一九八六年起，至一九九一年定稿，一九九二年由上海文藝出版社出版。參編同仁有意在民間文學研究體系方面做些突破，姜彬先生放手讓各分類主編體現個人之研究成果。

同仁覺得將前輩羅永麟先生（1913-）在五十年代中期提出來「四大民間傳說故事」（牛郎織女、孟姜女、梁祝、白蛇）歸入「民間傳說」或「民間故事」都不妥，最後作為一組特殊的「故事」，專門立項。按照「進口」的民間文學理論，先有「概念」、「範圍」，再來「套」中國的實際，其難以自圓其說，在此暴露無遺。[2]曾先生將此類故事定為「民族故事」，以「影子人物故事」作民族故事之亞型（見本編收〈所謂「影子人物」〉）立足於中國民間故事發展的實際，突出其民族性的特徵，解決了這個難題，研究者應有所啟迪。

　　曾先生對中國俗文學研究的又一大貢獻，是他領導對中央研究院歷史語言研究所收藏俗文學資料的分類整理和編目。這批資料是劉半農（復）先生（1891-1934）一九二八年出任該所（時在北平）「民間文藝組」主任後開始徵集的。劉半農是「五四」新文化運動的宣導者之一，一九一八年二月成立的北京大學歌謠徵集處發起人。他認為：「凡一般民眾用語言、文字、音樂等表示其思想情緒之作品，無論有無意識，有無作用」，均屬民間文藝；其範圍包括「歌謠、傳說、故事、俗曲、俗樂、諺語、歇後語、切口語、叫賣聲等」。（見《中央研究院歷史語言研究所民間文藝組工作計畫書》，1928年11月）這次大規模的徵集俗文學資料是「五四」新文化運動的後繼行動，所徵集的俗文學資料涵蓋的地區，包括北京及河北、江蘇、山東、河南、湖北、安徽、浙江、福建、江西、廣東、四川、甘肅、雲南等省；時間最早的是清代乾隆年間的抄本；數量在萬種以上，單是清代北京張姓「百本張」抄

2　現當代中國民間故事的分類法，大致多沿襲上個世紀初周作人從日本引進「神話」「傳說」（最初稱「世說」）「童話」之三分法。只是後來將「童話」改作「民間故事」，以下再分作若干子類，如鍾敬文主編高校文科教材《民間文學概論》（上海市：上海文藝出版社，1980年），散文類民間文學作品分神話、傳說、民間故事三大類，民間故事下分幻想故事、生活故事、民間寓言、民間笑話四類。其他各家，或將寓言、笑話單獨列類；或將幻想故事再做細分。按，周作人之分類法，見〈童話略論〉，載《兒童文學小論》（上海市：兒童書局，1932年3月）。這本書除收入本文外，另收〈童話研究〉、〈古童話釋義〉等文，作者在〈自序〉中說，這些文章「都是民國二三年所作」，發表於「北京教育部編纂處辦一種月刊」。

賣的唱本即達三千餘種。一生「以書為伴」的前輩屈翼鵬先生慧眼識人,將
整理這批資料之重任,交給曾永義先生。曾先生帶領幾位青年學人,用了三
年的時間整理這批資料,並徵集了臺灣省的歌謠曲本(歌仔冊)近四百種。
本編所收〈中央研究院所藏俗文學資料的分類整理和編目〉一文詳細介紹這
批資料的整理、編目情況,及其多方面的研究價值。我想補充的是,中國傳
統文獻學雖十分發達,但對民間文獻的整理卻極少有研究。這樣一批數量龐
大而雜的以各種俗文學作品為主的民間文獻,其分類、編目,雖前有李家瑞
《北平俗曲略》的分類體系可供參考,但每一個文本的鑑定、歸類之艱難,
未經歷其事者,難以想像。其於民間文獻學的開拓和貢獻,亦應為學界所
認知。

　　上個世紀末,中國內地的民間文學界反思和總結二十世紀中國民間文學
學術史的發展,提出由鄭振鐸先生(1898-1958)的《中國俗文學史》(湖南
長沙:商務印書館,1938)奠基,由趙師景深先生(1902-1985)等眾多前
輩學者開拓之俗文學研究,是所謂「俗文學學派」[3]。拙見,如果把這些學
者的研究稱作一個學派的話,這個學派是中國文學藝術史研究的一個學派,
而不是「民間文學」研究的一個學派;他們的研究是為了深入發掘過去不被
重視的「俗文學」作品和活動,「以表現出中國文學整個真實面目與進展的
歷史」(鄭振鐸《插圖本中國文學史·序》)這樣的研究,自然就不可能將中
國文學藝術發展中的「雅」(作家文學)同「俗」(民間文學)割裂開來,而
常常是對某種文學藝術的門類(體裁)進行整體的研究;這樣的研究,也不
能將文學藝術的各種門類割裂開來,而是注重各種文學藝術形式的綜合研
究,特別是作為綜合藝術的戲曲藝術的研究,成為這一學派研究的重點。一
九五○年代後,占據中國內地民間文學研究主流地位民間文藝學學派,繼承
歐洲民俗學之傳統,以民間故事和民間歌謠為主要研究對象;同時引進蘇聯

3　參見劉錫誠:〈中國民間文藝學史上的俗文學派——鄭振鐸、趙景深及其他俗文學學者
　　論〉,載廣西南寧《廣西師範學院學報》2005年(第5卷)第2期;又,劉錫誠:《20世
　　紀中國民間文學學術史·第四章第二節·上海、香港、北平:俗文學學派的崛起》(鄭
　　州市:河南大學出版社,2006年),頁390-412。

民間文藝學以「勞動人民的口頭創作」作為界定「民間文學」範圍的標準。鄭振鐸的《中國俗文學史》受到批判,「俗文學」這個名詞也被研究者迴避了。但是一九五一到一九五三年在上海陸續出版了一批「俗文學家」研究中國文學藝術史的著作,如傅惜華《曲藝論叢》、葉德鈞《宋元明講唱文學》、孫楷第《傀儡戲考原》和《元曲家考略》、阿英《雷峰塔傳奇敘錄》、李嘯倉《宋元伎藝雜考》、任二北(半塘)《敦煌曲校錄》和《敦煌曲初探》等,它們是以《中國戲曲理論叢書》名義出版的。

　　我不清楚曾先生是否同意這個學派的存在,但我以為曾先生對中國戲曲史和俗文學的研究,具有這個學派的特點;其研究成果,據我目力所及,代表了這個學派在當代學科發展中的最高成就。

三

　　我與曾永義先生相識,是在一九九一年九月揚州師範學院舉辦的「首屆海峽兩岸散曲研討會」上,但早在一九八二年就已讀到先生的著作。一九八一年我奉高教部之命,從山東大學中文系調到揚州師院中文系,為前輩任半塘教授(1897-1991)籌建詞曲研究室。時「文革」十年動亂結束,學界復蘇。我感到中國戲曲史和說唱藝術史的研究急需發表成果的園地和互相交流研究的資訊,因籌辦不定期論叢《曲苑》[4]和內部交流資料《詞曲研究資料》。當時苦於無法看到臺灣同行的研究成果,便向景深師求助。景深師很快寄來鄭因百先生的《景午叢編》(臺北:中華書局,1972)和曾先生的《中國古典戲劇論集》(臺北:聯經出版社,1975)。內子陳企孟女士(1937-1991)即將兩位先生的論文編入《四十五種論文集古代戲曲研究論文索引(1950-1983)》。[5]那時兩岸還不「通」,據景深師言,兩位先生的著

4　此刊得到時任江蘇古籍出版社社長的高紀言先生的支持,於1984、1986年先後以「揚州師範學院中文系詞曲研究室曲苑編輯部」名義出版兩集,因無經費支持停辦。

5　本索引先作為《詞曲研究資料》內部印贈各有關單位,深受歡迎,後收入《曲苑》第二集。

作是由香港友人轉寄過來的。一九八五年後，前輩關德棟教授（1920-
2005）遊學美國歸來[6]，談到在美曾同曾先生會見，極力讚賞曾先生的俗文
學研究。同時介紹，景深師與鄭因百先生是好友；一九四八年鄭先生應聘到
臺灣任職，景深師與中國俗文學研究會在滬同仁為鄭先生餞行。七十年代
末，景深師在香港刊物上公開發表了給鄭先生的一封信，並刊出了鄭先生當
年離滬時友人的合影[7]，因同鄭先生取得了聯繫。這也就是《景午叢編》同
《中國古典戲劇論集》一道經過景深師傳到我手上的原因。此後，關德棟先
生又向我推薦了曾先生的《說俗文學》，拜讀之後，深感學術理念之相通。
比如，那時我在主編的《中國民間文學大辭典》「古代歌謠」部分，收入漢
劉邦的〈大風歌〉，認為它可以反映秦漢之際（約公元前三至二世紀）的民
間歌曲「楚歌」的面貌。而曾先生的這本著作中正收入一篇論文〈漢高祖的
大風歌〉，「自序」中說，將「楚歌」歸入「俗文學」，「雖不十分貼切，也不
算頂牽強」。正因如此，一九九一年同曾先生初次見面，便一見如故，而先
生豪爽磊落、重情重義的性情，更為我所敬仰。

那時我偏居揚州，為教書和生活所累，對俗文學（民間文學）的研究，
雖有一些設想，只能與他人「合作」打下手；個人所作只是些拾遺補缺的文
字。得曾先生的賞識和推薦，一九九五年在臺灣出版了論文集《俗文學叢
考》（臺北：學海出版社）。一九九六年四月曾先生邀請我參加臺灣大學中文
系主辦的「中國文學的多層面探討國際學術會議」，我發表個人第一篇系統
研究中國寶卷的論文〈中國寶卷的發展、分類及其社會文化功能〉。那時我
編著的《中國寶卷總目》已經完工，出版無門，曾先生推薦給中央研究院中

6　關先生應美國「陸斯基金」聘請，任賓西法尼亞大學東方研究系1983-1984年度訪問
　　學者。

7　載《廣角鏡》，第87期，1979年12月16日出版。中國俗文學研究會為趙師景深先生於
　　1947年與部分俗文學研究者建立的鬆散組織，計畫出版「俗文學研究叢書」。1950年
　　後，「俗文學」一詞不再被提及，便以「中國戲曲理論叢書」名義，由上雜出版社陸續
　　出版。照片中後排自左至右：關德棟（1920-2005）、楊蔭深（1909-1989）、趙景深
　　（1902-1985）、陸萼庭（1925-2003）；前排左為陳汝衡（1900-1989）、右為鄭因百
　　（1906-1991）。

國文哲研究所籌備處出版（1998）。也是在此次和以後我多次赴臺參加學術研討活動的過程中，曾先生把他的許多學生介紹給我。這些年輕的學者，此後來內地，又同我的幾位學生和年輕朋友建立了密切的交流和合作關係。三代學人的師友情，就這樣跨越時間和空間，代代傳下來。

上面所談，僅是我個人同曾先生之間的交流。實際上，自上個世紀八十年代末，兩岸之間繞著彎子「通」了之後，曾先生即於一九八九年八月率先克服各種困難，帶領臺灣「漢唐樂府」等三個南管樂團來內地，在北京、泉州等地與內地同行交流演出。二十年來，曾先生幾乎每年都來內地（有時一年來數次）參加各種學術研討會議和學術交流活動，發表學術講演數十場；組織和帶領臺灣學者、演員和他的學生們來內地進行考察或戲曲演出交流活動，其活動區域遍於內地各地，並被眾多大學和研究機構聘請為客座教授、研究員等職，發表學術講演數十場，其學術薪傳，惠及兩岸。同時，曾先生又不斷邀請內地眾多的學者、演員、演藝團體到臺灣學術交流、演出、授藝等。其發起和主持的大型活動，如「大陸傳統戲曲劇種、劇團及行政體系之調查研究」（1991），「崑劇經典劇目之保存與劇藝之薪傳」（1991年開始），「海峽兩岸歌仔戲創作研討會」、「海峽兩岸歌仔戲聯合實驗劇展」、「兩岸歌仔戲的共生與共榮座談會」、「歌仔戲的薪傳與現代化座談會」、「兩岸歌仔戲交流合作之展望座談會」（1995），「海峽兩岸小戲大展暨學術會議」和演出活動（2000），「兩岸戲曲大展暨學術研討會」（2002），主編「戲曲研究叢書」（今已出版六輯三十六冊）[8]，收錄兩岸學者的著作，等等。二〇〇八年又應聘為中國藝術研究院主持之國家重大課題《崑曲藝術大典》編委，參與審稿和組織臺灣崑曲資料的入編工作[9]。

如今，曾先生已近古稀之年，[10]老而彌健，仍然奔波於兩岸之間，是為兩岸文化交流、弘揚中華民族文化之功臣！（2008年5月28日於京華客居）

8　補注：至2016年10月為止，「國家戲曲研究叢書」已出版105冊。

9　補注：《崑曲藝術大典》已由安徽出版集團出版，全書共16開特精裝149冊。

10　補注：曾先生生於1941年4月4日，目前已逾七十五歲。

附記

　　二〇一五年底，本人收到臺灣大學中文系「曾永義先生學術成就與薪傳國際研討會」籌備委員會的邀請函。因大病手術後，身體尚未完全恢復，難以請醫院開出健康證明，而未能參加這次空前的學術盛會。擬以上述為曾先生自選集「序」為基礎撰寫的論文也沒有寫出來。為辦理與會手續，寫了一個簡單的「摘要」，其中有云：

> 曾永義先生不僅在俗文學總體研究方面，經過數十年教學和文獻整理、專題研究的實踐，廣泛吸納前人研究成果，獨出新見，創建史論結合的體系，寫出皇皇巨著《俗文學概論》。在中國戲曲方面的研究，繼承「俗文學學派」重視各種民間演唱、歌舞技藝的傳統，重實證，探源流，辨百家，出新見，創體系，立足中華民族戲曲發展的實際，將中國戲曲歷史和發展的研究推向前所未有的高度，以無可爭辯的實力，將中國戲曲和俗文學研究打入正統學術的殿堂；並親自作劇度曲，躬身排場，寄託情思，是「響璫璫一粒銅豌豆」。

　　今得曾先生助理來信云：會議論文集即將編輯出版，本人恰在病中，需做例行全面體檢，無力構思新作，因將上述「序」原文略加增訂、補注呈上，如蒙入編，幸甚！（2017年1月15日，北京，時年八十。）

曾永義先生和他的俗文學研究

苗懷明[*]

　　曾永義先生是享譽海內外的著名學者，在多個領域有著卓越的建樹，培養了一批學有專長的學界才俊，筆者拜讀過先生的多部大作，並有幸多次聆聽先生的教誨，對其治學與為人有著直觀、真切的感受。對先生的學術成就與治學特點進行全面概括和總結，非筆者所能勝任，這裏僅就先生在俗文學領域的研究談談個人的一點心得體會。[1]

　　先生治學的重點在中國戲曲，在這一領域的著述多，影響大，關注並進行評介者也比較多。[2]在戲曲研究之外，先生還對其他類型的俗文學進行過較為全面、深入的探討，相關著述有《說俗文學》、《俗文學概論》、《說民藝》等。總的來看，先生在俗文學這一領域的研究主要集中在如下三個方面：

---

* 南京大學文學院教授。

1 這裏所說的俗文學不包含小說、戲曲，因為小說、戲曲皆已各成專學，需要單獨來講。鄭振鐸的《中國俗文學史》、先生的《俗文學概論》皆是如此處理。先生在《俗文學概論》中提出「南戲、北劇、傳奇、南雜劇、明清小說等」，「長久以來已視為『中國文學史』之範圍。因此，本書也就舍而不論」。見該書頁38、46。

2 參見蔡欣欣：〈以戲曲為志業的曾永義教授〉，《戲曲研究》第六十九輯（北京市：文化藝術出版社，2005年）、〈澹泊致遠──曾永義教授的學術理念與研究成果〉，《書目季刊》第43卷第1期（2009年）、伏滌修：〈老驥骨奇心尚壯，青松歲久色逾新──曾永義教授訪談錄〉，《文藝研究》2013年第4期、游宗蓉：〈治學觀通變，文章道性情──曾永義教授訪談錄〉，《東華漢學》第20期（2014年12月）等文章的相關介紹和評述。

一

一是對俗文學文獻的梳理和研究。

在此方面，首先要提及的是先生對中央研究院歷史語言研究所傅斯年圖書館所藏俗文學文獻的整理與研究。這批資料係劉復等人早年辛苦搜集所得。一九二八年，劉復組建中央研究院歷史語言研究所民間文藝組，主要成員有常惠、李家瑞等六人。他們致力於俗文學文獻的搜集，用力甚勤，在短短兩年時間裡，就搜集了一大批珍貴的俗文學資料，有位研究者稱其為「具有偉大規模、壯闊視野的民間曲藝文學的總搜集」。[3]據一位學人介紹，到一九三六年，該所「已經藏有彈詞一百四十多種」。[4]劉復、李家瑞後來所編《中國俗曲總目稿》（1932年刊行）一書就是根據這批俗文學資料整理而成，稍後李家瑞又依據這些資料撰寫《北平俗曲略》一書。

抗戰期間，為躲避戰火，這批珍貴的俗文學資料被裝箱南運，歷經南京、四川等地，後輾轉運至臺灣，藏於中央研究院歷史語言研究所傅斯年圖書館。這批資料「論冊數有八千餘本，論篇題有一萬四千八百餘目」，「所屬的地域，包括河北、江蘇、廣東、四川、福建、山東、河南、雲南、湖北、安徽、江西、浙江、甘肅、臺灣等十四省，其時代自清乾隆間以迄抗日軍興；因此，稱之為數百年來中國俗文學的總匯亦不為過」。[5]

由於時處戰亂，資訊不暢，有些大陸學人誤以為這些資料在抗戰期間沉於江中：「當抗日民族戰爭時期，這批寶貴的民間文藝遺產，從南京運往雲南時，極不幸的在途中船沉於江，竟然全部毀滅了。」[6]儘管這批資料並未如謠傳的那樣沉於江中，但長期以來一直處於封存狀態，學界知者甚少，因

3　俞大綱：〈發掘中央研究院所保存的戲曲寶藏〉，《俞大綱全集・論述卷》（臺北市：幼獅文化事業公司，1987年），頁385。

4　胡士瑩：〈前言〉，《彈詞寶卷書目》（北京市：古典文學出版社，1957年）。

5　曾永義：〈中央研究院所藏俗文學資料的分類整理和編目〉，收入《說俗文學》（臺北市：聯經出版事業公司，1980年），頁1。

6　傅惜華：〈例言〉，《子弟書總目》（上海市：文藝聯合出版社，1954年）。

而未能得到充分的研究和利用。直到一九六五年，趙如蘭受美國哈佛大學的委託，將這批資料攝製了二百四十個膠捲，英國劍橋大學亦複製一份。這批資料由此開始受到學界的關注。

儘管此前劉復等人曾編有《中國俗曲總目稿》一書，著錄了這批俗文學文獻的情況，但該書存在不少問題，「這樣的總目和資料之間毫無聯繫，也就是資料照樣保留原始面目的凌亂，但知其目而無從覓其書，所以對學者的用處不大」。[7]有鑑於此，一九七三年春至一九七五年，時任史語所所長的屈萬裡委派先生率領黃啟方、陳錦釗、曾子良等一批學人對中央研究院歷史語言研究所所藏俗文學資料進行整理和研究，這也是首次對這批俗文學文獻進行全面、系統的整理和研究。

經過幾年的辛苦工作，先生等人終於弄清了這批珍貴資料的詳細情況。他們以李家瑞的《北平俗曲略》一書為藍本進行分類和編目，編成一部分類目錄稿。所得結果為：戲劇共十三類，三千六百九十七種，五千一百八十三目；說唱共三類，兩千三百〇四種，三千三百五十六目；雜曲共八十九類，四千〇七十八種，五千三百五十四目；雜耍共十類，一百九十四種，三百一十三目；徒歌共七類，三百四十一種，四百一十七目；雜著共九類，一百八十二種，一百九十六目。共計六屬，一百三十七類，一萬〇八百〇一種，一萬四千八百六十目。他們「除撰寫各類屬之分類編目例言之外，又比照李家瑞《北平俗曲略》，撰寫各類屬之敘論，說明其來源、流行、體製、內容等等，凡二十餘萬言」。[8]該目錄稿不僅詳細記錄了傅斯年圖書館所藏這批俗文學的情況，而且其自身也是一部具有重要學術價值的俗文學文獻著作。

整理工作完成之後，先生撰寫〈中央研究院所藏俗文學資料的分類整理和編目〉一文，詳細介紹整理研究的情況及自己的心得體會，為學界提供了許多重要的學術資訊。在文章的最後，他提出對這批文獻的「保全之道，恐

7　曾永義：〈中央研究院所藏俗文學資料的分類整理和編目〉，收入《說俗文學》，頁2。

8　曾永義：〈中央研究院所藏俗文學資料的分類整理和編目〉，收入《說俗文學》，頁5。上文數字亦據該文而來。

怕應當是盡速刊印流布，或按類陸續刊行，或擇取精要先予付梓」。[9]如今先生的這一心願已經得以實現，新文豐出版公司自二○○一年至二○○六年以《俗文學叢刊》之名將這批文獻全部影印出版。

對先生來說，整理中央研究院歷史語言研究所傅斯年圖書館所藏俗文學文獻也是其治學生涯中的一個重要轉向，此後他除了繼續進行戲曲領域的研討，對民間故事、說唱文學等其他俗文學樣式也給予了較多關注，相繼撰寫了一批著述，正如其本人所言：「我個人也因此走入了俗文學研究的範圍。」[10]

此後先生於一九七八年四月二十六日帶領學生在臺灣大學的學生活動中心禮堂舉辦俗曲演唱會，在《中國時報》的人間副刊上開辦俗文學專刊，並相繼發表〈不登大雅的文學之母〉、〈馬頭調〉、〈說群曲〉、〈梁祝故事的淵源與發展〉、〈沈江東的白蛇故事之研究〉等文章，以多種方式向社會及學界宣傳、普及俗文學，這對臺灣地區的俗文學研究無疑是一個較大的推動。此前，雖然也有一些臺灣學人進行俗文學的探討，如劉階平的聊齋俚曲、鼓詞研究、婁子匡的民間故事研究等，但人數較少，未能形成風氣，學界關注不多。自先生等人借助整理中央研究院歷史語言研究所傅斯年圖書館所藏俗文學文獻的契機宣傳提倡之後，逐漸形成一種研究風氣，不少年輕學人陸續加入進來，取得了不少收穫。如曾子良的《寶卷之研究》（臺北市：政治大學，1975年）、陳芳英的《目連救母故事之演進及其有關文學之研究》（臺北市：臺灣大學中國文學研究所，1978年）、陳錦釗的《子弟書之題材來源及其綜合研究》（臺北市：政治大學，1977年）等。需要指出的是，這些成果都是利用中央研究院歷史語言研究所傅斯年圖書館所藏俗文學文獻完成的，由此也可以看到這次整理工作的意義與影響，看到先生在其中的重要作用及貢獻。

---

9 曾永義：〈中央研究院所藏俗文學資料的分類整理和編目〉，收入《說俗文學》，頁1。

10 曾永義：〈自序〉，《說俗文學》。

二

二是對俗文學研究學科的整體建構。

從學術史的角度來看，先生屬俗文學研究的第二代學人，此前劉復、鄭振鐸、胡懷琛、趙景深、傅惜華、阿英、李家瑞、陳汝衡等前輩學者開風氣之先，從二十世紀二、三十年代著手俗文學的研究，取得了一些重要成果，如胡懷琛的《中國民歌研究》、趙景深的《大鼓研究》、《彈詞考證》、阿英的《彈詞小說評考》、《中國俗文學研究》、陳汝衡的《說書小史》等，特別是鄭振鐸以其《中國俗文學史》首次完整勾勒了中國俗文學的形成、發展歷程，具有奠基之功。但是從學科發展的角度來看，俗文學研究儘管已取得不少進展，仍有不少重要的基本問題未能得到很好的解決，比如俗文學的名稱、範圍、分類、特點等等，這些都是必須面對的基礎問題，需要一部成體系的著作進行全面、深入的闡釋。在此方面，先生根據學科發展的內在需要，以其《俗文學概論》一書高屋建瓴地從宏觀上對俗文學進行了整體的建構，使這一學科得以完備和完善，可謂意義深遠。他本人也很看重這部著作：「《中國戲曲史》和《俗文學概論》是我這輩子想要寫的兩本書。」[11]

在該書中，先生首先在總論中正本清源，解決俗文學研究中幾個最為基本的問題，那就是俗文學的概念、範圍、分類、特性、價值、資料及其搜集整理。在探討這些問題時，他先是窮盡學界包括大陸學者和臺灣學者對這些問題的認識，然後分析其異同、得失，最後提出自己的見解。

以對俗文學概念的辨析為例。先生將學界長期以來用得較多也容易混淆的三個概念即「民間文學」、「俗文學」和「通俗文學」放在一起進行辨析，他先是從學術史的角度對大陸學界研究和使用這些概念的情況進行梳理，列舉了鄭振鐸、張紫晨、鍾敬文、姜彬、段寶林等人的觀點，指出「大陸學者對於所謂『民間文學』、『俗文學』和『通俗文學』大抵已取得共識」。[12]隨

---

11 曾永義：〈自序〉，《俗文學概論》（臺北市：三民書局，2003年）。

12 曾永義：《俗文學概論》，頁11。

後列舉李福清、金榮華、胡萬川、陳兆南、王國良等臺灣學者對這三個概念
的看法，指出「占多數的學者和大陸學者的主張基本相同」，[13]但也有一些
不同之處。在對兩岸學界觀點進行全面梳理和總結的基礎上，先生提出自己
的看法。他徵引《簡明大英百科全書》、《大美百科全書》、《辭海》等著述對
三個概念的西方、中國語源及翻譯情況進行細緻辨析，然後提出自己的看
法：「『民間文學』和『俗文學』或『通俗文學』，可說是一物之異名而已。」
「事實上是『三位一體』，不過在不同的角度說同一件事而已，它們之間根
本沒有什麼不同。」[14]表面上看起來，先生基本認同鄭振鐸在《中國俗文學
史》一書中對俗文學的界定，似乎沒有提出與其他學者迥然不同的新主張，
實則是在比較各說之後所提出的最為嚴密、最為周全的一個主張。在堅持自
己主張的同時，先生也保持適當彈性，尊重學界長期以來「約定俗成」的一
些做法，比如對將民間文學內涵等同「口頭文學」之舉，他表示在實際應用
中也會「吾從眾」。

　　對這三個基本概念的探討，整整用了二十二頁的篇幅，既有學術史角度
的梳理，又有語源和翻譯方面的歸納；既有學理層面的辨析，又有使用層面
的考慮，思路清晰，邏輯縝密，徵引豐富。即便讀者對先生的上述看法還有
不同意見，但也可以從中得到文獻及方法上的借鑒和啟發。鄭騫先生早年對
先生的治學特點曾有如下概括：「君之治學為文：程功則黽勉勤劬，取材則
廣搜慎擇，其方法則謹嚴而細密。」[15]說的是先生在戲曲研究方面的特點，
將這段話用來概括其對俗文學的探討，也同樣符合。

　　概念的辨析之外，對俗文學範圍、分類、特性、價值等方面的探討也基
本上採用這種方法。總的來看，先生的這些見解建立在豐富文獻及以往研究
的基礎上，具有很強的說服力，這樣也使該書具有集大成的性質和意義，可
以將其看作是對二十世紀俗文學研究的一個總結。先生對此也有明確的認

---

13 曾永義：《俗文學概論》，頁19。

14 曾永義：《俗文學概論》，頁23。

15 鄭騫：〈序〉，《中國古典戲劇論集》（臺北市：聯經出版事業公司，1975年）。

知：「若謂本書有何特色，則首在建立『俗文學』之觀念，破除並世學者所謂『俗文學』、『通俗文學』、『民間文學』間之糾葛，從而明確俗文學之範圍，分編建目，依次而進，並提出『民族故事』之概念。」[16]

在對俗文學的基本概念進行全面、深入梳理和辨析的基礎上，先生將俗文學分成四大版塊即短語綴屬、各類型之「故事」、民族故事和韻文學，其中短語綴屬包括俗語、謎語、對聯、遊戲文字共四類，各類型之「故事」包括寓言、笑話、神話、仙話、鬼話、精怪故事、傳說、童話、民間故事共九類，民族故事包括牛郎織女故事、西施故事、孟姜女故事、梁祝故事、王昭君故事、關公故事、楊妃故事、白蛇故事、包公故事共九類，韻文學包括歌謠、說唱文學、地方戲曲共三類，對每一類俗文學的樣式，先辨析概念，再梳理源流，然後談其類型、特色、價值等，最後列出參考書目，內容十分全面、完備，正如先生本人所概括的：「於專章論述，則務必明其定義，述其演進脈絡，發其旨趣特色。而若追根溯源，則逕引原典；於俗文學類別則酌舉實例以便說明，以見典型。」[17]這樣就為俗文學勾勒出一幅完整、清晰的框架結構圖，劃定疆域版圖，為整個學科奠定了堅實的基礎，也為後學者做出示範和導引。

從一九三八年鄭振鐸《中國俗文學史》的刊行到二〇〇三年先生《俗文學概論》的出版，可見中國俗文學研究在六十多年間從初創到成熟的發展演進軌跡，也可以從中把握這門學科內在的學術脈絡。將《俗文學概論》放在中國俗文學研究史的大背景下觀照，對其價值和意義可以有更為深入的領會。

三

文獻資料的整理研究、系統全面的論述之外，先生還對俗文學中的一些具體問題進行了深入的探討，提出許多新的見解。從先生的學術興趣和相關研究來看，他比較關注如下兩個方面的問題：

---

16 曾永義：〈自序〉，《俗文學概論》。

17 曾永義：〈自序〉，《俗文學概論》。

　　一是民族故事。先生在此方面寫有〈西施故事志疑〉、〈梁祝故事的淵源與發展〉、〈楊妃故事的發展及與之有關的文學〉、〈潘江東的〈白蛇故事之研究〉〉、〈從西施說到梁祝——略論民間故事的基型觸發和孳乳展延〉、〈從神話到仙話的西王母〉等一系列論文。其中〈從西施說到梁祝——略論民間故事的基型觸發和孳乳展延〉一文最具代表性，該文從整體著眼，通過西施、王昭君、楊貴妃、孟姜女、梁祝、白蛇故事六個典型個案的分析，對俗文學中具有民族特點、影響廣泛、流傳久遠的那些民間故事的基型、發展、成熟等問題進行深入探討，總結出一些具有規律性的東西，指出這些民間故事的發展演進有文人學士、庶民百姓兩個來源，民族、時代、地方、文學四條線索，最後進行總結，「觸發、聯想、附會，是其發展的原動力，而民族意識、民族思想和民族情感是其主要內容。民間故事一旦發展成熟，則其故事之主人翁，便成了典型人物，而凡屬『正面的』，莫不受到人們的崇拜」。[18]這個結論與其他幾篇探討西施、梁祝、白蛇等故事的論文彼此呼應印證，形成一個系列，體現出先生治學的興趣和特點，對後學者具有示範作用。

　　其後，在《俗文學概論》一書中，先生將牛郎織女故事、西施故事、孟姜女故事、梁祝故事、王昭君故事、關公故事、楊妃故事、白蛇故事、包公故事等九個具有濃郁民族色彩的民間故事從各類型之「故事」中劃出，單獨作為一個門類，並稱其為「民族故事」，進行如下定義：「凡能夠傳達一個民族所具有的共同思想、情感、意識、文化，而其流播空間遍及全國，時間逾千年的民間故事，就是民族故事。」[19]先生稱此舉「乃個人所『創發』，學者未嘗論及」。[20]這九個故事雖然也屬民間故事，但其影響範圍、產生流傳的時間皆非一般民間故事所能相比，且與民族的思想、情感、意識及文化有著密切的關係，有著十分豐厚的文化內涵，先生將其單獨作為一類，可謂獨具慧眼，這是很有建樹的一種做法，有位學人指出，「按照『進口』的民間

18 曾永義：〈從西施說到梁祝——略論民間故事的基型觸發和孳乳展延〉，收入《說俗文學》，頁173。

19 曾永義：《俗文學概論》，頁411。

20 曾永義：〈自序〉，《俗文學概論》。

文學理論，先有『概念』『範圍』，再來『套』中國的實際，其難以自圓其說，在此暴露無遺。曾先生將此類故事定做『民族故事』，以『影子人物故事』作民族故事之亞型。立足於中國民間故事發展的實際，突出其民族性的特徵，解決了這個難題，研究者應有所啟迪」。[21]如今這九個故事已成為學界的熱點話題，取得不少重要進展，出現多部專著，先生的提倡、推動之功是顯而易見的。

先生在《俗文學概論》中重點介紹和研究了具有代表性的九個民族故事，還提及兩位「影子人物」即周倉和貂蟬。按照先生對民族故事的界定，還有一些在民間廣為流傳的故事也可被稱作民族故事，如沉香故事、觀音故事、媽祖故事、濟公故事、楊家將故事、嶽飛故事等。這是一筆內涵豐富的文化遺產，值得深入挖掘。

值得一提的是，先生在學術研究之餘，還喜歡編寫戲曲劇本，共有十多部作品，涉及崑曲、京劇、豫劇等劇種。其劇本喜歡從民族故事中取材，如〈牛郎織女天狼星〉、〈楊妃夢〉、〈孟姜女〉、〈青白蛇〉、〈梁山伯與祝英台〉[22]等，「希望藉這些故事重新呈現久已被國人遺忘的民族意識、思想和情感，並探索省思現代意義和價值」。[23]先生對這些民族故事進行過專門研究，學以致用，將研究心得應用到劇本創作中，可謂厚積薄發，別具一格。這些劇本在舞臺演出後，反映熱烈，受到演員和觀眾的歡迎。[24]

---

21 車錫倫：〈序言〉，《曾永義學術論文自選集・乙編・學術進程》（北京市：中華書局，2008年）。

22 有關該劇的創作情況，參見曾永義：〈化玉蝶雙飛向九霄——我編寫首部崑劇〈梁山伯與祝英台〉及其他〉，載高福民、周秦主編：《中國崑曲論壇2004》（蘇州市：蘇州大學出版社，2005年）、〈論說拙著崑劇《梁祝》之文本創作與劇場演出〉，《戲曲學報》第11期（2014年1月）等文。

23 曾永義：〈千古長城邊塞恨——我編撰崑劇〈孟姜女〉〉，收入高福民、周秦主編：《中國崑曲論壇2006》（蘇州市：古吳軒出版社，2007年）。

24 相關介紹和評論參見顧聆森：〈新編崑劇的典範之作：評曾永義的原創崑劇〈梁山伯與祝英台〉〉，《劇影月報》2009年第6期；陳建森：〈千年四入楊妃夢　邀月舉杯戲春秋——曾永義新編崑劇〈楊妃夢〉觀後〉，《四川戲劇》2012年第4期；周南：《論曾永義的戲曲編劇理論與實踐》（上海市：上海戲劇學院碩士學位論文，2012年）。

　　二是戲曲與說唱文學的關係。先生早年師從鄭騫、張敬等前輩學人研習
戲曲，在此領域造詣很深，有多部專著出版，後借整理和研究中央研究院歷
史語言研究所傅斯年圖書館所藏俗文學文獻之機，拓展研究領域，轉向俗文
學的研究。在進行俗文學特別是說唱文學的研究時，對其與戲曲的互動關係
較為關注，多有提及。

　　早在〈中國古典戲劇的形式和類別〉一文中，先生在談及中國戲劇在形
式上的共同特點時，第一條就明確指出「我國戲劇深受講唱文學的影響」，
具體表現為「保留敘述的方式」，「劇本中往往還保留許多講唱文學的痕
跡」；「雜劇傳奇的曲詞，可以說就是詞曲系講唱文學的進一步發展」，[25]強
調戲曲在形成發展過程中所受說唱文學的影響。在〈中國古典戲劇的形成〉
一文中，他結合中國戲曲形成的實際再次談到這一問題，提出「說唱文學給
予南戲北劇在樂曲方面直接的影響和極豐富的滋養」，「戲文和雜劇一樣，在
題材方面，大量的汲取了說話和講唱的故事」，「講唱文學是使得戲劇由小戲
壯大而成為大戲的最主要因素」，[26]談得更為具體，也更為深入。到〈有關
元雜劇的三個問題〉一文中，先生則將這一問題細化，專門將說唱文學對元
雜劇的影響作為要深入探討的三個重要問題之一。他從樂曲、搬演、說唱文
學的遺跡、題材等四個方面分別進行論述，並證之以豐富翔實的文獻資料，
得出令人信服的結論。

　　早期戲曲如元雜劇深受說唱文學的影響，後來出現的中國地方戲曲在形
成與發展過程中同樣打上說唱文學的深深烙印。先生對此也有深入的揭示，
他指出說唱文學在地方戲曲形成過程中的重要作用，將其作為小戲形成的四
個途徑之一、大戲形成的三個途徑之一，具體方式為「一變而為小戲者體製
簡短，反之，具有豐富音樂和曲折故事者則一變而為大戲」。[27]他以無錫灘

---

25 曾永義：〈中國古典戲劇的形式和類別〉，收入《中國古典戲劇論集》，頁5。

26 曾永義：〈中國古典戲劇的形成〉，收入李肖冰等編：《中國戲劇起源》（北京市：知識
　　出版社，1990年），頁20、22。

27 曾永義：〈中國地方戲曲形成與發展的徑路〉，收入《戲曲源流新論》（北京市：中華書
　　局，2008年增訂本），頁340。

簀、洋琴戲作為說唱文學變成小戲的例證,以杭劇、黔劇、龍岩雜戲作為說唱文學變成大戲的例證。

說唱文學與戲曲的關係不是單向的,而是互動的,說唱文學深深影響到中國戲曲的發展,它在發展演進過程中也同樣會取資戲曲,正如先生所言:「曲藝固可以發展為戲劇,戲劇的演出形式,又何嘗不可以為曲藝所取法。」[28]先生在探討唐代參軍戲的演變時,曾專門談及這一問題,他參考前人諸說,經過認真辨析,提出參軍戲「到了清咸同之際,又被藝人從中提取出來,發揚光大,因而蛻變轉型成為再度娛樂教育廣大群眾的曲藝」即相聲,他認為「以此來解釋『參軍戲』和『相聲』的關係是比較合理而接近事實的」。[29]

上述對戲曲、說唱文學關係的探討可見先生寬廣的學術視野與敏銳的學術眼光,這與其知識結構、學術積累有關,也與其從戲曲到俗文學的學術轉向有關,臺靜農先生早年注意到先生的這一轉變,指出其「由專業古典戲劇兼及俗文學的研究,這固然是他的興趣,也是研究古典文學應有的探源的態度。」[30]正是這種轉變打破了戲曲研究與說唱文學研究的專業壁壘和分割,將其放在一起進行整體觀照。此前也曾有研究者談及戲曲與說唱文學的關係問題,但多沒有先生談得這樣系統、深入,這種探討不僅對於戲曲、說唱文學研究有著重要的意義,對於建立大的俗文學觀同樣有著重要的貢獻。

先生相關的俗文學研究論文還有〈明成化說唱詞話十六種〉、〈關於變文的題名、結構和淵源〉、〈宋元瓦舍勾欄及其樂戶書會〉等,這裏不再一一進行介紹。

撰寫著述之外,先生還將對俗文學的研究與培養年輕後進結合起來,他在各高等學府多次開設俗文學的相關課程及講座,指導研究生撰寫這方面的學位論文,如洪淑苓的《牛郎織女研究》、《關公民間造型之研究——以關公

---

28 曾永義:〈參軍戲及其演化之探討〉,收入《戲曲源流新論》,頁135。

29 曾永義:〈參軍戲及其演化之探討〉,收入《戲曲源流新論》,頁135。

30 臺靜農:〈序〉,《說俗文學》。

傳說為重心的考察》、丁肇琴的《俗文學中包公形象之探討》等,為臺灣地區的俗文學研究培養了一批優秀人才,使俗文學的學術薪火得以傳承與發揚。

限於條件,筆者未能盡讀先生的全部著述,只能依據手頭的幾部著作對其俗文學研究的情況談點自己的感想,其中一定存在遺漏或不夠準確、全面之處,還請先生及諸位同仁批評指正。

論南管散曲中的俗文學資料
──兼論曾永義教授對南管學的貢獻

呂錘寬*

一　略論南管散曲

　　南管散曲，單稱曲，其樂曲體裁、曲詞內容、音樂結構等，已見於本人歷年的論著，如《泉州絃管（南管）研究》、《泉州弦管（南管）指譜叢編》，以及《泉州南音（絃管）集成》，故而關於南管散曲於音樂與文學之一般特徵等，本文將予以略過，著重地指出南管散曲的文學特性，以及為文的動機：從民國六十年代學術界普遍對南管陌生，迄今它則近似學術界（最起碼於傳統音樂研究的區塊）的顯學，在轉變過程中，許常惠與曾永義教授居間做出不少貢獻。

（一）為文動機

　　南管為以藝術導向的音樂形式，具有獨特的風格，故而千百年來總能吸引一群特定的愛好者，使其能綿延不斷薪傳，即使為涓涓細流，它的存在，除了添增漢族傳統音樂的內容，該批豐富的資料更提高學術研究的層次。對南管文化圈或學術界特定研究群而言，能滔滔不絕地論述它的音樂性與歷史

＊　臺灣師範大學民族音樂研究所教授。

性,從普遍性的角度言之,不知南管音樂為何者處處皆是,從若干社會語言如:南管(館)是哪種菜館?南管是哪種管樂器?就能窺其一斑。另透過音樂圈的眼光,我的學院派同學中,嘗有位赴義大利留學回國者來訪,乃播放以知名南管演唱家蔡小月演唱的【風落梧桐】給她欣賞,在聽過數秒鐘之後,此位聲樂家就開始大笑,云「這根本不是在唱歌」,反問曰「不然是什麼」,答稱「一種擠壓喉嚨的聲音」,又問曰「如為擠壓喉嚨,能持續多久」,答曰「不出幾分鐘」。於是乃總體分析南管文化圈曲目長度、以及演唱會進行情況等,給這位同學進一步了解:南管曲之三撩拍者,一首曲子的演唱時間約十五分至十七分鐘,將近二十分鐘的曲子亦復傳唱於館閣。以蔡小月的例子言之,在社會化與國際化的南管音樂會,整場音樂會都由她一個人演唱,約十餘年之間,她的音質與音色並未稍變,顯示「展現該聲音的技巧」,確確實實地為演唱或歌唱,並非如學習歐洲美聲唱法者所稱的「擠壓喉嚨」。

在民國六十年代之前,包括南管音樂在內的傳統音樂,大抵皆自發性地流傳於基層社會,做為人們閒暇的娛樂,南管音樂自無例外,係以館閣為中心的音樂活動,由於該音樂文化現象的獨特性,因而也形成所謂的「絃管人」或「南管人」,人事現象的特殊處在於:欣賞者同時也是演奏唱者,在本人的研究中,稱這種社會文化現象為「南管文化圈」。在無人引薦的情形下,即使一位愛好傳統音樂者,對此樂種仍不得而知,本人即為一個例子:在大學四年的學院式音樂養成訓練過程,從第一年伊始,即展開所謂的田野調查,接觸過北管音樂、歌子戲音樂、布袋戲音樂以及藝師與劇團,例如一九七四年以一介學生的身份,即曾邀請李天祿先生到當時的文化學院音樂系,示範演出布袋戲,當時卻絲毫不知有南管音樂。

回顧從民國六、七○年代迄今的變化,今天的大學殿堂尤其是人文類系所,人們多少知道南管的歷史價值或音樂藝術性,根據個人的看法,居功厥偉者,起始於許常惠教授在音樂界與社會的呼籲,繼之為曾永義教授於文學及戲曲界倡導所取得的成果。許常惠教授於民國六○年代經由「民間樂人音樂會」,將包括南管與北管在內的臺灣傳統音樂引介至臺北市,促進知識界

認識多采多姿的臺灣傳統音樂與戲曲。隨著舉辦「南管音樂國際研討會」、「南管音樂全國巡迴講座」，此後約十餘年，在南管音樂相關的學術性場合，許常惠老師闡述南管的音樂性、曾教授論述南管的文學性與歷史地位，並與南管戲聯繫，擴大南管的研究層面。經由兩位大師級的學者生動且深入的闡述，不但引起社會大眾的關注與興趣，同時也吸引學術界的參與研究，三十餘年來，經由曾永義教授指導或啟迪所積累的眾多研究生，可謂開啟「南管學」的宗師。

以個人的學術養成與經歷所及，曾永義教授與臺灣的音樂學研究之關係頗為密切，例如本人就讀於臺灣師範大學音樂研究所期間，曾老師皆為考進考出的口試委員，同一期間，他也指導一位臺大中文系以南管作為論文題目的研究生，這在臺灣的中文研究所中，以傳統音樂為研究主題的情形仍屬創舉。

雖然曾永義教授每在學術場合謙稱他為音樂的門外漢，而南管的活傳統固為音樂現象，理論及寫傳方面，則為文學的內容，他在純文學與俗文學方面的廣博知識，能補充音樂學者的不足，故而本人所指導的南管論文，都邀請曾永義教授為口試委員，他也都不吝於提出各種見解與觀點，在教學相長的過程中因而受益良多。

恭逢為慶祝曾永義教授學術成就所舉行的研討會，得有機會闡述曾老師對南管學之倡導與教學研究貢獻，尤其是他對南管文藝性方面的見解。本文乃以南管散曲的文本切入，從南管散曲文學與俗文學角度，闡述及分析南管曲的文本。作為一位音樂學者，在研究南管的音樂本體中，能兼及於南管曲詞文學性的考察，自揣當為長年受曾永義教授薰陶的綿薄心得。關於南管散曲文學性較為完整的論述，可參閱呂錘寬輯著《泉州南音（絃管）集成》之論述。[1]

1　有關南管散曲文學之論述，參見呂錘寬輯著：《泉州南音（絃管）集成》（北京市：人民出版社，2016年），第7冊卷首之論述。

（二）南管散曲的文學性特徵

　　從類型言之，南管音樂分為指套、曲、譜，這是南管文化圈所熟知的三類樂曲，另有已經失傳的第四類樂曲大小都會套曲。[2]指套屬曲牌式器樂，曲為歌唱式音樂，譜為標題式器樂，大小都會套曲亦屬歌唱式音樂，為了區別單篇的曲之於聯篇的大小都會套曲，本文特稱單篇的曲為散曲。上述四類南管樂曲的呈現型態為音樂，保存於豐富手抄本的寫傳則為文學作品，尤其是散曲的部分，南管文化圈稱其曲目之多如「詞山曲海」，至於指套只有四十八套，大小都會套曲為九套，可見散曲為南管的主體或核心內容。南管散曲由歌者執拍演唱，絲竹樂隊伴奏，保存南北朝時期相和歌的展演方式特徵，至於每場南管音樂的進行程序，起始以器樂的指套，接著的主體節目為散曲的演唱，結束時演奏一套譜，又相同於唐代大曲的散序→歌遍→破的結構，凡此皆為南管音樂歷史極其古老的例證。

　　本文所稱的「南管散曲」，該文化圈口語單稱為「曲」，由於該樂種的樂曲種類尚有聯篇的套曲，作為嚴肅的學術性詞彙，本論文的標題特稱以散曲，作為體裁之限定，下文將以「南管曲」稱之。南管曲屬曲牌體音樂的範疇，曲目總數近六千首，曲調總數則約僅三百調。南管曲的曲調系統泛稱以門頭，以樂曲體裁的特徵，又可分為曲牌體、滾門體、小曲、集曲、過枝曲，相關論述可參閱呂錘寬撰輯《泉州弦管（南管）指譜叢編》或《南管音樂》的論述。

　　南管散曲的演唱時間頗為懸殊，長者將近二十分鐘，如【中滾十三腔】之【輕輕行】、或【相思引】之【回想當日】，經常演唱者約為十五分鐘，如【相思引犯玉交枝】之【風落梧桐】[3]，短者約四分鐘，如【長潮陽春】的

2　南管的第四類樂曲大小都會套曲，參見呂錘寬撰輯：《泉州弦管（南管）指譜叢編》（臺北市：文建會，1987年），上編，頁293-311的論述；呂錘寬輯著：《泉州南音（絃管）集成》，第三冊卷首〈四、大小都會套曲〉之論述。

3　【相思引犯玉交枝】，南管文化圈簡稱為【交相思】，【交相思‧風落梧桐】的演唱曲譜，參閱呂錘寬著：《張鴻明生命史：來自遙遠地方的音樂》（臺中市：文化部文資局，2013年），頁251-258。

【有緣千里】。[4]另從文本篇幅論之，南管散曲短者約八十字，這類多屬速度快的疊拍曲，一般的曲目約一百五十字，最長者介於三百五十字至五百字，可謂為長篇的敘事歌。

（三）關於曲詞校刊之說明

本論文的主體內容，為蒐集自南管手抄本中具有俗文學內容的曲目，所呈現者為唱詞，以及可用襯字位置的襯詞「不尔」或「不汝」、「不女」，至於聲詞部分則省略。每首曲目的名稱標示，包括曲調名與曲目名，例如【北相思・福田多廣】，【北相思】為曲調或門頭名稱，【福田多廣】為曲名。門頭或曲調名稱，猶如宋詞的詞牌或元曲的曲牌，各有特定專名，手抄本都有明確標示，至於曲名並不見於抄本，而以活傳統的口語存在或表述，其命名的方法，基本上取該篇唱詞第一句的前三字或前四字為之，如【三更鼓】、【風落梧桐】。本文關於曲目的標示或描述，一如南管文化圈的慣用傳統。

本文的主體內容為南管曲文本，每首曲子的曲詞以楷書體呈現，可用襯字位置的襯詞「不尔」或「不女」，以細明體斜體八號字標示，關於閩南語或台語之俚語鄉談之說明解釋，以細明體八號字，逕自接續於所需說明的詞彙之後。

二 諷諫類曲目

以內容的性質觀之，南管曲屬曲牌體的曲目多為抒情性，滾門體中的三撩拍曲目，約六成的曲子之篇幅介於一百五十字至二百字，為帶有敘事性質的抒情詩歌，其中約二成曲目為三百至四百字的長篇敘事歌。經彙整蒐集自各地南管館閣的手抄影本，具民俗色彩而有諷諫內容的曲子，可進一步地分為：勸行善、勸行孝以及勸戒酒色。

---

4 南管散曲演唱時間的實際情形，參閱呂錘寬：《張鴻明生命史：來自遙遠地方的音樂》，頁178-181。

（一）勸行善

多數南管散曲的內容為情感類，其中亦有勸人為善之詞，如鹿港郭炳南藏《雜門頭集二》中的【大倍水底月‧安份身】：

> 安份身無辱命，防非口莫開，訴訟事休_{不尔}惹，是非要破財。忍讓為高，退步須緊戒，諸鄉鄰要和諧，親恩需酬報，兄弟須友愛。教子須本份，_{不尔}理家_{不尔}須惜財，修橋造路，濟人往來。天，天地諒必先知，定無辜負，心_{不尔}善出有桂子，顯耀祖宗振門楣，但願世人依此勸，決然災退福星來，善惡到尾，自有報應乞怎知。

觀曲詞的寫作技巧，屬常見的中國文學語法，而無台語之俗語鄉談，內容為待人接物處世之道，闡揚「行善有福報」，頗有教條的色彩。

鹿港鎮雅正齋郭炳南藏、封面標題為《白雪陽春》的抄本，收錄一首【福馬‧奉勸世人】曲子，內容為勸人行善：

> 奉勸世人行善真好，守份安善，_{不尔}守份安善免生煩惱；奔波一世如同傀儡，用線牽提，_{不尔}用線牽提線斷變跋倒_{跋倒：跌倒}。無常若到貴賤皆難逃，雙手空空，_{不尔}雙手空空難帶財寶；不論王侯庶民，多少盡埋荒草，不論王侯庶民，多少盡埋荒草。
>
> 〔尾聲〕西山日落天又曉，孩童轉眼隨變老，及早從善子孫寶。

該曲且帶有尾聲，尾聲的形式相同於一般的南曲尾聲，係由三句組成，至於正曲的部分，形式特徵同於常見的【福馬】曲目，亦即偶數句疊唱，疊唱的分句且有可加襯字的襯詞「不尔」。

郭炳南藏的另冊抄本《五孔大四子集》，收錄【北相思‧福田多廣】，曲詞篇幅較長：

> 福田多廣種，日後子孫的親耕，若積錢財遺子孫，若積錢財遺子孫，

千思萬算，萬算千思，諒許子孫定必揮霍[5]，數千金無較一夜嫖賭。不恨尔為人太慳吝，不恨尔為人太慳吝，不修片善獨占便宜，上天自有將善心，到今旦悔入寶山空手歸。奉勸仁人存惻隱，奉勸仁人存惻隱，刻薄致富萬載罵名，決然累反後世做娼妓，報應只在早遲，禍福兩途在此分。〔落一撩拍〕無常_{不尔}一到，金銀屋宇盡拋棄，身無存一銅錢，颯颯狂風青清如刀，那見得許屬鬼牽拖，只處_{只處：這裏}哀怨聲啼。又見許_{語詞}殿上鬼哭神悲，殿上聲慘悲，刑罰各異，皆因生前時不存天理，惡孽造盡邪滛奸貪，到今旦_{今旦：如今}遍歷地獄遭凌遲[6]，今幸報孝子，今_{不尔}幸報孝子來到閻王接尊，伊上撫了新衣，神欽鬼亦欽，孤苦楊乙求食養親[7]，到只處諸神盡皆尊敬伊，孤苦楊乙求食養親，到陰司諸神盡皆尊敬〔返三撩拍〕伊。

【北相思】的拍法，起始第一段為三撩拍，隨後轉快，而為一撩拍，結束時又返回三撩拍。觀上述文本，仍為勸人為善之詞，免於亡故之後淪落惡鬼道。

（二）勸孝悌

鹿港鎮雅正齋藏曲簿中的《白雪陽春丙集》收錄一曲【福馬·人生百善】，曲詞為勸人行孝：

人生百善孝順為先，養育恩情，_{不尔}養育恩情如同深淵；父母養兒受苦萬千，十月懷孕，_{不尔}十月懷孕乳哺三年。移乾就濕眠不成眠[8]，養兒代老，_{不尔}養兒代老倚靠衰年；三餐茶飯隨趁家緣，視膳定省，_{不尔}視膳定省務要心虔。追思古人亦有大孝聖賢，王祥臥冰，_{不尔}王祥臥冰大舜耕田。君行孝要心堅，日後定必子孝孫賢，君行孝若肯心堅，日後定必享福無邊。

5　揮霍，原抄本書寫為揮翟。
6　凌遲，原抄本書寫為凌剚。
7　孤苦楊乙，根據文意，可能為：孤苦養育的諧音寫法。
8　眠不成眠，原抄本書寫為困不成眠。

上述之曲詞仍套以【福馬】的調子，故唱詞的偶數句仍有疊唱，且有可加襯字的襯詞「不尔」。臺北潘榮枝抄寫的《白雪陽春》，其中一首【短中滾‧和睦鄉鄰】，則屬勸人孝悌誠信：

> 和睦鄉鄰，出為排難改份，敬尊長須溫存，勤讀苦，更莫得懶惰空過日，冤仇解釋，各自安貧守分。一切皆是，厝邊著相惜和順，須時時教訓子孫，孝雙親盡心承順，酒筵中休要貪杯亂性，賭害人，甚如強盜劫焚。須省心，省心亦免衣食貧困，莫行到妓館娼寮，廉恥禮義時時須尊，暗昧事雖然無人知機，已經早乞神明聽聞，禮神明須要虔心誠敬，有德須親近，遠避凶惡，自守廉潔 不尔 忍讓為先，遠避凶惡，自守廉潔 不尔 忍讓為先。

觀【和睦鄉鄰】的內容，實包括勸人行孝，以及修身自持，所提及的各個層面，似乎都為底層社會的現象。

（三）勸戒酒色

以數量觀之，勸誡酒色賭博的曲目稍多，如鹿港郭炳南藏之《雜門頭集2》，抄錄一首【長滾‧勸少年】：

> 勸少年要清心 不尔 寡慾，未經犯者須 不尔 防失足，須莫遊許 語詞 街，莫飲餚山酒海，免顛陷許茫茫個孽海，妻反目，較鬧得難下台，想起來是交友紹介。不尔 勸君恁莫到賣滔家，不尔 須當念妻恩愛，既能悔悟前非，家中自然災消福星來，省心反早修身，省心保身，決然歲壽延長加添。勸諸君須早破色魔，臺北彪真是迷人老狐，君須省心覺悟，邪路行差，急須回頭走正路，須著跳出迷津，登覺路，必須著跳出只迷津，登覺路。

上述曲詞有「臺北彪真是迷人老狐」，顯示此曲為臺灣的南管人所作。鹿港雅正齋曲簿《御前清客卷2》有【望遠行‧今旦狼狽】：

今旦今旦：今日障如此狼狽，為賭來所悮，公拈一文起，輸去二萬五，愛卜要砰語音為 phong³，浮誇、炫耀又無錢，但得著需無田賣租，家業棄盡，家業棄盡，思量行無步，到只這機頓地步，心內即知苦，身又寒腹又飢，無奈肩挑走奔走大路。

上曲描述因賭博傾家蕩產，詞句屬典型台語的語法。臺北潘榮枝抄《白雪陽春》，有一曲仍為描述賭博之害的曲子【望遠行‧生著跋皎】：

生著跋皎跋皎：賭博之台語諧音寫法仔子，總是前世相欠債，負人皎銀，乎被人楞楞處，無錢通去還，偷搬棉織被，引娘引娘：他的母親看見，切心卜要去嫁，收人聘金銀，卜來度給子還皎債。灶君公去奏玉帝，就遣五雷，卜要來打死伊一个，就遣五雷，卜來打死伊一个。

曲詞中的跋皎，為賭博的台語諧音寫法，結束句疊唱，藉著信仰嚇阻賭博之惡，通首押韻，不但內容生動，且讀來順口。

上述為短篇勸誡賭博的曲子，另觀臺南市南聲社曲簿《吳道宏癸集》，其中抄錄一首【二北疊‧朋友聽說】：

朋友聽說起，當初時，我有三萬五萬錢，我因為捧寶斗，叫豆九，釣白魚滿滿頭，琢子弟使鉛投，十五枝滿滿到，三菊槌可高天。營贏有些厘些厘：一點錢，搭燒酒買魚鮮，尔捧碗我提錢，朋友來再擱復：又添，買三層上等的瘦肉，台語謂之三層肉，炒笋片切肉絲，炒大麵，一碗來真好味。食一了，且停匙，朋友招，擱復再去皎宮口，博皎人看一見，就招我擱來博可成意。真正卜要我先試，銅寶斗揀出來，我腹肚內想有字，八寶正正是，寶斗卦扙一開，出寶跳離離，錢須輸了，須輸了無處去。無思量，當衣裳賣被單，當蚊帳蓆草蓆，我不成樣，無計智，無計智入皎宮，煮皎茶放皎煙，日無食冥無眠，遇寒天義義俊，我愛皎真呆運，人有營我無份，愛卜彭又無本，干干看茄忍損，心肝頭匹仆彈，巴膈溝流冷汗，到只處性命惡難岸，親像加禮加禮：傀儡斷後線，返來厝，阮阿某妻子飯不煮酒不溫，憨短命，想尔今冥無處通眠，憨短命，想尔今冥無處通眠不尔。

此曲的唱詞，生動地描述賭徒的生活，唱詞中的皎，為台語所稱的賭博，按台語稱賭博為 pua³-kiau²，此曲的抄寫者以諧音書寫為博皎。

上曲屬長篇描述賭博細節的曲子，另觀屏東《東港鎮海宮曲簿2》抄錄的【二北疊‧我少年】：

> 我少年乞人騙，騙食阿片[9]，錢銀現番頭便，到處蹺腳，仙觀火面向天，吐霧吐煙，叫過小神仙。神仙尔都不達我只烟，食到尾，食到尾傢伙了 傢伙了：意指家產耗盡，錢銀無當頭當了離，媽親得知機，爹親柯諫彼，我緊走，我緊走莫延遲。唱唱走 唱唱走：當為蹌蹌走的諧音寫法 走到菸烟口，許處聽，未食花泜，食了格五倫，阿片食齊條，白賊甲置扈，見人就變饒。當初許年數，大盒小盒尔我就來軒，就來埵，今旦看見我面越邊，恨我命，恨我命穿破衫，肩頭會律銑，胸坎骨現現現，頭毛打結匯廣嘩，蝨母港萬千，雙腳跪落去，雙手就祝天，討不卜先巴鏈吞落去，袂過唁 意為不過癮，我今緊走莫得延遲。哻來嘩，吹簫彈琴阿片唁，誰知今旦即會無體面，誰知今旦即會無體面。

根據南管文化圈的說法，該階層有抽食鴉片的情形，上曲應為該現象的寫照。

三　生活類曲目

南管音樂屬唯心的休閒娛樂節目，總體觀之，演唱類曲目的唱詞多為描繪不食人間煙火的情愛，如細審深藏餘館閣的手抄本，仍能發現與現實社會生活有關的內容，包括勞動或謀生方面、男女之間的私情、閒居的戲謔等。

（一）謀生

有稱南管屬仕紳的音樂，果如此，則該階層從事的經濟活動，主要當為

9　乞人騙，騙食阿片，原抄以諧音書寫為乞人片，片食阿片。

文化或商業方面，在擁有較高的物質之後，方有餘力從事高層次的藝文生活。從手抄本的調查中發現，南管散曲仍有描述社會底層的勞動生活之曲目，如台南市南聲社曲簿《吳道宏癸集》所見，其中一闋以【二北疊】演唱的【小子一名】：

> 小子，小子一名叫雲利，厝在羊谷清雲寺，年當十八那甲時，專賣菓子做生理生理：生意。我賣我賣是荎萊鳳梨，芎蕉香蕉樹梅粉李，龍眼荔枝楊桃丁柿，紅甘枣子白石榴葡萄子，廈門梨香山李，一共算來十四味。我著需擔去街上去付市付市：意為到市場作買賣，逢著府縣城隍進香時，人馬挨挨，人眾不離，今旦日障如此有巧響應為向的諧音寫法，意為如此有奇，是我衰銷衰銷：鄙俗的台語，意為倒楣運氣，賣來賣去，並無一人相台舉，不出外真個焄引起人好氣。聞說西門大官，來值在王婆店裡，我著需做緊去見伊，行一來走一去，便是王婆店裡。王婆王婆我問尒，聞說西門大官來值只值只：在此處，望尒放我入內去見伊。真好笑，真好笑菓子雲，尒今是沖風不語，癲狂巧病，二目青青，犯著鬼阿是阿是：或是犯著精鬼怪妖精。許官人親像是乜，無因由來只處只處：這裏，生言語起話星，一卜一卜：如果不出去，我卜要力將尒活活來打死。慢慢來且未是，我只老雲哥，句復亦不是好食個菓子，那慄尒就來力抓，怕尒不算好男兒。上門相欺，說話便宜，真個無存天理，老賊婆尒這老早死，專心想利，不顧廉恥。拐有人妻兒，滿城內人盡知，共尒綽號做老狐狸，做呈詞告官司，力將奸情就對理，打竹板夾擅指，打死尒只這老賊婆，即會消我一腹恨氣，打死尒只老賊婆，即會消我一腹恨氣不尒。

【小子一名】堪稱為長篇的敘事歌，生動地描述底層挑擔賣瓜菓營生的情形，兼及男女之間私密的情感，詞多口語，以造句法觀之，近似歌子戲中的【雜唸調】。

馬尼拉吳明輝編《南音錦曲選集》輯錄一首【玉交枝疊‧我做醫生】[10]：

---

10 吳明輝：《南音錦曲選集》（馬尼拉：國風郎君社，1981年），頁347-348。

我做醫生是真時行，出門坐轎是筆三名，十個醫那有一個好，要那好
是天註定，要那卜_{想要}好，著閬憑著恁個風水八字命。

屬曲詞篇幅最短的南管曲，卻生動地描述醫生在傳統社會的地位，並調侃醫
術低下的情形。臺南市南聲社抄本中的《吳道宏癸集》，抄錄一首【二北
疊‧我做醫生】：

我做，我做醫生恰_{比之於}高天，任是扁鵲華陀，共_與我都無比，內科外
科什雜症我都會醫，內科虛勞挌_{復之諧音寫法，意為以及}傷寒傷暑，我治內
裡外科痔瘡，甘漏楊梅天疱生英生疔，我敢包醫。我亦會，我亦會共
_與伊人_{伊人：他人}拔齒點痣，血流我不收錢，那如果有人腳瘋手瘋，爭_{兩人}
_{以拳頭互擊打著}打著踖_{身體碰撞到堅硬的物體，如桌角、牆角}著詫骨頭脫臼著，看筋打
斷骨，只_這都是我專門個妙枝。那有人請我，紅包至少亦著_{亦著：也需要}
一大銀。人請我，人請我紅包有無，我亦有法通對伊，有紅包，我著
盡心共伊來療治，觀氣色問因伊_{因伊：因由、原因}，聽聲音我又兼切脈
理。無紅包，無紅包開藥方落偏味，度給伊無處通買起，伊必定來問
我，來說只_這件藥真貴都無比，一分重須著_要三元二，別間店以致即
不敢去辦伊，帶著_{帶著：念及}尔是請我做先生_{傳統社會稱醫生為先生}，我今淡
薄_{淡薄：一些、多少}來撥尔。有二人，有二人請兄弟來請我，無轎馬我不
去，許那二人真怪意，將楗仔併過去，請我坐伊即將我來扛起，到半
路，到半路將蘫茱我看作麥，許二人聽一見，將楗仔連著我放落去，
伊今一人走一邊，虧得我將楗仔置_{放於頭上慰之置}返來，一路上被人笑半
死，笑我是置棹仔先生，笑我置棹就是時行_{時行：流行}先生_{不尔}。

【我作醫生】屬長篇，句型句法近似歌子戲的【雜唸調】，造句多為道地的
台語，如「爭著打著詫著詫著」，既俚俗又生動，內容描述沒有醫德的醫
生，並生動地刻畫如何榨取錢財。

　　台北潘榮枝《御前清客1》抄錄一首【潮陽春疊‧臭頭】，內容仍為醫生
之醫術醫德方面：

臭頭子是尔前世註數，不合當初罵閻羅，到今旦即會罰尔艱苦，愛卜

要頭毛頭髮無處變佈。人說行醫如孫吳，我只這先生如華陀，我有丹散一包，送尔去抹糊，著尔小心顧。牛肉燒滔聽我調度，臭頭爛耳乞婆無某妻子，若不聽我嘴，我亦無處變尔佈。嘮嘮嘎臭個臭爛如是，真仙丹卜要來共替我改解艱難。珠珀梅片，珠珀麝香又是三仙調黃丹，只這是仙巴掌騙我做射干，恁又是王鹿人走江湖賣膏藥者，台語稱以王鹿人或王鹿先裝做打扮，盡日做好生理不討趁，騙人禮數謝禮或紅包，台語稱為禮數錢如山。牛肉一小塊，不尔燒酒二三瓶，不識塗豆荇花生，台語稱為土豆，諧音寫為塗豆是修嘴羔，人說一生共嘴好，臭頭共嘴何相干。是尔先生無路幹，嘻嘎死，奴才不識先生好心用調丹，打上尔皮龜爛羅爛爛羅，甲尔頭殼叫艱難，許是尔著噯哼我死不仔謾謾溏，許時尔著疼甲叫苦叫難溏溏。

上述長篇的曲詞係填以【潮陽春疊】的門頭，該門頭簡稱以【潮疊】，此曲的句型與句法，乃模仿【潮疊·班頭爺】，揶揄調侃鄉下醫生四處行騙，可謂淋漓盡致。曲詞中「恁又是王鹿人裝做打扮」，王鹿人，即俗話所稱「打拳頭賣膏藥」，由於四處叫賣醫藥類物品，多帶有誇大不實的情形，故而「王鹿」或「王鹿先」乃被轉作為帶有行騙色彩的代名詞。

調侃江湖郎中四處撞騙的曲目之外，台南吳道宏抄《吳道宏巳集》抄錄一首【望遠行·一年四季】：

一年四季，春來受霜露，夏來日曝曬，不女夏來日曝我那靠笠遮護，將只這牛犁我整理乜多麼堅固。[11]春穩式季，不女春穩式季亦著亦著：仍需要敲田播，寒來暑往，我鋤攤剷除山埔。秋收冬藏，不女秋收冬藏我歷盡艱辛苦，出世出世：生長於田家都是前生註數，作農民無所靠，抗旱年冬空徒勞，作農民無所靠，那望蒼天甘霖雨。

觀上述的曲詞，為描述農人耕種之勞苦，曲詞雖頗為口語通順，仍通首押韻，顯示一定的做詞技巧，結束句「作農民無所靠，抗旱年冬空徒勞」，道

---

11 整理乜堅固，原抄本書寫為：整理乜堅個。

出農家需靠天吃飯的無奈。

另查閱吳明輝編《南音錦曲選集》[12]，收錄【玉交枝疊・客店名家】：

> 客店名家，要我個客店旅店謂之客店是實名家，人來客去意指客人來來去去，人客來去無時得暇，大房小廳，直頭共至灶腳廚房謂之灶腳鬧動響吱喳，有個卜要食飯，有個卜洗腳，趕得婆仔屎緊無心去拏拿，趕得婆仔屎緊尿緊無心通去拏。

觀曲詞文本，係描述經營旅店的繁忙情形，以台語的語法寫作，結束句「趕得婆仔屎緊無心去拏」雖俚俗，卻也生動地刻畫工作忙碌時的狀態。

（二）情愛

南管散曲的內容，如【中滾・望明月】、【短滾・冬天寒】或【交相思・風落梧桐】，多描述男女相思知情，且詞多隱約含蓄，如「巫山雲雨」、「葉秀潤蕊含香」。在手抄本的整理過程中，卻也發現若干散曲以近似素描的方式，如臺南市南聲社曲簿《相思引集》抄錄的【二北疊・大家聽說】：

> 大家聽說起，說有一位小娘子，看有十七八，都有廿一二，頭上插楕梳，腳穿劜底鞋，衫仔格裝出獻胸上衣靠近胸部的鈕釦未扣而露出胸部，台語稱為現胸，乳仔格亭亭賣弄豐滿的胸部，裙仔不愛穿，木屐踏陣撞戲，倖像好像使擂鐘。飾褲風吝燈，腳白起帆弓，汝只這嬌粧個姿娘女子稱為姿娘，敢來看人花燈，汝只嬌粧個姿娘，敢來看人花燈不汝。

上曲描述一位年輕女子的風騷情態，且語多俚俗的台語，如「衫仔格獻胸，乳仔格亭亭」。臺北潘榮枝抄《白雪陽春》抄錄【二北疊・相公夫人】：

> 相公夫人聽說起，胆賤婢做未只這事志台語稱事情為事志，我不打尔不認，噯喲阮認嘮，那因元宵冥夜，阮即跟隨小姐去看燈，去到觀音

---

12 吳明輝：《南音錦曲選集》，頁346。

廟，廟內做司公道士俗稱司公，廟外搬老戲，鬧熱成乜成乜：多麼。陣陣公
子王孫，郎君子弟生成乜多麼標緻[13]，親淺訂阮意，阮即招伊去廟
后，獅獅仔男女巫山雲雨燕好，鄙俗的台語諧音寫法，獅仔獅，獅一去，腹肚子
大骹骹指肚子這麼的大起來，大到十月日，滿腹肚疼險無命，卻子母走來
看，都是葷物屬害。當初時，是尔卜要是懽，說無人來不使不使：不必、
不用驚，今旦日今旦日：如今即哮疼，噯都是害人性命，噯真個都是害人
性命不尔。

觀上曲的內容，顯示傳統社會之男女關係的另一面，兩人相見歡，即到廟後
親熱，「獅仔獅」，當為鄙語稱男女歡愛的諧音寫法。

查閱臺南市南聲社曲簿中的《吳道宏戌集》，抄錄一首【玉交枝疊・新
人】：

新人，新人尔只這賊漲肭，因乜因乜：為何乾埔男人口語諧音為乾埔來假查某
女人之口語諧音寫法為查某，昨冥押當為甲的諧音寫法，意為與阮是同床睏[14]，將阮
二乳來力帝摸，誰知伊人識下步，雙腳卻蹺一起，力將阮下身是亂亂
抈，力阮下身是亂亂抈。

上曲仍以台語寫成，以普通的語法實無法閱讀，以台語唸之則頗通順，描述
男人如何對一位女子上下其手的情形。

（三）戲謔

本節標題所稱的戲謔，泛指基層社會在獲取經濟收入的勞動之外，描述
各種閒居相關的場合。澎湖縣馬公集慶堂陳天助抄的《四孔五孔集》曲簿
中，著錄【水車歌・臭頭爛耳】：

---

13 生成乜標緻，原抄本書寫為生成乜表致。
14 同床睏，原抄書寫為同床困。

> 臭頭兼爛耳，親像竽頭又無蒂，卜要是夜壺，又遇著掛耳，卜是鳥仔腳倉屁股之諧音寫法為腳倉，並無發毛箭。人人說是，說是聖王公燈，都亦無寫鳳山寺，人人相嘴互相爭論，諧音寫法為相嘴，嘴爭論是旺萊鳳梨無刻花字，人來相嘴，嘴是旺萊無刻花字。囉嗹唧嗹，嗹唧來唠，囉囉囉囉哩嗹，嗹唧囉哩哩囉嗹。

上述的曲詞，嘲笑一位臭頭爛耳者，描述的手法堪稱富有創意，其中的嘴，係台語諧音會意式的自創字，意為爭論。

臺北潘榮枝抄《五孔什錦集》，收錄一曲【翁姨歌‧雞卵打破】：

> 雞卵打破都來炒蔥，媳婦袂生袂生：無法懷孕生育都罵媒人，自恨尔子都無錄用台語之口語稱一個人沒有用為無錄用，十冥夜上床都九冥空，十冥上床都九冥空。嗹呵柳來唠，柳嗹來去唠，腳踏草不尔腳踏草，噯真個好迌迌遊玩的會意式寫法，噯真個都是好迌迌。

以形式言之，上曲可稱為七言絕句，第三句之外，通首押江陽韻，以台語唸之頗為流暢，所描述的內容，應為傳統社會的家庭內常見的現象，當媳婦無法懷孕生育時，動輒咒罵媒人，此首則生動地描述，居於生育鏈的丈夫之無能。

安溪陳練收集的曲簿中，存見一首【玉交枝疊‧老丁做人】：[15]

> 老丁，老丁汝做人是真累贅稱一個人糾纏不清不可理喻為累堆，此看本書寫為累贅，做人是真累贅，一日嘴仔來展開開，真鐵齒自以為是地執己見為鐵齒兼鋼嘴，諍相爭論繪贏伊都不知漏氣，戇話連著是幾大堆，戇話連著是幾大堆。

上曲描述閒來無事好鬥嘴者，遊於鄰里之間，與人鬥嘴爭勝的情形，這種現象仍屬真實社會生活的一景。

---

15 陳練責任主編：《弦管套曲卷四》（北京市：作家出版社，2009年），頁226-227。

臺南南聲社曲簿《吳道宏巳集》中，抄錄一首【玉交枝·放牛】：

> 放牛，放牛一大拖_{一大拖：意為一大群，}一群簡_{小孩之台語稱為田，亦有以諧音書寫}
> _{為簡，}不女一群簡仔許處_{許處：}那裡跳舞共褒歌，大風吹來相牽相伴。返
> 到中途遇虎追趕，一个帝_在打虎，群兒豎處_{豎處：站著看，}人虎交戰，
> 儔像武松一般，人虎相淨，打得老虎走入山。

上曲以農村小孩放牧牛群作為引子，描述鄉間孩童耍玩的景象，詞句中「返
到中途遇虎追趕」，當為比喻的手法，以狀童稚嬉戲的情形。

另查閱安溪陳練收藏的《南曲簿》，其中有一首【寡疊·反賊因乜】：

> 反賊，反賊因乜_{因乜：為何}障如此屬害[16]，_{工六工六工乂上甩合上}，發唅發唅聲
> 又來，_{上阿工乂上甩合甩一甩}。放火，放火燒厝，劫力人錢財，障般害人，
> 做障害人乜皆載。_{士一仪一甩一甩六甩}。看許_{語詞}世上男婦老幼，抱子牽
> 孫，抱子牽孫，啼個啼吼個吼，真個鬧動嗳喲。_{工一五上五六五上一五上午}
> _{六工工六五六五六工乂工乂上一甩}。咱今，咱今做緊行做緊走，無得乞被賊力_抓
> 一去，生活殺活活割。_{六阿六工六六甩六甩一甩一甩六工六甩六工六工乂工六阿六乂}
> _工。驚，驚得我腳酸手軟，步行不進，咱今步行不進。_{一一甩一一一甩六六}
> _{甩六甩一甩一甩六工六六工六工乂工六阿六乂工}。

觀曲詞文本，每小段曲詞之間夾唱工尺譜，為極為特殊的樂曲形式，應為描
述世間百態的詼諧曲。

四 民俗類曲目

彙整南管手抄本所見，其中有若干曲目之內容與生育、信仰、迷信有關
者，本文乃以民俗類曲目概括之，其情形如下：

---

16 障屬害，意為這麼屬害，原抄本書寫為障利害。

（一）生育

臺南市南聲社曲簿中的《吳道宏申集》，抄錄一首【二北疊‧土地公】：

> 土地公，阮今共與伊人，做尪婆尪婆：夫妻有拙諸多年，未有一個蜘拙蟑螂子來出世，因公會，汝著有靈聖，保庇好花上阮枝，好子分阮飼，呆子不通生，臭頭爛耳，腳跛手折，跂皎賭博嫌追戲，浪蕩個食亞鴉片片，我不生。土地公，是我一時無主意，度給伊人過呂宋，十八九年，有人說伊交番婆娶小姨，乜樣乜樣：多麼風花共可意，土地公，汝著有神通，撑拐仔過呂宋，共伊人盡力物出，力松乞伊人早返來，共阮銷金帳內做出獅，獅阿獅，獅抱獅，獅一去，腹肚子大咳咳，十月日生出來，尚久仍然無人知，就報乞給丈人丈姆知，請卜大男二男三男，四五六七八男一齊到，嗑雞掠捉來抬宰，米酒都隨後來，等待四月日，打起金鎖共銀牌。土地公，阮今下許願汝一拜，好老戲正是乜好戲，落花生文旦旦，田英丑狐系正奇，芳帖粘許大門外，搬出乜好出：董永皇都市，郭華買胭脂，姜女送寒衣，五娘揽荔枝，范瑞郭子儀，返過潘菖的圍棋，天未光雞未啼，討一出添，招商店內會合佳期[17]，招商店內會合佳期不尔。

上述曲子將近四百字，堪謂為長篇歌曲，全曲可分為三段，第一段為問神求佛，以祈賜身孕，第二段首稱丈夫遠渡重洋，主體內容則描述夫妻在床上翻來覆去巫山雲雨（獅阿獅）之情形，以及生兒的熱鬧場面，第三段為得子後之謝神演戲。

安溪陳練輯《弦管套曲卷三》，收錄一首【二調北疊‧一欉柳樹枝】：[18]

> 一欉柳樹枝，彎枝蹺枝，彎蹺枝屈曲枝，尚句一枝貼水上青苔，說叫阮個曆一位小妹仔，同阮年同阮月，同阮一齊來出世，伊人嫁了生

---

17 招商店，原抄本書寫為消商店。
18 陳練責任主編：《弦管套曲卷三》（北京市：作家出版社，2009年），頁424-425。

了，生有三子共五兒，一個高一個低，一個牽一個爬，尚究一個在許
胸前咧食奶，要句有，天句有落後月慊再閣生。恨只恨，恨煞爹阿無
主張，我媽無思量，掠將阮親情，配給一個打鐵匠，日來教阮共伊人
捌鐵鎚，阿李阿鐸，李阿李鐸哮囉，暝來教阮共伊人牽風櫃，阿咻阿
咻咧阿咻咻哮囉，掠將阮裙衫褲子，燒破四五空，慊補又無工，慊穿又
空空，等到正月初一，討一布就來補到，到上元十四五，尚句前一空
後一空，跪落去烏攏攏，起起來二大縫，那見東西二門，那見東西二
門不汝。

上曲仍可稱為長篇，有二百餘字，第一段描述他人生兒育女的情形，第二段
投訴自己命薄，嫁給一位打鐵匠，生活多麼勞碌困窘的情形。

　　臺南市南聲社曲簿中的《吳道宏巳集》，抄錄一首【望遠行・一位老
伯】：

一位老伯公，年登九十二，要究一個共與伊同年紀，來到街坊上，二
人相遇見，借問老兄弟，尔到此乜事志乜事志：有什麼事情。聽我說尔知
機，今旦今旦：今日正是小女滿月期，親戚朋友一齊來賀喜，我朝來朝
來：特地前來買魚腥新鮮的魚類水產，卜要去辦酒請親誼。聽尔障如此說，我
心內乜多麼歡喜，只是天緣來湊合，即會共與尔相遇見，我厝家後台語
稱自家太太為家後，下月亦卜要生只這胎，若是乾埔男生，即來共與恁結親
誼。二位老親家一百八十四，卜要結一條親成親戚謂之親情，諧音書寫為親
成，尚究尚究：還有一個未出世，卜結一條親成，尚究一個未出世。

上曲散發如同喜歌劇的歡樂氣氛：二位年齡近百的老者相逢於市場，為的是
準備兒孫滿月的宴客，且為孫兒指腹為婚。

（二）信仰

　　南管散曲的曲目中，也有描述與民間信仰的法事相關之內容，如臺南南

聲社曲簿中的《吳道宏戌集》，所抄錄的【玉交枝疊‧佛公有應】：

> 佛公，佛公有應是甚靈通，有人請尔去下紙，有人請我去做獅公醫療補運的儀式主持者，口語稱為獅公，手提帝鐘帝鐘：道士作法事的法器吹吹奏，牛角法器中的龍角，口語稱為牛角嘆，力將米斗來趂嘴唧醫療祭解儀式有灑鹽米的法事，我乜憶著憶著：為著尔有幾文錢，即會變出只這般形狀[19]，即會變著只形狀。

文中所稱的獅公，即常民社會對道士的俗稱，該類法事屬法教使用的法器，主要為帝鐘與龍角，由於龍角多為牛角製，故俗亦稱以牛角，此曲即描寫稱為獅公作法事的情形。

臺北潘榮枝抄的曲簿《三撩集》，其中抄錄一首【二北疊‧真人聽說】：

> 真人聽說起，念秋娘我親名字，卜要論我許那當時，腳踏十七八，年登廿一二，乜多麼親淺南管文學稱女子長相秀麗為親淺乜標致，面上抹白粉，唇上點胭脂，弓鞋四寸二；紅嘴唇鳥嘴齒，紅綉鞋綉花邊，白色褲搬居齒，金倉應為金蔥，意為以金色線作為邊緣之裝飾的刺繡工法垃邊緣套萬字，賽過嫦娥西施。我亦曾入廟內，燒盡香點盡灼，獻盡鈔，下仔下許願再許願，愿卜要嫁乞給一個不高不低，肥肥白白，親淺賢會、能讀冊書之台語謂之冊，即即稱阮心意。我恨，我恨著月老無主張，爹媽無思量，力將我親情婚姻配乞給一個○拖，貓貓軀軀，臭頭爛耳，鼻流涎滴，痾腳手折，隱龜蹼齒，隙嘴淡目垃。伊句復、又共與阮說，伊都會曉做生理生意，春天賣荔枝，夏來販樹梅，秋天賣生瓜，冬天打鼓跟老戲，障般這般樣形狀，真個不稱阮意。惹我氣一時，卜要去投水死。謝得曆邊羅姊妹，勸我回心返意，共與伊人銷金帳內做卜獅，獅阿獅咬獅，獅一去，腹肚仔大○○，十月日無人知，生出來亞獅獅。生幾個，生有四土○。報乞給丈人丈姆知，闐圭雞之台語諧音寫法力捉來刣，老酒隨後來，亦通做月內婦女生產之後一個月之內的補養，稱為做月內，阮夫妻，盡心撫養，五兒長大時，大個舂白米，第二打竹蔑，第三毡草○，第四輾針

---

19 形狀，原抄本書寫為形壯。

鼻，第五個老爺面前處喝喊，障般樣艱辛苦，今卜要再如何過一世，障般障般：這般樣艱辛苦，今卜再過日子不尔。[20]

【真人聽說起】為長篇歌曲，內容有一定的複雜性，第一段描述該位女子的俏麗裝扮，第二段描述入廟內祈願嫁與如意郎，第三段描述所嫁郎君長相的種種醜態，以及叫賣菓子的情形，第四段描述所生兒女的工作，盡是一些底層勞碌的行業。

又臺南市南聲社曲簿中的《相思引集》，抄錄一首【二北疊．水屈頭】：

水屈頭，水屈頭一身典雅寫法當為：一尊，神明的計數單位個土地公，伊是石身石廟石香爐，阿〇乜樣聖靈驗謂之聖，人人都去下許願，再呢障下如何許願，有人糖粿煮甜，有人豆飯搗滿滿，十二刊，廿四餅，肉半斤，燭一對。我冥旦早就卜要行，身穿紅羅衣，抹粉點胭脂，手執金蔥扇，紅綉鞋綠色褲，一雙個厚底仔，踏踏行踏踏走，一個跛，嗳喲阮死唉死，人腳無人腳，莫得來障如此歪，阮莫得來障乖，我乖阮腳目邊，害阮疼甲盡都半死。因叔公，恁是乜所在，我是烏乾山兆角尾，齒口平平，說恁可遠阮可近，跳過溝相摋頭，長短行一齊到，返頭看見土地公，紙錢灰炎炎飛，跪個跪拜個拜，我都任行袂無法到。人馬挨挨，人從應為人眾相客擠來擠去之台語諧音，因叔公恁今下許願了未下了未：意為許願了沒，一位來分阮下，人常說前客量後客，因姆量因伯，將只三牲來排酒來獻。土地公，阮今共與伊人做尪婆夫妻，未有一個加拙加拙：蟑螂之台語諧音寫法子來出世，因公同尔著有靈聖，保庇好花上阮枝，好子分阮飼，歹子不通生，臭頭癩耳跛腳手折，拔繳兼綴戲，浪蕩個食阿片，阮不纏。土地公，是我一時無主意，度伊人去過呂宋十八九年，有人說伊交番婆炁細姨，乜樣風花共巧意。土地公，尔著有神通，舉拐仔去過呂宋，共伊人出力勿盡力，貢乞伊人早返來，共阮銷錦帳內做出獅，獅仔獅抱獅，獅一去，腹肚仔大咳咳，十月日生出來，尚句

20 再過日子，以諧音書寫為再過日只。

無人知，就報乞丈人丈姆知，請卜大舅二舅三舅，四五六七八舅，腌雞力來刣，米酒都隨後。來等到，等到四月日，打起金鎖共銀牌，土地公，阮今下尔一棚好老戲[21]，請是乜好戲，落花生文旦，田蟆丑著正奇。逢帖帖許大門外，搬是乜好出[22]，董永皇都市，郭華買胭脂，姜女送寒衣，五娘揂荔枝，連理生韓奇，秦能尋孫義，范睢郭子儀，返過潘葛值為期。天未光雞未啼，再封一出添，招商店內只處會合佳期，招商店內只處會合佳期。

【水屈頭】全曲將近七百字，當屬少見的長篇歌曲，第一段描述穿著裝扮，以及到土地公廟的過程，第二段描述在廟內許願的情形，第三段描述雲雨燕合的情景，第四段描述生育得子以及酬謝神明演戲。

（三）迷信

鹿港雅正齋曲簿《御前清客卷二》，抄錄【福馬‧奉勸諸君】，具有勸誡勿迷信的內容：

奉勸諸君休執迷信，停柩擇地，停柩擇地枉自勞神，自古福地定然葬福人，勘輿言語，勘輿言語全無信憑，若有實驗世間無貧。人果能識地，果能識地何不葬自親，欲求吉地，須要利物濟人，迷信打破，迷信打破纔算是哲人。勘輿果有憑，自己定必世世永不貧，勘輿果有憑，自己定必世世富貴人。

臺南吳道宏抄《吳道宏子集》中，著錄一首【二北疊‧我勸爾】：

我勸尔莫傷悲，因乜_{因乜：為何}頭舉不起，枉作男子好呆痴，有乜事好共卻_{好共卻：好與壞}假共真，尔著說出因依。我是娶著呆某妻子，_{台語諧音寫}

法為某來相棄[23]，盡日食了工藝不作事，共與別人拼嘴舌，牽望魂應為亡魂問翁姨，罵乾家婦人家丈夫的母親，台語稱為乾家打姻女僕兒，急得我心火起，我定卜要力將伊休離，急得我心火起，我定卜力伊休離。

此曲描述婦女不守婦道，四處挑撥，且有「牽亡魂問翁姨」的迷信行為，該類儀式確實曾存在於基層社會，也稱為「關落陰」。

結語

本文係透過流傳於南管館閣手抄本之蒐集與彙整，取其中具有民俗內容的曲目為對象，結合長期受到曾永義教授在古典文學與俗文學方面的薰陶，歸納性地論述該類曲目之文本內容，提供學術界較為全面地了解南管全貌的材料。

經由本文呈現的曲目，顯示在習稱為仕紳或文人階層的南管音樂之中，仍有描述或反應社會底層的作品。本文之論述以材料之呈現為主，由於該批引用的曲詞皆不見前人之作，故全文未有引經據典式的論述，雖然如此，在每首摘引曲詞之前，都有詳細的抄本資料之描述，一方面作為材料來源之交代，另一方面則藉以向手抄本的抄寫者或保存者表致意。

從內容題材觀之，南管散曲可謂既豐富且多樣，將近六千首曲目中，具有民俗性者約不超過百首，這類曲目卻大大地擴展了南管散曲的研究觸角，從古典的詩歌文學至俗文學領域，由於該類文本系描述閩南或臺灣底層社會的生活，偶亦有具想像力的句子，如「衫仔格獻胸，乳仔格亭亭」，雖狎而不淫，或「鷄卵打破來炒蔥，媳婦袂生罵媒人」，則近似《詩經》興的句法。詞彙的運用方面，遣詞用字或為南管文學所特有者，如：八死（羞恥）、兒婿（夫婿）、可吝（可憐愛），或為閩南俗語鄉談，如：親情（婚姻）、乾埔（男人）、敕桃（遊玩）。該些詞彙雖未見本文引用的曲目，卻屬南管散曲所

---

23 以諧音書寫為：聚著呆某。

常見。此類詞彙並非慣用或尋常所見的中文，需以另一種古典文學或俗文學的角度審視，否則閱讀或理解時將有一定的難度或誤解。總而言之，面對南管散曲中的俗曲類曲目，需以閩南語或台語閱讀或欣賞，如此將能體會該類曲目仍有通順的語法，並進而了解農業社會時期的底層文化現象。

從「民族故事」到「影子人物」
——以「四大美人」的衍生為例

王友蘭*

一　前言

　　「民族故事」與「影子人物」為曾師永義教授所創發的學術名詞。據曾師《說俗文學》一書自序云:「對於民間故事的研究,我頗有興趣,早在我讀臺大中文研究所碩士班時就注意到西施和楊妃,〈西施故事志疑〉和〈楊妃故事的發展〉便是那時寫成的。」[1] 該書不僅收錄了〈西施故事志疑〉與〈楊妃故事的發展及與之有關的文學〉,還有〈梁祝故事的淵源與發展〉、以及一篇講稿〈從西施說到梁祝——略論民間故事的基型觸發和孳乳展延〉,這些論文題材,當時仍僅用一般人常見的「民間故事」稱之:

> 西施、昭君、楊妃、孟姜、梁祝、白蛇,可以說是中國流傳最廣、最遠的六個民間故事。……大抵來說,民間故事的發展,不外乎先有個根源,由此而生枝長葉,而蔚成大樹,這就是「基型」、「發展」、「成熟」的三個過程。[2]

直至曾師的第二部俗文學論著《俗文學概論》問世,正式發表了「民族故事」與「影子人物」這兩個創發的學術新名詞,該書除了開頭的「總論」與

---

* 臺灣藝術大學中國音樂學系兼任教授、世新大學通識中心兼任教授。

1　見曾永義:〈自序〉,《說俗文學》(臺北市:聯經出版事業公司,1980年),頁8。
2　見曾永義:〈從西施說到梁祝〉,《說俗文學》,頁160。

書末的「餘論」之外，把俗文學分為四大編，首編「短語綴屬」、次編「各類型之故事」（其中第玖為「民間故事」）、三編「民族故事」、四編「韻文學」，「民族故事」不僅單列一大編，最後還補上一篇〈餘言：所謂「影子人物」〉，從該書篇目可知曾師所謂「民族故事」已經獨立於「各類型之故事」之外，與「民間故事」有所區別，而「影子人物」則是「民族故事」中常見的現象。

書中列舉的「民族故事」有牛郎織女、孟姜女、梁祝、白蛇、西施、王昭君、楊妃、關公、包公等九個故事，而文中所舉的「影子人物」有西施、周倉、貂蟬、梅妃等四人，兩相比對，發現「民族故事」有楊貴妃、王昭君、西施，「影子人物」有貂蟬與西施，中國四大美人都上榜了，正如曾師在〈西施故事志疑〉文中所云：「可見美人故事，最為文人所樂道，其枝節的逐漸增飾是很自然的。」文人樂道吟詠、說唱與戲曲家的二度創作、百姓們的口耳相傳，於是，四大美人「沉魚」、「落雁」、「閉月」、「羞花」的形象，扎實地型塑完成，由模糊的「基型」衍生為具有民族意識、民族情感、民族道德的代表人物。

本文以「民族故事」與「影子人物」這兩個學術新名詞為主題，限於篇幅，僅以四大美人的衍生為例，並歸結曾師永義創發這兩個新名詞的學術貢獻。

二　「民族故事」與「影子人物」的命義

曾師永義對於「民族故事」與「影子人物」內容的關心，是早在他還是碩士生的學生時期，直到他任教臺灣大學中文系，仍然不斷地闡述，正如曾師《椰林大道五十年》所云：

> 「民族故事」與「影子人物」這兩個俗文學上的新名詞是我在臺大課堂上講授時所提出的。[3]

3　曾永義：〈民族故事與影子人物〉，《椰林大道五十年》（臺北市：國家出版社，2009年），頁256。

歷經數十年來的關愛，終於為它們找到定位，不僅從「民間故事」獨立出「民族故事」一詞，並摘選出民間故事中的一群「影子人物」，追溯其基型與演變。這個概念，多次出現他的論著中，例如前述一九八○年《說俗文學》書中收錄〈西施故事志疑〉、〈楊妃故事的發展及與之有關的文學〉、〈梁祝故事的淵源與發展〉、〈從西施說到梁祝──略論民間故事的基型觸發和孳乳展延〉四篇，雖然還未出現「民族故事」與「影子人物」這兩個名詞，但故事中的民族意識、民族情感、以及影子人物，都躍然紙上。

　　首先將「民族故事」與「影子人物」正式定名發表的，是二○○三年曾師的《俗文學概論》，書中將俗文學分為四大編，「民族故事」單列一編，「影子人物」也單篇論述，這兩個新名詞也像「影子人物」一樣，由模糊到清晰、由「無名」到「定名」，此後，更出現在二○○八年《曾永義學術論文自選集》書中〈從西施說到梁祝──民族故事之命義、基型觸發與孳乳展延〉與二○○九年《椰林大道五十年》書中第三輯「文史淺論」中〈民族故事與影子人物〉兩篇論文。可知曾師對這兩個名詞的重視，擬透過他的論著，大力宣揚。

（一）民族故事的命義

　　一個新名詞的出現，必須有所依據，曾師永義在《俗文學概論》書中為「民族故事」之名，做了詳細分析，他首先從辭書（《中文大辭典》）與學者錢穆先生的論述「中國古人的民族觀念，不拿血統分，而拿文化分。」來探究「民族」的定義，歸納出「文化」才是界定「民族」的要素。

　　然後，再將《中文大辭典》中「民族文化」條所列舉的「學術思想」、「道德觀念」、「文物制度」、「風俗習慣」等文化內容，以及「共同性」與「延續性」兩大特性，來驗證他所提出的牛郎織女、孟姜女、梁祝、白蛇、西施、王昭君、楊妃、關公、包公等九個民族故事的民族文化特色，筆者就書中的驗證詮釋，將曾師所謂「民族文化」分為「民族意識」、「民族情感」、「民族道德」三類。

1 民族意識

王昭君故事從史實到說唱、戲曲，昭君和親後生兒育女的情節，演變為尚未入匈奴地，即投水自盡，保全了中國傳統婦女的貞潔，更展現了凜然的民族氣節。西施為了滅吳興越，犧牲了自己的貞操與幸福，獻身賊區，協助范蠡完成復國大業。因此，王昭君與西施這兩個故事在長期演變中，逐漸符合中國傳統的「民族意識」觀念。

2 民族情感

牛郎織女、孟姜女、梁祝、白蛇都是堅持「愛情至上」的故事，表現了「真愛無悔」的民族情感，尤其是「梁祝化蝶」、「白娘之子狀元祭塔」等故事結局，雖然看似「添油加醋」、「畫蛇添足」，但曾師稱之為「補償式的情節餘韻，正表現我民族善善惡惡、感同身受，深致（摯）悲憫的民族情感。」[4]無怪乎，西施故事經長期演變後，被傳說她隨范蠡泛舟五湖而去，[5]終於有了感情歸宿，而王昭君深愛的漢元帝，也在元雜劇《漢宮秋》第四折中，藉大雁的聲聲哀鳴而思念昭君，還給昭君一個完整的愛情，這些都算是「補償式」的「民族情感」吧！

3 民族道德

關公與包公是曾師舉證的兩位具有「民族道德」倫理是非觀念的人物。書中云：

> 在民間傳說中，關公具有忠義勇武的精神，最為人崇敬。……包公在《宋史》中乃一名臣，但隨這俗文學作品的增添，逐漸具有「包青

---

4 見曾永義：〈導言：民族故事之命義、基型觸發與孳乳展延〉，《俗文學概論》（臺北市：三民書局，2003年），頁412。

5 東漢吳平《越絕書》云：「西施亡吳後復歸范蠡，同泛五湖而去。」《越絕書》作者說法不一，詳見註12。

天」的美譽，……這兩位歷史人物，受民間擁戴，在他們身上，十足反映出中華民族重義氣，明是非的民族文化特色。

曾師以嚴謹的研究態度，在書中為「民族故事」下的定義是：

> 凡能夠傳達一個民族所具有的共同思想、情感、意識、文化，而其流播空間遍及全國，時間逾千年的民間故事。[6]

此後，二〇〇八年《曾永義學術論文自選集》與二〇〇九年《椰林大道五十年》兩本書中，均重申此義。

（二）民族故事與民間故事的範圍差異

前述收錄於一九八〇年《說俗文學》書中的講稿〈從西施說到梁祝〉，副標題為「略論民間故事的基型觸發和孳乳展延」，然而到了二〇〇八年《曾永義學術論文自選集》書中重新整理的〈從西施說到梁祝〉，副標題則改為「民族故事之命義、基型觸發與孳乳展延」，[7]可知，在「民族故事」尚未正式公諸於世之前，是隸屬於「民間故事」的範疇中。

二〇〇三年《俗文學概論》問世，該書正式提出了「民族故事」一詞，也同時保留了「民間故事」，曾師在書中為「民間故事」下的定義是：

> 本書所謂之民間故事，但取動物故事、生活故事、機智人物故事三類論述。但機智人物一類，其實可列入生活故事一類之中，因為它不過是生活故事中較為特殊的人物而已。[8]

相較於「民族故事」，曾師所謂的「民間故事」規模似乎小了些，故事情節

6　見曾永義：〈導言：民族故事之命義、基型觸發與孳乳展延〉，《俗文學概論》，頁411。

7　見曾永義：〈從西施說到梁祝——民族故事之命義、基型觸發與孳乳展延〉，《曾永義學術論文自選集》（北京市：中華書局，2008年），頁21。

8　見曾永義：〈民間故事〉，《俗文學概論》，頁397。

雖生動但不曲折，故事人物雖機智卻多為小市民，甚至還有以動物為主角的童話故事，從「民間故事」獨立出來的「民族故事」具有文化使命的曲折情節，與長期流傳的代表性人物。「四大美人」中之西施、王昭君、楊妃，都是攸關國家存亡的關鍵性美女。

（三）影子人物的命義

「影子人物」之名最早出現於二〇〇三年的《俗文學概論》書中，曾師在第三編「民族故事」下，撰寫一篇〈餘言：所謂「影子人物」〉，該文開頭云：

> 在民族故事中，有一種人物雖「名不見經傳」，也就是在當時可信的史料中查不到他的名字，但也絕不是向壁虛造，毫無蹤跡可循。在文獻裡，原本只是一個身影，面目模糊，這種人物後來有的被安上姓名，在文人筆墨下和說唱家口舌中，卻逐漸被妝點塗抹得有模有樣，鬚眉畢張，甚至鮮活得成為典型的人物。

於是，曾師為「影子人物」下了定義：

> 我把這種被安上姓名被塑造落實為人所熟知的人物，稱其原本之「基型」為「影子人物」。

書中所舉證的「影子人物」有西施、周倉、貂蟬、梅妃等四人，其中，西施與貂蟬分別是中國古代四大美人中的「沉魚美人」與「閉月美人」，她們都是美人計的關鍵人物，西施滅吳興越、貂蟬除奸董卓，兩人都犧牲小我、完成大我，因此，人們對她們兩人的愛國情操與成就，既欽佩又心疼，雖然古代女子通常不見姓名，僅以「○氏」稱之，然而這兩位愛國美女的功績，並非凡人所能及，男性英雄人物可以留名萬世，難道這兩位愛國美女，就不能留芳後代嗎？不過，當人們追溯她們的姓名與背景時，卻無明確資料，模糊不清，也就是所謂「影子人物」的「基型」，至於故事情節的演

變，更是從故事基型逐漸衍生而成，包括西施隨范蠡泛舟五湖，以及貂蟬成為呂布的妾，……。[9]

（四）影子人物的典型

上述「影子人物」的命義解說中，有兩個關鍵字，一個是「模糊」、一個是「典型」，因為「名不見經傳」所以「模糊」，因為已經成為「典型」人物，所以人們才會有興趣去尋覓他的原型──「影子人物」。筆者從曾師舉證的四位影子人物，歸納出三種典型，分別是「英勇忠僕型」、「愛國美女型」、「後宮怨婦型」。

「英勇忠僕型」指的是關公身旁的英勇將士周倉，他代表了所有忠心為主的隨從或僕人，「後宮怨婦型」指的是唐玄宗嬪妃中的梅妃江采蘋，她代表了所有爭寵失意的後宮怨婦，「愛國美女型」當然就是前述西施與貂蟬。

三　「四大美人」的基型觸發與孳乳展延

曾師在書中強調「民族故事」的形成，必須經過三個階段：

> 民族故事的發展，不外乎有個根源，由此而生枝長葉，而蔚成大樹，這就是「基型」、「發展」、「成熟」的三個過程。[10]

因此，「民族故事」的形成，必須先有所謂「基型」，再經過長時期的「發展」而至「成熟」，而「影子人物」本身就是典型人物前身的基型，所以能觸發文人與民眾的遐想，從而進行「孳乳展延」而「成型」、「成熟」，本文以四大美人西施、貂蟬、王昭君、楊妃為主要例證，本節先從曾師的論述中，彙整此四大美人的基型觸發與孳乳展延。

9　《三國演義》第十九回「下邳城曹操鏖兵、白門樓呂布殞命」文中，呂布與妻妾商議出兵事，妻為嚴氏，妾即貂蟬。

10　見曾永義：〈導言：民族故事之命義、基型觸發與孳乳展延〉，《俗文學概論》，頁414。

（一）西施

　　「西施」是橫跨「民族故事」與「影子人物」的雙棲明星，也是四大美人中，年代最久遠的美女。

　　一九六四年，碩士生時代的曾永義曾撰寫一篇〈西施故事志疑〉，這是學術界最早發表有關西施探源的論述，其動機緣起於明代梁辰魚的傳奇劇作《浣紗記》，曾師在《俗文學概論》書中〈西施故事〉云：

> 民國五十三年著者就讀臺灣大學中文研究所碩士班一年級，因閱讀明梁辰魚《浣紗記》，想進一步考察西施其人其事的來龍去脈，結果發現西施不過是個「影子人物」，……原來既無姓也無名，好像只存在一個影子一般，後來為了彰顯其作用，便緣其所欲達的功能逐漸的塑造成一位典型人物，……[11]

由於後人認定西施乃春秋時代吳越相爭的關鍵人物，因此從先秦文獻上著手，試圖尋找西施的記載，乃發現先秦諸子如管子、莊子、荀子、慎子、韓非子、孟子、墨子，以及屈原的楚辭《九歌》、宋玉〈神女賦〉等資料，「西施之名屢見不鮮」，但幾乎都是「美人」的代名詞，如：「毛嬙西施，天下之美人也。」（《管子》〈小稱篇〉）「西施之沉，其美也。」（《墨子》〈親士篇〉）「毛嬙西施，天下之至姣也。」（《慎子》〈威德篇〉）「雖有西施之美容兮，讒妒入以自代。」（〈九歌〉〈惜往日〉）……等，即曾師所謂「美女之符號」而已。

　　於是，曾師進一步檢閱相關史籍，包括記錄吳越爭戰的《左傳》、《國語》、《史記》，卻不見任何一條提及西施其人其事的文字，只有越國贈送八位美女給吳國的記載。因此，即使西施就在這八位美女中，那也並非「唯一」，何以僅西施一人流傳後世，列入四大美人之一？這首先要歸功於東漢

---

11 見曾永義：〈西施故事〉，《俗文學概論》，頁450。

的兩位大文豪，第一是編撰《越絕書》的袁康（或說與吳平合編）[12]，第二是《吳越春秋》作者趙曄。《越絕書》卷八〈越絕外傳記地傳第十〉「美人宮」條云：

> 美人宮，周五百九十步，陸門二，水門一，今北壇利里丘土城，句踐所習教美女西施、鄭旦宮臺也。女出於苧蘿山，欲獻於吳，……。

《越絕書》卷十二〈越絕內經九術第十四〉又云：「越乃飾美女西施、鄭旦，使大夫種獻之於吳王，……」趙曄《吳越春秋》書中〈勾踐陰謀外傳第九〉亦云：

> 勾踐十二年，越王謂大夫種曰：「孤聞吳王淫而好色，惑亂沉湎，不領政事，因此而謀，可乎？」種曰：「可破。夫吳王淫而好色，宰嚭佞以曳心，往獻美女，其必受之。惟王選擇美女二人而進之。」越王曰：「善。」乃使相者國中，得苧蘿山鬻薪之女曰西施、鄭旦。飾以羅穀，教以容步，習於土城，臨於都巷，三年學服而獻於吳。……吳王大悅，曰：「越貢二女，乃勾踐之盡忠於吳之證也。」

這兩部書都依據管子與慎子之說，僅獻給吳國兩位美女，一為西施，另一為鄭旦（由毛嬙更換為鄭旦）。雖然《越絕書》是一部作者有爭議的稗官野史，《吳越春秋》也是一部「稗官雜記」式的「小說家言」，但確實都是從諸多文獻與史籍資料引發靈感所編撰而成，此即曾師所謂「基型觸發」。

西施故事經「基型觸發」後的「孳乳展延」，當然是吳國滅亡後西施的去處，《吳越春秋》寫「吳國亡，西子被殺。」《孟子》〈離婁篇下〉曾云「西子蒙不潔，則人皆掩鼻而過之。」東漢趙歧的註解是「西子古之好女西施也」。蘇軾〈飲湖上初晴後雨〉：「欲把西湖比西子，淡妝濃抹總相宜。」

---

12 《越絕書》作者說法不一，明代學者從書末《篇叙外傳記》隱語讀出袁康、吳平二人之名，並從書中有「建武」年號，認定作者為東漢人。曾永義：《俗文學概論》書中《越絕書》作者為袁康，並註記該書收入王雲五主編：《四書叢刊正編》冊15。見《俗文學概論》，頁457註20、461註28。

因此，西施也被稱為「西子」。《吳越春秋》把西施寫成了完成復國大業的美女，又說她在吳國滅亡後被殺，基於民族情感，這種結局人們不願接受，於是，大家認定了《越絕書》中「西施亡吳後復歸范蠡，同泛五湖而去。」的美好結局。雖然，許多歌詠西施的唐宋詩詞中，有的惋惜西施之死，卻也有「西子下姑蘇」、[13]「一朝還舊都」[14]等詩文，成為後代說唱與戲曲的創作依據。

　　至於，西施究竟姓甚名誰？資料極少，除了有個別名「西子」之外，只出現另一個名字「夷光」，曾師在書中多次引晉·王嘉《拾遺記》的記載以求證，《拾遺記》記載了從上古時期的庖犧氏、神農氏乃至漢魏晉各朝代的奇聞異事、野史傳說，書中卷三云：「越又有美女二人，一名夷光，二名修明（注云：即西施、鄭旦之別名），以貢於吳。」於是，西施又有了第二個別名，叫「夷光」，後代文人也出現以「夷光」來代替「西施」的作品，如：宋人范成大〈館娃宮賦〉：「左攜修明，右撫夷光。」清人陸長春《香飲樓賓談》〈西施井〉：「今村中施姓尚多，生女代有國色，夷光之靈，或未泯耶！」郁達夫〈離亂雜詩〉之二：「終期舸載夷光去，鬢影煙波共一廬。」今人高群在《江山第一美人西施秘傳》書中說「西施，本名施夷光」，[15]不論是「西施」、「西子」、「夷光」或「施夷光」，這位影子人物的姓名雖難求證，但她的故事，到了明傳奇戲曲《浣紗記》已臻成熟，再經過近代說唱與各種戲曲的傳播，早已家喻戶曉。

---

13 唐·杜牧〈杜秋娘詩〉：「……自古皆一貫，變化安能推？夏姬滅兩國，逃作巫臣姬。西子下姑蘇，一舸逐鴟夷。」

14 唐·宋之問〈浣紗篇贈陸上人〉：「越女顏如花，越王聞浣紗。國微不自寵，獻作吳宮娃。山藪半潛匿，蓽蘿更蒙遮。一行霸勾踐，再笑傾夫差。豔色奪人目，數頃亦相誇。一朝還舊都，靚粧尋若耶。鳥驚入松網，魚畏沈荷花。……攜妾不障道，來一作願家。」

15 高群：《江山第一美人西施秘傳》（臺北市：黃金屋文化公司，2012年）。

（二）貂蟬

　　「貂蟬」也是曾師所謂「影子人物」的代表，在《俗文學概論》書中〈餘言：所謂「影子人物」〉一文，詳細論述了貂蟬的背景基型與故事展延。

　　由於貂蟬是《三國演義》書中第八回「王司徒巧使連環計、董太師大鬧鳳儀亭」的女主角，因此，曾師首先查閱相關史籍，發現「貂蟬」之名出現在〈呂布傳〉，並在文中註8云：

> 見宋・范曄撰、李賢等註：《後漢書》（臺北：鼎文書局，1983年）頁
> 2444-2445。《三國志・魏志卷七》亦有〈呂布傳〉，見頁219-230。內
> 容大同小異。[16]

　　《三國志》與《後漢書》都是史書，《三國志》〈魏書〉〈呂布傳〉有「卓常使布守中閣，布與卓侍婢私通」，《後漢書》卷七十五〈呂布傳〉亦有「卓又使布守中閣，而私與傅婢情通」文句，曾師從兩篇〈呂布傳〉，得知呂布確實與董卓的侍婢（「傅婢」應為「侍婢」之誤）兩情相悅，再閱讀卷七十二〈董卓傳〉與卷六十六〈王允傳〉的內容，下了推斷：「很清楚可以看出王允如何謀結朝臣，策反呂布誅殺董卓的史實。」[17]

　　可見在史籍記載中，呂布刺董卓並非被「美人計」利用，與他有私情的「侍婢」也沒有記載她的名字。何以《三國演義》第八回出現貂蟬之名？於是，曾師求證於《三國志》之後與《三國演義》之前的《三國志平話》，《三國志平話》是說書人「說三國」的內容記錄，即曾師所謂「民族故事」孳乳展延的因素之一「庶民的說唱誇飾」，書中片段引述了《三國志平話》的文字，「」括弧中為《三國志平話》原文：

> 《三國志平話》中說道董卓穢亂後宮，宰相王允忿恨，正愁不得計策
> 時，「忽見一婦人燒香，自言不得歸鄉，故家長不能相見。」這一名

16　見曾永義：《俗文學概論》，頁595。
17　見曾永義：《俗文學概論》，頁596。

　　　　婦女正是貂蟬。書中貂蟬「本姓任，小字貂蟬，家長是呂布，自臨洮
　　　　府相失至今，不曾見面。」流落在王允府中，允待之若親女。平話中
　　　　雖未明言貂蟬是否答應為王允使連環計，不過王允卻已利用貂蟬巧使
　　　　連環，先在筵席上使貂蟬輕歌緩舞，為好酒色之董卓一見喜愛，再邀
　　　　呂布宴飲，使貂蟬呂布夫妻相會。

文中「家長」乃指「丈夫」，曾師從《三國志平話》文字中，不僅找出貂蟬
的姓氏，還得知在說唱人的誇飾展延下，貂蟬與呂布早已是夫妻關係。不
過，大家熟知的《三國演義》情節並非如此，而是把貂蟬與呂布的關係鋪排
在三十六計之一的「美人計」，原來，繼說唱文學《三國志平話》的誇飾之
後，元明戲曲另有一番改編之作，才成為明代小說《三國演義》的情節。

　　貂蟬的姓氏既已出現，曾師又從元雜劇與明傳奇尋覓出貂蟬的身世演
變，元雜劇《連環計》中貂蟬的父親有名有姓，劇中也有她為何取名貂蟬以
及許配呂布的情節，明傳奇《連環記》中貂蟬則為王允府中歌妓，這是戲曲
家的二次創作，與小說《三國演義》第八回「王司徒巧使連環計」情節大致
相同，後世的說唱、戲曲，乃至電影、電視劇的劇情，多以此為藍本。

　　對於「貂蟬」原為「刁蟬」之說，曾師予以肯定，並為貂蟬故事下了
結論：

　　　　「刁蟬」之即「貂蟬」，應當可信，但不能即此就斷說「確有其人」，
　　　　至多只能說，在唐開元以前，民間已有進刁蟬給董卓的傳說，只是進
　　　　獻的人是曹操而非董卓，到了晚唐，刁蟬似乎已與呂布發生關係，而
　　　　至元代，則「連環計」的故事已成形，「刁蟬」也被定名做「貂蟬」，
　　　　甚至身家履歷都更完備而有姓名籍貫和家族了。

元代戲劇大師關漢卿撰有一部〈關雲長月下斬貂蟬〉，則是貂蟬故事的再度
展延，近代許多地方戲曲有〈斬貂〉劇目，以及〈關公月下釋貂蟬〉等，這
些都是曾師所謂「庶民誇飾」的傑作。

（三）王昭君

昭君故事的衍生，是「民族故事」中最具有「民族意識」的代表。曾師首先從史籍中尋找王昭君故事的「原型」：

> 《史記》〈劉敬列傳〉提到劉敬建議高祖以和親來紓解當時匈奴冒頓單于的強兵壓境。……這次和親雖然因呂后捨不得長公主，但也另遣家人子下嫁冒頓單于，算是開了和親的端緒。……到了漢元帝又有遣嫁王檣之事。……[18]

從漢高祖時期，漢朝就以和親政策與外族相處，因此，漢元帝派遣「王檣」和親，史有前例，《漢書》卷九〈元帝紀第九〉與卷九十四〈匈奴傳第六十四下〉，都記載了王檣的和親。

雖然《漢書》〈元帝紀〉只用「賜單于待詔掖庭王檣為閼氏」一句話，交代了當時和親的「王檣」，但《漢書》〈匈奴傳〉則從匈奴的角度作記錄，對這位和親女子有稍多的著墨：

> 竟寧元年，單于復入朝，禮賜如初，加衣服錦帛如絮，皆倍於黃龍時。單于自言願婿漢氏以自親。元帝以後宮良家子王牆字昭君賜單于。……王昭君號寧胡閼氏，生一男伊屠智牙師，為右日逐王。呼韓邪立二十八年，建始二年死。……復株累單于復妻王昭君，生二女，長女云為須卜居次，小女為當于居次。[19]

昭君的姓名，根據《漢書》〈元帝紀〉與〈匈奴傳〉兩段資料，可知她姓王名「檣」或「牆」，字「昭君」，到了東晉葛洪《西京雜記》與南朝宋范曄《後漢書》的記載，才改字為「王嬙」，本名為王昭君。[20]魏晉以後，曾因

---

18 見曾永義：《俗文學概論》，頁495。

19 摘自漢・班固：《漢書》（臺北市：明倫出版社，1972年），卷9與卷94。

20 東晉葛洪：《西京雜記》卷上：「王昭君，西漢南昭秭歸（今屬湖北）人，名嬙。」（收入嚴一萍選輯：《關中叢書》（臺北市：藝文印書館，1970年）。南朝劉宋・范曄：《後

恐觸犯晉文帝司馬昭的名諱，改稱「明君」與「明妃」[21]，從此，《漢書》中的「王檣」或「王牆」統一為「王嬙」，只不過《後漢書》把「昭君」作為本名，「嬙」是昭君的字，與魏晉以前本名「王嬙」字「昭君」說法相反。

為了追查昭君的身世背景，遂從《後漢書》卷十上〈皇后紀〉與《漢書》〈元帝紀〉與《漢書》〈外戚傳〉的「注」等多條資料，得知昭君家鄉為南郡秭歸，和親時的身分是「後宮良家子」，是未被皇帝寵信的「待詔」。

昭君的美貌，曾師除了引述晉石崇的《王明君辭》、托名東漢蔡邕的《琴操》〈怨曠思惟歌〉以及晉葛洪的《西京雜記》之外，又求諸於史籍，從《後漢書》卷八十九〈南匈奴傳〉引文「昭君豐容靚飾，光明漢宮，顧景裴回，竦動左右，帝見大驚，……」證明昭君確實為光艷四射的美女，但為何仍是「待詔」？這就觸動了故事的「展延」。不僅《王明君辭》與《琴操》〈怨曠思惟歌〉都寫出昭君的「怨」，於是，第一篇感人的昭君故事出現了，那就是唐代說唱作品〈王昭君變文〉，昭君雖然成為匈奴的「閼氏」，卻仍守著貞節，匈奴單于完全尊重她，因此，曾師在書中「唐代以後的王昭君」一節，說昭君的形象發展有二：「其一她越往後越堅貞；其二她的妝扮服飾慢慢的定型化」。

昭君故事中唯一的反派人物就是畫工毛延壽，其源頭當溯自《西京雜記》：「工人乃醜圖之，遂不得見。」點出美人圖被畫工扭曲的事件，而「人形好醜，不逮延壽」說畫工毛延壽是當時最擅長畫人像的，於是，增強了昭君故事的曲折性。王昭君這個「民族故事」歷經史書的片段記載、文人筆記的大肆渲染、說唱藝人的添枝加葉，尤其是「民族意識」的催生下，終於造就了元雜劇馬致遠《漢宮秋》的完成，讓昭君未進入胡地就投水自盡，保全明節，也符合了民眾對女子傳統道德的期待。

漢書》（臺北市：鼎文書局，1983年），卷89，〈南匈奴列傳第七十九〉：「昭君字嬙，南郡人也。」

21 見宋・郭茂倩編撰：《樂府詩集》（臺北市：里仁書局，1984年），卷29，〈相和歌辭四〉〈王明君〉文中引《古今樂錄》曰：「王明君本名昭君，以觸文帝諱，故晉人謂之明君。」

　　除了元雜劇《漢宮秋》之外，同時期雖有關漢卿《漢元帝哭昭君》雜劇、吳昌齡《夜月走昭君》雜劇、張時起《昭君出塞》雜劇，但均亡佚。後代的戲曲、說唱與小說，幾乎都是在《漢宮秋》的架構下作散狀發展與改編創作，不過，展延改編後的人物則多所增刪，連結局都大異其趣，容於下節相關戲曲部分再述。

（四）楊妃

　　楊妃的故事始於白居易唐詩〈長恨歌〉，《俗文學概論》〈楊妃故事〉篇章中，曾師依據「白歌陳傳」（白歌指唐詩白居易的〈長恨歌〉、陳傳指唐傳奇小說陳鴻的《長恨歌傳》），梳理了楊妃故事情節發展的四條脈絡，包括「天人之說的滲入」、「明皇遊月宮、艷羨嫦娥的附會」、「楊妃與安祿山穢亂後宮的誣陷」與「塑造梅妃以導上陽宮人的幽怨」，前兩條充滿了神秘的色彩，也粉飾了楊玉環與唐玄宗的愛情，尤其針對陳寅恪「長生殿七夕密誓」之說的異議，曾師卻大膽予以反駁，書中云：

> 若衡以明皇對貴妃之寵愛無微不至，則其對雙星立盟言之地點，縱或不在長生殿，但比翼連理之誓，未始不是一件可能的事。[22]

唐宋諸多筆記小說，以及元・王伯成〈天寶遺事諸宮調〉，對於楊玉環的故事多所渲染，宋撫州樂史子正的〈楊太真外傳〉集其大成，司馬光則收入史籍《資治通鑑》，其中有關楊妃與安祿山之間的穢亂之說，是襲取姚汝能〈安祿山事蹟〉、溫畬〈天寶亂離西幸記〉、王仁裕〈開元天寶遺事〉的內容，卻被定成史實，楊玉環成了禍國的千古罪人，這就是前述楊妃故事發展的第三條脈絡「楊妃與安祿山穢亂後宮的誣陷」，曾師以「誣陷」二字為楊妃翻案：

---

22 引自曾永義：《俗文學概論》，頁532，陳寅恪：〈長恨歌箋證稿〉，《元白詩箋證稿》（臺北市：三民書局，2003年）認為長生殿七夕密誓不足信。

像這樣經過司馬光的《通鑑》一記載，則貴妃穢亂的罪名，幾乎成了鐵案，但是司馬光所以為據的，只是小說家者言而已，殊無確證。

至於前述第四條脈絡「塑造梅妃以導上陽宮人的幽怨」，指的是能令楊妃大發醋勁的影子人物「梅妃」，因非本文範圍，暫不述。

四大美人中，唯一不需追溯姓名身世的就是楊妃楊玉環，她的愛情事蹟也是四人中最浪漫的，她對於唐朝廷的影響更是議論不斷，何以曾師列入「民族故事」？曾師〈民族故事與影子人物〉[23]一文云：

> 楊貴妃以一後宮寵妃卻要承擔挑起安史之亂的整個罪名，因為「滅國禍水」、「褒姒亡國」是傳之已久的「民族思想」。

如果再研讀曾師《俗文學概論》所云：「她希望有天長地久的至愛，可是得到的卻是纏綿無絕的長恨。」[24]那麼，楊妃故事應為兼具「民族思想」與「民族情感」的「民族故事」了，因此，透過說唱與戲曲的誇飾展延，自然蔚然可觀。在說唱與戲曲均已成熟的元代，即出現王伯成說唱文學《天寶遺事諸宮調》，以及白樸雜劇《遊月宮》、《梧桐雨》，明代傳奇戲曲有吳世美《驚鴻記》、佚名《沉香亭》，都對於楊妃與安祿山的穢亂作誇飾鋪張，直到清洪昇《長生殿》才把重點移到楊玉環與唐玄宗的動人愛情上，說唱中有關楊妃的曲目，也都傾向於此，回歸到原創白居易〈長恨歌〉的意境。

四 「四大美人」在說唱與戲曲中的衍生

針對「民族故事」孳乳展延的因素，曾師在《俗文學概論》書中說有「兩個來源」和「四條線索」，兩個來源是「文人的賦詠議論」與「庶民的說唱誇飾」，四條線索分別是「民族的共同性」、「時代的意義」、「地域色彩」、「文學間的感染與合流」，而這第四條線索「文學間的感染與合流」，幾

---

23 曾永義：〈民族故事與影子人物〉，《椰林大道五十年》，頁256。
24 見曾永義：《俗文學概論》，頁414。

乎與兩個來源同義,「文人的賦詠議論」即「文人之筆」,「庶民的說唱誇飾」即「藝人之口」,曾師在第二個來源「庶民的說唱誇飾」項下云:

> 一般百姓讀書無幾,他們的知識多半口耳相傳,往往得諸娛樂性的俚歌俗曲和說唱戲曲,而這些「俗文學」的作者,他們對於故事的「基型」,觸發聯想的能力是更豐富的,附會誇飾的本事是更自由的,文人喜歡對歷史故事「加料添椒」,庶民則喜歡對傳說故事「畫手裝腳」,……[25]

說唱與戲曲是俗文學中重要的口語藝術、立體文學,因此,對於「民族故事」與「影子人物」的衍生,功不可沒。

(一)「四大美人」的戲曲劇目

雖然說唱是戲曲之母,成型於唐代、盛行於宋代並催生了戲曲,但元明以後,即使說唱仍持續發展,戲曲卻竄升得更快,因此,針對「四大美人」的題材,影響戲曲較大的說唱文學,僅有昭君故事的唐代《王昭君變文》,以及貂蟬故事的宋元《三國志平話》,此後,她們的故事展延大多呈現在元明清時期的雜劇與傳奇。

「四大美人」相關戲曲,在元明戲曲成熟之後,已紛紛出現諸多版本,甚至各有代表性的完整版劇本。如:明傳奇梁辰魚的《浣紗記》是西施故事,元雜劇無名氏的《連環計》[26]與明傳奇王濟的《連環記》是貂蟬故事,元雜劇馬致遠的《漢宮秋》是王昭君故事,清傳奇洪昇的《長生殿》則是楊妃故事,這幾部劇本幾乎已將長期以來「四大美人」的相關故事,彙整編撰成型,而且是符合民眾期待的結局,此後,各地戲曲、俗曲、說唱,均以此為藍本。

---

25 見曾永義:《俗文學概論》,頁419。

26 元末明初雜劇《連環計》又名《連環記》,全名為《錦雲堂美女連環計》,作者不詳,收錄於《原曲選》,情節與《三國演義》第八回「董太師巧使連環計」完全相同。

　　例如：「西施」題材的戲曲，除了取材明傳奇《浣紗記》的崑曲《浣紗記》之外，還有梅蘭芳編演的京劇《西施》，戲文內容不乏取材《浣紗記》者，如：明梁辰魚傳奇《浣紗記》共四十五齣，其中第三十四齣〈思憶〉是西施在吳宮回憶範蠡央求將她進獻吳王之事：

> ……我西施自從到吳，不覺三載，領本國主公之命，記范蠡相公之言，教我哄誘吳王，恣意淫樂，眼見得吳國將有敗亡之兆了，但歲月淹留，歸期未卜？……【雁魚錦】追思浣紗溪上游，笑無端邂近求婚媾，輾轉料那人不虛謬，聽他親說與我緣由。……
>
> 【二犯漁家燈】今投異國仇讎，明知勉強也要親承受。乍掩駕悼，疑臥虎帳。但帶鸞冠，如罩兜鍪。溪紗在手，那人何處。空鎖翠眉依舊，……

此折西施的心聲，也在京劇《西施》中表達，唱詞如下：

> 【南梆子】想當年苧蘿村春風吹遍，每日裡浣紗去何等清閒，
> 偶與那范大夫溪邊相見，他勸我家國事以報仇為先，
> 因此上到吳宮承歡侍宴，並非是圖寵愛列屋爭妍，
> 思想起我家鄉何時回轉，不由人心內痛珠淚漣漣。

另有湖北漢劇、川劇、滇劇、秦腔、粵劇均有此劇，包括全本《西施》或《范蠡西施》，或摘選折子戲，情節大同小異。

　　「貂蟬」戲曲最早有元雜劇《連環計》、元雜劇《關雲長月下斬貂蟬》以及明傳奇王濟的《連環記》，這些劇情讓近代戲曲的創作有所依據，包括崑曲《連環記》、京劇《鳳儀亭》、《白門樓》、《呂布與貂蟬》與《連環記》，滇戲《拜月賜環》、越劇《呂布戲貂蟬》、粵劇《三英戰呂布・貂蟬》、歌仔戲《呂布與貂蟬》、以及徽劇、川劇、紹劇的《斬貂》等。尤其是貂蟬身世背景，大多依明傳奇《連環記》，如：皮黃戲《連環記》〈賜環〉貂蟬上白：「滿懷心腹事，盡在不語中。奴貂蟬身在張老爺府下為奴，可恨董呂父子在朝專權，將我張老爺害死，是我從水禁逃出，幸遇王老爺收留，待我甚

好。……」貂蟬自報家門，敘述身世背景。至於《斬貂》戲曲，乃取材自元雜劇《關雲長月下斬貂蟬》。

「王昭君」題材的戲曲，首推元雜劇馬致遠《漢宮秋》，同時期雖然還有關漢卿《漢元帝哭昭君》雜劇、吳昌齡《夜月走昭君》雜劇、張時起《昭君出塞》雜劇，但均亡佚，仍以《漢宮秋》為主，從此，相關戲曲盛行不衰，明代有陳與郊《昭君出塞》雜劇一折、佚名《和戎記》傳奇、佚名《青塚記》傳奇、[27]陳宗鼎《寧胡記》傳奇（殘存散齣）、佚名《昭君傳》傳奇、南戲戲文《王昭君》，[28]清代有尤侗《吊琵琶》雜劇、薛旦《昭君夢》雜劇、周樂清《琵琶語》傳奇、胡丹鳳《青塚記》傳奇等。雖然，昭君故事人物形象在《漢宮秋》雜劇裡大多定型，不過明《和戎記》傳奇中的情節與人物則多所增刪，有昭君自畫圖像、漢宮曾安排宮女蕭善音代替昭君出嫁、以及漢帝另娶昭君妹王秀真……等情節，兩者對後世戲曲與說唱文學分別各有影響力，明清四大聲腔系統的戲曲的相關劇目，情節也多取材《漢宮秋》或《和戎記》，甚至影響了清代章回小說雪樵主人《雙鳳奇緣昭君傳》的創作，凡是創作年代越晚者，所參考引用的作品越多，以致故事情節東引西借、由簡入繁。王昭君故事透過文人與民間藝人不斷地展延，讓故事人物栩栩如生、讓情節曲折變化，甚至發展出多種不同版本的結局，包括「生兒育女」、[29]「殉節身亡」、[30]「由妹代嫁」[31]與「受引登仙」。[32]

---

27 明代佚名《青塚記》僅存〈送昭〉與〈出塞〉二齣，收錄於《綴白裘》。

28 南戲戲文《王昭君》，收錄明萬曆年間《風月錦囊》，演化為《和戎記》與《青塚記》。

29 《漢書》〈匈奴傳〉、《後漢書》〈南匈奴傳〉與石崇的〈王明君辭〉、《琴操》〈怨曠思惟歌〉，都說昭君和番在匈奴嫁了兩任單于，生下一子二女。

30 《琴操》〈怨曠思惟歌〉說昭君雖為單于生兒育女，但胡人有「父死妻母」的習俗，昭君不願再嫁單于之子，吞藥自殺，《王昭君變文》則說昭君在匈奴抑鬱而終，《漢宮秋》雜劇說昭君未入胡地即投江，以及《和戎記》傳奇說昭君在雁門關要求單于三事，心願達成之後投江自盡。

31 《和戎記》傳奇：「復取其妹王秀真」，說昭君死後由其妹王秀真代替姐姐嫁給漢帝，清代小說《雙鳳奇緣昭君傳》根據《和戎記》敷衍而來，只是昭君之妹「王秀真」改名為「賽昭君」。

32 周樂清《琵琶語》傳奇為主，全劇六齣，加入了神仙色彩，出現另類的故事結局，說

　　元明清時期王昭君戲曲的展延之作，更衍生出各聲腔戲曲的相關劇目，包括弋陽腔《和戎記》或名《青塚記》、河北梆子《王昭君》、同州梆子《昭君和番》、崑曲《和戎記》、《昭君》、《昭君出塞》、《昭君和番》、[33]徽劇有《和戎記》、《王昭君》、《昭君出塞》、京劇有《昭君出塞》與《漢明妃》、[34]高腔有《昭君》、秦腔有《昭君和番》、漢劇與滇劇均有《王昭君》、河北評劇、越劇、粵劇有《王昭君》、川劇有《出北塞》、《昭君怨》與《漢貞烈》、湘劇有《王昭君》與《昭君和番》、以及安徽黃梅戲《王昭君》、贛劇《和番》、婺劇《昭君和番》、浦江亂彈《昭君出塞》、祁劇《昭君出塞》、臺灣北管戲《昭君和番》、泉州高甲戲《王昭君》等。除了全本故事之外，有些劇情重心放在《出塞》，正如曾師所云昭君的形象發展「其一她越往後越堅貞；其二她的妝扮服飾慢慢的定型化」，戲曲舞臺上出塞的昭君造型是「戴帷帽以據鞍」（宋郭若需《圖畫見聞誌》）、「氈笠子罩烏雲」（明傳奇《和戎記》），她頭戴氈帽、身穿「貂裘」（元雜劇《漢宮秋》）、騎在馬上、手抱琵琶、流露哀怨。又因「殉節身亡」最符合「民族意識」、「民族道德」與「民族情感」，因此，今所見各地戲曲乃至電影、電視劇，幾乎都以「投江殉節」作結局。

　　「楊妃」題材戲曲除了清洪昇《長生殿》之外，還有前述元代白樸雜劇《遊月宮》與《梧桐雨》、以及明代傳奇吳世美《驚鴻記》、佚名《沉香亭》、屠龍《彩毫記》等，成為近代各地戲曲的藍本，包括演唱洪昇《長生殿》的崑曲《長生殿》、時劇《醉楊妃》、徽劇《馬嵬坡》、京劇大師梅蘭芳的三本《楊貴妃》、京劇折子戲《貴妃醉酒》、漢劇《馬嵬驛》、湘劇《馬嵬驛》、豫劇《楊貴妃政變》、安徽黃梅戲《楊貴妃》、越劇《楊貴妃後傳》、晉

昭君在出塞途中，哭訴於聖母廟，果然，東方朔及青鳥使者奉命搭救昭君，昭君受其指引，終於白日登仙。

33 崑曲《昭君和番》為改良崑劇本，見徐仲衡：《改良崑劇本》（上海市：上海曉星書店，1933年）。

34 京劇《漢明妃》為尚小雲演出本，見《京劇流派劇目薈萃》第十輯（北京市：文化藝術出版社，1996年）。

劇《楊貴妃》、陝西碗碗腔《楊貴妃》、以及粵劇《唐明皇與楊貴妃》、《楊妃醉酒》、《貴妃訴情》、《貴妃乞巧》、《唐明皇憶貴妃》與《祭貴妃》等折子戲。各地戲曲情節，對於楊妃與安祿山之間的穢亂，幾乎都是低調處理，而多偏向楊妃與玄宗之間「七夕密誓」、「天長地久」的唯美愛情，尤其是楊妃死後玄宗對他的思念，應受清代說唱文學子弟書《憶真妃》的啟發，此即說唱對於民族故事「孳乳展延」的影響力與魅力。

（二）「四大美人」的說唱曲目

「四大美人」題材見諸於說唱者，除了唐代《王昭君變文》與宋元《三國志平話》與《天寶遺事諸宮調》之外，大多集中在明清以後，摘列如下：

「西施」故事有現藏中研院傅斯年圖書館的子弟書《范蠡歸湖》、福州平話《進西施》又名《復仇記》、長篇鼓詞《新編吳越春秋說唱鼓詞》四卷三十二回二集、大鼓書詞《苧蘿怨》又名《西施訴恨》、連珠快書《浣紗河》、梅花大鼓《西施浣紗》，以及蘇州評彈中篇《四大美人·西施篇》（又名《沉魚曲》，分為〈綄紗溪〉、〈美人計〉、〈屬鏤劍〉、〈姑蘇臺〉共四回），竇福龍編撰，上海評彈團二〇一〇年來臺演出。[35]

雖然，西施因美貌進獻吳國，成為「滅吳興越」的愛國美人，但人們對於她犧牲幸福的心疼，大過於她的救國功蹟，例如前段戲曲部分曾舉《浣紗記》中的〈思憶〉，其他戲曲幾乎都少不了此折情節，說唱亦然，茲舉梅花大鼓《西施浣紗》為例：

......

西施女她眼見鴛鴦分飛天邊逝，不由的又想起了范郎好不傷情；

---

35 二〇〇二年十二月上海評彈團由竇福龍編撰的《四大美人》評彈系列中篇在上海大劇院首演，後來又多次在電視臺播出。二〇一〇年一月十一日至十四日該團來臺於臺北新舞臺演出，《四大美人》評彈系列分別為《西施篇——沉魚曲》、《昭君篇——落雁歌》、《貂蟬篇——閉月吟》、《楊妃篇——羞花譜》，每天一篇。其中，《昭君篇——落雁歌》分為〈長門怨〉、〈建章宮〉、〈雁門關〉。

實指望結識了范蠡姻緣定，配佳偶情投意合共此生；
承天賜舉案齊眉攜手老，他卻是一意的熱心功名戀前程；
⋯⋯
那一日我二人花前月下私相會，相偎相依卿卿我我⋯⋯竟是兩樣的心情，
我這裏恩愛纏綿、春心萌動，他卻是唉聲歎氣、無動於衷；
我這裏款款低語、溫柔無限，他卻是冷冷淡淡，欲言又止心不寧；
我這裏關切情急頻追問，他這才遮遮掩掩吐別情；
⋯⋯
狠心的話似利劍穿心（我）險些栽倒，（說什麼）遣送我隻身入吳宮，
依仗我如花的美貌去媚惑吳國的主，糾纏他在溫柔鄉醉生夢死荒朝庭；
引誘他奢靡墜落民怨起，挑撥他寵奸佞、疏忠賢、自毀長城；
到那時越甲奮起、復國有望，救還君主重整山河圖中興！
我惱他無情無義將我棄，他辯道我遭獄煉他也心痛；
我發誓清白之軀決不能屈心把強梁侍，我發狠寧願去死也不忍辱背醜名；
他勸我多想想君主被囚、臥薪嚐膽的苦，他求我多可憐亡國為奴的眾蒼生；
我歎道威凜凜鐵甲將軍把國喪，竟教我柔弱女子脂粉征；
他勵我國難興邦、匹夫懷志，巾幗紅顏建奇功。[36]
⋯⋯
到後來西施女身入吳宮把吳國顛覆，傾城一笑勝過了百萬虎狼兵；
范蠡他功成身退心向仙道，攜西施泛扁舟隱沒蒼茫五湖中。

不論說唱或戲曲，西施與范蠡之間的愛情，總是占較大篇幅，更是短篇說唱摘唱的主要題材。

　　「貂蟬」故事有子弟書《連環計》、《鳳儀亭》、《關公盤道貂蟬》，石派

---

36 梅花大鼓《西施浣紗》曲文刊載於《曲藝》月刊2013年1月號（總第486期）。

書《鳳儀亭》，福州平話《戲貂蟬》，大鼓書《呂布戲貂蟬》又名《鳳儀亭》，連珠快書《鳳儀亭》，京韻大鼓《連環計》，東北大鼓《鳳儀亭》，西河大鼓《鳳儀亭》，梨花大鼓《鳳儀亭》，樂亭大鼓《貂蟬進帳》與《鳳儀亭》，四川揚琴《鳳儀亭》，廣東龍舟歌《貂蟬拜月》、《王允獻貂蟬》、《鳳儀亭訴苦》，福建南音《貂蟬女》，福建南詞《貂蟬拜月》，閩南歌仔《貂蟬敗董卓歌》全四集、《連環計》全三集，以及新編蘇州評彈中篇《四大美人》〈貂蟬篇〉（又名《閉月吟》，分為〈連環計〉、〈鳳儀亭〉、〈美人淚〉、〈受禪臺〉共四回）。

由於《三國演義》為我國四大小說之一，深受各階層人士喜愛，猶如明末清初李漁所云：「演義一書之奇，足以使學士讀之而快，委巷不學之人讀之而亦快；英雄豪傑讀之而快，凡夫俗子讀之而亦快。」因此，以「敘事體」為主的說唱文學，大多取材《三國演義》，如：京韻大鼓《連環計》即將該書第八回由散文改成韻文來演唱，情節焦點放在王允見貂蟬深夜在花園降香，引發他「巧使連環計」的動機：

> 貂蟬聞聽忙跪倒，老爺息怒請聽言，……
> 見老爺憂愁奴不敢問，因此上祈禱蒼天我是降香來到花園，
> 老爺若使用奴之處，我雖然是個女流之輩，
> 為國盡忠萬死不辭，粉身也是當然。
> 王允聞聽如夢醒，暗想道大漢江山盡在這個貂蟬。
> 攙起了貂蟬，牡丹亭上老王允頭前走吧這個貂蟬隨在後邊，
> 來到亭前落下座，王允撩袍跪在地平川，
> 貂蟬一見嚇了一跳，尊老爺快請起呀賤妾不敢擔，
> 王司徒站起身來把話講，眼望貂蟬把話言：
> 此一拜非拜貂蟬妳，拜的是大漢錦繡江山，
> 都是我這幾日愁眉不展，朝中董卓呂奉先，
> 他父子在朝中上欺天子，下壓闔朝的文武官。
> 我把妳明許呂布成婚配，暗與董卓結鳳鸞。

舌箭唇槍全在妳，管叫他父子結仇怨，

他父子中了咱的連環計，呂布刺董卓，說這有何難？

貂蟬聞聽將頭點，老王允手拉著貂蟬就出了花園。

這一回王允巧定連環計，到後來謝冠小宴那呂布戲貂蟬。

唱詞中「明許呂布成婚配」、「暗與董卓結鳳鸞」，正是王允與貂蟬合作的
「連環計」，二人巧定連環的對話，以及設計貂蟬與呂布「鳳儀亭」巧遇、
企圖以美色離間呂布與董卓的情節，成為貂蟬說唱與戲曲的重心。

有關「昭君」故事的說唱，除了現藏中研院傅斯年圖書館的長篇鼓詞
《和北番》二十冊、鼓詞《鴻雁捎書》一冊、《昭君出塞》二種、大鼓書
《昭君和番》、《大雁捎書》、《昭君出塞》又名《和北番》、《雙鳳奇緣》、子
弟書《明妃別漢》、《出塞》、《昭君出塞》、《新昭君》抄本、福州平話《前和
番》二集、馬頭調《昭君》、閩南歌仔《王昭君冷宮歌》、《王昭君和番歌》、
道情《昭君怨》之外，還包括北京評書《王昭君》、木板大鼓《鴻雁捎書》、
梨花大鼓《鴻雁捎書》、京韻大鼓《昭君出塞》與《鴻雁捎書》、梅花大鼓
《昭君出塞》與《鴻雁捎書》、東北大鼓《昭君出塞》與《鴻雁捎書》、山東
大鼓《昭君出塞》與《鴻雁捎書》、西河大鼓《昭君出塞》、樂亭大鼓《昭君
出塞》、京東大鼓《昭君出塞》、山西襄垣鼓兒詞《王昭君出塞》與《鴻雁捎
書》、山東八角鼓《昭君出塞》、湖北長陽南曲《昭君和番》、河南鼓子曲
《昭君和番》、河南墜子《鴻雁捎書》、《昭君出塞》、四川清音《大和番》、
《哭雁》、《昭君出塞》、《和番》、湖南絲弦《昭君出塞》、甘肅秦安老調《昭
君怨》、福建南音《王昭君》、福建颺歌《昭君和番》、福建南詞《昭君和
番》、廣東龍舟歌《昭君和番》、江南牌子曲《昭君和番》、四川揚琴《貴妃
醉酒》、臺灣唸歌《昭君出塞》、蘇州彈詞《王昭君》、《昭君出塞》，以及新
編中篇評彈《四大美人》〈昭君篇〉（又名《落雁歌》，分為〈長門怨〉、〈建
章宮〉、〈雁門關〉共三回）等。

從昭君說唱曲目名稱來看，發現《昭君出塞》與《鴻雁捎書》占極大比
例，雖然有些曲目是以代表性的情節作為全名，但有些則是摘唱片段，僅演

唱《昭君出塞》或《鴻雁捎書》是最常見的現象，也證明這兩段情節是人們津津樂道的，王昭君出塞途中的不捨心情、馬上琵琶的形象，以及寄望鴻雁為她傳書給漢王的動人畫面，當然也會成為說唱藝人的最愛。例如：清車王府藏曲本子弟書《出塞》：

> 且說那苦命的王妃出雁門，胡兵數萬擁昭君，
> 皇娘乍入沙漠地，景物蕭條嘆死人。
> 野渡無人行客少，漁調樵歌總不聞，……
> 土嶺層層黃沙滾，山水蒼蒼接黑雲。……
> 刷啦啦敗葉凋零撲人面，冷颼颼凜冽寒風透體侵，
> 孤零零四野胡笳吹斷續，叫喳喳山中野鳥送悲音。
> 顫巍巍枯枝聲憔悴，重疊疊遙望遠岫長稠雲，……

該曲文從昭君出雁門關寫起，第一回寫途中觸景傷情的句子約四十餘句，思念漢朝、自怨自艾約五十餘句，彈琵琶抒發情緒約二十句。第二回寫昭君途經李陵碑與蘇武廟，祈求能回故土。第三、四回寫昭君咬破手指親寫血書，洋洋灑灑共約百句，寄望濱鴻大雁能為她傳書給漢王：

> 囑咐一畢雙撒手，濱鴻展翅就搖翎，
> 左旋三旋辭國母，右旋三旋別太真。
> 哧嘮一聲往上起，悠悠起在半虛空，
> 濱鴻寄信南朝去，這娘娘眼望空中痛淚淋，
> 禽鳥尚且知大義，何況昭君你係人，
> 娘娘心中只一狠，噗通跳在黑河中。

最後寫鴻雁受命傳書，王昭君這才放心，以「禽鳥尚且知大義」透露出忠君意識，義無反顧地投水殉國，這篇曲文雖名〈出塞〉，卻囊括了「昭君出塞」與「鴻雁捎書」兩個主題。

即使《漢宮秋》最後一折透過大雁來隱喻漢元帝的癡情，但這個形象在近代說唱的衍生中，產生了兩極發展，其一，保存《漢宮秋》的元帝形象，

雖昏庸軟弱卻專情，仍讓昭君思念不已；其二，則認為漢元帝因昏庸而「絕情」、「負心」，哄騙王昭君出塞和親。例如：京韻大鼓《昭君出塞》開頭就批評漢王「軟弱」：

> 表得是漢劉王得了天下成為基業，傳到了七代賢孫軟弱君，
>
> 軟弱的漢劉王難把江山執掌，才勾惹起塞北番邦兩國動起煙塵。

至於閩南歌仔〈王昭君和番歌〉則直接點出漢元帝是「負心漢」：

> 漢王聽見苦傷悲，恁今不免開聲啼，這事實在不得已，姑將用計卜騙伊。
>
> 恁今暫去且和番，行去住落雁門關，寡人隨時起兵馬，定規趕到救返還。
>
> 昭君心內就知機，知是漢王卜騙伊，舉起寶劍卜來死，思著目滓淚淋漓。……

唱詞中「姑將用計卜騙伊」、「知是漢王卜騙伊」，表達了人們為昭君抱不平。臺灣說唱老藝人楊秀卿的〈昭君出塞〉，[37] 也穿插了如下的對白與唱段：

> （表白）咱來說王昭君的故事，受到毛延壽的陷害，入宮當了貴妃已
> 　　　　經有半年的時間，現在又被奸臣所害，番邦起兵圍攻了雁門
> 　　　　關，漢王向昭君要求。
>
> （漢王白）御妻！事到如今以國家為重，不然你就代朕到雁門關，稍
> 　　　　　微拖延一點時間，我一定招軍買馬，到時候親自操練這些軍
> 　　　　　兵，寡人御駕親征，救妃回朝，你我夫妻再來團圓。

---

37 文建會國立傳統藝術中心民族音樂研究所二○○一年委託大漢玉集劇藝團策劃執行「楊秀卿唸歌唱故事」有聲書保存計畫，錄製楊秀卿演唱、楊再興伴奏的臺灣唸歌六個長篇曲目，分別為《孟姜女》、《昭君出塞》、《山伯英台》、《雪梅教子》、《孟麗君》、《周成過臺灣》，以「口白歌仔」的方式演唱，韻散間用、有說有唱，並出版《楊秀卿唸歌唱故事》有聲書，該作品由計畫主持人王友蘭撰文，二○○九年出版、二○一一年再版。

（昭君白）這個──！君王，萬歲，你將我當成三歲孩童，我又不是
　　　　　三歲孩子，你要我去雁門關，我想一去若要回朝，真是比登
　　　　　天還難啊！

（漢王唱）寡人開口勸御妃，你我暫且來分開，然後我寡人親帶隊，
　　　　　親身救妻你回歸。

……

（表白）可憐的昭君含著眼淚，像是在搥胸頓足，不得已和二弟王龍，
　　　　翻過一山又一嶺，來到雁門關的地方，……等了一天又一天，
　　　　昭君在此等不到人，想得心裏好難過，不時眼眶一直紅。

（昭君白）萬歲！君王！莫非你是安撫我一下，說你要親自帶隊來這
　　　　　裏把我救回去，根本全無消息，一日等了又一日，不念君妃
　　　　　的親密，如今完全沒消息，讓我是渡日如年，要我昭君怎
　　　　　渡日。

（昭君唱）等不到君王的形影，心內煩惱沒心情，想到心裏非常痛，
　　　　　不願失節到番城。

　　這段說唱強調了漢元帝的「失信」與「負心」，顯然與《漢宮秋》、《和
戎記》等戲曲文學有很大差距，雖然《漢宮秋》第二折中元帝誤用庸臣的昏
君形象之下，風流天子終究為保江山，只能把愛妃拱手送出，作了交易，但
元帝的懦弱絕情，在民間說唱藝人的心目中是該被撻伐的，這就是曾詩所謂
「庶民說唱的誇飾」，它表達了民眾的心聲。

　　「楊妃」故事的說唱，包括子弟書《長生殿》、《馬嵬坡》、《憶真妃》
（又名《聞鈴》），大鼓書《憶真妃》、東北大鼓《憶真妃》、京韻大鼓《劍閣
聞鈴》、岔曲《醉楊妃》、四川清音《貴妃遊園》、四川揚琴《貴妃醉酒》、廣
東龍舟歌《貴妃醉酒》、蘇州彈詞《劍閣聞鈴》、彈詞開篇《楊妃浴》與《楊
妃醉酒》，以及《四大美人‧楊妃篇》（又名《羞花譜》，分為〈西宮情〉、
〈清平調〉、〈馬嵬坡〉共三回）。正如曾師所云：「明皇對貴妃之寵愛無微不
至」、「比翼連理之誓，未始不是一件可能的事」，因此，從子弟書《憶真

妃》到京韻大鼓《劍閣聞鈴》、蘇州彈詞《劍閣聞鈴》，唐玄宗逃難時，夜宿
行宮，聽劍閣的簷鈴聲，思念楊妃的情節，是能打動人心、讓說唱人久唱不
衰的曲目，茲摘舉京韻大鼓《劍閣聞鈴》唱詞：

> 似這般不作美的鈴聲，不作美的雨呀！
> 怎當我割不斷的相思，割不斷的情。
> 灑窗櫺點點敲人心欲碎，搖落木聲聲使我夢難成，
> 噹啷啷驚魂響自簷前起，冰涼涼澈骨寒從被底生。
> ……
> 悔不該兵權錯付卿義子，悔不該國事全憑你族兄，
> 細思量都是奸賊他把國誤，真冤枉偏說妃子你傾城。
> 眾三軍何仇何恨和卿作對，可愧我想保你的殘生也是不能。
> ……
> 再不能太液池觀蓮並蒂，再不能沈香亭譜調清平，
> 再不能玩月樓頭同玩月，再不能長生殿內祝長生，
> 我二人夜深私語到情濃處，你還說恩愛的夫妻世世同，
> 到如今言猶在耳人何處，幾度思量幾慟情，
> 窗兒外鈴聲兒斷續雨聲更緊，房兒內殘燈兒半滅御榻如冰，
> 柔腸兒九轉百結百結欲斷，淚珠兒千行萬點萬點通紅，
> 這君王一夜無眠悲哀到曉，猛聽得內官啟奏請駕登程。

京韻大鼓《劍閣聞鈴》與東北大鼓《憶真妃》，都借用了子弟書《憶真妃》
的曲文，字字深情、句句動人，兩句「悔不該」，可看出清代文人對於楊妃
禍國之說是不苟同的，而四個以「再不能」開頭的排比句，更看出唐玄宗對
楊妃的深情。一曲《憶真妃》、一齣《長生殿》，把楊妃的愛情昇華了。

由於明代以前的說唱，仍保留長篇或中篇曲目，清代以後的說唱，除了
承襲宋元的長篇平話以及源於明代的長篇鼓詞之外，大多以短篇摘唱為主，
因此，從摘唱的主題，可知「民眾的期待」也是故事展延的重要方向。

五　結論──曾永義教授創發新名詞的學術貢獻

　　「民族故事」與「影子人物」這兩個新創發的學術名詞，是曾師永義在臺大課堂上講授時所提出的，正式發表於他的俗文學專書《俗文學概論》，並在其散文集《椰林大道五十年》書中，發表〈民族故事與影子人物〉，重申其義。

　　一個名詞的創發，絕非一蹴就幾，曾師早在學生時期即已關注，撰寫了相關論文，一九八〇年收錄於《說俗文學》一書中，包括〈西施故事志疑〉與〈楊妃故事的發展及與之有關的文學〉、〈梁祝故事的淵源與發展〉、以及一篇講稿〈從西施說到梁祝──略論民間故事的基型觸發和孳乳展延〉，二〇〇三年《俗文學概論》問世，他把俗文學分為四大編，「民族故事」單列為一大編，文末附上「影子人物」專論。

　　從曾師列舉的九個「民族故事」以及四位「影子人物」來看，我國四大美女均列其中，這四位美人不僅只是「沉魚」、「落雁」、「閉月」、「羞花」的美人形象而已，她們的故事或多或少具備了「民族意識」、「民族情感」與「民族道德」等民族文化，這才是經年累月為人們津津樂道的因素之一。因此，本文僅以這「四大美人」作為副標題，從曾師的論述，來印證「民族故事」與「影子人物」這兩個新名詞的學術意義與貢獻。歸納為二：

（一）創發新詞，名稱統一

　　故事人人愛聽，不同年齡層的人，各有喜愛的故事類型，曾師《俗文學概論》書中四大編中「次編」即「各類型之故事」，包括寓言、笑話、神話、仙話、鬼話、精怪故事、傳說、童話、民間故事，在眾多類型的「故事」中，曾師從「民間故事」中創發獨立出「民族故事」一類，並下定義：「凡能夠傳達一個民族所具有的共同思想、情感、意識、文化，而其流播空間遍及全國，時間逾千年的民間故事，就是民族故事。」並與動物故事、生活故事、機智人物等「民間故事」有所區隔，人們將可以舉一反三，把曾師

所謂具有「民族意識」、「民族道德」、「民族情感」等「民族文化」的故事，歸納在同一類。

至於家喻戶曉的故事中許多典型人物，人們因他的故事流傳已久，常將之視為「真人真事」，況且「真人真事」比較具有感染力，俗話說：「演戲的是瘋子，看戲的是傻子。」就是因為故事人物太傳神、情節太逼真，所以才會有觀眾「為古人掉淚」，永遠不會為他尋根覓源。不過，當有人揭開神秘面紗，人們往往更加好奇：「原來是假的？怎麼可能？」曾師為這一類人物取了個更美的名稱，叫做「影子人物」：「在文獻裡，原本只是一個身影，面目模糊，這種人物後來有的被安上姓名，在文人筆墨下和說唱家口舌中，卻逐漸被妝點塗抹得有模有樣，鬚眉畢張，甚至鮮活得成為典型的人物。我把這種被安上姓名被塑造落實為人所熟知的人物，稱其原本之『基型』為『影子人物』。」影子朦朧、似真似假，既不會讓人們心中的偶像幻滅，也更凸顯這些「影子人物」逐漸升格為「典型人物」的完美形象。

從學術研究的角度來看，新名詞的創發，能讓同類型的故事與人物，名稱統一，有助於啟發後輩研究者的歸納與闡述。

（二）廣泛求證，大膽定論

曾師針對這兩個俗文學新名詞，下了縝密的求證功夫，不僅從辭書《中文大辭典》與學者錢穆先生論著中對「民族」、「民族文化」的釋義，創發出「民族故事」一詞，並強調「民族故事」的形成，必須經過「基型」、「發展」、「成熟」三個過程，亦即所謂「基型觸發」與「孳乳展延」，其展延因素又包括兩個來源「文人的賦詠議論」、「庶民的說唱誇飾」與四條線索「民族的共同性」、「時代的意義」、「地域色彩」、「文學間的感染與合流」，然後再舉例印證。

對於「影子人物」，曾師則從史書、筆記小說、說唱與戲曲等資料，廣泛蒐集，謹慎求證，詳究探索，尤其是加上自己的判斷，例如：他曾經針對明人楊慎《升菴集》所云「世傳西施隨范離去，不見所出。只因杜牧『西子

下姑蘇，一舸逐鴟夷』之句而附會也。……一日讀《墨子》曰『吳起之裂其功也，西施之沉其美也。』此吳亡之後，西施亦死於水，不從范蠡之一證。墨子去吳之世甚近，所書得其真。……乃笑曰『此事正與墨子合，杜牧未精審，一時趁筆之過也。』……」提出異議：

> 升菴此段話，自信滿滿，以為「西施被沉」是千古定論，但他不知《墨子・親士篇》是否出自墨子，學者已有所疑，則升菴所云「墨子去吳之世甚近，所書得其真。」未必為真，何況西施不過是歷史上之「影子人物」，為《吳越春秋》所塑造，何必論其生死？……恐怕還是從《墨子》「西施之沉其美也」引發附會出來的。又何況宋姚寬《西溪叢話》引《吳越春秋》所云「吳亡西子被殺」，今本無此文，或即佚文，則趙曄以西施或死於沉，或死被殺，自相矛盾，亦可見其虛構。杜牧之詩與明梁辰魚《浣紗記》當皆本《越絕書》，升菴時可不必譏「杜牧未精審，一時趁筆之過也。」……

曾師這段辯駁之言，不僅反譏明人楊升菴，連《西溪叢話》、《吳越春秋》也一網打盡，精采絕倫。至於他反駁陳寅恪先生「長生殿七夕密誓」之說的異議，前文已引述，茲略。

總之，曾師博覽相關群書，廣泛而縝密的求證，並提出自己的觀點，大膽下定論，這種嚴謹的學術研究態度，可為後輩榜樣。

（三）論述文筆，深入淺出

曾師對學術研究的論述內容雖深奧縝密，但文筆卻是流暢易懂，例如：書中談論「民族故事」的形成時，所謂「基型觸發」與「孳乳展延」則云：

> 「基型」之中都含著易於聯想的「基因」，這種「基因」經由人們的「觸發」便會孳乳。……[38]

---

38 見曾永義：《俗文學概論》，頁415。

「基型」含有多方「觸發」的「基因」，一經「觸發」，便自然會有進一步的「緣飾」和「附會」，有時新生的「緣飾」和「附會」照樣含有再「觸發」的「基因」，如此，再「緣飾」再「附會」，便幾乎沒有完了的一天。所以民族故事的孳乳展延，有如一滴眼淚到後來滾成一個大雪球一樣，居然「驚天動地」，有如星星之火逐漸燎遍草原一樣，畢竟「光耀寰宇」。[39]

又如舉證「影子人物」時云：

據我觀察，像春秋時禍吳興越的大美人西施，像民間關公神像旁邊黑臉虬鬚持青龍偃月刀的周倉，像東漢末與王允合演「連環計」促使董卓和呂布反目的貂蟬，以及唐明皇後宮中與楊玉環爭寵的梅妃江采蘋，論其原本都是「影子人物」。[40]

這種非常「白話」的論述，文筆流暢、深入淺出，對於傳達一個學術上的新名詞，確實能發揮功效。

總之，曾師永義創發「民族故事」與「影子人物」這兩個俗文學的新名詞，讓同一類型的故事或人物，有一個統一的名稱來規範它，其研究態度謹慎而大膽，論述行文，深入淺出，對於後輩研究者、對於一般觀眾或讀者、對於俗文學的學術內涵，可謂提供了重大貢獻。

---

39 見曾永義：《俗文學概論》，頁417。
40 見曾永義：《俗文學概論》，頁591。

二〇一五年亞太傳統藝術節
「戲曲在當代」的規畫與展現

蔡欣欣*

前言

　　回顧自一九七〇年代起，臺灣成長的新生代進入領導階層，「本土化」政策正式在政府行政體系中形成，十項建設推動產業發展經濟起飛，國際情勢的衝擊刺激了知識分子對政治環境與社會文化的全面反省，回歸鄉土的文化思潮湧現，傳統民間藝術受到公部門與學界前所未有的關注，於是陸續有各層級文化主管機構的建置，各種文化政策法規與獎勵補助機制的擬定，以及各類型調查、研究、記錄、保存與薪傳等計畫開展。

　　因此自一九七九年以來，由官方所主辦的全國或地方文藝季、藝術季與戲劇季等活動中，逐漸出現本土戲曲的身影。而自一九八二年起職掌臺灣文化藝術行政統籌、策劃、協調、審議與推動等事務的「行政院文化建設委員會」（現升格為「文化部」）更委託學者專家規畫辦理「民間劇場」，集中展示傳統民間藝術，帶動了社會各界的關心及參與。故如一九八六年由曾永義教授率領其他學者共同策劃，以「傳統與創新」為設計理念、以「動態文化櫥窗」為活動構思，集中全面展示各類傳統表演藝術及民間工藝的第五屆「民間劇場」，四天五夜在「青年公園」廣場奏技、百戲競陳的熱鬧歡騰中，參演人數超過兩千人，觀眾高達百萬人，引發了全民對於傳統民間藝術的參與熱潮。

---

* 臺灣戲曲學院前副校長；政治大學臺灣文學研究所、中國文學系教授。

　　我作為曾永義教授的及門弟子，在曾師的引領下走進民俗與戲曲的天地中，陸續完成碩士論文《臺灣地區現存雜技考述》（政大中研，1990年6月）與博士論文《雜技與戲曲發展之研究——從先秦角觝到元代雜劇》（政大中研，1995年6月）的撰寫。猶記得在少不更事的研究生時代，首次出任務便是被曾師派去參與「民間劇場」，負責率領二十餘個民俗藝陣，在大甲鎮瀾宮街頭巷尾遶境遊行。我獨自一人走前顧後，指揮督導著行伍行進，那灰頭土臉、腳腫鞋破的悽慘情狀，讓來巡視的學姐們都看傻了眼。不過正因為這類的實務鍛鍊，讓我開展了寬廣的學習視野，親炙到臺灣鄉野的風土人情，領略著民俗藝術的草根活力，沈迷於傳統戲曲的舞臺光影，成長於執行活動的經驗積累。因而穩固了在理論與實務、學術與行政、文獻與田野等多重並進的發展方向與扎實根基。

　　一九九六年隸屬於文化部的「國立傳統藝術中心」（後簡稱「傳藝」中心）正式啟動，職掌臺灣傳統文化藝術的行政統籌、策劃、協調、審議與推動等事務。[1]從二〇〇〇年起籌辦「亞太傳統藝術節」（後簡稱「亞太」），每屆通過不同的策展構思，如就「藝術類型」或以「地理脈絡」等主題，規畫音樂、舞蹈、美術、戲劇、工藝與裝置藝術等展覽、演出、學術研討會與工作坊各類活動。舉辦十三屆以來，共邀請二十七個國家，八十六個兼具藝術性與教育性，有不少已被聯合國教科文組織列入「人類非物質文化遺產代表作名錄」的亞太區域各國具代表價值的原生藝術團隊，近千名藝術工作者來臺，觀眾參與人數累計達七十萬人次。

　　為因應即將落成的「臺灣戲曲中心」（Taiwan Xiqu Center），「傳藝」委請曾師擔任二〇一五年「亞太」的策展人，曾師遂以「戲曲在當代」為主題，以「小戲」與「偶戲」為策展主軸，命令筆者擔任偕同策展人，進行具體的活動規畫與節目設計。筆者遵循曾師「展示戲曲發展徑路」的思維，構

1　一九九〇年文建會將國家建設六年計畫下的「東北部民俗技藝園區籌設計畫」加以提升轉型為「籌設傳統藝術中心計畫」，在行政院審議會議核准通過組織條例草案後開始硬體與軟體的籌建。有關傳藝中心的籌建與啟用，請參考《藝路走來——國立傳統藝術中心的籌備與興建歷程》（宜蘭縣：國立傳統藝術中心，2003年）。

思以「由小見大‧人偶同源」管窺戲劇的藝術類型與發展演化,從「戲曲精品‧共時演藝」呈現護守劇種藝術傳統命脈的當代戲曲,以期能展現戲曲在當代的表演風姿。而為了拓展「亞太」的活動效益,更串連起「2016年再現看家戲精華專案」與「戲韻流蘇——浙江文化節」,通過舞臺展演、戲偶展覽、深度導聆、教學工作坊、傳藝金曲市集、亞太創意市集與校園推廣等多元的活動設計,提供社會大眾兼具知性與感性的傳統藝術桃花源。

原本「傳藝」希望能結合雙園區概念,以宜蘭「傳藝」為主場,延伸到臺北「臺灣戲曲中心」的演出場域,但由於後者工程進度延宕而作罷。在悉心規畫籌備一年半後,二〇一五年「亞太」於二〇一五年十月十七日,在宜蘭「傳藝」盛大開幕,連續三週展演不同主題的傳統表演藝術饗宴,於十一月一日圓滿閉幕。合計有來自海內外二十七個表演團體,四百〇四位表演藝術家參與,共演出五十四場,參觀人數高達三萬五千人,創下有史以來「亞太」活動期程跨幅最長、活動內容最多元、動員表演藝術工作者人數最多的紀錄。

一 「以小見大」饒富鄉土情韻的兩岸小戲匯演

戲曲在歷史長河中孕育成長,隨著時代的推演與地域的流播,不僅成熟茁壯且孳乳發展,是以形成了豐富多元的地方劇種,涵括了小戲、偶戲與大戲等戲劇演出類型。曾師在〈中國地方戲曲形成與發展徑路〉一文中,提出「小戲」可由歌舞、俳優、雜技、或宗教巫儀等核心元素構成,能夠在鄉土、宮廷、廣場、或祭壇等地域孕生。向來小戲多孕育自鄉土,以方言為腔調、以俗語作機趣、以生活瑣事為素材、以鄉土思想情感為懷抱,在廣場上隨地作場,鮮活反映了庶民百姓的思想情感,也是一個民族文化最基本最具體的表徵。[2]

---

2 請參見曾永義〈中國地方戲曲形成與發展徑路〉一文中對於大戲、小戲之命義、形成與發展等闡論,收錄於曾永義著:《詩歌與戲曲》(臺北市:聯經出版事業公司,1988年),頁115-152。

（1）「歌舞傳情」小戲展演

「亞太」以臺灣現有的小戲劇種出發，邀請大陸質性類同的小戲團隊，同臺競技展演。如在「歌舞傳情」的小戲展演系列，由臺灣文化部指定為「重要傳統藝術保存團體」的宜蘭「壯三新涼樂團」，演出《山伯英台》〈樓臺會〉、《什細記》〈賞花〉與《呂蒙正》〈宋家賣某〉等「本地歌仔」傳統四大齣的精彩折子；而大陸則由「浙江省餘姚市姚劇傳承保護中心」，推出描寫民間鄉里情誼與情侶猜忌的《雙推磨》。

「本地歌仔」保留了臺灣歌仔戲早期「落地掃」、「土腳趖」的表演型態，具有著「吟歌唱念」與「踏謠歌舞」的小戲表演特色，乃是在「歌仔」、「車鼓」與「竹馬」等歌舞曲藝的基礎上發展的；[3] 而流行於浙江餘姚、慈溪、上虞等地，稱為「浙江灘黃」的姚劇，也是在當地「崔冬冬」、「白話佬」等民間說唱藝術，以及「車子燈」、「旱船」與「採茶藍」等民間歌舞基礎上發展的。二者均是以「歌舞」為核心所發展的鄉土小戲。[4]

（2）「採茶對歌」小戲展演

隨著閩粵客家先民的飄洋過海，客族原鄉的風土習俗與生活娛樂也傳入臺灣，早期可能只是山歌與採茶唱，但後來逐漸發展出以「張三郎賣茶」為故事主軸，丑旦腳色扮飾的「客家三腳採茶戲」，如《上山採茶》、《送郎出門》、《賣茶郎回家》等，通過「九腔十八調」客家歌韻的吟唱說念，展示客家生活的人情世故，多半在農村「禾塘」（曬穀場）或廟埕的廣場前演出。[5]

3　有關宜蘭「本地歌仔」的演出特色，可參見陳進傳等著：《宜蘭本地歌仔：陳旺欉生命紀實》，（臺北市：傳統藝術中心籌備處，2000年），游素鳳：〈談閩南文化瑰寶——臺灣「本地歌仔」之現況〉，載於《南藝學報》第11期（2015年），頁57-76。

4　有關「姚劇」的發展歷史，可參見蔣中崎、黃韶、嚴亞國著：《姚劇發展簡史》（天津市：百花文藝出版社，1994年）。

5　有關客家三腳採茶戲的淵源與演出特色等，請參見鄭榮興：《臺灣客家三腳採茶戲研究》（苗栗縣：財團法人慶美園文教基金會，2001年）與謝一如、徐進堯合著：《客家三腳採茶戲與客家採茶大戲》（新竹縣：新竹縣文化局，2002年）等專書。

基於臺灣客家戲與「贛南採茶戲」淵源深厚，[6]原擬邀請當地劇團來臺交流，卻因入臺手續申辦受阻而取消。

因此調整策展方向，將為販售藥品，聚合了客家曲藝、車鼓、小戲、說唱、器樂演奏等「文套」與武術演練與各式雜技等「武套」表演，在各鄉鎮村落大受歡迎的「客家撮把戲」，[7]以關照「採茶小戲」的不同演出風貌。因此在「採茶對歌」小戲展演中，特邀納入正規教育體製的「臺灣戲曲學院客家戲學系」的學生，展演以「張三郎賣茶」為題材的《桃花過渡》與《糶酒》客家三腳採茶戲，與來自南臺灣高齡八十來歲的「三叔公」林炳煥，展演《夫妻對唱／戲曲目／母子爆笑戲曲》、《十八摸》、《問卜》與《陳士雲賣茶離家/唱綁傘尾送郎歌》的「客家撮把戲」同臺獻藝。[8]林炳煥保留許多早期傳統唱法，即興靈活，正好與年輕學子的規範唱腔相互參照，老幹新枝別有意趣。

（3）「車鼓戲弄」小戲展演

至於在閩臺兩地民間歌舞遊藝中常見的「車鼓」，「車」有著舞弄、翻動

---

6 「贛南採茶戲」由「採茶歌」逐步演變為「採茶戲」，最早是為《十二月採茶》，為一丑一旦載歌載舞演出，而後有《耍香龍》（又稱《板凳龍》），再轉變為《九龍茶燈》，與廣東的採茶燈有所區別；然後約莫在清代嘉慶年間，再演化為生、旦、丑（男丑與女丑）三人的「三腳班」。相關論述可參見毛禮鎂：〈贛南採茶戲在臺灣〉載於《農業考古‧中國茶文化（專號2）》1991年第4期，頁200及〈九龍山茶與茶戲藝術〉載於《茶鄉戲韻──海峽兩岸傳統客家戲曲學術交流研討會》（南投縣：臺灣省政府文化處，1999年），頁16-65；流沙：〈採茶三腳班的形成與流傳〉載於《茶鄉戲韻──海峽兩岸傳統客家戲曲學術交流研討會》（南投縣：臺灣省政府文化處，1999年），頁69。鄭榮興：《臺灣客家三腳採茶戲研究》（苗栗縣：財團法人慶美園文教基金會，2001年），頁75。

7 有關「客家撮把戲」的形成與特色，可參考鍾永宏：《從落地掃到文化場：客家撮把戲在臺灣的形成與轉變》（臺南市：臺南藝術大學民族音樂學碩士論文，2008年）。

8 有關林炳煥「客家撮把戲」的表演特色，請參見吳榮順〈楊秀衡──客家「撮把戲」〉，收錄於《客家音樂研討會暨客家八音展演》論文集（宜蘭縣：國立傳統藝術中心籌備處，2000年），及蔡東籬：《客家撮把戲的傳統技藝及其音樂之研究──以楊秀衡與林炳煥為研究對象》（臺北縣：臺北藝術大學音樂學碩士論文，2007年）

的意義，鼓或指敲擊「四塊」所發出聲音，或有說是後場伴奏的樂器，多使用南管曲調或民謠演唱，有著「載歌載舞」、「只舞不歌」與「只歌不舞」等表演型態，內容多半為男女相思挑情或丑旦相褒調笑，誇張逗趣，充滿鄉土情韻。[9] 在車鼓豐富多樣的表演節目中，如《番婆弄》與《桃花過渡》等即具有「代言演故事」的「小戲」特質；[10] 而曾師認為如《鼓返三更》、《看燈十五》、《自伊去》、《記得當初》、《牛犁弄》、《才子弄》等，亦可作為「小戲群」的結構組合，但也可個別單獨搬演。[11]

此次在「車鼓戲弄」小戲展演中，邀請由「天羅師」創立的「雲林旭陽車鼓團」，以呈現農村壯丁農婦、阿公阿婆等田園推犁播種等生活情景的《牛犁歌》，丑旦相互「答嘴鼓」科諢調笑的《算命仙》、《瞎賭女酗酒男》，及吟唱民謠或南管樂曲的車鼓踏搖《打四門》等表演，另特邀配「月琴游唱詩人」陳明章現場奏奏彈唱車鼓歌謠，以期展現車鼓既質樸又現代的風姿。而來自福建的「同安蓮花鎮雲福山民間民俗藝術團」，則由當地鄉親組成，以《弄車鼓》展現村民自娛自樂的鄉土情懷。

綜觀「歌舞傳情」、「採茶對歌」與「車鼓戲弄」等兩岸小戲展演，均是以「歌舞」為核心的小戲，故誠如曾師所言「藝術主體不過踏謠，其砌末不過巾扇，其行頭不過丑扮，初時往往男扮女裝，而莫不融入生活，反映生活，滿心而發、肆口而成的流露人們的心聲」，[12] 在表演、道具、服飾、腳

9　有關臺灣車鼓的名義內涵，可參見黃玲玉：《臺灣車鼓之研究》（臺北市：國立臺灣師範大學音樂研究所碩士論文，1986年），《從閩南車鼓之田野調查試探臺灣車鼓音樂之源流》（臺北市：中國民族音樂學會，1991年）陳麗娥：《臺灣民俗車鼓戲之研究》（臺北市：三民書局，1990年）等專書或論文。

10　請參見黃文正：〈南瀛地區傳統車鼓陣保存曲目研究〉，收錄於《南瀛傳統藝術研討會論文集》，2002年，頁24-26。

11　請參見曾永義、施德玉教授主持：《臺南縣車鼓陣調查研究計畫車鼓陣表演帶（上）、（中）（下）（宜蘭縣：傳藝中心，1999年），楊馥菱：〈有關臺灣車鼓戲的幾點考察〉，《兩岸小戲大展暨學術會議》，2001年，頁234-258。

12　請參見曾永義〈中國地方戲曲形成與發展徑路〉一文中對於大戲、小戲之命義、形成與發展等闡論，收錄於曾永義著：《詩歌與戲曲》，頁115-152。

色扮演與口頭即興等方面都有類近之處，散發濃郁的鄉土草根風情，演出團隊不乏「子弟作場」的民間傳統。是故演出場域也特別安排在「文昌祠戲臺」地面或「雨天表演場」等戶外演出場地，更生動地體現出「除地為場」的「落地掃」、「落地索」或「土腳趖」的演出景觀。

二　「人偶同源」繽紛偶影的亞太偶戲聯演

偶戲是大戲的縮影，是世界共同的藝術文化。曾師在〈中國歷代偶戲考述〉文中述及從漢初傀儡戲寄身於歌舞百戲中，唐代傀儡戲已能結合說唱演述故事，到宋代時偶戲登峰造極，傀儡戲多藝逞能，影戲也發展出手影、紙影與皮影等類別；至於布袋戲則由清代「肩膀戲」流播至福建所演化。[13]臺灣偶戲雖一脈相承於大陸，卻在臺灣政治經濟社會文化的變遷轉型下，演化出繽紛多姿的劇藝風貌，並經由推廣交流邁向國際舞臺。此次「亞太」邀集了與兩岸偶戲互有因緣的劇團來臺展演，由此見出其關係網絡，也檢視偶戲流播與「在地化」發展等跡痕。

（1）「傀儡風情」的歷史演化

「廣東五華縣提線木偶傳習所」所傳承的提線木偶，乃是明初由浙江、福建傳入，已有六百多年歷史。主唱漢調、兼唱客家山歌、採茶小調，說白用客家方言及普通話，能演出《三國演義》、《水滸傳》、《西遊記》、《楊家將》與《聊齋》等「正本戲」。近年來一則加大木偶形體，使得在廣場演出更顯眼；一則增添提線數量，可使木偶手腕、手指、眼、鼻、嘴、耳朵等細微部位動作的表演更加自如。[14]顧劇團也精心研發如木偶舞蹈、樂器合奏、

---

13 請參見曾永義〈中國歷代偶戲考述〉一文，文中對於中國傀儡戲、影戲與布袋戲歷代以來的發展脈絡，論述得極為詳盡。刊載於《戲曲學報》第7期、第8期（2010年6月、12月），頁1-53，頁21-61。

14 請參見魏明華：〈木偶表演藝術的突破與創新〉，收錄於《大眾文藝》2013年第12期，頁174。

舞蛇、舞獅與踢球等高超靈活的提線技巧，此次展演長袖善舞與寫書法等偶戲特技。

高雄「錦飛鳳傀儡戲劇團」為一九二〇年代薛樸所創立，傳承泉州懸絲傀儡的表演體系，戲偶造型較為渾圓，偶頭雕工精細，分為生、旦、北、丑（雜）四大腳色行當，戲偶操作線基本為十四條，演唱泉州腔的傀儡調。目前已傳承至三代，現任團長薛熒源曾前往泉州向偶戲大師黃奕缺拜師學藝，為目前臺灣本島活躍的提線木偶劇團，致力於薪傳推廣，此次展演描述夫妻元宵觀燈歡愉賞藝的《嘉禮迎春戲元宵》，由熱鬧的祥獅獻瑞、精彩的花童耍球玩特技、好玩的盪鞦韆及喜慶的財神獻元寶等情節組合而成，多年來常在臺灣各地與偏鄉離島示範推廣演。

與中國傀儡戲也有歷史淵源的日本「文樂」，於二〇〇九年入選為聯合國人類非物質文化遺產，由太夫（或寫作大夫）說唱淨琉璃，三味線（三弦）樂手彈奏樂曲以及木偶師操控木偶所組成「三業一體」的綜合藝術，據說表演始於十六世紀，然早在十世紀初的平安中期學者源順編纂的《倭名類聚抄》中，已有「唐韻云，傀儡睢磑二音，和名久夕豆，樂人之所弄也，顏氏家訓云，俗名傀儡子，為郭禿」（卷二「雜藝具・傀儡條」）的史料記載。

日語中的「傀儡」發音為「kairai」或「kugutsu」，前者為音讀，乃模仿中國的發音；後者為訓讀，是日式發音，相近於中國傀儡戲的「郭禿」。邱雅芬指出隨著遣唐使的東來，將唐文化的精髓帶到了日本，而傀儡也隨著「散樂」東傳，在宮廷與民間廣泛流播。而從安平後期大江匡房（1041-1111）所撰《傀儡子記》中的描述，可知當時傀儡戲已經遍及除北海道外的全日本各地。[15]

根據成書於十六世紀前期的《中華若木超》，在禪僧如月壽印引對唐詩《傀儡吟》的註釋中所述：「所謂傀儡即木偶戲，木偶是木製偶人，可操縱表演，類似日本的手傀儡」，當時的日本傀儡戲類同中國的提線木偶般。其

---

15 請參見邱雅芬：〈唐代傀儡戲東傳及日本傀儡戲的形成〉一文，載於《中國文化研究》2010年第2期，頁25-31。

後隨著淨琉璃說唱引進三弦與木偶，成為江戶時代的大眾娛樂，木偶也逐漸發展出由三人耍弄的「三人遣り」（San Nin Zukai）表演技巧，除原主要舞動木偶頭部（或臉部）與右手的「王使」（主控者）外，又增添了操縱木偶左手的「左使」（左控者），以及操縱雙腳的「足使」（足控者）。

此次受邀來臺的「ひとみ座乙女文樂」，位於日本神奈川縣川崎市的「ひとみ座乙女文樂」，為第五代桐竹門造於大正十年（1921）所成立。現由桐竹智惠子領導，她曾於一九八二年來臺隨「亦宛然」李天祿藝師學習布袋戲，返日後組織「己宛然」演出各種類型的偶戲。「ひとみ座乙女文樂」帶來本為祈求天下太平、五穀豐穰的神舞《三番叟 Ninin Sanbaso》，然現已成為祝賀或開幕時上演的劇目，頗類近於傳統戲曲「扮仙戲」祈願賜福儀式；至於被譽為「淨琉璃三大名作」，描述源平合戰後日談故事的《義經千本櫻》（*Yoshitsune and The One Thousand Cherry Blossom Trees*），吉野山道行則在「三味線」悠揚旋律的伴奏下，說唱以抑揚頓挫的唱詞、節奏與曲調，娓娓道出靜御前對義經的戀慕之情，也對應著由狐狸所幻化的侍從忠信，因為戀慕著由母狐的皮所製成的小鼓而踏上旅程。

從「傀儡風情」的偶戲展演，可以見到傀儡戲在「百戲」、「演述故事」與「人偶合一」等不同的演出型態。其中歷史淵源可溯自中國，然結合日本說唱藝術而發展的「文樂」，桐竹智惠子藝師通過四十五年的研修，將人偶雙腳以鐵鞘固定於偶師雙膝，再將人偶背部固定在偶師腰際的鐵環，爾後將控制人偶頭部的兩條繩子，在從耳下通過固定於偶師頭後部，如此原本需三名偶師共同操弄的「人形淨琉璃」，即可改由女子單獨操作，而這樣的傳承演化也獲得認證許可，劇團得以冠上「少女文樂」的專業稱謂。[16]

（2）「皮影弄戲」的流播發展

根據學者的研究與歸納，臺灣皮影戲屬於南方潮州影戲系統，隨著閩南或粵東的移民播遷來臺。如根據清嘉慶二十四年（1819）的臺南市普濟殿所

---

16 參考自「ひとみ座乙女文樂」簡介以及在「推廣導聆」講座中的示範解說。

豎立的〈重興碑記〉中「一禁本殿前埕理宜潔淨，毋許穢積，以及演唱影戲」的曉喻，以及法國施博爾教授在臺所搜錄的一百九十八本皮影戲劇本中，有嘉慶二十三年的皮影抄本，可知在嘉慶或更早已有皮影戲的傳入與民間演出。而位於高雄彌陀鄉的「永興樂皮影劇團」，由張利創立於十九世紀末期，原以地名為團名代號，後其子張晚以演出為主才定名。[17]「永興樂皮影團」前後場均由家族成員傳承擔綱，老中青三代聯袂演繹唐僧師徒前往西天取經，路過火燄山與火雲洞，和鐵扇公主及紅孩兒交手的傳統經典《西遊記》。

據傳在宋金時已有班規與雕簇者存在，在金元墓室的考古文物中，出土有兒童持影玩耍與皮腔紙窗影戲人物畫，在明清時期更是鼎盛發展的孝義皮影，可分為為山西原有的「土影戲」，以紙窗亮影，皮腔粗獷豪邁的「紙窗皮腔影戲」；以及從陝西傳入山西，以紗窗亮影，碗碗腔柔情婉轉的「紗窗碗碗腔影戲」兩種派別。[18]組建於一九五四年，積極拓展皮影藝術發展空間的「山西省孝義市皮影木偶藝術團」，此次來臺演出改編孝義地區流傳的民間故事《義虎救樵夫》，敘述書生沈興為治母病進山採藥，不慎跌落獵人陷阱，幸被老虎所救的大型神話木偶劇《義虎千秋》，凸顯了在地「無孝不成戲」、「無孝不成班」的民間文化傳統，影偶操縱栩栩如生，淋漓盡致發揮了舞臺與影視效果。

「哇揚」（Wayang）為印尼人戲、木偶戲、影戲或畫卷戲等各種戲劇表演的稱謂，可以用歷史時期、題材內容、材料質地、地名或歷史王國，乃至於發明人或功能等不同角度加以區分。[19]二〇〇三年被聯合國列入人類非物

---

17 有關臺灣皮影戲歷史與「永興樂皮影團」傳承與表演特色，請參見石光生：《永興樂皮影團——發展紀要》（宜蘭縣：傳藝中心，2005年）。

18 有關孝義皮影的歷史與偶戲特色，請參見侯丕烈：《中國孝義皮影》（太原市：山西教育出版社，2005年），陳紅帥、李靜與伍淑紅：〈孝義皮影在當代的傳承與發展探析〉一文，載於《大舞臺》2012年第12期，頁11-12；褚智慧：〈淺談山西孝義皮影藝術及其發展〉，載於《傳承》2015年第36期，頁148-149。

19 請參考張玉安：〈以印度兩大史詩為題材的印尼哇揚戲〉，載於《南亞研究》2007年第1期，頁59-64。

質文化遺產的「哇揚皮影戲」（wayangkulit），學者專家有起源於爪哇本地說、中國說和印度說等說法，長期被視為是神靈和祖先的靈魂，是宗教儀式和節日慶典中的重要演出活動。

印尼皮影戲的演偶師稱為「達郎」（Dalang），儼然是全劇的總導演，盤腿面向由白棉布與紅框構成的「影窗」（kelir），一邊通過腳敲打金屬片，指揮樂隊演奏古老的甘美朗（gamelan）音樂伴奏；一邊操縱影偶，依隨劇情的推演解說對白，並由甘美朗的伴唱歌女負責唱曲。通常在影窗底部會置放兩株香蕉桿，下短上長，象徵人世間（earth）。影偶則插在桿子與影窗間，影窗右側代表善界，左側意味惡界，因此善良的影偶腳色由右插起，由小而大。而隨著開場序曲的演奏，「達郎」會拿出一片樹葉形狀，代表著「生命樹／高山」（tree of life/a mountain）的「卡雍」（Kayon），其象徵著宇宙，在開場、散場與換場時使用，也可作為火、雨、風、大海和敬神氣氛的輔助象徵。[20]

傳統民間印尼操偶演師的養成和兩岸相同，多為子繼父業或師徒相傳。然此次邀請「印尼藝術學院皮影學系」的師生，則是在正規教育體製的「印尼瑟尼木偶戲研究所」中教導傳授的。演出劇目為改編自印度史詩《羅摩衍那》的《哈努曼杜塔》（《Hanuman Duta（The Hanoman as an Ambasador）》），劇情敘述名為哈努曼的英勇猴子，藉由哈努曼的神力消滅蘭卡王國的經過；以及取材自《摩訶婆羅多》的《神聖的畢瑪》（《BimaSuci（The Holy Bima）》），故事描述畢瑪受導師德羅納的指派，前往嚴峻的聖山取聖水，後領悟自己存在的真理。

中國皮影戲源遠流長，隨著雕簇原料、影偶造型、劇藝風格、演唱曲調與流行地域等不同，發展演化出許多類別和流派。孝義皮影戲努力開發大型劇目，並結合影視文化錄製，以拓展演出空間；臺灣皮影戲除持續家族傳承外，致力於校園的薪傳推廣，以競賽方式鼓勵學童在影偶、故事與表演間創

---

20 請參見歐芮：〈從印尼哇揚皮影戲看印尼傳統文化的神秘色彩〉，載於《廣西教育學院學報》2015年第5期，頁78-84。

新突破;而印尼皮影戲結合音樂與偶戲的課程研修,在校園扎根薪傳,也肩負著推廣印尼皮影的職責。是以印尼皮影戲在當地與在臺演出時,都刻意展示影窗後,偶師同時掌控音樂與操偶的精彩技藝,但此卻導致無法從正面觀賞印尼皮影的光影魅力。故若能區分為兩階段展示前後場,當更能享受觀賞影戲的樂趣。

(3)「掌中乾坤」的對話互動

二○○六年被選為「臺灣意象」代表的布袋戲,為臺灣偶戲的主力。向來民間流傳著福建秀才落第演弄偶戲「功名歸掌上」的傳說,或因其為以布縫製的戲偶材質,或將戲偶置放於布袋中的收納方式,或由於早期「圍布做房」的戲棚形式而名之,且因其「以五指運三寸傀儡」的表演形態,故又有「掌中戲」之名。臺灣的布袋戲,根據演師們的師承考察,大抵是清道光咸豐年間,由泉州、潮州與漳州三地的布袋戲演師渡海獻藝或遷班來臺所傳入。[21]

搬演布袋戲主要憑藉演師細膩精湛的「掌中」技藝,無論是談情說愛的文戲,或是翻滾跌撲的武戲,都可以展現出宛如真人栩栩如生的神情樣態;而五音分明的口白,以及南管、北管、潮調與皮黃等不同的唱腔,也有助於角色人物的塑造與內心情感的表達。臺灣布袋戲活力旺盛,以中南部為大本營,北部也有一些代表團隊,在藝人們長期的精心鑽研下,創發出各家門的藝術流派,並編導具有代表性的戲路與戲碼。如「亦宛然」的李天祿,擅長於取材京劇的外江布袋戲搬演;如「戲狀元」美譽的「小西園」許王,兼擅南、北管布袋戲的搬演;如鍾任壁所執掌的「新興閣」為「閣派」代表,以搬演「劍俠戲」而膾炙人口。

隨著一九七○年代「鄉土文化運動」催化本土文化的復振,陸續經由文

---

21 有關臺灣布袋戲的發展歷史,可參考呂理政:《布袋戲筆記》(臺北市:臺灣風物出版社‧1995年)與陳龍廷:《臺灣布袋戲發展史》(臺北市:前衛出版社,2007年)等專書。

化政策的制訂與民族藝師的遴選，開啟了布袋戲的校園傳藝與技藝保存。如李天祿與兒子陳錫煌及李傳燦等布袋戲演師，均進駐校園傳習年輕學子，故有莒光國小「微宛然」、平等國小「巧宛然」、文化大學「中宛然」與民族藝生組成的「弘宛然」等子弟劇團的陸續組成。而李天祿也多次受邀前往國際舞臺展演，吸引不少海外人士來臺習藝，因而亦有法國「小宛然」、日本「已宛然」、美國「如宛然」與澳洲「也宛然」等布袋戲團成立。

　　為對照布袋戲「傳統古典」與「實驗創藝」的不同韻致，此次特意選擇描述沈香用神斧打敗舅舅二郎神，劈開華山救出三聖母娘親的《寶蓮燈》，讓兩劇團以「同一故事文本」來各自演繹。前後場均由李天祿薪傳子弟兵所組成的「臺北木偶劇團」，發揮布袋戲傳統細膩的掌中技藝，宛然似真地搬演了《劈山救母》的古典戲文；而由雲林縣政府委託「財團法人周凱劇場基金會」，由臺北國立藝術大學教授詹惠登統籌規畫的「新布袋戲實驗計畫」，則引進現代劇場的觀念手法，全新製作展演《救母小金剛》。劇中所有戲偶均以玻璃纖維製成，各有專屬戲服，展現人物特色；結合燈光與煙霧特效，在重要情節上強化視覺效果；布袋戲舞臺設計也特意加深加高，以呈現立體感與層次感；音樂設計則除傳統北管樂外，另加入現代打擊樂的演奏手法。

　　「新布袋戲實驗計畫」的操偶主演，為「雲林五洲小桃源掌中劇團」團長陳文哲以及「昇平五洲園掌中劇團」團長林政興共同擔綱。二者均承傳黃海岱藝師「五洲園」派的特色，五音分明、口條清晰，文言雅趣，白話俚俗，既符合劇情需要，又搭配人物角色特質，操偶技巧也相當純練。兼營外臺與文化場的「昇平五洲園」，曾入圍二○一五年第二十六屆「傳藝金曲獎」。[22]故特邀獻演第二屆「布袋戲製作及發表專案」（2014）的優選劇目

---

22 原從民國七十九年起開辦的「金曲獎」，自一○三年起由「傳藝」統籌承辦傳藝類之獎項評審及頒獎典禮，正名為「傳藝金曲獎」。此次在「亞太」活動中也安排如「玩弦四度」、「臺北愛樂室內合唱團」等「傳藝金曲獎」入圍團隊參與演出；並設置「傳藝金曲市集」以販售相關影音產品。然由於部分表演團隊質性與戲曲不同，故在本文中不予闡述。

《黑金英雄淚》,[23]劇情闡述清代臺灣鴉片盛行,導致許多人傾家蕩產,原本堅決反鴉片的沈劍英,卻因妻子病況需要,生發出一連串在親情與正義間的糾葛矛盾情事。

此外由李天祿藝師第三、四代子孫所組成的「亦宛然掌中劇團」,以及一九七八年由法國弟子班任旅(Jean-Luc Penso)所成立的「法國小宛然劇團」(Theatre du Petit Miroir)此次也聯袂攜手演出。取材自《西遊記》的〈孫悟空大鬧天宮〉,為李天祿「外江布袋戲」的拿手劇目,「亦宛然」的年輕世代以生動的操偶技巧,彰顯了孫悟空的高超武藝,演繹了其莽爆性情,展示了家族承傳掌中技藝的成績。另也演出由班任旅修編的《白蛇傳》,為符合外國觀眾的欣賞品味,在節奏與表演上都進行加工,故此劇常受邀在海外演出。

曾來臺與李天祿習藝五年的班任旅,除傳承臺灣布袋戲的掌中技藝外,阿祿仔師也鼓勵他汲取外國題材,注入法式人文思維,開發多元表演藝術。[24]此次來臺演出取材自「一千零一夜」故事,結合雷射燈光、煙幕特效、創新配樂與服飾造型的現代版《阿拉丁》布袋戲,更著意在特技雜耍、翻觔斗、武術與魔術等操偶技藝上多所發揮。而另一齣改編法國文學名著《狐狸的故事》皮影戲,運用臺灣傳統皮影戲操偶技法,在舞臺設計與燈光配樂上推陳出新,以混雜國臺語、英文及法語等多國語言搬演,相當詼諧逗趣。

此次布袋戲的展演對話,從傳統戲文到新編劇目,從古典偶藝到實驗創藝,進而在「跨文化」創作與「跨界」表演中,展現了臺灣布袋戲立足傳統、發展演化與流播蛻變等多元的演出景觀。其中「新布袋戲實驗計

---

23 「國家文化藝術基金會」從二〇一二年起啟動「布袋戲製作與發表專案」,鼓勵劇團聘請編劇、導演、編曲編腔或音樂設計、舞台美術設計或統籌等專業創作人才,挹注現代思維,創作可展示劇團特色與藝術能量,適合於民間傳統生態,能在戶外廟埕廣場長期經營演出的優質廟口布袋戲,每屆公開甄選三個優勝的布袋戲團。

24 有關班任旅來臺學習布袋戲技藝,進而將臺灣偶戲藝術推廣到世界地各地的紀錄,請參見蔡紫珊、簡秀珍著:《臺灣偶戲走向世界舞臺——班任旅東遊記》(宜蘭縣:傳藝中心,2007年)。

畫」，試圖通過跨領域的實驗激盪，挖掘臺灣布袋戲的創新活力，整體制作是值得肯定與喝采的。但傳統與創新元素如何有機整合，如何避免近似「現代偶戲」的尷尬，如何能夠「移步移形不換神」，或許都可再進一步探究。而班任旅的多元拼貼，淺顯輕巧，娛樂性十足，非常「對味」於孩童觀眾，但整體美學風格的統一，也可再加以觀察。

三 「戲曲精品・共時演藝」的傳統風華經典再現

傳統戲曲依存所孕生發展的歷史境遇、地域風土、生活民情、人文禮俗與情感思維等外在與內在環境，尋找屬於自己方言的詩歌性和音樂性，由此組構聲腔特色、由此決定擅長題材、由此確立劇種風格。是故各劇種的傳統老戲，往往最能體現地方文化的生命厚度、最能闡揚民間生活與詩性智慧。而這些傳統老戲，往往經過眾多前輩藝術家不斷的技藝打磨，無數的舞臺錘鍊，才逐漸積澱出規範嚴整的表演藝術精粹，成為世代承傳研習的經典劇目，或藝人特有的拿手「看家戲」。

因此「亞太」的大戲展演，即著眼於「活化傳統、面向當代」的戲曲精品，以見證戲曲劇種的歷史風華，展示劇種個性的獨特魅力，從劇種「民間性格」的意趣神色中，彰顯傳統老戲的典範意義；進而也思索如何在繼承發展中「守舊開新」，鎔鑄社會脈動與人文思維，讓復古成為時尚，打造具有時代審美意識的當代戲曲精品。

在「傳統風華・經典再現——當代戲曲精品」展演系列中，以臺灣本土劇種表徵的歌仔戲及被譽為「中國戲曲活化石」的浙江調腔，隆重登臺。

（1）以資深藝人為師、再現歌仔戲看家戲

向來臺灣歌仔戲具有著「作活戲」的民間傳統，不少劇目都採用「講綱戲」或「幕表戲」的方式搬演，這不但形塑出劇種「作活戲／靠腹內」的劇藝性格，同時也使得好些劇目是依存於藝人的「生命記憶／歲月光影」中。即使搬演相同的戲齣故事，但在演員各自的表演文本詮釋下，可能在情節架

構、敘事模式與藝術樣式上都有所變異。而隨著藝人的年華消逝或是老成凋零，好些精彩戲齣已然成為「歷史名詞」，僅能在文獻中看到斷簡殘編或隻字片語，甚或更多已然是灰飛煙滅，無從得知其具體故事內容。

所幸近年來在政府公部門的政策扶植、學界與文化界的呼籲參與，以及民間歌仔戲團的自力奮發下，陸續有些內臺精彩劇目被挖掘整理、記錄出版及修編纂演。[25]而「傳藝」在圓滿達成「外臺歌仔戲匯演」活動「十年有成」的階段性任務後，[26]為有效區隔與其他部門的資源挹注及運用，遂深化與轉型「外臺歌仔戲匯演」活動的立意與目的，嶄新啟動「再現看家戲專案」，以「資深藝人劇藝」為推動核心，以恢復傳統劇目「戲肉」精髓與保存「蹇頭」表演套路為目標，承傳歌仔戲的精彩唱念與腳步手路，結合當代編、導、編曲等創作群，挖掘與再現歌仔戲的經典好戲。

「亞太」開幕的重頭戲，即由擁有豐富舞臺資歷，腹內飽滿、唱念出色、演技精湛、臺風穩健，曾擔任「拱樂社」教師與「錄音團」成員的內臺著名苦旦鄭金鳳藝師，傳承「陳美雲歌劇團」演出原名《林桂香告御狀》或名《三俠女哭倒地獄城》的《恨海有情天》，描述官家千金林桂香與孝子郭文瑞兩人波折憾恨的情愛。戲文質樸通俗，運用「四句聯」唱念，以大段抒情唱腔演繹人物情感。如「哭墓」、「祭靈」都是苦旦表演的重頭戲，刻意使用如【七字調】、【都馬調】與【雜念仔】等傳統歌仔戲曲調，以充分發揮傳統老戲的歌仔韻味。

而「亞太」閉幕的壓軸好戲，則由腹內飽滿、唱念道地、表演規範、作功扎實曾獲得「民族藝術薪傳獎」與「臺北藝師」等殊榮，致力於歌仔戲劇

---

25 如一九九三年曾永義主持「歌仔戲劇本整理計畫」，一九九九年邱坤良主持「拱樂社劇本整理計畫」，二〇〇三年筆者主持「戲說說戲──內臺資深歌仔戲藝人口述劇本計畫」，二〇〇二年起劉南芳陸續製作「重返內臺」的展演等。

26 「傳藝」於二〇〇〇年起持續推動「外臺歌仔戲匯演」活動，著眼於「廟會劇場再造工程」與「新興文娛休閒場域」的開發，以扶植及提升民間劇團外臺戲演出品質，有效活絡傳統表演藝術市場，並積極拓展多元觀眾族群。相關論述請參見筆者〈拼臺競技「十年有成」的傳藝外臺歌子戲匯〉，《傳藝雙月刊》第94期（2011年6月）。

藝薪傳的陳剩藝師,傳授「許亞芬歌子戲劇坊」演出《換魂記》。此劇原出自明傳奇《瓊林宴》,敘述書生范仲宇一家,受葛登雲仗勢迫害,經黑驢告狀包公審案,終得天理昭彰。此為歌仔戲內臺時期演出《七俠五義》連臺本戲時,經常「串枝」插入搬演的戲文。劇中如「公堂審案」、「裝瘋」以及生旦雙棲的「男女錯魂」等情節,都是考驗演員表演功力的精彩段子。尤其「原是丑與寅,用了卯與辰,上司多誤事,因此錯還魂,若要明此事,井中古鏡存,臨時滴血照,磕破中指痕」更是包公破案的招牌唱段。

已經執行兩年的「資深藝人看家戲精華再現專案」,此次成為「亞太」的開幕與閉幕大戲,顯示了「傳藝」對於傳承資深藝人經典劇目的重視。此次《恨海有情天》巧妙添加當時京班較出色的「蹻頭」,如郭文瑞投宿旅店時的「三岔口」,林桂香遇害被丫鬟亡魂所救時的「鬼步」,冤魂向郭父索命時以「活捉」應工,見證了百年歌仔戲在發展演進過程中,汲取京劇表演藝術以強化劇藝的軌跡,且已然內化為歌仔戲常用的表演套路,可以根據劇情與人物需要採借挪用。至於《換魂記》僅保留原故事梗概,好些情節已屬「新編」,且又「因人設戲」一再重複「錯認」情節,所幸演員技藝精湛,劇情流暢明快,仍獲得觀眾一致地好評。

戲在歷史中流轉,在繼承中發展。雖然「創新」向來是劇藝發展的永恆命題,「時代感」是永保戲曲青春活力的不二法門。但創新發展若非奠基於傳統根基與劇種個性上,可能會斲傷劇種特有的藝術魅力,或難以規避「劇種趨同化」的命運。因此傳承整理「看家戲」,興許即是掌握劇種個性的通路,演員由此鍛鍊唱腔旋律,扎實行當技藝,積累表演套路,繼承劇藝精華。不過往昔內臺歌仔看家戲多為「連臺本戲」,劇團在目前「復原」或「重現」的「小本戲」中,如何擷取串連故事情節,如何保留彰顯表演亮點,如何在修編、改編與新創之間拿捏分寸,如何挖掘掌握「老戲」的精髓,如何記錄整理「蹻頭」的表演套路等,這些問題確實需要細緻釐清與思考探索。

（2）瀏覽中國戲曲劇目櫥窗的浙江調腔

　　首次全團來臺展演的「浙江省新昌縣調腔保護傳承中心」，以渾雅古樸的「新昌調腔」令人驚艷。流行於寧、紹、溫、臺一帶的「調腔」，據傳已有六百餘年歷史，為元一統後「北曲南移，南腔北上，南北聲腔交流」的產物。葉志良歸納有明末張岱記載的「調腔」遺存，為明代四大聲腔之一的「餘姚腔」遺音，為明末徽池雅調的遺音，為元代南唱北曲（北雜劇）的匯流等不同來源的說法。[27]而從目前最早見「調腔」著錄的明張岱《陶庵夢憶》史料，可推知在崇禎年間以前，已在紹興一帶相當盛行。[28]

　　南腔北調雜陳的新昌調腔，曲牌通常由套板、鑼鼓、起唱、正曲、合頭或結尾組成，肇明指出其存留著老南戲「向無曲譜，只延土俗。不托絲竹，隨心入腔，徒歌清唱，樂隊幫腔」的「乾唱」特色。其「一唱眾和」的幫腔，又根據劇情發展與人物心理，細緻規律地分層次予以應和，因而又可分為唱詞句尾，由演員和後場人員一起唱的「幫唱」，及句尾部分完全由後場人員演唱的「接唱」。此次在「導聆講座」中，即由樂隊與演員當場示範解說，更能清晰了解其差別。

　　新昌調腔擁有豐富紛雜的劇目，從目連戲→北雜劇，老南戲→元雜劇→明傳奇→清傳奇→新編歷史故事劇→現代戲，恰貫穿了中國戲曲發展史的軌跡。而大體可概分為「古戲」與「時戲」兩大類，前者涵括宋元南戲、元雜劇、明清傳奇等遺存劇目，曲牌專曲專用，保有南戲遺風；後者多為清中晚期傳奇及民國時期編撰的劇目，或反映宮闈鬥爭與群雄爭霸，或刻畫家庭倫理與市井生活等。[29]此次特邀在「亞太」演出老南戲《白兔記》〈出獵〉、元

---

27 請參見葉志良：〈新昌調腔的傳承機制〉，載於《民族藝術研究》2012年第4期，頁50-55。

28 參見「四部刊要」明張岱《陶庵夢憶》〈不繫園〉：「是夜彭天錫與羅三、與民串本腔戲，絕妙。與楚生、素芝串調腔戲，又復絕妙」、〈朱楚生〉：「朱楚生，女戲耳，調腔戲耳」等有調腔記載。請參見《陶庵夢憶》（臺北市：漢京文化事業公司，1984年），頁30、50。

29 有關調腔的論述，主要參考楊建新主編：《新昌調腔》（浙江市：浙江攝影出版社，2008年）。

雜劇《漢宮秋》〈餞別〉以及目連戲〈女吊〉、〈男吊〉與〈調無常〉〈送夜頭〉。

由娃娃生應工的《白兔記》〈出獵〉，為老藝人趙培生、潘林燦的口傳抄本，描述咬臍郎出外打獵射中白兔，與母親三娘相遇情事。劇中兩位中軍以當地的方言土腔言說，一個白字連篇，一個不斷糾正，展現了如同「參軍戲」的插科打諢，頗為古樸有趣。而元雜劇《漢宮秋》〈餞別〉，為清光緒年間抄本，乃參照藝人口述整理而成。曲牌套數與元曲刊本全同，曲文與原著也大體一致，然也有部分略加俗化淺白。此劇由「一正眾外」的正末漢元帝主唱，細膩演繹漢元帝在灞橋，率領文武百官為昭君送別的情景，痛悔、無奈與惜別等情感交織跌宕。【新水令】套曲將離情別緒的百轉千迴，宣洩到極點，真個是催人落淚。

依附於常民生活的新昌調腔，向來多在民間神祈壽誕、歲時節慶與生命禮儀等場合演出。尤其每年農曆七月十五日的「蘭盂盛會」，以集鎮為中，沿路點香插燭、施捨齋飯，並演出大戲與目連戲。調腔目連戲現存手抄本一百六十八齣，可演三日三夜，學界認為清鄭之珍《目連救母勸善戲文》，極可能就是在調腔目連戲等民間演出本的基礎上，刪節改編而成。[30]

此次在「亞太」中獻演的目連戲，讓觀眾們真是大開眼界。在淒厲的「目連號頭」聲響中，被逼賣身在陽世受盡蹂躪的女鬼玉芙蓉，披著蓬鬆的長髮，從後臺甩髮至前臺，在至舞臺四角亮相；接著又反覆演唱了九次的【淒涼犯】曲牌，悲切哀歎出一生的苦難。這齣〈女吊〉結合甩髮功與高亢唱功，強烈地表達出對惡勢力的控訴與復仇的心志；至於描繪遭受官宦人家迫害，走投無路懸樑自盡的〈男吊〉，則以腰、胯下、肘彎、腿彎、脖子等身體各部位，運用在舞臺懸吊而下的白練，作出「七十二吊」等的各種身姿，或循布條急上的「平地升天」，或循布條直落而下的「深淵探魚」，或雙腿纏布雙手伸向四側的「蜻蜓點水，或沿布條而上迅速倒滑急下的「倒掛金鐘」等招式，誠然是場驚險奇美的高空吊技表演。

---

30 請參見肇明：〈調腔目連戲淺探〉，載於《戲曲藝術》1993年第3期，頁80-87。

根據梨園舊俗，凡飾演〈女吊〉與〈男吊〉等「吊神」者，一經上妝開臉，就要在廂房中面壁而立，不得再開口說話，演出後卸妝前也不能看回頭眼，以避免真的被「抓交替」。而相較於「吊神」的鬼魅陰森，也有別於來自陰司表情森嚴的「黑無常」或稱「死無常」，民間傳說來自東南西北四方魂靈，也是陰司的勾魂使者的「白無常」或稱「活無常」，頭戴「一見生財」的白長帽，身穿白祆與白褲，手執破芭蕉扇與腳穿草鞋，其整臉塗白、倒掛雙眉、大紅嘴巴的造型，搭配上似笑似哭的表情，則顯得親和可愛得多。

又稱為〈白神〉的〈調無常〉〈送夜頭〉，開場時無常以扇遮臉，躬身曲背迅速來去於舞臺，接著急轉身踏上臺中木椅，背朝觀眾手足舞蹈起來。「陽間吃飯，魂在陰間值日」的白無常，對世間百態了然於心。以一曲【小桃紅】述盡人間惡形醜態，感嘆世態炎涼人情冷暖；後因肚中飢餓前去弄堂覓食，但卻遭狗咬的白無常，以鄉韻十足的新昌官話，嬉笑怒罵數落了各種型態的狗。然雖說是「罵狗」，實則卻是皮裡陽秋，指桑罵槐地調侃嘲諷了劣質人性。最後則是白無常與夜頭的人鬼對手戲，一在明一在暗，相互照映，儼然是「啞雜劇」的興味。

新昌調腔的場面，端坐於舞臺的正後方，如同元雜劇的「樂床」般。樂隊由六人組成，稱為「六師」或是「場面堂」，其中作為主心骨的「鼓板」，既要指揮樂隊伴奏，又要負責領幫起唱，全場節奏均由他一手掌控，相當出彩。這次新昌調腔的音樂與表演，可堪稱是「中國戲曲的活化石」，生動鮮活地展示了戲曲演進的歷史圖像。二〇〇六年成為大陸首批「國家級非物質文化遺產」保護名錄的新昌調腔，也積極組織老藝人挖掘與傳承劇目，如演出《漢宮秋》〈餞別〉的資深藝人張英正來不及傳承，於是邀請退休導演丁法安，回憶老藝人的演出戲路復排，再邀請崑劇老生黃小午進行加工，既保留調腔原有的表演與唱腔特色，也融入崑劇的細膩規範。[31] 這種復原經典的做法，正可提供歌仔戲「看家戲」參照借鑑。

---

31 訪問主演王鶯。2014年4月10日於新昌調腔劇團。

四 「美麗浙江・南戲源頭」的文化藝術饗宴

　　本屆「亞太」的另一個亮點，為第二週由浙江文化館所策劃的第九屆「臺灣・浙江文化節」。浙江人文薈萃，江南美景如畫，造就出無數戲曲、音樂、書畫與工藝大家與藝術精品，從二〇〇七年起浙江省文化藝術交流促進會，每年都會規畫各種藝文項目，赴臺舉辦「臺灣・浙江文化節」，以藉此平臺展示浙江各地的歷史文化遺產與藝術精品，以期共同傳承中華文化，促進兩岸情感交流，探索在臺灣的演出市場。近年則更由兩岸攜手創作，如第七屆由「浙江崑劇團」與「臺灣崑劇團」聯袂展演全本《范蠡與西施》（2013），第八屆「浙江民族樂團」與「臺北市立國樂」攜手演奏大型民族管弦樂組曲《富春山居圖隨想》（2014）等。

　　基於今年「亞太」以戲曲為主題，浙江原即是中國戲曲的搖籃，更是南戲的重要發源地。因此第九屆「臺灣・浙江文化節」也結合動態與靜態，立體展示浙江的戲曲藝術與人文風情。如在「錢塘聲嗽──浙江地方戲集粹」中，由流傳在浙北地區，融合當地曲藝與民歌音樂的本地灘黃為根基發展的「湖劇」，演出自幼訂親，卻互不相識的陳宰廷與金秀英同赴庵會的《庵堂相會》〈過橋〉，為湖州灘黃「幕表戲」形式的常演劇目；而流行於浙東的「姚劇」，在灘黃時期多演一花（生）一旦的「對子戲」，則貼演益元慶誤會情妹張桂英的《打窗樓》，及長工何宜度幫助寡婦蘇小娥汲水磨豆腐的《雙推磨》，此都是餘姚灘黃地道的傳統小戲。

　　而根源於農村，深富草根氣息，由淳安竹馬與生旦丑「三角戲」結合而成的「淳安睦劇」，演出夫妻倆一邊種麥一邊嬉鬧的《南山種麥》，以及結合跳竹馬與睦劇表演，演繹村民摒棄矛盾，齊心發展農村旅遊的現代生活小戲《鴛鴦馬》；而曲調高亢優美，表演誇張強烈，在場上講究武戲文做、文戲武做，由高腔、崑腔、亂彈、徽戲、灘簧、時調等六種聲腔合班的「婺劇」，則演出嫌貧愛富的張素花拒婚由妹妹代嫁的《姐妹易嫁》，及演述金華婺城山上的小尼姑與小和尚，因嚮往男耕女織的世俗生活，私逃下山結伴而行的《僧尼會》，人物塑造活潑逗趣。

始於明代，以松陽地方雜劇為主，吸收古代義烏腔、崑腔等外來聲腔而形成的「松陽高腔」，雖屬曲牌連綴體，但演唱時曲辭的句式與詞格，可依劇情發展與人物需要而自由調整。此次帶來描述大陸改革農村生活的現代小戲《柿子紅了》；另源於宋代、盛於明清的「泰順木偶」，以亂彈為主要聲腔，擁有歷史久遠的「藥發木偶」及「水傀儡」等偶戲類型。此次來臺的提線木偶，搭配越劇藝人同臺演出《梁祝》〈十八相送〉，人偶同臺相互輝映，別有機趣。

而在「戲韻流蘇——浙江戲曲手工藝展」中，圍繞著戲曲元素規畫，靜態展示如竹衣、官靴、繡鞋、帽盔、鳳冠等，運用寧波金銀繡與杭州刺繡等傳統民間手工藝的戲曲服飾；而西湖綢傘、王星記扇子、湖州羽扇、龍泉寶劍與硤石燈彩等，不僅真實反映浙江民間的生活樣態與審美情趣，也成為戲曲舞臺使用的砌末道具。此外安排「武義縣民間文化藝術團」的崑曲茶席《江南茶緣》，以崑曲音樂為伴奏、以戲曲劇情為載體、以茶藝表演為核心，在清醇的香茗中聆賞流麗幽雅的崑曲藝術。而在園區走廊大柱上張貼的「餘音繞梁——浙江鄉村古戲臺藝術攝影展」，以千姿百態的村莊聚落古戲臺，顯現戲曲藝術與庶民生活的親密關係。

相較於歷屆的「臺灣‧浙江文化節」，本屆由於與「亞太」活動縮結，也基於經費考量，因此舉辦期程較短，規模也相對小品。其中「淳安睦劇」奠基於竹馬歌舞小戲，故原本規畫與「臺南市土庫里竹馬陣」同臺展演，然因後者現今已無法組織而放棄。而本是文化節演出項目的「調腔」，由於深具藝術價值，故擴大規模陣容邀請參與「亞太」，並安排到「國立臺灣戲曲學院」以及「國立臺灣藝術大學」進行校園推廣展演，師生反映極為熱烈。

五 「藝術教育」的推廣導聆與戲偶體驗

所謂「外行看熱鬧，內行看門道」。為了拓展「亞太」更多元的活動效應，也特意為不同觀眾族群，設計與表演藝術團隊近距離的親密接觸，以期發揮「藝術教育」的功能，因此如規畫「推廣導聆」的套裝行程，涵括學者

專家的解說介紹，表演藝術團隊的現場示範與交流問答，以及現場觀劇等系列活動，通過事先報名與專車接送的方式，鼓勵藝文領域的師生與表演工作者參與，與亞太表演藝術團隊進行實質地互動交流。此七場「推廣導聆」的主題與主講者分別如下：

活動名稱	主講人
客家戲曲對映趣： 採茶戲 vs.撮把戲	臺灣戲曲學院客家戲學系主任：蘇秀婷 客家戲曲專家：謝宜文
亞太偶戲探索： 印尼皮影	臺北藝術大學教授：詹惠登 印尼藝術學院皮影團團長：Mr. Stepanus Hanggar Budi Prasetya
亞太偶戲探索： 山西＆廣東偶戲	周凱基金會常務理事：牛川海教授 山西孝義市木偶藝術團副團長：劉亞星 廣東五華縣提線木偶傳習所所長：李新賢
亞太偶戲探索： 印尼皮影	臺北藝術大學教授：詹惠登 印尼藝術學院皮影團團長：Mr. Stepanus Hanggar Budi Prasetya
亞太偶戲探索： 山西＆廣東偶戲	周凱基金會常務理事：牛川海教授 山西孝義市木偶藝術團副團長：劉亞星 廣東五華縣提線木偶傳習所所長：李新賢
浙江調腔藝術剖析	國立政治大學臺灣文學研究所教授：蔡欣欣 浙江新昌調腔劇團團長：丁黎鴻
日本乙女文樂奧秘	日本立教大學教授：細井上子 日本瞳座乙女文樂操偶師以及翻譯
兩岸車鼓齊戲弄	臺北教育大學音樂學系教授：黃玲玉 閩南師範大學藝術學院教授：鄭玉玲
宛然家族轉乾坤	中華民俗藝術基金會執行長：吳明德 亦宛然執行長：李俊寬 小宛然：班任旅

在兩個小時的「推廣導聆」講座中，學員們都很興致高昂地聆聽，也主動地參與各種示範演練。從問卷回收中得悉對講座內容高度認同，也從中掌握了學員的年齡、背景與職業等相關訊息，因而窺知除藝文領域的師生與業者外，也有不少熱愛藝文的親子與社會人士參與。面對這些不同層面的客群，未來或許可以「量身訂做」各種類型的工作坊，以提供更深入專業或更創藝啟發的活動課程。

而配合著此次策展主軸之一的「偶戲」，則將「曲藝館」整體包裝為「偶戲館」，除可在黑盒子劇場中欣賞各國偶戲的精彩表演外，也利用大廳一樓展示來自臺灣、大陸、印尼與日本的傳統戲偶，近距離觀賞戲偶的構造與工藝；二樓則以地區與時間軸對應，介紹各地偶戲的發展演化。另外搭配展演節目，進行戲偶彩繪、皮影偶戲操作與布袋戲體驗等「戲偶體驗」活動，讓孩童從「做中學」、「學中做」實際體會戲偶的製作與操演；同時也將偶戲的相關文創產品，陳設於臨水街的「亞太創意市集」，讓觀眾可採購回家觀賞或動手 DIY。

此次「亞太」也從各國戲偶的外觀藝術特徵中，「取象寫意」製作了分別代表臺灣、法國、日本、大陸與印尼的五款「戲偶」吉祥物，成為活動的形象代言，以廣為宣傳行銷，並呼應「偶戲」的策展主題。五座巨型的「戲偶大富翁公仔」，以上小下大的立體圓錐造型，擺放在「傳藝」多功能廣場戶外空地，搭配著所鋪設的巨型「亞太」字樣人工草坪，成為藝術節的鮮明標誌，也吸引了眾多觀眾拍照留念。

小結

曾師在〈中國古典戲劇的形成〉一文中指出，戲曲猶如一條浩浩蕩蕩的長江大河，涵容了各種藝術成分，在時空的延展中逐漸成熟茁壯，擁有小戲、偶戲與大戲等表演型態，也發展出豐富多元的地方劇種。[32]而臺灣傳統

---

32 請參見曾永義：〈中國古典戲劇的形成〉一文中，對於中國戲劇的形成過程與因素的全面闡述，收錄於《詩歌與戲曲》（臺北市：聯經出版事業公司，1988年），頁79-114。

戲曲雖與大陸一脈相傳，卻因兩岸社會結構與人文環境的差異，因此在劇壇生態或藝術本體上，或繼承或發展或轉型或蛻變。又部分劇種或基於國際間文化交流，或因為移民族群的播遷，也從兩岸流播到亞太地區，並依存著當地的歷史脈絡與人文風土而發展涵化。

因此首次以「戲曲」為主題的二〇一五年「亞太傳統藝術節」，即從臺灣在地劇種出發，邀請本地劇團以及兩岸共有或類近劇種或劇團，並延伸到亞太各國相關表演藝術團隊，以聚焦深化對話，擴大交流領域。活動中通過「以小見大、人偶同源」與「戲曲精品・共時演藝」等策展主體，展示戲曲藝術在亞太地區的當代表演風姿；從而也檢視戲曲藝術在歷史時空的更迭、地理場域的擴散、政經社會的變遷，以及角色功能的轉移等差異下，其「同中有異／異中有同」的展演景觀，以及其所生產、建構與維繫的文化體系。

本文並非嚴謹的學術論文，乃是銜師命對二〇一五年「亞太傳統藝術節」進行整體綜述。向來講究身體力行、學以致用的曾師，秉持著「學術通俗化反哺社會」的主張，肩負起「以民族藝術作文化輸出」的重責大任，多年來積極參與各種藝文活動的規畫，讓臺灣傳統表演藝術得以在兩岸與海外發揚光大。感恩曾師多年的指導與提攜，讓我得以在民俗與戲曲的廣闊天地中歷練成長。曾師豁達大度的襟懷、人間愉快的灑脫、嚴謹治學的態度，一直都是我學習效法的榜樣。謹以此篇和曾師共同參與策展二〇一五年「戲曲在當代——亞太傳統藝術節」的活動後記，作為追隨曾師杖履「二十七載師生情緣」的印記。

借崑腔宛轉譜新詞
——《蓬瀛五弄》代引言

周秦*

短調長歌付絲竹
——關於《梁祝》崑唱的追記與思考

梁祝深情，遍寰宇、誰人不曉？
只因為精誠到底，千秋皎皎。
短調長歌付絲竹，古今悲恨知多少！
借崑腔、宛轉譜新詞，蘇門嘯。

——〈家門大意〉【滿江紅】

　　二〇〇二年十一月，臺灣曾永義、洪惟助二先生相偕渡海過訪。霜露初降，落木蒹葭，正是對菊持螯的賞秋時節。夜宿太湖三山島農家，波光月色，涼透衣衫。剪燭長談，偵知曾先生來意，乃專就為臺北國光劇團編創崑曲劇本事徵求我的合作意向。曾先生是享譽海峽兩岸的著名學者、詩人和劇作家，此番不遠千里，折節枉顧，至有「不作第二人想」之企許。深情厚誼，況又關乎弘揚崑曲藝術、推進兩岸文化交流，茲事體大，豈容作態推辭？因而不揣譾陋，勉力應承。於是三人就此商討至丙夜，內容涉及戲劇觀念、崑曲精神、案頭與場上關係以及當今傳統戲曲發展趨向，直至與國光合作的一些具體細節問題，茶色漸淡而談興益濃。

* 蘇州大學文學院教授。

別後不久，尋知洪先生染恙，戒酒就醫；曾先生則依舊嗜酒如渴，運筆如風。越年一月，收到他徵求意見的編寫提綱；三月，新編崑劇《梁山伯與祝英台》文學本便脫稿寄下。全劇凡〈草橋結拜〉、〈學堂風光〉、〈十八相送〉、〈訪祝欣奔〉、〈花園相會〉、〈逼嫁殉情〉、〈哭墓化蝶〉等七齣，填曲六十餘支。基本按傳統傳奇和曲牌聯套體式，結撰工穩，詞采華贍，迥不似眼下氾濫大陸劇場的那種以大段半文不白的對話捎帶幾句不成腔調的歌唱的「新編崑劇」。

有愧於曾先生的獎掖，我生來不具備他那種揮灑萬言的氣度才華，只辦含毫腐筆的水磨功夫。從三月底到八月初，除卻必要的課務而外，我不得不閉關謝客，屏息雜念，寢食於宮調、曲牌與夫工尺、板眼之間。歷時四月，總算趕在按約赴臺教學前夕完成了製譜工作，將曾先生的《梁祝》傳奇文本初步加工成為可以按節而歌的崑腔劇本。

梁祝故事產生於西元四世紀的東晉時代，一千六百餘年間屢屢被寫成小說，演為戲曲，在民間廣為流傳。故事中男女主人公生死不渝的愛情追求以及化蝶雙飛的浪漫結局，詩化地顯現了中華民族的生活理想和價值觀念。在大陸，越劇《梁祝》長演不衰已達半個多世紀之久；在臺灣，則是黃梅調《梁祝》深入人心，五十上下的中年一代幾乎人人都會哼唱幾段。面對如此現狀，我們所感受到的壓迫是可想而知的：崑腔《梁祝》憑什麼區別於越劇、黃梅調和其他戲種並顯現自己的獨特魅力，又憑什麼喚醒並調動演職人員的二度創作熱情，進而通過他們的舞臺展現吸引並徵服新一代戲曲觀眾？

作為聯合國教科文組織公布的首批人類非物質遺產代表作，崑曲藝術自有其不同凡響的文化價值。崑曲的文化價值或劇種優勢體現在文學、音樂、舞蹈、表演、舞臺布景、服飾道具等極其廣泛的藝術領域中。然而細繹之，文學劇本並無劇種專利，崑腔傳奇固然常遭其他劇種改調搬演，其他劇種——包括先出的元雜劇、宋元南戲以及後起的花部亂彈諸腔的劇本，經崑曲改編演唱者同樣不在少數。而究之戲場實際，崑劇的舞臺表演同京劇、越劇等後起劇種相較也並無顯著差別，所謂「百戲之祖」的程式體系早已上升成為南北戲曲界所共同尊奉的一般規範。崑曲與非崑曲的根本區別乃在於它

獨特的聲腔系統──建立在吳語基礎上的、經魏良輔等人雅化了的崑山腔。也就是說，就本質而言，崑曲首先是一種戲曲聲腔，是音樂化的語言藝術。其表現形式為取材於唐宋詩詞、金元諸宮調、宋元南戲、元雜劇、元明散曲、明清時調以及宗教音樂、民間俗曲、少數民族歌曲乃至市井叫賣聲等豐富源頭的兩千多個曲牌；將曲牌按管色、調性分門別類的宮調，以及將曲牌組合成套的模式；而將不同時代、不同地域、不同風格的音樂素材有機融合為一體的內在依據則是存在於曲調與字聲之間的音韻規範──腔格。在腔格原則的統率下，崑曲的聲腔系統容納了盡可能豐富的可變因素，甚至成功地將漢語的兩大聲系──以吳語為典型的中古聲系和以北方方言為代表的近古聲系糅合在一起，從而第一次──也是唯一一次構建起一種真正意義上的全國性的戲曲聲腔。這纔是崑曲藝術的本質特徵或主要文化價值所在，是為其他劇種所學不來也搬不去的安家立命的本錢。

曾先生在編劇過程中很好地遵守了依腔填詞、聯牌成套的崑腔傳奇傳統形式規範，這為《梁祝》崑唱提供了不可或缺的先決條件。以尊重原著為前提，在反覆分析、仔細研究曲詞內容意境和曲牌音樂框架的基礎上，我小心翼翼地按照腔格要求打譜就字，偶爾就個別拗律的上、去聲字作必要的調整，對南曲中過多的襯字加以刪減，相反對北曲中襯字過少之處加以添補。同時，依據曲牌的音樂風格和細曲在前、粗曲在後的聯套原則，精心設計安排板式節奏，使樂曲的聲情和詞情在在較高水準上得到統一，以求合乎法度，和諧可聽。

嚴守法度使《梁祝》崑唱獲得區別於越劇《梁祝》或是黃梅調《梁祝》的聲腔特徵。但光是中規中矩還不足以充分確立《梁祝》──一部新編崑劇的舞場優勢。如上所述，梁祝故事作為流傳千百年之久的愛情經典，其主題思想、人物形象和情節結構久已定型並被廣泛認可接受，因而在主腦、關目等方面翻新求變的餘地相當有限。在這方面，曾先生作了一些創新的嘗試，劇中人物如馬文才，情節如第五齣〈花園相會〉，同其他劇種相比，有較為明顯的差別。但這些差別極有可能衝擊長久以來形成的關於梁祝故事的思維定式並引發不必要的爭議，從而影響人們對崑唱《梁祝》的欣賞和評價。這

恐怕不是編演者所樂見的。故而所謂「翻新」大抵只能集中在表現形式方面。

　　能否在保證《梁祝》崑唱符合傳統規範的前提下，又使它具有某些個性特徵？這個問題是我們不得不認真考慮的。早在收到劇本提綱時，我就曾建議曾先生，選用曲牌時務必避開熟套。尤其是絕不與《牡丹亭·遊園驚夢》、《長生殿·小宴驚變》以及《玉簪記·琴挑》等生旦戲名齣相重，以免陷入一開口就令人生似曾相識之感的尷尬境地。曾先生聽從了我的建議。《梁祝》所用各套各曲大多不常見於當今崑曲舞場，有些甚至相當冷僻。如第二齣〈學堂風光〉中的南仙呂【二犯桂枝香】，第五齣〈花園相會〉中的南商調【山坡五更】等，都是前人少用的集曲。他如第三齣〈十八相送〉中的南北合套，第七齣〈哭墓化蝶〉中的疊用三支【三仙橋】，都給人以耳目一新之感。

　　值得一說的還有第二齣〈學堂風光〉中的《詩經》吟唱。曾先生選擇《秦風·蒹葭》作為教學內容，傳達一種可望而不可及的迷惘心境，正是《梁祝》主題思想的昇華，可謂匠心獨具。然而《詩經》四字為句，句式短促而整齊劃一，殊難以納入傳統崑曲以長短句慢詞為基本特徵的詞曲聲腔體系。偶在怡園聽琴時得到啟發，因借用與《詩經》歷史同樣久遠的古琴音樂風格，結合崑唱腔格口法，唱來悠遠迷茫，古意盎然，與場上氛圍也頗為吻合。

　　曾先生是性情中人。有時興之所至，往往不耐曲牌音律拘囿，逞才使氣，七言句一氣連下數十行，訂譜為難。雖嚴格按字聲腔格譜曲，並交替使用散板的吟詠和上板的歌唱等不同形式以期增添色彩變化，但仍擔心會流同於京劇、越劇、黃梅調等後起戲種上下對句的板腔體風格。這種情形在第三齣〈十八相送〉和第六齣〈逼嫁殉情〉顯得尤為突出。〈十八相送〉齣尚可根據劇情不斷變化戲曲情景，通過輪唱、對話和舞蹈表演保持場上的生動活潑；〈逼嫁殉情〉齣則若由重病不起的梁山伯一口氣獨唱二十句，場面之呆板冷滯可想而知。為此我再三推敲，反覆修改，最後處理成小生吟──老生唱──小生唱──小旦唱──同場合唱的全新歌唱形式，如錢塘八月，層波推湧，直至高潮。按譜至於祝英台唱「倘若無有藥十樣，等我在陰山大路

旁」，我發覺自己竟是聲音哽咽，淚濕青衫。後復經導演加以簡潔新穎的舞場調度，成為劇中一個頗具創意的看點。

當然，案頭工作還只是紙上談兵，更要緊的是付諸演唱實踐。具體化到《梁祝》這個戲，能否凸現傳統崑曲藝術本色並被觀眾當作崑腔戲曲接受，其關鍵乃在於演員的唱念。連續兩個暑期，我都來到國光教曲。學員大多是京劇演員，有的之前學過一點崑曲，有的則從未接觸過。故教學首明京崑之別，講解崑曲藝術含蓄精緻的文化特徵以及「氣無煙火」、「轉音若絲」的崑唱精神。為使學員有法可循、有案可稽，印發的樂譜每一個唱字都標注了四聲陰陽。教唱則嚴格遵照崑曲字聲腔格，尤其重視南曲中入聲字的頓斷和北曲中的入派三聲，不斷強調「啟口輕圓、收音純細」的清工口法，要求學員理解曲情，揣摩腳色，注重細節。令人欣慰的是，經過一段時間的磨礪，劇組成員的唱念大多守古法，中規矩，略不遜色於大陸崑劇院團的專業演員。

戲曲藝術的最終實現形式乃是場上搬演。誠如明人李漁所云：「填詞之設，專為場上。」編劇、製譜，直到唱念教學，都是為了把《梁祝》推上崑曲舞臺，因而都必須服從現代劇場一百八十分鐘以內的演出時間限制和導演的總體調度。在排演過程中，不得不陸續刪併了將近三分之一的唱段，其中有一些還是曾先生和我苦心經營的得意之作。不光刪曲本身引起不快，因刪曲而導致聯套規範遭到一定程度破壞的可能性更令人擔憂。然而在目前情勢下，這一切看來卻是無法避免的。好在詞曲均存，以後有機會尚可擫笛清唱。現在我最大的心願是歷時兩年、牽合兩岸編導演職人員、耗費大量心血打造起來的新編崑劇《梁山伯與祝英台》能在年底公演時一炮打響，成為臺灣崑曲的代表之作，並從明年起到蘇州和大陸各地巡演。

崑笛新聲度孟姜
──新編崑劇《孟姜女》編演追記

　　二○○四年十二月二十四日晚，西曆平安夜。臺北街頭華燈初上，人流如潮。白先勇先生請我在兩廳院的福華餐廳一起吃「年夜飯」。本來還邀了樊曼儂女士，但是她臨時有事，派秘書黃小姐來作陪。節日之夜，餐廳免費為顧客攝影留念，當場取照，白先生說我笑得不自然；不時有朋友過來打招呼，黃小姐問我為什麼心不在焉……。新編崑劇《梁山伯與祝英台》首演檔期被安排在耶誕節前後。挾年初青春版《牡丹亭》的餘勢，這部由曾永義先生編劇、我譜曲教唱、國光劇團邀集臺北專業和業餘戲曲演員排演的崑腔新戲，首演三場四千多張門票居然在開演之前十九天就已售罄，成為本年度繼青春版《牡丹亭》、新編京劇《暴風雨》之後第三部在臺北國家戲劇院滿座上演的作品。可是實際演出情況將會如何？四個梁山伯、三個祝英台相繼登場，轉換如此頻繁，觀眾能接受嗎？尤其擔綱主演的魏姐（海敏）、曹哥（復永）都是以京劇名腳第一次演唱崑曲，笛師廖錦麟也是第一次擔綱主奏，觀眾會認可嗎？我真的有點忐忑不安。

　　稍後的事實證明我的擔心完全是多餘的。「大陸有最好的演員，臺灣有最好的觀眾」，這句在兩岸三地廣泛流傳的崑曲界行話真是屢試不爽。當然，著重點是在後半句。音樂奏起，大幕拉開，滿場觀眾似乎比演員還更先進入腳色場景。從趙揚強、陳美蘭扮演的第一對梁祝一上場，劇場內蘊積的熱情就開始釋放。唱腔念白，舉手投足，甚至一個細微的眼神表情，都無一例外地得到觀眾的迴應，催化出會心的讚許或整齊的掌聲。魏海敏、孫麗虹合演的〈十八相送〉，祝英台活潑伶俐，梁山伯則憨態可掬，臺下笑聲連連。主演〈訪祝欣奔〉的女小生楊汗如是業餘曲友，而唱念做舞，絲絲入扣，將崑劇巾生的儒雅特徵演繹得頗有神理，憑一齣過場戲博得滿堂彩。之後魏姐重新登場，與曹哥合演〈花園相會〉，接著是郭勝芳、趙揚強主演的〈逼嫁殉情〉，隨著劇情急轉直下，劇場氣氛也漸趨凝重悲愴。到終場〈哭墓化蝶〉，臺上連套三支【三仙橋】唱得一字一淚，場內一片唏噓歎息之

聲。最後墓門打開又有點晚，但是無關大局，全場觀眾已經起立鼓掌⋯⋯有人使勁拉扯我，原來是劇務催促上臺謝幕。我長舒一口氣，這才發覺渾身已被汗水浸透。

首輪三場公演，觀眾持續追捧，媒體好評如潮。由於學期尚未結束，我一天也沒多逗留，二十七日就趕回蘇州了。茲後國光劇團改用全部本團演員對該劇加以重排，於二〇〇五年初進行島內巡演，從中壢、臺中直到南部的高雄，反響都很不錯。元宵節前後，新編崑劇《梁祝》還奉媽祖廟大神旨意，前往馬祖參加一年一度的天后宮廟會慶典。這恐怕是崑曲第一次來到離島。雖然是露天搬演，場面照樣熱烈火爆。每到一地，總有演員打電話來，向我通報演出的盛況，與我分享成功的喜悅。他們說：「老師，大家都很爭氣，戲越演越好。我們還要來大陸巡演呢。」

新編崑劇《梁祝》大陸巡演預定三站：首站抵達上海，參與第七屆上海國際藝術節；隨後訪問崑曲故鄉蘇州；最後南下佛山，參加在那裏舉辦的第七屆亞洲藝術節，並從香港出境返回臺北。七月中旬，國光劇團副團長鍾寶善先生專程前來蘇州考察演出場館。正當酷暑，驕陽似火，汗流浹背，我陪同他先後踏勘了開明大戲院和人民大會堂。鍾副團長非常敬業，每到一處，不僅仔細詢問管理人員，認真查看有關資料，還自己動手測量。臺高、臺深、燈桿、音響，一一詳加記錄，邊寫還邊微微搖頭。我發現他對這兩個劇場的設施好像都不太滿意，於是建議他不妨去蘇州大學看看存菊堂，並且告訴他，差不多一年前，青春版《牡丹亭》大陸首演就是在那兒舉辦的，場面火爆，從此一路走紅。他眼睛一亮，連聲說好，跟我來到蘇大。可才一走進存菊堂，臉上便又重新掛起那副無奈的苦笑，說：「老師，我們可比不了白先勇先生。」

場館考察到此告一段落，隨後是耦園茗話。鍾副團長連夜去上海了，後來也就沒有什麼聯絡。直到十一月初，國光劇團辦公室的袁小姐通知我去上海逸夫舞臺看戲。我這才意識到，《梁祝》大陸巡演已經開始，同時得知行程亦已經修改，繞開蘇州，第二站改為「梁祝故里」杭州。由於蔡正仁先生加盟，逸夫舞臺彩聲不斷，觀眾熱捧。茲後劇團經杭州，南下佛山，在亞洲

藝術節與青春版《牡丹亭》演對臺，反應繼續紅火，當地媒體至有「最優雅的文學和最精緻的藝術的結合」之譽。然而這只是耳聞。因為當時我頗感失落，無心繼續跟隨，在上海告別友人，逕回蘇州了。

轉眼一年將盡，曾永義先生電話問候，通報向江蘇省崑劇院贈送新編崑劇《梁祝》版權並合作重排事宜。得知我依然對巡演繞開蘇州之事耿耿於懷，他在電話那頭開心地大笑起來，說：「兄弟，不必生氣，我們馬上再合作一個得了。這次一定到蘇州。」再推一個，談何容易？我以為他只是隨口說說而已，當時並不很在意。不料農曆年剛過，新編崑劇《孟姜女》的初稿已經寄到我手中；沒過幾天，臺灣戲專鄭榮興校長來函商請暑期赴臺教習事宜。唉，這樣的朋友，我還能說什麼？趕緊安排課務，推辭會議，閉關埋頭，讀曲製譜。

與《梁祝》相比《孟姜女》傳說情節較為單薄，故事性不夠強。但是曾先生自有成竹在胸。在他的劇本中，孟姜女、萬喜良分別被賦予孟軻及其高足門人萬章嫡裔的身份，這就使兩人一見鍾情的「速配」式婚姻具有了較為可信的文化基礎。情節展開，婚禮生變，萬喜良戍邊築長城，孟姜女千里送寒衣，又穿插滴血認夫、弔祭哭城的場景，作者更別出心裁地讓秦始皇粉墨登場，出盡洋相。整個劇本關目緊湊，情感充沛，不乏出新出彩之處。

接受《梁祝》因填詞太多，以至搬演時慘遭芟汰三分之一的前車之鑒，曾先生於此劇只填詞四十餘支，不僅音律更為考究，文詞更趨本色，曲牌套數的選用也至為合適。如第一場〈查拿逃犯〉，生扮萬喜良、小生扮歸有義在逃難途中邂逅，兩人對唱的北仙呂【村裏迓鼓】套，沈痛蒼涼，節奏局促，遣詞質樸如話；場景一轉，第二齣〈花園相會〉，旦扮孟姜女、小旦扮梅香以及生扮萬喜良對唱的南商調【二郎神】套，則恬靜優美，板式舒緩，詞藻華贍雅馴。作者刻意做到了人物身份、場景心境與曲情調性的匹配切合，也為我按傳統規矩度聲製譜提供了極好的基礎。尤其是下半場那幾支快唱的南曲粗曲，如第四齣〈邊苦閨寂〉中萬喜良感歎戍邊之苦的【黑麻令】，第五齣〈滴血驚豔〉中孟姜女主僕邊行邊唱的【排歌】以及淨扮秦始

皇初見孟姜女所唱的【錦纏道】等，或悲愴，或激越，或詼諧，無不詞俊律
和，令人百唱不厭，洵可傳之曲也。

> 南越調過曲【黑麻令】（生） 則這望不盡，平沙塞沙。恨渺渺，阻著
> 些伊家故家。只聽得颯喇喇，山涯水涯。啾唧唧，野鬼遊魂。鬧一
> 座，烏衛鼠衛。噯呀我的妻呀，你堪比那梅華月華。怎奈我，時差運
> 差。不提防，命薄緣慳。翻做了，朝霞晚霞。
> 南羽調過曲【排歌】（旦、小旦） 木葉紛紛，風沙滾滾，坎坷水惡
> 山昏。邅迴迷路問前津，茹苦含辛日夜奔。過近村，向遠村，忽地胡
> 笳淒切不堪聞。行步緊，餘力盡，長城一見已銷魂。
> 南正宮過曲【錦纏道】（淨） 看他怒悲號，霎那時八方寂寥。顧不
> 得平日裏帝王驕。看他淚如濤，無邊怨恨難描。直教我恍惚上，天臺
> 訪道。淒切裏，粉面紅桃，泣訴似燕歸巢。越端詳，越覺得十分俊
> 俏。這美人雖帶孝，反顯出天生芳妙。教我怎地不為他傾倒。

曾永義先生以學界聞人，餘事填詞，將沈璟關於「名為樂府，須教合律
依腔」，「寧使時人不鑒賞，無使人撓喉捩嗓」的教誨常置座右，定牌選套，
取法乎上，審音析律，推求不厭。他的劇作努力接續曲學傳統和藝術精神，
迴異於眼下層出不窮的取消曲牌、不講聲韻的「新編崑劇」。同時，一種憂
患時弊的文人積習時時縈繞筆端，有所表現。所謂「借古人盃酒，澆胸中壘
塊」，非曾先生之謂乎？嘗記為《梁祝》訂譜，至第六齣《逼嫁殉情》末唱
長篇七言歌詩，有「五要玉山雲一片」之句，我無意中將「玉山」誤認為
「巫山」。曾先生非常在意，馬上提醒說：「這是玉山，臺灣的玉山。」他何
嘗片刻忘懷生他養他、休戚與共的土地和人民！於是，《梁祝》中馬文才數
板隨口說出「A錢」這樣的鄉談，《孟姜女》中軍吏對白竟然出現「燒炭」、
「不學有術」之類的語彙。千萬不要看作尋常的打諢搞笑，更不要批評作者
媚俗趨時髦。只須看看觀眾的反應就明白了：場內沒有人開懷大笑，因為這
其實並不好笑，相反很壓抑。《孟姜女》第一齣〈查拿逃犯〉終了，當軍吏
們押解著被抓捕的儒生、農夫緩緩下場時，幕後響起委婉悲涼的女聲獨唱：

一人有慶，萬民賴之。唯紂獨夫，千古詬之。古為今鑒，阿誰知之？

開端兩句見於《尚書·呂刑》，後四句接續無痕，渾然一體，再好不過地道出了天下百姓的心聲。如此無奈，又如此執著，誰能對此無動於衷呢？長夜度曲至此，四顧寂寥，悲從中來。瀰漫耳際的是結句的反覆詠歎，以及發自天地深處的震顫歎息。「古為今鑒，阿誰知之？」古往今來為人主者，你們聽見了嗎？

從早春到仲夏，整整四個多月時間，讀曲製譜，反覆修改，我終於趕在暑假前夕基本定稿。按約於七月十日渡海赴臺，入住戲專內湖校區，開始為期六週的唱念教習。戲專國劇團規模排場不如國光大，平時演出業務也不如國光多。正因如此，教學安排比較集中。團長曹哥（復永）以他一貫的謹嚴作風，身先士卒，帶頭聽課，認真習曲練唱，從不遲到早退，有公事不能上課則事先請假。還要求劇組人員，不論腳色大小、資歷深淺，包括鼓師笛師，一律隨班聽課，參與考核。在曹哥以身作則的榜樣感召下，全體演員認真習曲，唱念教學進展順利。幾個主要演員，扮演萬喜良的趙揚強固然是駕輕就熟，扮演孟姜女的朱民玲雖然從未接觸崑曲，也不像國光的魏姐（海敏）那麼剔透玲瓏，但是天賦佳嗓，高低咸宜，音色厚實，加上學習刻苦，不久便漸入佳境。扮演秦始皇的丁揚士嗓音、扮相、悟性堪稱上選，他反覆磨練僅有的一段唱，使之崑味充足，成為劇中的一大亮點。其他如輩分最尊的葉復潤、曲復敏，正當盛年的郭勝芳、唐天瑞，乃至進團不久的陳麗如、顏雅娟、金孝萱等，戲份雖有多少，無不專心投入。與在國光教排《梁祝》時相似，《孟姜女》唱念教習課程也有一些團外的曲家曲友前來旁聽，其中有蘭庭崑劇團的團長王志萍小姐等。她後來邀我在紫藤廬舉辦題為《從青春版〈牡丹亭〉到新編崑劇〈梁祝〉》的講座，還擫笛試唱了新編崑劇《孟姜女》的選段。各界名流蒞臨，場內座無虛席，主人謂為盛況空前。

戲專的教學生活緊張而有序。住所面山靠湖，嵐光水色，鳥鳴竹喧，日夕相對。教學閒暇，或獨自到湖邊散步，或往附近的洪惟助教授府上茗話，觀賞他的藏硯。八月初，我有幸作為嘉賓參與了戲專升格為臺灣戲曲學院的

掛牌儀式，親身見證了臺灣戲曲史上具有重大意義的一頁。此後，教習課程轉入復習鞏固階段。連續幾天，我在趙揚強和鼓師梁德琯的協助下，錄製了全劇唱腔的曲笛伴奏音樂，並翻刻成光碟，分發劇組成員，人手一盤，隨時播聽，不斷溫習。八月二十三日舉辦教學彙報會，暑期唱念課程告一段落，我也必須返回大陸，準備開學了。

新編崑劇《孟姜女》首演檔期確定在二〇〇七年三月二日至三月四日，當元宵節前夕。大年初五，我和上海崑劇團的導演沈斌、編曲周雪華相約再度赴臺，參與正式公演前的準備工作。春節剛過，臺北的大街小巷還殘留著些許年味。初九日，我們有幸作為嘉賓參加了一年一度的開臺儀式。老郎神被請到了戲臺中央，我學著臺灣朋友的樣子，緩步登臺，拜神進香，還按照他們的吩咐，暗自許了個願。

坐唱，合樂，響排，技排，彩排，推廣講座，新聞發布會……，一切都從容不迫，按部就班地進行著。令我暗自訝異的是，如此重要的演出，擔綱伴奏的竟然是該校中學部宋金龍老師指揮的學生樂隊。樂隊規模龐大，全是十七、八歲的孩子。他們大多從小學五年級就來到戲專，練過翻筋斗、耍刀槍，學過場上表演。進入中學階段後選擇音樂班，也是吹、拉、彈、擊兼學。雖然還不夠專精，卻樣樣拿得起來。加上互相熟悉，別看平時喜歡打打鬧鬧，一旦擺開陣勢，樂感和團隊合作精神良好，一點兒也不怯場。宋老師對他們既嚴厲又疼愛，發覺我有點擔心，他告訴我：「這可不是他們第一次進國家劇院了。」語氣中流露著對這班學生的放心和自豪。

興許是戲曲學院師生的從容自信感染了我，當國家劇院的大幕終於徐徐拉開，我發覺自己並未像青春版《牡丹亭》和《梁祝》首演時那樣忐忑不安。考慮到離場謝幕的方便，我的座位照例被安排在劇場稍後的邊門附近。我注意到，前後幾排全是臺北市立第一女子高級中學的同學們，這所名校薈萃著全島最優秀的女生。感謝該校的國文老師們，讓她們很早就接觸了解崑曲藝術，有些已儼然崑曲劇場的常客，看戲非常專心，中場休息時的評點也很中肯。例如誰的妝扮過於穠豔啦，誰的唱腔還不夠道地啦，等等。多可愛的小觀眾啊，我真想參與她們的討論，又怕過於唐突……這時，鈴聲響起，

下半場即將開演，劇場裏重歸寂靜。

新編崑劇《孟姜女》首演獲得圓滿成功，相關評論報導占據臺北各大報刊的主要版面，令人目不暇給。第三場演出安排在元宵節下午。結束以後，我婉謝了劇組的慶功宴，聊發少年狂，跟著樂隊的孩子們冒雨逛街，看花炮，吃火鍋，鬧到十點鐘才回學校休息。

返回大陸不久，臺灣戲曲學院籌備建校五十週年慶典，來信徵集題詞。因占七言絕句一首為賀：

> 一炷心香拜老郎，春秋五十不尋常。
> 京腔客調還歌仔，崑笛新聲度孟姜。

茲後，與游素鳳主秘、萬裕民研發長多次書信往返，新編崑劇《孟姜女》大陸巡演計畫漸趨完備。時間定於二〇〇八年四月上、中旬，經北京、濟南、蘇州、上海、廈門等地。後來一度南京替代了濟南，再後來南京也取消了，確定為京、滬、蘇、廈四站。按照臺灣戲曲學院的要求，蘇州大學需要安排劇組訪問蘇州期間的演出場地和食宿交通，以及組織學生樂隊，承擔《孟姜女》大陸巡演全部場次的音樂伴奏。二〇〇七年十一月，我向蘇州大學校務會議報告了臺灣戲曲學院新編崑劇《孟姜女》大陸巡演的準備情況，得到學校的高度重視和經費支持，並成立了由江湧副校長牽頭，黨辦、校辦、宣傳部、保衛處、社科處、團委、學工部、臺辦等相關職能部門以及文學院負責幹部為成員的工作班子。分工協作，製訂接待方案，落實演出場地，聯繫新聞媒體，並以學校名義向《孟姜女》劇組寄發正式邀請函。我的主要工作是選拔和訓練伴奏樂隊，同時以中國崑曲研究中心的名義籌辦一個小型的研討會，初步定名為「崑曲與兩岸文化交流學術研討會」。

二〇〇八年二月，在學校團委的全力配合與協助下，我選拔蘇大學生民樂團部分骨幹團員為樂隊班底，指定博士研究生劉志宏擔綱主笛。為確保萬無一失，還邀請老友、蘇崑專業樂師董石耕、翁贊慶加盟。自開學以來，每週三、週六下午及晚上集中練習，雷打不動。三月下旬，我應慈濟靜思書軒之邀往作崑曲講座，還借機帶學生樂隊到場演示，頗獲好評。如今，萬事俱

備，只等四月初新編崑劇《孟姜女》大陸巡演開始。「借崑腔婉轉譜新詞」，誠如臺灣戲曲學院院長鄭榮興博士所云，希望通過此次交流巡演，「搭起兩岸戲曲永固之橋」。

附記：新編崑劇《孟姜女》於二〇〇八年四月八日至四月二十日舉行大陸巡演，先後在北京梅蘭芳大劇院、中國戲曲學院大劇場、上海逸夫舞臺、蘇州獨墅湖高教區影劇院和廈門文化藝術中心公演五場，獲致圓滿成功，成為本年度兩岸文化交流領域的一大成果。鄭榮興院長一行與中國戲曲學院、上海戲劇學院、蘇州大學以及廈門藝術學校進行了學術交流，並代表臺灣戲曲學院與上述學校簽訂了校際合作備忘錄。《人民日報》（海外版）、《中國文化報》、《文匯報》、《新華日報》、《江南時報》、《揚子晚報》以及《中國戲劇》、《藝術教育》等中央和地方報刊紛紛加以報導評論。

別題紈扇唱香君

——新編崑劇《李香君》編演追記

二〇〇七年元宵節前後，新編崑劇《孟姜女》在臺北國家戲劇院成功舉行三天公演。觀眾追捧，媒體熱評。回蘇州前夕，友朋餞行。曾永義先生授以剛脫稿的新編崑劇《李香君》劇本，說：「兄弟，咱老哥倆再聯手合作一回，就算圓滿。如何？」

這是曾先生編創的第三個崑腔劇本。有異於茲前推出的《梁祝》、《孟姜女》二劇之直接取材民間傳說、關目曲詞無所依傍，李香君故事不僅是「實事實人，有憑有據」（《桃花扇・試一齣・先聲》），而且孔東塘以《桃花扇》傳奇領袖曲壇數百年。至今論列清代戲曲，必首推南洪北孔。東塘自謂「旨趣實本於三百篇，而義則春秋，用筆行文，又左、國、太史公也」（《桃花扇小引》），欲以「借離合之情，寫興亡之感」（《桃花扇・試一齣・先聲》），將「南朝

興亡」「繫之桃花扇底」（《桃花扇本末》），「不獨令觀者感慨涕零，亦可懲創人心，為末世之一救」（《桃花扇小引》）。立意故高，又得聞遺老親述，參以諸家稗記，「朝政得失，文人聚散，皆確考時地，全無假借」（《桃花扇凡例》）。還別出心裁地在齣目下標注年月，起自崇禎癸未（1643）二月，迄於順治戊子（1648）九月，將傳奇寫成了一部編年史詩。前賢吳瞿安先生對此推崇備至，以為「通體布局，無懈可擊」，「直是前無古人，後無來者」（《中國戲曲概論》）。加之結構精心，遣詞考究，連一般傳奇作家往往掉以輕心的賓白科諢、腳色排場都嘔心瀝血，著意經營。因而順治己卯（1699）六月，《桃花扇》傳奇甫成，「王公薦紳莫不借鈔，時有紙貴之譽」（《桃花扇本末》），內府徵求，豪門甲第搬演無虛日。

然而與《桃花扇》在文學領域和上層社會所獲得的成就影響相比，作為戲曲藝術，無論是就歌壇清唱或是場上搬演而言，其份額影響卻很難同《荊釵記》、《幽閨記》、《琵琶記》、《南西廂》、《浣紗記》、《繡襦記》、《玉簪記》、《牡丹亭》、《西樓記》、《漁家樂》、《十五貫》、《長生殿》、《鐵冠圖》等崑腔名劇相提並論。翻檢專門錄存乾嘉時代舞場常演劇碼的《綴白裘》，居然找不到一齣《桃花扇》；以清工為標榜的《納書楹曲譜》中，也僅收錄了〈訪翠〉、〈寄扇〉、〈題畫〉三齣。茲後影響較大的《遏雲閣曲譜》於〈桃花扇〉同樣一齣未收，《六也曲譜》齣數、齣目全效《納書楹》。另原蘇州戲曲博物館、杭州戲曲學校收藏有未刊手鈔曲本〈偵戲〉、〈卻奩〉、〈撫兵〉、〈祭主〉、〈媚座〉、〈守樓〉等六齣。相比之下，前舉「《琵琶記》、「《浣紗記》、「《牡丹亭》、「《長生殿》等劇都有全譜傳世，其他各劇留存至今的曲譜也遠較「《桃花扇》為多。究其原因，恐適如吳瞿安先生所論：「《桃花扇》耐唱之曲，實不多見。即〈訪翠〉、〈寄扇〉、〈題畫〉三折，世皆目為佳曲。而〈訪翠〉僅【錦纏道】一支可聽，〈寄扇〉則全襲〈狐思〉，〈題畫〉則全襲〈寫真〉，通本無新聲，此其短也。」「東塘凡例中，自言曲取簡單，多不逾七八曲，弗使伶人刪薙。其意雖是，而文章卻不能暢適，此則東塘所未料也。」（《中國戲曲概論》）

如何使李香君故事重現於當今崑曲舞臺？近年流行的改易名作以趁一時

搬演之需的作法，猶如放任略識之無的學童塗抹古畫，每令人扼腕嘆息。至於《桃花扇》那樣的傳奇鉅製，要想就原作加以修改提升，當世恐罕有其人。因而以當代劇場和當代觀眾的藝術訴求為指向，另起爐灶，重設關目，選套填詞，全新呈現，反而不失為比較切實的考慮。當然，這也絕非易事。曾永義先生當仁不讓，於酒酣耳熱之際，操觚染翰，別題紈扇唱香君。事實證明，作者的學力、史識、文采足以勝任有餘。

新編崑劇《李香君》全本七齣，較好呼應了當代戲劇觀眾一次演完、首尾完整的訴求。遵循傳統編劇「立主腦」、「減頭緒」（李漁《閒情偶寄》）的基本原則，作者盡力淡化虛化了明、清、闖三家之間的軍事角力和南明弘光小朝廷內部的政治爭鬥，騰出舞臺，集中筆墨，通過卻奩、守樓、罵殿等三個主要場景，酣暢淋漓地渲染謳歌了李香君深明大義、堅貞不渝的形象品格。

原本《桃花扇》以張道士當頭棒喝，侯、李二人幡然醒悟，斬斷情根，雙雙入道結局，東塘頗以「脫去離合悲歡之熟徑」（《桃花扇凡例》）自負。吳瞿安先生亦謂：「〈修真〉、〈入道〉諸折，又破除生旦團圓之成例，而以中元建醮收科，排場復不冷落。此等設想，更為周匝。」（《中國戲曲概論》）稱許備至。然而如此收場，卻並非為所有人都樂意接受。早在《桃花扇》問世之初，一向被東塘倚重為詞曲長城的顧天石就原作「引而申之，改為《南桃花扇》。令生旦當場團圓，以快觀者之目」（《桃花扇本末》）。一九四七年，現代戲劇家歐陽予倩將《桃花扇》改編成話劇，並率新中國劇社遠赴臺北演出。一九六三年，西安電影製片廠又以此為基礎攝成電影，影響甚鉅。結尾寫侯、李二人劫後重逢，香君意外發現侯方域已薙髮留辮、改著清裝，憤而撕碎桃花扇，咯血抱恨而終。這樣的結局似乎更符合人物命運的發展邏輯，也更具歷史真實感。侯方域先是面對阮大鋮之流的拉攏利誘，不明大義，猶疑反覆；後又於新朝定鼎之初的順治八年（1651）不甘寂寞，變節應試。香君與之毅然決絕，乃是其剛烈個性惟一可能的選擇。

新編崑劇《李香君》以侯、李分道揚鑣收束，使劇情急轉直下，沈沒在濃重的悲劇氣氛中。透過侯、李二人的思想衝突，作者試圖引發當代觀眾的思考：「你的聖主在哪裏？你的明君在何處？」當李香君責問侯方域時，侯

方域也在反問李香君。是啊,新朝的順治不是聖主,勝朝的萬曆、崇禎、弘光同樣也不是明君,那麼「守貞守志」和「出世用世」究竟是為了什麼?那些「名利蠹魚、權勢奴隸」、「變換心腸、甘作貳臣」的錢牧齋、吳梅村、龔芝麓之流縱然卑鄙無恥「一無足取」,可是那些或「慷慨成仁」或「國亡為僧」或「隱居不仕」或「無意用世」的「四公子」們,他們的思想行為真就那麼值得稱許值得效法嗎?善惡是非,準則何在?人生的價值、意義又復何在?有些問題可能永遠得不到公認正確的答案,但是卻又絕不應該對其熟視無睹放棄思考。李香君謂「人各有志」,「予欲無言」,這許是作者的內心獨白吧。

吳瞿安先生比較南洪北孔有云:「僅論文字,似孔勝於洪;不知排場布置、宮調分配,昉思遠駕東塘之上。」又云:「余嘗謂《桃花扇》有佳詞而無佳調,深惜雲亭不諳度聲。二百年來詞場不祧者,獨有稗畦而已。」(《中國戲曲概論》)曾永義先生所見略同,他一向特別留意於《長生殿》。前此創作《梁祝》、《孟姜女》二劇,套數詞格,往往師法《長生殿》,所謂「取法乎上」。新編崑劇《李香君》中也不乏學洪之處,如第二齣〈卻奩辭院〉略按《長生殿》第七齣〈幸恩〉套,第四齣〈江南江北〉略按《長生殿》第四十一齣〈見月〉套,第六齣〈探院沈江〉略按《長生殿》第三十七齣〈屍解〉套。但由於取法冷僻套數,且有所變化,痕跡漸泯,而規範俱在。曲詞則以典雅清通為主,兼顧生動傳神。如第六齣生扮侯方域探院所唱【二犯漁家傲】:

> 嘈嘈,倦鳥歸巢。空堂泥落燈懸吊。塵封灰灶,垂簾未卷鼠饑叫。呀,猛驚覺,冷栗飄蕭。猛驚覺,人去迢遙。猛驚覺,瑟難調。猛驚覺,伊人何處笙簫?淒然勾起恨根苗。形影緣何忽縹緲,走遍迴廊心漸焦。

又如第四齣丑扮鄭妥娘、老旦扮卞玉京、小旦扮寇白門唱【滴滴金】:

> (丑)恁不分好歹不聽剖,恁捨棄交情逐客走。(老旦)恁無知狂妄

難長久，憑自施為自僝愁。（小旦）那時啊，我姐妹旁觀袖手，須知憑敬酒不吃吃罰酒。（合）只因憑背義違情，須教憑有淚難收。

或雅或俗，或淒涼纏綿，或直白滑稽，無不切合腳色劇情，堪稱可聽之曲。

再如第五齣旦扮李香君罵殿所唱三支【駐雲飛】：

剩水殘山，壯士沙場血爛斑。夕日春將晚，百姓呼天喚。嗏，失所苦饑寒，骨肉分散。只見鐵騎橫郊，賊寇相蹂爛。可恨哪！玉殿管弦自彈奏，階下群臣爭伴閑。

骨鯁凋殘，作勢狐狸盡賣奸。池水舞鰍鱔，朝堂充佞諂。嗏，宰執盡愚頑，未嘗憂患。一朝賊寇南侵，但解蒙頭鼠竄。將那浩浩江河蕩蕩山，盡數兒奉與清虜不復還。

擁立的親藩，似醉如癡登上壇。酒色不嫌少，只怕歌舞散。嗏，一味裏貪安，忌聽直諫。倘若國破家亡，難道心無憚。只落得身首離分淚空彈，帝業顛隕屍骨寒。

始猶強按悲憤，意存諷勸，稍顧身份場合。無奈君瀆臣奸，醉死夢生，直如一堆行屍走肉。終於怒不可遏，破口大罵。訂譜時依據崑唱聯曲前細後粗、自緩趨急的規矩，將三曲的節拍依次處理為一板三眼帶贈板、一板三眼和一板一眼，通過再度縮板抽緊節奏，將劇情推向高潮。希望借此激發朱民玲的激情佳嗓，成為場上的一個亮點。

新編崑劇《李香君》將於十一月中旬在臺北城市舞臺舉行公演，隨後赴大陸北京、鄭州、商邱、廈門等地巡演。演出告一段落時，又該是年底了。從二〇〇三年以來，六年間推出三部崑戲，唱徹海峽兩岸，曾先生真是健者。這無疑是在續寫中國戲曲史。有幸追隨其後，終始其事，與有榮焉。曾先生有意將三個劇本連帶唱腔曲譜、演出錄影一同結集付梓，下問書名於我。敢不從命。因擬「蓬瀛三弄」，謂三戲也。偶聞曾先生另有關於楊玉環故事的劇本構思，已經成竹在胸，呼之欲出。然則尚不止三戲，至少四戲在望矣。於是改擬「蓬瀛寄弄」，謂寄情崑曲也。曾先生意下以為如何？

前身太白非耶是
──新編崑劇《楊妃夢》編演追記

　　二〇〇九年八月二十日，星期四，新編崑劇《李香君》唱念教習終於告一段落。六週以來，每週五個工作日，每天工作六小時，我已然聲嘶力竭，歸心似箭。多謝曲家林麗玉小姐，訂座關渡臺北藝術大學達文士餐廳，並邀曾永義、洪國梁二教授，一起為我餞行。臨軒眺望，臺北平原盡在眼底。車流燈海之際，一〇一大樓如一柱擎天。

　　洪先生照例只喝酒不說話，我照例只說話不喝酒，曾先生則照例且飲且侃。話題總不外乎《李香君》的排演進度、推廣情況、臺北首演以及大陸巡演安排等。曾先生提到，他本來還打算就楊貴妃故事編一個崑戲，立意全新，關目結構初具。但是眼下國光、復興兩大劇團都有難處，不便接受。他說：「兄弟，看來事不過三，咱哥倆的合作恐怕也該收場了。」他提議把即將登場的《李香君》連同茲前編演的《梁祝》、《孟姜女》三部崑戲的劇本連同歌譜彙編結集，讓我擬定書名，盡快交國家出版社出版。也許是多飲了幾盃，曾先生有點感傷。於是意興闌珊，醉不成歡，就此作別。

　　轉眼十一月初，我再度來臺，會合叢肇桓導演，參與《李香君》的推廣和公演，劇務嫣然小姐約為節目冊撰寫短文，介紹該劇編演始末。因改削在北一女演講的講稿付之。結尾牽連提及曾先生六年三部崑戲，唱徹海峽兩岸，以及關於楊貴妃新戲的構思，「已經成竹在胸，呼之欲出。然則尚不止三戲，至少四戲在望矣。」

　　新編崑劇《李香君》在城市舞臺公演三場，觀眾爆滿，媒體熱捧。十五日晚假祥福樓舉辦慶功宴，曾夫人見到我說：「周教授，你那篇文章寫得真好，和永義說的還不一樣呢。」曾先生也舉杯說：「兄弟，我們就按你說的做。」

　　十二月中旬，曾永義先生率領《李香君》劇組巡演大陸。在商邱，侯方域一句臺詞「香君，我們一起回家鄉去吧」引來滿堂彩，戲演完後觀眾久久不願離場。在北京，業內專家座談，自案頭到場上，對該劇讚譽有加，好評

如潮。這或許更加激勵了曾先生的創作熱情。來春四月下旬在上海戲劇學院「湯顯祖與臨川四夢國際學術研討會」邂逅，他告訴我，新戲已經完稿，取名《楊妃夢》，還是交復興劇團排演，劇本稍後由他們列印寄我，只是檔期、劇場尚待落實。

《楊妃夢》劇本於八月初收到。與前三個崑戲相比，該劇給我的第一印象是緊湊精煉，凸顯學人編劇的結構特點。除去副末開場和簡單的尾聲而外，全劇只四齣。針對洪昇《長生殿》「盡去穢跡」、「亟寫情緣」的宗旨，作者融通文史，穿越古今，依次就明皇奪媳、祿山進宮、梅楊爭寵和馬嵬兵變四事，或證其實有，或辨其虛妄，並以劇中人物程教授為替身，現身說法，點化楊妃，曉之以「禍福由人」、「人生如戲」之理。全劇作曲三十八支，較《梁祝》、《李香君》為少而與《孟姜女》相當。按照曾先生一貫的做派，選牌聯套取法乎上，填詞作曲恪守規矩。如第三齣〈上陽怨女〉沿用《長生殿·雨夢》套：

《長生殿·雨夢》：【越調引子霜天曉角】→【越調過曲小桃紅】→【下山虎】→【五韻美】→【哭相思】→【五般宜】→【山麻稭】→【蠻牌令】→【黑麻令】→【江神子】→【尾聲】

《楊妃夢·上陽怨女》：【越調引子金蕉葉】→【越調過曲小桃紅】→【下山虎】→【哭相思】→【五般宜】→【山麻稭】→【蠻牌令】→【黑麻令】→【江神子】→【尾聲】

兩相對照，除另選引子案屬同一宮調，於曲理可通外，後者僅刪減了一支【五韻美】，而聯套順序完全一致。案〈雨夢〉係《長生殿》第四十五齣，描寫唐明皇幸蜀還京，退居南內，雨夜思念楊妃，闌入一夢。套曲以【哭相思】為界，前半較慢，寫雨夜思念；後半漸快，寫夢中奇遇。〈上陽怨女〉準此，前半寫梅妃獨守冷宮，自怨自艾，宜用慢曲案此處場面較冷，是否因而節去【五韻美】一曲，待請教曾先生；【哭相思】後丑扮高力士登場傳旨，梅妃上輦前往翠華西閣，與唐明皇相會，旋即楊妃上場爭寵，場面趨熱，曲唱亦隨之加快。

戲劇情境與模式規範吻合無間,絲絲入扣,可謂用心良苦矣。

再舉同名曲牌比較一下詞格:

【下山虎】

《長生殿·雨夢》:　　　　萬山蜀道,古棧嵒嶢。

《楊妃夢·上陽怨女》:我便冷宮深鎖,百般奈何。

《長生殿·雨夢》:　　　急雨催林杪,　鐸鈴亂敲。

《楊妃夢·上陽怨女》:從此為誰來妝裹,恨那琴瑟不和。

《長生殿·雨夢》:　　　　似怨如愁,　碎聒不了。

《楊妃夢·上陽怨女》:他那裏弄盞傳盃,我這裏酒潑心火。

《長生殿·雨夢〉:　　　回應空山魂暗銷。

《楊妃夢·上陽怨女》:不堪度日如年苦折磨。

《長生殿·雨夢》:　　一聲兒忽慢嫋,一聲兒忽緊搖。

《楊妃夢·上陽怨女〉:兀的般證果,　糾纏似蔓蘿。

《長生殿·雨夢》:　　　無限傷心事,被他逗挑,寫入清商傳恨遙。

《楊妃夢·上陽怨女》:且將無限傷心事,譜將浩歌,唱徹清商珠淚多。

【黑麻令】

《長生殿·雨夢》:　　　只見沒多半、空寮廢寮,冷清清、臨著這荒郊遠郊。

《楊妃夢·上陽怨女》:不由我、愁多憂多,氣夯夯、　無何奈何。

《長生殿·雨夢》:單則聽颼剌剌、風搖樹搖。

《楊妃夢·上陽怨女》:恨漫漫、東閣西閣。

《長生殿·雨夢》:　　　啾唧唧、四壁寒蛩,絮一片、愁苗怨苗。

《楊妃夢·上陽怨女》:說什麼思念念、雙星密誓,閃灼灼、星河銀河。

《長生殿·雨夢》:　　　叫不出、花嬌月嬌,料多應、形銷影銷。

《楊妃夢·上陽怨女》:已分不清、恩波淚波,多則是、醉呵笑呵。

《長生殿·雨夢》:　　不堤防斷砌頹垣,翻做了驚濤沸濤。

《楊妃夢·上陽怨女》:到如今未老紅顏,早被你鬥挪柄挪。

句數句式、韻位韻部、字數字聲、疊字重字，亦步亦趨，成規俱在。至於作曲則每套一韻到底，填詞則每句襯不過三，盡皆墨守古法，不敢稍有差池。

至於第四齣〈馬嵬悟夢〉，情境與模式均準《長生殿·埋玉》，惟立意有異，當然曲詞也全然不同。作者豈有意爭勝於昉思乎？曾先生常對我說，洪昇作《長生殿》時才四十多歲，孔尚任作《桃花扇》也不過五十出頭，我們也讀了幾十年書，不見得就差古人許多。我雖不敢隨聲附和，卻暗自佩服其心胸識見，以為當今不可無此人。試想，如果古人只能仰視膜拜而不可超越，那麼王楊盧陸之後焉有李杜韓蘇，關王馬白之後又哪來湯沈洪孔呢？如果連一點文化自信也不敢有，那麼中華文明還有什麼希望？再說，自《梁祝》發端，《孟姜女》、《李香君》繼武，都是臺北首演，大陸回應，唱紅海峽兩岸，博得彩聲連連。《楊妃夢》尚未登場，已獲邀參加明年六月在蘇州舉辦的第五屆中國崑劇藝術節，並將在大陸多個城市舉辦巡演。這又豈是古人所能想見？因戲賦二絕句云：

　　曾公興至筆生花，洪孔以還能幾家？
　　醉墨斜行才寫定，笛聲傳唱已天涯。

　　薄霧纖雲欲曙天，芳魂入夢叩塵緣。
　　前身太白非耶是？鑼鼓悠悠且醉眠。

與之前三戲不同，《楊妃夢》首演檔期和劇場的落實頗費躊躇。先是通知光復節前後在國家戲劇院舉行，隨後得知國家戲劇院情形有變，檔期無法落實，首演要延期至明年了。話音才落，又有新消息：演出挪移到新北市藝術廳舉辦，檔期依舊。幾經周折，《楊妃夢》首演最終確定於今年九月下旬在臺北城市舞臺隆重推出。唱念教習照例安排在暑期進行。五度入住內湖校園，校長、團長、總幹事都換了新人，宿舍也搬到新落成的戲曲樓西樓。導演是三十多歲的年輕人，笛師則是剛上大學的小女孩。推窗憑眺，淖湖波光旖旎，風物依然，而周郎垂垂老矣。唐人賦詩，四韻完篇；元人作曲，四折成劇。湯海若臨川四夢，徐天池猿嘯四聲。四之為數，蓋大而安。八年四戲，庶可以知止矣。

　　新編崑劇《楊妃夢》公演在即，總幹事美瑜小姐索要短文。因拉雜書此，聊志端末，為節目冊補白，並以就教曾先生。

（辛卯中秋夜改定於寸心書屋）

　　補記：二○一二年三月，按慣例提前三個月，我敦請第五屆中國崑劇藝術節組委會向臺灣戲曲學院和國光京劇團、臺灣崑劇團、蘭庭崑劇團寄發邀請函。結果只有洪惟助教授帶領的臺崑於六月下旬應邀成行，並假蘇州市公共文化中心獻演兩臺傳統摺子戲。劇場偶遇隨臺崑來蘇的趙揚強、郭勝芳、唐瑞蘭、梁德華等，寒暄片刻，方知因學校人事更疊，又兼經費短缺，擬議中的《楊妃夢》崑劇節公演暨大陸巡演業已被悄然擱置。

　　潮有起落，月有盈虛。差不多同時，國光劇團重排《梁祝》，由魏春榮、溫宇航領銜主演，李小平執導，於二○一二年元月八日至十日在城市舞臺連演三場，居然一票難求。六月八日，該劇獲頒第二十四屆金曲獎傳統暨藝術音樂類最佳戲曲曲藝專輯、最佳作詞人兩項大獎。十月二十七日，國光攜《梁祝》再度進京，公演於國家大劇院，大獲成功。國光笛聲甫落，北方崑曲劇院開排《李香君》，由青年演員朱冰貞、蕭向平領銜主演，仍由叢肇桓先生執導，國家話劇院王培森先生擔綱舞美設計。先於二○一三年三月二十七日至二十八日假北京評劇大劇院公演兩場，繼又於七月二十九日至三十日假梅蘭芳大劇院公演兩場。觀眾熱捧，網評有「曾永義的本子真好，周秦的曲也好，王老師的舞臺設計也好」，「這部新編劇可以給你驚喜」之語。劇場把晤曾永義先生伉儷，被告知臺灣文化大學有研究生以新編崑劇《孟姜女》唱腔為論文選題，通過曾先生徵求我的授權。看來，這四部新編崑劇的影響還將在兩岸文化學術界持續發散。

　　抑有不得不說者，二○○八年八月，國光劇團以一元價格將新編崑劇《梁祝》版權轉授江蘇省崑劇院，傳為一時佳話。之後省崑對原作加以較大幅度的改編，主事者聲稱「改編後的劇目與在臺灣上演的劇目大不相同，江蘇省崑劇院會融入更多崑曲元素在裏面」（〈江蘇省崑劇院1元購得臺灣版崑劇《梁祝》版權〉，《東方早報》，2008年8月4日）。然而究其實際，無非是大膽採用當下時

興的「破套取牌」、「破牌取句」之類改編手法,甚至出現祝英台上場開唱【前腔】的洋相而不自知。與之配套,對唱腔也作大膽「改革」,罔顧詞格曲律,隨意「創新」,將崑腔曲牌的板式、調性、筐格、色澤等固有規範一概置之度外。其結果必然是點金成鐵,將一部原本恪守古制、精心打磨、詞情與聲情高度融合的崑腔戲曲硬生生拽入眼下流行的似崑非崑、不倫不類的「新編崑劇」之列。二〇一〇年六月四日,在省崑版《梁祝》首演翌日舉辦的專家點評會上,曾經參與國光版《梁祝》演出的蔡正仁先生就此發表了率直中肯的批評:「從音樂上看,曲子失之平淡,主腔不夠突出。希望能更為清晰地提煉主腔,使之更加崑曲化為宜。」(〈專家點評《梁山伯與祝英台》〉,中國江蘇網2010年6月7日)部分崑劇編導人員文化水平低下,專業精神缺失,狂躁不學,委實堪憂。這提醒我們,崑曲藝術的存活現狀片刻不容樂觀,也成為促使曾先生和我痛下決心,正本清源,將此四部新編崑劇的文本連同曲譜原稿合印出版的動因之一。

從《梁祝》到《楊妃夢》,四部新編崑劇累計作曲二百餘支,曲譜的編譯整理工作量大事繁,頗費功夫,係由研究生周南(上海戲劇學院)、張永朋(武漢音樂學院)、李慧丹(蘇州大學音樂學院)、張筱筠(蘇州大學傳媒學院)承擔,周南總其成。曾先生邀為撰寫前言,詳敘八年合作始末緣由,敢不從命。然誦讀舊文四則,當初情景歷歷俱在。而今時過境遷,重理往事,未必能有如此真切。因校字一過,補綴數語,就此交卷,權作引喤。曾先生其許我乎?

還弄蓬瀛第五聲
——新編崑劇《蔡文姬》編演璅記

二〇一三年八月,趕在秋季開學前夕,我督責學生將《梁祝》、《孟姜女》、《李香君》、《楊妃夢》四劇樂譜校譯完畢,製成圖片,寄送臺北國家出版社,並附短跋補敘《蓬瀛四弄》成書始末。當時我和曾永義先生都確信,

這段跨越八年的兩岸崑曲合作之旅就此落下帷幕了。

　　二〇一四年我依舊窮忙,春天訪美,秋天訪歐。蔣經國基金會和宋慶齡基金會在蘇州聯合舉辦兩岸歷史文化暑期研習營,邀我在織造署遺址為學員作題為「《牡丹亭》——從臨川筆下到崑曲場上」的講座,席間識荊史語所黃進興所長和文哲所胡曉真所長,得知曾永義先生新近作為惟一的戲曲學者當選中研院院士。在座的大陸朋友莫不額手稱慶。驀然回首,我快有三年沒去臺灣了。

　　二〇一五年五月,我應邀到世新大學參加韻文學研討會,作題為「以樂從詩與以詩從樂」的講演,並隨曾先生及福州王耀華教授等重遊故宮、北海岸。悶熱初夏,陸客如潮,摩肩接踵,揮汗如雨。曾先生興致很高,說起二〇一六年三月下旬臺灣大學要為他舉辦學術研討會,國家出版社將隆重推出《蓬瀛四弄》,國光劇團也將重演《梁祝》以為配合,希望我務必參加。回蘇州不久,果然收到臺灣大學中文系的邀請函。我很快寄回回執,論題很現成:「曾永義與《蓬瀛四弄》」,提要云:

> 自二〇〇三年到二〇一一年,曾永義先後創作了《梁山伯與祝英台》、《孟姜女》、《李香君》、《楊妃夢》四個新編崑劇,巡演兩岸,舉世矚目,成為二〇〇一年崑曲入遺以來最具影響的重大事件之一。筆者有幸應曾先生之邀,擔綱訂譜拍曲,八年間十餘次往返海峽兩岸,自始至終參與了《蓬瀛四弄》的編創排演,深諳其中甘苦得失。願就此作一小結,與與會同仁分享,並以就教於曾先生。

　　七月底,忽接曾先生電話,告知二事:一是受戲曲中心工期影響,臺大研討會推遲到四月下旬舉辦;二是臺灣戲曲學院張瑞濱校長表示,配合臺大研討會,復興劇團也應有所動作,決定排演曾先生所作另一部新編崑劇《蔡文姬》,檔期初定二〇一六年六月。因而徵求我再次合作,擔綱訂譜拍曲,並趕在臺大研討會前將該劇劇本、樂譜會同前此四劇一併出版,將業已成書的《蓬瀛四弄》擴充為《蓬瀛五弄》。我雖稍感意外,不覺又被曾先生的童心打動。計算時日,勉強也還來得及,於是毫不遲疑地應承下來。兩三天

後，收到曾先生委託助理寄來的劇本。又過兩三天，收到臺灣戲曲學院關於
為此劇編訂唱譜、教習唱念的聘書。

新編崑劇《蔡文姬》敷演漢末蔡邕之女蔡琰遭逢戰亂，沒胡十二載，終
於歸漢故事。以此為題材的古典戲曲作品有元金仁傑《蔡琰還朝》雜劇、明
陳與郊《文姬入塞》雜劇、清尤侗《弔琵琶》雜劇以及南山逸史《中郎女》
傳奇等，較著名者當推清曹寅《續琵琶》傳奇。按《紅樓夢》第五十四回
〈史太君破陣腐舊套，王熙鳳效戲彩斑衣〉：

> （賈母）指湘雲道：「我像他這麼大的時節，他爺爺有一班小戲，偏
> 有一個彈琴的奏了來，即如《西廂記》的〈聽琴〉，《玉簪記》的〈琴
> 挑〉，《續琵琶》的〈胡笳十八拍〉竟成了真的了。」

藉由以古琴彈奏崑曲的話題，曹雪芹將《續琵琶》跟《西廂記》、《玉簪
記》相提並論，不免有過譽乃祖之嫌。北京圖書館藏有《續琵琶》殘鈔本，
《古本戲曲叢刊》第五輯影印收錄，雖闕佚最後六齣，大體面貌可觀。時人
劉廷璣評述此劇有云：

> （曹寅）復撰《後琵琶》一種，用證《前琵琶》之不經。……大意以
> 蔡文姬之配偶為離合，備寫中郎之應徵而出，驚傷瘐死，並文姬被
> 擄，作《胡笳十八拍》。及曹孟德追念中郎，義敦友道，命曹彰以兵
> 臨塞外，脅贖而歸。旁入銅雀大宴，禰衡擊鼓，仍以文姬原配團圓，
> 皆真實故事。實出《中郎女》之上。（《在園雜誌》卷三）

可知此劇在清代曲壇享有較高聲譽，而曹寅曾謂「吾曲第一，詞次之，
詩又次之」（王朝讞《棟亭詞鈔序》），於此道頗為自負。力破餘地，重闢蹊徑，
再唱蔡文姬，具有一定的難度。

曾永義先生自有成竹在胸。新編崑劇《蔡文姬》從蔡邕「憂世託孤」發
端，繼以文姬遭難逃亡，「邂逅賢王」，流落番邦。十二載「穹廬歲月」，夫
妻恩愛，生育二子。曹操追念蔡邕所託，遣使贖歸文姬。文姬忍痛「別夫離
子」，入關返國，再嫁董祀。孰料續史未成，董祀得罪自戕，幼子闖關被害。

「府堂大會」，文姬痛不欲生，曹操自責不已。結尾「胡笳訴怨」，文姬撫琴，悲憤呵天。全劇六齣，劇情跌宕，關目緊湊，較少令演員頭疼的長段議論性道白。繼續表現曾先生傳統的戲劇觀念和創作特色，即以學術研究為立足點，追求歷史真實與藝術真實的盡可能切合。作者認為文姬雖然最終得以歸漢，然以人性角度觀之，其遭際尚且不如老死番邦的昭君。因此，他不僅不給曹操以赦免董祀的機會，更刻意添加了小王子被害死於母懷的悲慘情節，從而根本否定了《續琵琶》人為的大團圓結局。跟前此諸劇一脈相承，主人公被賦予悲劇的宿命，劇情苦澀，氛圍凝重，堪稱「南洪北孔」以降「借離合之情，寫興亡之感」的「歷史劇」傳統的當代發展。因題一絕志感：

> 孤雁飛鳴過北庭，悲笳落日古長城。
> 壁間長笛應無恙，還弄蓬瀛第五聲。

　　《蔡文姬》全劇填曲四十九支，略多於《孟姜女》《楊妃夢》二劇，而略少於《梁祝》《李香君》二劇。選套取牌，大多為前此諸劇所用過。如北仙呂【村裏迓鼓】套，南越調【山坡羊】套，南商調【二郎神】套等。翻檢編劇日期，始於二〇一二年元月十四日，終於同月二十七日，大致跨壬辰春節前後兩週，可謂駕輕就熟，運斤如風。三年前的舊作，一旦倉促排演，機遇難得，必須抓緊。

　　二〇一五年的秋天仍然忙碌。先是籌備三年一度的崑劇節和國際研討會，我獲准以中國崑曲研究中心的名義邀請臺灣戲曲學院新編崑劇《楊妃夢》登陸參演。十月二十日晚，該劇公演於蘇州市公共文化中心，觀眾滿座，好評如潮。登臺謝幕後匆匆別過曾先生，我當晚就趕往崑山千燈，主持第三屆秦峰曲會。十一月忙於為南京藝術學院新編舞劇《嫦娥奔月》〉錄製【點絳唇】套曲，隨後再度訪臺，應邀參與慈濟科技大學校慶活動，並應聘擔任駐校藝術家。十二月初進京錄製國家圖書館公開課，繼又輾轉無錫天韻曲社、上海華東師範大學、廣州中山大學、郴州安陵書院講學教曲。行旅蕭條，青燈孤影，幾卷曲譜，常在篋中。倦遊歸來，又近歲杪。而《蔡文姬》訂譜大抵完成於舟車逆旅之間。

　　唱念教習按計畫在元宵節後開始。重來臺灣戲曲學院，入住內湖校區嘯雲樓。回首前度到此，彈指又是五年。校園環境依舊，而劇團人事變化很大。領袖菊壇數十年的復字輩、興字輩老演員相繼退隱，團長、總幹事等行政人員亦已悉數更替。丁揚士兼了副團長，在戲中扮演曹操，先唱生，後唱淨，頗具挑戰性。趙揚強出任演出組長，負責分配劇中腳色，自演左賢王。從二○○三年唱《梁祝》，到今年學《蔡文姬》，前後凡五劇，每劇出演者，揚強一人而已，堪稱有緣矣。主演蔡文姬一腳則非朱明玲莫屬，然而須唱二十多支曲，南北雜出。尤其結尾【胡笳訴冤】一齣，用【九轉貨郎兒】北套，一人演唱，至為繁難。丁、趙、朱三人同庚，藝術正當全盛，正好擔當重任。出於培養後進的目的，劇團從大學部三、四年級學生中遴選生、旦、淨色各一名，作為 B 檔參與唱演研習，更顯後繼有人，生面別開。洪惟助教授哲嗣敦遠，曾留德八年，學習作曲、指揮。二○一四年考入我門下，攻讀博士學位，研究崑曲音樂。因推薦其擔綱編曲配器，並按照體例將全劇樂譜譯為線譜，編入《蓬瀛五弄》書中出版。敦遠謙謹好學，認真參與唱念教習，詳作筆記，隨時提問，於曲學理論、曲唱方法鑽研不倦。長此精進，前途無量。

　　三月八日，為期兩週的唱念課程暫告段落。我照例請梁德華司鼓，親自擪笛將所習唱腔全數錄音，留作練唱伴奏。回蘇第三天，接總幹事陳玉惠小姐通報，新編崑劇《蔡文姬》將於十二月九日至十一日作為年度大戲在臺灣戲曲中心隆重上演。至此，檔期已定，首演在望，就等實行了。

　　二○○二年十一月，曾永義先生在洪惟助先生陪同下過訪蘇州大學，由此開啟了跨越十四年的崑曲合作之旅。《蓬瀛五弄》的成書出版，是對這段生命旅程的總結和紀念。曾先生以繼武洪孔為己任，我就姑且以當年洪孔身後的「姑蘇徐麟昭」、「吳人王壽熙」之流亞自勉吧。

　　想到的大概都說了。拉雜瑣碎，不成文字，好了好了，就此打住。

新編崑劇梁祝的製作美學與演出影響
——記二○一五北京國家大劇院演出

張育華*

前言

　　二○一五年十一月，適逢臺灣國光劇團成立滿二十週年，第五次來到北京的國光，相較於二○○九年帶來的原創京劇〈金鎖記〉，這一次以新編崑劇〈梁山伯與祝英台〉，走進國家大劇院的戲劇場，這首度以《梁祝》題材演出的崑劇版本，不僅是第一齣臺灣團隊編創演出的新編崑劇，也是一齣充分彰顯臺灣國家級團隊、崑劇新時代製作精神的代表作品。自二○○四年以來，共歷經四個版本修訂演出，[1]在兩岸崑劇界都受到極大關注與迴響。一向以京劇奠基的國光劇團，在承繼傳統與呼應時代人文思考的立意下，積極發展戲曲劇場的生命力與原創精神。這齣戲難得的是，具有深厚崑劇造詣的

---

* 國光劇團團長。

1　二○○三年，〈梁山伯與祝英台〉（崑劇劇本），二○○四年十二月二十四日至二十五日由國光劇團假臺北國家戲劇院首演，二○○五年十一月四日國光劇團參加上海藝術節，假上海逸夫舞台演出，十一月八日在杭州、十一月十二日在佛山巡迴演出。二○○九年十一月八日江蘇崑劇院版在南京首演，二○一○年六月三日江蘇崑劇院參加文化部舉辦之「崑劇匯演」，假紫金山大劇院演出修訂版，二○一一年五月十二日夜紀念崑劇入聯合國教科文組織人類非物質文化遺產，江蘇崑劇院於北京大學演出。國光劇團又於二○一二年元月二日至四日假臺北城市舞台更行重排重演，二○一五年十一月十三日至十四日受邀於北京國家大劇院演出。劇本選刊於二○○四年十二月二十二日至二十五日《聯合報・聯合副刊》，並收錄於朱恆夫教授主編二○一三年七月出版之《新六十種曲》。

男女主角風華正茂,加上國光製作團隊的編導實力,在藝術總監王安祈悉心籌劃策動下,連結導演李小平出入傳統與當代之間的融貫能力,將臺灣戲曲學術泰斗曾永義院士深具崑劇文學內涵的古典劇本,轉化成為富於現代情思與藝術想像的舞台藝術,使傳統故事因現代視角更增添共鳴想像,也藉以塑造出專屬於崑劇藝術風格的當代範型。值得注意的是,本次十一月十三、十四兩天北京國家大劇院的票券在演出前即宣告售罄,而據主辦單位表示現場一千八百個位子的購票觀眾,近七成是第一次觀賞崑劇的朋友。崑劇一向以典麗的詞藻著稱,這最優雅的文學與最精緻的藝術融合體,能夠吸引毫無觀賞經驗的社群走進劇場,欣賞中國古雅的文化藝術,著實令人振奮。演出終場,許多觀眾除了在謝幕時報以熱情掌聲,更在場外攔截編劇簽名,這些現象揭示的重要意義,無疑是見證了古老崑劇藝術透由當代創作所彰顯的勃勃生機。為此,本文將以國光劇團二○一五年北京演出所觀察的演出成效,論述新編崑劇〈梁山伯與祝英台〉(以下簡稱梁祝)的製作意義及其影響。

一　從崑劇傳承到台灣原創

　　自新世紀以來,兩岸崑劇交流產生的互動效應,不僅帶動世界華人地區乃至國際觀眾對近幾式微的崑劇市場激活嶄新能量,而擁有豐厚人文底蘊與審美品味的臺灣社會,因承襲發揚傳統文化精神的長年濡養,在地觀眾對崑劇的高度鑑賞能力,更直接影響了近十年來兩岸戲曲劇場的製作景觀。臺灣觀眾從單純的欣賞、學習、推廣、研究,更逐步走向專業創作,從深化編導原創力與建構古典美學品味作為藝術發展定位目標。

　　而述及崑劇在臺灣的「專業化」發展進程,與解嚴開放後大陸崑劇團來臺交流的專業資源挹注密不可分。一方面隨著臺灣觀眾審美風尚對崑劇製作的推波助瀾,新世紀開端,臺灣由企業家陳啟德及文化人白先勇陸續出資領軍打造的全本〈長生殿〉與青春版〈牡丹亭〉,以大陸專業崑劇團隊為班底,立意彰顯的正是臺灣菁英文化對古典藝術展演的精緻追求,展現出不同於大陸傳統美學的製作風格。而另一方面,臺灣學界大老曾永義教授以古典

文學深厚學養陸續編撰之崑劇文本，在透過結合公部門京劇團隊的演藝資源，亦同步開啟了臺灣自製崑劇的創新風氣。崑劇是兼具文學性與表演性的舞台藝術，除了學界能有提供演出文本的編創能力外，對於實際傳習承繼崑劇表演藝術精粹、並能有效轉化作為發展演藝運用的多為京劇演員，也因此國家級京劇團隊投入崑劇製作的做法，對於確立崑劇在臺灣以文化經典為藝術定位有著典範意義。

崑劇《梁祝》是曾師永義應臺灣國光劇團之邀，為二〇〇四年國家戲劇院年度製作所編撰的戲曲作品。當時正值崑曲列為人類非物質遺產代表作三週年，兩岸學術界對於崑劇藝術傳承與發展的論題討論炙烈，由於臺灣並沒有職業的崑劇團，卻有一群對古典詩詞文學熱愛的社會菁英，驚艷崑劇表演魅力而紛紛走進劇場帶動了特殊現象，促成崑劇在臺灣開啟的「專業化」發展進程。可以說，製作崑劇《梁祝》是在這樣的文化氛圍下，有了開端。

原本由學者編寫崑劇的初心，主要是透由新編題材的演出，引發社會大眾對於崑劇文學藝術的關注價值，促進對於缺少崑劇專業資源的臺灣京劇團隊，充實劇藝能量，重在崑劇的推廣效能；該劇在二〇〇四年首演時以「四生三旦」[2]京劇名角＋新秀藝生聯演的賣點，集結當時臺灣具備演唱崑曲實力的京劇藝術家與國光團隊班底演員共襄盛舉，一推出就備受矚目，並在曾師及其學術界子弟兵廣為推介崑曲劇場文學藝術的欣賞風氣下，帶領眾多校園學子走進劇場，創下了首演前十九天即宣告票券售罄的滿座佳績。

當時的製作理念，主要呼應對崑劇傳統風格的繼承學習，由多人分飾一角歷來是戲曲匯聚群星魅力的表演傳統，基本是以崑劇最具代表性的「折子戲」形式進行全劇串演，畢竟京崑劇藝的演繹方法，各自仍有獨特細緻的唱作講究，臺灣由資深京劇名家魏海敏、曹復永等領銜主演，並請來大陸嫻熟崑劇排場的導演沈斌坐鎮指揮，曾師則以當代學者遵循古法的創作規律，立意呈現崑劇價值的傳統風貌，演出意義實際是大於創新價值的。也從中充分

2　二〇〇四年崑劇〈梁山伯與祝英台〉的「四生三旦」包括臺灣戲曲學院京劇團（現為臺灣京崑劇團）的曹復永、趙揚強、郭勝芳；國光劇團的魏海敏、孫麗虹、陳美蘭；臺灣崑劇團的楊汗如等人。

展現了從學界、教育界、到劇場界對此一文化遺產的尊崇與仰望，當時這些藝能成熟的京劇藝術家，帶領青年京劇演員如陳美蘭、趙揚強、郭勝芳等人分折扮飾男女主角而各見風采，隨後該劇赴大陸巡演時更邀集了崑劇名家蔡正仁及上海崑劇團共襄盛舉，可謂兩岸京崑團隊交流合作的一段佳話，藉以振興崑劇演出氣勢的意圖相當明確。

近幾十年來，大陸崑劇新編劇作並不少，但真正能長久留下成為劇種傳承劇目的作品寥寥無幾。重要原因首在崑曲劇本格律規範嚴謹，音樂曲牌布局深刻講究，新編戲動輒不合體統格律，為顧全演唱的通俗性經常失去崑劇經典細膩的藝術美感。

其次是現代舞美裝置往往制約戲曲流動空間的靈活本質，很容易造成虛擬表演與寫實境況的衝突扞格，種種因素讓崑劇的當代新創作品很難流傳，也不易彰顯演員藝術的高度發揮。

國光新編崑劇梁祝從文本內涵到舞台呈現的可貴之處，即在本劇近八年之間，歷經四版修訂演出的重要過程，各版本因應京崑演員特色及在地劇團的製作表現而有增修調整，而曾師則從劇本文學體制應恪守的演劇規範、逐次悉心檢視與把關，除了「謀篇布局，設計排場，建構套曲，依調填字」以外，並因應場上搬演的創作思考與演員藝術的專擅優勢，協助訂正格律、更改套曲配置，充分信任亦給予製作團隊寬容的發揮空間。可以說為臺灣新編崑劇的創作價值，提供了兼具學術內涵與表演藝術發展的重要基礎，因此，國光劇團在二〇一二年元旦，推出由溫宇航、魏春榮主演，李小平導演的崑劇〈梁山伯與祝英台〉，相較於二〇〇四年首演時以崑劇傳承為重的匯演型態，這是一次真正具有臺灣原創意義的演出製作，致力讓古老崑劇的劇場靈魂，煥放出具有當代語境的詮釋風貌，這種新意，正是崑劇精緻的文學與劇場藝術深度聯結的創作實踐。

二　製作美學的創新視角

曾師永義曾就其編撰崑劇《梁祝》之所以一而再的受到觀眾歡迎，其

雙飛的彩蝶所以艷羨古今的緣故，在演出節目單序文中，述有以下三端。

其一，梁祝故事集中華民族愛情故事之大成，最能體現庶民百姓對愛情的憧憬與嚮往，流露曠夫怨女對愛情潛伏的心聲。而本劇既能將梁祝的相欣相賞啟於其〈草橋相會〉邂逅之初，又能將其相激相勵、相顧相發置於〈學堂風光〉之中。則其〈十八相送〉乃能寄託熱切於幽微、表彰憨厚於真摯；而其〈訪祝欣奔〉之傳達梁山伯頓悟之驚喜；其〈花園相會〉之描摹至情至意與無奈無何；皆能汲取古來梁祝故事之精髓，而予以最適切的展演。至於〈逼嫁殉情〉（或新版之〈癡夢乍醒〉），更運用分割場面處理，以燈光明暗，將梁祝同一時空之處境，相映相襯，一現一滅交替演出。使劇情拉攛至一生一死、死生與共的高潮。而最後〈墓裂同埋〉，則以英台如泣如訴之哭墳，將詞情聲情融入於無限之幽恨與悲涼之中。而於此時此際，乃感天格地，「墓裂同埋」、「化蝶雙飛」，將千古以來的民族意識、思想情感與理念一齊迸發出來。因之感人實深。

其二，崑劇是中國歷來最優雅的文學和最精緻藝術的融合體，最能激揚歌舞樂互動交織的美學底蘊，呈現其寫意特質，表彰其虛擬象徵程式、時空自由流轉的藝術氛圍。尤其其「聲則平上去入之婉協，字則頭腹尾音之畢勻，功深鎔琢，氣無煙火，啟口輕圓，收音純細」的歌唱藝術，真是曠古所未有，既就今日之中外表演藝術而言，亦難有望其項背者。但這樣的藝術，必須得合規中矩的編劇，擅於使詞情與聲情相得益彰的譜曲，方能達成。

其三，本人研究戲曲已經四十餘年，於崑劇體制規律堪稱了然於胸中。知道每支曲牌都有「性格」，都在其正字律、正句律、長短律、音節單雙律、平仄及聲調律、協韻律、對偶律、句法律等重重嚴格的制約中，呈現其聲情之特質，用錯曲牌就像人吃錯藥一般，不止於病無補，有時反要人命。而根據關目情節，當如何選用曲牌，組織聯套，移宮換調，變化排場，使觀眾醒於觀聽，則我順手拈來，大抵能

夠應用自然；也因此，為我崑劇劇本譜曲的名家，無論是蘇州大學的周秦教授，或江蘇省崑的孫見安先生，或上崑的周雪華女士，都認為看到我填的曲詞，就油然興起「音樂感」，譜將音符，順理成章，而無倨屈聱牙之病。而南京的顧聆森先生更仔細檢查我劇本的格律，然後發表文章說：「《梁祝》是新編崑劇中的典範。」也因此，崑劇《梁祝》的聲情詞情是相得益彰的。」

誠然，梁祝故事的普及性無庸置疑，曾師以上所列要義亦點出以崑劇形式搬演梁祝題材的獨特價值所在，就是兼顧感人至深的情意，唱作精湛的表演，以及體制嚴謹的音樂格律。而國光製作據此所把握的原創精神，從開發舞台美學的創意想像，到拓展演員藝術的深刻發揮，整體舞台布置極其簡約、樸素、優雅，完全呼應戲曲劇場虛擬、象徵、程式、寫意的藝術特質，把舞台充分留給演員創作表演。在這看似謹守傳統規範的運用原則中，導演回歸從劇本文學中尋找舞臺意象的深化開掘：**蝴蝶的意象貫串全劇，既是劇中人心情翻飛的寫照，亦是角色生命絕境的代言**。本劇在曾師辭情聲情雙美的文本中，優美曲韻在場上人物歌舞作態中流動飛揚，茲錄如下，以供參賞：

草橋結拜：

【夜行船序】揚鞭，紫陌紅塵，蛺蝶穿林，低迴高現。

含煙，看曖曖遠人村，似夢裡桃源。

學堂風光：

【皂　羅　袍】放眼春來佳妙，似這般美蛺蝶，醉舞花梢。

莊周夢蝶盡消遙，英台心事誰知道。

唉呀，撲輕煙曼妙，翻飛又飄，脫身靈巧，逞姿媚嬌，

羨他成雙作對皆同調。

十八相送：

【北朝天子】憑何必感傷，怎能不感傷。匆匆三載竟把陽關唱，

憶來時，柳蔭深處宿鴛鴦，蝶舞垂楊浪。

訪祝欣奔：

【剔　銀　燈】郊原裡，東君暖送，看林木，依然縱橫。

　　　　　　　看花間蛺蝶雙雙擁，並蒂蓮，同心相奉。

　　　　　　　兄弟翻作鸞和鳳，這恩義，古今勘頌。

　　　　　　　恰似那莊周夢中，逍遙雙蝶在長空。

尾聲

　　　　　　　梁祝深情千百年，精魂羽化作神仙。

　　　　　　　真誠一點勞相守，金石三生自可憐。

　　　　　　　黃鵠長天飛比比，碧林雙蝶舞翩翩，

　　　　　　　相欣相賞還相顧，琴瑟和鳴宿昔緣。

可以見出曲詞中選用的「蛺蝶」蘊有深意，這是蝶類中數量最多的一科，其色彩豐富、形態各異、花紋複雜，正好點示梁祝形象表徵的世間男女，在明媚燦爛的春光裏，亮麗邂逅，一路引動渴盼廝守的美好願望。而不同於傳統情節的簇新視角，是導演在下半場新增了〈癡夢乍醒〉一折，將場上一桌二椅的簡單擺置，妝點兩隻高低對映的斑斕蛺蝶，再次用蝴蝶的意象，延展出縹緲夢境中兩人淒美呼喚彼此的悲鳴，以華麗喜悅的虛幻婚禮，喻示著稚嫩愛情的短暫生命。導演李小平對這個翻脫熟本窠臼的創造性思考，如是闡述：

　　崑曲是虛實相生的愛情美學，講述的是一種幽幽怨怨、如夢似幻的情感。我讓這對在人生中不被祝福的眷侶在夢境中互相為對方裝飾一個美好的未來，夢醒時刻就是山伯之死的噩耗，這個部分加重了英台對於殉情的決心，劇情推展有了力度，也有了對於之後崑曲載歌載舞形式的鋪陳。

　　這淒涼絕美的舞台演繹，除了充分展示崑劇抒情造境的傳統特質，演員更運用服飾身段、搭配紅白彩綢，來設計寓有豐富意象以及深刻內涵的歌舞造型，看兩人鋪陳互穿嫁衫的過程，行走坐站、凝望相擁，步履中的呼吸節奏，像雙人舞般需要絕佳默契而又意態連綿，在在都是演員靈動姿態、與深

厚造詣的精美體現。讓人既感嘆著梁祝人物的悲劇命運，又臣服於崑劇表演的極致享受。這情境交融的創造想像，無疑是檢視崑劇新編價值的關鍵指標，當代許多崑劇的展演危機，就是讓崑劇千錘百鍊的表演藝術，因為必須交代新戲情節而被簡化或捨棄，造成崑劇經典傳承與發展的危機。國光透由製作美學的多元思維，力求創發具有傳承價值的精彩折子，在看似顛覆傳統的創意視角下，不斷尋求新的探索與想像，場上許多情境安排，都能觀照到導演強化戲曲美學本質、而更具現代意識的辯證思考：

> 在視覺方面，歷來做梁祝這齣戲都要面對兩個問題，一個是化蝶，蝶是形生還是意存？是意象化的存在還是擬人化的兩隻蝶出來？我覺得還是意比較能夠令人想像。另外是英台哭墳的墳台，如果出現在舞台上，那麼英台就是對著一個擬真的假墳碑哭泣，我認為這叫作劇場寫實破壞。為此我們打造一個純粹從意境當中去延伸出來，好像空間裡有一個插在土裡的蝶翼，也向隱隱約約的一個土台，好像當初他們兩人結識以及拾級而上逐漸加溫的愛情歷程，整個故事在這個中性的空間裡面，可以讓表演的情感也得到完整的伸展與依託。

因此，一切回歸戲曲劇場寫意本質的創作視角，都是為了「可以讓表演的情感得到完整的伸展與依託」。本劇最後的〈哭墳〉，導演安排舞台上以吹打歌隊標舉著兩張、一體兩面的紅／白大帳，作為具有「迎親」跟「送葬」雙重意念的表演道具。大紅色的帳面，強化的是送嫁隊伍的華麗景觀，而翻轉為白色大帳時，則象喻著梁山伯裂墓出迎的虛擬場景，完全是用傳統劇場的符碼，重新賦予表演情境的寫意精神，令人耳目新鮮又感受深刻。尾聲的「化蝶」更迴避了歷來各劇種梁祝演出時蝴蝶「擬人化」的刻板印象，轉以眾人男女郊外踏青、歡快傳頌的笑語聲，揮別梁祝悲情而注目彩蝶紛飛的晴朗氣象。應是著意回歸崑劇優美細緻、氣質清新的淡雅風韻，讓傳統形式開創出嶄新視角，藉以塑造專屬於崑劇表演風格的新時代範型。

三　演藝傳承的品牌行銷

　　坦白說，若沒有溫宇航的加盟，國光劇團不太可能重製崑劇梁祝。畢竟，再創新突破的美學理念，若少了優秀演員的演繹詮釋，難以落實戲曲劇場的歌舞魅力，一切都是空談。對於崑劇梁祝的兩位主演，導演李小平如是描述：「魏春榮的率真，溫宇航的溫潤，兩位主演的個人氣質非常適合劇中角色，可謂量身設戲，妥適熨貼。」選角是這戲成功的關鍵主因，也確立了本劇建構新編崑劇典範的可能性。

　　自二○一○年起，旅美青年崑劇表演家溫宇航正式加入臺灣國光劇團，成為國家級京劇團隊的專職演員。崑劇「以人傳戲」的演藝風範，正是以「演員」為載體，來傳遞文化發展的特殊價值。而崑劇早期在臺灣一直沒有職業劇團，主因是缺乏專業演員能夠傳衍醇正的演劇藝術。隨著新世紀開端，崑劇成為名列世界紀錄的文化遺產，溫宇航因演出紐約林肯中心製作湯顯祖五十五齣足本〈牡丹亭〉男主角／柳夢梅，受到臺灣崑迷矚目，成為「蘭庭崑劇團」駐團藝術家而來臺教習及示範演出。相較於大陸藝師赴臺交流的短暫停駐，溫宇航加入公部門京劇團隊的特殊意義，是帶動以臺灣專業團隊為主體，發展在地崑劇深耕傳播與專業製作新契機。新編崑劇《梁祝》重製，是國光劇團藝術總監王安祈教授，為溫宇航入團後精心打造的全本大戲，看重的就是他醇厚細膩的巾生氣質，在歷經傳統崑劇經典的演出濡養之後，透過新創角色能更粹練藝術丰采，因此特為他邀來北崑優秀藝術家魏春榮同台聯演。他兩人自小同班學藝，情誼深厚默契十足，精湛的唱作造詣、深刻又精彩的詮釋出梁山伯與祝英台、這一對璧人作為崑劇創作新形象的鮮明典範。自二○一二年在臺北城市舞台推出時即廣受各界好評，再度創下四場票房全滿的佳績，其中不乏長年多以欣賞大陸團隊演出為追摹指標的專業崑劇觀眾，這些績效顯示國光團隊以當代臺灣的人文思考與創新意識所製作的新編崑劇，普遍獲得了廣大社群的支持認同，已成為具有當代崑劇美學內涵的新時代範型。

　　由此，我們相信「創作，是延續傳統的積極手段」。開拓多元社群與觀

眾欣賞面向，早已是國光劇團多年來自我檢閱演藝發展定位的重要指標，持續製作具有現代觀點的新編創作既是行銷策略，更是拓展觀眾的手段，目的在為傳統劇場吸納更多青春身影，進而達到普及大眾領略傳統藝術之美的目的。二〇一五年十一月，新編崑劇《梁祝》受邀赴北京國家大劇院演出，邀請的主辦單位是北京在地臺商，過往卻從來沒有製作辦理演出活動的經驗。起初國光相當遲疑是否接演，因為擔心上座率。畢竟，崑劇曲詞優雅精深，演唱藝術格律規範嚴謹，一般來說不太容易快速吸引非戲曲主流觀眾的青睞。而後根據主辦方得意典藏公司創辦人的講述，之所以邀請崑劇梁祝到北京演出的契機，源於二〇一二年底她在北京偶然聽了一場國光劇團的崑劇專題講座，現場演員以崑劇梁祝為示範內容，當下即深受感動，難以想像當代新編劇本文辭意境竟與崑劇細膩表演融合得如此優美深刻，同時也確信如此精湛優美的表演藝術，絕對能夠打進具有人文素養的北京社群觀眾心裏。

驚喜的是，邀請單位雖然不諳戲曲傳統生態的宣傳模式，卻有著理解社會菁英族群對於欣賞精緻藝術的行銷手法，從一開始就以當代意識為推廣策略，大膽喊出「**帶你去看人生第一場崑曲**」的口號，目標直指菁英知識階層。運用的宣傳管道除了傳統報章文字媒體之外，還納入當地網路新興媒體作為重點傳播資訊平台；另外鎖定推廣對象則透由針對目標客群聚集場域，舉辦一系列具有國光團隊品牌風格的系列演示講座，闡述國光製作美學與演藝特色，並串聯編導演多元角度的創作思考及現身說法，讓看來曲高和寡的古典藝術，以更具親和力與感染力的精美形象，與期待跟戲曲親近接觸的當代群眾見面。

與此同時，整體的推廣行銷策略還包括透由「眾籌網」籌募群眾支持基金，開發具有作品意象的文創商品，策劃呼應主題精神的「1314，一生一世」愛情保險金（以演出時間11／13-14諧音為名），全方位吸引新觀眾自願買票走進劇場看戲。可以說，由主辦方的整體行銷思維看來，完全跳脫了傳統戲曲的制式方法，這與國光過往赴大陸多以校園學生為宣講主軸的低價推行策略也多有不同。而這些從未看過崑劇的新朋友，則因為國光的北京演出有了生平第一次與崑劇相遇的奇特機緣，在專題講座上他們表現出對演員示

範的欣賞感動、以及對臺灣崑劇製作滿懷的深切期待。尤其令筆者印象深刻的那一場，是主辦方公關人員的經由兩個月的精心籌劃，為國光劇團安排了一場在北京市郊、鼎石國際學校表演藝術中心的「崑曲藝文沙龍」。

藝文沙龍以「穿越時空的初相遇：當古老的崑曲邂逅年輕的鼎時……」為題，由國光團隊帶來由導演李小平與主演溫宇航、魏春榮的示範講座，透由一系列精心設計貫串講解、表演、體驗、與互動的過程，打破一般人對崑曲想當然的艱澀印象。導演跟主演特意以輕鬆活潑的現代語法，包括示範「呆萌癡」、「小清新」、與「御姐」人物角色的氣質差別；以及引導觀眾「看見場上『不存在』的蝴蝶」，來循序解讀國光崑劇《梁祝》劇中的舞台美學與形象演繹。而令學校師生們最感到特別的，是在舞台側邊設置了化妝區，模擬演員在後台扮飾髮妝造型的完整步驟，受邀上台體驗旦角裝扮的年輕學生，在崑劇名家的帶領下，新奇天真的感受著台前幕後舞台上空間交錯的互動過程，整個活動就在這種充分洋溢著驚嘆的掌聲、與笑聲中進行，古老崑曲褪去深奧嚴肅面貌，在劇場中完全活潑了起來。

對國光團隊長年深耕戲曲推廣工作而言，這類融合示範講解形態的專題講座完全駕輕就熟，而轉換陣地面對北京從未接觸戲曲藝術的新觀眾，他們卻像真的穿越時空、找到了心中企盼已久：對於自身傳統精緻文化真誠感動與深刻認同的接受方式。從我們一行人走進活動會場開始，劇院內傳來悠悠的梁祝音樂，前台擔任接待人員的學生志願者胸前、髮梢、甚至袖口都別上了特別為崑劇《梁祝》製作的蝴蝶髮夾，這是主辦方開發的文創商品；現場另還販賣《梁祝》劇中演員手拿的舞動道具：蝴蝶花枝，作為義賣品項；而劇院前廊則展出低年級學生手繪的崑劇人物拼圖，主辦方告訴我們，為迎接國光劇團的藝文沙龍，學校早開始動員六至十年級全體同學，在學校圖書館上「崑曲課」，六至七年級學生側重對崑曲生旦淨末丑及一桌二椅舞臺基礎知識的普及；八至十年級學生更側重崑劇的美學意義跟哲學意義；低年級的孩子則由視覺藝術課程導師帶領，用自己的畫筆跟彩紙拼貼對崑劇的理解想像，我們在活動當天看到了展出的小朋友作品，那些用豐富色塊筆調描摹的舞動姿態讓人既驚喜又感動，沒想到因著崑劇《梁祝》的巡演機緣，在我們

分享臺灣製作團隊如何從當代人文觀點創作與推廣的歷程時，尚有許多無緣
與古典劇場接觸的莘莘學子與社群大眾，正期待仰望著與古老崑曲的深情相
遇。鼎時學校後來在活動記述中這樣說：

> 在導演逸趣橫生、深入淺出的解讀中，現場氣氛越來越活躍。六百歲
> 的崑曲也彷彿在講述中，開始煥發出年輕的光彩，走近身處現代的我
> 們。然而「年輕的語言」「現代的形式」卻並無損於崑曲的「大雅之
> 美」。其實，在這些風趣的形式背後，是國光劇團藝術家們對傳統一
> 如既往的繼承與發揚；尊重傳統又不拘泥於傳統中，在「程式化—
> 『化』程式」中，完成崑曲的年輕蛻變。

　　在這次新編崑劇《梁祝》的宣傳行程中，每每經由藝術家們說演唱作的
講解示範，崑曲的文學藝術之美都有了最深刻靈動的形象化體現，現場馬上
能感受參與群眾對於走進劇場躍躍欲試的興奮心情。由於行銷策略與宣傳步
驟得法，兩場在北京國家大劇院／戲劇場的票券在開演前一週就銷售一空、
一票難求。當時適逢「席馬會」在新加坡熱烈舉行，而此行國光劇團的《梁
祝》也因回到主演溫宇航、魏春榮的故鄉，而與在地的北方崑曲劇院聯合製
作演出，成為國光繼二〇〇五年與上海崑劇院合作之後，又一次兩岸戲曲院
團深度交流的演藝盛會。本次協辦單位國家大劇院的節目宣傳部門，除了表
示對崑曲演出熱銷現象感到驚訝，尤其在了解演出活動鎖定的購票社群多是
生平第一次進劇場看崑曲的菁英社群，更對於這齣臺製崑劇的藝術理念與推
廣模式感到饒富興味。十一月十二、十三日北京國家大劇院的兩場演出可說
非常成功，現場觀眾在終場謝幕時報以的熱情掌聲不歇，幾度讓全劇演員走
上舞台表達最高的謝意與感念，走出劇場時，身邊不斷聽著青年朋友直說
**「真的好感動，戲實在太棒了！」「崑曲的詞好美，舞台好美，音樂好聽，
演員好棒！」**當天主辦單位在前場販售的蝴蝶髮夾、摺扇等文創品銷售一
空，隨行的編劇曾師永義更被群眾包圍簇擁著要簽名，在北京的戲曲同業友
人也傳訊表示，國光的新編崑劇《梁祝》的演出受到高度評價，引起業界同
行的詢問關注。此外，大陸網站年前透由各界網友投票對年度內地的戲聞事

件，公布了「二〇一五年度十大戲曲熱點排行榜」，從政策方向、劇場發展趨勢、重要院團動態、到市場行銷模式，可說提供了戲曲製作思考參照的觀察角度。其中，國光劇團在北京演出的新編崑劇《梁祝》，即名列「兩岸戲曲交流與深度合作」關注範例之一，以「大陸水準上乘的演員陣容場上班底＋臺灣更具現代劇場概念的幕後團隊」，成為觀照指標。

多年來，國光劇團汲汲營營在演出製作上力求開創新局，而另一從未偏廢的面向，就是積極拓展觀眾。近年兩岸聯結的戲曲製作活動相當活絡，而大陸各地重要的指標性大劇院，也都開始紛紛自製策辦能夠具有當代意識與文化經典價值的藝術活動，開發新觀眾。戲曲人文內涵的優美形製，無疑是濡養社會菁英對傳統價值有審美能力的重要範本。國光長年以此為營運方針，逐步找到戲曲劇場逆境突圍的具體做法。而後續的進階性挑戰，更在於跨越地域侷限、經營海外華語廣大社群的接觸認同。已然走過二十年的國光劇團，將以「品牌行銷」作為「永續經營」的恆久布局，此中進程更加考驗著臺灣製作原創精神的深刻表現。

結語

曾師永義所編撰的新編崑劇《梁山伯與祝英台》，不僅是第一部臺灣自製編創的崑劇，也透過首演時完全由臺灣京劇演員擔綱的演出意義，鮮明傳達了臺灣學術菁英對於護持傳統人文經典的具體作為；而從崑劇的演藝傳承、到開拓原創精神，國光劇團又在崑劇《梁祝》劇本文學的厚實基礎上，以自身團隊擁有的專業資源，致力打造具有臺灣人文審美思維的當代崑劇範型，包括從原劇文本中深化開掘的舞台意象，精心擘畫最佳的崑劇表演合作拍檔，充分發揮國光製作團隊與行銷推廣的拓展能量，從而透由二〇一五年北京演出實績與觀眾反應中，再度驗證了這齣新編崑劇所具有的時代意義與演出影響，重點臚列如下：

一、劇本文學的創作規範及學術價值，已被視為當代新編崑劇典範，收錄朱恆夫編纂之《新六十種曲》。

二、導演手法在傳統形式中開創嶄新思維，以「古老愛情的全新視角」，塑造舞台意境的詮釋典範，普遍獲致群眾肯定。

三、演員藝術的精湛發揮。溫宇航、魏春榮以深厚崑劇造詣、創造極富個人魅力的人物典型。溫宇航表示，這齣戲堪列為他個人藝術進程中繼五十五出足本〈牡丹亭〉柳夢梅之後的另一部代表作，而魏春榮在雍容華貴的舞台形象之外，又為祝英台這個人物捏塑出聰敏、爽朗、慧黠而清新的角色典型，實難有人能出其右。

四、表演折子的精采內容，具有可單獨展演的傳承價值。〈癡夢乍醒〉由兩位主演以傳統崑劇載歌載舞的唱作身段，計出如雙人舞般運用服飾呈現互披嫁衫的凝練動態，造型抒情唯美，流露豐沛的人物情感與情境意涵，充滿表演意趣。

五、行銷手法的精準定位，透由網路行銷平台，開拓精英階層的文化品味，促進新世代青年族群認知崑曲美學的精緻內涵，積極走進劇場。

六、國光團隊克服阻難的凝聚精神，包括演員、音樂、舞美、以及企劃製作行政等工作人員，高度發揮對演出工作嚴謹敬業的專注精神。

七、兩岸團隊深度交流的合作機制，整合專業團隊資源優勢，彼此競合、交流學習，共同促進發展新思維及欣賞觀眾。

以上，可以說崑劇〈梁山伯與祝英台〉已經成為臺灣國光劇團展現臺製新編崑劇原創精神的代表劇目，冀望未來能有更多的機緣，推展到國際舞台上持續展演。我們相信，一切具有生命力的作品，端視於其能以怎樣的生命動態活躍於群眾當中。而變動融通始終是一切生命體得以存活立碁的根本。

新編崑劇魏良輔研究

施秀芬*

一　其來有自

　　曾永義教授開始關注推展崑曲，主要源起於一九九〇年七月，曲友賈馨園舉辦的「崑曲之旅」，赴上海觀賞了上海崑劇團的演出。有感於像崑曲這樣一種古老的劇種，它不只是戲曲，也是文學、音樂、舞蹈的源頭活水，許多的藝術靠它滋養。然而這方面的國寶藝術家卻在逐漸凋零，需要即時搶救，曾老師知道需要與時間賽跑。他在〈千秋舞霓裳──崑曲的薪傳與維護工作〉一文中說：

> ……我們在席間與上崑的成員座談。其中好幾位得過「梅花獎」的一級演員，都說已年近半百，藝術已到個人頂點，……不得已只能錄影保存，可惜計畫未擬，經費無著，徒嘆奈何。
> 聽了這一番話，我們不禁也有點黯然。因為像這樣精美絕倫的民族藝術，理當世世代代相傳，雖難於再度融入民眾生活，起碼也應當像日本能樂、歌舞伎那樣作「文化標本」活躍於國家藝術殿堂之中；而對於那些身懷絕技的藝人，更應當即時「搶救」他們的絕活，使之薪傳不輟，使之透過鏡頭永垂人間。有見及此，我們返臺之後，就積極進行兩件事，一是成立研習班，一是錄影工作，都由中華民俗藝術基金

* 玄奘大學助理教授。

會籌劃和執行，文建會則支持經費和驗收成果。[1]

這一連串的崑曲教育與推廣，使得原本沒有任何崑曲資源的臺灣，在二十年之間化被動為主動，培養了大批的崑曲觀眾。

曾老師的崑曲創作能量是其來有自的，他在接受東華大學游宗蓉教授專訪時說：

> 早在臺大讀書的時候，張敬老師就常帶我唱曲、看戲，又受鄭騫老師的影響，花了很大工夫研究曲體和曲律，這些經驗讓我深刻體會唯有把戲曲視為綜合藝術，才能掌握它的本質，單單從文學的角度來看戲曲，是不完整的。[2]

鄭因百先生對曾老師的影響是很深遠的。鄭老師百歲冥誕的時候，臺大中文系為他辦了一場國際學術研討會，會議上曾老師發表了一篇文章——〈鄭師因百（騫）的曲學及其對我的啟迪〉，裏面詳細說明了鄭老師如何啟發曾老師的治學方法。[3]

> 譬如我寫了〈北曲格式變化的因素〉，文章裏討論到影響北曲格式變化的襯字、增字、增句等因素，這些都是鄭老師在〈論北曲的襯字與增字〉中已經提出的觀念，我再進一步觀察其間連鎖展延的關係，並且由此以「滾白」、「滾唱」解釋北曲增句的現象。另外，在〈中國詩歌中的語言旋律〉這篇文章裏，我歸納出影響中國詩歌語言旋律的六項因素，其中「音節形式」一項特別討論了句式單雙對詩句節奏的影響，以及詩句中音節形式與意義形式的區別，這也是以鄭老師那篇文章中有關音節形式的分析為基礎。我在這兩篇文章裏提出了一些前人

---

1 見曾永義：《從腔調說到崑劇》（臺北市：國家出版社，2002年），頁265、266。

2 見游宗蓉：〈治學觀通變，文章道性情——曾永義教授訪談錄〉，《東華漢學》第20期（2014年12月），頁407-426。

3 見游宗蓉：〈治學觀通變，文章道性情——曾永義教授訪談錄〉，《東華漢學》第20期（2014年12月），頁409-410。

　　所未言、或雖言而未盡的見解，論其根源，都是受到鄭老師的啟發，
　　再大膽的延伸思考與探討。

　　曾老師的治學方法除了跟隨張敬、鄭騫，主要源自於對王國維的研究。
早在一九六四年他進入臺大中文所碩士班，跟隨張清徽老師學習，研究洪昇
及其〈長生殿〉開始，就因為研讀王國維的曲學著作而對其治學方法有所體
悟，進而完成碩士論文。後來又於一九八七年在「王國維先生逝世六十週年
學術研討會」擔任引言人，而寫下〈靜安先生曲學述評〉這篇文章，對其治
學方法有更完整的梳理。曾老師在戲劇史和戲劇理論方面的成就，已經是兩
岸奇葩，何以還創作了各種不同劇種的劇本？個人以為這跟他是酒党党魁有
關，這應該不是玩笑。過去，李漁因為有家班要演出，非得創作不可，關漢
卿混在戲班子裏，寫劇本、粉墨登場是他的樂趣，湯顯祖棄官回鄉，創作是
他的寄託。曾老師教書、做研究是他的主業，寫劇本對他來說只是好玩的雕
蟲小技而已。[4]

　　哈哈！就是好玩。好玩的意思是，你編了一個劇本，有那麼多人把它
　　呈現在舞台上，有那麼多觀眾來看，這真是一件愉快的事。

　　酒党党魁曾老師在酒酣耳熱之後，順口答應了人家的邀約，委託創作，
沒想到卻玩出了超過學術成究的影響力。畢竟戲曲的觀賞人口是遠遠多於做
學術研究的人的。在這個計畫永遠趕不上變化的時代，曾老師的劇本創作又
快又好，他並非自己計畫寫好了劇本，去找錢、找演出單位演出，如果那樣
就累了。他是業界的好幫手，寫出他們最需要的好劇本，就像《曲聖魏良
輔》，四百七十多年來，早應有這樣的歷史劇，讓人們了解崑曲祖師爺的故
事，而曾老師在有需求的狀況下應運而生，並且有最好的演員蔡正仁等精彩
演出，想當然的必有可看之處，這是一齣崑曲人期待的：崑曲人演出崑曲的
歷史的劇。

4　見游宗蓉：〈治學觀通變，文章道性情——曾永義教授訪談錄〉，《東華漢學》第20期
　　（2014年12月），頁421。

二 梅花獎團隊打造《曲聖魏良輔》

二〇一五年由江蘇省演藝集團製作的大戲《曲聖魏良輔》十月一日在南京首演，十月十九日作為中國崑劇節閉幕演出在蘇州上演。

據江蘇省崑劇院院長李鴻良表示：〈魏良輔〉是崑劇院一直想做的主題，五、六年前委託臺灣中央研究院院士曾永義教授進行劇本創作，直到今天才完整地搬上舞臺，一群崑曲人得以用崑曲的形式展現崑曲的歷史。

魏良輔給後世留下了巨大的崑曲寶藏，但是他自身的故事、人物特點等等紀錄有限。觀其一生，沒有大起大落的戲劇性，也沒有躊躇滿志的豪情，唯有「足跡不下樓十年」的痴醉流傳人間。曾老師的劇本沒有臆造的情節演化，還原了第一代崑曲人打磨「水磨調」的歷史。

蔡正仁評價，《曲聖魏良輔》的本子嚴謹精巧。講述的是：明太祖古稀萬壽，舉行「耆耋宴」。一百〇七歲的崑山人周壽誼御前奉命歌崑山腔，崑山腔改良者顧堅將崑劇來龍去脈一一告知太祖。魏良輔恨崑腔自顧堅後，無人傳承，與名家過雲適等人切磋曲藝，論語言、音樂旋律融合之道，邂逅北曲高手張野塘，將女兒嫁給他，共研南北曲律，革新舊腔，創立新腔，最終使崑山腔轉變為崑曲。過去崑曲裏的故事大多是才子佳人、帝王將相，而這個戲的主角是魏良輔和一群文人雅士。這齣戲主要是講崑曲歷史，這是崑曲界的一件大事。

這齣戲「傳字輩」藝術家周傳瑛先生之子周世琮、京劇名家朱雅伉儷，從北京來聯袂執導。六十六歲的周世琮對演員的布局、身段、表情進行過細的調整。周世琮說：「我們的念白採用中州韻，在某種意義上來說是一種示範性的表演。從『土腔』、『小調』慢慢演變成為崑曲，在聲腔的展示上也是有很高要求的。」至於舞美、聲光電就不重要了，以免崑曲的價值被削弱了。

有人說：這是四朵梅花組團向祖師爺致敬。就是說這齣戲的演員有四位得過梅花獎。除了蔡老這朵梅花外，還有三朵梅花：南崑旦行表演藝術家孔愛萍出演魏良輔之女鶯囀，名丑李鴻良出演曲家過雲適，江蘇省演藝集團副總經理柯軍出演周似虞，蔡正仁得意弟子張軍特別出演子玉一角，蔡老另一

愛徒錢振榮則出演張野塘。

　崑曲人來演崑曲事，別有一番心境。劇中不僅可以聽到依據鄉野採風和歷史記載還原的崑山土腔，也能夠聽到極具藝術特色的崑腔。從某種程度上來說，「聽曲」成為這齣戲的最大亮點。

　曾老師編撰崑劇非常講究，在〈戲曲中的崑腔發展史——我編撰崑劇《曲聖魏良輔》〉一文中，他說：[5]

> 我編撰崑劇無不講究曲律，包括選宮、配調、聯套、協韻以建構排場，務使一字一音無訛，聲情詞情相得益彰。因於曲牌填詞，即使句法正襯、犯調集曲結構，亦不厭標示清楚。因此譜曲的周秦、孫見安兩先生，都說為我劇本製曲，省事容易，音樂感油然而生。

　《曲聖魏良輔》由孫見安譜曲，過去曾老師都是與周秦老師合作，不論與誰合作曾老師都胸有成竹，早有定見。這源自於早年他曾對〈洪昇及其〈長生殿〉〉做過深入研究，劇情中所需曲牌音樂的部分，曾老師都能合於格律。

　《曲聖魏良輔》的強大陣容，要讓這個戲不是在做學術報告，而是很好看的戲。劇本原先設計魏良輔是老生，蔡正仁擔任主演，就改為大官生。據蔡正仁表示：「魏良輔這個人物藝術性、學術性很強，有很多音律念白方面的專業辭彙，背唱詞比一般劇目難多了。」

　現在隨便翻到一段〈錦纏道〉，的確有相當難度：

> 論宮商，漢相如只知纂組成章，五音自相將。魏曹丕、但能取氣為長。晉陸機一般胭唇調暢。直到那齊永明、四聲究講，平仄傳李唐，杜子美工吟榜樣。宋詞分去上，長短律、淺酌低唱。崑腔又落入新魔障。[6]

5　見曾永義：《蓬瀛續弄》（臺北市：國家出版社，2016年），頁9。

6　見曾永義：《蓬瀛續弄》，頁17。

《曲聖魏良輔》中有大段詞是解釋崑曲腔調源流，由於這詞兒不是抒情寫景的，的確非常難背。

三　劇情大要、編劇技巧

曾老師在編劇之前，對魏良輔有一番研究：關於魏良輔的身份是一個疑案，歷史上是否同一時期有兩個同名同姓的魏良輔？其一：魏良輔是嘉靖五年江西籍進士，歷任戶部主事、戶部員外郎、兵部武選司郎中、廣西按察司副使、湖廣右布政使、山東左布政使，精通戲曲，從官位退下後鑽研崑山腔，終以戲曲聞世。其二：魏良輔是位兼能醫的曲家。

> 筆者仔細考量的結果認為他是太倉（婁東）人、他只是一位兼能醫的曲家。
> ……我們必須辨明魏良輔的真實身分，才不致於「走火入魔」的運用不正確的資料。[7]

根據歷史的記載，魏良輔最大的貢獻就是將南、北曲融為一體，形成格局新穎的「水磨腔」，從此崑曲迅速傳開，有了「四方歌者皆宗吳門」的局面。著有《南詞引正》，又名《曲律》，逐條簡要闡述了崑曲在字、腔、板、眼等各方面的練唱技術以及南、北曲唱法的區別，是論述崑曲唱法及南、北曲流派的重要著作。

> 劇情大要：本劇《曲聖魏良輔》的關目可由〈家門〉題目正名見之：
>
> 魏良輔翻新水磨調，
> 張野塘落拓蘇門嘯。
> 千人石嘌唱中秋夜，
> 梁辰魚撐張崑劇蠹。

7　見曾永義：《蓬瀛續弄》，頁8。

題目正名是元明雜劇和南戲的劇情提要，用兩句或四句的韻語概括全劇主要關目。

全劇分六齣：

一、序曲：明太祖古稀萬壽，舉行「耆耋宴」。崑山人周壽誼一百有七，御前奉命歌崑山腔，崑山腔改良者顧堅將崑劇來龍去脈關目新穎，排場講究，按律填詞宿所宗一一告知太祖。

二、切磋曲藝：魏良輔恨崑腔自顧堅後，無人傳承，轉之訛陋，乃與並時名家過雲適等人切磋曲藝，論語言、音樂旋律融合之道。

三、邂逅奇遇：邂逅北曲高手張野塘。野塘，河北人，以罪發蘇州太倉衛。素工弦索，既至吳，時為吳人歌北曲，人皆笑之。崑山魏良輔善南曲，一日至太倉，聞野塘歌，心異之，留聽三日夜，大稱善，遂與野塘定交。時良輔年五十餘。

四、翁婿慶成：魏良輔有一位貌美善歌的女兒，許多富貴人家爭相求婚，魏良輔都不同意，後來把女兒許配給張野塘為妻，從此張野塘成了他創新水磨腔的得力助手。

五、衣缽傳梁：崑山人梁辰魚是魏良輔的學生，明嘉靖末，至遲在隆慶之初，崑山曲家梁辰魚創作了傳奇〈浣紗記〉，首次用崑曲演唱，〈浣紗記〉的首演成功，標誌了一個新的劇種崑劇的誕生。梁辰魚是撐起崑劇大旗的人。

六、虎丘曲會：中秋蘇州虎丘舉辦唱曲大會，眾人推戴魏良輔為曲聖。

曾老師是戲曲界編劇的不世出的天才，是李白型的，倚馬可待，二〇一〇年九月十九日開筆寫《曲聖魏良輔》十月六日就完稿了，兩岸再也找不到這樣的天才。對恩師劇本的研究，我會持續努力，這篇論文只是引子，真正的研究才要開始。

曲中紅妝・點綴青史
——新編崑劇《韓非・李斯・秦始皇》的情節創構

王瓊玲*

　　中央研究院院士曾永義先生，是我的業師。長年來，我能涵泳浸沈於文學與藝術，多蒙老師的教誨與指引。這次，師徒合作，編寫崑劇《韓非・李斯・秦始皇》：我負責劇情創構，老師則選曲填詞並總其成。自從承接師命以來，內心雖然倍感榮幸，但也臨淵履冰，惶惴不已。

　　何以惶惴不安？原因不勝枚舉：

　　我研究古典小說，近年來則投身於現代小說的創作。雖說，小說、戲劇可謂一家親；臺灣豫劇團二〇一一、二〇一四的年度大戲《美人尖》、《梅山春》，也是改編自我的小說。但親自執筆，創構戲劇，卻是我寫作生涯的頭一回。更何況，要編寫的是「世界人類文化遺產」——崑劇；要搬演的是紛雜混亂的戰國史事；要刻畫的是赫赫有名的歷史大人物。

　　那三位戰國梟雄，或深沉、或權謀、或暴虐，有何情味可述？況且，年歲有差距，境遇天差地別，要如何兜攏成型？如何淬鍊成劇？也是我深沉的疑慮、尖銳的難題。

　　再者，歷史的載錄，貴在精確詳實；戲曲的呈現，則美在感人肺腑。以史事編撰戲劇，搬演於舞台，必須揉「情」入「史」、寓「實」於「虛」，以求情理俱足、虛實相成。水乳交融之後，即便分置於天平兩端，也須不傾不斜、有質有量，才算是於史有可取、於戲有可觀的佳作。

---

* 中正大學中國文學系所教授。

　　此外，戲中的人物角色，必須鮮活靈動，破除歷史框架，直指人性之光潔、幽微及險惡，使得生、旦、淨、丑的一顰一笑、一插科一打諢，皆能串古連今，激發觀眾的心靈共鳴。

　　以上種種，皆屬超高難度的挑戰，怎不令我戰戰兢兢、日夜憂懼，深恐辜負提攜、並且貽笑大方。

　　於是，我遠赴山西與陝西：憑弔了驪山的始皇陵寢、震懾於兵馬俑的氣魄、也痛哭於白骨纍纍的長平古戰場。返臺之後，復重讀《史記》、《戰國策》、《韓非子》、《荀子》、《說苑》等相關資料；觀賞好幾十部戰國題材的戲劇；也向古史、思想史的專家多方請益。下筆時，更時刻自省：殺伐中，是否有人性的慈悲？亂世中，有無動人的摯情？淚中是否含笑？慘傷之際可透露光亮？更重要的是──編創劇情，絕不宜被歷史一味綑綁！

　　被史實綁架的戲劇，只會變成嚼蠟的流水帳。為了掙脫此桎梏，我虛擬了一位俏麗紅妝──荀荇。這位烽火佳人，結合青衣與刀馬旦，既能文善武、又嬌俏剛強。希望她的溫柔與大器，雖點燃男性的愛火與妒火，卻也在死生契闊中，持守住永恆的力量。有了她加入舞台，期盼能連結歷史的載錄，打開大人物的閉鎖心竅，讓二千多年後的我們，聽到、看到、感受到戰國梟雄內在的癡狂、無奈與悲涼……。

　　尚有一位女紅妝，雖未正式現身，卻「隱形出場」，在劇中，具有舉足輕重的勁道。她是周旋於呂不韋、子楚、嫪毒及諸多男子之間的「趙姬」──秦始皇的生身之母。

　　我省思她多舛又多采的一生，剖析她與秦始皇的生死依存、天倫情變與愛恨糾葛，試圖解密出：自稱功蓋三皇五帝的秦始皇，為何終身不立皇后？也祈求今人，多賜一點悲憫，讓趙姬刷洗掉「戰國潘金蓮」的污名。

　　史事是具象的，不苟又不亂，流芳與遺臭，往往只寓於史家一念之忍與慈、一字之貶或褒，所以，伏案讀史，內心不免沉重。反過來，進入劇場，穿越古今來觀史、讀史，甚而轉換視角、再造史事與人物，雖是創作上的冒險，也可期待撞擊出美麗火花、意外的力量。

　　新編崑劇《韓非・李斯・秦始皇》，在「成也帝王術、敗也帝王術」的

劇本主軸之下，用曲中紅妝，來點綴青史。感謝曾師容忍瓊玲在劇情上，一下子要「死硬求實」、一下子又要「翻空造奇」的固執。更感激曾師不棄拙劣，將瓊玲創構的情節，依循南雜劇體制，設置排場，選調填詞、點撥科諢，以呈現於舞臺。追隨恩師，探索史事、省思人性，共創劇本，再虛心面對舞台的考驗，誠心接受觀眾的指正。人生的至幸至樂，莫大於此呀！

試論曾永義戲曲編創的「點染」藝術

陳建森*

　　曾永義先生在「戲曲研究」專業之外，喜歡以「編劇」作為「業餘遊戲」。曾先生認為：「雖是『遊戲』，但這『遊』是孔子『遊於藝』的『遊』；『戲』則自然的將我研究戲曲的一些心得和理念注入其中。我喜歡以歷史人物和民族故事作為題材，前者像歌劇《霸王虞姬》、〈國姓爺鄭成功〉，京劇〈鄭成功與臺灣〉、〈射天〉，河南梆子戲〈慈禧與珍妃〉；後者像京劇〈牛郎織女天狼星〉、〈青白蛇〉，崑劇〈梁山伯與祝英台〉、〈孟姜女〉。因為前者可以借古鑑今，發人省思，隱含時代意義；後者流播千百年，深中人心，在中華文化背景下，最富有民族之意識思想和情感，可以重溫我們在現代社會中逐漸凋零的民族文化根源，喚醒我們即將喪失的民族精神。」[1]因而，他癡迷於此「遊戲」之中而不能自拔，舉杯與「歷史人物」一起邀月對酌，投足入「民族故事」之中徘徊低吟，常常是通宵達旦，推窗送月，至今已四十又一年。

　　曾永義先生先後編撰的歷史人物劇和「民族故事」劇共十八種，其創作意圖非常明確，寫歷史人物劇是為了「借古鑑今，發人省思，隱含時代意義」，寫「民族故事」劇是為了「重溫我們在現代社會中逐漸凋零的民族文化根源，喚醒我們即將喪失的民族精神」。[2]我們從這些戲曲作品中，不僅可以領悟他作為學者對世事人生的體悟與省思，而且還可以意識他作為詩人悲天憫人的道義和責任，並且還可以領略他作為編劇的戲曲藝術理念。

---

* 廣州華南師範大學文學院教授。

1　曾永義：〈眾生平等，情義無價──我新編京劇〈青白蛇〉〉。
2　曾永義：〈眾生平等，情義無價──我新編京劇〈青白蛇〉〉。

　　然千百年來，這些歷史人物故事和「民族故事」經過民間文藝的踵事增華，其故事情節和人物性格基本「成熟」。他認為這些「故事」，「其關目情節是人們經歷漫長歲月所共同鋪排出來的；它的人物形象，也是人們心目中的共同造型；它的思想情感，也是人們意識中所累積的共同體認。那麼我只要掌握其要義和菁華，就無須以一己之小智故作翻案文章，以邀時好之所趨」，[3]他只須「執其大筋大節稍加點染，則其情節焉能不動人，其人物焉能不令人嚮往！」[4]因而，劇作家在保留前代文本累積之「大筋大節」的基礎上，在演述結構、情節關目及排場、人物以及科諢等方面精心「點拓」和「渲染」，以期「發人省思」，「喚醒我們即將喪失的民族精神」。具體說來，曾永義先生戲曲編創之「點染」，主要有如下四端：

一　以「穿越」「點染」戲曲演述「結構」

　　曾永義先生編創戲曲，首先是在保留前代文本累積之「大筋大節」的基礎上，遵循戲曲的體性，注重結構布局。傳統文人填詞首重音律，而李笠翁論曲獨先結構。他在《閑情偶寄》〈詞曲部〉〈結構第一〉中說：

> 至於結構二字，則在引商刻羽之先，拈韻抽毫之始。如造物之賦形，當其精血初凝，胞胎未就，先為制定全形，使點血而具五官百骸之勢。倘先無成局，而由頂及踵，逐段滋生，則人之一身，當有無數斷續之痕，而血氣為之中阻矣。工師之建宅亦然。基址初平，間架未立，先籌何處建廳，何方開戶，棟需何木，梁用何材，必俟成局了然，始可揮斤運斧。倘造成一架而後再籌一架，則便於前者，不便於後，勢必改而就之，未成先毀，猶之築舍道旁，兼數宅之匠資，不足供一廳一堂之用矣。故作傳奇者，不宜卒急拈毫，袖手於前，始能疾書於後。有奇事，方有奇文，未有命題不佳，而能出其錦心，揚為繡

3　曾永義：〈論說拙著崑劇《梁祝》之文本創作與劇場演出〉。

4　曾永義：〈我編撰崑劇《梁祝》和〈孟姜女〉〉。

　　口者也。嘗讀時髦所撰，惜其慘澹經營，用心良苦，而不得被管弦、

　　副優孟者，非審音協律之難，而結構全部規模之未善也。

李笠翁論曲獨先結構，其著眼的是劇本的編撰要能夠「被管弦、副優孟」，能夠場上搬演。其實，劇本的「結構」，不僅僅是場上搬演的「結構」，其實質是劇場主體之間審美交流互動的「結構」。戲曲是「戲」與「曲」的交融，須將第三人稱說唱與第一人稱代言性表演進行會通。如何會通？中國傳統戲曲的演述者有演員、行當、劇中人三重演述身份。演員是劇場現實生活域中的演述者，行當是劇場審美遊戲域中的遊戲者，劇中人則是劇場劇情虛構域中的人物。演述者可以根據劇情搬演的需要，自由轉換演述身份出入劇情內外與劇場觀眾進行審美交流互動。戲曲演述者具有多重演述身份以及這些身份可以自由轉換，即可實現第三人稱說唱與第一人稱代言性表演的會通，將「戲」與「曲」交融為一體。演述者演述身份的轉換，即意味著劇場演述時空同時轉換。演述者自由轉換演述身份引導劇場觀眾不知不覺地出入劇情內外，在劇場時空中穿越，共同進行審美的交流、互動和創造。[5]可見，中國戲曲演述者通過演述身份的自由轉換，將第三人稱說唱與第一人稱代言性表演會通，形成了特有的「穿越式戲曲演述結構」。

　　令我拍手稱快的是，我所發現的中國「穿越式戲曲演述結構」，在曾永義先生的戲曲創作中屢試不爽。曾先生為了將千百年來經過民間文藝踵事增華的歷史人物故事和「民族故事」搬上舞臺，在前代文本累積之「大筋大節」的基礎上，正是巧用「穿越」的理念將民間第三人稱說唱與第一人稱代言性表演加以點拓會通，成為二者相輔相成的「穿越式戲曲演述結構」，使之能夠「被管弦、副優孟」。

　　「穿越」作為一種特殊橋段，一直被古今中外作家廣泛應用於文藝創作。「穿越」可以使人暫時擺脫現世生態環境的時空以及一切戒律的束縛而獲得思想、審美、靈魂的自由。「穿越」可以「逆穿」回到過去，也可以「平穿」到平行空間、平行世界、平行宇宙，也可以「空穿」到一個沒有歷

5　參閱拙著《宋元戲曲本體論》（北京市：人民出版社，2012年）。

史記錄的架空時代，還可以「幻穿」到一個玄幻文明、仙魔文明、奇幻文明的異時空。

在曾永義的〈楊妃夢〉中，楊妃作為超越生死的「影子人物」，具有「穿越」的最佳條件。從白居易的〈長恨歌〉到洪昇的〈長生殿〉，「蓬萊仙子」、「月殿嫦娥」、「上陽怨女」、「馬嵬遺恨」，歷經增飾和附會，縱跨千年。楊妃「夢」入「霓裳羽衣」、「錦祿兒」、「馬嵬遺恨」等四個劇情情境，皆用「逆穿」橋段，而其中「蓬萊仙子」、「月殿嫦娥」的比附，即兼用了「幻穿」橋段。「上陽怨女」與楊妃爭寵，與楊妃同處於一個平行時空，然「上陽怨女」本為子虛烏有，她生活在一個沒有歷史記錄的架空時代，顯然又是「平穿」與「空穿」的交匯。可見，〈楊妃夢〉把逆穿、平穿、空穿、幻穿等諸種形式融會貫通，將「穿越」這一橋段推向了極致。

問題是如何「穿越」？劇作家別出心裁地設置一個關鍵人物，引導楊妃「穿越」千年，出入「四夢」。如〈楊妃夢〉「序曲：楊妃入夢」：

> （場上象園林宿舍程教授寓所臥房，老生今便服扮程教授於臥房睡介）
> （旦盛唐貴妃妝扮楊玉環上）
> ……
>
> （旦白）妾家唐明皇貴妃楊玉環是也。自從天寶十五年死難馬嵬，一縷芳魂，飄蕩無依，終被白居易〈長恨歌〉傳送到這蓬萊。世人說蓬萊為仙山，妾家為仙子。殊不知蓬萊為中國東南海外一島嶼耳，今之所謂臺灣是也。妾棲遲於此，非神非仙非鬼非人，幽幽渺渺，但為負載千年奇冤苦恨之魂。乃值今日，蓬萊幸有通達之人，以酒名天下，實為李白轉世者，可以解冤釋怨。
> 到此是其居所，待我引出其夢魂來，好相訴說者。

再請看「上陽怨女」中之「老生白」：

> 其實像梅妃這樣人，就是在下《俗文學概論》中所說之「影子人物」。

《俗文學概論》者，曾永義先生所撰之學術專著也。至此我們恍然大悟，這位「蓬萊通達之人」在劇中的有三重身份：

1. 在〈楊妃夢〉中以「老生」扮相出場；
2. 劇中人程教授；
3. 「以酒名天下」之「李白轉世者」，即劇作家本人。

在〈楊妃夢〉中，我們發現，曾永義先生寫完劇本卻「隱而未退」，仍然以「隱身」的方式，將自己的創作視界潛入演述者的「話語」之中，控制劇場演劇的進程，引導並干預觀眾的審美取向。

　　楊妃有幸有緣遇見了一位博古通今的「蓬萊通達之人」。而正是這位「蓬萊通達之人」自由轉換老生、劇中人程教授和「以酒名天下」之「李白轉世者」三重身份，不僅僅在劇場現實生活域、審美遊戲域和劇情虛構域中來往「穿越」，而且還陪伴楊妃「穿越」千年，出入「四夢」，與其探析被文人論述、民間傳說「扭曲變型之原委」，解冤釋怨，從而引發其「體悟與省思」，神通廣大。楊妃「既回舊夢，以見當年真相；且亦遊心夢外，以自審自悟。」（〈楊妃夢〉「序曲：楊妃入夢」中「旦白」）楊妃「四入夢中」是為了更好地「四出夢外」。「四入夢中」是為了「還原」歷史上之「真人真事」，澄辨心中的冤怨；「四出夢外」，是為了探究其之所以被文人論述、民間傳說「扭曲變型之原委」，「以自審自悟」。

　　在京劇〈陶侃賢母〉中，劇作家用「穿越」點拓唐人「轉變」說唱的形式，制定一個讓老生扮陶淵明「以手繪〈長沙公發跡圖〉八幅親示諸兒而教之」的演述結構：陶淵明先依次以陶母教子之八幅圖親示諸兒，接著讓圖中人物「變現之像」[6]以示諸兒，演述完畢，燈暗轉場，再由陶淵明詢問諸兒弄明白圖中陶母所教之為人處世的道理。如是者八，由陶淵明引導諸兒出入劇情內外，穿越古今，進而借古鑑今，達到「發人省思，隱含時代意義」[7]

6　（唐）道宣：《量取輕重儀》，《大正藏》卷45，頁842下。

7　曾永義：〈眾生平等，情義無價——我新編京劇〈青白蛇〉〉。

的目的,其影響是深遠的。此劇多次公演,萬人空巷而觀之,座無虛席,「因為劇中〈紡績教子〉、〈剪髮待賓〉、〈封鮓責書〉、〈運甓節飲〉、〈功成勇退〉皆就陶母事蹟敷演,而或教之以仁厚無爭,或教之以情義相挺,或教之以廉潔自守,或教之以自強省慾,而終能知所進退,安享榮華以盡天年。其間雖不免設色點染,然畢竟以賢母事蹟為主軸。認為賢母事蹟雖不為世所彰顯如孟、歐、岳三母,但事實上最足為當世為人母者所取法,因為其教子也,如『好雨知時節,當春乃發生;隨風潛入夜,潤物細無聲。』而終能使其子立功立德,為國家棟樑,為朝廷柱石而無所愧憾」。[8]

　　《霸王虞姬》初稿完成於一九七五年四月,劇作家七六年十二月二日修訂於德國魯爾大學,二〇〇九年二月八日將舊稿「歌劇《霸王虞姬》」增編改作京劇劇本,歷時三十四年,於己丑(2009)年元月十四日最後定稿。全劇依次分為〈幕前曲〉、〈序曲〉、〈鴻門宴〉、〈分我一杯羹〉、〈十方埋伏〉、〈四面楚歌〉、〈烏江同殉〉和〈尾聲〉。在〈序曲〉、〈鴻門宴〉、〈分我一杯羹〉、〈十方埋伏〉各出的開頭,均由「說唱人」先出場「導戲」。如〈序曲:彼可取而代之〉:

〔燈光聚說唱人,立舞臺前右側。〕
白:西元前二一〇年,秦始皇最後一次出巡,渡錢塘、遊會稽。平民百姓簇擁旁觀鹵簿威儀,幾位即將翻天倒浪之英雄人物,亦在其中。他們是:陳勝、劉邦、邦妻呂雉、項羽、羽妾虞姬。
〔幕啟,說唱人歌唱時,秦皇鹵簿赫赫過場,陳勝等與百姓注目觀望。〕
唱:(重複兩次)

轔轔車駕旌旗美,
赫赫帝王龍虎威。
一統六合誰並此,
巡行遊歷過東陲!

8　曾永義:〈向賢淑的母親致敬──寫在京劇版〈陶侃賢母〉演出之前〉。

〔說唱人退，場上百姓亦下。〕

　項羽白：彼可取而代之！

　劉邦白：大丈夫當如此也！

　陳勝白：揭竿而起，暴政必亡！

〔三人聞言，彼此頗感驚訝，互相打量。〕

　……

「說唱人」先演述故事發生的時間和背景，將劇中人物「勾」出場，接著唱秦皇東巡序曲。「說唱人」完成「導戲」後退場，自然過渡給劇中人演述故事。從劇場時空的視域考察，「說唱人」是現實生活域中的演員，劇中人是劇情虛構域中的歷史人物；從劇場交流語境的視域觀之，「說唱人」「導戲」時，劇場形成了「說唱人」與觀眾之間在現實生活域中的交流語境；「說唱人」退場後，劇場則轉換成劇中人與觀眾之間在劇情虛構域中的交流語境。從審美的視角觀之，劇場觀眾由現實生活域進入劇情虛構域，出入劇情內外，完成了古今時空的穿越。《霸王虞姬》讓劇場觀眾在古今時空中反覆穿越，方能真正「看穿那是非成敗轉頭盡，只有這英雄美人至意至性永長生。湛湛江水、青皎皎白日明，悲鴻斷雁，何事更長征」。[9]

　　中國戲曲結構的奧妙，其實質就在於演述者轉換身份穿越不同的劇場交流語境，引導觀眾穿越不同的劇場演述時空而進行審美互動。李笠翁雖意識到戲曲「結構」之重要，然其主要是從劇本關目情節的編撰，尚未能從劇場主體間交流的視角，從理論上將戲曲結構的原理和特點說清道明。宋元以來，中國傳統戲曲基本採用的是「穿越式戲曲演述結構」，演述者可以轉換演述身份和觀眾一道出入戲內戲外，穿越古今中外善惡真幻之情境，在審美遊戲中領悟中華文化的深層意蘊。在曾永義先生編創的戲曲中，我們看到了劇作家對這種戲曲傳統的繼承和發揚光大。

9　曾永義《霸王虞姬》「尾聲」烏江亭長唱詞。

二 巧借現代劇場燈光「點染」「排場」

　　曾永義先生明確指出：「李笠翁論戲曲，首在『結構』，而事實上戲曲結構是建立在『排場』之上，……所謂『排場』是指中國戲曲的腳色在『場上』所表演的一個段落，它是以關目情節的輕重為基礎，再調配適當的腳色、安排相稱的模式、穿戴合適的穿關，通過演員唱作念打而展現出來。」[10]在中國戲曲「穿越式演述結構」中，演述者可以自由轉換演述身份在特定的時空情境中穿越，而特定的時空情境即是「排場」。戲曲正有賴於一個一個「排場」的銜接流轉以結構其整體。

　　曾永義先生以歷史人物故事和民族故事作為戲曲創作題材，這些「故事」經過千百年流傳的累積，民眾已經耳熟能詳，但是，如何從這些經過千百年流傳累積的「故事」中去其糟粕、汲取精華、弘揚「民族精神」？則需要對這些「故事」進行文化反思，這就不是每一個觀眾可以做到的了。戲曲的場上搬演是通過演員以唱作念打的方式去實施，劇作家的文化反思滲透於「故事」的關目情節之中，並通過「排場」去落實。因而，在戲曲創作中，「排場」的設置和組織就非常重要。曾先生在〈論說拙著崑劇《梁祝》之文本創作與劇場演出〉中說：「筆者有〈說排場〉，認為「排場」之構成，以下面五點為基礎：

　　（一）關目情節的輕重。
　　（二）腳色人物的主從。
　　（三）套數聲情的配搭。
　　（四）科介表演的繁簡。
　　（五）穿關砌末的運用。

因而他在保留前代文本累積之「大筋大節」的基礎上，不但精心經營「排場」，而且巧借現代劇場燈光「點染」、「排場」。所謂巧借燈光「點染」、「排場」者，即用燈光的明暗「分割」並連接「排場」也。

---

10 曾永義：〈論說拙著崑劇《梁祝》之文本創作與劇場演出〉。

　　如新編崑曲〈李香君〉四「江南江北」舞臺提示：「此齣用舞臺分割法。一邊為香君媚香樓，一邊為侯朝宗所在揚州史可法帥府。幕起，燈亮媚香樓。香君倚樓眺望介。」場上多次運用現代舞臺燈光「分割」「江南江北」之「排場」，演述離亂中李香君和侯朝宗各自所遇的境況以及兩地相思。

　　又如新編京劇《霸王虞姬》參「十方埋伏」：

〔虞姬長嘆一聲，道：「罷了！」無奈隨項羽與眾將士前進，須臾，項羽與眾將士迷路昏眩。忽然吶喊聲大作，戰鼓齊鳴，項羽領軍作勢往東衝突，舞臺內角左邊忽出現「韓」字帥旗，眾軍擁韓信高立，燈光焦點在韓信身上。〕

韓信白：咄！項羽！末路窮途，不俯首就擒，更待何時！

唱：領雄兵數十萬兵車千輛，

　　布下這掙不脫天羅地網。

　　可恨你有眼無珠不識英雄將，

　　待我位不過執戟官不過郎。

　　你婦人仁匹夫勇狀，

　　如何能君臨天下為君王。

項王白：韓信！你這袴下懦夫，背君之逃卒！今日姑饒你，來日拔你鴟舌！

〔項羽雖勃然怒起而勢不可突，乃領虞姬與將士作往南衝突，楚軍漸次失散，漢軍鼓噪聲與韓信勸降聲交相並作，舞臺內左角燈漸暗，韓信率眾軍下。

同時舞臺內右角邊燈漸亮，出現「英」字將旗，眾軍擁英布高立。〕

英布白：識時勢者為俊傑！項羽！還不投降！

唱：你曾經憑暴力制宰天下，俊雄豪傑任驅駕。

　　可嘆你任屬不專多疑訝，使得常山倒戈我九江也變卦。

　　可恨你殺我妻子盡去我根芽，

　　今日裏看你霸王如何再稱霸。

項羽斥道：英布！你這麗山輸徒，江中寇盜我使你刑人為王，你竟敢恩將仇報，可恨可惱！他日落我手中，定將你碎屍萬段！

〔項羽雖勃然怒起而勢不可突，乃領虞姬與將士作勢往西衝突，楚軍又漸次失散；漢軍鼓噪聲與英布勸降聲交相並作；舞臺內右角燈漸暗，英布率眾軍下。同時舞臺內左角燈漸亮，出現「樊」字將旗，眾軍擁樊噲高立。〕

樊噲白：多謝大王在鴻門宴上賞我生彘肩，飲我鬥巵酒。項羽你唱：前軍無路後軍摧，呂後太公已救回。

你不如下馬拜跪，我也賞你生彘肩美酒三杯。

項羽斥道：樊噲！你這屠狗小兒！可恨你與劉季狼狽為奸，一朝小人得志，竟敢乃爾！

〔項羽雖勃然怒起而勢不可突，楚軍又漸次失散。乃領虞姬與眾將士作勢往北衝突，漢軍鼓噪聲與樊噲勸降聲交相並作；舞臺內左角燈漸暗，樊噲率眾軍下，同時舞臺內右角燈漸亮，出現「彭」字將旗，眾軍擁彭越高立。〕

彭越白：項羽！滾下馬來，留你一條生路。

唱：我斷你後絕你糧你兵疲食盡，

　　你獨木難支巨廈傾。

　　你似蛟龍失水虎陷穽，

　　空能咆哮怎能飛騰。

項羽白：彭越！你這鉅鹿漁夫，野澤盜匪，焉敢無禮！

〔項羽雖勃然怒起而勢不可突，乃領虞姬與殘兵敗將作勢往中央地帶衝突，漢軍鼓噪聲與彭越勸降聲交相並作；舞臺內右角燈漸暗，彭越率眾軍下，同時舞臺內中央地帶燈漸亮，出現黃屋車纛左纛大旗，劉邦率眾將士高立，張良、太公、呂後侍左右。韓信、英布、樊噲、彭越四將亦已會師於此。〕

此劇運用現代燈光定照技術，讓燈光輪流在「舞臺內角左邊」與「舞臺內右角邊」此暗彼明，舞臺上依次轉換四個「排場」，分別湧出韓信、英布、樊噲和彭越四路伏兵，最後，燈光再轉到「舞臺內中央地帶」，「劉邦率眾將士高立，張良、太公、呂後侍左右，韓信、英布、樊噲、彭越四將亦已會師於此」。劇作家巧用現代舞臺燈光明暗和投射「分割」並連接排場，並將燈光定焦在伏兵主帥身上，以尺寸舞臺展現千里戰場事態，一波未平一波又起，「十方埋伏」，步步驚心。

又如京劇〈牛郎織女天狼星〉第六場「愛情波折」：

> （幕啟時，場上以燈光明暗分割畫面。右下方象徵織女機房，左上方象徵牛郎田野。燈光先打在織女機房。）

> 織女（唱）憶昔時織女天星巧機杼，紡雲錦展轉飛梭長短吁。
> 　　　　　冷孤寂雲煙渺渺牽牛宿，解幽恨偏勞鵲女遞魚書。
> 　　　　　今日裏衝開萬裏九霄路，到人間但願夫妻守草廬。
> 　　　　　叵耐呀為求溫飽投大戶，忍心啊將我夫妻強離居。
> 　　　　　從此啊阻隔遠似銀河渡，盼望呀雲銀織就兩歡愉。

> （織女在悲歡聲中繼續織錦，燈光轉移牛郎田野。）

> 牛郎（唱）別愛妻守孤獨勞作山下，無日夜無慰勞苦恨無涯。
> 　　　　　抬頭望但有那莽蒼曠野，低頭看糾結了黃瓜苦瓜。
> 　　　　　青草地散落了肥牛駿馬，水旱田生長了黍稻桑麻。
> 　　　　　到底是為那般辛勤耕稼，愛妻呀人世間實難為家。

> 牛郎（白）雖然可悲可歎，但畢竟千畝農田耕種已畢，作物豐收，牛馬膘肥，是我返家會妻房之時了。

> （牛郎下。燈光轉移織女機房，至全場照亮。）

牛郎織女從天上來到人間，為了生計到趙大戶家應徵長工。趙大戶驚豔織女秀色，心生歹意，故意拆散鴛鴦，說「牛郎織女！我可以收留你們。織女留居機房，每日須織縑十匹，織素五丈；牛郎到東山下耕種，每耕田千畝乃可

與織女一相會」。劇作家在舞臺上以燈光明暗分割出機房和田野兩個排場，演述織女夫妻離居之苦和牛郎返家會妻之切。

在牛郎返家途中，趙大戶來到機房非禮織女。心懷叵測的天狼星化身書生前來救駕：

> （公子作深情脈脈視織女，此演區燈漸暗，另一演區象徵曠野路途，燈漸亮，牛郎正興沖沖趕路。）
> 牛郎（唱）團圓秋月光似畫，似箭歸心不暫休。
> 　　　　採得蜜桃鮮碩果，好慰嬌妻訴離愁。
>
> （此演區燈漸暗，另一演區象徵天廷，燈漸亮，鵲女作願望有所思狀。）
> 鵲女（唱）別離久，難守候，
> 　　　　天狼呀！你可知鵲女日夜裏思悠悠。
> （此演區燈漸暗，燈光回到公子與織女演區）

劇作家用燈光的明暗將舞臺分割為天廷和人間，又將人間分割為機房和曠野。京劇〈陶侃賢母〉和〈御棋車馬緣〉二「失棋得棋」，亦是運用現代劇場燈光明暗連接排場的技法。「至於戲曲如何調適現代劇場，強化以歌舞樂為美學基礎，以虛擬象徵為表現方式而以程式為制約，從而形成時空自由流轉的寫意本質，則是我所要堅持的戲曲藝術的優良傳統。也因此五光十色、荒腔走板、喧賓奪主、大而無當的某些現代戲曲，則是我避之唯恐不及的。」[11]中國傳統「穿越式戲曲演述結構」的特性就是時空的自由流轉。曾先生運用現代劇場燈光的明暗分割並連接排場，最能展現戲曲「戲隨人走」「時空自由流轉的寫意本質」。

---

11 曾永義：〈我編撰崑劇《梁祝》與〈孟姜女〉〉。

三 別出心裁「點染」人物形象

曾永義先生認為那些能夠傳達中華民族所具有的共同思想、情感、意識文化，而其流播空間遍及全國，時間逾千年的「民族故事」，「其關目情節是人們經歷漫長歲月所共同鋪排出來的；它的人物形象，也是人們心目中的共同造型」，因而「無須以一己之小智故作翻案文章，以邀時好之所趨」。[12]因而，他對關目情節「執其大筋大節稍加點染」的同時，也對這些「人們心目中的共同造型」的人物形象「稍加點染」，看似漫不經心，實為別出心裁。

曾先生對人物形象的「點染」首先表現在劇中人物的命名，巧織人物之間的關係。如梁山伯和祝英台的民間故事經歷漫長歲月的流轉，家喻戶曉。前代文本主要著眼於塑造梁山伯和祝英台這兩個主要人物，很少在書僮身上作文章。曾先生則在新編崑劇〈梁山伯與祝英台〉第一齣「草橋結拜」中，將梁山伯的書僮命名為「事久」，又將喬辦祝英台書僮的丫鬟命名為「人心」；梁山伯與祝英台，志趣相投，義結金蘭；雙方書僮也跟著「拜為兄弟」，「這正是：梁山伯對祝英台，事久見人心！」劇作家只在前人不經意之命名和人物關係上「稍加點染」，即給這個「民族故事」增添了深遠的意味。

劇作家對人物形象的「點染」還表現將原來不出場的人物馬文才推出場，造成人物之間的直接衝突，在矛盾衝突中塑造人物形象。「我所作的『點染』，在《梁祝》〈草橋結拜〉中令五位重要人物梁山伯、事久、祝英台、人心、馬文才依序出場，而梁山伯步行、祝英台騎驢、馬文才騎馬，以見三人貧富身分不同；梁祝因吟詩明志、互相唱和而結拜，馬文才出場數唱自表家門以同上杭州求學而聚首同行；從而表達了三人性情志趣之不同。又在〈學堂風光〉中安排一場山伯與英台對手戲，使二人在文才對英台調戲後，更加審視彼此的情誼、觀點和心志，乃實為莫逆之交也；以此作為往後死生至愛的基礎和前提。而〈花園相會〉末後，又別出心裁的使他們「私奔」，無非在強調梁祝為至愛勇於衝破禮法；但也止於此，不能教他們成

---

12 曾永義：〈我編撰崑劇《梁祝》與〈孟姜女〉〉。

功，否則就要違背民族故事的大筋大節了。」[13]

增設人物或者改變人物身份也是劇作家「點染」人物的重要手段。「在〈孟姜女〉中，我造設了一個由小生擔綱的人物歸有義，他是個耕讀養親的農夫，在逃避秦皇捉拿私藏經典讀書人和遁逃長城徭役民夫時，使他和萬喜良於患難之際結為金蘭。如此，萬喜良病死長城之時就有人照顧，孟姜女萬里尋夫也能有人告知訊息。同時也使孟子作為孟姜女的高祖，孟子門人萬章作為萬喜良曾祖父，如此一來，孟姜女與逃離中的萬喜良在「花園定盟」就較為「順理成章」，而不顯得那麼「唐突倉促」。另外兩位淨丑秦吏，更使他們尚存「悲天憫人心腸」，以作滑稽詼諧的調弄。這些添加的「點染」，一方面固然要使情節更加周延自然，一方面也實在為了強化《梁祝》和〈孟姜女〉的主題思想。使《梁祝》之死生至愛，實經歷相欣相賞、相激相勵而有以致之；使〈孟姜女〉除了抒發千古長城邊塞之苦外，尚有對暴政的控訴與人間情義的可貴。」[14]

劇作家還通過唱段「點染」人物性格。在京劇《霸王虞姬》第一齣「鴻門宴」中，劇作家讓虞姬出場唱：「大王虎威莫輕放，面臨大事須思量。何況沛公著聲望，金蘭結義結心腸。一旦龍虎爭鬥上，無數生民定遭殃。」又在第二齣「分我一杯羹」中，劇作家安排虞姬唱：「英雄要博萬世名，須能忍氣更吞聲。妾觀天下苦愁病，塗炭黔黎甚秦嬴。白骨蔽原看不盡，那有荒雞千里鳴。奉勸漢王歸南鄭，項王也就返彭城。使大地滋息營市井，使雜花滿樹任流鶯。使人人相見殷殷請，使庶民百姓樂平生。」這兩個唱段將虞姬塑造成有情有義、憐憫蒼生的形象。

四 聯通古今之科諢「點染」

王驥德《曲律》卷三 「論插科第三十五」指出：「插科打諢，須作得極巧，又下得恰好。如善說笑話者，不動聲色，而令人絕倒，方妙。大略曲冷

---

13 曾永義：〈我編撰崑劇《梁祝》與〈孟姜女〉〉。

14 曾永義：〈我編撰崑劇《梁祝》與〈孟姜女〉〉。

不鬧場處,得淨、丑間插一科,可博人哄堂,亦是劇戲眼目。」[15]王驥德將插科打諢比作「劇戲眼目」,有「眼目」劇戲才「活」。

李漁在王驥德論科諢的基礎上,將科諢喻為「看戲之人參湯」。他認為,戲曲插科打諢要既要「忌俗惡」,又要「重關係」,還要「貴自然」,「妙在水到渠成,天機自露。我本無心說笑話,誰知笑話逼人來,斯為科諢之妙境耳。」[16]

曾永義先生認為「至於賓白之講求醒豁,則不可落入古人之晦澀;科諢之講求自然,則不可淪作古人之惡道。譬如《梁祝》首齣馬文才之口數唸:馬文才呀!馬文才,下了馬(下馬介,跌介)實在是喬材,實在是喬才。父親做太守,Ａ錢會歪,騎馬會栽。家產萬貫衙門八字開,暢道是有理無銀莫進來。只因我斗字西瓜識幾袋,要到杭州求學覓裙釵。來到此,有亭臺,登臺階,喜哈哈,撞見兩個俊秀才。此用機趣詼諧之口脗,帶入臺灣時興「Ａ錢」(貪贓)之市井口語,以見馬文才之性格與身分」[17],同時也就將古今官場的貪汙腐敗連接在一起了。

劇作家善於在「業餘遊戲」中用幽默詼諧的科諢「點染」賓白。如崑劇〈孟姜女〉第一齣「藉著小丑之口說:『難怪堆疊白骨幾千重,連長城也感沈痛!其實反正都是死,不如在家燒炭好過些!』『在家燒炭自殺』是臺灣近年許多無助百姓全家走頭無路自我了斷的流行方式,如此就將古今連接在一起了。所以在〈查拿逃犯〉劇末幕後獨唱就有了這樣的話語:一人有慶,兆民賴之;唯紂獨夫,千古詬之。古為今鑑,阿誰知之。音樂再三反覆,使人更加低迴不已。」[18]又如崑劇〈孟姜女〉末齣:

〔丑白〕老哥!你大風大浪、稀奇古怪的事看過許多。有沒有見過

---

15 李漁:《閒情偶寄》,《中國古典戲曲論著集成》第四集(北京市:中國戲曲出版社,1980年),頁141。

16 《中國古典戲曲論著集成》第七集(北京市:中國戲曲出版社,1980年),頁64。

17 曾永義:〈我編撰崑劇《梁祝》與〈孟姜女〉〉。

18 曾永義:〈我編撰崑劇《梁祝》與〈孟姜女〉〉。

「一代暴君」（作探頭探腦介）噓！背後罵皇帝真爽！但不可被人聽到！是要殺頭的！

〔副淨白〕我不是聽到了嗎？

〔丑白〕你是哥兒們，沒關係！我繼續說：你有沒有見過一代暴君屈服在一個身穿孝服、號啕大哭的女人身上。

〔副淨〕凡是暴君都有特殊癖好。老弟！請說清楚。

〔丑白〕始皇帝將孟姜女帶回後宮，百般要封她為娘娘，她死不肯，提三個條件，你說好玩不好玩。

〔淨白〕那三個條件，快說，別賣關子。

〔丑白〕一要為萬喜良築墳立廟，二要始皇帝素服祭弔，三要自己哭城向廟。三條件完成後，始皇帝就可進入溫柔巢。

〔副淨白〕難道始皇帝答應了？

〔丑白〕照單全收。哪！你看！那不正是蓋好的萬喜良廟，廟後不就是築好的萬喜良墳！啊哈！

〔丑介〕

　　日頭之下怪事多，再多也沒眼前多：始皇帝，見孟姜女，就著魔，叫他抬右腳他不敢左腳挪。往常暗噁叱吒一吆呵，嚇得大小臣像屎滾尿流似響鑼。坑殺人無數，血流成江河；他只道快活快活。宮內宮外都問我，孟姜女用的法術是什麼，能夠、能夠把暴君的心來鎖。

〔副淨白〕快閉嘴！始皇帝車駕已到，就來廟裏弔祭萬喜良也。

劇作家夫子自道：「這段淨丑的賓白便有承上啟下的作用，而且許多『暗場』皆由他們口中帶出，雖旁觀側寫，而深寓嘲弄，更省卻了許多筆墨。」[19]

　　而在新編京劇〈青白蛇〉中，金山寺大和尚法海明裏說要為民除害，暗地裏卻對白素貞心懷不軌。第五場「水淹金山」，白素貞和青妹在長江龍王和東海龍王率水族的幫助下攻入金山寺救丈夫，劇作家借金山寺武僧之口說：「似此美嬌娘，難怪大和尚不放過！我小和尚也不放過！」只用一句諢

---

19 曾永義：〈我編撰崑劇《梁祝》與〈孟姜女〉〉。

語輕輕點拓，就撕下了古今那些道貌岸然的花和尚的偽裝。接著又借「淨」（法海）之口說：「我寺財富皆信徒樂意捐獻，那像貪腐官吏，用權用勢，相互勾結，各自積銀如山，行徑比盜匪還惡劣。」這段諢語將佛門和官場的貪腐揭露出來。李笠翁認為科諢「於嬉笑詼諧之處，包含絕大文章，使忠孝節義之心，得此愈顯，如老萊子之舞斑衣，簡雍之說淫具，東方朔之笑彭祖面長，此皆古人中之善於插科打諢者也。作傳奇者苟能取法於此，則科諢非科諢，乃引人入道之方便法門耳。」[20]曾先生戲曲中的科諢，正是「於嬉笑詼諧之處，包含絕大文章」，「發人省思，隱含時代意義」。

曾永義先生是海內外著名的戲曲研究專家，集學者、思想家、詩人、劇作家、酒仙、名士於一身。他將戲曲專業研究的心得注入戲曲創作，有自己明確的創作理念。曾先生稱其戲曲編創為「業餘遊戲」，又稱為「業餘消遣」。這樣的「遊戲」、「消遣」，既有學者的繼往開來，更有思想家的獨立和省思；既有詩人的激情和想像，更有劇作家對劇體曲性排場結構的了悟；既有酒仙的揮斥方遒，更有名士的風流倜儻；因而歷史人物故事和「民族故事」經其「點染」，便成為新的傳奇。這種「遊戲」「消遣」的境界，不正是與之遊者所嚮往的嗎？

---

20 《中國古典戲曲論著集成》第七集，頁63。

案頭專家‧場上行家
——試論曾永義先生的戲曲創作

孫萍*

　　眾所周知，不管在哪個領域，理論與實踐中間都隔著一條「紙上談兵」的鴻溝。理論是全面的、概括的，而實踐則是具體的、有特殊個性的。在戲曲領域就有這麼一位兩頭兼顧的，也是我們俗稱的「場上」、「案頭」兩門抱的人，他就是臺灣大學中文系的資深教授曾永義先生。

一　曾永義先生的戲曲創作根植於深厚的學養

　　曾永義先生是一位沉迷於古典戲曲純語境的學者教授，他治史治文，是一位寬領域、多建樹的著名學者，而其著力最勤苦，一生不離棄的則是戲曲。舉凡中國戲曲史上的學術熱點和難點，大到起源、形成、流變，細如劇種、腔調、技藝，擴展而至正史的禮樂志和民間之俗文化，他都認真研求，做出了卓有創建的論述。他將深厚的古典文學與戲曲理論的功力底蘊相糅合，站在學者的高度關照戲曲創作，影響廣泛，為中華文化的宣傳與推廣可謂是窮盡其力。對於「場上」的規律，他認為，不調查就沒有發言權，為了更好地守護戲曲，曾先生因此果斷推門進院，親力親為。通過幾十年的讀戲、看戲、評戲、講戲，在潛移默化中形成了一套自己認可的戲曲編劇觀念，而後自己提筆寫戲，真正是將理論與實踐融於一爐、匯於一身。他在不

* 北京外國語大學藝術研究院院長。

受舶來藝術影響的純粹傳統理念引導下所創作出來的作品，風貌也必然多不同於當下的眾多新編作品。

通過一次次大戲創排的全程參與，曾先生更深刻地理解了時代變遷給戲曲帶來的影響力，也更清楚地了解了劇團、演員、觀眾的觀演需求。在一稿又一稿的戲曲寫作中，他一遍又一遍地與古典戲曲理論相對照，將代表戲曲最本質特性（如寫意虛擬的表演程式、自由流轉的排場空間、恪守腔調的音樂語言等）及其他可用可行的個性（如詩劇的變革、程式的創新、角色的突破等）盡可能原汁原味地保留下來，而那些已經不適合在現代舞臺上表現的內容則加以更正改進。同時，對於二度創作中導演演員提出的修改要求及演出結束後觀眾的回饋，他挑其有理者聽之從之。[1]這樣以案頭場上兼備的理論家身份涉足創作，以扎實的理論研究功底為基礎從事創作，打通理論與實踐，所以能夠寫出合乎文本寫作和舞臺表演兩方面規律的劇本。

二　曾永義先生戲曲創作的三個特徵

這麼多年來，我一直在向曾先生學習。每一次到臺灣看他的作品，與他交流，都是一次對自我的提升。這次來也是抱著及其崇敬的心理。已年過古稀還不辭辛苦地耕耘在劇壇上，一部一部鮮活的劇碼就在他筆下產生了。我也試著對曾先生的創作觀和創作特色作一點研習，大致分為以下三點：

（一）題材的運用上，挖掘傳統，注重情感

由於深諳傳統戲曲之道，知道戲曲最美最動人的不光在故事本身，更在於演繹故事的視聽手段，因此，曾先生自己在編劇時也沿襲了以上理念，很少在題材上求新，而選擇以普世的歷史人物和民族故事為話題。對照曾先生創作的十一個劇本，除了〈楊妃夢〉一本既屬於民族故事又在歷史故事範疇

1　周南：《論曾永義的戲曲編劇理論與實踐》（上海市：上海戲劇學院，2012年）。

內之外，共包括了民族故事四則（〈牛郎織女天狼星〉、〈梁山伯與祝英台〉〈孟姜女〉、〈青白蛇〉），都是華夏人民耳熟能詳的故事題材，其中離現代這個時間節點最近的故事作品〈慈禧與珍妃〉卻也已經追述到了百年前的清朝光緒年間。不涉及現代題材，曾先生旨在用現代人的眼光來重新詮釋古代的歷史傳說，將當代社會的一絲一毫寄託隱喻於歷史之中，又借古人之口，戲曲之手來重現並喚醒久已被遺忘的民族意識。[2]

對於題材的創作，曾永義先生有兩個觀點：一來，中國戲曲以詩樂舞合一為美學基礎，即作者的精湛文辭與演者的動聽歌聲，曼妙身段，觀眾由此獲得綜合性的享受；二來，改編前人劇本，關目排場有所依傍，便可將省卻的精力心思挪移至轉意文辭的表現推敲上，易於邁越前人。

曾先生的作品中，我印象最深的是新編崑曲〈梁山伯與祝英台〉。全劇著力烘托「梁祝」這條主線，且劇中的內容都脫離不了一個「情」字，就像曾先生曾經說過：我一向以為最富有，最愉快的人，不在名位、不在金錢，而是享有親情、享有愛情、享有友情、享有人情。這「四情」具備的人生，哪是名位換的來，哪是金錢買得到的啊。其生命的豐富圓滿，豈止無價，豈止無愧無憾而已。然而就中最叫人信守不移，而低徊纏綿，而熱烈奔放，而死生以之的，莫過於「愛情」。「情」也是他認為既能「表達平實」又能「剎那而即永恆」的主題。

如〈草橋結拜〉，女扮男裝的祝英台初見梁山伯，為他的詩才和忠厚品德所打動，這場戲精心組織了「一見鍾情」場面；〈學堂風光〉中馬文才識破英台女身並企圖調戲時被梁山伯機智解圍，表達的是「同窗友情」；〈十八相送〉〉是以膾炙人口的唱段描敘祝英台的「單戀深情」；〈訪祝欣奔〉以「欣奔」寫出了梁山伯知道祝英台是女生後的「男生癡情」；〈花園相會〉表現的是祝英台被父親許配馬文才後，在花園與梁山伯相會時男女雙方的「哀怨離情」；〈逼嫁殉情〉傾吐了祝英台得知梁山伯死訊，自己又不得不嫁馬文才後的「傷痛悲情」；〈哭墓化蝶〉則是聚蓄的情的迸發，宣洩了祝英台一腔

2　周南：《論曾永義的戲曲編劇理論與實踐》。

悲憤與苦痛,其悲其痛,其聲其情,遏雲止流,從而墓為之開,造就了生可以死,死可以生的千古佳話。[3]曾版《梁祝》的一些場次只有極簡單的敘事,〈十八相送〉、〈花園相會〉、〈哭墓化蝶〉不急於推進情節,甚至停頓下來讓位於情感抒發。

〈梁山伯與祝英台〉最後一場,梁山伯去世以後,祝英台悲悲切切地唱了一大段,她穿了一身紅,在繡樓裏兩人既是同台表演,又將間離的效果做到了極致。導演用戲劇的手段,用一個紅綢子把兩個人裹在一起,一會兒又間離開來,最後醒來發現竟然是一場夢。這是符合了中國觀眾的一種審美,他們的愛情如悲劇般轟轟烈烈,但又不是那種非白即黑的,而是柔和的,也符合了中國對團圓的期盼。如果不是對中國的藝術審美與國民心理有充分的了解,是不會作此安排的。

(二)結構的安排上,關目緊湊,排場新穎

要想在當代社會通過眾所周知的歷史傳說和不甚離奇的情感主題,並依託傳統戲曲的表現樣式來吸引從未走入戲院的當代觀眾,想要引起共鳴是非常困難的。這時敘事方式就起到了決定成敗的關鍵作用,如何對劇本在整體和部分的結構布局上做周密的設計鋪排,予以最貼切,最生動的呈現,編者需要進行仔細的斟酌與考慮。曾先生結合《劇論》與《蜩盧曲談》二者之觀點,「就戲曲結構的嚴謹來說,應當包括兩方面:一是關目布置的靈動,一是排場處理的妥帖。」

眾所周知,優秀的崑劇名著所倚重的文采,是一種結構的析出。當代地方戲曲大多接受了西方話劇的編劇理論,文本著重關注於敘事的銜接與完整,矛盾懸念的設置與組合,然後在情節連結的抒情點上組織音樂和唱段,是一種「敘事中抒情」的結構方式。與此不同的是,崑劇從來以「曲」為舞

---

3 顧聆森:《新編崑劇的典範之作——評曾永義的原創崑劇〈梁山伯與祝英台〉》,《戲劇之家》2000年第3期。

臺運轉的主軸，因而，崑劇文本更關注於情感的流動與延伸，這種以「曲」為主的格局，決定了崑劇「抒情中敘事」的結構模式，這才是崑劇姓「昆」的基礎。

並且，曾先生認為，排場的處理更為重要，「因為它是將關目情節，借著角色的搬演，以具體的方式表現出來。」什麼樣的情節配合什麼樣的排場，是纏綿抒情，急轉直下還是線索過渡，是大場、過場，文場、武場，還是短場、鬧場，都當在下筆前事先考慮周全統籌安排，使全戲起伏有致冷熱相濟。同時，排場布置與角色分配，宮調組合也有密切關係。有過戲曲觀劇體驗的人們都能感受到，戲曲最美、最動人的瞬間，並不在劇情突變爾虞我詐，而是那一段從現實世界中放空抽離並多倍放大的虛擬情感空間中人性的直面與流變，所以在排場設計時也不能將劇情塞滿，必須像中國水墨畫一樣空出一定的留白以作他用。這部崑曲的改編，是站在一個現代文化的快節奏上，同時又是站在一個戲曲人角度，雙面考慮。能夠在這麼溫的戲裡，加上結拜，鬧學那些情節，既詼諧又幽默，生動地把學堂那種沉悶的氣氛打破了。

崑曲〈梁山伯與祝英台〉是以七個套數組合成的抒情鏈，在抒情過程中完成了故事的完整鋪敘，從而回歸了傳統崑曲傳奇的結構方式。這部劇其實就印證了曾先生的一個創作觀點「主腦明晰，冷熱相濟」。曾先生援引笠翁「脫窠白」、「立主腦」、「減頭緒」、「密針線」的主張，提出關目當出新出奇，且以一人一事為主腦，其他情節都圍繞這一人一事來裝點設色。

在創作中，曾先生從不吝惜加以綠葉來襯托，調劑鮮花。比如劇中馬文才的出現，就是一大亮點。曾版《梁祝》把馬文才設為丑色，把經典越劇的一個幕後人物推到了幕前，這是一個很為成功的創造。劇作者賦予了馬文才一系列符合丑行當的慣性行為，如他的紈袴好色、不學無術，他以他對女性的敏感，識破了祝英台的女扮男妝，當著眾多同學面前調戲她，又搶在梁山伯之前向祝員外求親，在梁祝私奔之際又及時進行攔阻逼親等。更為難能可貴的是劇作者為馬文才設計了許多俗不傷雅的科諢，滑稽幽默，演員的蘇白更引起了觀眾的陣陣笑聲。事實證明，優秀的插科打諢不僅是讓觀眾保持良好觀摩情緒的「人參湯」，作為一種編劇手法，它是完成丑角的人物塑造、

深化主題和推進劇情發展、提高戲劇藝術性、觀賞性、娛樂性的的重要手段。[4]

曾先生在深厚的傳統根基上體現符合現代觀眾審美需求的新意，打通傳統和現代。也許裏面有些嬉笑怒罵的情節和一些場次會被有些人說成是「媚俗」，但它們確實在中間起到了很好的調劑效果，用這種好看的東西將觀眾引入，然後進入傳統，深入進去後會發現，還是我們傳統的東西。這是既讓我們了解到了古人的一些生活趣味，也讓我們最終體驗到了中國傳統文化的非凡魅力。

曾先生還提出過，由於現代觀眾的賞劇習慣多半在兩個半小時左右，最多不會超過三小時，也因此更講求關目緊湊靈動，由不得一場戲的累贅板滯。這也是我們很多改編戲為了逐漸適應現代市場，能夠學習的寶貴經驗。

（三）語言的編寫上，曲文高妙，音律諧美

曲唱是傳統戲曲區分於其他戲劇表演藝術的最本質性特徵。就曲詞來說，它是承襲了中國的詩歌藝術一脈，不光講求文詞的意義與意境，更在平仄押韻，單雙音節，劇長字數等等方面有一套嚴格的體式規範，並不是簡簡單單十幾、二十句的押著口頭韻的流行歌詞就可以稱作是戲曲唱詞，只有在首先熟知，吃透了這套體式規範的基礎上，才有資格再求格式上的融會變通。

曾先生一向重視對於詩詞音律的研究，亦頗為擅長，專門著有〈中國詩歌中的語言旋律〉一文，從聲調組合、韻協布置、語言長度、音節形式、詞句結構和意趣渲染六個角度進行了逐一而細緻的分析。以《梁祝》〈學堂風光〉之南曲【皂羅袍】為例，這是一支因〈牡丹亭〉〈遊園〉而唱遍全球的曲牌，劇中【皂羅袍】即以〈牡丹亭〉〈遊園〉之律為律。〈遊園〉「姹紫嫣紅開遍」句律作「仄仄平平平仄」，〈學堂風光〉以「放眼春來佳妙」填之，

4　顧聆森：《新編崑劇的典範之作──評曾永義的原創崑劇〈梁山伯與祝英台〉》，《戲劇之家》2000年第3期。

無一字不合律，甚至精緻到去聲上聲領句，去聲收韻，毫絲無乖；〈遊園〉「斷井頹垣」以去聲「斷」起，下接上聲字「井」，唱腔跌宕而美聽，韻味無窮，〈學堂風光〉以「醉舞花硝」填之，「醉」後同樣填一個上聲字「舞」，從而保證了唱腔的原汁原味。又如首出《梁祝》〈草橋結拜〉中【夜行船序‧前腔】之第五句之末四字律作「平平平平」，四續四個平聲，所謂「拗句難好」，劇作者填以「豁達椿萱」，改成了「仄仄平平」，似乎破了律，殊不知「豁達」乃兩個入聲字，南曲中入聲字可以用來代替平聲，故不僅救了拗，而且插在律中；南曲如此，北曲也同樣。如《梁祝》之第三齣〈十八相送的曲【朝天子】，音樂主腔在末句收尾處，由於腔格相對固定，故曲牌要求以去聲收煞，〈十八相送〉共用四支【朝天子】，無一不是以去聲收煞。如此用律，怎不叫人拍案叫絕！曾版《梁祝》的唱腔音樂韻味濃豔醇厚，正是那天衣式的格律給作曲者提供了能使觀眾顛倒癡迷的溫床。[5]

　　曾先生在他一九七六年發表的〈評騭中國古典戲劇的態度與方法〉一文中，概括出了「本事動人，主題嚴肅，結構嚴謹，曲文高妙，音律諧美，賓白醒俗，人物鮮明，科諢自然」這八個方法，並以「八端」命名。戲曲語言富於音樂旋律，自有其腔調口法，其咬字吐音之口法宜應講求，藉此以保存發揚其地方性與民族性之特色，絕不可受到西方美聲唱法所「侵染」，否則便失去了崇高的戲曲民族性。

三　曾永義先生樹立了學者型戲曲創作的典範

　　曾先生的劇作在關目結構、角色行當、文字語言等各方面都盡可能保留了傳統戲曲藝術的文本樣貌，不似大多以中文或話劇背景切入的編劇。曾永義先生認為，戲曲編劇亦當注意「賓白醒豁」、「人物鮮明」和「科諢自然」這三個要點，以及劇本創作不是一個人的閉門造車，應當仰仗各具專長的眾

5　顧聆森：《新編崑劇的典範之作──評曾永義的原創崑劇〈梁山伯與祝英台〉》，《戲劇之家》2000年第3期。

人，集思廣益，共同協作。對戲曲的感悟尚停留在美學表層，只流連於故事的動人和詞采的精湛，所編之劇往往重立意而輕形式。那麼怎麼才能寫出既形式經典又回味綿長的好劇呢？

金聖歎在評點《水滸傳》（十六回總評）時提出文章三境說：「心之所至，手亦至焉者，文章之聖境也。心之所不至，手亦至焉者，文章之神境也。心之所不至，手亦不至焉者，文章之化境也。」然而，戲曲創作達到這種境界後，並非不講求規律技巧，而是像庖丁解牛一樣，「官知止而神遇行」，編劇的規律和技巧已化作劇作家的靈魂血肉和內在本性了。

然而，化工得來絕非易事。劇作家要想進入守法而不違法。出神入化的創作境界，必須進行長期不懈的修養和磨練。不斷地豐富、充實、強化，優化自我，兼備「內美」與「修能」（王國維語）。劇作不能排除「表現自我」，但這個「自我」不是平庸的、獨立的自我，而是體現出「社會關係總和」，積澱著「類」的人性建構運動的「自我」。誠然戲曲作家常借助於其他文學作品進行改編，所以覺得，只要懂戲路子，有一套技巧，就能編出好戲來。這實在是一種膚淺的皮相之談。須知：吃人家嚼過的饅頭，要出自己的味（魏明倫語）。創作是一種行為，行為的動力是智慧。智慧是一種整體結構，它來自知識，知識能為劇作家提供認識生活和表現生活的能力，增強劇作家的理性思辨能力，邏輯剖析能力以及獨特的審美感受和判斷能力。所以對於劇作家來說，知識的儲備和生活的積累是同樣重要的。尤其是在今天，我們整個民族文化素質有所下降。這種情況下，劇作家知識的積累比起生活似乎更加迫切而重要了：劇作家要學者化。

劇作家還必須加強自己的藝術修養，完善創作結構，藝術修養並非虛空之洞，從藝術觀念、創作思想，到藝術方法、藝術語言、藝術形式；從藝術感覺、審美情趣、鑑賞能力，到藝術韻味、藝術風格，都顯示，映照著作家的藝術修養程度。藝術修養越深厚，創作結構也就越完善。[6]原是研究戲曲理論的曾先生，靠著一股熱情和對傳承中國優秀傳統文化的使命感，開始從

6　周傳家：《戲曲編劇概論》（杭州市：中國美術學院出版社，1991年）。

事戲曲創作。對於他來說，深厚的文花修養，豐富的社會閱歷，還有心中對打破界限，返璞歸真的執著追求，為他的戲曲創作提供了肥沃的土壤。

　　不得不說，臺灣地區的傳統戲曲發展之所以能堅持走原汁原味不動搖的原因，除了學者們的傾情弘揚之外，更因為，就像現任國光京劇團藝術總監的王安祈教授所說：「京劇是我們的喜愛，是我們的生命，不是我們的業務。」這完全是出於文化的使命感和滿腔的興趣愛好，並不是要以此來掙錢糊口，而這一點魄力，在大陸，尤其是對於當下改制成自生自滅之企業的劇團來說，顯然是很難孕育的。所以，對於戲曲編劇人才到底需要什麼素質，真的無法通過一兩句話產生定論，但不管怎麼樣，對於戲曲這種傳統藝術，我們只有先吃透消化它，才能從中探尋新的道路。所以希望現在及未來有志於或正在從事戲曲編劇工作的年輕人，先沉下心來，了解戲曲本質的東西，同時「場上」、「案頭」結合學習，扎根傳統以創新，寫出合乎文本寫作、舞臺表演，符合現代觀眾審美需求的劇本，一定能讓中國傳統戲曲重新煥發生機。

論客家戲《霸王虞姬》之
「三下鍋」腔調

施德玉*

前言

　　我國戲曲劇種非常多樣而龐雜，目前學術界研究戲曲的類型有以體制劇種分類，有以聲腔劇種分類，其中聲腔是和語言及音樂有密切的關係。明清以來戲曲有崑山腔、高腔、梆子腔和皮黃腔的四大聲腔劇種，以及一些以地方戲腔調為主的劇種，而這些劇種大多以一種聲腔或腔調為代表，並且各有其特色。此為戲曲音樂重要的研究內容。而戲曲在長時間的發展期間，就音樂方面有許多不同變化的創意，除了在文武場增加變化之外，在演員的腔調上也有許多新的嘗試與設計。即使是傳統戲也試著加入不同方言所形成的音樂腔調，讓傳統戲曲多一些變化。

　　二〇一三年在臺北國家戲劇院演出的《霸王虞姬》是「榮興客家採茶劇團」為慶祝創團二十五週年所新編的客家大戲，戲中是以客家語言為主的演出，但是又加入了「京劇」與「歌仔戲」的說白、腔調、音樂和表演，所以是三劇種同台獻藝的創新設計，稱為「三下鍋」。這次三下鍋的《霸王虞姬》演出後，引起許多討論，尤其關於劇中腳色不同方言的說白和腔調，更是有不同面向的意見與評論，這也為客家戲曲的演出形式，提供更多元面向的探索。

---

* 成功大學藝術研究所特聘教授。

一　創作背景與故事主題

在探討客家戲《霸王虞姬》三下鍋的演出內容之前,應先了解這齣戲的創作背景、製作過程和主要演員的背景,以能深入的探析這三下鍋《霸王虞姬》設計的緣由與特色,而後才能對於此劇三下鍋的創作手法與表演特色提出論述。

(一)堅強的創作和演出陣容

客家戲《霸王虞姬》是一齣結合傳統與現代演出風格的新編大戲,由中研院院士、世新大學中文系講座教授、臺大中文系名譽教授、著名戲曲研究者、編劇家曾永義老師編劇,其中歌仔調的臺語部分,由陳建星先生修辭。編腔分別由三位音樂專業創作者擔任,客家腔由臺灣戲曲學院前校長鄭榮興教授編腔;歌仔腔由歌仔戲音樂創作者劉文亮先生編腔;京劇皮黃腔由中國國家一級作曲家、北京京劇院腔調設計者朱紹玉擔任編腔。整體音樂設計由鄭榮興教授擔任。同時身為此劇製作人的鄭榮興教授,特別安排出生梨園世家的中國大陸一級演員、梅花獎得主陳霖蒼先生擔任該戲的導演。

劇中主要腳色,分別邀請京劇、歌仔戲和客家戲的專業演員擔綱演出,其中項羽由該劇導演陳霖蒼擔任,他目前是北京中國戲曲學院表演系教授,曾在〈夏王悲歌〉和〈駱駝祥子〉裏的表演在一九九五年(第12屆)。和一九九九年(第16屆),得到中國戲劇梅花獎。飾演虞姬的江彥瑮原是學京劇出身,後來加入榮興客家採茶劇團擔任臺柱演員,其扮相俊秀,嗓音甜美,戲路寬廣,表演準確,能著眼於細微之處並自成一格,極具舞臺感染力,有採茶戲劉三姐之美稱。[1]最特別的設計是邀請臺北市傳統藝術藝師、臺北市文化資產歌仔戲保存者,更是歌仔戲全才的小咪,以說書人的腳色,飾演烏江亭長,以閩南語說白,並唱歌仔調,貫串全劇的首尾。這三位主要腳色,

---

1　二〇一三年十一月八日到十一日在國家戲劇院演出《霸王虞姬》節目單。頁23。

在劇中都有重要的戲分，並且分別以三種語言、腔調進行演出。

客家戲《霸王虞姬》從編劇到編腔到音樂創作到演出人員，都是文學、戲曲、客家戲、京劇和歌仔戲極具知名度的重要人物，也都是當今在創作和展演方面極有功力的學者和專家，可謂編、導、演和製作方面都陣容堅強。

（二）劇本創作歷程與旨趣思想

戲曲中有許多劇種都有「楚漢相爭」敘述項羽和劉邦爭天下的歷史故事，而不同的劇種中，又有從不同角度展現同一主題的劇目。曾永義老師編撰此劇是以項羽為核心，歷史政治為背景，將虞姬和項羽妝點成他心目中「英雄美人」的樣子，甚至於讓他們烏江同殉，因此名為《霸王虞姬》，而非《霸王別姬》。[2]從平日餐敘中，曾老師興致來時總會吟唱一曲〈垓下悲歌〉，唱出項羽「霸業縱然歸寂滅，誰人到此不悲歌」的心聲，道盡今人「一說垓下淚珠多，萬古傷心可奈何」的無奈，可見曾永義老師對於《霸王虞姬》的主題是非常喜愛的。

這齣戲的劇本曾歷經多劇種和不同表演形式的改編。曾老師最早於一九八六年編撰《霸王虞姬》歌劇的劇本，由馬水龍教授作曲，原本規畫是歌劇的演出形式，但是馬水龍教授取其二分之一的內容，以清唱劇的形式進行作曲，於一九九七年在基隆文化中心「亞洲藝術節」演出。二〇〇九年又為了陳霖蒼先生量身訂製編劇，而以歌劇《霸王虞姬》劇本為基礎，依照京劇體制規律修改成京劇劇本，但是仍然沒有演出。直至二〇一二年才又以京劇的版本，調整為客家戲《霸王虞姬》的劇本。這中間歷經了二十六年，同一主題的劇本，表演形式由歌劇而清唱劇而京劇而客家戲。

曾永義老師在國家戲劇院演出《霸王虞姬》節目單中「成敗有英雄、誰是真英雄——我編撰《霸王虞姬》三上鍋」一文中說明：「為了編撰《霸王虞姬》，我首先做了些學術功夫，考索史事之外，還探討歷代史家如何論

2　二〇一三年十一月八日到十一日在國家戲劇院演出《霸王虞姬》節目單。頁9。

劉、項，詩人如何詠劉、項，戲曲如何演劉、項。」³他認為歷史劇雖然在
故事發展上，可以進行部分改編或渲染情節，但是現在民智大開，不像往昔
之閉塞，過分扭曲和改變歷史情結和人物形象，必造成讀者和觀眾很大的衝
擊和排斥。因此劇中對於歷史事件和人物作適度的剪裁布置和渲染襯托，從
而發揮所要表達的旨趣和寄託的思想。⁴這是他從歷代史家、詩人和各劇種
的戲曲中考察劉邦、項羽，進而編撰《霸王虞姬》的觀點。

曾老師編此劇時，引用吳汝煜《史記論稿》〈論項羽〉對項羽的結論，
認同項羽是憨直剛猛的英雄，雖有過暴行，卻沒有忘記人民。又在史學家的
眼中，項羽嗜殺成性，而詩人卻讚揚他，雖然戰敗，但是到最後一刻仍不改
英雄本色。因此，他在〈幕前曲〉寫下「英雄有成敗，誰是真英雄」和「今
日重展楚漢史，頓覺榮辱轉頭空」的唱詞。曾老師也把項羽和虞姬塑造成英
雄、美人，安排兩人在烏江同殉，因此劇名使用《霸王虞姬》，而不是使用
京劇的《霸王別姬》。

由於《霸王虞姬》曾經是為了陳霖蒼先生量身創作的京劇劇本，那麼楚
霸王項羽一定是由他擔綱演出，但是這次又將京劇劇本改編成客家戲，編劇
曾永義老師便和製作人鄭榮興教授商量，此劇在音樂上不得不用「兩下
鍋」，而曾老師更建議：「與其兩下鍋，不如三下鍋更來的驚世駭俗」，這在
臺灣戲曲界還算是首次的三下鍋表演，曾老師認為除了別出心裁，還有實驗
之意。於是這部客家戲便結合京劇和歌仔戲的語言和腔調同台演出，鄭榮興
教授說明這也顯示臺灣的族群融合。

二 「兩下鍋」、「三下鍋」的分野基準

臺灣是多元文化的社會，所屬族群使用的語言主要有：原住民語言、客
家語、閩南語（臺語）和北京語（國語），因此在臺灣都有特定的民眾分別
使用這些語言進行溝通。自然不同語言的文化也在臺灣特定地區或是特定族

3 二〇一三年十一月八日到十一日在國家戲劇院演出《霸王虞姬》節目單。頁6。
4 二〇一三年十一月八日到十一日在國家戲劇院演出《霸王虞姬》節目單。頁9。

群中發展，例如表演藝術中的歌謠、戲曲，因地、因人都有使用不同的語言進行表演的情形。就臺灣常見的戲曲劇種而言，基本上歌仔戲是以閩南語演出、京劇是以湖廣結合北京方言演出、豫劇是以河南方言演出，而客家戲則是以客家語演出。這些劇種都有特定的觀眾群，也有一些民眾喜愛欣賞多種劇種。

在戲曲的發展過程中，為適應當地民眾的理解與欣賞內涵，大多戲曲劇種是以一種方言，一種腔調進行展演，以達到吸引觀眾的目的。但是戲曲在流播的過程中會汲取不同腔調的養分，而產生質變，讓該劇種有更多的變化，例如川劇，雖然是以高腔為主，但是有些劇目則有崑腔、胡琴腔、亂彈腔、和燈戲腔等，這就是多腔調劇種。雖然川劇是多腔調劇種，但是這些腔調大都是使用於不同的劇目中，也就是一齣戲一個排場僅使用一種腔調演出，不同的戲才使用不同的腔調演唱，嚴格的說這些不同的腔調也是分開使用。

又雲南的滇劇也是多腔調劇種，主要有三種腔調：絲弦腔、襄陽腔和胡琴腔，此外還有一些雜腔雜調。[5]其中絲弦腔近於秦聲，乾隆時伊齡阿關於禁戲的奏摺中，提到秦腔已經流傳雲南，並且乾隆時雲南石屏人張月槎（1680-1759）在《劉硯堂詩集》中提及滇劇唱絲弦腔，已被張月槎稱為滇曲，可見乾隆時期秦聲已經滇化了；滇劇中的襄陽腔源於楚腔，清末又吸收西皮，與皮黃非常接近；胡琴腔又名二黃腔，滇劇中的胡琴腔主要源於徽調，又融合諸種二黃聲腔，逐步形成滇劇中的胡琴腔。[6]張銘齋《咸同變亂經歷記》記載：他親自在杜文秀帥府串演並看了三齣戲，這三齣戲在現在的滇劇中〈取高平〉唱「絲弦」；〈絕纓會〉唱「襄陽」；〈二進宮〉唱「胡琴」。[7]可見咸豐、同治時期，杜文秀帥府的一次演戲活動，記錄了三種腔調同台演出的情形，但是這也和川劇相似，呈現了不同戲使用不同的腔調，而非一齣戲使用多種腔調。

5　金重主編：《中國戲曲志・雲南卷》（北京市：中國ISBN中心出版，1994年），頁57。

6　金重主編：《中國戲曲志・雲南卷》，頁58。

7　金重主編：《中國戲曲志・雲南卷》，頁59。

而京劇則是「西皮」和「二黃」兩種腔調使用於同一齣戲、同一排場、同一情節中，為因應情節需求，演員有時唱西皮的曲調，有時唱二黃的曲調，因此稱為皮黃腔，基本上這才是二種腔調進一步融合的劇種。

戲曲在不同時期的發展中，在語言和腔調的應用上也有許多變化的情形，例如潮劇《辭郎洲》在一九六九年雛鳳鳴劇團取材而編成同名粵劇，演出的宣傳單寫著「潮劇原創，粵劇繼承」，當時是粵潮兩組演員同台演出，前半場唱粵調，下半場又潮又粵，很特別的「粵班潮劇」搭配，同時也以兩劇種的鑼鼓進行伴奏，稱為「兩下鍋」。[8]這是不同劇團以不同的方言和音樂腔調演出同一齣戲的例證。

又北京京劇院與廣東漢劇院於二〇〇二年在香港文化中心大劇院，公演的〈蝴蝶夢〉是京劇、漢劇「兩下鍋」的演出。[9]北京和廣東以地域而言，距離更遠，方言差距更大，而演員也能運用不同的語言、不同的音樂同演一齣戲。探其原因，戲曲是有很強的生命力的，在其流播的過程中，許多劇種是能夠汲取彼此的養分而逐漸壯大，京劇、漢劇這二劇種是有血脈關係，所以能夠融合。[10]

基於以上觀點，我們可以說「兩下鍋」是指兩個劇種同台演出，而劇目、表演各自保持原狀不相混合；或者是同一個劇目裡使用兩種不同劇種的音樂腔調。那麼「三下鍋」要能夠融合的順遂又互補有無，就更複雜或更加困難了。

蔡振家「亂彈、採茶兩下鍋的傳統料理——榮興劇團〈喜脈風雲〉的音樂設計」：

> 把戲曲腔調比擬為一盤牛肉，或許是將問題太過簡化了，因為除了作
> 為全劇重心的長篇唱段之外，短小唱段的導引、穿插，更必須達到襯

8　張敏慧〈一台風景〉，網址：〈https://www1.hkej.com/dailynews/culture/article/1234250/%E5%85%A9%E4%B8%8B%E9%8D%8B+%E9%84%89%E5%9C%9F%E6%83%85〉，上網日期：2016.2.23。

9　香港新聞公報報導，網址：〈http://www.info.gov.hk/gia/general/200204/17/0417087.htm〉。

10　京劇、漢劇二劇種的血脈關係並非本文探究主題，另文探討。

托角色、調劑耳目等功能，在戲中的重要性亦不可輕忽。有趣的是，
在各劇種的發展過程中，常會有「兩下鍋」、「三下鍋」等混合多種聲
腔的情形，各曲調依其風格、特性，負載著不同的戲劇功能。來自不
同語言、不同地區的聲腔，在長久的共生發展之後，居然能夠互補短
處、合流為一，這樣的劇種誕生與成長，不能不說是戲曲史上最美妙
的事件之一。[11]

姑且不論他文中所言不同地區的不同「聲腔」或是「腔調」結合演出等，名
詞的應用是否合適，重要的是他認為只要是不同語言不同音樂風格能結合演
出，就是很特別的設計，尤其安排得巧妙，往往能達到意想不到的效果。

在二〇一三年「榮興客家採茶劇團」推出的新編戲《霸王虞姬》節目單
中，曾永義老師文章「成敗有英雄、誰是真英雄──我編撰《霸王虞姬》三
上鍋」中寫道：

就方今尚存之地方戲曲劇種而言，用「三下鍋」者，我至今可以舉出十
九種；而用四種腔調以上者，更起碼有三十四種之多。雖然腔調各有屬
性，同台並奏，如西皮、二黃之自然佯合者，為數不多；則其艱難可
想。[12]

從曾老師所統計這些地方戲曲劇種，所使用「三下鍋」和「四下鍋」的數量
而言，不算少數，也就是有許多地方戲曲劇種，也都分別設計使用多腔調或
者多種語言同演一齣戲，但是曾老師認為，深度佯合的作品並不多。當然不
成功的因素非常多，筆者認為，成功的「兩下鍋」或「三下鍋」，最主要的
原因是所使用不同劇種的音樂在音樂語法上必須要能夠融合或互補有無，才

---

11 蔡振家「亂彈、採茶兩下鍋的傳統料理──榮興劇團《喜脈風雲》的音樂設計」，《戲
劇學刊》第2期（2005年），資料來源：〈http://homepage.ntu.edu.tw/~tsaichengia/pub/
mixed.html〉，上網日期：2016.2.23。

12 曾永義老師「成敗有英雄、誰是真英雄──我編撰《霸王虞姬》三上鍋」。見「榮興客
家採茶劇團」《霸王虞姬》節目單（2013）頁10。

能在腔調或聲腔曲調上取得協調和襯托情節的功能，達到協調順暢不突兀的效果。

又蔡振家「亂彈、採茶兩下鍋的傳統料理——榮興劇團〈喜脈風雲〉的音樂設計」：

> 本文所要談的客家大戲〈喜脈風雲〉，就是一個「亂彈、採茶兩下鍋」的混合料理。亂彈，指的是清初從福建、廣東傳入臺灣的花部戲曲，也有人稱為北管。採茶，泛指九腔十八調與【山歌子】、【平板】等，源於客家三腳採茶戲與改良戲的曲調。[13]

蔡振家所述，客家大戲是亂彈戲的腔調加上採茶戲的腔調，已經是「兩下鍋」的音樂設計，筆者觀察榮興客家採茶劇團多年來所推出的客家大戲，如：〈姻緣冇錯〉、〈大宰門〉、〈羅芳伯傳奇〉、〈楊家心臼〉和〈金孫緣〉等，腔調曲調的設計，都應用了採茶、山歌、小調和亂彈戲的腔調，在音樂方面已經融合了多種腔調的同台表現了。臺灣多年傳承的客家八音和客家採茶調，都有共同的地緣性和屬性，也有共同的方言腔調，所以結合演唱，能自然侔合，但是亂彈戲是以官話演唱，這中間就需要音樂和語言配搭的轉換技巧了。經過長時間的交融，我們幾乎已經將客家大戲中有亂彈腔，視為理所當然的發展趨勢。

如果誠如曾老師所言，京劇的西皮和二黃二聲腔的結合，已經是「兩下鍋」；蔡振家所述榮興劇團《喜脈風雲》的音樂設計是「兩下鍋」，那麼「榮興客家採茶劇團」二〇一三年推出的新編戲《霸王虞姬》，腔調有採茶、客家山歌、小調、亂彈戲腔調、歌仔戲腔調和西皮腔、二黃腔，這何止「三下鍋」，可說是「多下鍋」了。因此目前學術界對於「兩下鍋」、「三下鍋」都有不同的認知和分類基準。至於「榮興客家採茶劇團」二〇一三年推出的新編戲《霸王虞姬》，編劇曾永義老師稱此劇為「三下鍋」，明顯的是以方言為

---

13 蔡振家「亂彈、採茶兩下鍋的傳統料理——榮興劇團《喜脈風雲》的音樂設計」，《戲劇學刊》第2期（2005），資料來源：〈http://homepage.ntu.edu.tw/~tsaichengia/pub/mixed.html〉，上網日期：2016.2.23。

基礎，劇中使用歌仔戲、客家戲和京劇等三種語言，而音樂部分則以這些劇種的傳統腔調為主，有歌仔戲腔、客家戲腔和京劇腔，因此稱為「三下鍋」。

三　多腔調的音樂設計

「榮興客家採茶劇團」演出的新編戲《霸王虞姬》，由於故事情節有說書人在每一幕開始之前，以第三人稱為觀眾講解內容，因此觀眾在清楚劇情的發展當下，演員就可以運用大段的唱腔，表達劇中人物的性格與情節中的心境，呈現戲曲幽微細膩的藝術表現。而這些能呈現故事張力的大量唱腔，都是由演員以其各自熟悉的語言唱出其心聲，因此這是一齣大量運用唱曲音樂的客家大戲。

筆者統計，全劇使用了九十一個唱曲，其中「幕前曲」有九首，第一幕「鴻門宴」有十三首，第二幕「分我一杯羹」有十二首，第三幕「十面埋伏」有十六首，第四幕「四面楚歌」有二十首，第五幕「烏江同殉」有二十一首，見表一。[14]其中緊張氛圍的第四幕和無奈感人的第五幕唱曲最多，可見劇作家曾永義老師和音樂設計鄭榮興教授都規畫設計以歌樂呈現劇情和劇中人物的情感。

表一　客家戲《霸王虞姬》不同語言唱曲內容和數量表

幕次名稱	每幕曲譜分類	數量／唱曲／板式	演唱者	語言
幕前曲 9曲 閩：2曲 京：0曲	幕前曲一	1.吟唱 2.老山歌	眾小孩幕後朗讀 男1幕後唱 女1幕後唱	客家戲語 客家戲語 客家戲語
	幕前曲二	1.山歌什唸仔	眾男女幕後唱	客家戲語

---

14 表一是以客家戲《霸王虞姬》曲譜的分類進行數量的統計。有關語言是以客家戲語、歌仔戲語和京劇語記錄，因為京劇並非僅有北京方言，也涵容有湖廣音，很難以一個地名記錄，因此選用劇種名稱記錄語言應該比較合適。

幕次名稱	每幕曲譜分類	數量／唱曲／板式	演唱者	語言
客：7曲		2.破窯詞	說書人	歌仔戲語
	幕前曲三	1.破窯詞	說書人	歌仔戲語
	幕前曲四	1.老腔山歌	陳勝	客家戲語
		2.山歌搖板	項羽	客家戲語
		3.山歌什唸仔	劉邦	客家戲語
	幕前曲五	1.風雲會	眾人唱	客家戲語
壹、鴻門宴 13曲 閩：3曲 京：3曲 客：7曲	鴻門宴一	1.雜念調	說書人	歌仔戲語
		2.雜念調	說書人	歌仔戲語
		3.七字調	說書人	歌仔戲語
	鴻門宴二	1.下南山歌	劉邦	客家戲語
	鴻門宴三	1.平板什唸仔	劉邦	客家戲語
		2.西皮搖板	項羽	京劇語
	鴻門宴四	1.流水	項羽	京劇語
		2.散板	項羽	京劇語
		3.平板	虞姬	客家戲語
	鴻門宴五	1.汕頭山歌	劉邦	客家戲語
	鴻門宴六	1.項莊舞劍一	眾人唱	客家戲語
		2.項莊舞劍二	眾人唱	客家戲語
		3.屠咸陽	眾人唱	客家戲語
貳、分我一杯 羹 12曲 閩：2曲 京：0曲 客：10曲	分我一杯羹一	1.都馬調	說書人	歌仔戲語
		2.彰化背	說書人	歌仔戲語
	分我一杯羹二	1.老腔平板	虞姬	客家戲語
		2.平板什唸仔	虞姬	客家戲語
		3.老腔平板	虞姬	客家戲語
	分我一杯羹三	1.緊西皮	劉邦	客家戲語
		2.緊下南山歌	太公	客家戲語

幕次名稱	每幕曲譜分類	數量／唱曲／板式	演唱者	語言
	分我一杯羹四	1.山歌搖板	呂雉	客家戲語
		2.山歌什唸	呂雉	客家戲語
	分我一杯羹五	1.緊十二月採茶	眾人唱	客家戲語
		2.緊十二月採茶	眾人唱	客家戲語
	分我一杯羹六	1.護虹霓	眾人唱	客家戲語
參、十面埋伏 16曲 閩：1曲 京：3曲 客：12曲	十面埋伏一	1. 將水	說書人	歌仔戲語
	十面埋伏二	1.西皮導板	項羽	京劇語
		2.西皮搖板	項羽	京劇語
	十面埋伏三	1.西路緊板	眾人唱	客家戲語
		2.散平板	虞姬	客家戲語
	十面埋伏四	1.西皮散板	項羽	京劇語
		2.福路半彩	韓信	客家戲語
		3.福路緊板	韓信	客家戲語
	十面埋伏五	1.福路緊板	英布	客家戲語
		2.撲燈蛾	樊噲（唸唱）	客家戲語
		3.撲燈蛾	彭越（唸唱）	客家戲語
		4.福路半彩	劉邦	客家戲語
		5.緊十二丈	劉邦、呂雉	客家戲語
		6.平板疊	劉邦、呂雉輪唱	客家戲語
	十面埋伏六	1.緊中慢	虞姬	客家戲語
		2.垓下悲歌	幕後眾女唱	客家戲語
肆、四面楚歌 20曲 閩：2曲 京：3曲 客：15曲	四面楚歌一	1.五更歌	幕後眾女唱	歌仔戲語
		2.五更歌	眾宮女唱	歌仔戲語
	四面楚歌二	1.虞姬嘆	虞姬	客家戲語
		2.散平板	虞姬	客家戲語
	四面楚歌三	1.平板	虞姬	客家戲語

幕次名稱	每幕曲譜分類	數量／唱曲／板式	演唱者	語言
		2.平板什唸	虞姬	客家戲語
	四面楚歌四	1.平板	虞姬	客家戲語
		2.二黃散板	項羽	京劇語
	四面楚歌五	1.平板	虞姬	客家戲語
		2.二黃原板	項羽	京劇語
		3.平板	虞姬	客家戲語
	四面楚歌六	1.二黃原板	項羽	京劇語
		2.山歌	幕後眾男唱	客家戲語
		3.山歌什唸仔	幕後眾男唱	客家戲語
	四面楚歌七	1.想郎君	虞姬	客家戲語
	四面楚歌八	1.四季春	虞姬	客家戲語
		2.四季春	眾女唱	客家戲語
	四面楚歌九	1.四季春	虞姬	客家戲語
		2.繡幅欄杆	眾女唱	客家戲語
		3.奮力衝	眾男女唱	客家戲語
伍、烏江同殉 21曲 閩：5曲 京：5曲 客：11曲	烏江同殉一	1.風蕭蕭	說書人	歌仔戲語
		2.霜雪調	說書人	歌仔戲語
		3.留書調	說書人	歌仔戲語
	烏江同殉二	1.高撥子導板	項羽	京劇語
		2.高撥子	項羽	京劇語
		3.反二黃緊板	虞姬	客家戲語
	烏江同殉三	1.高撥子	項羽	京劇語
		2.反二黃緊板	虞姬	客家戲語
	烏江同殉四	1.曲池	船夫（說書人）	歌仔戲語
		2.批	項羽	京劇語
	烏江同殉五	1.山歌搖板	虞姬	客家戲語

幕次名稱	每幕曲譜分類	數量／唱曲／板式	演唱者	語言
		2.悲歌	項羽	京劇語
		3.何聊生	虞姬	客家戲語
		4.散平板	虞姬	客家戲語
	烏江同殉六	1.平板	虞姬	客家戲語
		2.山歌	幕後男一人清唱	客家戲語
		3.老山歌	幕後男一人清唱	客家戲語
		4.山歌什唸	劉邦	客家戲語
	烏江同殉七	1.山歌	眾男女唱	客家戲語
	烏江同殉八	1.都馬調	說書人	歌仔戲語
	烏江同殉九	2.吟唱	眾小孩幕後朗讀	客家戲語

製表者：施德玉

（一）客家戲曲調之應用

臺灣的客家戲已經從早期的客家三腳採茶戲發展為客家大戲，所使用的音樂腔調有四個體系，一個體系是應用【採茶】、【老時採茶】、【新時採茶】到【老腔平板】的音樂，而後發展到【平板】的音樂，已經趨於板式化了；第二個體系是【老腔山歌】、【老山歌】、【山歌仔】；第三個體系是客家民歌小調；而在逐漸成熟的精緻大戲中，為因應情節需求也融入第四個體系的亂彈戲腔調。其中前三者都是以客家方言演唱的腔調，但是亂彈戲則是以地方官話演唱，要使用其曲調轉化成客家語言演唱，是需要一些編腔的技巧，才能使亂彈腔調完全融入客家戲中，直至目前為止，客家大戲中還有許多使用亂彈腔唱的唱詞，因為很難轉成客語演唱，因此仍然使用官話唱。[15]

戲曲腔調和伴奏樂器有緊密的關係，臺灣客家戲各腔系伴奏樂器和定弦

---

15 筆者訪談《霸王虞姬》音樂設計鄭榮興教授。訪談地點：臺灣戲曲學院內湖校區。訪談日期：2016.2.25。

的情形分述如下，【採茶】腔系統的音樂，主奏樂器原先是使用 Sol Re 定弦，近年來有時改為 La Mi 定弦，一般是依照採茶曲調風格之改變，而選擇定弦的應用。【山歌】腔系統的主奏樂器殼仔弦，是使用 La Mi 定弦。民歌小調音樂原使用胖胡伴奏，可以 Re La 定弦，也可以 Mi La 定弦，但是近年來也已經使用殼仔弦伴奏。而亂彈戲的主奏樂器原為吊規仔，在臺灣亂彈戲的【福路腔】使用殼仔弦主奏，Sol Re 定弦，【西皮腔】經常使用京胡主奏，La Mi 定弦。[16]而這些來自於不同系統的腔調，和所使用的不同主奏樂器，雖然定弦不同，但是經過音樂設計，目前都能融合於客家大戲之中。

鄭榮興教授〈論三腳採茶十大齣〉提到一個很重要的觀念，就是客家民謠九腔十八調，相當多的曲調是出自於「三腳採茶」的戲曲部分，也因為戲曲的流行，才廣為人知，並非是純然的民間俗謠。例如：【平板】、【陳仕雲調】、【十送金釵調】、【勸郎怪姐調】……這類屬於小調（或近似於小調）的出現與流行，都與三腳採茶戲有關。[17]所以許多客家民謠與客家三腳採茶戲有極為緊密的關係，而發展至今的客家大戲中，以客家山歌與民謠小調為基本的腔調曲調，是極為自然的現發展現象。而更加入了長時間在客家地區流行的客家八音，亂彈戲的腔調曲調，使客家大戲音樂內容更豐富，更具有藝術性。

黃新穎《臺灣客家戲劇現況之研究》第四章〈臺灣客家戲劇的危機與展望〉中提及：

> 野台客家戲於日戲要演「正戲」；夜戲演出的採茶戲雜入歌仔調、國、台語流行歌、日本演歌等；武打場面、身段、服裝又有太多京劇的影子，沒能表現出客家戲劇本身的傳統與腔調之特色。[18]

---

16 筆者訪談《霸王虞姬》音樂設計鄭榮興教授。訪談地點：臺灣戲曲學院內湖校區。訪談日期：2016.2.25。

17 鄭榮興〈論三腳採茶十大齣〉，收錄於《兩岸客家表演藝術研討會論文集》（苗栗縣：苗栗縣文化局出版，2001年），頁295。

18 黃新穎：《臺灣客家戲劇現況之研究》（臺北縣：輔仁大學中文研究所碩士論文，1997年），頁268。

從黃新穎的田野調查中了解，客家戲的夜戲中為了因應觀眾的需求，已經加入了歌仔戲曲調，和國語、臺語、日語的音樂唱曲。只是無法確定是同一齣戲，同一排場運用這四種語言演唱，還是分別在不同戲碼中，使用這些不同語言的腔調。也無法判斷運用這四種語言演出的客家戲，是拼貼的表現手法，還是融入式的四下鍋創意表現。但是可以確定的是，民間劇團已經自發地加入了不同語言的曲調，以增加戲曲演出中音樂的變化性。

新編戲《霸王虞姬》雖然是以客家戲語、歌仔戲語和京劇語同台演出，腔調包含客家腔、歌仔調和皮黃腔，但是該劇全劇的情節，以第一人稱演出的演員，主要是使用客家戲語、客家戲腔，加入京劇語皮黃腔的演出，但是其中也有規畫整幕戲僅使用客家戲語和客家戲腔的部分，就無所謂兩下鍋了。例如第二幕「分我一杯羹」，除了開場前說書人以閩南語交代劇情，唱了【都馬調】、【彰化背】二曲，和幕後項羽的一句旁白「劉邦，俺要烹爾父滅爾嬌妻」是使用京劇語之外，其他整幕戲的說白和腔調都是使用客家戲語、客家戲腔演出。劇中有虞姬、劉邦、太公、呂雉和群眾都是使用客家戲語唱客家戲腔，這是《霸王虞姬》中唯一一幕戲沒有使用「兩下鍋」的情形。如表二。

表二　第二幕「分我一杯羹」腔調表

幕次名稱	曲譜分類	數量／唱曲／板式	演唱者	語言
貳、分我一杯羹 12曲 閩：2曲 京：0曲 客：10曲	分我一杯羹一	1.都馬調	說書人	歌仔戲語
		2.彰化背	說書人	歌仔戲語
	分我一杯羹二	1.老腔平板	虞姬	客家戲語
		2.平板什唸仔	虞姬	客家戲語
		3.老腔平板	虞姬	客家戲語
	分我一杯羹三	1.緊西皮	劉邦	客家戲語
		2.緊下南山歌	太公	客家戲語
	分我一杯羹四	1.山歌搖板	呂雉	客家戲語

幕次名稱	曲譜分類	數量／唱曲／板式	演唱者	語言
		2.山歌什唸	呂雉	客家戲語
	分我一杯羹五	1.緊十二月採茶	眾人唱	客家戲語
		2.緊十二月採茶	眾人唱	客家戲語
	分我一杯羹六	1.護虹霓	眾人唱	客家戲語

製表者：施德玉

在該劇第二幕「分我一杯羹」中，使用客家戲的腔調音樂有採茶系統的
【緊十二月採茶】、【老腔平板】、【平板什唸仔】，山歌系統的【緊下南山
歌】、【山歌搖板】、【山歌什唸】、民歌小調【護虹霓】和亂彈戲音樂的【緊
西皮】等八種曲調。並且有些曲調已經因應情節的需求，進入更複雜的板式
變化了，雖然使用了四種不同系統的腔調，但是在以語言為分類基準的情形
之下，本文也不稱之為四下鍋，而是一種腔調。

該劇在多樣系統腔調音樂的應用，選擇符合情節風格的腔調曲調設計，
呈現非常細膩的音樂表現，讓腔調能展現詞情與聲情的緊密結合，這不僅使
該劇腔調更具有變化和藝術性，進而能透過多層次效果展現情節張力。

（二）歌仔調的應用

《霸王虞姬》在每一幕之前，由閩南語的歌仔調唱出故事的發展，筆者
整理出幕前曲、每一幕開始前、第五幕中和結尾，所使用的歌仔曲調，共十
五曲，如表三。

表三　客家戲《霸王虞姬》歌仔調唱曲表

幕次名稱	每幕曲譜分類	數量／唱曲／板式	演唱者	語言
幕前曲 2曲	幕前曲二	1.破窯詞	說書人	歌仔戲語
	幕前曲三	2.破窯詞	說書人	歌仔戲語
壹、鴻門宴	鴻門宴一	1.雜念調	說書人	歌仔戲語

幕次名稱	每幕曲譜分類	數量／唱曲／板式	演唱者	語言
3曲		2.雜念調	說書人	歌仔戲語
		3.七字調	說書人	歌仔戲語
貳、分我一杯羹2曲	分我一杯羹一	1.都馬調	說書人	歌仔戲語
		2.彰化背	說書人	歌仔戲語
參、十面埋伏1曲	十面埋伏一	1.將水	說書人	歌仔戲語
肆、四面楚歌2曲	四面楚歌一	1.五更歌	幕後眾女唱	歌仔戲語
		2.五更歌	眾宮女唱	歌仔戲語
伍、烏江同殉5曲	烏江同殉一	1.風蕭蕭	說書人	歌仔戲語
		2.霜雪調	說書人	歌仔戲語
		3.留書調	說書人	歌仔戲語
	烏江同殉四	1.曲池	船夫	歌仔戲語
	烏江同殉八	1.都馬調	說書人	歌仔戲語

製表者：施德玉

　　客家戲《霸王虞姬》中，使用歌仔戲唱曲共十五首，除了【七字調】、【都馬調】、【雜念調】之外，還有【破窯詞】、【彰化背】、【將水】、【五更歌】、【風蕭蕭】、【霜雪調】、【留書調】和【曲池】等八種曲調，大多是感傷的音樂氛圍。由於此劇中歌仔調大多應用於每幕之前，以說書人的身分敘述故事背景或情節，除了第五幕中【曲池】一曲是用於演員對話表演中，其他歌仔調和劇中人物幾乎沒有交集，所以是獨立的展現，因此在音樂設計的三下鍋中，歌仔戲曲調與其他腔調的銜接，比較沒有是否融合的問題。

　　客家戲《霸王虞姬》在國家戲劇院演出當天，小咪飾演烏江亭長的表現非常好，所以獲得滿堂彩。在劇本設計之初，考量臺灣閩南人比較多，為了推行客家大戲到閩南語系的族群，而設計使用閩南語說故事貫穿全劇。[19]但

---

19 筆者訪談《霸王虞姬》音樂設計鄭榮興教授。訪談地點：臺灣戲曲學院內湖校區。訪談日期：2016.2.25。

是筆者認為客家戲,是否說書人以客家方言來說故事會比較有同系統的統一性,這是值得討論的問題。

四 「兩下鍋」音樂設計

「榮興客家採茶劇團」二〇一三年推出的新編戲《霸王虞姬》是以客家戲語、歌仔戲語和京劇語同台演出,腔調包含客家腔、歌仔調和皮黃腔,這種戲曲音樂的設計和規畫,稱為「三下鍋」。就該劇的語言和腔調而言,由於是客家大戲,因此全劇主要是以客語說白和演唱。只有二個腳色人物出場是使用歌仔戲的閩南語和京劇語,其一是由歌仔戲演員小咪所扮飾說書人身分的烏江亭長,使用閩南語說白和唱歌仔調;其二是由京劇演員陳霖蒼扮飾的項羽唱皮黃腔。三下鍋的安排可說是因參與演出的演員專長而量身設計的,並非因為劇情內容的需求而特別規畫的。

客家戲《霸王虞姬》是以三種語言和腔調同台演出,整體而言是「三下鍋」的特殊設計,但是基本上該劇是使用客家戲語言和客家腔調貫串全劇,而歌仔戲語的歌仔調和京劇語的皮黃腔,則是穿插運用。其中歌仔戲的閩南語和歌仔調幾乎僅使用於每一幕的開頭和全劇結束前的收尾部分,是以第三人稱說書人的身分,敘述故事的內容和發展情節。嚴格的說,該劇中歌仔戲語和歌仔調應該是獨立表現的設計。

全劇的音樂安排,僅有第五幕〈烏江同殉〉中,小咪飾演船夫,扮飾劇中人物,唱一曲歌仔調【曲池】並以閩南語勸項羽和虞姬搭船往江東,將來可以捲土重來的說白。這是此劇中,小咪唯一以第一人稱在劇中唱歌仔調和說閩南語,和劇中人物對話的情節,因此可以說該劇除了第五幕〈烏江同殉〉中有「三下鍋」的腔調設計,其他每幕的演出中,音樂腔調大多是安排客家調與皮黃腔同台演出的「兩下鍋」。

《霸王虞姬》音樂大部分是使用客家戲和京劇二劇種音樂交織的設計,其中客家戲語和京劇語直接對話,或客家腔和皮黃腔接著對唱,就是緊密「兩下鍋」的設計規畫。就音樂而言,如果劇中二個腳色不同、方言不同腔

調直接的對唱,中間沒有說白,則這二曲音樂的融合度、互補性就很重要了。例如第一幕〈鴻門宴〉由陳霖蒼扮飾的項羽,唱皮黃腔的【西皮搖板】、【西皮流水】、【西皮散板】,尤其是【西皮流水】以快速度唱出項羽的兵力強大,聲勢浩浩,但是劉邦卻先入關中稱王,使他非常氣憤,要向劉邦宣戰的情節。而後江彥瑮飾演的虞姬以客家戲語口白「大王呀」三個字,緊接著便由虞姬接唱客家腔【平板】,勸項羽息怒,不宜爭鬥,否則天下百姓定遭殃。這樣二人同台對演的情節,分別使用不同的語言,唱不同的腔調,因此稱為「兩下鍋」。

就此段「兩下鍋」的戲曲表現和音樂設計,筆者提出幾點可以討論的看法:首先,項羽和虞姬是家喻戶曉的人物,而他們所處的時空和當時所發生的政治事件,使他們有更緊密的情感,尤其是彼此細膩的關懷和深情,在劇中不時的呈現,應該是要令人動容的。但是此劇因為演員的背景和劇種專業不同,讓項羽說京劇語,虞姬講客家話,在對話中自然就呈現隔閡不親暱的情境,因此很難讓觀眾融入他二人的款款深情。還好,扮飾項羽的陳霖蒼形象和聲音都霸氣十足,演活了項羽的剛毅性格;而飾演虞姬的江彥瑮,扮相和聲情都柔美似水,透過他二人的表現,還能展現強烈的對比,和詞情中親暱的氛圍。

其次,就音樂的設計,第一幕〈鴻門宴〉項羽唱皮黃腔的【西皮搖板】、【西皮流水】、【西皮散板】,使用京劇的【西皮】曲調,讓項羽流暢的敘述他的心聲,而後音樂一轉,虞姬直接唱客家腔【平板】,呈現她對項羽的關懷、細膩的心思和善良的性格,都是非常適切的規畫。因為板腔體的音樂曲段,本身性格不明顯,可以彈性的應用,並且京劇的【西皮】曲調也適合敘述的表現,項羽的唱詞「子弟兵三千人如虎似狼」,使用【西皮搖板】緊拉慢唱,呈現張力;緊接著大段敘述唱詞以【西皮流水】流暢展現;最後用【西皮散板】唱出「且看我雷霆萬鈞何處藏」,自由的節奏道盡了項羽的怒氣。此時緊接著四小節的【平板】過門,音樂風格就立刻改變了,可以感受到從大將的霸氣,轉到柔美秀氣的氛圍,而後虞姬便以婉約的客家腔唱【平板】。

【平板】在客家戲中是近於城市小調的音樂，曲調旋律沒有【老腔山歌】、【老山歌】、【山歌仔】那麼高亢、激烈，音程大跳少，級進和小跳多，並且曲調婉轉曲折，很適合展現虞姬當時的情節，所以此處應用【西皮】接【平板】也更明顯的呈現項羽和虞姬性格的對比性。

其三，京劇的【西皮】和客家戲的【平板】，在分別使用的伴奏樂器京胡和殼仔弦上都是使用 La Mi 定弦，因此調子是可以順暢連結的。傳統客家三腳採茶戲是小戲階段時，原使用二弦和頭弦伴奏，但是近年來已經轉由殼仔弦擔任主要伴奏樂器，其中【山歌仔】和【平板】的曲調，可以使用 La Mi 定弦，也可以使用 Sol Re 定弦。此處項羽所唱的【西皮】和接虞姬所唱的【平板】，是使用 La Mi 定弦，鄭榮興教授巧妙的安排，讓同定弦的主奏樂器由京胡轉入殼仔弦。另外，在第三幕〈十面埋伏〉、第四幕〈四面楚歌〉，也都有「兩下鍋」的展現，其中第四幕〈四面楚歌〉，項羽和虞姬飲酒的唱段，是運用【平板】、【二黃散板】、【平板】、【二黃原板】、【平板】、【二黃原板】相間銜接的唱段。其中京劇的【二黃】和客家戲【平板】的曲調，都是使用 Sol Re 定弦，才能使不同腔調音樂緊密的接合。所以在「兩下鍋」的腔調音樂銜接上，使用相同的定弦，能使音樂自然而順暢，這是鄭榮興教授成功的編腔轉法之一。

關於兩下鍋不同腔銜接的形式，音樂設計鄭榮興教授分別應用了鑼鼓點打擊樂，或一句具有旋律性的口白帶過，或不同腔調卻同調高的過門，將一種腔調順暢的轉入另一種腔調，讓緊密「兩下鍋」的腔調能自然而流暢。

五 「三下鍋」音樂設計

以多腔調表現的客家大戲《霸王虞姬》，前文已論及，除了說書人的部分獨立觀之，情節中主體內容是以「兩下鍋」呈現，唯獨第五幕〈烏江同殉〉中，有同排場「三下鍋」的設計。情節是項羽知道所處環境大勢已去，卻又捨不得虞姬和烏騅馬，而使用【高撥子導板】、【高撥子】曲調，以京劇語唱出其心聲，而後沒有說白，緊接著由虞姬以客家戲語接唱亂彈腔【反二

黃緊板】，以樂觀的角度表達支持並鼓勵項羽。一小段鑼鼓後，接著項羽繼續以京劇語唱【高撥子】，道盡其無奈的心聲。又在烏錐馬叫幾聲之後，由飾演船夫的小咪，以歌仔戲語唱一段歌仔調【曲池】，並以閩南語勸項羽和虞姬搭船往江東，將來可以捲土重來的說白，這是同一排場，以第三種語言和腔調加入表演的設計，很明確的是「三下鍋」的表現。見表四。

表四　客家戲《霸王虞姬》第五幕〈烏江同殉〉三下鍋唱曲表

幕次名稱	曲譜分類	數量／唱曲／板式	演唱者	語言
伍、烏江同殉 21曲 閩：5曲 京：5曲 客：11曲	烏江同殉一	1.風蕭蕭	說書人	歌仔戲語
		2.霜雪調	說書人	歌仔戲語
		3.留書調	說書人	歌仔戲語
	烏江同殉二	1.高撥子導板	項羽	京劇語
		2.高撥子	項羽	京劇語
		3.反二黃緊板	虞姬	客家戲語
	烏江同殉三	1.高撥子	項羽	京劇語
		2.反二黃緊板	虞姬	客家戲語
	烏江同殉四	1.曲池	船夫	歌仔戲語
		2.批	項羽	京劇語
	烏江同殉五	1.山歌搖板	虞姬	客家戲語
		2.悲歌	項羽	京劇語
		3.何聊生	虞姬	客家戲語
		4.散平板	虞姬	客家戲語
	烏江同殉六	1.平板	虞姬	客家戲語
		2.山歌	幕後男一人清唱	客家戲語
		3.老山歌	幕後男一人清唱	客家戲語
		4.山歌什唸	劉邦	客家戲語
	烏江同殉七	1.山歌	眾男女唱	客家戲語

幕次名稱	曲譜分類	數量／唱曲／板式	演唱者	語言
	烏江同殉八	1.都馬調	說書人	歌仔戲語
	烏江同殉九	2.吟唱	眾小孩幕後朗讀	客家戲語

製表者：施德玉

　　第五幕「烏江同殉」的三下鍋，在音樂設計上的確比較困難，原京劇劇本的《霸王虞姬》中〈烏江同殉〉項羽就是唱帶有小調色彩的【高撥子】呈現一個高潮點，而客家戲中當然項羽也是唱【高撥子】。飾演船夫的小咪就和該劇編歌仔腔的劉文亮老師討論，選擇她所熟悉的曲調【曲池】演唱，鄭榮興教授說這在音樂配器和編腔上已經產生一些困難，因為小咪的腔調比陳霖蒼先生高一個調門，又這二種曲調是不同主奏樂器、不同定調，中間又要再加入江彥瑮飾演虞姬的唱段，形成三下鍋，這樣更難使三種語系的音樂融合呈現。

　　鄭榮興教授巧妙的將介於項羽和船夫之間的虞姬腔調，選擇使用亂彈戲【反二黃】。亂彈戲【反二黃】是以 Do Sol 定弦的吊規仔為主奏樂器。【反二黃】的旋律進行起伏跌宕較大，曲調性很強，既有級進，亦有大跳，一般多用於悲劇場合下表現慷慨、悲憤、蒼涼、壓抑的感情，[20]因此很適合此處虞姬的唱段。加以項羽所唱的【高撥子】曲調，是以京胡為主奏樂器，定弦和亂彈戲【反二黃】一樣是 Do Sol，並且【高撥子】的主音也是 Do 和 Sol，因此銜接亂彈戲【反二黃】曲調是可以順暢銜接的。這二曲調中間又運用打擊樂器的演奏，將項羽所唱的【高撥子】轉到虞姬所唱的亂彈戲【反二黃】。

　　而虞姬腔調亂彈戲的【反二黃】又銜接小咪演唱歌仔調【曲池】，是由主奏樂器吊規仔的 Do Sol 定弦，轉到殼仔弦 Sol Re 定弦，這中間也不好銜接，鄭榮興教授運用樂器模擬馬叫聲為區隔，讓音樂腔調順利轉接。這次「三下鍋」的音樂設計，就音樂而言是緊密而順暢的創作手法；但是就語言

---

20 張正治編著：《京劇傳統戲皮黃唱腔結構分析》（北京市：人民音樂出版社，1992年），頁305。

而言，則是三種不同系統的語言。從西皮與二黃的結合，京劇演出時，除了特殊情形，劇中人幾乎都是以相同的語言演出；一般的客家戲使用採茶、山歌和民歌小調，也都是以客家方言演出，即使劇中使用亂彈戲腔調，也已經將官話轉化成客家方言演唱，所以結合多種腔調音樂演戲的前提，是使用相同的語言，基本上會帶給觀眾異中有同的感受，而疏離感自然減少。

臺灣豫劇團曾經演出新編戲〈花嫁巫娘〉，是描寫巫娘媚金和外族人瞿言的愛情故事，他二人在劇中是以豫劇方言和京劇方言對話，使用豫劇腔調和京劇腔調對唱，因為瞿言是外族人，在情節上也說得過去，並且豫劇與京劇在聲腔流播上也有一定的血緣關係，所以不顯得格格不入。同理，客家戲《霸王虞姬》中以閩南語唱歌仔調的小咪飾演船夫，使用不同的方言和項羽虞姬對話對唱，也可以說是合乎常理，只是歌仔戲腔調、傳統客家戲腔調和京劇腔調，似乎在流播中沒有血緣關係。因此鄭榮興教授也將歌仔調【曲池】，與之前的亂彈戲腔【反二黃】和之後的京劇腔【批】切割呈現，凸顯歌仔調在此處的獨立特色。

連橫《臺灣通史》卷二十三〈風俗志〉〈演劇〉所記「臺灣之劇」：「……臺灣之劇：一曰亂彈，傳自江南，故曰正音；其所唱者，大都二簧、西皮，間有崑腔；今則日少，非獨演者無人，知音亦不易也。……」。[21]又曾永義老師著〈梆子腔戲新探〉中對於亂彈的名義變遷進行探析，論述「亂彈」一詞之義有四變：其一，亂彈原指秦腔；其二，亂彈成為花部諸腔的統稱；其三，梆子亂彈腔；其四，浙江秦吹腔亦稱亂彈。[22]由以上二段資料都說明亂彈戲的腔調與秦腔或皮黃腔有脈絡關係，那麼客家戲中應用亂彈戲中的腔調與皮黃腔的腔調，也可以說是有同血緣的脈絡關係，因此自然是能融合的。

蔡振家「亂彈、採茶兩下鍋的傳統料理——榮興劇團〈喜脈風雲〉的音樂設計」：

---

21 連橫：《臺灣通史》（臺北市：幼獅文化事業公司，1988年），卷23〈風俗志〉〈演劇〉，頁476。

22 曾永義著：〈梆子腔戲新探〉，《中國文哲研究期刊》第30期（2007年），頁143-178。

放眼當代劇壇，戲曲音樂大多受到國樂、樣板戲、越劇，甚至是西洋歌劇的影響，音樂設計者常花費許多心思在配器、和聲、串場合唱曲及背景音樂的編創，真正致力於挖掘傳統曲調之美的音樂設計反而少見。其實從本質上而言，戲曲音樂乃是用既有符號來書寫的，傳統程式的規範下有許多變化的彈性，運用之巧拙，實存乎一心。戲曲的音樂程式就像生物的基因一樣，以有限的單元造出無限的作品，同中有異、殊途同歸。更有趣的是，在基因轉殖、混合料理之後，假以時日還可產生新的物種。

以「三下鍋」多腔調表現的客家大戲《霸王虞姬》，結合客家、京劇與歌仔戲的腔調於同一排場中的設計，實屬不易。在當代表演藝術走向跨界與跨文化之際，能在同一劇種中創作不同劇種傳統曲調結合的音樂現象，是難能可貴的，真是需要懂得這三劇種腔調和音樂的專家，進行不斷的試煉演化歷程與經驗累積之後，才能有純熟與融合的「三下鍋」體現。像客家大戲《霸王虞姬》多腔調展現的手法，應該是戲曲音樂工作者重視的創作手法。

結論

「榮興客家採茶劇團」二〇一三年推出的新編戲《霸王虞姬》，製作人鄭榮興教授精挑細選的演員，非常適合各自所飾演的腳色，主要演員有陳霖蒼飾演項羽、江彥瑮飾演虞姬、小咪飾演烏江亭長和船夫，就演員演出而言，他們精湛的身段表演，絲絲入扣的腔調表現，都能生動、精緻與細膩的詮釋這齣戲。

就劇本而言，導演陳霖蒼指出，《霸王虞姬》有許多獨特的地方，故事內容有深度，因此愛恨情仇演起來別有一番滋味，這齣戲能品到獨特的味道，也可從中感受到特殊的情感，感受到新鮮的霸王虞姬。從陳導演自己飾演霸王項羽的經驗和體悟，可以了解這個大家所熟悉的故事情節，在曾永義老師的研究、解讀與詮釋之下，又有些許新意與獨特之處。

　　客家戲《霸王虞姬》最特別的就是融合京劇、歌仔戲、客家採茶戲的腔調，運用「兩下鍋」和「三下鍋」的編腔手法，將這三劇種的傳統腔調保留，應用在該劇中。基本是以京劇腔調展現霸王項羽的情節；以客家採茶戲的腔調來詮釋虞姬這角色；而全劇以小咪飾演的烏江亭長為說書人，敘述故事情節的發展。說書人的設計非常巧妙，因為情節的發展在每幕戲開始之際，就已經交代清楚，因此劇中人物就可以運用大段的曲調唱腔，有如西方歌劇的詠嘆調，表現人物的性格與內心的感受，所以此劇內心戲很多，唱曲很多，讓演員有許多發揮的空間。

　　在該劇中唯有霸王項羽和虞姬在表達彼此情感之際，雖然一個霸氣，一個柔美，都能完全體現，但是他二人使用不同的方言進行對話和對唱，呈現他們是在不同文化背景下的恩愛情人，彼此就已經有一些疏離感，雖然他們的身段表情與詞情都是緊密的，只有語言不同，也會讓觀眾產生無法轉換成他們親密情感的情緒。

　　至於該劇中「兩下鍋」和「三下鍋」的編腔手法，鄭榮興教授運用亂彈戲的腔調與秦腔或皮黃腔的脈絡關係，而將同源的腔調應用在該劇中，當然是能夠融合的。又鄭榮興教授熟悉這三個劇種主奏樂器的定弦和特性，所以在編腔時，除了保留傳統曲調的特色之外，還能套用同調性不同劇種的腔調進行銜接演唱，讓觀眾感受到同中有異，又異中有同的腔調效果。即使在不同劇種腔調的銜接上，也精心規畫的使用鑼鼓點或器樂聲響轉接，讓音樂的流暢性能更自然些。

　　在日新月異的社會環境中，戲曲的發展已經有更多元的變化，在當代還能以傳統文化的故事題材為本，以傳統腔調出發，從腔調上尋找變化，達到創新、提升藝術性的戲曲表演，已經不多見了。姑且不論客家戲《霸王虞姬》的「兩下鍋」和「三下鍋」的編腔手法在實驗上成功與否，就這樣的出發點和創意理念，已經值得喝采與讚揚了。

學者作家曾永義散文風格初探

陳義芝*

一　緒言

在古代，散文家無一不是具備豐富學養的知識分子，既為學者，亦為創作者。今之學者於學術論著外，雖不必然寫作，但亦有兼事兼工者。

中國文學史極其推崇的「散文」文類，既是個人生命體驗的藝術呈現，又是文化體系中的重要內容。在當代，稱學者作家的基本要件是：在學院任教，於專業研究、論述外，亦創作詩文，其作品重視文章技法，善用文化典故，影響兼及學院內外者。

臺灣詩壇曾有學院派與非學院派的對立情結，散文界則無。一九五〇年代以降，女性散文家之佼佼者如琦君（1917-2006）、張秀亞（1919-2001）、林文月（1933-）、張曉風（1941-）、黃碧端（1945-）、廖玉蕙（1950-）、周芬伶（1955-），皆為大學教授，致力於寫作技藝，學院體制未嘗束縛其情思，知識視野與文化素養更成為她們創作的資產。男性散文家，更多範例，在文史領域以洪炎秋（1899-1980）、吳魯芹（1918-1983）、葉慶炳（1927-1993）、逯耀東（1933-2006）、顏元叔（1933-2012）、柯慶明（1946-）、陳芳明（1947-）、顏崑陽（1948-）、何寄澎（1950-）……等為代表；在藝術理論方面則有虞君質（1912-1975）、鹿橋（1919-2002）、蔣勳（1947-）；電機專業的陳之藩（1925-2012）與建築專業的漢寶德（1934-2014），無疑也是名

---

* 　臺灣師範大學國文學系副教授。

家。一九八〇年代《聯合報副刊》推出「快筆短文」專欄,清一色邀請學者執筆,也以散文(包括小品文、說理文、雜文等品類)見證了學院中人心靈敏捷活潑的一面。

　　散文較小說與詩可涵納的題材更廣、更寬鬆,人情世故、地理環境、風俗民情、傳說掌故、科學新知……無所不包。因此,創作者的閱歷、學養越深厚,筆下所流露的就越豐富。當然,並不是具備學識就能為文,若缺乏直觀洞察力、沒有敏銳易感的心思,其見解不具意趣、書寫不具感情,終究不能稱之為文學作品。唯先天具有詩酒情懷,保有縱情激狂、所謂戴奧尼索斯精神,輔以理性清明的思維、所謂阿波羅精神,既有解除束縛的創造力,又能掌握古典與形式規範,方能寫出凝鍊有味的散文。

　　本文專論具備前述學養與才情的曾永義(1941-)的文章風格。曾氏畢業於臺大中文研究所,一九七一年獲頒國家文學博士,學術研究之主力在戲曲,四十餘年來致力於戲曲根本性問題之解決、新領域與新方法之揭示,一九七八年因偶然機緣開啟了散文書寫,嗣後更成為台灣新編古典劇種創作量最豐的一人。[1]了解其治學成就,及經歷(長期介入劇場事務,參與研究、推廣,巡迴海內外講學、演出,並曾出任中華民俗藝術基金會董事長),對詮釋其散文當有助益,以繫連學院精神的「學者作家」身分論之乃稱允當。

　　曾氏已出版之散文集共八冊:《蓮花步步生》(1984)、《清風‧明月‧春陽》(1988)、《牽手五十年》(1990)、《飛揚跋扈酒杯中》(1992)、《人間愉快》(1994)、《飛翔,在無盡星空》(為《清風‧明月‧春陽》之增訂版,1996)、《愉快人間》(2000)、《椰林大道五十年》(2008)。

　　按中國古代散文的觀點,序跋、贈序、雜記、頌贊等類別皆屬之,則曾氏之《說民藝》(1987)、《戲曲經眼錄》(2002)、《藝文經眼錄》(2011),亦可入列為散文,其中之學術襟袍、交遊情誼,固可見主體精神,但性質畢竟

1　計至二〇一五年,曾永義出版之學術專書有《戲曲與偶戲》、《戲曲源流新論》、《戲曲腔調新探》、《俗文學概論》等二十八種。新編劇本(含歌劇、京劇、崑劇、豫劇、歌仔戲)十八本。在此專業領域之影響力,人所難及。

偏重理念宣揚、專書評賞、活動紀實，以當代散文認知，不必當作散文創作。本文因此不加評述。

二　文化風情與作者深情

查曾氏寫作散文之偶然機緣，載於《蓮花步步生・自序》：

> 自己從來沒想到要文學創作，要嘗試寫詩寫散文，因為那需要才情，而自己豪情也許有一些，才情卻半點也無……直到五年前，我的學生吳統雄主編民生報的一個版面，再三催促要我寫些小文章，碰巧那時我要到哈佛大學研究，一天清晨醒來，便把首度出國的情懷寫了一篇只有五六百字的〈行將萬里〉。沒想這篇短文被主編聯副的瘂弦看到，便在聯副發表。如果我做學生時隨寫隨棄的塗鴉之作不算的話，這篇〈行將萬里〉應當可以算是我的處女作。[2]

〈行將萬里〉文短而典故密度極高，僅以最後一段兩百餘字為例：「燕雀安知鴻鵠之志」，引用農民出身、揭竿反秦的陳涉（陳勝）的嘆息；「九萬里風安稅駕？雲鵬今悔不卑飛」，引用貶謫至廣東惠州、年近六十的蘇東坡的感喟；「水擊三千里」、「去以六月而息者」、「搶榆枋」及「八千歲為春，八千歲為秋」，出自《莊子・逍遙遊》；「不帶青天一片雲」，出自元曲大家馬致遠；「大鵬飛兮振八裔，中天摧兮力不濟」，出自李白〈臨終歌〉；「飛來雙白鵠，乃從西北來」，出自漢樂府〈豔歌何嘗行〉。

作者胸中充滿古典人物的生命情采，不期然而汩湧成他去國前夕言志的代言，這是曾氏散文常見的「文化風情」。結尾的「嘯其儔侶，好自相將」，對照首段抒情之筆：「行路而不得一顆呼應的心靈，眼前的山川風物往往只是枯木頑石而已」，有呼之欲出的懷思佳人。[3]此佳人莫非〈踏雪尋梅高山

2　曾永義：《蓮花步步生》（臺北市：正中書局，1984年），頁21-22。

3　上述引文，見《蓮花步步生》，頁3-4

青〉一文中的「遠」:「遠把歌詞一句一句的念給我聽,又一句一句的教我唱,終於我可以『隨聲附和』了。」[4]莫非〈高山流水定知音〉中的「艾宜」:「那天艾宜和我參觀了大自然博物館,已是薄暮時分。我們『浪蕩』街頭,『隨遇而安』,坐而『食憩』,起而『顧盼』;我們『溜』進了一條林木陰蔽的街,車聲不聞,行人有些;此時殘霞沒盡,路燈微茫。忽然從林木之間飄來悠悠揚揚的樂音,我們為之駐足,而艾宜早已『神往』了。艾宜是個純美主義者,他認為至美必有真善,至美乃在藝術之中,乃在心靈之源。他常領我參觀博物館、聽音樂、看舞蹈,藝術雖美、音樂雖妙、舞蹈雖巧,但我最愛看他『神往』的姿態。此時又看到他的『神往』,輕輕搖搖他,不覺『相顧莞爾』。我說:『何不尋聲而往?』於是我們跨過馬路,隱入林裏。」[5]莫非〈鴻雁篇〉中的「媛」:「今年我再度到安雅堡的密西根大學,喜歡在九月裡的秋天,携媛釣於休倫河畔的夕陽,竿影中,我們見到鴻雁成雙,掠江翩翩,媛顧我一笑,我說:『顧其儔侶,好自相將』。……那晚,媛與我共著一盞燈光,媛提醒我傾聽空中嘹唳的雁群,說:『相呼相喚不相離,夜宿關河同夢魂。』」[6]遠、艾宜和媛實同一人,現實生活中掩映變化而已。

前者傳述口口相傳、一聲伴一聲的鼻息相通的情致;次者以幽林樂音烘托相顧時心蕩神馳的容顏;後者藉雁侶描繪直教生死相許的悠悠情愫。曾氏運筆,光影飽滿,聲情自然,修辭清晰但不用老,特能呈現細膩與張力。其自序謂「才情卻半點也無」,顯然是一謙詞,是虛懷者言。

一九九二年曾氏錄〈水調歌頭〉詞一闋於其散文集,讓讀者充分見識到作者的深情:

> 憶昔見卿面,彷彿識平生。心魂從此縈繞,長望月空明。不道嫦娥顧我,肺腑肝膽朗照,指日作鴛盟。山水自環抱,千古證雙星。

4　《蓮花步步生》,頁33。

5　《蓮花步步生》,頁38-39

6　《蓮花步步生》,頁215-217。此外,〈自然與文明的陳列所〉及〈杯酒酣吟〉中的德安,也是躍然紙上的好旅伴。

攜素手，相並舉，步盈盈。秦樓弄玉蕭史，鸞鳳和銀笙。至意惟卿能
解，身命惟卿堪託，奮志展鵬程，一嘯浩然氣，萬里海天青。[7]

「憶昔見卿面，彷彿識平生」，起筆就逼出宿世因緣、命定相依之思；
下片「至意惟卿能解，身命惟卿堪託」的衷心複沓，表現捨此無他的堅貞；
中間以蕭史、弄玉這對神仙眷侶為象徵，也很自然。不論作文、作詩，一個
善於表情的人，怎會是沒有才情的人！

沈謙說曾氏文章特色有二，一為投射了文化與文學的傳統，二為流露了
比較與啟發的思考。[8]這是針對內涵而言，強調知識學養的博厚、人性思維
的深沉，正是學者作家的特色。王璇說曾氏「像是一個才氣縱橫的畫家，把
他的畫布描繪成了一幅五光十色的油畫，而沒有留下一些空白的地方」，沒
留空白是因為有許多安身立命的道理要說。[9]這一點實為學者作家「載道」
精神的激揚。學術訓練，不僅增添有系統的「片斷」知識，亦有助於人生閱
歷思索。因此開明學者較一般人擁有的人生哲學，其面向更寬、更通透。

曾氏第一本散文集出版於四十歲之際，早已升任教授，研究訪問過美國
哈佛大學、密西根大學，戲曲專業著作也已繳出成績，並以文藝理論成果榮
獲金筆獎、中興文藝獎、國家文藝獎（舊制）。在成熟的人生狀態下，他施
展一枝散文筆，談藝術：「也許現代的藝術只是『思維』或『意念』吧？但
是如果『想出天外』或『新意獨絕』而『完全』喪失了『普遍性』，豈不是
無法溝通而泯除了藝術之所以為藝術嗎？」談博物館：「美國著名的大學像
哈佛、耶魯、普林斯頓、密西根都有自己的博物館，因為博物館、圖書館與
大學是鼎足相成的最高學術機構……。」談酒：「有興乃欲飲，有膽乃能
醉，有量乃稱豪，有德乃知趣。」談文學：「偉大的文學作品，必然兼具兩
種特質：一是可以涵括時空的普遍性，一是流露生命之感的獨特性。」談生
命本體：「如果『擔荷』是挑起人生的責任，『化解』是排除人生的困難，那

7　曾永義：《飛揚跋扈酒杯中》（臺北市：正中書局，1992年），頁305。

8　沈謙：〈走向更寬廣的講壇〉，《蓮花步步生》，頁14-27。

9　王璇：〈第三隻手〉，《蓮花步步生》，頁5。

麼『觀賞』則是豐富人生情味的一種能力。」[10]重視表現與傳播效果,提出全民教育的反思,從多重角度觀看人生的涵養與情趣,這些篇章的見解,三十餘年後的今天讀來仍覺其富哲思,可供玩味。

論其表現,除前已述及文中多引詩詞參詳的特色外,援用古典以起興也是曾氏風格。且看《蓮花步步生》中分量最重的「哈佛一年」系列八篇:第一篇從王維、杜甫、李煜、岑參、白樸的詩句展思,第二篇從張華遊瑯嬛福地談起,第三篇從「到處尋春不見春」的禪意出發,第四篇以伯牙子期的知音、文君相如的琴挑起筆,第五篇舉山水名句說明山水之趣其關鍵還在靈根,第六篇以「當年張華作《博物志》……」發端,第七篇以淵明詩「忽與一觴酒,日夕歡相持」為引,第八篇以「千里他鄉遇故知」定音,都具有濃郁的文化氛圍。

讀者或將批評滿腹詩書固有意境,畢竟不是個人直接真切的感官體驗。的確,古典詩文只能當質感背景,只能當「間接經驗」,真正的文學性還在「物色之動,心亦搖焉」、「情以物遷,辭以情發」,關乎個人的「流連萬象之際,沈吟視聽之區」[11]的神思。曾氏描寫麻州天鵝湖露天音樂會的場景,既空靈又流宕,即展現了意溢於眉睫之前的妙筆神思:

> 一大片的山坡地廣場,舖著茸茸綿綿的青草,比碧玉還綠還油,比茵褥還細還柔。上面布滿了各色各樣的男女;有仰天、俯地而臥的,有肩並肩、背靠背而坐的,有嬌軀斜倚的,有投懷相擁的。大部分的人只著薄薄衫、短短褲,盡可能的範圍內裸身露體,享受蔚藍晴空中的溫煦陽光。北國的陽光,即使是盛夏,亦不驕不酷,但覺嬌柔可愛,把萬物照耀得輝采亮麗。這廣場的四周,圍著疏密的林木,針葉上閃灼晶瑩,簡直翠綠欲滴了,林木之外是一片澄湖,湖面光滑如鏡,藍得不知何者為蒼天之影、青山之色,而給人的則是一陣陣清涼清涼的氣息。[12]

---

10 上述引句分見《蓮花步步生》,頁53、54、58、143、155。

11 劉勰:《文心雕龍・物色》。

12 曾永義:《蓮花步步生》,頁36-37。

　　另一篇觀看查理士河的文章，他說「我每每獨立魂銷，為的是野鴨戲水、好自相將。我翹首雲天，目送歸鴻而俯視流水，茫茫悠悠，盡在我心頭盤旋。」[13]仰觀俯察是中國知識分子對應世界、體察人生的姿態，是詩人作家在無極無盡中無往不復的一種「節奏化的行動」。[14]曾氏觀景而有其生命節奏感應，足以見其才情。

　　雖然古人有「手揮五弦易，目送歸鴻難」[15]的說法，提示寫形易、寫神難，意境高於技術，但文章不能沒有技法，曾氏慣用的技法估且名之為皴法，在繪畫上是線條的結組，顯出肌理與力度，在文章是以表面整齊或相類的句式，貫連外在景觀與內在情意，合成一整體意象。他描寫紐約人陶醉於音樂解放自我的段落可以為其皴法示例：

> 美國人真是一個陶醉音樂的民族。遊唱藝人，在街角、在地下鐵，隨處可見。他們或自彈自唱，或一奏一歌，一件布衫、一條牛仔，就可以行走天涯、自得其樂，對於人們的「施捨」，視若無睹。在麻省理工學院畢業典禮之後，我看到一個教授樂團在簡單的搭臺上，搖搖擺擺的吹奏，俯俯仰仰的歌唱，一點「尊嚴」都沒有。「哈佛廣場」地下鐵車站的平頂之上，有時也可以看到「自由樂團」整天裏喧天價響，一些不怕喉嚨「撕」破的女孩，輪番上場，高高的站在那兒，與川流不息的車輛奪聲、向熙熙攘攘的行人傳音。從波斯頓往「省鎮」（Provincetown）的渡輪上，一位老先生拉動手風琴唱著民謠，於是成群結隊，居然在船艙裏又唱又跳起來。一位老太太興致最濃，在團團的人群裏獨唱獨舞，她的臉上突然有少女的紅暈，她的手足宛如飛舞蒼天碧海的鷗鳥。紐約街頭，市立圖書館前人行道上，兩位西裝筆挺的老頭，一個演奏電子琴，一個打擊管狀樂器，對著圍觀的路人含笑微微，我為他們攝取了一個鏡頭，他們隨著樂音點頭致意。[16]

---

13 曾永義：《蓮花步步生》，頁47。

14 此語借自宗白華：《美學散步》（上海市：上海人民出版社，2008年），頁107。

15 楊勇：《世說新語校箋·巧藝》。

16 曾永義：《蓮花步步生》，頁4。

這一段稍長，但須全引乃能見其陰陽向背之不同紋理，如何不靠「說理」而編織成「美國人真是一個陶醉音樂的民族……音樂使他們顯得活潑、顯得和善」這一主體感受。

三　名義辨析與「遊」的精神

《蓮花步步生》之後，曾氏散文除紀遊之作，當以寫人的篇章最為突出。〈清風‧明月‧春陽〉記鄭因百先生，〈孔師止酒〉記孔德成先生，〈老師您考證看看嘛〉記屈萬里先生，〈鞠躬盡瘁的讀書人〉記葉慶炳先生，〈兩盒鮭魚的情意〉記王叔岷先生……。各篇長短不一，非同傳狀碑誌，而是透過師生親身接觸，將對方的言行生動地呈現，並交織交融其外貌與性情，例如：

說鄭因百老師，先以具體數字表其身體狀況，「他對朋友學生常戲稱腰以上七十歲，腰以下九十歲，中間一段八十歲」，「大約十年前，他的體重一直往下掉，但掉至四十幾公斤就停止了」；描摹五官則聚焦在讀書人最依賴的眼睛：「他的眼睛雖然有白內障，近視的度數也很深，但卻能看清楚報紙的九號字」；記穿著打扮則為：「當老師手扶拐杖、一襲長袍，散誕逍遙地在斜陽下漫步時，他那清癯的身影，真是望之若神仙中人」。[17]接著寫老師的出身、經歷，從老師的著述中體會的治學方法、悟得的詩意、領受的性情，所舉事例超過六個，皆有客觀情境，於是讀者自能於心中得其人之脾性與格調。

文章推重神、理、氣、味，須妙用烘托以求取側鋒之姿。曾氏為文頗能抉發此義：寫孔德成一喝酒就神采飛揚，但五年前「孔老師忽然滴酒不沾了」[18]，懸疑張力形成了文氣；寫屈萬里講究治學根柢，笑談某古器物學家誤將燒餅拓本說成宋代銅鏡，事例十分鮮活；說葉慶炳擔任系主任夙夜匪懈，常以泡麵作午餐，卸任時辦公室清出好幾個裝泡麵的紙箱，描繪高齡八

---

17 曾永義：〈清風‧明月‧春陽〉，《飛翔，在無盡星空》（臺北市：書泉出版社，1996年），頁3。
18 曾永義：〈清風‧明月‧春陽〉，《飛翔，在無盡星空》，頁13。

十二但步履依然閒雅輕舉的王叔岷去臺大醫院檢查，醫生一再問他，「令尊怎麼還不來」，也都是從周邊取勢的筆法。這許多記述學者典範的篇章，亦可見曾氏發揚學院精神，獻身於學術的主體生命體驗。

有人問曾永義他的學術論文在方法和觀點上有何創發之處？曾氏回答：「最重要的還是名義辨析。」[19]明辨事物的名稱和涵義，避免錯雜的困境、錯誤的推斷，這一點也是學者寫作特色，例如：「酒党」的党字何以不能用「黨」？「自在人」、「自在事」是什麼意思？愛情如何才是「相欣相賞」？古代飲酒四部曲中的「啐」字是什麼情景？何謂「神仙境界」？……再看他力倡的「人間愉快」：

> 人間捨「愉快」實更無可求。而我所謂的「人間」，固然不是佛家的「西方」，也不是耶穌的「天堂」，只不過是你我他俯仰視息相遇相會的地方；所謂的「愉快」，則是油油然汩汩然從胸中生發的舒服，這種舒服仰不愧於天，俯不怍於地，無須名利來妝點，無須權勢來助長，只不過是耳之所聞，目之所視，皆欣欣然而已。[20]

這等愉快，就一個戲曲演員言，可從工作中求得；就一個在山在野的酒人而言，因鄙棄「奪勢掠名」而得。[21]吾人細味曾氏的愉快說，即是一種追求自由解放的藝術精神，亦即徐復觀《中國藝術精神》第二章所探討的「遊」的精神，一種藝術本性、想像力得以創發的精神狀態。[22]有此精神，天地萬物都可以成為意象，賦予仰觀俯察者充盈的內在生命。於是，曾氏有「鶴鳴九皋、鵬振大翅以遨遊」[23]的自畫像，有自現實束縛、不安、矛盾、

---

19 游宗蓉：〈治學觀通變，文章道性情〉，《東華漢學》第20期，頁417。

20 曾永義：〈珊瑚潭的情思〉，《飛翔，在無盡星空》，頁25。

21 參見〈人生如戲〉、〈酒事二則〉，《飛翔，在無盡星空》，頁170、158。

22 徐復觀說，「莊子只是順著在大動亂時代人生所受的像桎梏、倒懸一樣的痛苦中，要求得到自由解放」，「這種自由解放，只能求之於自己的心，即是在自己的精神中求得自由解放」。參見《中國藝術精神》（臺北市：臺灣學生書局，1981年），頁45-143。

23 參見〈天涯遊子〉一文，《飛翔，在無盡星空》，頁70-72。

壓力中解放出來的文思馳騁：[24]

> 我常幻想自己是一隻沒有籠頭的野馬，馳騁在非洲的大草原，天上有無垠的藍飄著幾朵白雲，地上有無盡的綠點綴著閃爍的野花；那真是可以任性縱橫、無拘無礙，身雖在人間，而可以得莊生逍遙之樂。如果在馳騁的當兒，來了一隻可以齊驅的野馬，那麼何妨彼此磨蹭磨蹭，昂鬃舉齦，仰首嘶鳴一番。

> 我「臥遊」在水晶也似的天地裡，眼前的一草一木一牛一羊皆可觸可及；打開窗戶，舉頭望天，則與日月相隨、與煙雲同遊、與星辰共轉；放襟解懷，則長風浩浩，直入心扉，在物中而觀於物之外，其樂無窒無礙、陶陶乎何如！

> 我恍惚間看到了聖海倫暴怒那天，沖霄而上的菌傘疊雲下，猶然沸騰的灰泥，如暴雨如冰雹如火箭肆意狂嘯灑落拋射的情景，而那青山那翠湖剎那間被燒被烤被烘被焙，煙火為之漫山遍野，沸水為之穿谷竄流。而聖海倫的「氣」接連日夜，方才逐漸衰弱了，而那劫後的殘景慢慢的成為眼前的模樣。

> 自己好似乘坐著旗艦，而來往吹哨鳴號的艦艇逐漸加入了隊伍，忽然舳艫千里、艨艟蔽空，我率領著這其剛不可折、其堅不可摧，一望無際的海上遊龍，一聲令下，北伐日俄、西征英美，將百數十年來國家民族所蒙受的晦氣、鳥氣，掃除淨盡、發洩無餘！

上引情景描寫，皆出自作者的逍遙神思。

曾氏的人品與學問廣受人敬重，但四十餘年執教生涯未曾出任系主任、院長等行政職務，拒絕涉入人世利害角逐場的性情四十餘年不改，觀其文、想見其人，實緣於逍遙本性啊。

---

24 分別摘自〈馳騁〉、〈花園與火山〉、〈巨艦乘風〉，《飛翔，在無盡星空》，頁61、62、106、148。

四 與時消息，有個自家在內

　　談完曾永義寫人的文章，這一節談他一九八〇年代後期質高量重的紀遊散文。曾氏以戲曲學權威而受邀出國講學，經常因出國講學及率團赴國外演出，來往於世界各地，短則一二月，長則經年。由於時間充裕，使他能深入當地人的生活，體察民俗人情，藉異地經驗回望家鄉發展，藉所見所聞化為所思所想，復提供知識觀點，故具「與時消息」的針砭力道。

　　曾氏紀遊「文體」，平易暢遠、條理清晰，與一般文章要求初無二致，其與梁啟超《新大陸遊記》開創的「新文體」特徵之不同在不用外國語法，而相同在使用韻文。梁啟超雜有韻語，目的在灌注情感、推升氣勢，所謂激情澎湃長歌代哭。[25]曾氏則因「胸中偶然會有一股不可遏抑的感懷」[26]，最令他一吐為快的即是古典詩作，欲以詩情挹注於自認「質木無文」的散文，穿插同一題旨的古典詩作於篇中，加深感受且形成互文趣味。以〈北歐行腳〉為例[27]，當他乘坐火車途經一大片碧綠原野，不禁有「暢動風雲襟抱裡，直駕輕車萬里行」的抒發；當他坐在湖邊，沐著午後的斜陽，不禁有「風動雲帆片片舉，翩翩白鳥自高翔」的嚮往。文中的詩，不為紀實而為寫意，所有敘事的功能仍寄存在散文筆下。余光中說，遊記作者應該富有感性，也就是敏銳的感官經驗，文筆要有動感，要有層次，不可模糊籠統，勿襲用前人語句。又說，遊記的知性包括地理沿革、文物興替，也包括自殊相以印證共相的歸納，要有知識更要有見解，既求真又求美。[28]

　　感官經驗是否敏銳，可從寫景文字考察。曾氏站在高樓俯瞰霜降的竹林，「好像在滄海中掀起一陣陣的彩色波浪，紅的綠的黃的相間交織的湧到眼

---

25 參閱李涯：《帝國遠行──中國近代旅外游記與民族國家建構》（北京市：中國社會科學出版社，2011年），頁263-264。

26 曾永義：《牽手五十年·自序》（臺北市：聯經出版事業公司，1990年），頁（八）。

27 曾永義：《飛翔，在無盡星空》，頁109-120。

28 余光中：〈中國山水遊記的感性〉、〈中國山水遊記的知性〉，《從徐霞客到梵谷》（臺北市：九歌出版社，1994年），頁33-64。

前」；月圓的晚上，月光透得相當明亮，月亮周圍繞了一圈光氣，「隱約看出光氣的最外圍發出紫色的光彩，把這輪明月維護得像容光煥發的少女那般的嬌媚」；走在陡峭的「蛇徑」，「它的級梯和兩旁的岸壁都用石塊砌成，從石塊斑駁暗淡，可以看出歲月的蒼老」。[29]似這般視覺美的描繪，散見於各篇。

他描寫聽覺的能力也充滿感性：

> 然而夜幕低垂的時候，為什麼忽遠忽近的引起人們一聲聲長長的「哀鳴」呢！那聲音的淒楚蒼涼有如三峽猿盤旋不絕，又怎能使我相信那是回民對「阿拉」的呼喚呢！為什麼日暮黃昏的「呼喚」猶有未足而繼之以黎明呢？難道是因為喀什的人背負太多邊陲的荒涼、歷史的重負以及維吾爾人無可如何的命運嗎！然而偉大的「阿拉」為什麼永生永世的「充耳不聞」呢！為此，又不禁使我悚然驚覺：難道喀什人的懶洋洋，眼神木然，有如黃昏籠罩的天地嗎？[30]

作者以「為什麼」、「怎能」、「難道」等強烈的自我詰問詞，一連發出六問，回應他在喀什噶爾聽到的維吾爾人的禮懺聲，日夜無以消解的呼喚，蠻荒無可如何的蒼涼，天地間的長吟聚焦在一雙雙眼神裡，又反照成天地的黃昏。這一視覺與聽覺通感的手法，是象徵的藝術，入於人心，震波悠悠不止。在《牽手五十年》這本散文集裡，曾氏描寫晴雪、描寫彩虹、描寫秋色、觀山、觀海、觀湖、觀鳥，真做到了體物入微、表達神似。

文學描寫可分兩個層級欣賞，其一是象的描寫，其二是意的映現；象先出，意相隨而起。曾氏寫德國的黑森林，說「煙雲濃得使車燈照不出眼前數尺的徑路」，這是象，「林立的古柏，有如千萬神龍般隱約的見首不見尾」，這已是作者主觀的心境；寫新疆的天池，「水是那麼的清可見底，周遭茂密的針葉林更把它染得像天的顏色一般」，是眼目所見，「西王母的車駕就恍惚轔轔而至了，而簇擁駕前霓裳羽衣的仙子們也翩翩起舞了。我真不敢想像這

---

29 曾永義：《牽手五十年》，頁15、21、27。
30 曾永義：《牽手五十年》，頁133。

一群如驚鴻如遊龍般的仙子們，在凌波微步之餘，去其羽衣露其肌膚，浴乎此水晶玉液之中的情況」，則為心情之波瀾幻化，妖嬈之恍兮惚兮。[31]

　　寫景欲求細膩，首須全神投入，因寂然凝慮而思接千載，因悄焉動容而視通萬里，〈故宮在下雨〉一篇很具有此等氣象，布幕一拉開就見「海也似的宮殿」靜默虔誠地坐落在雨簾中，隨後各段起頭都以類似的句子展開，形成複疊的效果：「而雨不停的下在帝王的後宮……」，「而雨不停的下在紫禁城的中樞……」，「而雨不停的下在暢音閣裡……」，「而雨不停的下在御花園裡……」，「在雨不停的灑在天安門、端門、午門、太和門……」，粉膩香澤在其中，金鑾寶殿在其中，管弦鑼鼓在其中，盧山假水也在其中，然而心神收攝回來，唯有瀟瀟秋雨的黯然。文章結束在：

> 只有灰矇矇的天下著瀟瀟濛濛的雨，瀟瀟濛濛的雨籠罩著灰矇矇的天，而紫禁城籠著灰矇矇的天，而故宮下著瀟瀟濛濛的雨。[32]

　　水部與目部的疊字交織出一片水煙迷離，「籠」字更有鎖定圈住的感受。常見「非學院派」作者嘗試標新實驗，往往因根柢不扎實、思想匱乏而失之於簡陋，唯學者作家能於文學長河中，仰望經典，涵泳吸收有得。古今語言媒介不同，手法原理相映。

　　清朝劉熙載《藝概》云：「周秦間諸子之文，雖純駁不同，皆有個自家在內。」又說：「非文之難，有其胸次為難也。」[33]若作者光有作法而無識見，則文章空虛，好的寫法還要搭配好的內容，內容即作者之「志」。我說曾氏散文「與時消息」，正因為他有個自家在內，能示己志。試舉其例：

　　在生趣盎然的德國馬思湖畔，他回想家鄉的珊瑚潭「鶯聲無聞，鷗鷺不飛，更遑論野鴨水雞與天鵝」！

---

31 本段引句，出自〈煙雲黑森林〉及〈摩掌天山〉二文，參見〈牽手五十年〉，頁69及頁129。

32 曾永義：〈故宮在下雨〉，《牽手五十年》，頁123-125。

33 劉熙載：《藝概》（臺北市：華正書局，1988年），頁9、34。

在慕尼黑參觀偶戲博物館，他遺憾台灣沒有這樣的館舍，以至於「許多精美的戲偶都被賣到歐美各國」。

在波昂瀏覽森林墓園，他聯想嘉南平原的累累荒塚，認知墓園應像花園，讓人可親可近。

在羅馬走訪萬神殿、古競技場，與現代化建築交錯並存的斷壁殘垣，他欽佩義大利人容留這些「廢物」的識見。[34]

曾氏發表這些看法，距今已逾四分之一個世紀，他確實是帶著一顆取經的心出國，念茲在茲的是鄉土文化的關懷、傳統文化的創新、外來文化的融合。他以福壽山農場將土生土長的毛桃接上矮枯木再接上日本水蜜桃為喻，說：

> 那些亟須革新的傳統文化，就好像土生土長的毛桃；而使之先與我們歷史社會背景相調和的妙手，則好像那作為媒介過度的矮枯木。毛桃接種水蜜桃不能缺少矮枯木，我們在傳統文化的基礎上欲汲取外來文化而創新現代文化，又怎能缺少那隻調和的妙手呢！[35]

從曾氏這一批散文，我們知道他既致力於鄉土文化保存與發揚，又長年率團赴國外表演宣揚中華文化，其學養與實踐成果，使他成為他所說的一隻調和中西的妙手。他寫的不少類報導文章，收錄於《飛揚跋扈酒杯中》，例如：記西雙版納潑水節的〈邊陲新年記感〉，既有現場情景，也有文獻佐證；記貴陽儺戲與桂林山水的〈黔中桂中〉，既有表演考評，也有文化資產評述；記澎湖人文資源調查的〈澎湖散記〉，以天后宮群神宴饗最引人，實錄群神座次、宴饗儀節及滿漢素筵菜單，內容新穎，頗具導覽價值。[36]《愉快人間》中的〈直教人生死相許——與高陽紅粉知己吳菊芬一席談〉[37]，報導一段不計利害以超越時空之情，也是一篇不凡佳構。

---

34 曾永義：《牽手五十年》，頁163、197、179、91。

35 曾永義：《牽手五十年》，頁339。

36 曾永義：《飛揚跋扈酒杯中》（臺北市：正中書局，1992年），頁168-204。

37 曾永義：《愉快人間》（臺北縣：亞細亞出版社，2000年），頁146-157。

五　親情書寫與生命本體形塑

　　「知人論世」是中國傳統對經典研究、文學批評的方法。讀其書，不知其人可乎？讀《飛揚跋扈酒杯中》，不知作者為酒党党魁可乎？與這本集子同名的單篇散文，講述酒德，倡言「酒品中正」，將酒人分成九等：酒仙、酒聖、酒賢、酒霸、酒俠、酒棍、酒丐、酒鬼、酒徒。其中以「酒仙」為第一等，因為酒後「飄逸絕倫」，酒仙比酒聖更風雅超俗。[38]似這般講究人的格調，因而特別欣賞莊子，他曾舉《莊子・徐無鬼》中莊子送葬過惠子墓一段，講述相欣相賞、相激相勵的道理，[39]檢視他聚合的酒党人士多出身學界、文化界，去其俗者，多能生發身命的能量。結合其他諸篇揭示的「淡泊名利」、「縱浪大化」、「以物化為自然」之義蘊，大約即掌握了曾氏「肯與莊生論人生，沖天一嘯望秋鴻」[40]的懷抱。

　　曾氏嘗自言其文「華采不足」[41]，其實性情映現在筆下，滿心而發、稱心而吐，韻味就在表裡如一的樸質中。文章藝術若有可商榷者，或在於篇末議論性抒情的句子，例如〈趕上紐英倫的深秋〉，以奔騰噴薄的感情寫連山遍野的色彩、緬懷往事的惆悵，眼中的撩亂、心頭的飄搖，在節制的欲說還休的筆法控馭下，無比地扣人心弦！文章末句「然而撫今追昔，也別有一番滋味在心頭」[42]，是否保留，實仁智互見。唐代散文大家韓愈〈圬者王承福傳〉，以「又其言有可以警予者，故余為之傳，而自鑒焉」收束；柳宗元〈捕蛇者說〉，以「故為之說，以俟乎觀人風者得焉」收束。[43]今之學者作家或受此等思路影響，乃不免於苦口婆心之語氣。

　　陳媛為曾氏散文集所作序文：「……永義在飲酒之後，能天明即起伏案寫作……他寫散文小品，如吐胸中塊壘，往往一揮而就，而且一旦寫了，就

---

38 曾永義：《飛揚跋扈酒杯中》，頁41。

39 曾永義：《飛揚跋扈酒杯中》，頁27-29。

40 曾永義：《飛揚跋扈酒杯中》，頁306。

41 見《飛揚跋扈酒杯中・自序》，頁（22）。

42 《飛揚跋扈酒杯中・自序》，頁237。

43 二文皆《古文觀止》名篇，讀者請自行覆按。

不再掛懷。」[44]此人此情及其寫作習慣俱與經營累月、改訂旬日之作文者不同，而一二字句之增刪，不為曾氏所計較，顯然是個性的流露。

想全面了解曾永義的學思生活，〈椰林大道五十年〉[45]是一篇重要材料，文長約兩萬字，分成八章，最主要的是前五章：第一章以「大道素描」起始，聲色交融節奏緊湊，一對戀人的對話與杜鵑、燕子的描寫，更增添了校園的風情、生意。第二章〈懷念的老師〉，描繪他親炙受教的許多位老師，著墨較多的是：張清徽、鄭因百、臺靜農、孔德成，以切身感受的情景入手，不正面歌頌，而著重於老師體貼的心思、灑脫的行事、相聚時機智詼諧其樂融融的氣氛。某颱風夜，第九研究室出現一位面目姣好的白衣女子那一小段情節，穿插得頗富逸趣。第三章〈同學友朋〉，提及的人物今已成中文學界大老，有趣者不在這部分，而是他與一位睡上鋪的同學從校園一路喝酒到新店溪的遭遇，以及代人擬寫的第一首情詩的傳閱。第四章〈我的教學生涯〉，談論課堂上說古論今所關涉的人生哲思，傳釋如何構成「人間愉快」的生命觀。第五章〈出國看世界〉，縷述他出國遊學、講學、文化交流的經驗，留下行萬里路的光影和情懷。

〈椰林大道五十年〉的續篇，應是二〇一二年發表的〈臺大六門提督〉[46]，古稀之年的作者採行的運動是，騎單車巡行臺大六座門，每天歷時一小時的「晨運」路徑，使他心生「臺大六門提督」的威儀，遊目騁懷獲得物我相忘的愉悅。筆調輕快，是一篇可供談助的幽默文。

論說曾氏散文，還有一點不能不提——他的親情書寫。中國美學講究：離形得似、形神相親，形是語言、結構，神是思維、氣韻，形是神的寓所，神藉形而發揚。文章要求真摯自然，形神相親就是真摯自然的境界。這在曾氏書寫親情的散文最能感受到。

親情是一種倫理價值，是生命本體形塑的基礎，傳統儒家思想的根源所

---

44 陳媛為曾永義妻，此序見《飛揚跋扈酒杯中‧陳序》，頁（20）。

45 曾永義：《椰林大道五十年》（臺北市：國家出版社，2009年），頁10-58。

46 曾永義：〈臺大六門提督〉，《聯合報副刊》，2012年11月15日，D3版。

謂修身、齊家……就從個體與家庭出發。李密〈陳情表〉、歐陽修〈瀧岡阡表〉、歸有光〈項脊軒志〉、〈思子亭記〉，都是這一傳統輝光下的散文名篇。

　　曾永義的親情散文，以慶賀父母金婚的〈牽手五十年〉為代表。另有三篇為母親畫像的小品也清新生動，一是寫機場送行的〈靈芝茶〉，二是記敘他晚歸的〈母親一夜沒睡〉，三是觀察母親廚藝的〈母親煎魚〉。〈牽手五十年〉呈現了上下兩代人在貧窮壓迫下奮爭上游的過程，無需華美文字妝點而於平實中見真淳，文章做到了「形神相親，表裡如一」，人生也確實彰顯了「博大均衡，無愧無憾」的意義。[47]

六　結語

　　如果只能舉示一篇文章介紹曾永義的散文風格，可選他近乎知天命之年寫的〈給項羽〉，這是一篇博通史實又具備「酒魁」霸氣與詩人性情的文章。作為項羽知己，他批評人云亦云的腐儒，從稟賦、待人、行事、性格等多面向評斷史家正反的評論。以書信體表現，特能托出英雄相惜之心，將壯士的成敗、人生的恨憾，剖析得淋漓盡致。古書讀得不多的，或雖讀得多卻失去心靈活水的人，是無法寫出這等清脾洗肺的大文的。

　　今天我們面臨一個學者受限於學術團體規則的時代，無數學者退守於「安全」、「不具爭議」卻也是「無人理睬」的校園研究室，或者以「技術人員」自我設限，成為學術受雇者，或者以爭取獎助之多寡取悅「市場體系」，成為權力權威。[48]這樣的趨勢使得知識分子的行為動力減弱，知識領域變得狹隘，缺乏對公共事務的關懷，也缺乏生命追求的能量。以此社會態勢觀察人文學者，一九八〇年代以後的曾永義既能提高學術品位，又能涉身創作以散文、劇作發揮學術以外的影響力，乃彌足珍貴。其散文與劇本創

47　「形神相親、表裡如一、博大均衡，無愧無憾」，見曾永義《飛揚跋扈酒杯中‧自序》，是他的寫作講求、生命企盼。

48　參閱薩義德（Edward W. Said）著，單德興譯：《知識分子論》（北京市：生活‧讀書‧新知三聯書店，2002年），第四章〈專業人士與業餘者〉，頁59-73。

作，起初只是他這學者「業餘」的成品，但因具備文學理念、專業技藝，在未來很可能是他人專業研究的對象。

學術研究與創作雖然很難兼顧，但才情與運用時間的能力不同，未嘗沒有特例，那麼，「學者作家」雖未必需標榜為一種創作身分，卻是可以幫助我們研究作家風格、深入省思其筆鋒的參照屬性。古代知識分子既為學者亦為創作者的傳統，在今天雖已分途淡去，但畢竟未斷絕。

學術論文集叢書 1500006

醉月春風翠谷裏——曾永義院士之學術薪傳與研究

		如何購買本書:
主　　編	王安祈、李惠綿	
責任編輯	邱詩倫、吳佩熏	
特約校稿	林秋芬	

發 行 人　陳滿銘

總 經 理　梁錦興

總 編 輯　陳滿銘

副總編輯　張晏瑞

編 輯 所　萬卷樓圖書股份有限公司

排　　版　林曉敏

印　　刷　百通科技股份有限公司

封面設計　斐類設計工作室

發　　行　萬卷樓圖書股份有限公司

　　　　　臺北市羅斯福路二段 41 號 6 樓之 3

　　　　　電話 (02)23216565

　　　　　傳真 (02)23218698

　　　　　電郵 SERVICE@WANJUAN.COM.TW

大陸經銷　廈門外圖臺灣書店有限公司

　　　　　電郵 JKB188@188.COM

香港經銷　香港聯合書刊物流有限公司

　　　　　電話 (852)21502100

　　　　　傳真 (852)23560735

ISBN 978-986-478-060-0

2017 年 4 月初版

定價：新臺幣 960 元

如何購買本書:

1. 劃撥購書，請透過以下郵政劃撥帳號：

　　帳號：15624015

　　戶名：萬卷樓圖書股份有限公司

2. 轉帳購書，請透過以下帳戶

　　合作金庫銀行　古亭分行

　　戶名：萬卷樓圖書股份有限公司

　　帳號：0877717092596

3. 網路購書，請透過萬卷樓網站

　　網址 WWW.WANJUAN.COM.TW

大量購書，請直接聯繫我們，將有專人為

您服務。客服：(02)23216565 分機 10

國家圖書館出版品預行編目資料

醉月春風翠谷裏——曾永義院士之學術薪傳與
研究 / 王安祈、李惠綿主編.
　-- 初版.-- 臺北市：萬卷樓, 2017.04
　面；　　公分.（學術論文集叢書）

ISBN 978-986-478-060-0（平裝）

1.中國文學 2.學術研究 3.文集

820.7　　　　　　　　　　106002026